KARL MAY

WINNETOU I

REISEERZÄHLUNG

KARL-MAY-VERLAG · BAMBERG
in Zusammenarbeit mit dem
VERLAG CARL UEBERREUTER · WIEN

INHALT

Herausgegeben von Dr. E. A. Schmid

Diese Ausgabe erscheint in enger Zusammenarbeit
mit dem Verlag Carl Ueberreuter, Wien.
Der Inhalt dieses Buches entspricht dem Band 7
der grünen Originalausgabe „Karl Mays Gesammelte Werke".
© 1951 Karl-May-Verlag, Bamberg / Alle Urheber-
und Verlagsrechte vorbehalten.

ISBN 3-7802 0507-6
Gesamtherstellung: Ebner Ulm

Einleitung

Immer fällt mir, wenn ich an den Indianer denke, der Türke ein. Das hat, so sonderbar es scheinen mag, doch seine Berechtigung. Mag es zwischen beiden noch so wenig Vergleichsmöglichkeiten geben, sie sind einander dennoch in gewissem Sinne ähnlich, in dem einen Punkt nämlich, daß die Weltmeinung mit ihnen beiden so gut wie abgeschlossen hat, wenn auch mit dem einen weniger stark als mit dem anderen: man spricht von dem Türken kaum anders als vom ‚kranken Mann‘, während jeder, der die Verhältnisse kennt, den Indianer als den ‚sterbenden Mann‘ bezeichnen muß.

Ja, die rote Rasse ist am Sterben! Vom Feuerland bis weit über die nordamerikanischen Seen hinauf liegt der kranke Riese ausgestreckt, niedergestreckt, niedergeworfen von einem unerbittlichen Schicksal, das kein Erbarmen kennt. Er hat sich mit allen Kräften dagegen gewehrt, doch vergeblich. Seine Kräfte sind mehr und mehr geschwunden. Er hat noch wenige Atemzüge zu tun, und die Zuckungen, die von Zeit zu Zeit seinen nackten Körper bewegen, verkünden die Nähe des Todes. — Ist er schuld an seinem frühen Ende? Hat er es verdient? — Wenn es richtig ist, daß alles, was lebt, zum Leben berechtigt ist, und wenn sich das ebenso auf die Gesamtheit wie auf das Einzelwesen bezieht, so besitzt der Rote das Recht zum Dasein nicht weniger als der Weiße und darf wohl Anspruch erheben auf die Möglichkeit, sich in gesellschaftlicher, in staatlicher Beziehung nach seiner Eigenart zu entwickeln. Da behauptet man nun freilich, der Indianer besäße nicht die notwendigen staatenbildenden Eigenschaften. Ist das wahr? Ich sage nein, will aber keine starren Behauptungen aufstellen, da es nicht meine Absicht ist, eine gelehrte Abhandlung zu schreiben. Der Weiße fand Zeit, sich fortlaufend zu entwickeln. Er ist nach und nach vom Jäger zum Hirten und von da zum Ackerbauer und Gewerbetreibenden fortgeschritten. Darüber sind viele Jahrhunderte vergangen. Der Rote aber hat diese Zeit nicht gefunden, denn sie wurde ihm nicht gewährt. Er sollte von der ersten und untersten Stufe einen Riesensprung zur obersten tun, und man hat, als man dieses Verlangen an ihn stellte, nicht bedacht, daß er dabei zu Fall kommen und sich lebensgefährlich verletzten mußte.

Es ist ein grausames Gesetz, daß der Schwächere dem Stärkeren weichen muß. Aber da es durch die ganze Schöpfung geht und in der ganzen irdischen Natur Geltung hat, müssen wir wohl annehmen, daß diese Grausamkeit entweder nur eine scheinbare oder einer

5

christlichen Milderung fähig ist, weil die ewige Weisheit, die dieses Gesetz gegeben hat, zugleich die ewige Liebe ist. Dürfen wir nun behaupten, daß in Beziehung auf die aussterbende indianische Rasse eine solche Milderung stattgefunden hat? — Es war nicht nur eine gastliche Aufnahme, sondern eine beinahe göttliche Verehrung, die die ersten ‚Bleichgesichter' bei den Indsmen fanden. Welcher Lohn ist den Roten dafür geworden? Ganz unstreitig gehörte ihnen das Land, das sie bewohnten. Es wurde ihnen genommen. Welche Ströme Blutes dabei geflossen und welche Grausamkeiten vorgekommen sind, das weiß jeder, der die Geschichte der ‚berühmten' Conquistadores[1] gelesen hat. Nach ihrem Vorbild ist man dann später weiter verfahren. Der Weiße kam mit süßen Worten auf den Lippen, aber zugleich mit dem scharfen Messer im Gürtel und dem geladenen Gewehr in der Hand. Er versprach Liebe und Frieden und gab Haß und Kampf. Der Rote mußte weichen, Schritt um Schritt, immer weiter zurück. Von Zeit zu Zeit gewährleistete man ihm ‚ewige' Rechte auf ‚sein Territorium', jagte ihn aber schon nach kurzer Zeit wieder von dort hinaus, immer weiter. Man ‚kaufte' ihm das Land ab, bezahlte ihn jedoch entweder gar nicht oder mit wertlosen Tauschwaren, die er nicht gebrauchen konnte. Aber das schleichende Gift des ‚Feuerwassers' brachte man ihm um so sorgfältiger bei, dazu die Blattern und andere, noch viel schlimmere Krankheiten, die ganze Stämme lichteten und ganze Dörfer entvölkerten. Wollte der Rote nun sein gutes Recht geltend machen, so antwortete man ihm mit Pulver und Blei, und er mußte den überlegenen Waffen der Weißen wieder weichen. Darüber erbittert, rächte er sich an dem einzelnen Bleichgesicht, das ihm begegnete, und die Folgen davon waren dann gewöhnlich grausame Metzeleien, die unter den Roten angerichtet wurden. Dadurch ist er, ursprünglich ein stolzer, kühner, tapferer, wahrheitsliebender, aufrichtiger und seinen Freunden stets treuer Jägersmann, ein heimlich schleichender, mißtrauischer, lügnerischer Mensch geworden, ohne daß er dafür kann, denn nicht er, sondern der Weiße ist schuld daran. — Die wilden Mustangherden, aus deren Mitte er sich einst kühn sein Reitpferd holte, wohin sind sie gekommen? Wo sieht man noch die Büffel, die ihn ernährten, als sie zu Millionen die Prärien bevölkerten? Wovon lebt er heute? Von dem Mehl und Fleisch, das man ihm liefert? Das würde er wohl tun, wenn sich nicht Gips und andre schöne Dinge in diesem Mehl befänden. Es ist meist ungenießbar. Und werden einem Stamm einmal hundert ‚extra fette' Ochsen zugesprochen, so haben sie sich unterwegs in zwei oder drei alte, abgemagerte Kühe verwandelt, von denen kaum ein Aasgeier einen Bissen herunterreißen könnte. Kann er auf eine Ernte rechnen, er, der Rechtlose, den man immer von neuem verdrängt, dem man keine bleibende Stätte läßt? — Welch eine stolze, schöne Erscheinung war er früher, als er, von der Mähne seines Mustangs umweht, über die weite Savanne flog, und wie elend und verkommen sieht er jetzt aus in den Fetzen, die kaum seine Blöße decken! Er, der einst in über-

---

[1] Die spanische Eroberung der mittelamerikanischen Länder

schießender Kraft dem schrecklichen Grauen Bären mit Messer und Tomahawk zu Leibe ging, schleicht jetzt wie ein räudiger Hund in den Winkeln umher, um sich hungrig einen Fetzen Fleisch zu erbetteln oder — zu stehlen! — Ja, er ist ein kranker Mann geworden, ein sterbender Mann, und wir stehen mitleidig an seinem elenden Lager, um ihm die Augen zuzudrücken. An einem Sterbebett zu weilen ist eine ernste Sache, hundertfach ernst aber, wenn es dabei um eine ganze Rasse geht. Da steigen viele Fragen auf, vor allem die: Was hätte diese Rasse leisten können, wenn man ihr Zeit und Raum gegönnt hätte, ihre inneren und äußeren Kräfte und Begabungen zu entwickeln? Welch eigenartigen Bildungsformen werden der Menschheit durch den Untergang dieses Volkes verlorengehen? Dieser Sterbende ließ sich dem Entwicklungsgang seiner Umwelt nicht anpassen, weil er ein Charakter war. Mußte er deshalb getötet, konnte er nicht gerettet werden? Man gewährt dem Bison, damit er nicht ausstirbt, eine Zufluchtsstätte oben im Nationalpark von Wyoming. Weshalb bietet man nicht auch dem einstigen, rechtmäßigen Herrn des Landes einen Platz, wo er sicher wohnen und geistig wachsen kann? — Doch was nützen solche Fragen angesichts des Todes, der nicht abzuwenden ist! Was können Vorwürfe helfen, wo überhaupt nicht mehr zu helfen ist! Ich kann nur klagen, aber nichts ändern: ich kann nur trauern, doch keinen Toten ins Leben zurückrufen. Ich? Ja, ich! Habe ich doch die Roten kennengelernt während einer Reihe von Jahren, und unter ihnen einen, der hell, hoch und herrlich in meinem Herzen, in meinen Gedanken wohnt. Er, der beste, treueste und opferwilligste aller meiner Freunde, war ein echter Vertreter der Rasse, der er entstammte, und ganz so, wie sie untergeht, ist auch er untergegangen, ausgelöscht aus dem Leben durch die mörderische Kugel eines Feindes. Ich habe ihn geliebt wie keinen zweiten Menschen und liebe noch heute das sterbende Volk, dessen edelster Sohn er war. Mein Leben hätte ich hingegeben, um ihm das seine zu erhalten, so wie er hundertmal für mich das gleiche wagte. Das war mir nicht vergönnt. Er ist dahingegangen, indem er, wie immer, ein Retter seiner Freunde war. Aber er soll nur körperlich gestorben sein und hier in diesen Blättern fortleben, wie er in meiner Seele lebt, der Winnetou, der große Häuptling der Apatschen. Ihm will ich hier das wohlverdiente Denkmal setzen. Und wenn der Leser, der es mit seinem geistigen Auge schaut, dann ein gerechtes Urteil fällt über das Volk, dessen treues Einzelbild der Häuptling war, so bin ich reich belohnt.

Radebeul, 1892.

Karl May schrieb dieses Buch zu Beginn der neunziger Jahre des vorigen Jahrhunderts; seither hat sich vieles geändert, insbesondere in bezug auf den am Anfang erwähnten Türken. Heute ist der Türke durchaus kein „kranker Mann" mehr.

1. Ein Greenhorn

Lieber Leser, weißt du, was das Wort Greenhorn bedeutet? — Eine höchst ärgerliche und geringschätzige Bezeichnung für jeden, auf den sie angewendet wird! — Green heißt grün, und unter horn ist Fühlhorn gemeint. Ein Greenhorn ist demnach ein Mensch, der noch grün, also neu und unerfahren im Land ist und seine Fühlhörner behutsam ausstrecken muß, wenn er sich nicht der Gefahr aussetzen will, unliebsam anzustoßen. — Ein Greenhorn ist ein Mensch, der nicht von seinem Stuhl aufsteht, wenn eine Lady sich setzen will; der den Herrn des Hauses grüßt, bevor er der Mistreß und Miß seine Verbeugung gemacht hat; der beim Laden des Gewehrs die Patrone verkehrt in den Lauf schiebt oder erst den Propfen, dann die Kugel und zuletzt das Pulver in den Vorderlader stößt. Ein Greenhorn spricht entweder gar kein oder ein sehr reines und geziertes Englisch. Ihm ist das Yankee-Englisch oder gar die Hinterwäldler-Mundart ein Greuel. Sie wollen ihm nicht in den Kopf und noch viel weniger über die Zunge. Ein Greenhorn hält ein Racoon[1] für ein Opossum[2] und eine leidlich hübsche Mulattin für eine Quadrone[3]. Ein Greenhorn raucht Zigaretten und verabscheut den tabaksaftspeienden Sir. Ein Greenhorn läuft, wenn er vom Paddy[4] eine Ohrfeige erhalten hat, mit seiner Klage zum Friedensrichter, anstatt, wie ein richtiger Yankee tun soll, den Kerl einfach auf der Stelle niederzuschießen. Ein Greenhorn hält die Stapfen eines Turkey[5] für eine Büffelfährte und eine schlanke Sportjacht für einen Mississippisteamer. Ein Greenhorn scheut sich, seine schmutzigen Stiefel auf die Knie seines Mitreisenden zu legen und seine Suppe mit dem Schnaufen eines verendenden Büffels hinabzuschlürfen. Ein Greenhorn schleppt der Reinlichkeit wegen einen Waschschwamm von der Größe eines Riesenkürbisses und zehn Pfund Seife mit in die Prärie und steckt sich dazu einen Kompaß bei, der schon am dritten oder vierten Tag nach allen möglichen Richtungen, aber nie mehr nach Norden zeigt. Ein Greenhorn schreibt sich achthundert Indianerausdrücke auf, und wenn er dem ersten Roten begegnet, merkt er, daß er diese Aufzeichnungen im letzten Briefumschlag mit nach Hause geschickt und dafür den Brief dabehalten hat. Ein Greenhorn kauft Schießpulver, und wenn er den ersten Schuß tun will, erkennt er, daß man ihm gemahlene Holzkohle gege-

---

[1] Waschbär   [2] Beutelratte   [3] Abkömmling von einem Europäer und einer Mulattin   [4] Irländer   [5] Truthahn

ben hat. Ein Greenhorn hat fünf Jahre lang Sternkunde getrieben, kann aber ebensolange den gestirnten Himmel anstarren, ohne zu wissen, wieviel Uhr es ist. Ein Greenhorn steckt das Bowiemesser so in den Gürtel, daß er sich beim Bücken die Klinge in den Schenkel sticht. Ein Greenhorn macht im Wilden Westen ein so starkes Lagerfeuer, daß es baumhoch emporlodert, und wundert sich dann, wenn er von den Indianern entdeckt und erschossen worden ist, darüber, daß sie ihn haben finden können. Ein Greenhorn ist eben ein Greenhorn — und ein solches Greenhorn war damals auch ich. — Aber man denke ja nicht etwa, daß ich die Überzeugung oder auch nur eine Ahnung davon gehabt hätte, daß diese kränkende Bezeichnung auf mich paßte! O nein, denn es ist ja eben die hervorragendste Eigentümlichkeit jedes Greenhorns, eher alle anderen Menschen, aber nur nicht sich selbst für ‚grün' zu halten! — Ich glaubte im Gegenteil, ein außerordentlich kluger und erfahrener Mensch zu sein, hatte ich doch, wie man so zu sagen pflegt, studiert und nie vor einer Prüfung Angst gehabt. Daß dann das Leben die eigentliche und richtige Hochschule ist, deren Schüler täglich und stündlich geprüft werden und vor der Vorsehung bestehen müssen, das begriff mein jugendlicher Sinn damals noch nicht. Die engen Verhältnisse in der Heimat, der Wunsch, meine Kenntnisse zu erweitern und meine Angehörigen besser unterstützen zu können, und ein angeborener Tatendrang hatten mich über den Ozean in die Vereinigten Staaten getrieben, wo die Bedingungen für das Fortkommen eines strebsamen jungen Menschen damals weit günstiger waren. Ich hätte in den Oststaaten recht wohl ein gutes Unterkommen gefunden, aber es zog mich nach Westen. Bald auf diese und bald auf jene Weise für kurze Zeit tätig, verdiente ich mir so viel, daß ich, äußerlich wohl ausgerüstet und innerlich von frohem Mut erfüllt, in St. Louis a⸻m. Dort führte mich das Glück in eine deutsche Familie, wo ich ei⸻weilen einen Unterschlupf als Hauslehrer fand. In diesem Kreis verkehrte ein gewisser Mr. Henry, ein Sonderling und seines Zeichens ein Büchsenmacher, der sein Handwerk mit der Hingebung eines Künstlers betrieb und sich mit altväterlichem Stolz *Mr. Henry, the Gunsmith*[1], nannte. — Dieser Mann war ein großer Menschenfreund, obgleich er äußerlich das Gegenteil zu sein schien, denn er befreundete sich schlechthin mit niemand außer mit der erwähnten Familie und behandelte selbst seine Kunden so kurz und schroff, daß sie nur der Güte seiner Ware wegen zu ihm kamen. Er hatte seine Frau und seine Kinder durch ein grausiges Ereignis verloren, worüber er nie sprach, doch vermutete ich infolge einiger Andeutungen, daß sie bei einem Überfall ermordet worden waren. Das hatte ihn äußerlich rauh gemacht. Er wußte es vielleicht gar nicht, daß er eigentlich ein vollendeter Grobian war. Der Kern war aber mild und gut, und ich habe oft sein Auge feucht gesehen, wenn ich von der Heimat und den Meinen erzählte, an denen ich mit ganzem Herzen hing und auch heute noch hänge. — Warum er, der alte Mann, gerade für mich, den jungen, fremden Menschen, eine solche Vorliebe zeigte, das

[1] Büchsenmacher

wußte ich nicht, bis er es mir einmal sagte. Seit ich da war, kam er öfter als vorher, hörte dem Unterricht zu, nahm mich am Schluß für sich in Beschlag und lud mich schließlich sogar ein, ihn zu besuchen. Ein solcher Vorzug war noch keinem andern zuteil geworden, und ich hütete mich daher, diese Erlaubnis auszubeuten. Meine Zurückhaltung schien ihm aber keineswegs lieb zu sein. Ich erinnere mich noch heute des zornigen Gesichts, das er mir eines Abends zeigte, als ich zu ihm kam, und des Tons, in dem er mich empfing, ohne auf mein *good evening* zu antworten. — „Wo habt Ihr denn gestern gesteckt, Sir?" knurrte er mich an. — „Zu Hause." — „Und vorgestern?" — „Auch zu Hause." — *„Pshaw!* Macht mir doch nichts weis! Solch grüne Vögel, wie Ihr einer seid, bleiben nicht im Nest hocken. Die stecken die Schnäbel überallhin, gewöhnlich nur nicht an den Fleck, wohin sie gehören!" — „Und wohin gehöre ich, wenn es Euch beliebt, mir das zu sagen?" — „Hierher zu mir, verstanden? Habe Euch schon lang einmal etwas fragen wollen." — „Weshalb habt Ihr's nicht getan?" — „Weil ich nicht wollte. Hört Ihr?"

„Und wann wollt Ihr einmal?" — „Heute vielleicht." — „So fragt nur getrost zu!" forderte ich ihn auf, während ich mich hoch auf die Schraubenbank setzte, an der er arbeitete. — Er sah mir verwundert ins Gesicht und schüttelte mißbilligend den Kopf. — „Getrost! Als ob ich ein Greenhorn erst um Erlaubnis fragen müßte, wenn ich mit ihm reden will!" — „Greenhorn?" wiederholte ich, die Stirn in Falten ziehend, denn ich fühlte mich ernstlich verletzt. „Ich will annehmen, Mr. Henry, daß Euch dieses Wort ohne Absicht herausgefahren ist!" — „Bildet Euch doch nichts ein, Sir! Ich habe mit vollem Bedacht gesprochen, Ihr seid ein Greenhorn, und was für eins! Den Inhalt Eurer Bücher habt Ihr gut im Kopf, das ist wahr. Es ist erstaunlich, was ihr Leute da drüben lernen müßt. Dieser junge Mensch weiß genau, wie weit die Sterne von hier entfernt sind, was der König Nebukadnezar auf Ziegelsteine geschrieben hat und wie schwer die Luft wiegt, die er doch nicht greifen kann. Und weil er das weiß, bildet er sich ein, ein gescheiter Kerl zu sein. Aber steckt die Nase ins Leben, versteht Ihr mich, so ungefähr fünfzig Jahre ins Leben hinein, dann werdet Ihr erfahren, worin die richtige Klugheit besteht. Was ihr bis jetzt wißt, ist nichts — ist gar nichts. Und was Ihr bis jetzt könnt, taugt noch viel weniger. Ihr könnt ja nicht einmal schießen!" — Er sagte das in einem merkbar verächtlichen Ton und mit einer solchen Bestimmtheit, als sei er seiner Sache völlig sicher. — „Nicht schießen? Hm!" entgegnete ich lächelnd. „Ist das vielleicht die Frage, die ihr mir vorlegen wolltet?" — „Ja, die ist es. Nun antwortet!" — „Gebt mir nur ein gutes Gewehr in die Hand, so will ich antworten, eher nicht. " — Da legte er den Büchsenlauf, woran er schraubte, weg, stand auf, trat nahe an mich heran und betrachtete mich mit verwunderten Augen. — „Euch ein Gewehr in die Hand, Sir? Wird mir nicht einfallen! Meine Gewehre kommen nur in solche Hände, die damit Ehre einlegen für mich."

„Solche habe ich", nickte ich ihm zu. — Er sah mich noch einmal von der Seite an, setzte sich wieder, begann von neuem an dem Lauf zu arbeiten und brummte vor sich hin: „So ein Greenhorn!

Könnte mich wirklich wild machen mit seiner Dreistigkeit!" — Ich ließ ihn gewähren, denn ich kannte ihn, zog eine Zigarre hervor und brannte sie an. Dann blieb es wohl eine Viertelstunde lang still zwischen uns. Länger aber konnte er es nicht aushalten. Er hob den Lauf gegen das Licht, sah hindurch und bemerkte dabei: „Schießen ist nämlich schwerer als zu den Sternen gucken oder alte Ziegelsteine von Nebukadnezar lesen. Verstanden? Habt Ihr denn jemals ein Gewehr in der Hand gehabt?" — „Schon oft." — „Auch angelegt und abgedrückt?" — „Ich denke", lachte ich belustigt. — „Und getroffen?" — „Natürlich!" — Da ließ er den Lauf, den er geprüft hatte, rasch sinken, sah mich wieder an und meinte: „Ja, getroffen, natürlich! Aber was?" — „Das Ziel selbstverständlich." — „Was? Wollt Ihr mir das im Ernst aufbinden?" — „Behaupten, aber nicht aufbinden. Es ist wahr." — „Hol Euch der Teufel, Sir! Aus Euch wird man nicht klug. Ich bin überzeugt, daß Ihr an einer Mauer vorbeischießen würdet, und wenn sie fünf Meter hoch und zehn lang wäre, und doch macht Ihr bei Eurer Behauptung ein so ernstes und zuversichtliches Gesicht, daß einem die Galle überlaufen könnte. Ich bin kein Knabe, dem Ihr Stunden gebt, verstanden? So ein Greenhorn und Bücherwurm, wie Ihr seid, will schießen können! Hat sogar in türkischen, arabischen und andern dummen Scharteken[1] herumgestöbert und will dabei Zeit zum Schießen gefunden haben! Nehmt doch einmal die alte Gun[2] dort hinten vom Nagel und legt sie an, als wolltet Ihr zielen! Es ist ein Bärentöter, der beste, den ich jemals in den Händen gehabt habe." — Ich ging hin, langte die Büchse herab und legte sie an. — „Halloo!" rief Henry, indem er aufsprang. „Was ist denn das? Ihr geht ja mit dieser Gun wie mit einem leichten Spazierstock um, und doch ist sie das schwerste Gewehr, das ich kenne! Besitzt Ihr eine solche Körperkraft?"

Statt zu antworten, nahm ich ihn unten bei der zugeknöpften Jacke und beim Hosenbund und hob ihn mit dem rechten Arm empor. — „Hang it all — zum Henker!" schrie er auf. „Laßt mich los! Ihr seid ja noch weit kräftiger als mein Bill." — „Euer Bill? Wer ist das?" — „Es war mein Sohn, der — doch lassen wir das! Er ist tot, wie die andern auch. Er versprach ein tüchtiger Kerl zu werden, wurde aber während meiner Abwesenheit mit ihnen ausgelöscht. Ihr seid ihm ähnlich von Gestalt, habt beinah seine Augen und auch den gleichen Zug um den Mund. Deshalb bin ich Euch — na, das geht Euch ja doch nichts an!" — Ein Ausdruck tiefer Trauer hatte sich über sein Gesicht gebreitet, er fuhr mit der Hand darüber und setzte dann seine Rede im gewöhnlichen Tonfall fort: „Aber, Sir, bei Eurer Muskelkraft ist es wirklich jammerschade, daß Ihr Euch so auf die Bücher geworfen habt. Ihr hättet Sport treiben sollen!" — „Habe ich auch." — „Habt Ihr?" — „Ja." — „Boxen?" „Wird drüben bei uns nicht geübt. Aber im Turnen und Ringen mache ich mit." — „Reiten?" — „Ebenfalls!" — „Fechten?" — „Habe ich Unterricht erteilt." — „Sir, schneidet nicht auf!" — „Wollt Ihr es versuchen?" — „Danke! Habe genug von vorhin! Muß überhaupt

---

[1] Wertlose Bücher   [2] Gewehr, Büchse

arbeiten. Setzt Euch wieder hin!" — Er kehrte zu seiner Schraubenbank zurück, und ich tat nach seinem Geheiß. Die nun folgende
Unterhaltung war höchst einsilbig. Henry schien sich in Gedanken
mit irgend etwas Wichtigem zu beschäftigen. Plötzlich sah er von
der Arbeit auf und fragte: „Habt Ihr Mathematik getrieben?" —
„War eine meiner Lieblingswissenschaften." — „Algebra, Geome-
trie?" — „Ei freilich!" — „Feldmesserei?" — „Sogar besonders gern.
Bin oft zu meinem Vergnügen mit dem Meßgerät draußen herum-
gelaufen." — „Und könnt messen, wirklich messen?" — „Ja. Ich
habe mich sowohl an Längen- als auch an Höhenmessungen beteiligt, obgleich ich nicht behaupten will, daß ich mich als ausgelern-
ten Feldmesser betrachte." — „Well — sehr gut, sehr gut!"

„Warum fragt Ihr danach, Mr. Henry?" — „Weil ich einen Grund
dazu habe. Verstanden? Braucht ihn jetzt noch nicht zu wissen.
Werdet ihn schon rechtzeitig erfahren. Muß mich vorher — hm,
ja, muß mich vorher versichern, ob Ihr schießen könnt." — „So
stellt mich auf die Probe!" — „Werde es auch tun; darauf könnt
Ihr Euch verlassen. Wann beginnt Ihr morgen früh den Unterricht?" — „Um acht Uhr." — „So kommt um sechs zu mir! Wollen
zum Schießstand hinaufgehen, wo ich meine Gewehre einschieße."

„Weshalb so früh?" — „Weil ich nicht länger warten will. Bin ganz
begierig darauf, Euch zu zeigen, daß Ihr ein Greenhorn seid. Jetzt
aber genug davon! Habe andres zu tun, was weit wichtiger ist."

Er schien mit dem Gewehrlauf fertig zu sein und nahm aus einem
Kasten ein vielkantiges Eisenstück, dessen Ecken er abzufeilen begann. Ich sah, daß jede der zahlreichen Flächen ein Loch hatte.
Er war mit solcher Aufmerksamkeit bei dieser Arbeit, daß er
meine Gegenwart vergessen zu haben schien. Seine Augen funkelten, und wenn er sein Werk von Zeit zu Zeit betrachtete, beobachtete ich, daß es beinahe mit einem Ausdruck von Liebe geschah.
Dieses Eisenstück mußte einen großen Wert für ihn haben. Ich war
neugierig zu erfahren, warum. Deshalb fragte ich ihn: „Soll das
auch ein Gewehrteil werden, Mr. Henry?" — „Ja", antwortete er, als
müsse er sich erst darauf besinnen, daß ich noch da war. — „Aber
ich kenne keine Gewehrart, die einen solchen Teil besitzt", wandte
ich ein. — „Glaube es. Soll erst noch werden. Wird wohl Marke
Henry heißen." — „Ah, eine neue Erfindung?" — „Yes." — „Dann
bitte ich um Entschuldigung, daß ich gefragt habe. Es ist doch Geheimnis?" — Er guckte längere Zeit in alle die Löcher hinein, drehte
das Eisen nach verschiedenen Richtungen, hielt es einige Male an
das hintere Ende des Laufs. — „Ja, es ist ein Geheimnis. Aber ich
traue Euch, denn ich weiß, daß Ihr zu schweigen versteht, obgleich
Ihr ein ausgemachtes, richtiges Greenhorn seid. Darum will ich
Euch verraten, was es werden soll. Es wird ein Stutzen, ein Mehr-
lader mit fünfundzwanzig Schüssen." — „Unmöglich!" — „Haltet
Euern Schnabel! Ich bin nicht so dumm, mir etwas Unmögliches
vorzunehmen." — „Aber da müßtet Ihr doch Kammern zur Aufnahme des Schießbedarfs für fünfundzwanzig Schüsse haben!" —
„Habe ich auch." — „Die würden aber so groß und unhandlich sein,
daß sie stören." — „Nur eine Kammer. Ist ganz handlich und stört

gar nicht. Dieses Eisen ist die Kammer." — „Hm! Ich verstehe mich auf Euer Fach nicht; aber sagt, wie steht es mit der Hitze? Wird der Lauf nicht zu heiß?" — „Fällt ihm nicht ein. Material und Behandlung des Laufs sind mein Geheimnis. Übrigens, ist es denn immer nötig, die fünfundzwanzig Schüsse alle gleich hintereinander abzugeben?" — „Schwerlich." — „Also! Dieses Eisen wird eine Kugel, die sich durch einen besonderen Mechanismus bewegt. Fünfundzwanzig Löcher darin enthalten ebenso viele Patronen. Bei jedem Schuß rückt die Kugel weiter und schiebt die nächste Patrone an den Lauf. Habe mich lange Jahre mit diesem Gedanken getragen; wollte nicht gelingen. Nun aber scheint es zu klappen. Habe schon jetzt als Gunsmith einen guten Namen, werde dann aber berühmt, sehr berühmt werden und viel Geld erwerben." — „Und ein böses Gewissen dazu!" — Henry sah mir eine Weile erstaunt ins Gesicht und fragte dann: „Ein böses Gewissen? Wieso?" — „Meint Ihr, daß ein Mörder kein böses Gewissen zu haben braucht?" — *Zounds!* Wollt Ihr etwa sagen, daß ich ein Mörder bin?" — „Jetzt noch nicht; aber Ihr werdet bald einer sein, denn die Beihilfe zum Mord ist geradeso schlimm wie der Mord selber." — „Hol Euch der Teufel! Werde mich hüten, Beihilfe zu einem Mord zu leisten." — „Zu einem? Sogar zum Massenmord! Bedenkt doch: Wenn Ihr ein Gewehr fertigt, das fünfundzwanzigmal hintereinander schießt, und es in die Hände jedes beliebigen Strolchs gebt, so wird sich drüben auf den Prärien, in den Urwäldern und Schluchten des Gebirgs bald ein grausiges Morden erheben. Man wird dir armen Indianer niederschießen wie Kojoten[1], und in einigen Jahren wird es keinen Indsman mehr geben! Wollt Ihr das auf Euer Gewissen laden?" — Er starrte mich an und entgegnete nichts. — „Und", fuhr ich fort, „wenn jedermann diese mörderische Schußwaffe für Geld bekommen kann, so werdet Ihr allerdings in kurzer Zeit Tausende davon absetzen, aber die Mustangs und die Büffel werden ausgerottet werden und mit ihnen jede Art von Wild, dessen Fleisch die Roten zum Leben brauchen. Es werden sich hundert und tausend Aasjäger mit Euerm Stutzen bewaffnen und in den Wilden Westen gehen. Das Blut von Menschen und Tieren wird in Strömen fließen, und sehr bald werden die Gegenden diesseits und jenseits der Felsenberge von ihren Lebewesen entvölkert sein." — *s death!* rief er jetzt aus. „Seid Ihr wirklich erst vor kurzem aus Germany herübergekommen?"

„Ja." — „Und vorher nie hier gewesen?" — „Nein." — „Also ein vollständiges Greenhorn! Und doch nimmt dieser Jüngling den Mund so voll, als wäre er der Urgroßvater aller Indianer und hätte schon seit tausend Jahren hier gelebt! Männchen, bildet Euch ja nicht ein, mir warm zu machen! Selbst wenn alles so wäre, wie Ihr sagt, wird es mir niemals in den Sinn kommen, eine Gewehrfabrik zu eröffnen. Ich bin ein einsamer Mann und will einsam bleiben. Habe keine Lust, mich mit hundert oder gar noch mehr Arbeitern herumzuärgern." — „Aber Ihr könnt doch, um Geld zu verdienen, ein Patent auf Eure Erfindung nehmen und es verkaufen?" — „Das

[1] Präriewölfe

14

wartet ruhig ab, Sir! Bis jetzt habe ich stets gehabt, was ich brauche, und ich denke, daß ich auch fernerhin ohne Patent keine Not leiden werde. Und nun schert Euch für heute nach Haus! Habe keine Lust, einen Vogel piepen zu hören, der erst flügge werden muß, bevor er pfeifen oder singen kann." — Ich nahm ihm diese derben Ausdrücke durchaus nicht übel. Er war nun einmal so, und ich wußte recht gut, wie er es meinte. Er hatte mich liebgewonnen und war gewiß gewillt, mir in jeder Beziehung, soweit er es vermochte, förderlich zu sein. Ich gab ihm die Hand und ging, nachdem er sie mir kräftig geschüttelt hatte. — Noch ahnte ich nicht, wie wichtig dieser Abend für mich werden sollte, und ebensowenig kam es mir in den Sinn, daß dieser schwere Bärentöter, den Henry eine alte Gun nannte, und der noch unfertige Henry-Stutzen in meinem späteren Leben eine so große Rolle spielen würden. Aber auf den nächsten Morgen freute ich mich, denn ich hatte wirklich schon viel und gut geschossen und war überzeugt, daß ich vor meinem alten Freund bestehen würde. — Morgens sechs Uhr fand ich mich pünktlich bei ihm ein. Er wartete schon auf mich und gab mir die Hand, wobei ein spöttisches Lächeln über seine alten, derben Züge glitt.

„Welcome, Sir! Ihr macht ein recht siegesgewisses Gesicht! Meint Ihr, daß Ihr die Mauer, von der ich gestern abend sprach, treffen werdet?" — „Ich hoffe es." — „Well, so wollen wir gleich aufbrechen! Ich nehme ein leichteres Gewehr mit und Ihr tragt den Bärentöter. Mag mich mit so einer Last nicht schleppen." — Er hängte sich eine leichte, doppelläufige Rifle um und ich nahm die ‚alte Gun', die er nicht tragen wollte. Auf seinem Schießstand lud er beide Gewehre und tat zunächst aus der Rifle selber zwei Schüsse. Dann kam ich an die Reihe mit dem Bärentöter. Ich kannte dieses Gewehr noch nicht, traf aber schon beim ersten Schuß den Rand des Schwarzen in der Scheibe. Der zweite Schuß saß bereits besser. Der dritte nahm genau die Mitte des Schwarzen, und die nächsten Kugeln gingen alle durch das Loch, das die dritte geschlagen hatte. Das Erstaunen Henrys wuchs von Schuß zu Schuß. Ich mußte auch die Rifle versuchen, und als das den gleichen Erfolg hatte, war er voll Staunen und Begeisterung. — „Entweder Ihr habt den Teufel, Sir, oder Ihr seid zum Westmann geboren! So habe ich noch kein Greenhorn schießen sehen!" rief er. — „Den Teufel habe ich nicht, Mr. Henry", lachte ich. „Von einem solchen Bündnis möchte ich nichts wissen." — „So ist es Eure Aufgabe und sogar Eure Pflicht, Westmann zu werden. Habt Ihr keine Lust dazu?" — „Warum nicht?" — „Well, werden sehen, was sich aus dem Greenhorn machen läßt. Also reiten könnt Ihr auch?" — „Zur Not." — „Zur Not? Also doch nicht so gut, wie Ihr schießt?" — „Pshaw! Was ist das Reiten weiter! Das Aufsteigen ist das schwierigste. Wenn ich dann erst oben sitze, bringt mich wohl kein Pferd herunter." — Er sah mich forschend an, ob ich im Ernst oder im Scherz gesprochen hätte. Ich machte ein recht unbefangenes Gesicht, und so meinte er: „Denkt Ihr das? Wollt Euch wohl an der Mähne festhalten? Da seid Ihr im Irrtum. Ihr habt ganz richtig gesagt: Das Hinaufkommen ist das schwierigste, denn das muß man selber machen. Das Herabkommen ist viel leichter;

das besorgt der Gaul, und darum geht es viel schneller." — „Bei mir besorgt es der Gaul aber nicht!" — „So? Wollen sehen! Habt Ihr Lust, eine Probe zu zeigen?" — „Gern." — „So kommt! Es ist erst sieben Uhr und Ihr habt noch eine Stunde Zeit. Wir gehen zu Jim Corner, dem Pferdehändler; der hat einen Rotschimmel, der es Euch schon besorgen wird." — Wir kehrten in die Stadt zurück und suchten den Pferdehändler auf, bei dem es einen weiten Reithof gab, der rings von Stallungen umgeben war. Corner kam selber herbei und fragte nach unserm Begehr. — „Dieser junge Mann behauptet, ihn brächte kein Pferd aus dem Sattel", erklärte Henry. „Was meint Ihr dazu, Mister Corner? Wollt Ihr ihn einmal auf Euern Rotschimmel klettern lassen?" — Der Händler maß mich mit prüfendem Blick und nickte dann befriedigt. — „Das Knochengestell scheint gut und biegsam zu sein; übrigens brechen sich junge Menschen den Hals nicht so leicht wie ältere Leute. Wenn der Gentleman den Rotschimmel versuchen will, so habe ich nichts dagegen." — Er gab eine entsprechende Weisung, und nach einiger Zeit führten zwei Knechte das gesattelte Pferd aus dem Stall. Es war unruhig und strebte, sich loszureißen. Meinem alten Mr. Henry wurde bange um mich. Er bat mich, von dem Versuch abzustehen. Aber erstens war ich unbesorgt, und zweitens betrachtete ich die Angelegenheit nun als Ehrensache. Ich ließ mir eine Peitsche geben und Sporen anschnallen. Dann schwang ich mich, allerdings nach einigen vergeblichen Versuchen, gegen die das Pferd sich wehrte, in den Sattel. Kaum saß ich oben, so sprangen die Knechte eilends fort, und der Rotschimmel tat mit allen vieren einen Satz in die Luft und einen zweiten zur Seite. Ich behielt den Sattel, obgleich ich noch nicht in den Bügeln war, beeilte mich aber hineinzukommen. Kaum war das geschehen, so begann der Gaul zu bocken. Als das nichts fruchtete, ging er zur Wand, um mich abzustreifen. Die Peitsche brachte ihn jedoch rasch von ihr fort. Hierauf gab es einen bösen Kampf zwischen Reiter und Pferd. Ich bot alles auf: das wenige Geschick und die unzureichende Übung, die ich damals besaß, sowie die volle Kraft der Schenkel, die mich schließlich doch zum Sieger machte. Als ich abstieg, zitterten mir die Beine vor Anstrengung. Aber das Pferd triefte von Schweiß und schäumte große, schwere Flocken. Es gehorchte nun jedem Druck. — Dem Händler war angst geworden um sein Pferd. Er ließ es in Decken wickeln und langsam herumführen; dann wandte er sich an mich. — „Das hätte ich nicht gedacht, junger Mann. Ich glaubte, Ihr würdet schon beim ersten Sprung unten liegen. Ihr habt nichts zu bezahlen, und wenn Ihr mir einen Gefallen tun wollt, so kommt wieder und bringt mir das Viehzeug vollends zu Verstand! Es soll mir auf zehn Dollars nicht ankommen, denn es ist kein billiges Pferd, und wenn es gehorchen lernt, mache ich ein Geschäft." — „Falls Ihr es wünscht, soll es mir ein Vergnügen sein", erwiderte ich. — Henry hatte, seit ich abgestiegen war, noch nichts gesagt, sondern mich nur immer kopfschüttelnd angesehen. Jetzt schlug er die Hände zusammen und rief: „Dieses Greenhorn ist wirklich ein ganz außerordentliches oder vielmehr ein ganz ungewöhnliches Greenhorn! Hat das

Pferd halbtot gedrückt, anstatt sich in den Sand werfen zu lassen! Wer hat Euch das gelehrt, Sir?" — „Das Schicksal, das mir eines Tages einen halbwilden ungarischen Pustahengst, der niemand aufsitzen lassen wollte, zwischen die Beine gab. Ich habe ihn nach und nach bezwungen, dabei aber das Leben gewagt." — „Danke für solche Geschöpfe! Da lobe ich mir meinen alten Polsterstuhl, der nichts dagegen hat, wenn ich mich darauf setze. Kommt, wir wollen gehen! Es ist mir ganz schwindlig geworden. Aber umsonst habe ich Euch nicht schießen und reiten sehen. Darauf könnt Ihr Euch verlassen." — Wir gingen nach Haus, er in seine und ich in meine Wohnung. Während der beiden nächsten Tage ließ er sich nicht blicken, und ich hatte auch keine Gelegenheit, ihn aufzusuchen. Aber am darauffolgenden Tag kam er des Nachmittags zu mir; er wußte, daß ich zu dieser Zeit frei hatte. — „Habt Ihr Lust, einen Spaziergang mit mir zu machen?" fragte er. — „Wohin?"

„Zu einem Gentleman, der Euch gern kennenlernen will." — „Mich kennenlernen? Weshalb?" — „Das könnt Ihr Euch doch denken: weil er noch kein Greenhorn gesehen hat." — „So gehe ich mit. Er soll Augen machen." — Henry zeigte heute ein auffallend pfiffiges, unternehmendes Gesicht. Wie ich ihn kannte, hatte er irgendeine Überraschung vor. Wir schlenderten durch einige Straßen, und dann führte er mich in einen Geschäftsraum, in den von der Straße aus eine breite Glastür führte. Er nahm den Zutritt so schnell, daß ich die goldenen Buchstaben, die auf den Glasscheiben standen, nicht mehr lesen konnte, doch glaubte ich, die beiden Worte *Office* und *Surveying* gesehen zu haben. Bald stellte es sich heraus, daß ich mich nicht geirrt hatte. — Es saßen da drei Herren, die Henry sehr freundlich und mich höflich und mit nicht zu verbergender Neugier empfingen. Karten und Pläne lagen auf den Tischen. Dazwischen gab es allerlei Meßgeräte. Wir befanden uns in einer Vermessungskanzlei. — Welchen Zweck mein Freund mit diesem Besuch verfolgte, war mir unklar. Er hatte keine Bestellung, keine Erkundigung vorzubringen und schien nur der freundschaftlichen Unterhaltung wegen gekommen zu sein. Das Gespräch kam bald lebhaft in Gang, und es konnte nicht auffallen, daß es sich schließlich auch auf die Gegenstände erstreckte, die sich in dem Raum befanden. Das war mir lieb, denn so konnte ich mich besser beteiligen, als wenn von amerikanischen Verhältnissen gesprochen worden wäre, die ich noch nicht genügend kannte. — Henry schien heute sehr für die Feldmeßkunst eingenommen zu sein. Er wollte alles wissen, und ich ließ mich gern so tief ins Gespräch ziehen, daß ich endlich immer nur Fragen zu beantworten, den Gebrauch der verschiedenen Geräte zu erklären und das Zeichnen von Karten und Plänen zu beschreiben hatte. Ich war wirklich ein vollendetes Greenhorn, denn ich merkte die Absicht nicht heraus. Erst als ich mich über das Wesen und die Unterschiede der Aufnahme durch Koordinaten, der Polar- und Diagonalmethode, der Perimetermessung, des Repetitionsverfahrens und der trigonometrischen Triangulation ausgesprochen und dabei die Wahrnehmung gemacht hatte, daß die drei Herren dem Büchsenmacher heimlich zunickten, wurde mir die

Sache auffällig. Ich stand von meinem Sitz auf, um Henry anzudeuten, daß ich zu gehen wünschte. Er weigerte sich nicht, und wir wurden — jetzt auch ich — noch freundlicher entlassen, als der Empfang gewesen war. — Als wir dann so weit gegangen waren, daß man uns von der Kanzlei aus nicht mehr sehen konnte, blieb Henry stehen, legte mir die Hand auf die Schulter und strahlte mich in heller Genugtuung an. — „Sir, Mann, Mensch, Jüngling, Greenhorn, habt Ihr mir eine Freude gemacht! Ich bin förmlich stolz auf Euch!" — „Stolz? Weshalb?" — „Weil Ihr meine Empfehlung und die Erwartungen dieser Leute noch übertroffen habt!"

„Empfehlung? Erwartungen? Ich verstehe Euch nicht." — „Nun die Sache ist doch sehr einfach. Ihr behauptetet kürzlich, etwas von der Feldmesserei zu verstehen, und um zu erfahren, ob das etwa nur Flunkerei war, habe ich Euch zu diesen Gentlemen, die gute Bekannte von mir sind, geführt und Euch von ihnen auf den Zahn fühlen lassen. Es ist ein sehr gesunder Zahn, denn Ihr habt Euch recht ehrenvoll herausgebissen." — „Flunkerei? Mr. Henry, wenn Ihr mich solcher Dinge für fähig haltet, werde ich Euch nicht mehr besuchen!" — „Laßt Euch nicht auslachen! Ihr werdet mich alten Mann doch nicht der Freude berauben, die mir Euer Anblick macht. Wißt schon, wegen der Ähnlichkeit mit meinem Sohn. Seid Ihr vielleicht wieder einmal beim Pferdehändler gewesen?" — „Täglich des Morgens." — „Und habt den Rotschimmel geritten?" — „Ja."

„Wird etwas aus dem Pferd?" — „Will es meinen. Nur bezweifle ich, daß der Käufer so gut mit ihm auskommen wird wie ich. Es hat sich nur an mich gewöhnt und wirft jeden andern ab." — „Freut mich, freut mich ungemein! Es will also, wie es scheint, nur Greenhorns tragen. Kommt mit durch diese Seitenstraße! Weiß dort drüben ein *dining-house*, wo man sehr gut speist und noch besser trinkt. Die Prüfung, die Ihr so vortrefflich bestanden habt, muß gefeiert werden." — Ich konnte Henry nicht begreifen; er war wie ausgetauscht. Er, der einsame, zurückhaltende Mann, wollte in einem *dining-house* essen! Auch sein Gesicht war anders als gewöhnlich, und seine Stimme klang heller und froher als sonst. Prüfung, hatte er gesagt. Das Wort fiel mir auf, hatte hier aber wohl keine besondere Bedeutung. — Von diesem Tag an besuchte mich Henry täglich und behandelte mich wie einen lieben Freund, den man bald zu verlieren fürchtet. Aber einen Stolz auf diese Bevorzugung ließ er in mir nicht aufkommen. Er hatte stets einen Dämpfer bereit, der in dem ärgerlichen Wort Greenhorn bestand. — Seltsamerweise hatte sich zur gleichen Zeit auch das Verhalten der Familie, in der ich wirkte, verändert. Die Eltern hatten sichtlich mehr Aufmerksamkeit für mich, und die Kinder waren zärtlicher geworden. Ich überraschte sie bei heimlichen Blicken auf mich, die ich nicht verstand; ich hätte sie liebevoll und auch bedauernd nennen mögen. — Ungefähr zwei Wochen nach unserem sonderbaren Besuch in der Vermessungskanzlei bat mich die Lady, am Abend, der heute für mich frei war, nicht auszugehen, sondern das *dinner* mit der Familie zu nehmen. Als Grund dieser Einladung gab sie an, Mr. Henry würde kommen, und außerdem habe sie zwei Gentlemen zu Tisch gebeten, von denen der eine Sam Hawkens heiße und ein berühmter Westmann sei. Ich als Greenhorn hatte diesen Namen noch nicht gehört, freute mich aber doch darauf, den ersten wirklichen und sogar berühmten Westmann kennenzulernen.

Da ich Hausgenosse war, brauchte ich nicht bis zum Glockenschlag zu warten, sondern stellte mich einige Minuten vorher im *dining-room* ein. Dort sah ich zu meiner Verwunderung nicht die übliche Anordnung, sondern es war wie zu einem Fest gedeckt worden. Die kleine, fünfjährige Emmy hatte sich allein in dem Raum befunden und den Finger naschhafterweise ins Beerenkompott gesteckt. Als ich eintrat, zog sie ihn schnell zurück und wischte ihn spornstreichs an ihrem hochblonden Schöpfchen ab. Und als ich nun mit strafendem Wink die Rechte hob, kam sie auf mich zugesprungen und flüsterte mir einige Worte zu. Um ihr Vergehen gutzumachen, teilte sie mir das Geheimnis der letzten Tage mit, das ihr das kleine Herzchen fast abgedrückt hatte. Ich glaubte falsch verstanden zu haben. Sie aber wiederholte auf meine Aufforderung die Worte: ,*Your farewell-party*'.

Mein Abschiedsschmaus! Das konnte doch unmöglich richtig sein! Wer weiß, durch welches Mißverständnis das Kind auf diese irrige Meinung gekommen war. Ich lächelte darüber. Dann hörte ich Stimmen im Vorraum. Die Gäste kamen, und ich ging hinüber, sie zu begrüßen. Sie waren alle drei zu gleicher Zeit gekommen, auf Verabredung, wie ich später erfuhr. Henry stellte mir einen jungen, etwas steif und ungelenk aussehenden Mann als einen Mr. Black und dann Sam Hawkens, den Westmann, vor.

Den Westmann! Ich gestehe offen, daß ich, als mein Auge verwundert auf ihm ruhte, wohl nicht sehr geistreich ausgesehen haben mag. Eine solche Gestalt hatte ich denn doch noch nicht erblickt. Später freilich habe ich noch ganz andre kennengelernt. — War der Mann schon an sich auffällig genug, so wurde dieser Eindruck dadurch noch erhöht, daß er hier im Empfangsraum genauso dastand, wie er draußen in der Wildnis gestanden haben würde, nämlich ohne die Kopfbedeckung abzunehmen und mit dem Gewehr in der Hand. Man denke sich folgendes Äußere: Unter der wehmütig herabhängenden Krempe eines Filzhutes, dessen Alter, Farbe und Gestalt selbst dem schärfsten Denker einiges Kopfzerbrechen verursacht haben würde, blickte zwischen einem Wald von verworrenen, schwarzen Barthaaren eine Nase hervor, die von fast erschreckenden Ausmaßen war und jeder beliebigen Sonnenuhr als Schattenwerfer hätte dienen können. Infolge dieses gewaltigen Bartwuchses waren außer dem so verschwenderisch ausgestatteten Riechwerkzeug von den übrigen Gesichtsteilen nur die zwei kleinen, klugen Äuglein zu bemerken, die mit einer außerordentlichen Beweglichkeit begabt zu sein schienen und mit schalkhafter List auf mir ruhten. Der Mann betrachtete mich ebenso aufmerksam wie ich ihn. Später erfuhr ich, weshalb er sich so mit mir beschäftigte.

Dieser Kopf ruhte auf einem Körper, der bis auf die Knie herab unsichtbar blieb und in einem alten, bocksledernen Jagdrock steckte, der augenscheinlich für eine bedeutend stärkere Person angefertigt worden war und dem kleinen Mann das Aussehen eines Kindes gab, das zum Vergnügen einmal in den Schlafrock des Großvaters geschlüpft ist. Aus dieser mehr als zulänglichen Umhüllung guckten zwei dürre, sichelkrumme Beine hervor. Sie steckten in ausgefransten Leggins[1], die so hochbetagt waren, daß sie das Männchen schon vor zwei Jahrzehnten ausgewachsen haben mußte, und gestatteten dabei einen umfassenden Blick auf ein Paar Schaftstiefel, in denen zur Not der Besitzer in voller Person hätte Platz finden können. — In der Hand trug dieser berühmte ,Westmann' ein Schießeisen, das ich wohl nur mit der äußersten Vorsicht angefaßt hätte. Es war einem Knüppel ähnlicher als einem Gewehr. Ich konnte mir in diesem Augenblick kein ärgeres Spottbild eines Präriejägers denken, doch sollte nur kurze Zeit vergehen, bis ich den Wert des sonderbaren Männchens vollauf würdigen lernte.

Nachdem er mich genau betrachtet hatte, fragte er den Büchsenmacher mit einer dünnen Kinderstimme: „Ist dies das junge Greenhorn, von dem Ihr mir erzählt habt, Mr. Henry?" — „Yes", nickte der Gefragte. — „Well! Gefällt mir nicht übel. Hoffe, daß Sam Hawkens ihm auch gefallen wird, hihihihi!" — Mit diesem feinen, ganz eigenartigen Lachen, das ich später noch tausendmal von ihm gehört habe, wandte er sich der Tür zu, die sich in diesem Augenblick öffnete. Der Hausherr erschien mit seiner Frau. Sie begrüßten den Jäger in einer Weise, die vermuten ließ, daß sie ihn schon einmal gesehen hatten. Das war geschehen, ohne daß ich davon wußte. Dann luden sie uns ein, ins Speisezimmer zu treten. — Wir folgten dieser Aufforderung, wobei Sam Hawkens zu meinem Erstaunen vorher gar nicht erst ablegte. Als wir unsere Plätze an der Tafel angewiesen erhielten, deutete er nur in aller Ruhe auf seinen alten Schießprügel. — „Ein richtiger Westmann läßt seine Büchse niemals aus den Augen und ich meine brave Liddy erst recht nicht. Werde sie dort an den Vorhangknopf hängen." — Also Liddy nannte er sein Gewehr! Später erfuhr ich, daß es die Gewohnheit mancher Westläufer ist, ihre Waffe wie ein lebendes Wesen zu behandeln und ihr einen Namen zu geben. Er hängte sie an die genannte Stelle und wollte den alten Hut hinzufügen. Als er ihn abnahm, blieb zu meinem Entsetzen sein ganzes Kopfhaar daran hängen. Es war wirklich zum Erschrecken, welchen Anblick nun sein haarloser, blutigroter Schädel bot. Die Lady schrie laut auf, und die Kinder kreischten, was sie konnten. Er aber wandte sich zu uns um und sagte ruhig: „Erschreckt nicht, Mylady und Mesch'schurs! Es ist ja weiter nichts. Hatte meine eignen Haare mit vollem Recht und ehrlich von Kindesbeinen an getragen, und kein Rechtsverdreher wagte es, sie mir streitig zu machen, bis so ein oder zwei Dutzend Pawnees[2] über mich kamen und mir die Haare samt der Haut vom Kopf rissen. War ein verteufelt störendes Gefühl für mich, habe es aber glücklich überstanden, hihihihi! Bin dann nach Tekama gegangen und habe mir einen neuen Skalp gekauft, wenn ich mich nicht irre. Wurde Perücke genannt und kostete mich drei dicke

---

[1] Indianische Hosen   [2] Sprich: Panis

Bündel Biberfelle. Schadet aber nichts, denn die neue Haut ist viel bequemer als die alte, besonders im Sommer. Kann sie abnehmen, wenn ich schwitze, hihihihi!" — Sam hängte den Hut zum Gewehr und stülpte sich die Perücke wieder auf den Kopf. Dann zog er den Rock aus und legte ihn über einen Stuhl. Dieser Rock war viele, viele Male geflickt und ausgebessert, immer ein Lederlappen wieder auf den anderen genäht, und er war dadurch so steif und dick geworden, daß wohl kaum ein Indianerpfeil hindurchdringen konnte. — Nun sahen wir die dünnen, krummen Beine des Trappers ganz. Der Oberkörper steckte in einer ledernen Jagdweste. Im Gürtel hatte er ein Messer und zwei Pistolen. Als er einen Stuhl an der Tafel zurechtrückte, warf er erst auf mich und dann auf die Frau des Hauses einen pfiffigen Blick und fragte: „Mag Mylady nicht, bevor wir ans Essen gehen, diesem Greenhorn sagen, worum es sich handelt, wenn ich mich nicht irre?" — Der Ausdruck ‚wenn ich mich nicht irre' war bei ihm zur stehenden Redensart geworden. Die Hausfrau nickte, wandte sich zu mir und deutete auf den jüngeren Gast. — „Ihr werdet noch nicht wissen, daß Mr. Black hier Euer Nachfolger ist, Sir?" — „Mein — Nach — folger?" stieß ich betroffen hervor. — „Jawohl. Da wir heute Euern Abschied von uns feiern, waren wir gezwungen, uns um einen neuen Lehrer umzusehen." — „Meinen — Abschied —?" — Heut preise ich das Schicksal, daß ich in jenem Augenblick nicht photographiert worden bin, denn ich habe jedenfalls in meiner Verblüfftheit kein geistreiches Gesicht gemacht. — „Ja, Euern Abschied, Sir", nickte sie mit einem wohlwollenden Lächeln, das ich aber gar nicht am Platz fand, denn mir selber war keineswegs zum Lächeln. „Es hätte eigentlich gekündigt werden sollen", fügte sie hinzu, „doch wollen wir Euch, den wir so liebgewonnen haben, nicht hinderlich sein. Es tut uns aufrichtig leid, Euch von uns scheiden zu sehen, und wir geben Euch unsre besten Wünsche mit. Reist in Gottes Namen morgen ab!" — „Abreisen? Morgen? Wohin denn?" brachte ich nur mühsam hervor. — Da schlug mir Sam Hawkens, der neben mir stand, mit der Hand auf die Schulter und lachte. — „Wohin? In den Wilden Westen mit mir! Habt ja Eure Prüfung glänzend bestanden, hihihihi! Die andern Surveyors reiten morgen fort und können nicht auf Euch warten. Ihr müßt unweigerlich mit. Dick Stone, Will Parker und ich, wir sind als Führer angestellt, immer den Canadian hinauf und nach Texas hinein. Denke doch nicht, daß Ihr noch länger hier hocken und ein Greenhorn bleiben wollt!"

Jetzt fiel es mir wie Schuppen von den Augen. Das alles war abgekartete Sache gewesen, Surveyor, Feldmesser, vielleicht gar für eine der großen Bahnen, die geplant wurden. Welch ein froher Gedanke! Ich brauchte gar nicht zu fragen; ich erhielt die Auskunft unaufgefordert, denn mein alter Henry trat zu mir und faßte mich bei der Hand. — „Hab's Euch ja schon gesagt, weshalb ich Euch gern habe. Ihr seid hier bei braven Menschen, aber ein Hauslehrerposten ist nichts für Euch, Sir, gar nicht. Ihr müßt in den Westen. Habe mich deshalb an die Atlantic und Pacific Company gewendet und Euch prüfen lassen, ohne daß Ihr es wußtet. Habt gut bestanden. Hier ist die Anstellungsurkunde!" — Er gab mir das Papier. Als ich einen Blick hineinwarf und da mein künftiges Einkommen verzeichnet fand, gingen mir die Augen über. Er aber fuhr fort: „Es wird geritten. Ihr braucht also ein gutes Pferd. Habe den Rotschimmel gekauft, den Ihr selber gezähmt habt. Sollt ihn bekommen. Und Waffen müßt Ihr auch haben. Werde Euch den Bärentöter mitgeben, die alte, schwere Gun, die ich nicht brauchen kann, womit Ihr aber bei jedem Schuß ins Schwarze trefft. Was sagt Ihr dazu Sir, he?" — Ich sagte zunächst nichts; dann, als ich die Sprache wiederfand, wollte ich die Gaben zurückweisen, hatte aber keinen Erfolg. Diese guten Menschen hatten beschlossen, mich glücklich zu machen, und es hätte sie tief gekränkt, wenn ich bei meiner Ablehnung geblieben wäre. Um wenigstens einstweilen alle Weiterungen abzuschneiden, nahm die Hausfrau an der Tafel Platz, und wir andern waren gezwungen, ihrem Beispiel zu folgen. Es wurde gegessen, und meine Angelegenheiten durften zunächst nicht weiter besprochen werden. — Erst nach Tisch erfuhr ich, was ich wissen mußte. Die Bahn sollte von St. Louis aus durch das Indian Territory, Texas, New Mexiko, Arizona und Kalifornien zur Pacific-Küste gehen, und man hatte den Plan gefaßt, die weite Strecke in einzelnen Abteilungen erforschen und ausmessen zu lassen. Die Abteilung, die mir und noch drei andern Surveyors unter einem Oberingenieur zugefallen war, lag zwischen dem Quellgebiet des Red River und dem Canadian. Die drei bewährten Führer Sam Hawkens, Dick Stone und Will Parker sollten uns dorthin bringen, wo wir eine ganze Schar von wackeren Westmännern vorfinden würden, die für unsre Sicherheit sorgen sollten. Außerdem waren wir auch des Schutzes aller Fortbesatzungen sicher. Um mich so recht zu überraschen, war mir das alles erst heute mitgeteilt worden, freilich etwas sehr spät. Doch beruhigte mich die Versicherung, daß für meine Ausrüstung bis aufs kleinste gesorgt sei. Es blieb mir also nichts weiter zu tun, als mich meinen Mitarbeitern vorzustellen, die in der Wohnung des Oberingenieurs auf mich warteten. Ich ging in Begleitung von Henry und Sam Hawkens hin und wurde freundlich begrüßt. — Als ich am andern Morgen zunächst von der deutschen Familie Abschied genommen hatte, suchte ich Henry auf. Er schnitt meine Dankesworte kurz ab, indem er mir herzlich die Hände schüttelte und mich in seiner derben Weise unterbrach: „Haltet den Schnabel, Sir! Ich habe Euch doch nur deshalb hinausgeschickt, damit meine alte Gun wieder einmal mitreden kann. Kehrt Ihr zurück, so kommt zu mir und erzählt, was Ihr erlebt und erfahren habt! Dann wird es sich zeigen, ob Ihr das noch seid, was Ihr bisher wart und doch nicht glauben wolltet, nämlich ein Greenhorn, wie es im Buch steht!" — Damit schob er mich zur Tür hinaus. Doch bevor er sie schloß, sah ich, daß ihm das Wasser in den Augen stand.

2. Die ersten Westmannslorbeeren

Wir standen im Anfang des September und waren bereits drei Monate in Tätigkeit, hatten unsre Aufgabe aber noch nicht gelöst, während die anderen Abteilungen meist schon nach Hause zuzurückgekehrt waren. Hierfür gab es zwei Gründe. — Der erste lag in dem Umstand, daß wir eine sehr schwierige Gegend zu bearbeiten hatten. Die Bahn sollte durch die Prärien dem Lauf des Canadian folgen. Die Richtung war also bis zu seinem Quellgebiet vorgezeichnet, während sie von New Mexiko an durch die Lage der Täler und Pässe ebenso vorgeschrieben wurde. Unsere Abteilung aber arbeitete zwischen dem Canadian und New Mexiko, und wir mußten die geeignete Richtung erst entdecken. Dazu waren zeitraubende Ritte, anstrengende Wanderungen und viele vergleichende Messungen nötig, bevor wir an die eigentliche Arbeit heran konnten. Erschwert wurde das alles noch dadurch, daß wir uns in einer gefährlichen Gegend befanden, denn es trieben sich die Kiowas[1], Komantschen und Apatschen umher, die von einer Bahn durch das Gebiet nichts wissen wollten. Wir mußten uns sehr in acht nehmen und stets auf unsrer Hut sein, wodurch unsere Tätigkeit selbstverständlich erst recht verlangsamt wurde. — In Rücksicht auf diese Indianer mußten wir darauf verzichten, uns durch die Erträgnisse der Jagd zu ernähren, denn wir hätten die Roten dadurch auf unsre Spur gelenkt. Wir bezogen vielmehr alles, was wir brauchten, durch Ochsenwagen aus Santa Fé. Leider war aber diese Art der Beförderung sehr unsicher, und wir konnten wiederholt mit unsern Messungen nicht vorwärtsschreiten, weil wir auf die Ankunft der Wagen warten mußten. — Der zweite Grund lag in der Zusammensetzung unsrer Gesellschaft. Ich habe erwähnt, daß ich in St. Louis von dem Oberingenieur und den drei Surveyors freundlich begrüßt wurde. Diese Aufnahme ließ mich ein gutes und erfolgreiches Zusammenwirken erwarten. Darin sollte ich mich jedoch leider getäuscht haben. — Meine Mitarbeiter waren echte Yankees, die in mir das Greenhorn, den unerfahrenen Dutchman sahen, dieses Wort als Schimpfnamen genommen. Sie wollten Geld verdienen, ohne viel danach zu fragen, ob sie ihre Aufgabe auch wirklich gewissenhaft erfüllten. Ich als ehrlicher Deutscher war ihnen dabei ein Hemmnis, und so entzogen sie mir bald ihre Gunst. Ich ließ mich das nicht anfechten und tat meine Pflicht. Ja, ich tat sogar noch mehr. Ich bemerkte nämlich schon nach kurzer Zeit, daß es mit ihren Kenntnissen eigentlich nicht weit her war. Sie schoben mir die schwierigsten Arbeiten zu und machten sich das Leben so leicht wie möglich. Dagegen hatte ich nichts einzuwenden, denn ich bin stets der Ansicht gewesen, daß man um so stärker wird, je mehr man leisten muß. — Mr. Bancroft, der Oberingenieur, war noch der tüchtigste von ihnen. Leider aber stellte es sich heraus, daß er den Branntwein liebte. Es waren einige Fäßchen dieses verderblichen

---

[1] Sprich: Kei-o-wehs

Getränks aus Santa Fé mitgebracht worden, und seitdem beschäftigte er sich weit mehr mit dem Brandy als mit den Meßgeräten. Es kam vor, daß er halbe Tage lang völlig betrunken an der Erde lag. Riggs, Marcy und Belling, die drei Surveyors, hatten, ebenso wie auch ich, den Schnaps mit bezahlen müssen, und so tranken sie, um nicht zu kurz zu kommen, mit Bancroft um die Wette. Es läßt sich denken, daß sich auch diese Gentlemen oft nicht in der besten Verfassung befanden. Da ich grundsätzlich keinen Branntwein trank, war ich allein der Arbeitsmann, während sie sich im steten Wechsel zwischen dem Trinken und dem Ausschlafen ihres Rausches hielten. Anerkennung erntete ich dafür nicht. Höchstens Belling war so verständig, einzusehen, daß ich mich für sie plagte, ohne im mindesten dazu verpflichtet zu sein. Daß unsre Arbeit dadurch litt, ist klar. — Die übrige Gesellschaft ließ nicht weniger zu wünschen übrig. Wir hatten bei unsrer Ankunft am Sammelplatz zwölf ‚Westmänner' angetroffen, die auf uns warteten. Ich als Neuling spürte in der ersten Zeit bedeutende Achtung vor ihnen, erkannte aber nur zu bald, daß ich es mit Leuten von recht niederem sittlichem Stand zu tun hatte. — Sie sollten uns schützen und uns bei unsern Arbeiten Hilfe leisten. Glücklicherweise kam volle drei Monate lang nichts vor, was mir Veranlassung gegeben hätte, mich in diesen zweifelhaften Schutz zu flüchten. Und was ihre Hilfeleistungen betraf, so konnte ich mit vollem Recht behaupten, daß sich hier die zwölf größten Faulenzer der Vereinigten Staaten ein Stelldichein gegeben hatten. — Wie traurig mußte es unter solchen Umständen mit der Zucht im Lager beschaffen sein! — Bancroft war dem Namen und dem Auftrag nach der Tonangebende, und er gebärdete sich auch ganz so, doch kein Mensch gehorchte ihm. Dann fluchte er, wie ich selten einen Menschen habe fluchen hören, und ging zum Brandyfaß, um sich für diese Anstrengung zu belohnen. Riggs, Marcy und Belling handelten nicht viel anders. Da hätte ich nun wohl allen Grund gehabt, mich ganz offen der Zügel zu bemächtigen. Aber ich tat es nicht, oder doch nur so, daß man es nicht merkte. Ein junger, unerfahrener Mensch wie ich wurde von solchen Leuten nun einmal nicht für voll anerkannt. Wäre ich so unklug gewesen, einmal gebieterisch aufzutreten, so hätte der Erfolg gewiß in einem schallenden Gelächter bestanden. Nein, ich mußte leise und vorsichtig verfahren, ungefähr so wie eine kluge Frau, die ihren widerspenstigen Mann zu lenken weiß, ohne daß er eine Ahnung davon hat. Ich wurde von diesen halbwilden, schwer zu zügelnden Westmännern täglich wohl zehnmal ein Greenhorn genannt, und doch richteten sie sich unbewußt nach mir. Und ich ließ sie geflissentlich in der Meinung, daß sie ihrem eigenen Willen folgten. — Hierbei hatte ich einen trefflichen Beistand an Sam Hawkens, Dick Stone und Will Parker. Den ersten habe ich den Lesern bereits vorgestellt, aber auch die zwei andern verdienten eine Beschreibung. — Dicks Gestalt war unendlich lang und entsetzlich fleischlos und ausgetrocknet. Über seine festen, kernigen Jagdschuhe hatte er ein Paar lederne Gamaschen geschnallt. Der Leib steckte in einem enganliegenden Jagdhemd. Um die breiten, eckigen Schultern zog sich eine wollene Decke, deren Fäden offenbar die ausgedehnteste Erlaubnis hatten, in alle Himmelsgegenden auseinanderzulaufen, und auf dem Kopf saß ein Ding, nicht Mütze und auch nicht Hut, dessen nähere Bezeichnung geradezu unmöglich war. — Sein Gefährte war fast ebenso lang und dürr. Er hatte ein großes, dunkles Tuch turbanartig um den Kopf gewunden und trug eine rote Husarenjacke, die auf irgendeine unerklärliche Weise den Weg in den Wilden Westen gefunden hatte, lange Leinenhosen und darüber Wasserstiefel. In seinem Gürtel steckten zwei Revolver und ein Messer vom besten Kingfieldstahl. Auffallend im Gesicht dieses Mannes war sein breiter Mund. Die beiden Mundwinkel schienen eine bedeutende Zuneigung für die Ohrläppchen zu besitzen und näherten sich ihnen auf die zutraulichste Weise. Dabei zeigten seine Züge den Ausdruck größter Treuherzigkeit. Will Parker war jedenfalls ein Mann, an dem kein Falsch gefunden werden konnte. — Die Gewehre der beiden schienen ebensowenig zu taugen wie die Liddy Sams. Ein jedes hatte Ähnlichkeit mit einem Prügel, der im Wald abgeschnitten wurde, und ein mit den westlichen Verhältnissen Unbekannter hätte es nicht für möglich gehalten, daß aus einem solchen Gewehr ohne größte Lebensgefahr für den Schützen selber ein Schuß abgefeuert werden könnte. — In Deutschland wären diese drei Gestalten unmöglich gewesen, hier aber, wo nicht die Kleidung den Mann machte, fiel es keinem vernünftigen Menschen ein, ihres Äußeren wegen einen schiefen Blick auf sie zu werfen. Im Gegenteil, diese drei waren erfahrene, kluge und kühne Jäger, und *the leaf of trefoil*[1], wie die Unzertrennlichen genannt wurden, war ein Name, der weithin guten Klang hatte.

Mein Leben damals wäre schwer zu ertragen gewesen, wenn ich nicht diese drei zur Seite gehabt hätte. Sie hielten sich meist zu mir und zogen sich von den andern zurück, doch so, daß sich niemand beleidigt fühlen konnte. Besonders verstand es Sam Hawkens trotz seiner spaßhaften Eigentümlichkeiten, dem was er wollte, bei der widerspenstigen Gesellschaft Achtung zu verschaffen, und sooft er in seiner halb strengen und halb drolligen Art etwas durchsetzte, geschah das, um mir in der Verfolgung einer guten Absicht behilflich zu sein. — Es hatte sich zwischen ihm und mir im stillen ein Verhältnis herausgebildet, das ich am besten mit dem Wort Oberlehnsherrschaft bezeichne. Er hatte mich unter seinen Schutz genommen, und zwar wie einen Menschen, den man nicht danach zu fragen braucht, ob er damit einverstanden ist. Ich war das Greenhorn und er der erfahrene Westmann, dessen Wille für mich unanfechtbar sein mußte. Er gab mir, soviel sich Zeit und Gelegenheit bot, theoretischen und praktischen Unterricht in allem, was man im Wilden Westen wissen und können muß. Und wenn ich heute der Wahrheit gemäß betone, daß ich später an Winnetous Seite die Hohe Schule durchmachte, so gehört dazu der Hinweis, daß Sam Hawkens mein Anfangslehrer gewesen ist. Er fertigte mir sogar eigenhändig einen Lasso an und erlaubte mir, mich im Werfen die-

[1] „Das Kleeblatt"

ser wichtigen Waffe an seiner eignen kleinen Person und seinem Pferd zu üben. Als ich es dann so weit gebracht hatte, daß die Schlinge bei jedem Wurf ihr Ziel unfehlbar faßte, freute er sich herzlich und rief: „Schön so, mein junger Sir! So ist's recht! Doch bildet Euch auf dieses Lob ja nichts ein! Ein Schulmeister muß selbst den dümmsten Jungen zuweilen loben, wenn der Bursche nicht ganz sitzenbleiben soll. Bin der Lehrer schon manches jungen Westmanns gewesen, und sie alle haben viel, viel leichter gelernt und mich viel rascher begriffen als Ihr. Doch wenn Ihr Euch so weiter übt, ist es vielleicht möglich, daß man Euch nach sechs oder sieben Jahren nicht mehr ein Greenhorn zu nennen braucht. Bis dahin mögt Ihr Euch mit der alten Erfahrung trösten, daß es mitunter ein Dummer ebenso weit oder wohl gar noch weiter bringt als ein Gescheiter, wenn ich mich nicht irre!" — Er trug das schein-bar im größten Ernst vor, und ich nahm es mit dem gleichen Ernst hin, wußte aber wohl, wie ganz anders er es meinte. — Von diesen Unterweisungen waren mir besonders die praktischen willkommen, denn die Berufsarbeit beanspruchte mich so, daß ich mir, wenn Sam Hawkens nicht gewesen wäre, wohl nicht die Zeit genommen hätte, mich in den Fertigkeiten zu üben, die ein Präriejäger besitzen muß. Übrigens hielten wir diese Übungen geheim. Sie wurden stets in solcher Entfernung vom Lager veranstaltet, daß man uns dabei nicht beobachten konnte. Sam wollte es so, und als ich ihn einmal nach dem Grund fragte, schmunzelte er: „Geschieht Euch zuliebe, Sir. Ihr habt so wenig Geschick für solche Sachen, daß ich mich in Eure Seele hinein schämen müßte, wenn diese Kerle uns dabei sähen. So, nun wißt Ihr es, hihihihi! Nehmt es Euch zu Herzen!"

Die Folge davon war, daß mir die ganze Gesellschaft hinsichtlich der Waffenführung und der körperlichen Geschicklichkeit nichts zu-traute, was mich aber wenig kümmerte. — Trotz aller vorhin er-wähnten Hindernisse waren wir schließlich doch so weit gekom-men, daß wir den Anschluß an die nächste Abteilung nach Verlauf von vielleicht einer Woche erreichen konnten. Um das dort zu mel-den, mußte ein Bote abgesandt werden. Bancroft erklärte, er wolle diesen Ritt selber machen und einen der Westmänner als Führer mitnehmen. Eine solche Nachrichtenübermittlung war nicht unge-wöhnlich, denn wir hatten sowohl mit der hinter uns liegenden Gruppe als auch mit der vor uns in einem immerwährenden Boten-verkehr stehen müssen. Infolgedessen — das sei wegen der weite-ren Ereignisse hier kurz erwähnt — wußte ich, daß der vor uns befehligende Ingenieur als tüchtiger Mann galt. — Es war an einem Sonntag früh, als Bancroft aufbrechen wollte. Er hielt es für nötig, vorher einen Abschiedstrunk zu tun, woran sich alle be-teiligen sollten. Ich allein wurde nicht dazu eingeladen, und Haw-kens, Stone und Parker folgten der an sie ergangenen Aufforde-rung nicht. Der Trunk zog sich, wie ich gleich geahnt hatte, so sehr in die Länge, daß er erst dann aufhörte, als Bancroft kaum mehr lallen konnte. Seine Zechgenossen hatten gleichen Schritt mitge-halten und waren nicht minder betrunken als er. Von dem beab-sichtigten Ritt konnte einstweilen keine Rede sein. Die Trunkenbolde taten, was sie in diesem Zustand stets getan hatten: sie krochen hinter die Büsche, um zu schlafen. — Was nun beginnen? Der Bote mußte fort, und die Bezechten schliefen nun jedenfalls bis weit in den Nachmittag hinein. Es war am besten, ich unternahm den Ritt. Aber ich zögerte, denn ich war überzeugt, daß bis zu meiner Rückkehr nach voraussichtlich vier Tagen von Arbeit keine Rede sein würde. — Während ich mich mit Sam Hawkens darüber beriet, deutete er mit der Hand nach Westen. — „Wird nicht nötig sein, daß Ihr reitet, Sir. Könnt die Botschaft den beiden mitgeben, die dort kommen." — Als ich in die angegebene Richtung blickte, bemerkte ich zwei Reiter, die sich uns näherten. Es waren Weiße, und in dem einen erkannte ich einen alten Scout[1], der einige Male bei uns gewesen war, um uns von der nächsten Abteilung Nachricht zu bringen. Neben ihm ritt ein jüngerer Mann, der nicht wie ein Westläufer gekleidet war. Als ich sie erreichte, hielten sie ihre Pferde an, und der Unbekannte fragte mich nach meinem Namen. Nachdem ich ihm Bescheid gegeben hatte, betrachtete er mich mit freundlich forschendem Blick. — „Also seid Ihr der junge, deutsche Gentleman, der hier alle Arbeit tut, während die andern auf der faulen Haut liegen! Ihr werdet wissen, wer ich bin, wenn ich Euch meinen Namen nenne. Ich heiße White."

Das war der Name des Leiters der westlich nächsten Gruppe, zu dem der Bote hätte geschickt werden sollen. Daß er selber kam, mußte einen Grund haben. Er stieg vom Pferd, gab mir die Hand und ließ sein Auge suchend über das Lager schweifen. Als er die Schläfer hinter den Büschen und dann auch das Branntweinfaß erblickte, glitt ein verständnisvolles, aber keineswegs freundliches Lächeln über sein Gesicht. — „Sind wohl betrunken?" fragte er. — Ich nickte.

„Alle?" — „Ja. Mr. Bancroft wollte zu Euch, und da hat es einen kleinen Abschiedstrunk gegeben. Ich werde ihn wecken und —" — „Halt!" fiel er mir in die Rede. „Laßt sie schlafen! Es ist mir lieb, daß ich mit Euch reden kann, ohne daß sie es hören. Wer sind die drei Männer, die dort bei Euch standen?" — „Sam Hawkens, Dick Stone und Will Parker, unsre drei zuverlässigsten Scouts." — „Ah, Hawkens, der kleine, sonderbare Jäger! Tüchtiger Kerl! Habe von ihm gehört. Die drei mögen sich uns anschließen." — Ich winkte das Kleeblatt herbei und erkundigte mich dann: „Ihr kommt selber, Mr. White. Ist's etwas Wichtiges, was Ihr uns bringt?" — „Nichts weiter, als daß ich hier einmal nach dem Rechten sehen und mit Euch, grad mit Euch reden wollte. Wir sind mit unsrer Arbeit fertig. Ihr mit der Eurigen noch nicht." — „Daran tragen die Geländeschwierigkeiten die Schuld, und ich will —" — „Weiß, weiß!" unterbrach er mich. „Weiß leider alles. Wenn Ihr Euch nicht dreifach angestrengt hättet, stände Bancroft noch da, wo er angefangen hat." — „Nicht doch, Mr. White. Ich weiß nicht, wie Ihr zu der irrtümlichen Ansicht gekommen seid, daß ich allein fleißig gewesen sein soll, und es ist meine Pflicht —" — „Still, Sir, still! Es sind Boten zwischen euch und uns hin und her gegangen. Die habe ich ausgehorcht, ohne daß sie

[1] Pfadfinder

es merkten. Es ist sehr edelmütig von Euch, daß Ihr diese Säufer hier in Schutz zu nehmen versucht, aber ich will die Wahrheit hören. Und da ich sehe, daß Ihr zu anständig seid, sie mir zu sagen, werde ich Sam Hawkens fragen. Kommt, wollen uns hier niedersetzen!"

Wir waren zu unserem Zelt gegangen. Er machte es sich dort im Gras bequem und winkte uns, das gleiche zu tun. Als wir dieser Aufforderung nachgekommen waren, begann er Sam Hawkens, Stone und Parker auszufragen. Sie erzählten ihm alles, ohne zur Wahrheit ein überflüssiges Wort hinzuzufügen. Dennoch warf ich hier und da eine Bemerkung ein, um gewisse Härten zu mildern und meine Mitarbeiter zu verteidigen, doch verfehlte das den beabsichtigten Eindruck auf White. — Dann, als er sich auskannte, forderte er mich auf, ihm unsre Zeichnungen und das Tagebuch zu zeigen. Ich brauchte ihm diesen Wunsch nicht zu erfüllen, tat es aber doch, um ihn nicht zu kränken, denn ich sah ja, daß er es gut mit mir meinte. Er blätterte alles aufmerksam durch, und als er mich danach fragte, konnte ich nicht leugnen, daß ich allein der Zeichner und Verfasser war, denn keiner von den andern hatte in diesen Blättern einen Strich getan oder einen Buchstaben geschrieben. — „Aber aus dem Tagebuch ersieht man nicht, wieviel oder wie wenig Arbeit auf den einzelnen kommt", meinte er. „Ihr seid in Eurer löblichen Kameradschaft viel zu weit gegangen." — Da lächelte Hawkens pfiffig.

„Greift ihm doch in die Brusttasche, Mr. White! Da steckt ein blechernes Ding, worin Tabak gewesen ist. Der Tabak ist heraus, dafür aber ist etwas Papiernes drin. Wird es wohl ein Privattagebuch sein, wenn ich mich nicht irre. Darin wird es ganz anders lauten, als hier in dem amtlichen Bericht, worin er die Faulheit seiner Gefährten vertuscht." — Sam wußte, daß ich mir persönlich Aufzeichnungen gemacht hatte und sie in einer leeren Tabakbüchse bei mir trug. Es war mir unangenehm, daß er es verriet. White bat mich, ihm auch das zu zeigen. Was sollte ich tun? Verdienten es meine Mitarbeiter, daß ich mich für sie plagte, ohne Dank zu finden, und die Wahrheit dann auch noch verschwieg? Ich wollte ihnen keineswegs schaden, aber auch nicht unhöflich gegen White sein. Deshalb gab ich ihm mein Tagebuch, doch unter der Bedingung, daß er zu niemand von dem Inhalt spreche. Er las es durch und reichte es mir dann mit einem bedeutsamen Nicken zurück. — „Eigentlich sollte ich diese Blätter mitnehmen und an der zuständigen Stelle abgeben. Eure Mitarbeiter sind ganz unfähige Menschen, denen kein einziger Dollar ausgezahlt werden sollte. Euch aber müßte man dreifach entlohnen. Doch, wie Ihr wollt. Nur mache ich Euch darauf aufmerksam, daß es gut für Euch sein wird, diese Aufzeichnungen sorgsam aufzuheben. Sie könnten Euch später leicht von großem Nutzen sein. Und nun wollen wir die vortrefflichen Gentlemen wecken." — Er stand auf und schlug Lärm. Die ‚Gentlemen' kamen mit stieren Augen und verstörten Gesichtern hinter ihren Büschen hervor. Bancroft wollte darüber, daß man ihn im Schlaf gestört hatte, grob werden, zeigte sich aber höflich, als ich ihm sagte, Mr. White von der nächsten Gruppe sei gekommen. Die beiden hatten einander noch nicht gesehen. Das erste war, daß Bancroft dem Gast einen Becher Brandy anbot. Aber damit kam er an den unrechten Mann. White benutzte dieses Anerbieten sofort als Anknüpfungspunkt zu einer Strafrede, wie Bancroft gewiß noch keine vernommen hatte. Er hörte sie, vor Erstaunen wortlos, eine Weile an, dann fuhr er auf den Redner los, faßte ihn am Arm und schrie ihn an. — „Sir, wollt Ihr mir wohl sagen, wie Ihr heißt?" „White heiße ich; das habt Ihr ja gehört." — „Und was seid Ihr?" — „Oberingenieur der benachbarten Abteilung." — „Hat jemand von uns Euch dort etwas zu befehlen?" — „Ich denke, nein." — „Nun wohl! Ich heiße Bancroft und bin Oberingenieur der hiesigen Abteilung. Auch mir hat keiner von drüben etwas zu befehlen, selbst Ihr nicht, Mr. White." — „Es ist richtig, daß wir uns gleichstehen", bestätigte White ruhig. „Befehle vom andern anzunehmen, hat keiner von uns beiden nötig. Aber wenn der eine sieht, daß der andere das Unternehmen schädigt, an dem beide arbeiten sollen, so ist es seine Pflicht, den Betreffenden auf seinen Fehler aufmerksam zu machen. Eure Lebensaufgabe scheint im Brandyfaß zu stecken. Ich zähle hier sechzehn Menschen, die alle betrunken waren, als ich vor zwei Stunden hier ankam, und so —" — „Vor zwei Stunden?" fiel ihm Bancroft in die Rede. „Solange seid Ihr schon hier?" — „Allerdings. Ich habe mir die Aufnahmen angesehen und mich darüber unterrichtet, wer sie gemacht hat. Das ist ja das reinste Schlaraffenleben hier gewesen, während ein einziger, und dazu der jüngste von euch allen, die ganze Arbeit zu bewältigen hatte!" — Da fuhr Bancroft zu mir herum und zischte mich an: „Das habt Ihr gesagt, Ihr und kein andrer! Leugnet es einmal, Ihr niederträchtiger Lügner, Ihr heimtückischer Verräter!" — „Nein", widersprach ihm White. „Euer junger Mitarbeiter hat als Gentleman gehandelt und nur Gutes über Euch gesagt. Er hat Euch sogar in Schutz genommen, und ich rate Euch, ihn um Verzeihung zu bitten, weil Ihr ihn einen Lügner und Verräter nanntet." — „Um Verzeihung bitten? Fällt mir nicht ein!" lachte Bancroft höhnisch auf. „Dieses Greenhorn weiß kein Dreieck von einem Viereck zu unterscheiden und bildet sich trotzdem ein, Surveyor zu sein. Wir sind nicht vorwärtsgekommen, weil er alles verkehrt gemacht und uns aufgehalten hat, und wenn er nun, anstatt das zuzugeben, uns bei Euch verleumdet und anschwärzt, so —"

Er kam nicht weiter. Ich war monatelang geduldig gewesen und hatte diese Leute nach ihrem Belieben über mich denken lassen. Jetzt war der Augenblick da, ihnen zu zeigen, daß sie sich in mir geirrt hatten. Ich ergriff Bancroft beim Arm und drückte ihn so, daß er vor Schmerz den angefangenen Satz unvollendet ließ. — „Mr. Bancroft, Ihr habt zuviel Schnaps getrunken und nicht ausschlafen können. Ich nehme an, daß Ihr noch betrunken seid, und so mag es sein, als hättet Ihr nichts gesagt." — „Ich betrunken? Ihr seid verrückt!" fuhr er mich an. — „Jawohl, betrunken! Denn wenn ich wüßte, daß Ihr nüchtern seid und die Beschimpfung mit Überlegung ausgesprochen habt, wäre ich gezwungen, Euch wie einen Buben zu Boden zu schlagen. Verstanden? Habt Ihr nun noch das Herz, Euern Rausch abzuleugnen?" — Ich hielt seinen Arm fest in meiner Hand. Er hatte gewiß nie geglaubt, jemals Angst vor mir haben zu müssen. Jetzt aber fürchtete er sich; das sah ich ihm an. Er war keineswegs ein

Schwächling, doch der Ausdruck meines Gesichts schien ihn zu erschrecken. Obwohl er nicht zugeben wollte, daß er noch betrunken sei, getraute er sich aber auch nicht, seine Beschuldigungen aufrechtzuerhalten. Deshalb wandte er sich um Hilfe an den Anführer der zwölf Westmänner, die uns zur Unterstützung beigegeben waren. — „Mr. Rattler, duldet Ihr es, daß sich dieser Mann an mir vergreift? Seid Ihr nicht hier, um uns zu beschützen?" — Dieser Rattler war ein hoch und breit gebauter Kerl, der die Kraft von zwei Männern zu besitzen schien, ein roher Bursche und zugleich Bancrofts liebster Zechgenosse. Er konnte mich nicht leiden und nahm jetzt mit Freuden die Gelegenheit wahr, dem Groll, den er gegen mich hegte, Luft zu machen. Er trat schnell herbei und faßte mich am Arm, so wie ich Bancroft noch immer gepackt hielt. — „Nein, das kann ich nicht dulden, Mr. Bancroft. Dieses Kind hat seine ersten Strümpfe noch nicht durchgelaufen und will hier erwachsenen Männern drohen, sie beschimpfen und verleumden. Tut die Hand von Mr. Bancroft weg, Schuft, sonst zeige ich Euch, was für ein Greenhorn Ihr seid!" — Er schüttelte mir dabei den Arm, griff mich also offen an. Das war mir noch lieber als eine Auseinandersetzung mit Bancroft, denn Rattler war ein stärkerer Gegner als der Oberingenieur. Wenn ich ihm einen Denkzettel gab, mußte das besser wirken, als wenn ich Bancroft zeigte, daß ich kein Feigling war. Ich riß also meinen Arm aus seiner Hand. — „Ich ein Schuft, ein Greenhorn? Widerruft das augenblicklich, Mr. Rattler, sonst schmettere ich Euch zu Boden!" — „Ihr mich?" lachte er. „Das Greenhorn ist wirklich so albern, zu glauben, daß —" Er konnte nicht weiterreden, denn ich schlug ihm die Faust an die Schläfe, daß er steif wie ein Sack niederstürzte und betäubt liegenblieb. Einige kurze Augenblicke herrschte tiefes Schweigen. Dann rief einer von Rattlers Kameraden: *„The devil!* Sollen wir ruhig zusehen, wenn so ein hergelaufener Dutchman unsern Anführer schlägt? Drauf auf den Halunken!" — Er sprang auf mich ein. Ich empfing ihn mit einem Fußtritt in die Magengegend. Das ist ein sicheres Mittel, den Gegner zu Fall zu bringen, nur muß man dabei fest auf dem anderen Bein stehen. Der Angreifer stürzte. Im selben Augenblick lag ich schon auf ihm und gab ihm den betäubenden Fausthieb auf die Schläfe. Dann sprang ich schnell auf, riß beide Revolver aus dem Gürtel und rief: „Wer noch? Der mag kommen!"

Rattlers Bande hätte wohl nicht übel Lust gehabt, die Niederlage ihrer beiden Kameraden zu rächen. Einer blickte den andern fragend an. Ich warnte aber. — „Hört mein Wort, ihr Leute: Wer einen Schritt gegen mich tut oder mit der Hand zur Waffe greift, bekommt augenblicklich eine Kugel! Denkt meinetwegen von den Greenhorns im allgemeinen, was und wie ihr wollt. Von den deutschen Greenhorns aber will ich euch beweisen, daß es ein einziges recht gut mit zwölf solchen Westmännern aufnimmt, wie ihr es seid!" — Da stellte sich Sam Hawkens an meine Seite und erklärte: „Und ich, Sam Hawkens, will euch auch warnen, wenn ich mich nicht irre. Dieses junge deutsche Greenhorn steht unter meinem ganz besonderen Schutz. Wer es wagen sollte, ihm nur ein Haar zu krümmen, dem schieße ich sofort ein Loch durch die Gestalt. Ist

mein voller Ernst; könnt es euch merken, hihihihi!" — Dick Stone
und Will Parker hielten es für angezeigt, sich auch neben mir auf-
zupflanzen, um anzudeuten, daß sie gleichfalls der Meinung von Sam
Hawkens seien. Das machte Eindruck auf die Gegner. Sie wendeten
sich vor mir ab, murmelten unterdrückte Flüche und Drohungen in
die Bärte und beschäftigten sich dann angelegentlich mit den beiden
Gezüchtigten, um sie zum Bewußtsein zurückzubringen. — Bancroft
hielt es für das klügste, zu seinem Zelt zu gehen und darin zu
verschwinden. White hatte mit großen, verwunderten Augen zuge-
schaut. Jetzt schüttelte er den Kopf und meinte im Ton ungekün-
stelten Erstaunens: „Aber, Sir, das ist ja fürchterlich! In Eure Finger
möchte ich nicht geraten. Man sollte Euch wahrhaftig Shatterhand
nennen, weil Ihr einen baumlangen und baumstarken Menschen mit
einem einzigen Fausthieb niederschmettert. So etwas habe ich noch
nie gesehen." — Dieser Vorschlag schien dem kleinen Hawkens zu
gefallen. Er kicherte fröhlich. — „Shatterhand, hihihihi! Ein Greenhorn und schon einen Kriegsnamen, und nun gar einen solchen! Ja,
wenn Sam Hawkens seine Augen auf ein Greenhorn wirft, kommt
etwas dabei heraus, wenn ich mich nicht irre. Shatterhand, Old
Shatterhand! Ganz ähnlich wie Old Firehand, der berühmte Westmann, der auch stark ist wie ein Bär. Was sagt ihr dazu, Dick und
Will?" — Ich bekam nicht zu hören, was sie antworteten, denn ich
mußte meine Aufmerksamkeit auf White richten, der meine Hand
ergriff und mich beiseite führte. — „Ihr gefallt mir außerordentlich, Sir. Habt Ihr Lust, mit mir zu gehen?" — „Lust oder nicht,
Mr. White, ich darf nicht." — „Warum?" — „Weil meine Pflicht
mich hier bindet." — *Nonsense!* Ich verantworte es." — „Das nutzt
mir nichts, wenn ich es nicht selbst verantworten kann. Ich bin hier-
hergeschickt worden, um diese Teilstrecke vermessen zu helfen, und
darf nicht fort, weil wir noch nicht fertig sind." — „Bancroft wird
sie mit den drei andern fertigmachen." — „Ja, aber wann und wie!
Nein, ich muß bleiben." — „So bedenkt, daß es gefährlich für Euch
ist!" — „Weshalb?" — „Da fragt Ihr noch? Ihr müßt doch erkennen,
daß Ihr Euch diese Leute spinnefeind gemacht habt." — „Ich nicht.
Ich habe nicht angefangen." — „Das ist wahr, aber die Feindschaft
besteht dennoch. Nachdem Ihr zwei von ihnen niedergeworfen habt,
ist es aus zwischen Euch und ihnen. — „Mag sein. Ich fürchte mich
aber nicht. Und gerade die beiden Fausthiebe haben mich in Achtung gesetzt; es wird sich nicht gleich jemand an mich wagen.
Übrigens stehen mir Hawkens, Stone und Parker zur Seite." — „Wie
Ihr wollt. Des Menschen Wille ist sein Himmelreich. Ich hätte Euch
brauchen können. Aber wenigstens ein Stück zurückbegleiten werdet
Ihr mich jetzt doch?" — „Ihr wollt sogleich aufbrechen, Mr. White?"
  „Ja, ich habe die Verhältnisse hier so gefunden, daß es mich nicht
gelüstet, länger als notwendig dazubleiben." — „Aber etwas essen
müßt Ihr doch wenigstens, bevor Ihr wieder fortreitet, Sir." — „Ist
nicht nötig. Wir haben in unsern Satteltaschen, was wir brauchen."
  „Wollt Ihr Euch nicht noch von Bancroft verabschieden?" — „Habe
keine Lust dazu." — „Aber Ihr seid doch wohl gekommen, um Ge-
schäftliches mit ihm zu besprechen!" — „Allerdings. Doch kann ich

das auch Euch sagen. Bei Euch findet es sogar besseres Verständnis als bei ihm. Vor allen Dingen wollte ich ihn vor den Roten warnen."

„Habt Ihr Indianer gesehen?" — „Das nicht, aber ihre Fährten! Es ist jetzt die Zeit, in der die wilden Mustangs und Büffel südwärts ziehen. Da verlassen die Roten ihre Dörfer, um zu jagen und Fleisch zu machen. Die Kiowas sind nicht zu fürchten, denn mit ihnen haben wir uns wegen der Bahn geeinigt. Die Komantschen und Apatschen aber wissen noch nichts davon, und so dürfen wir uns vor ihnen ja nicht blicken lassen. Ich bin glücklicherweise mit meiner Strecke fertig und verlasse die Gegend. Macht, daß Ihr auch zu Ende kommt! Der Boden hier wird von Tag zu Tag gefährlicher. Sattelt jetzt Euer Pferd und fragt Sam Hawkins, ob er Lust hat, mitzukommen!" — Natürlich hatte Sam Lust. — Eigentlich hatte ich heute arbeiten wollen. Aber es war Sonntag, der Tag des Herrn, an dem sich jeder Christ, selbst wenn er sich in der Wildnis befindet, sammeln und mit seinen geistlichen Pflichten beschäftigen soll. Dazu hatte ich wohl einen Ruhetag verdient. Ich ging also zu Bancroft ins Zelt und sagte ihm, daß ich heute nicht arbeiten, sondern White mit Sam Hawkens ein Stück begleiten würde. — „Geht in Teufels Namen und laßt Euch von ihm die Hälse brechen!" fluchte er, und ich ahnte nicht, daß dieser rohe Wunsch in kurzer Zeit beinahe in Erfüllung gehen würde. — Ich war seit einigen Tagen nicht in den Sattel gekommen, und mein Rotschimmel wieherte freudig auf, als ich ihn aufzäumte. Er hatte sich trefflich bewährt, und ich freute mich schon im voraus darauf, meinem alten ‚gunsmith‘ Henry das berichten zu dürfen. — Wir ritten munter in den schönen Herbsttag hinein, sprachen über das geplante großartige Bahnunternehmen und über alles, was uns auf dem Herzen lag. White gab mir die nötigen Winke, die sich auf den Anschluß an seine Abteilung bezogen, und zu Mittag machten wir an einem Wasser halt, um ein einfaches Mahl zu genießen. Dann ritt White mit seinem Scout weiter, und wir blieben noch ein Weilchen liegen, um uns über religiöse Dinge zu unterhalten. — Hawkens war nämlich ein frommer Mensch, wenn er es auch nicht leicht merken ließ. Denn der Wilde Westen ist nicht der Boden, auf dem das Pflänzchen ‚religiöses Gefühl‘ Pflege und liebevolles Verständnis findet. Ebensowenig sprach er im allgemeinen über seine Abstammung. Von unsrer Gesellschaft wußten nur drei, nämlich Dick Stone, Will Parker und ich, daß Sam Hawkens deutscher Abstammung war. Er hieß eigentlich Falke, und seine Großeltern waren dereinst nach Amerika ausgewandert. Nach wechselvollen Schicksalen übernahmen die Eltern in der Nähe von Little Rock am Arkansas eine kleine Farm, starben jedoch bald. Der nunmehr Zwanzigjährige ging bereits im Jahr 1840 als Pelzjäger und Fallensteller in die Wildnis und wurde in Kämpfen und Fährnissen der erprobte Westmann, als den ich ihn kennenlernte. Dabei behielt er sein deutsches Vaterland herzlich lieb, und das war wohl auch der Hauptgrund, weshalb er mir, seinem Landsmann, besondere Zuneigung schenkte. Dann und wann bedienten wir uns auch, wenn wir allein waren, der Muttersprache, der er immerhin ziemlich gut mächtig war. In der Regel unterhielten wir uns aber auf englisch, schon aus dem Grund, weil ich Neuling war und die Sprache des Landes möglichst bald vollkommen beherrschen wollte. — Kurz bevor wir zur Rückkehr aufbrachen, bückte ich mich zum Wasser nieder, um mit der Hand zu schöpfen und zu trinken. Da sah ich durch die kristallhelle Flüssigkeit auf dem Boden eine kleine Vertiefung im Sand, die von einem Fuß herzurühren schien. Ich machte Sam darauf aufmerksam. Er betrachtete die Spur sorgfältig und nickte. — „Mr. White hatte ganz recht, als er uns vor den Indsmen warnte." — „Meint Ihr, Sam, daß diese Spur von einem Indianer stammt?" — „Ja, von einem indianischen Mokassin. Wie wird Euch dabei zumute, Sir?" — „Wie meint Ihr das?" — „Ihr müßt doch etwas denken oder fühlen!" — „Was soll ich andres denken, als daß ein Roter hiergewesen ist?" — „So habt Ihr keine Angst?" — „Warum Angst?" — „Ja, Ihr kennt die Roten nicht!" — „Hoffe aber, sie kennenzulernen. Sie werden wohl gradeso wie andre Menschen sein, nämlich die Feinde ihrer Feinde und die Freunde ihrer Freunde. Und da es nicht meine Absicht ist, sie feindlich zu behandeln, so nehme ich an, daß ich nichts von ihnen zu befürchten habe." — „Ihr seid eben ein Greenhorn und werdet es ewig bleiben. Malt es Euch noch so hübsch aus, wie Ihr die Roten behandeln wollt, es wird doch ganz anders kommen. Die Ereignisse sind nicht von Euerm Willen abhängig. Ihr werdet das erfahren, und ich will wünschen, daß Euch diese Erfahrung nicht einen tüchtigen Fetzen Fleisch aus Euerm eignen Leib oder gar das Leben kostet." — „Wann mag dieser Indsmen hiergewesen sein?" — „Vor ungefähr zwei Tagen. Wir würden seine Spuren hier im Gras bemerken, wenn es sich hier inzwischen wieder aufgerichtet hätte." — „Ein Kundschafter wohl?"

„Ein Kundschafter auf Büffel, ja; denn da jetzt Friede zwischen den hiesigen Stämmen herrscht, kann es kein Kriegskundschafter gewesen sein. Der Kerl war sehr unvorsichtig, also wahrscheinlich noch jung." — „Wieso?" — „Ein erfahrener Krieger tritt nicht mit dem Fuß in ein Wasser wie dieses hier, wo die Spur auf dem seichten Grund zurückbleibt und noch lange zu sehen ist. Eine solche Dummheit kann nur von einem begangen werden, der geradeso ein rotes Greenhorn ist, wie Ihr ein weißes seid, hihihihi! Und weiße Greenhorns pflegen sogar noch viel dümmer zu sein als rote. Könnt Euch das merken, Sir!" — Er kicherte leise in sich hinein und stand dann auf, um sein Pferd zu besteigen. Der gute Sam liebte es nun einmal, mir seine herzliche Zuneigung dadurch zu verstehen zu geben, daß er mich für dumm erklärte. — Wir hätten auf dem Weg, den wir gekommen waren, zurückkehren können; aber als Surveyor war es meine Aufgabe, unsere Strecke kennenzulernen. Deshalb bogen wir erst ein Stück ab und lenkten dann wieder in unsre Richtung ein. — Dabei kamen wir in ein ziemlich breites Tal, das mit saftigem Gras bewachsen war. Die Lehnen, von denen es hüben und drüben eingesäumt wurde, trugen unten Gebüsch und weiter oben Wald. Das Tal war vielleicht eine halbe Wegstunde lang und so schnurgerade, daß der Blick vom Anfang bis ans Ende schweifen konnte. Wir waren nur wenige Schritte in dieser freundlichen Bodensenkung vorwärts gekommen, da hielt Sam sein Pferd an und spähte aufmerksam voraus. „Heigh-day!" stieß er hervor. „Da sind sie! Ja, wirklich, da sind sie, die allerersten!" — „Wer?" fragte ich. Ich sah ganz fern, weit vor uns, vielleicht achtzehn bis zwanzig dunkle Punkte, die sich langsam bewegten. — „Wer?" wiederholte er meine Frage, indem er lebhaft im Sattel hin und her rutschte. „Schämt Euch doch, eine solche Frage auszusprechen! Ach so! Ihr seid ja ein Greenhorn, und zwar ein ganz gewaltiges! Solche Leute wie Ihr pflegen mit offnen Augen nicht zu sehen. Habt doch einmal die freundliche Gewogenheit, verehrtester Sir, zu raten, was für Dinger das sind, auf denen dort Eure schönen Augen ruhen!" — „Raten? Hm! Ich würde sie für Rehe halten, wenn ich nicht wüßte, daß diese Wildgattung in Rudeln oder Sprüngen von nicht über zehn Stück beisammenlebt. Auch muß ich, wenn ich die Entfernung in Betracht ziehe, sagen, daß die Tiere dort, so klein sie von hier aus erscheinen, bedeutend größer als Rehe sein müssen." — „Rehe, hihihihi!" lachte er. „Rehe hier oben an den Quellen des Canadian! Das ist ein Meisterstück von Euch! Aber das andre, was Ihr sagt, war gar nicht dumm überlegt. Ja, größer sind sie, diese Tiere, viel größer als Rehe. — „Ach, lieber Sam, doch nicht etwa gar Büffel?" — „Natürlich Büffel! Bisons sind es, echte Bisons, die sich auf der Wanderung befinden, die ersten, die ich in diesem Jahr erblicke. Nun wißt Ihr, daß Mr. White recht gehabt hat: Bisons und Indianer! Von den Roten sahen wir eine Fußspur, die Büffel aber haben wir in Lebensgröße vor Augen. Was sagt Ihr dazu, he, wenn ich mich nicht irre?" — „Wir müssen hin!" — „Das ist klar." — „Sie beobachten!"

„Beobachten? Nur beobachten?" fragte er, indem er mich erstaunt von der Seite anblickte. — „Ja. Ich habe noch nie Bisons gesehen und möchte die Tiere da drüben gern belauschen." — Ich fühlte jetzt nur die Begeisterung des Tierfreundes. Das war dem kleinen Sam unbegreiflich. Er schlug fast entsetzt die Hände zusammen.

„Belauschen, nur belauschen! Geradeso, wie ein kleiner Junge seine Augen neugierig an eine Ritze des Kaninchenstalls legt, um die Karnickel zu belauschen! O Greenhorn, was muß ich alles an Euch erleben! Nicht beobachten und belauschen, sondern jagen werde ich sie, wirklich jagen?" — „Heute am Sonntag?" — Das fuhr mir so unbedacht heraus. Er aber wurde wirklich zornig darüber und herrschte mich an: „Haltet gefälligst Euern Schnabel, Sir! Was fragt ein richtiger Westmann nach dem Sonntag, wenn er die ersten Büffel vor sich sieht! Das gibt Fleisch! Hört Ihr, Fleisch! Und was für welches, wenn ich mich nicht irre! Ein Stück Bisonlende ist noch herrlicher als das himmlische Ambrosius oder Ambrosianna, oder wie das Zeug hieß, wovon die alten Götter lebten. Ich muß eine Büffellende haben, und wenn es mich das Leben kosten sollte! Die Luft weht uns entgegen; das ist gut. Hier an der linken, nördlichen Talwand ist helle Sonne; drüben rechts aber gibt es Schatten. Wenn wir uns dort drüben halten, werden uns die Tiere nicht vorzeitig bemerken. Kommt!" — Er sah bei seiner ‚Liddy' nach, ob die beiden Läufe in Ordnung seien, und trieb sein Pferd zur südlichen Talwand hinüber. Diesem Beispiel folgend, untersuchte ich meinen Bärentöter. Sam beobachtete das, hielt sofort sein Pferd an und fragte: „Wollt

Ihr Euch etwa gar beteiligen, Sir?" — „Gewiß." — „Das laßt hübsch bleiben, wenn Ihr nicht binnen zehn Minuten zu Brei zerstampft sein wollt! Ein Bison ist kein Kanarienvogel, den man auf den Finger nimmt und singen läßt. Bevor Ihr Euch an so gefährliches Wild wagen dürft, muß noch viel schönes und viel schlechtes Wetter über die Felsenberge gehen." — „Aber ich will doch —" — „Schweigt und gehorcht!" unterbrach er mich in einem Ton, den er noch nie gegen mich angeschlagen hatte. „Ich mag Euer Leben nicht auf dem Gewissen haben. Ihr würdet hier geradewegs in den Rachen des Todes reiten. Macht zu andern Zeiten, was Ihr wollt; jetzt aber dulde ich keine Widersetzlichkeit!" — Hätte nicht ein so gutes Verständnis zwischen uns bestanden, wäre ihm gewiß eine kräftige Antwort geworden. So aber schwieg ich und ritt langsam im Schattenstreifen des Waldsaums hinter ihm her. Dabei erklärte er mir nun etwas milder gestimmt: „Es sind zwanzig Stück, wie ich sehe. Aber seid einmal dabei, wenn tausend und noch mehr über die Savanne brausen! Ich habe früher Herden von zehntausend und darüber angetroffen. Das war des Indianers Brot. Die Weißen haben es ihm genommen. Der Rote schonte das Wild, weil es ihm Nahrung gab. Er erlegte nur so viel, wie er brauchte. Der Weiße aber hat unter den ungezählten Herden gewütet wie ein grimmiges Raubtier, das auch dann, wenn es gesättigt ist, weiter mordet, nur um Blut zu vergießen. Wie lange wird es dauern, so gibt es keinen Büffel und dann nach kurzer Zeit auch keinen Indianer mehr! Gott sei's geklagt! Und gerade so ist es auch mit den Pferdeherden. Es gab früher Trupps von tausend Mustangs und noch mehr. Jetzt ist man entzückt, wenn man das Glück hat, einmal so hundert Stück beisammen zu sehen." — Wir waren indessen bis auf ungefähr vierhundert Schritt an die Büffel herangekommen, ohne daß sie uns bemerkten, und Hawkens hielt sein Pferd an. Die Tiere grasten langsam talaufwärts. Am weitesten vorgerückt war ein alter Bulle, dessen Riesenleib mein Erstaunen weckte. Er war gewiß gegen zwei Meter hoch und wohl drei Meter lang. Damals verstand ich das Gewicht eines Bisons noch nicht abzuschätzen, heute sage ich, daß dieser wohl an die dreißig Zentner wiegen mochte, eine ganz erstaunliche Fleisch- und Knochenmasse! Er war auf eine Schlammlache gestoßen und wälzte sich behaglich darin. — „Das ist der Leitstier", flüsterte Sam, „der gefährlichste der ganzen Gesellschaft. Wer mit dem anbindet, muß sein Testament unterschrieben haben. Ich nehme die junge Kuh rechts dahinten. Paßt auf, wohin ich ihr die Kugel gebe! Hinter das Schulterblatt von der Seite schräg ins Herz hinein. Das ist der beste, ja der einzig sichere Schuß außer dem ins Auge. Aber das wäre unwaidmännisch und kein vernünftiger Mensch wird einen Bison von vorn nehmen. Bleibt hier halten, und drückt Euch mit dem Pferd ins Gesträuch. Wenn sie mich sehen und dann fliehen, wird die wilde Jagd grad hier vorübersausen. Laßt es Euch aber ja nicht einfallen, diese Stelle zu verlassen, bevor ich wiederkomme oder Euch rufe!" — Er wartete, bis ich mich zwischen zwei Büschen verborgen hatte, und ritt dann, zunächst langsam und leise, weiter. Mir war sonderbar zumute. Wie man den Bison jagt, das hatte ich oft gelesen. Darüber konnte man mir nichts Neues sagen. Aber es ist ein Unterschied zwischen der gedruckten Schilderung einer solchen Büffeljagd und dem Erlebnis in der Wirklichkeit. Heute sah ich zum erstenmal in meinem Leben Büffel. Was für Wild hatte ich bisher geschossen? Im Verhältnis zu diesen riesigen, gefährlichen Tieren gar keins. Deshalb sollte man meinen, ich wäre ganz einverstanden gewesen mit Sams Befehl, mich ja nicht zu beteiligen. Doch es ergab sich gerade das Gegenteil. Vorhin hatte ich nur beobachten, belauschen wollen, jetzt fühlte ich einen mächtigen, ja unwiderstehlichen Drang, mitzutun. An eine junge Kuh wollte Sam sich machen. Pfui! dachte ich, dazu gehört kein Mut. Ein rechter Mann wählt grad den stärksten Bullen! Mein Pferd war merkbar unruhig geworden. Es tänzelte und scharrte mit den Hufen, denn es hatte auch noch keinen Büffel gesehen, fürchtete sich und wollte fliehen. Kaum vermochte ich es zurückzuhalten. Sollte ich nun auf die Jagd verzichten oder den Büffel trotzdem annehmen? Ich war nicht etwa erregt, sondern überlegte, innerlich ganz ruhig, das Ja und das Nein. — Da entschied der Eindruck des Augenblicks. — Sam hatte sich den Bisons bis auf dreihundert Schritt genähert. Nun gab er seinem Pferd die Sporen und galoppierte auf die Herde zu und an dem mächtigen Bullen vorbei, um an die Kuh zu kommen, die er mir bezeichnet hatte. Sie stutzte und versäumte die Flucht. Er erreichte sie; ich sah, daß er im Vorüberjagen auf sie schoß. Sie zuckte zusammen und senkte den Kopf. Ob sie zusammenbrach, stellte ich nicht mehr fest, denn mein Auge wurde durch einen anderen Anblick gefesselt. — Der Riesenbulle war aufgesprungen. Er stierte zu Sam Hawkens hinüber. Welch ein mächtiges Tier! Dieser dicke Kopf mit dem gewölbten Schädel, der breiten Stirn und den zwar kurzen, aber starken, aufwärts gekrümmten Hörnern, diese dichte, zottige Mähne um Hals und Brust! Dem Bild ursprünglichster, rohester Kraft wurde durch den hohen Widerrist die höchste Vollendung gegeben. Ja, das war ein gefährliches Geschöpf! Aber sein Anblick reizte förmlich dazu, menschliches Können an dieser unungefügen, tierischen Stärke zu messen. — Wollte ich, oder wollte ich nicht? Ich weiß es nicht. Oder ging mein Rotschimmel mit mir durch? Er schoß aus den Büschen hervor und strebte nach links. Ich riß ihn aber nach rechts herum und flog auf den Bullen zu. Der hörte mich kommen und wandte sich zu mir um. Als er mich sah, senkte er den Kopf, um Roß und Reiter mit den Hörnern zu empfangen. Ich hörte Sam aus allen Kräften schreien, hatte aber keine Zeit, mich zu ihm umzudrehen. Dem Bison eine Kugel zu geben, war unmöglich, denn erstens stand er mir nicht schußgerecht, und zweitens wollte mir das Pferd nicht gehorchen. Es schoß vor Angst grad auf die drohenden Hörner zu. Um es aufzuspießen, warf der Büffel seine Hinterbeine zur Seite und den Kopf mit einem gewaltigen Stoß in die Höhe. Mit Aufbietung aller Kräfte gelang es mir, den Rotschimmel ein wenig abzubringen. Er flog in einem weiten Satz über das Hinterteil des Bullen hinweg, dessen Hörner im gleichen Augenblick ganz nahe an meinem Bein vorbeistießen. Unser Sprung ging grad in die Schlammlache hinein, worin sich der Büffel gewälzt hatte. Ich sah es und nahm die Füße aus den Bügeln, zu meinem Glück, denn das Pferd glitt aus und wir stürzten. Wie das so schnell geschehen konnte, ist mir heute noch unbegreiflich, doch stand ich schon im nächsten Augenblick aufrecht neben der Lache, das Gewehr noch fest in der Hand. Der Büffel hatte sich zu uns umgedreht und sprang in ungelenken Sätzen auf das Pferd zu, das sich ebenfalls aufgerafft hatte und im Begriff war zu flüchten. Dabei bot mir der Bulle seine Flanke zum Schuß. Ich legte an. Jetzt sollte sich der schwere Bärentöter zum erstenmal im Ernst bewähren. Noch ein Sprung, dann hatte der Bison den Rotschimmel erreicht. Ich drückte ab — der Stier blieb mitten im Lauf stehen, ob vor Schreck über den Schuß oder weil ich gut getroffen hatte, das wußte ich nicht. Sofort gab ich ihm auch die zweite Kugel. Er hob langsam den Kopf, stieß ein schauerliches Brüllen aus, wankte einige Male hin und her und brach dann auf der Stelle zusammen. — Ich hätte vor Freude über diesen Sieg hell aufjubeln mögen, hatte aber Notwendigeres zu tun. Die Büffelherde war längst entflohen. Mein Pferd raste reiterlos rechts hinunter, während ich Sam Hawkens am jenseitigen Talrand dahingaloppieren sah, verfolgt von einem Stier, der nicht viel kleiner als mein Bulle war. — Man muß wissen, daß der Bison, einmal gereizt, nicht von seinem Gegner läßt und es dabei an Schnelligkeit mit dem Pferd aufnimmt. Er entwickelt dann einen Mut, eine List und eine Ausdauer, die ihm vorher niemand zutraut. — So war auch dieser Stier dem Reiter hart auf den Fersen. Um ihm zu entgehen, mußte Hawkens die gewagtesten Wendungen machen, die das Pferd ermüdeten. Es hielt jedenfalls nicht so lange aus wie der Büffel. Deshalb war Hilfe dringend nötig. Ich hatte keine Zeit nachzusehen, ob mein Büffel wirklich tot war. Schnell lud ich beide Läufe des Bärentöters und sprang dann zu Sam hinüber. Sam sah das. Er wollte der Hilfe entgegenkommen und warf sein Pferd herum. Das war recht unbedacht, denn der Stier, der eng hinter ihm war, bekam dadurch das Pferd quer vor sich. Ich sah, daß er die Hörner senkte. Ein Stoß, und er hob das Pferd samt dem Reiter empor und ließ, als sie dann zur Erde stürzten, mit wütenden und schüttelnden Stößen vor ihnen ab. Sam schrie um Hilfe, was er schreien konnte. Ich war wohl noch hundertfünfzig Schritt entfernt und durfte keinen Augenblick zögern. Der Schuß wäre zwar aus größerer Nähe sicherer gewesen, aber wenn ich zauderte, konnte Sam verloren sein, und wenn ich ja nicht gut traf, hatte ich doch hoffentlich wenigstens den Erfolg, das Untier von dem Freund abzulenken. — Ich blieb also stehen, zielte hinter das linke Schulterblatt und schoß. Der Büffel hob den Kopf mit einer Bewegung, als wollte er horchen, und drehte sich langsam um. Da sah er mich und kam auf mich zugerannt, doch mit verringerter Schnelligkeit. Dadurch glückte es mir, den abgeschossenen Lauf in fiebernder Eile wieder zu laden. Ich war eben damit fertig, als das Tier höchstens noch dreißig Schritte bis zu mir zu machen hatte. Es konnte nicht mehr rennen. Seine Bewegungen waren nur noch ein langsames Stolpern. Aber mit tief gesenktem Kopf und blutunterlaufenen, grausam glotzenden Augen kam es auf mich zu, kam näher und näher wie ein schweres Verhängnis, das nicht aufzuhalten ist. Da kniete ich nieder und legte das Gewehr an. Diese Bewegung veranlaßte den Bison, stehenzubleiben und den Kopf ein wenig zu heben, um mich besser, voller erkennen zu können. Das brachte die tückischen Augen vor meine beiden Läufe. Ich schickte eine Kugel in das rechte und die andere in das linke — ein kurzes Zittern ging durch den Leib, dann stürzte der Riese zu Boden. — Sofort sprang ich auf, um zu Sam zu eilen. Doch das war nicht notwendig. Ich sah ihn bereits gelaufen kommen. — „Halloo!" rief ich ihm zu. „Ihr lebt? Ihr seid nicht schwer verletzt?" — „Gar nicht", entgegnete er. „Nur die rechte Hüfte tut mir weh vom Sturz, oder ist's die linke, wenn ich mich nicht irre. Ich kann es nicht genau wegbekommen." — „Und Euer Pferd?" — „Ist hin. Es lebt zwar noch, doch hat ihm der Büffel den ganzen Leib aufgerissen. Um seine Leiden abzukürzen, müssen wir es erschießen, das arme Tier. Ist der Bison tot?" — „Hoffe es. Wollen ihn untersuchen." — Wir überzeugten uns, daß kein Leben mehr in ihm war. Dann tat Hawkens einen tiefen, tiefen Atemzug. — „Alle Wetter, hat mir dieser alte Ochse zu schaffen gemacht! Eine Kuh wäre zarter mit mir umgegangen. Freilich, Ochsen darf man nicht zumuten, *ladylike* zu sein, hihihihi!" — „Wie ist er denn auf den dummen Gedanken gekommen, mit Euch anzubinden?" „Habt Ihr das nicht gesehen?" — „Nein." — „Nun, ich schoß die Kuh nieder und kam dabei dem Ochsen in den Weg. Das vermerkte er übel und nahm mich aufs Korn. Ich gab ihm zwar die zweite Kugel, die ich in meiner Liddy hatte, sie scheint ihn aber nicht vernünftiger gemacht zu haben, denn er bewies mir eine Zuneigung, die ich ihm nicht erwidern konnte. Er hat mich so gehetzt, daß es mir unmöglich war, das Gewehr wieder zu laden. Ich habe es weggeworfen, weil es mir doch nichts nützte und ich dadurch die Hände zur besseren Leitung des Pferdes frei bekam, wenn ich mich nicht irre. Der arme Gaul hat sein möglichstes getan, sich aber doch nicht retten können." — Weil Ihr die letzte, verhängnisvolle Wendung machtet. Ihr hättet einen Bogen reiten sollen, dadurch wäre das Pferd gerettet worden." — „Gerettet worden? Ihr sprecht ja wie ein Alter. Das sollte man von einem Greenhorn nicht erwarten." — „*Pshaw!* Greenhorns haben auch ihr Gutes!" — „Ja, denn wenn Ihr nicht gewesen wärt, so läge ich jetzt ebenso zerstochen und zerfetzt dort wie mein Pferd. Wollen doch hin zu ihm." — Wir fanden das Tier in einem traurigen Zustand. Die Eingeweide hingen ihm aus dem aufgeschlitzten Leib. Es schnaubte vor Schmerzen. Sam holte seine weggeworfene Büchse, lud sie und gab ihm den Gnadenschuß. Dann schnallte er ihm die Zügel und den Sattel ab und meinte: „Jetzt kann ich mein eigenes Pferd machen und den Sattel selber auf den Rücken nehmen. Das hat man davon, wenn man einem Ochsen begegnet." — „Woher werdet Ihr nun ein anderes Pferd bekommen?" erkundigte ich mich. — „Das ist mein geringster Kummer. Fange mir eins, wenn ich mich nicht irre, hihihihi." — „Einen Mustang?" — „Ja. Die Büffel sind da. Sie haben ihre Wanderung nach Süden angetreten. Da werden sich auch bald die Mustangs sehen lassen. Kenne das." — „Darf ich dabeisein, wenn Ihr Euch einen fangt?" — „Warum nicht? Ihr sollt auch das kennenlernen. Doch kommt jetzt! Wollen uns den alten Bullen anschauen! Vielleicht lebt er noch. Solche Methusalems haben ein zähes Leben." — Wir gingen hin. Das Tier war tot. Jetzt, da es still dalag, konnte man die riesigen Formen noch besser mit den Augen messen als vorher. Sam ließ seine Blicke zwischen dem Bullen und mir hin und her gehen, zog ein unbeschreibliches Gesicht und schüttelte den Kopf.

„Es ist unerklärlich, ganz und gar unerklärlich! Wißt Ihr denn, wo Ihr ihn getroffen habt. Grad an der richtigen Stelle! Er ist ein uralter Kerl, und ich hätte es mir vorher gewiß zehnmal überlegt, bevor ich so verwegen gewesen wäre, mit ihm anzubinden. Wißt Ihr, was Ihr seid, Sir?" — „Was denn?" — „Der leichtsinnigste Mensch, den es gibt." — „Oho, das hat mir noch keiner gesagt." — „So hört Ihr's jetzt endlich von mir. Ich hatte Euch doch befohlen, Eure Hände von den Büffeln zu lassen und in Deckung zu bleiben. Warum habt Ihr nicht gehorcht?" — „Weiß es selber nicht." — „Bounce! Ihr tut etwas ohne Grund und Überlegung. Ist das nicht leichtsinnig?"

„Glaube nicht. Es wird wohl ein triftiger Grund vorhanden gewesen sein." — „Dann müßt Ihr ihn kennen." — „Vielleicht ist's der, daß Ihr mir einen Befehl erteilt habt, und ich lasse mir nichts befehlen." — „So! Wenn man es gut mit Euch meint und Euch vor einer Gefahr warnt, seid Ihr erst recht darauf versessen, Euch hineinzustürzen? — „Ich bin nicht in den Westen gekommen, um den Gefahren, die es da gibt, auszuweichen." — „Well! Aber Ihr seid noch ein Greenhorn und müßt Euch in acht nehmen. Und wenn Ihr mir nicht folgen wollt, warum habt Ihr Euch denn gerade an dieses Riesenvieh und nicht an eine Kuh gemacht?" — „Weil es ritterlicher war." — „Ritterlicher! Dieses Greenhorn will den Ritter spielen! Großartig, wenn ich mich nicht irre, hihihihi!" — Sam lachte, daß er sich den Bauch halten mußte, und fuhr dann, noch immer lachend, fort. „Hört, Sir, laßt diesen dummen Ehrgeiz künftig beiseite! Wenn ein richtiger Westmann etwas tut, so fragt er nicht, ob es ritterlich, sondern ob es nützlich ist." — „Das ist doch hier der Fall." — „Hier? Wieso?" — „Ich wählte den Büffel, weil er viel mehr Fleisch hat als eine Kuh." — Er sah mir einen Augenblick lang verständnislos ins Gesicht und staunte. Dann brach wieder die Heiterkeit durch. — „Viel mehr Fleisch? Dieser junge Mann hier hat den Bullen des Fleisches wegen geschossen, hihihihi! Ich glaube gar, Ihr habt an meinem Mut gezweifelt, weil ich es nur auf eine Kuh absah?" — „Das nicht, obgleich ich es für mutiger hielt, ein starkes Tier aufs Korn zu nehmen." — „Um Bullenfleisch zu essen? Was seid Ihr doch für ein kluger Mensch, Sir! Dieser Bulle hat sicher seine achtzehn bis zwanzig Jahre auf dem Rücken. Er besteht aus einem Fell und vielen Knochen, Flechsen und Sehnen. Dabei ist sein Fleisch so hart wie gegerbtes Leder, und wenn Ihr es tagelang bratet oder kocht, so könnt Ihr es doch nicht kauen. Jeder erfahrene Westmann zieht eine Kuh dem Ochsen vor, weil ihr Fleisch zarter und saftiger ist. Da seht Ihr nun wieder, was für ein Greenhorn Ihr seid. Ich hatte keine Zeit, auf Euch aufzupassen. Wie hat sich denn Euer leichtsinniger Angriff auf den Büffel abgespielt?" — Ich erzählte ihm den Vorgang. Als ich fertig war, maß er mich mit großen Augen, schüttelte abermals den Kopf und forderte mich schließlich auf: „Geht da hinunter und holt Euer Pferd! Wir brauchen es, denn es soll das Fleisch tragen, das wir mitnehmen." — Dieser Aufforderung folgte ich. Aufrichtig gestanden, fühlte ich mich enttäuscht durch sein Verhalten. Er hatte meine Darstellung angehört, ohne auch nur ein Wort zu sagen. Ich glaubte aber, eine, wenn auch noch so kleine Anerkennung erwarten zu dürfen. Statt dessen äußerte er gar nichts, sondern schickte mich fort, mein Pferd zu holen. Trotzdem war ich ihm nicht böse. Ja, ich war sogar froh, wenigstens keinen Tadel wegen der unwaidmännischen Schüsse in die Augen des Büffels abbekommen zu haben.

Als ich das Pferd brachte, kniete Sam bei der von ihm erlegten Büffelkuh, hatte bereits von dem einen Hinterschenkel kunstgerecht das Fell entfernt und schälte nun die Lende heraus. — „So", sagte er, „das gibt für heut abend einen Braten, wie wir lange Zeit keinen gegessen haben. Diese Lende laden wir mit dem Sattel und dem Zaum auf Euer Pferd. Sie ist bloß für Euch, Dick, Will und mich. Wenn die andern auch etwas haben wollen, mögen sie hierherreiten und sich die Kuh holen." — „Wenn sie nicht inzwischen von Aasvögeln und anderen wilden Tieren weggefressen wird." — „Wie klug Ihr da wieder seid!" spottete er. „Es ist klar, daß wir sie mit Zweigen bedecken und mit Steinen beschweren. Es müßte ein Bär oder ein anderes großes Raubtier sein, das dann noch dazu könnte."

Wir schnitten also starke Zweige aus einem nahen Gebüsch und holten schwere Steine herbei. Damit bedeckten wir die Kuh und beluden dann mein Pferd. — „Was wird mit dem Bullen?" erkundigte ich mich dabei. — „Mit dem? Was soll mit ihm werden?" — „Können wir denn nichts davon gebrauchen?" — „Gar nichts." — „Auch nicht das Leder?" — „Seid Ihr ein Lohgerber? Ich bin keiner!" — „Ich habe aber doch gelesen, daß die Häute der erlegten Büffel in sogenannten Caches versteckt und aufgehoben werden." — „So, das habt Ihr gelesen? Na, wenn Ihr es gelesen habt, muß es wohl wahr sein, denn alles, was man über den Wilden Westen liest, ist wahr, ganz unumstößlich wahr, hihihihi! Es gibt allerdings Westmänner, die die Tiere um der Felle willen erlegen. Habe es auch schon getan. Aber das kommt für uns nicht in Betracht. Werden uns hüten, uns mit der schweren Haut zu schleppen."

3. Wilde Mustangs

Wir brachen auf und kamen, obgleich wir gehen mußten, schon nach einer halben Stunde im Lager an, denn weiter war es nicht von dem Tal entfernt, wo ich meine zwei ersten Büffel erlegt hatte. Daß wir zu Fuß erschienen und Sams Pferd nicht mitbrachten, erregte Aufsehen. Wir wurden nach der Ursache gefragt: „Haben Büffel gejagt, und mein Pferd ist dabei von einem Bullen aufgeschlitzt worden", berichtete Sam Hawkens. — „Büffel gejagt, Büffel, Büffel!" erklang es aus aller Mund. „Wo denn, wo?" — „Eine kleine halbe Stunde von hier. Haben uns die Lende mitgebracht. Könnt euch das übrige holen." — „Das werden wir; ja, das werden wir!" rief Rattler, der so tat, als wäre zwischen ihm und mir nichts vorgefallen. „Wo ist der Ort?"

„Reitet auf unsrer Fährte zurück, so werdet ihr ihn finden! Habt ja Augen genug, wenn ich mich nicht irre!" — „Wieviel Stück sind es denn gewesen?" — „Zwanzig." — „Und wieviel habt ihr erlegt?" — „Eine Kuh." — „Bloß? Wohin sind die andern?" — „Fort. Könnt sie euch suchen. Habe mich nicht darum gekümmert, wohin sie spazieren wollten, und sie auch nicht danach gefragt, hihihihi!" — „Aber bloß eine Kuh! Zwei Jäger, und von zwanzig Büffeln nur einen zu schießen!" meinte einer geringschätzig. — „Macht es besser, wenn Ihr könnt, Sir! Ihr hättet sie wahrscheinlich alle zwanzig erlegt und auch noch einige mehr. Werdet übrigens, wenn Ihr hinkommt, noch zwei alte, zwanzigjährige Bullen finden, die hier der junge Gentleman geschossen hat." — „Bullen, alte Bullen!" rief es rundum. „Auf zwanzigjährige Bullen zu schießen! Welch ein Greenhorn gehört dazu, eine solche Dummheit zu begehen!" — „Lacht ihn meinetwegen aus. Mesch'schurs; aber seht euch die Bullen nachher an! Ich sage euch, daß er mir dadurch das Leben gerettet hat." — „Das Leben? Wieso?" — Sie waren begierig, das Abenteuer erzählt zu bekommen. Sam aber wies sie zurück. — „Habe keine Lust, jetzt darüber zu reden. Laßt es euch von ihm selbst erzählen, falls ihr es für klug haltet, euch das Fleisch erst dann zu holen, wenn es dunkel geworden ist!" — Er hatte recht. Die Sonne hatte sich geneigt, und in kurzer Zeit mußte es Abend werden. Da sie sich übrigens sagen konnten, daß ich erst recht nicht bereit sein würde, den Erzähler zu machen, stiegen sie auf ihre Pferde und ritten alle fort. Ich sage, alle, denn keiner wollte zurückbleiben. Sie trauten einander nicht. Bei anständigen Jägern, unter denen ein freundschaftliches Verhältnis herrscht, gehört jedes Wild, das von einem Mitglied der Gesellschaft erlegt wird, den andern auch. Solcher Gemeinsinn war aber bei diesen Leuten nicht vorhanden. Als sie später zurückkamen, hörte ich dann auch, daß sie sich wie Wilde auf die Kuh geworfen hatten, und jeder war unter Zanken und Fluchen bemüht gewesen, sich mit dem Messer ein möglichst großes und gutes Fleischstück herunterzureißen. — Während sie fort waren, luden wir die Lende und den Sattel von meinem Pferd, und ich führte das Tier zur Seite, um es abzuzäumen und anzupflocken. Ich ließ mir dabei Zeit, wodurch Sam Gelegenheit fand, Stone und Parker unser Abenteuer zu erzählen. Sie standen so, daß das Zelt zwischen ihnen und mir lag, daß sie mich also nicht sahen, als ich mich ihnen wieder näherte. Schon war ich beinahe bis an das Zelt gekommen, da hörte ich Sams Stimme: „Könnt mir's glauben; es ist so, wie ich sage: Nimmt der Kerl gerade den größten und stärksten Bullen an und schießt ihn nieder wie ein alter, erfahrner Büffeljäger! Habe freilich getan, als hielte ich es für Leichtsinn, und ihn gehörig gescholten. Aber ich weiß, woran ich mit ihm bin." — „Ich auch", stimmte Stone, der ältere und bedächtigere der beiden andern Jäger bei. „Es wird ein tüchtiger Westmann aus ihm werden." — „Und zwar sehr bald", hörte ich Parker sagen, der immer rasch mit dem Wort bei der Hand war. — *„Yes"*, bestätigte Hawkens. „Wißt ihr, Gents, er ist dazu geboren, wahrhaftig dazu geboren. Und dabei die Körperkraft! Hat er nicht gestern unsern schweren Ochsenwagen fortgezogen, er ganz allein? Wohin der haut, da wächst jahrelang kein Gras. Aber wollt Ihr mir eins versprechen?" — „Was?" fragte Parker. — „Laßt ihn nicht wissen, was wir von ihm denken!" — „Weshalb nicht?" — „Weil es ihm zu Kopf steigen könnte." — „O nein!" — „O doch! Er ist ein bescheidener Kerl und gar nicht zum Hochmut angelegt. Aber das kann sich ändern. Es ist stets ein Fehler, wenn man einen Menschen lobt. Man kann die besten Anlagen damit verderben. Könnt ihn also getrost Greenhorn nennen. Er ist ja wirklich eins, denn wenn er auch alle Eigenschaften besitzt, die ein tüchtiger Westmann haben muß, so sind sie doch nicht ausgebildet, und er muß noch viel erfahren und viel üben." — „Hast du dich denn wenigstens dafür bedankt, daß er dir das Leben gerettet hat?" — „Ist mir nicht eingefallen!" — „Nicht? Was muß er da von dir denken?" — „Ist mir ganz gleich, was er von mir denkt, völlig gleich, wenn ich mich nicht irre. Natürlich hält er mich für einen undankbaren Gesellen. Doch das ist Nebensache. Die Hauptsache ist, daß er sich nicht überhebt, sondern so bleibt, wie er ist. Hätte ihn freilich am liebsten umarmen und küssen mögen." — *„Fie!"* rief Stone, der bezeichnenderweise gerade an dieser Stelle einmal einfiel. „Du und küssen! Das Umärmeln könnte man bei dir allenfalls noch wagen, aber küssen, nein!" — „So? Etwa nicht? Warum?" fragte der Kleine. — „Warum?" erklärte Will Parker an Dick Stones Stelle. „Hast du denn noch nie einen Spiegel in der Hand gehabt oder in einem klaren Wasser dein holdes Bildnis gesehen, alter Sam? Dieses Gesicht, dieser Bart und diese Nase! Mensch, wer auf den unsinnigen Gedanken kommen könnte, seine Lippen dahin zu bringen, wo man die deinigen suchen muß, der hat entweder den Sonnenstich, oder der Verstand ist ihm eingefroren." — „So! Ah! Hm! Das klingt ja recht freundschaftlich von dir", knurrte Sam. „Bin also ein häßlicher Kerl! Und du? Wofür hältst du denn dich? Etwa für einen schönen Mann? Das laß dir ja nicht einfallen! Gebe dir mein Wort, wenn wir beide uns an einem Schönheitswettbewerb beteiligen wollten, würde ich den ersten Preis erhalten. Du aber bekämst eine Niete, hihihihi! Aber das gehört nicht hierher. Wir sprachen von unserm Greenhorn. Habe mich nicht bei ihm bedankt und werde es auch nicht tun. Doch wenn nachher die Lende gebraten ist, soll er das beste und saftigste Stück bekommen. Ich schneide es ihm selber ab, er hat es verdient. Und wißt ihr, was ich morgen mache?" — „Was", erkundigte Stone sich.

„Ihm eine große Freude. Er soll einen Mustang fangen dürfen." — „Du willst auf Mustangs gehen?" — „Ja. Muß doch ein neues Pferd haben. Du borgst mir das deine zur Jagd, lieber Dick. Da sich heute die Büffel gezeigt haben, werden auch die Mustangs kommen. Ich denke, daß ich nur zur Prärie zu reiten brauche, wo wir noch vorgestern die Bahn abgesteckt und vermessen haben. Dort muß es Mustangs geben, sobald die Tiere hier in dieser Breite angekommen sind." — Ich lauschte nicht weiter, sondern ging eine Strecke zurück und durchquerte ein Buschwerk, um mich den drei Jägern von einer

42

andern Seite zu nähern. Sie durften nicht erfahren, daß ich gehört hatte, was ich doch nicht wissen sollte. — Es wurde ein Feuer angebrannt, neben dem zwei Gabeläste in die Erde gesteckt wurden. Sie gaben Stützen für den Bratspieß, der aus einem starken, geraden Ast bestand. Die drei befestigten daran die ganze Lende, und dann begann Sam Hawkens den Spieß langsam und mit fachmännischem Verständnis zu drehen. Das wonnevolle Gesicht, das er dabei machte, bereitete mir heimlich Spaß. — Als die andern mit dem Fleisch zurückkehrten, folgten sie unserm Beispiel, indem sie sich auch einige Feuer anzündeten. Freilich ging es bei ihnen nicht so ruhig und friedlich zu wie bei uns. Da jeder für sich braten wollte, mangelte es an Platz, und die Folge war, daß sie ihre Anteile halb roh verzehrten. — Ich bekam wirklich das beste Stück. Es mochte drei Pfund wiegen, und ich aß es auf. Man halte mich deswegen ja nicht für einen Vielfraß. Ich habe im Gegenteil immer weniger gegessen als andere in gleicher Lage. Aber es ist für einen, der es nicht weiß oder nicht selbst erlebt hat, kaum zu glauben, was für Fleischmengen ein Westmann zu sich nehmen muß, wenn er durchhalten will. — Der Mensch braucht bekanntlich zu seiner Ernährung außer den anorganischen Stoffen eine gewisse Menge Eiweiß und Kohlenstoff und vermag sich beides gar wohl in der richtigen Mischung zu verschaffen, wenn er in bewohnten Gegenden lebt. Der Westmann jedoch, der monatelang in keine bewohnte Gegend kommt, lebt nur vom Fleisch, das wenig Kohlenstoff enthält. Er muß also große Mengen essen, um seinem Körper die notwendigen Teile Kohlenstoff zuzuführen. Das viele Eiweiß, das er dabei zugleich genießt, verarbeitet der Körper bei den dauernden Anstrengungen leicht. Ich habe einen alten Trapper acht Pfund Fleisch auf einmal essen sehen, und als ich ihn dann fragte, ob er satt sei, antwortete er schmunzelnd: „Muß es wohl sein, denn ich habe nichts mehr. Wenn Ihr mir aber ein Stück von dem Euern geben wollt, so sollt Ihr nicht ewig zu warten brauchen, bis es verschwunden ist." — Während des Essens unterhielten sich die ‚Westmänner' von unserer Büffeljagd. Wie ich hörte, hatten sie beim Anblick der beiden Bullen denn doch einen andern Begriff von der ‚Dummheit' erhalten, die ich begangen haben sollte. — Am anderen Morgen tat ich, als wollte ich an die Arbeit gehen. Da kam Sam zu mir und sagte: „Laßt Eure Geräte nur ruhig liegen, Sir! Es gibt etwas zu tun, was unterhaltsamer ist." — „Was meint Ihr damit?" — „Werdet es erfahren. Macht Euer Pferd fertig! Wir reiten aus!" — „Spazieren? Da geht die Arbeit vor!" — „Pshaw! Habt Euch genug geplagt. Ich denke übrigens, daß wir schon zu Mittag zurück sein werden. Dann könnt Ihr meinetwegen messen und rechnen, soviel Ihr wollt."

Ich machte Bancroft die nötige Mitteilung, und dann ritten wir fort. Sam tat unterwegs sehr geheimnisvoll, und ich sagte ihm nicht, daß ich seine Absicht bereits kannte. Der Ritt ging auf der von uns vermessenen Strecke zurück, bis wir die Prärie erreichten, die Sam gestern Stone und Parker gegenüber erwähnt hatte. — Sie war wohl zwei englische Meilen[1] breit und doppelt so lang und wurde von bewaldeten Höhen umrandet. Da sie von einem Bach durchflossen wurde,

[1] engl. Meile = 1,6609 km

gab es Feuchtigkeit genug und infolgedessen einen saftigen Graswuchs. Im Norden konnte man zwischen zwei Bergen hervor auf diese Prärie gelangen, und im Süden endete sie in einem Tal, das in dieser Richtung weiterführte. Als wir hier angelangt waren, hielt Hawkens an und überflog die Ebene mit einem forschenden Blick. Dann ritten wir weiter, nordwärts und am Bach hin. Plötzlich stieß er einen Ruf aus, zügelte das Pferd, das er sich von Dick Stone geborgt hatte, stieg ab, sprang über den Bach und ging auf eine Stelle zu, wo das Gras niedergetreten war. Er untersuchte den Ort, kam zurück, kletterte wieder in den Sattel und ritt weiter, doch nicht, wie bisher in nördlicher Richtung, sondern er bog im rechten Winkel ab, so daß wir nach kurzer Zeit den westlichen Rand der Prärie erreichten. Hier stieg er wieder vom Pferd und ließ es grasen, machte es aber sorgfältig fest. Seit er die Spur untersucht hatte, war kein Wort aus seinem Mund gekommen, aber über sein bärtiges Gesicht war der Ausdruck der Zufriedenheit gebreitet wie Sonnenschein über eine waldige Gegend. Jetzt forderte er mich auf: „Kommt auch aus dem Sattel, Sir, und bindet Euer Pferd fest an! Wir werden hier warten."

„Warum fest anbinden?" erkundigte ich mich, obgleich ich es recht gut wußte. — „Weil Ihr es sonst leicht verlieren könntet. Habe wiederholt gesehen, daß die Pferde bei solchen Gelegenheiten durchgegangen sind." — „Bei was für Gelegenheiten?" — „Ahnt Ihr das nicht?" — „Hm!" — „Ratet!" — „Mustangs?" — „Wie kommt Ihr darauf?" fragte er, indem er mich rasch und verwundert anblickte. — „Weil ich gelesen habe, daß die zahmen Pferde, wenn sie nicht fest angebunden werden, gern mit den wilden Mustangs durchgehen." — „Hol Euch der Teufel! Alles habt Ihr gelesen, und so ist es kaum möglich, Euch einmal zu überraschen. Da lobe ich mir doch die Leute, die gar nicht lesen können!" — „Wolltet Ihr mich überraschen?" — „Allerdings." — „Mit einer Mustangjagd?" — „Ja! Und nun habt Ihr's mit Euern dummen Büchern schon erraten. Also hört, die Mustangs sind schon dagewesen!" — „War das vorhin ihre Spur?" — „Ja. Sie sind gestern hier durch. Es war ein Vortrab, wißt Ihr, so wie Kundschafter. Muß Euch nämlich sagen, daß diese Tiere überaus klug sind. Sie senden immer kleine Trupps voraus und auf die Seiten. Sie haben ihre Offiziere, grad wie das Militär, und der Hauptanführer ist stets ein erfahrener, starker und mutiger Hengst. Mögen sie weiden oder in Bewegung sein, immer wird der äußere Ring der Herde von den Hengsten gebildet. Dann folgten innen die Stuten, und ganz in der Mitte befinden sich die Fohlen. Habe Euch schon wiederholt beschrieben, wie man einen Mustang mit dem Lasso fängt. Habt Ihr's Euch gemerkt?" — „Gewiß." — „Habt Ihr Lust, einen zu fangen?" — „Ja." — „So werdet Ihr heute vormittag Gelegenheit dazu finden, Sir." — „Danke! Ich werde sie nicht benutzen." — „Nicht? *Behold!* Warum nicht?" — „Weil ich kein Pferd brauche." — „Aber ein Westmann fragt doch nicht danach, ob er ein Pferd braucht oder nicht!" — „Dann ist er keineswegs so, wie ich mir einen braven Westmann vorstelle. Ihr habt gestern von Aasjägern gesprochen, von Weißen, die die Büffel in Masse töten, ohne daß sie ihr Fleisch brauchen. Das habt Ihr als eine Versündigung an den Tieren und an den roten Menschen bezeichnet, denen dadurch ihre Nahrung geraubt wird. Dann habt Ihr selber erklärt, geradeso sei es auch mit den Pferden. Damit hattet Ihr recht, und Ihr dürft Euch nicht wundern, wenn ich danach handle. Ich mag keinem dieser herrlichen Mustangs die Freiheit rauben, ohne mich damit entschuldigen zu können, daß ich ein Pferd brauche." — — „Das ist brav gedacht, Sir, sehr brav", nickte Sam. „Aber wer hat denn gesagt, daß Ihr einem Mustang die Freiheit rauben sollt? Ihr habt Euch im Werfen des Lassos geübt und sollt nur die Probe machen. Will sehen, ob Ihr Eure Prüfung besteht. Verstanden?" — „Das ist etwas andres. Ja, da tu ich mit." — „Schön. Bei mir handelt es sich freilich um vollen Ernst. Ich brauche ein Pferd und werde mir eins holen. Habe es Euch schon oft gesagt und wiederhole es Euch jetzt: Sitzt da recht fest im Sattel und stemmt Euer Pferd gut ein in dem Augenblick, da sich der Lasso straff spannt und der Ruck erfolgt. Wenn Ihr das nicht tut, werdet Ihr umgerissen und der Mustang rennt davon und zieht Euer Pferd am Lasso mit sich fort. Dann habt Ihr kein Pferd mehr und seid bloß Infanterist, so wie ich jetzt einer bin, hihihihi!" — Er wollte noch weiter sprechen, hielt aber inne und deutete mit der Hand auf die bereits erwähnten beiden Berge am Nordende der Prärie. Dort erschien ein einzelnes lediges Pferd. Es lief langsam, ohne zu grasen, vorwärts, warf den Kopf bald auf diese, bald auf jene Seite und sog die Luft durch die Nüstern ein. — „Seht Ihr's?" flüsterte Sam. Er sprach vor Erregung mit gedämpfter Stimme, obwohl das Tier uns unmöglich hätte hören können. „Habe ich nicht gesagt, daß sie kommen? Das ist der Späher, der vorauseilt, um zu prüfen, ob die Gegend sicher ist. Ein schlauer Hengst! Wie er in alle Richtungen äugt und windet! Uns bekommt er nicht weg, denn wir haben den Wind im Gesicht. Habe deshalb diese Stelle gewählt." — Jetzt schlug der Mustang einen Trab an. Er rannte geradeaus, dann rechts, dann links, warf sich schließlich herum und verschwand dort, wo wir ihn hatten erscheinen sehen. — „Habt Ihr ihn beobachtet?" fragte Sam. „Wie klug er sich benimmt und jeden Busch zur Deckung benutzt, um nicht bemerkt zu werden! Ein indianischer Späher kann es kaum besser machen." — „Das ist richtig. Ich bin erstaunt darüber."

„Nun ist er zurückgetrabt, um seinem vierbeinigen General zu melden, daß die Luft rein ist. Sollen sich aber getäuscht haben, hihihihi! Wette, in höchstens zehn Minuten sind sie da. Paßt auf! Wißt Ihr, wie wir's machen?" — „Wie denn?"

„Ihr reitet jetzt schnell bis an den Ausgang der Prärie zurück und wartet dort! Ich aber pirsche mich bis in die Nähe des Eingangs hinunter und verstecke mich im Wald. Kommt die Herde, so lasse ich sie vorüber und jage dann hinter ihr her. Sie wird zu Euch hinauffliehen. Dann laßt Ihr Euch sehen. Da flieht sie wieder zurück. So treiben wir sie zwischen uns hin und her, bis wir uns die zwei besten Pferde ausgewählt haben. Die fangen wir. Ich lese mir davon wieder das bessere aus, und das andere lassen wir laufen. Seid Ihr einverstanden?" — „Wie könnt Ihr so fragen! Ich verstehe ja nichts von der Pferdejagd, worin Ihr jedenfalls Meister seid, und muß mich also ganz nach Euren Anordnungen verhalten." — „Well, habt recht. Habe schon manchen wilden Mustang unter mir gehabt und bezwungen und kann wohl behaupten, daß Ihr mit dem ‚Meister' nichts Dummes gesagt habt. Also, macht Euch davon, sonst vergeht die Zeit, und wir sind dann nicht an Ort und Stelle!" — Wir stiegen wieder auf und ritten auseinander, er nordwärts und ich nach Süden, bis dahin, wo wir die Prärie betreten hatten. Da mir mein schwerer Bärentöter bei unserem Vorhaben hinderlich war, hätte ich mich einstweilen gern seiner entledigt. Doch ich hatte gelesen und gehört, daß sich ein vorsichtiger Westmann nur dann von seinem Gewehr trennt, wenn er bestimmt weiß, daß er nichts zu befürchten hat und es nicht brauchen wird. Das war aber hier nicht der Fall. Es konnte in jedem Augenblick ein Indianer oder gar ein Raubtier erscheinen. Deshalb sorgte ich nur dafür, daß die ‚alte Gun' fest am Riemen hing und nicht schlagen konnte. — Nun wartete ich mit Spannung auf das Erscheinen der Pferde. Ich hielt zwischen den ersten Bäumen des Waldes, an den die Prärie stieß, band das eine Ende des Lassos am Sattelknopf fest und legte ihn dann in Schlingen so vor mich hin, daß ich ihn nur zu fassen brauchte. — Das untere Ende der Prärie war so weit von mir entfernt, daß ich die Mustangs, wenn sie dort erschienen, nicht sehen konnten. Sie mußten mir erst dann, wenn Sam sie getrieben brachte, sichtbar werden. Ich war noch keine Viertelstunde am Platz, als ich da unten viele dunkle Punkte erblickte, die sich schnell vergrößerten, indem sie sich aufwärts bewegten. Erst hatten sie die Größe von Sperlingen, hierauf schienen sie Katzen, Hunde, Kälber zu sein, bis sie sich so weit genähert hatten, daß ich sie in ihrer wirklichen Größe sah. Es waren die Mustangs, die in wildem Jagen auf mich zugesprengt kamen. — Welch einen Anblick boten diese herrlichen Tiere! Die Mähnen wehten um die Hälse, und die Schweife flatterten wie Federbüsche im Wind. Es waren höchstens dreihundert Stück, und doch schien die Erde unter ihren Hufen zu zittern. Ein Schimmelhengst flog allen voran, ein prächtiges Geschöpf, das man sich hätte fangen mögen. Aber es wird keinem Präriejäger einfallen, einen Schimmel zu reiten. Solch ein helles Tier würde ihn jedem Feind schon von weitem verraten. — Jetzt war es Zeit, mich ihnen zu zeigen. Ich lenkte unter den Bäumen hervor ins Freie, und die Wirkung trat augenblicklich ein: der führende Schimmel prallte zurück, als hätte er eine Kugel in den Leib bekommen. Die Herde stutzte. Ein lautes, ängstliches Schnauben; dann hieß es: Ganze Schwadron kehrt! Den Schimmel schnell wieder an der jenseitigen Spitze, jagten die Tiere zurück, woher sie gekommen waren. — Langsam folgte ich ihnen. Ich hatte keine Eile, denn ich war sicher, daß Sam Hawkens sie mir wieder zutreiben würde. Dabei suchte ich mir einen Umstand zu erklären, der mir aufgefallen war. Obgleich nämlich die Pferde nur einen kurzen Augenblick vor mir gehalten hatten, war es mir doch vorgekommen, als sei eins davon kein Pferd, sondern ein Maultier gewesen. Ich konnte mich irren, glaubte aber doch richtig gesehen zu haben. Beim zweitenmal wollte ich besser aufpassen. Dieses Maultier hatte sich in der vordersten Reihe, und zwar gleich hinter dem Leitschimmel, befunden. Es war also von den Pferden nicht nur als ihresgleichen anerkannt, sondern es besaß sogar einen besonderen Rang unter ihnen.

Nach einiger Zeit kam die Herde wieder aufwärts und kehrte bei meinem Anblick abermals um. Das wiederholte sich noch einmal, und da erkannte ich, daß ich mich nicht geirrt hatte. Es war ein Maultier darunter, ein hellbraunes Maultier mit dunklem Rückenstreifen. Es machte auf mich einen recht vorteilhaften Eindruck und war trotz des großen Kopfes und der langen Ohren doch ein schönes Tier. Maultiere sind genügsamer als Pferde, haben einen sicheren Tritt und schwindeln nicht vor Abgründen. Das sind Vorzüge, die in die Waage fallen. Freilich sind sie auch störrisch. Ich habe Maultiere gesehen, die sich lieber totprügeln ließen, als daß sie einen Schritt vorwärts gingen, obgleich man ihnen nichts aufgeladen hatte und der Weg prächtig war. Sie wollten eben nicht. Meiner flüchtigen Beobachtung nach hatte dieses Maultier viel Feuer gezeigt, und es schien mir, als ob seine Augen heller glänzten und verständiger blickten als die der Pferde. Ich nahm mir vor, es zu fangen. Vermutlich war es seinem Besitzer beim Vorüberjagen einer wilden Pferdeherde entflohen und dann bei den Mustangs geblieben. — Jetzt brachte Sam den Trupp wieder getrieben. Wir kamen einander dabei so nahe, daß ich ihn sah. Nun konnten die Mustangs weder vor noch zurück. Sie brachen zur Seite aus. Wir folgten ihnen. Die Herde teilte sich, und ich bemerkte, daß das Maultier bei der Hauptabteilung blieb. Es jagte jetzt an der Seite des Schimmels dahin. Ich hielt mich also zu diesem Trupp, und Sam schien es auch auf ihn abgesehen zu haben. — „In die Mitte nehmen, ich links, Ihr rechts!" rief er mir zu. — Wir gaben unsern Pferden die Sporen und hielten nun nicht nur gleichen Schritt mit den Mustangs, sondern kamen ihnen so schnell näher, daß wir sie eingeholt hatten, noch bevor sie den Wald erreichten. Dahinein gingen sie nicht. Sie kehrten also wieder um und wollten zwischen uns durch. Um das zu verhindern, jagten wir schnell aufeinander zu. Da stoben sie auf alle Seiten auseinander wie eine Hühnerschar, in die der Habicht gestoßen ist. Der Schimmel und das Maultier schossen, abgesondert von den andern, zwischen uns hindurch. Wir jagten ihnen nach. Dabei rief mir Sam, der seinen Lasso schon über den Kopf wirbelte, zu: „Wieder Greenhorn! Werdet es ewig bleiben!" — „Warum?" — „Weil Ihr nach dem Schimmel trachtet. Das kann doch nur ein Greenhorn tun, hihihihi!" — Ich antwortete ihm, aber er hörte es nicht, weil das Traben der Pferde meine Worte übertönte. Also er dachte, ich hätte es auf den Schimmel abgesehen. Meinetwegen! Ich überließ ihm das Maultier und lenkte zur Seite, wo die Mustangs nun ängstlich schnaubend und wiehernd regellos durcheinanderjagten. Sam war dem Maultier jetzt so nahe gekommen, daß er den Lasso warf. Die Schlinge fiel richtig. Sie legte sich um den Hals des Tieres. Nun mußte Sam anhalten und, wie er mir vorher so sorgsam angeraten hatte, sein Pferd nach rückwärts werfen, um den Ruck aushalten zu können, wenn sich der abgelaufene Lasso straff spannte. Er tat das auch, aber nur um einen Augenblick zu spät. Sein Pferd hatte sich noch nicht umgedreht und eingestemmt und wurde von dem gewaltigen Ruck umgerissen. Sam Hawkins flog, einen glänzenden Purzelbaum schlagend, weit durch die Luft und auf die Erde nieder. Das Pferd raffte sich rasch wieder auf und rannte weiter. Dadurch verlor der Lasso die Spannung, und das Maultier, das festgestanden hatte und nicht umgerissen worden war, bekam Luft. Es galoppierte auch fort und riß das Pferd, weil das Lasso am Sattelknopf befestigt war, mit über die Prärie. — Sofort eilte ich zu Sam, um nachzusehen, ob er verletzt sei. Er war aufgestanden und rief mir erschrocken zu: — *„Zounds!* Da reißt mir Dick Stones Gaul mitsamt dem Maultier aus, ohne auch nur Lebewohl zu sagen, wenn ich mich nicht irre!" — „Habt Ihr Euch beschädigt?" — „Nein. Steigt schnell ab und gebt mir Eurer Pferd! Ich muß den beiden Ausreißern nach. Macht rasch!" — „Denke nicht daran!" wehrte ich ab. „Könntet wieder einen Purzelbaum schlagen und dann wären beide Pferde zum Teufel." — Bei diesen Worten trieb ich meinen Rotschimmel weiter, dem Maultier nach. Es war schon eine bedeutende Strecke fort, kam aber jetzt mit dem Pferd in Widerstreit. Das eine Tier wollte hierhin, das andre dorthin, und so hielten sie einander auf, weil sie mit dem Lasso zusammenhingen. Darum holte ich sie bald ein. Es kam mir nicht in den Sinn, meinen Lasso zu gebrauchen, sondern ich griff nach dem, der die beiden Tiere verband, wickelte ihn mir einigemale um die Hand und war nun sicher, das Maultier bändigen zu können. Ich ließ es zunächst weiterlaufen und galoppierte mit den beiden Pferden hinterdrein, zog aber den Riemen nach und nach kräftiger an, so daß sich die Schlinge immer mehr und mehr verengte. Dabei konnte ich das Tier ganz leidlich lenken. Durch scheinbares Nachgeben brachte ich es so weit, daß es in einem Bogen dahin zurückkehrte, wo Sam Hawkens stand. Dort zog ich die Schlinge plötzlich so stark an, daß dem Maultier der Hals zugeschnürt wurde. Es verlor den Atem und stürzte zu Boden. — „Haltet fest, bis ich den Racker sicher habe, und laßt dann los!" rief Sam. — Er sprang hinzu und stellte sich, obgleich das auf dem Boden liegende Tier mit den Beinen um sich schlug, hart daneben. — „Jetzt!" gebot er. — Ich befreite zunächst Dick Stones Pferd von der Leine und ließ dann den Lasso fahren. Das Maultier bekam Luft und sprang auf. Ebenso schnell hatte sich Sam auf seinen Rücken geschwungen. Es blieb einige Augenblicke bewegungslos stehen, wie vor Schreck erstarrt. Dann aber ging es in die Luft, bald vorn, bald hinten. Plötzlich tat es mit allen vieren einen Satz zur Seite und machte einen Katzenbuckel, aber der kleine Sam saß fest. — „Bekommt mich nicht herunter!" rief er mir zu. „Jetzt wird es das Letzte versuchen und mit mir davonrasen. Wartet hier auf mich! Ich bringe es gezähmt zurück, wenn ich nicht irre." — Aber da hatte er sich geirrt. Das Tier ging keineswegs mit ihm durch, sondern es warf sich plötzlich nieder und wälzte sich. Es konnte dem kleinen Mann alle Rippen brechen. Er mußte herunter. Ich sprang ab, ergriff den am Boden schleifenden Lasso wieder und schlang ihn schnell zweimal um die starke Wurzel eines nahen Busches. Da hatte das Maultier seinen Reiter abgestreift und sprang auf. Es wollte fortstürmen, aber die Wurzel hielt fest. Der Lasso wurde angespannt, und die Schlinge zog sich wieder scharf zusammen. Das Tier stürzte abermals nieder. — Sam Hawkens war seitwärts getreten, betastete sich die Rippen und die Schenkel und zog ein Gesicht, als hätte er Sauerkraut mit Pflaumenmus gegessen, und schimpfte: „Laßt die Bestie laufen! Die bändigt kein Mensch, wenn ich mich nicht irre." — „Das wäre! Möchte mich von keinem Maultier beschämen lassen, dessen Vater ein Esel gewesen ist. Es wird gehorchen müssen. Paßt auf!"

Ich löste den Lasso von der Wurzel und stellte mich mit weitausgespreizten Beinen über das Tier. Sobald es Luft spürte, sprang es auf. Jetzt kam es vor allen Dingen auf den kräftigen Schenkeldruck an, und darin war ich dem kleinen Sam wohl über. Eine Pferderippe muß sich unter dem Schenkel des Reiters biegen. Das drückt die Eingeweide zusammen und macht Todesangst. Während das Maultier die gleichen Mittel versuchte, mich abzuwerfen, wie vorhin bei Sam, nahm ich den Lasso auf, der vom Hals herabhing und auf der Erde lag, wand ihn zusammen und faßte ihn dann hart hinter der Schlinge fest. Die zog ich stets an, sobald ich merkte, daß sich das Tier niederwerfen wollte. Durch diesen Kunstgriff und den Schenkeldruck wurde es auf den Beinen gehalten. Es war ein böser Kampf, Kraft gegen Kraft. Ich begann aus allen Poren zu schwitzen, aber das Maultier schwitzte nohc weit mehr. Der Schweiß rann ihm vom Leib, und vom Maul troff der Schaum in großen Flocken. Seine Bewegungen wurden schwächer und mehr unwillkürlich. Sein anfangs wütendes Schnauben ging in ein kurzes Husten über. Dann brach es endlich unter mir zusammen, nicht mit Willen, sondern weil es von seiner letzten Kraft verlassen wurde. Da blieb es bewegungslos und mit verdrehten Augen liegen. Ich holte tief Atem. Es war mir, als wären alle Sehnen und Bänder in meinem Körper zerrissen. — *„Heavens,* was seid Ihr für ein Mensch!" rief Sam. „Ihr habt ja mehr Kräfte als das Tier! Könntet Ihr Euer Gesicht sehen, so würdet Ihr erschrecken!" — „Glaube es." — „Eure Augen sind herausgetreten. Eure Lippen geschwollen und Eure Wangen förmlich blau!" — „Das kommt daher, daß man ein Greenhorn ist und sich nicht abwerfen lassen will. Ein andrer, der Meister in der Mustangjagd ist, ließ sich abstreifen, nachdem er vorher gar sein Pferd ans Maultier hängte, um beide dann spazieren zu schicken." — Sam machte ein doppelt jämmerliches Gesicht und bat kläglich: „Schweigt davon, Sir! Ich sage Euch, auch dem tüchtigsten Jäger kann so etwas einmal zustoßen. Ihr habt gestern und heute zwei gute Tage gehabt." — „Hoffe, noch mehr solche Tage zu erleben. Dafür waren sie für Euch um so schlimmer. Wie steht es denn mit Euern Rippen und den anderen Knöchelchen?" — „Weiß nicht. Werde sie nachher einmal zusammensuchen und zählen, sobald mir besser ist. Jetzt klappern sie mir überall im Leib herum. Das war eine Bestie, wie ich noch keine zwischen den Beinen gehabt habe! Hoffe, daß sie nun zu Verstand kommen wird." — „Das ist sie schon. Seht, wie matt sie daliegt, wie zum Erbarmen! Wollen ihr den Sattel aufschnallen und den Zaum anlegen. Ihr reitet sie nach Haus." — „Da wird sie wieder zu bocken anfangen." — „Fällt ihr nicht ein. Die hat genug. Sie ist ein gescheites Vieh, und Ihr werdet glücklich sein, sie gefangen zu haben." — „Ja, das glaube ich. Hatte es aber auch von allem Anfang gleich auf das Maultier abgesehen. Ihr auf den Schimmel, was eine sehr große Dummheit war." — „Wißt Ihr das so genau?" — „Natürlich war es eine Dummheit!" — „Das meine ich nicht, sondern daß ich es auf den Schimmel abgesehen hatte." —

„Worauf denn sonst?" — „Auch auf das Maultier." — „So?" — „Ja. Wenn ich auch ein Greenhorn bin, so viel weiß ich doch, daß ein Schimmel nicht für einen Westläufer taugt. Das Maultier gefiel mir gleich, als ich es sah." — „Ja, einen guten Pferdeverstand habt Ihr, das muß man zugeben." — „Will wünschen, daß mein Menschenverstand ebenso gut ist, lieber Sam! Doch nun kommt und helft mit, das Tier von der Erde aufzubringen!" — Wir zogen das Maultier hoch. Es stand still und zitterte an allen Gliedern. Es sträubte sich auch nicht, als wir ihm den Sattel aufschnallten und den Zaum anlegten. Und als Sam aufgestiegen war, gehorchte es dem Zügel willig und so fein- fühlig wie ein zugerittenes Pferd. — „Es hat schon einen Herrn ge- habt", meinte der Kleine, „einen, der ein guter Reiter gewesen sein muß. Wird ihm davongelaufen sein. Wißt Ihr, wie ich es nennen werde?" — „Nun?" — „Mary. Habe schon früher einmal ein Maultier geritten, das Mary hieß, und brauche mir so nicht die Mühe zu geben, einen andern Namen auszusinnen." — „Also das Maultier Mary und das Gewehr Liddy!" — „Ja. Sind zwei allerliebste Namen. Nicht? Und nun muß ich Euch noch bitten, mir einen großen Gefallen zu tun." — „Gern. Was für einen?" — „Sprecht nicht über das, was hier ge- schehen ist! Werde es Euch hoch anrechnen." — „Unsinn! Eine Selbst- verständlichkeit braucht nicht angerechnet zu werden." — „Das hier schon. Möchte nicht die Bande drüben im Lager lachen hören, wenn sie erführe, wie Sam Hawkens zu seiner neuen, holden Mary gekom- men ist! Würde ein Hauptspaß für sie sein. Wenn Ihr den Mund haltet, werde ich —" — „Bitte, seid still!" unterbrach ich ihn. „Es ist nicht notwendig, ein Wort darüber zu verlieren. Ihr seid mein Lehrer und mein Freund. Mehr brauche ich wohl nicht zu sagen." — Da wurden seine kleinen, listigen Äuglein feucht, und er rief begei- stert aus: „Ja, Euer Freund bin ich, Sir, und wenn ich wüßte, daß Ihr mir auch ein klein wenig Zuneigung schenken wollt, so wäre das für mein altes Herz eine große, aufrichtige Freude und Wonne." — Ich reichte ihm die Hand hinüber. — „Diese Freude kann ich Euch machen, lieber Sam. Ihr könnt versichert sein, daß ich Euch liebhabe, so lieb, wie — wie — na, so, wie man ungefähr einen recht guten Onkel liebt. Ist Euch das genug?" — „Vollauf, Sir, vollauf! Ich bin so entzückt darüber, daß ich Euch dafür am liebsten gleich hier auf der Stelle eine große Gegenfreude bereiten möchte. Sagt mir, was ich tun soll! Soll ich — soll ich — zum Beispiel hier diese neue Mary vor Euern Augen mit Haut und Haaren auffressen? Oder soll ich —"

„Haltet ein!" lachte ich. „Ihr habt mir schon genug zu Gefallen ge- tan und werdet mir wohl auch fernerhin noch manche Liebe erweisen können. Laßt also vorderhand die Mary leben und macht, daß wir bald wieder ins Lager kommen! Ich möchte arbeiten." — „Arbeiten? Das habt Ihr doch auch hier getan, denn wenn das keine Arbeit war, so weiß ich nicht, was ich Arbeit nennen soll." — Ich band Dick Stones Pferd mit dem Lasso an das meinige, dann ritten wir fort. Die Mustangs waren indessen schon längst entwichen. Das Maultier gehorchte seinem Reiter willig, und Sam rief unterwegs freudig aus: „Sie hat Schule, diese Mary, eine sehr gute Schule! Ich fühle bei jedem Schritt immer mehr, daß ich von heute an vortrefflich beritten sein werde. Sie besinnt sich jetzt auf das, was sie früher gelernt und dann unter den Mustangs wieder vergessen hat. Hoffentlich hat sie nicht bloß Feuer, sondern auch Anhänglichkeit." — „Wenn das nicht der Fall ist, so kann man ihr das Fehlende noch beibringen. Sie ist noch nicht zu alt dazu." — „Wie alt schätzt Ihr sie?" — Fünf Jahre, mehr nicht." — „Das ist auch meine Ansicht. Werde nachher genau untersuchen, ob das richtig ist. Habe das Tier Euch zu verdanken, nur Euch. Waren zwei böse Tage für mich, sehr böse, für Euch aber sehr ehrenvoll. Hättet Ihr geglaubt, die Bison- und auch die Mustangjagd so schnell hintereinander kennenzulernen?" — „Weshalb nicht? Man muß hier im Westen auf alles gefaßt sein. Ich hoffe auch noch andere Jagden kennenzulernen." — „Hm, ja. Will wünschen, daß Ihr dann ebenso davonkommt wie gestern und heute. Gestern besonders hing Euer Leben an einem Haar. Habt zuviel gewagt. Dürft nie vergessen, daß Ihr ein Greenhorn seid. Nehmt Euch in Zukunft mehr in acht und traut Euch nicht zuviel zu! Die Jagd auf den Bison ist höchst gefährlich. Es gibt nur eine einzige, die noch gefährlicher ist." — „Welche?" — „Die auf Bären." — „Damit meint Ihr doch nicht etwa den schwarzen Bären mit gelber Schnauze?" — „Den Baribal? Nein. Der ist ein sehr gutmütiges und friedfertiges Viehzeug, das man Wäsche plätten und stricken lehren könnte. Nein, ich meine den Grizzly[1], den Grauen Bären der Felsengebirge. Ihr habt doch von allem gelesen, also wohl auch von ihm?" — „Ja." — „So seid froh, wenn Ihr keinen zu sehen bekommt! Wenn er sich aufrichtet, ist er weit über zwei Meter hoch. Mit einem einzigen Biß verwandelt er Euern Kopf in Knochenbrei, und wenn er einmal angegriffen und in Wut versetzt worden ist, ruht er nicht, bis er seinen Feind zerrissen und vernichtet hat." — „Oder der Feind ihn!" — „Oho! Seht, da tritt schon wieder Euer großer Leichtsinn zutage! Ihr redet von dem mächtigen, unüberwindlichen Grauen Bären mit einer Geringschätzung, als handle es sich um einen kleinen ungefährlichen Waschbären." — „Das nicht. Ich denke nicht daran, ihn zu unterschätzen; aber unüberwindlich, wie Ihr sagt, ist er jedenfalls nicht. Kein Raubtier ist unüberwindlich, auch der Grizzly nicht." — „Das habt Ihr wohl ebenfalls gelesen?" — „Ja." — „Hm! Mir scheint, die Bücher, die Ihr gelesen habt, sind an Euerm Leichtsinn schuld. Seid doch sonst ein ganz verständiger Kerl, wenn ich mich nicht irre. Ich glaube, Ihr wärt imstande und gingt auf einen Grauen Bären geradeso los wie gestern auf die Bisons." — „Wenn ich nicht anders könnte — ja." — „Nicht anders könnte! Unsinn! Was meint Ihr mit diesen Worten? Jeder Mensch kann anders, wenn er will!" — „Das heißt, er kann ausreißen, wenn er feig ist. Das wollt Ihr damit sagen?" — „Ja, aber von Feigheit ist dabei keine Rede. Es ist nicht feige, den Grizzly zu fliehen. Im Gegenteil, es ist geradezu Selbstmord, ihn anzugreifen." — „Da gehen unsere Ansichten auseinander. Wenn er mich überrascht, und mir keine Zeit zur Flucht läßt, muß ich mich wehren. Und wenn er sich über einen Kameraden von mir hermacht, muß ich dem Bedrohten zu Hilfe kommen. Das sind zwei Fälle, in denen ich nicht

[1] Sprich: Grisly

fliehen darf. Und außerdem kann ich mir recht gut vorstellen, daß es ein kühner Westmann auch ohne Not mit dem Grauen Bären aufnimmt, um seinen Mut zu bestätigen, ein so gefährliches Raubtier unschädlich zu machen und sich nebenbei dann die Schinken und die Tatzen schmecken zu lassen." — Mein braver Sam war über diese Worte geradezu entsetzt. — „Ihr seid ein ganz unverbesserlicher Mensch", rief er, „und es wird mir himmelangst um Euch. Dankt lieber Gott, wenn Ihr diese Schinken und Tatzen niemals kennenlernt! Dabei will ich freilich nicht verhehlen, daß es keinen besseren Leckerbissen gibt, so weit die Erde reicht; sie gehen sogar noch über die feinste Büffellende." — „Wahrscheinlich braucht Ihr jetzt noch nicht um mich besorgt zu sein", beruhigte ich ihn. „Oder sollte es hier in dieser Gegend Graue Bären geben?" — „Warum nicht? Der Grizzly kommt im ganzen Gebirge vor. Er folgt den Flüssen und geht zuweilen sogar weit in die Prärie hinein. Wehe dem, auf den er trifft! Reden wir nicht mehr davon!" — Sam ahnte ebensowenig wie ich, daß diese Sache schon am nächsten Tag von neuem und noch ganz anders als heute zur Sprache kommen würde. Jetzt gab es vorläufig keine Zeit mehr, das Gespräch fortzuführen, denn wir waren beim Lager angelangt. Man hatte es eine beträchtliche Strecke vorgeschoben, weil während unsrer Abwesenheit fleißig vermessen worden war. Bancroft hatte sich mit den drei Surveyors tüchtig ins Zeug gelegt, um endlich auch einmal zu zeigen, was er leisten konnte. Da kamen wir und erregten begründetes Aufsehen.

„Ein Maultier, ein Maultier!" wurde gerufen. „Woher habt Ihr das, Hawkens?" — „Eben geschickt bekommen", entgegnete ich ernsthaft. — „Nicht möglich! Von wem?" — „Durch die Eilpost, unter Kreuzband für zwei Cents. Wollt Ihr vielleicht den Umschlag sehen?" — Einige lachten, die andern schimpften. Aber er hatte seinen Zweck erreicht, man fragte ihn nicht weiter. Ob er gegen Dick Stone und Will Parker jetzt gleich mitteilsamer war, konnte ich nicht beobachten, weil ich mich sofort an der Vermessungsarbeit, die wieder aufgenommen wurde, beteiligte. Sie gedieh bis zum Abend so weit, daß wir morgen früh das Tal in Angriff nehmen konnten, wo wir gestern das Zusammentreffen mit den Bisons gehabt hatten. Als wir am Abend davon sprachen, fragte ich Sam, ob wir dort vielleicht von den Büffeln gestört werden könnten, da sie offenbar die Richtung durch das Tal einschlagen wollten. Wir hatten es mit einem Vortrupp zu tun gehabt und konnten uns nun wohl auf das Erscheinen der Hauptherde gefaßt machen. Sam aber schüttelte den Kopf. — „Denkt das ja nicht, Sir! Die Bisons sind nicht weniger klug als die Mustangs. Die von uns verjagten Vorposten sind umgekehrt und haben die Herde gewarnt. Sie schlägt nun sicher eine ganz andere Richtung ein und wird sich hüten, durch dieses Tal zu kommen."

4. Klekih-petra

Als der Morgen anbrach, verlegten wir unser Lager in den oberen Teil des Tals. Hawkens, Stone und Parker beteiligten sich nicht daran, da Sam wollte seine neue „Mary" zureiten, und die beiden andern begleiteten ihn, als er sich zu der Prärie entfernte, wo wir das Maultier gefangen hatten. Dort gab es für sein Vorhaben Platz genug. — Wir Surveyors beschäftigten uns zunächst mit dem Anbringen der Meßstangen, wobei uns einige Untergebene Rattlers halfen. Er selber schlenderte mit den anderen nichtsahnend in der Umgebung umher. Dabei kamen wir und auch er der Stelle näher, wo ich die beiden Büffel erlegt hatte. Zu meinem Erstaunen merkte ich, daß der alte Bulle nicht mehr da war. Wir gingen hin und sahen, daß von dem Platz, wo er gelegen hatte, eine breite Spur zu den Büschen führte. Das Gras war etwa anderthalb Meter breit niedergeschleift. — „Zounds! Ist so etwas möglich?" rief Rattler erstaunt. „Ich habe, als wir das Fleisch holten, die beiden Bullen genau untersucht. Sie waren tot. Und doch hat dieser eine hier noch Leben in sich gehabt." — „Meint Ihr?" fragte ich ihn. — „Jawohl. Oder denkt Ihr, daß sich ein toter Büffel entfernen kann?" — „Muß er sich selber entfernt haben? Er kann doch auch entfernt worden sein." — „So? Von wem denn?" — „Von Indianern zum Beispiel. Wir haben weiter oben die Spur eines Indianerfußes entdeckt." — „Ach! Wie klug doch so ein Greenhorn reden kann! Wenn er von Indianern fortgeschafft worden wäre, woher sollten die gekommen sein?" — „Irgendwoher." — „Das ist sehr richtig. Vielleicht sogar vom Himmel herunter! Denn von da herunter müßten sie gefallen sein, weil man sonst ihre Fährte sehen würde. Nein, es ist noch Leben in dem Büffel gewesen, und er hat sich, als er zu sich kam, von hier fort und in die Büsche geschleppt. Dort ist er inzwischen verendet. Wollen gleich nachsuchen." — Er folgte mit seinen Leuten der Spur. Vielleicht hatte er geglaubt, ich würde mitgehen. Ich tat das aber nicht, denn die höhnische Art, in der er mit mir gesprochen hatte, gefiel mir nicht, und ich mußte arbeiten. Übrigens konnte es mir auch gleichgültig sein, wohin die Leiche des alten Bullen gekommen war. Deshalb wandte ich mich meiner Beschäftigung wieder zu, hatte aber noch nicht zur Meßstange gegriffen, als aus dem Gebüsch ein vielstimmiges Angstgeschrei erscholl. Zwei, drei Schüsse krachten, und dann hörte ich Rattler rufen: „Auf die Bäume, schnell auf die Bäume, sonst seid ihr verloren! Er kann nicht gut klettern." — Wer war wohl gemeint, der nicht gut klettern konnte? — Da kam einer von Rattlers Leuten aus dem Gebüsch gesprungen, und zwar in Sätzen, wie man sie nur in der Todesangst zu machen vermag. — „Was ist's, was gibt's?" rief ich ihm zu. — „Ein Bär, ein gewaltiger Bär, ein Grizzly!" keuchte er, indem er an mir vorüberrannte. — Gleichzeitig schrie eine zeternde Stimme: „Zu Hilfe, zu Hilfe! Er hat mich gepackt! Oh, oh!" — So brüllt ein Mensch nur dann, wenn er den offenen Rachen des Todes vor sich gähnen sieht. Der Mann befand sich jedenfalls in der äußersten Gefahr. Es mußte ihm Hilfe werden. Aber wie? Ich hatte mein Gewehr beim Zelt gelassen, weil es mich bei der Arbeit hinderte. Das war keine Unvorsichtigkeit von mir gewesen, da wir Landvermesser ja die Westmänner zu unserm Schutz bei uns hatten. Wollte ich erst noch zum Zelt laufen, so wurde der Mann, bevor ich zurückkam, vom Bären zerrissen. Ich mußte also hin zu ihm, so wie ich war, und ich hatte nur das Messer und die beiden Revolver im Gürtel. Was aber sind das für Waffen gegen einen Grauen Bären! Der Grizzly ist ein Verwandter des ausgestorbenen Höhlenbären und gehört eigentlich noch der Urzeit an. Er wird aufgerichtet bis zu drei Metern hoch, und ich habe Grizzlys erlegt, die fünf Zentner wogen. Seine Muskelkraft ist so riesig, daß er, einen Hirsch, ein Fohlen oder eine Bisonfärse im Rachen, mit Leichtigkeit davontrabt. Ein Reiter kann ihm nur dann entfliehen, wenn er ein kräftiges und ausdauerndes Pferd besitzt. Sonst holt ihn der Graue Bär sicher ein. Bei der gewaltigen Stärke, der unbedingten Furchtlosigkeit und der nie ermüdenden Ausdauer der Grizzlybären gilt es unter den Indianern als eine ungeheuer kühne Tat, ihn zur Strecke zu bringen. — Ich sprang also ins Gebüsch. Die Spur führte noch weiter, bis dahin, wo die Bäume begannen. Dorthin hatte der Bär den Bullen geschleppt. Von dort her war er auch gekommen. Wir hatten seine Spur nicht sehen können, da sie durch das Fortschleifen des Bisons ausgelöscht wurde. — Es war ein böser Augenblick. Hinter mir riefen die Surveyors, die zum Zelt zu ihren Waffen flohen, vor mir schrien die Westleute, und dazwischen ertönte das unbeschreibliche Schmerzgeheul des Mannes, den der Bär in seinen Tatzen hatte. — Mit großen Sprüngen näherte ich mich der Stelle. Jetzt hörte ich das markdurchdringende Brummen des Bären. Im nächsten Augenblick hatte ich die Unglücksstätte erreicht. Vor mir lag der völlig zerfleischte Leib des Bisons. Von rechts und links schrien mir die Westmänner zu, die sich rasch auf die Bäume geflüchtet hatten und sich dort ziemlich sicher fühlten, denn man hat einen Grizzly wohl selten klettern sehen. Geradeaus, jenseits der Büffelleiche, hatte einer der Westmänner einen Baum erklimmen wollen, war aber vom Bären dabei überrascht worden. Er lag, sich mit beiden Armen am Stamm festhaltend, mit dem Oberleib auf dem ersten niedrigen Ast, und der Grizzly, der sich hoch aufgerichtet hatte wühlte ihm mit den Vorderpranken in den Schenkeln und im Unterleib. — Der Mann war dem Tod geweiht, war unrettbar verloren. Ich konnte ihm nicht helfen, und niemand hätte, wenn ich wieder fortgelaufen wäre, das Recht gehabt, mir deshalb einen Vorwurf zu machen. Aber der Anblick, der sich mir bot, wirkte mit unwiderstehlicher Gewalt. Ich raffte eines der weggeworfenen Gewehre auf. Es war leider abgeschossen. Ich drehte es um, sprang über den Büffel hinweg und versetzte dem Bären aus allen Kräften einen Kolbenhieb gegen den Schädel. Lächerlich! Das Gewehr zersplitterte wie Glas in meinen Händen. So einem Schädel ist nicht einmal mit einem Schlachtbeil beizukommen. Aber ich hatte doch den Erfolg, den Grizzly von seinem Opfer abzulenken. Er drehte den Kopf zu mir um, nicht etwa schnell, wie es bei einem katzen- oder hundeartigen Raubtier der Fall gewesen wäre, sondern langsam, als wäre er verwundert über meinen albernen Angriff. Mich mit seinen kleinen Augen messend, schien er zu überlegen, ob er bei seinem bisherigen Opfer bleiben oder mich anpacken sollte. Diese wenigen Augenblicke retteten mir das Leben, denn es kam mir ein Gedanke, ein Plan, der nach allem, was ich von Sam Hawkens gehört hatte, zwar unwaidmännisch, aber bestimmt der einzige war, der mir in meiner Lage Hilfe bringen konnte. Ich riß einen Revolver heraus, sprang nahe an den Bären heran, der mir wohl den Rücken zukehrte, sich jedoch zu mir umsah, und schoß ihm drei-, viermal in die Augen. Das geschah so schnell wie möglich. Dann sprang ich weit zur Seite und blieb da beobachtend stehen, indem ich nun das Bowiemesser zog. Wäre ich am Platz verharrt, so hätte ich es mit dem Leben bezahlt, denn das geblendete Raubtier ließ sofort vom Baum ab und warf sich auf die Stelle, wo ich mich einen Augenblick vorher befunden hatte. Ich war weg, und nun begann der Bär, unter giftigem Fauchen und wütenden Tatzenschlägen nach mir zu suchen. Er gebärdete sich wie wahnsinnig, drehte sich auf allen vieren um sich selber, riß die Erde auf, langte mit den Vorderpranken weit um sich und machte Sprünge auf alle Seiten, um mich zu finden, konnte mich aber nicht erwischen, da ich zu meinem Glück gut getroffen hatte. Vielleicht hätte ihm der Geruch als Führer zu mir dienen können. Aber der Bär war rasend vor Wut, und das hinderte ihn, ruhig seinen Sinnen, seiner Witterung zu folgen.

Endlich richtete er seine Aufmerksamkeit mehr auf seine Verletzungen als auf den, dem er sie verdankte. Er setzte sich nieder, hob die Vordertatzen und fuhr sich damit schnaubend und zähnefletschend über die Augen. Schnell stand ich neben ihm, holte aus und stieß ihm das Messer zweimal zwischen die Rippen. Er griff augenblicklich nach mir, aber ich war schon wieder fort. Ich hatte das Herz nicht getroffen, und das Suchen des Grizzly begann mit erneuter und verdoppelter Wut. Das dauerte wohl zehn Minuten lang. Er verlor dabei viel Blut und wurde sichtlich matt. Dann setzte er sich wieder aufrecht hin, um abermals zu den Augen zu fassen. Das gab mir Gelegenheit zu zwei weiteren, schnell aufeinanderfolgenden Messerstößen, und diesmal traf ich ihn besser. Er sank, während ich rasch wieder zur Seite gesprungen war, vorn nieder, lief taumelnd und fauchend einige Schritte vorwärts, dann zur Seite und wieder zurück, wollte sich abermals aufrichten, hatte aber nicht mehr die Kraft dazu, sondern fiel hin und kollerte im vergeblichen Bemühen, auf die Beine zu kommen, einigemal hin und her, bis er sich lang ausstreckte und nun ruhig liegenblieb. Ich weiß, daß ich diesen Sieg nicht eben waidgerecht erfochten habe. Aber ich war damals noch ein Anfänger und vor allem ging es ums Leben. — „Gott sei Dank!" schrie Rattler von seinem Baum herab. „Die Bestie ist tot. Das war eine schreckliche Gefahr für uns." — „Wüßte nicht, worin das Schreckliche für Euch liegen sollte", entgegnete ich. „Ihr hattet ja gut für Eure Sicherheit gesorgt. Jetzt könnt Ihr herunterkommen." — „Nein, nein, noch nicht. Untersucht vorher den Grizzly, ob er wirklich tot ist!" — „Er ist tot." — „Das könnt Ihr nicht behaupten. Ihr habt keine Ahnung, welch zähes Leben so ein Vieh hat. Also untersucht ihn erst!" — „Für Euch etwa? Wenn Ihr wissen wollt, ob er noch lebt, so untersucht ihn selbst! Ihr seid ja ein berühmter Westmann, während ich nur ein Greenhorn bin." — Damit wandte ich mich seinem Kameraden zu, der noch immer in der vorhin beschriebenen Lage am Baum hing. Er hatte zu heulen aufgehört und bewegte sich nicht mehr. Sein Gesicht war verzerrt, und seine weit offnen Augen stierten verglast zu mir herab. Das Fleisch war ihm bis auf die Knochen von den Schenkeln gerissen, und die Eingeweide quollen ihm aus dem Unterleib. Ich beherrschte mein Grauen und rief ihm zu: „Laßt fahren, Sir! Ich werde Euch herunternehmen." — Er antwortete nicht, und keine noch so leise Bewegung verriet, daß er mich verstanden hatte. Ich bat seine Kameraden, von den Bäumen herabzusteigen und mir zu helfen. Aber die berühmten ‚Westmänner' waren nicht eher dazu zu bewegen, als bis ich den Bären einigemal gerüttelt und ihnen dadurch bewiesen hatte, daß er wirklich tot war. Dann erst getrauten sie sich herunter und halfen mir, den gräßlich Verstümmelten auf die Erde zu bringen. Das hatte seine Schwierigkeiten, denn seine Arme hielten den Baum so fest umklammert, daß wir sie nur mit Anwendung von Gewalt losbringen konnten. Er war tot. — Dieses schreckliche Ende schien seine Kameraden jedoch nicht weiter zu berühren, denn sie kehrten sich gleichgültig von ihm ab und dem Bären zu, und ihr Anführer sagte: „Jetzt wird es umgedreht: Vorhin hat der Bär uns fressen wollen, nun wird er von uns gefressen. Rasch, ihr Leute, daß wir zu den Schinken und den Tatzen kommen!" — Rattler zog sein Messer und kniete nieder, um seinen Worten die Tat folgen zu lassen. Da erhob ich Einspruch. — „Es wäre rühmlicher gewesen, wenn Ihr Euer Messer an ihm versucht hättet, als er noch am Leben war. Jetzt ist's zu spät dazu. Gebt Euch keine Mühe!" — „Was?" fuhr er auf. „Wollt Ihr mich etwa hindern, mir einen Braten herunterzuschneiden?" — „Das will ich allerdings, Mr. Rattler." — „Mit welchem Recht?" — „Mit dem unbestreitbarsten Recht von der Welt. Ich habe den Bären erlegt." — „Das ist nicht wahr! Ihr werdet doch nicht behaupten wollen, daß ein Greenhorn einen Grizzly mit dem Messer töten kann! Wir haben, als wir ihn bemerkten, auf ihn geschossen."

„Und euch dann schleunigst auf die Bäume geflüchtet." — „Aber unsere Kugeln haben getroffen. An ihnen ist er schließlich verendet, nicht an den paar Nadelstichen, die Ihr ihm, als er schon halbtot war, mit Eurem Messer beigebracht habt. Der Bär ist unser, und wir tun mit ihm, was uns beliebt. Verstanden?" — Er wollte sich wirklich an die Arbeit machen; ich aber warnte ihn. — „Laßt augenblicklich ab von ihm, Mr. Rattler; sonst lehre ich Euch meine Worte achten! Verstanden?" — Da er trotzdem mit dem Messer in den Pelz des Bären fuhr, faßte ich ihn so, wie er niedergebückt vor ihm kniete, mit beiden Händen bei den Hüften, hob ihn empor und warf ihn an den nächsten Baum, daß es krachte. Es war mir in diesem Augenblick gleichgültig, ob er dabei etwas brach oder nicht. Noch während er durch die Luft flog, riß ich meinen zweiten, noch geladenen Revolver heraus, um etwaigen Angriffen schnell zuvorzukommen. Er richtete sich wieder auf, blitzte mich mit funkelnden Augen an und zog sein Messer. — „Das sollt Ihr mir bezahlen! Ihr habt mich schon einmal geschlagen, und ich werde dafür sorgen, daß Ihr Euch nicht zum drittenmal an mir vergreifen könnt." — Er wollte einen Schritt auf mich zu tun. Da hielt ich ihm meinen Revolver entgegen und drohte: „Noch einen Schritt weiter, und ich jage Euch eine Kugel in den Kopf. Fort mit dem Messer! Bei ‚drei' schieße ich, wenn Ihr es in der Hand behaltet. Also: eins — zwei — und —" — Er hielt das Messer fest, und ich hätte wirklich geschossen, zwar nicht auf seinen Kopf, sondern ich hätte ihm eine Kugel durch die Hand gejagt, da es jetzt galt, mir unbedingt Achtung zu verschaffen. Aber ich kam glücklicherweise nicht dazu, denn in diesem bedenklichen Augenblick erscholl eine laute Stimme: „Gents, seid ihr toll? Was für einen guten Grund könnte es geben, daß Weiße einander die Hälse brechen? Haltet ein!" — Wir blickten in die Richtung, wo diese Worte gesprochen wurden, und sahen einen Mann hinter einem Baum hervortreten. Er war klein, hager und bucklig und fast wie ein Roter gekleidet. Man konnte nicht recht unterscheiden, ob er ein Weißer oder ein Indianer war. Seine scharf geschnittenen Züge schienen auf indianische Abstammung hinzudeuten, während die Farbe seines sonnengebräunten Gesichts früher wahrscheinlich weiß gewesen war. Er trug den Kopf unbedeckt. Das graue Haar hing ihm bis auf die Schultern herab. Sein Anzug bestand aus einer indianischen Lederhose, einem Jagdhemd aus dem gleichen Stoff und einfachen Mokassins. Bewaffnet war er nur mit einem Gewehr und einem Messer. Sein Auge blickte so geweckt, und er machte trotz seiner Mißgestalt keineswegs einen lächerlichen Eindruck. Es sind ja überhaupt nur rohe und unverständige Menschen, die über einen unverdienten körperlichen Fehler die Nase rümpfen. Zu dieser Sorte gehörte Rattler, der spöttisch auflachte, als er den Ankömmling erblickte. — „Halloo, was kommt denn da für ein jämmerliches Geschöpf gelaufen! Darf es denn hier im schönen Westen auch solche Leute geben?" — Der Fremde maß ihn von oben bis unten und erwiderte ruhig und überlegen: „Dankt Gott, wenn Ihr gesunde Glieder habt! Übrigens kommt es bei der Bewertung des Menschen nicht nur auf den Körper, sondern auch auf das Herz und den Geist an, und da brauche ich einen Vergleich mit Euch wohl nicht zu scheuen." — Er machte eine geringschätzige Bewegung mit der Hand und wandte sich dann an mich. — „Habt Ihr Kraft in den Knochen, Sir! Das Kunststück, einen solch schweren Menschen so weit durch die Luft fliegen zu lassen, macht Euch so leicht niemand nach. Es war eine Wonne zuzuschauen." — Dann stieß er den Grizzly mit dem Fuß an und fuhr bedauernd fort: „Also das ist der Kerl, den wir haben wollten. Wir sind zu spät gekommen. Schade!" — „Ihr wolltet ihn erlegen?" fragte ich. — „Ja. Wir fanden gestern seine Fährte und sind ihr nach, kreuz und quer, durch dick und dünn, und da wir nun an Ort und Stelle kommen, müssen wir leider erfahren, daß die Arbeit schon getan ist." — „Ihr redet in der Mehrzahl, Sir. Seid Ihr nicht allein?" — „Nein. Es sind zwei Gentlemen bei mir." — „Wer?" — „Werde es Euch sagen, sobald ich erfahren habe, wer Ihr seid. Ihr wißt, daß man in dieser Gegend nicht vorsichtig genug sein kann. Man stößt da häufiger auf böse als auf gute Menschen." — Er streifte dabei Rattler und dessen Leute mit seinem Blick und fuhr dann freundlich fort: „Übrigens sieht man es einem Menschen gleich an, ob man ihm trauen darf. Habe den letzten

Teil eurer Unterhaltung gehört und weiß demnach so leidlich, woran ich bin." — „Wir sind Landvermesser, Sir", erklärte ich ihm. „Ein Oberingenieur, vier Surveyors, drei Scouts und zwölf Westmänner, die uns gegen etwaige Angriffe beschützen sollen." — „Hm, was das anbelangt, so scheint Ihr ein Mann zu sein, der keinen Beschützer braucht. Also Surveyors seid ihr? Ihr seid hier tätig?" — „Ja." — „Was vermeßt ihr?" — „Eine Bahn." — „Die hier vorübergehen soll?" — „Ja." — „So habt ihr das Gebiet gekauft?" — Sein Auge war während dieser Frage stechend und sein Gesicht ernst geworden. Er schien Grund zu diesen Erkundigungen zu haben. Deshalb stand ich ihm Rede und Antwort. — „Ich bin beauftragt, mich an den Vermessungen zu beteiligen, und tue das, ohne mich um das übrige zu kümmern." — „Hm, ja! Denke aber, Ihr wißt trotzdem sehr wohl, woran Ihr seid. Der Boden, auf dem Ihr Euch befindet, gehört den Indianern, und zwar den Apatschen vom Stamm der Mescaleros[1]. Ich kann bestimmt behaupten, daß sie dieses Land weder verkauft noch sonst in irgendeiner Weise an jemand abgetreten haben."

„Was geht das Euch an?" rief ihm da Rattler zu. „Schert Euch nicht um fremde Angelegenheiten, sondern um die Eurigen!" — „Das tu ich auch, Sir, denn ich gehöre zu den Mescalero-Apatschen." — „Ihr? Laßt Euch nicht auslachen! Man müßte ja blind sein, um Euch nicht anzusehen, daß Ihr ein Weißer seid." — „Ihr irrt Euch dennoch! Ihr dürft Euch nicht nach meiner Haut, sondern nach meinem Namen richten. Ich werde Klekih-petra genannt." — Dieser Name bedeutet in der Sprache der Apatschen, deren Mundarten ich damals noch nicht kannte, soviel wie ‚weißer Vater'. Rattler schien diesen Namen schon gehört zu haben, denn er trat in spöttischer Verwunderung einen Schritt zurück. — „Ah, Klekih-petra, der berühmte Schulmeister der Apatschen! Schade, daß Ihr bucklig seid! Es muß Euch da sehr schwer werden, von den roten Bengels nicht ausgelacht zu werden." — „Oh, das schadet nichts, Sir! Ich bin gewohnt, von Bengels verlacht zu werden, denn vernünftige Leute tun das nicht. Und da ich nun weiß, wer ihr seid und was ihr hier treibt, kann ich auch sagen, wer meine Begleiter sind. Es wird am besten sein, ich zeige sie euch." — Er rief ein Indianerwort, das ich nicht verstand, in den Wald zurück, worauf zwei eindrucksvolle Gestalten erschienen und langsam und würdevoll auf uns zukamen. Es waren Indianer, und zwar Vater und Sohn, wie man auf den ersten Blick erkennen mußte. — Der ältere war von etwas mehr als mittlerer Gestalt, dabei sehr kräftig gebaut. Seine Haltung zeigte etwas wirklich Edles, und aus seinen Bewegungen konnte man auf große körperliche Gewandtheit schließen. Sein ernstes Gesicht war echt indianisch, doch nicht so scharf und eckig wie bei den meisten Roten. Sein Auge besaß einen ruhigen, beinahe milden Ausdruck, den Ausdruck einer stillen, inneren Sammlung, die ihn bestimmt seinen Stammesgenossen überlegen machen mußte. Sein Kopf war unbedeckt. Das dunkle Haar hatte er in einen helmartigen Schopf aufgebunden, worin eine Adlerfeder steckte, das Zeichen der Häuptlingswürde. Der Anzug bestand aus Mokassins, ausgefransten Leggins

[1] Sprich: Mescaléros. Der Name leitet sich von der aloeartigen Pflanze Mescal her, die von diesem Apatschen-Stamm zu einer breiartigen Speise verarbeitet wird.

und einem ledernen Jagdrock, alles sehr einfach und dauerhaft gefertigt. Im Gürtel steckte ein Messer, ferner hingen daran mehrere Beutel, worin alle die Kleinigkeiten verwahrt wurden, die einem im Westen nötig sind. Der Medizinbeutel war an einer Halsschnur befestigt, daneben die Friedenspfeife mit dem aus heiligem Ton geschnittenen Kopf. In der Hand hielt er ein doppelläufiges Gewehr, dessen Holzteile dicht mit silbernen Nägeln beschlagen waren. Das war das Gewehr, das sein Sohn später unter dem Namen Silberbüchse zu so großer Berühmtheit bringen sollte. — Der jüngere war genauso gekleidet wie sein Vater, nur daß sein Anzug zierlicher gefertigt war. Seine Mokassins waren mit Stachelschweinborsten und die Nähte seiner Leggins und des Jagdrocks mit feinen, roten Zierstichen geschmückt. Auch er trug den Medizinbeutel am Hals und das Kalumet dazu. Seine Bewaffnung bestand wie bei seinem Vater aus einem Messer und einem Doppelgewehr. Er trug ebenfalls den Kopf unbedeckt und hatte das Haar zu einem helmartigen Schopf aufgebunden, durchflochten mit einer Klapperschlangenhaut, aber ohne es mit einer Feder zu schmücken. Es war so lang, daß es dann noch reich und schwer auf den Rücken niederfiel. Gewiß hätte ihn manche Frau um diesen herrlichen, blauschimmernden Schmuck beneidet. Sein Gesicht war fast noch edler als das seines Vaters und die Farbe ein mattes Hellbraun mit einem leisen Bronzehauch. Er stand, wie ich jetzt erriet und später erfuhr, mit mir ungefähr im gleichen Alter und machte schon heut, da ich ihn zum erstenmal erblickte, einen tiefen Eindruck auf mich. Ich fühlte, daß er ein guter Mensch sei und außergewöhnliche Begabung besitzen müsse. Wir betrachteten einander mit einem langen, forschenden Blick, und dann glaubte ich zu bemerken, daß in seinem ernsten dunklen Auge, das einen samtartigen Glanz hatte, für einen kurzen Augenblick ein freundliches Licht aufleuchtete, wie ein Gruß, den die Sonne durch eine Wolkenöffnung auf die Erde sendet. — „Das sind meine Freunde und Begleiter", sagte Klekihpetra, indem er erst auf den Vater und dann auf den Sohn deutete. „Dieser ist Intschu tschuna[1], der große Häuptling der Mescaleros, der auch von allen übrigen Apatschenstämmen als Häuptling anerkannt wird. Und hier steht sein Sohn Winnetou, der trotz seiner Jugend schon mehr kühne Taten verrichtet hat als sonst fünf alte Krieger in ihrem ganzen Leben. Sein Name wird einst genannt und gerühmt werden, soweit die Savannen und die Felsengebirge reichen." — Das klang überschwenglich, war jedoch, wie ich später erfuhr, nicht zuviel gesagt. Rattler aber lachte höhnisch auf. — „So ein junger Kerl und soll schon große Taten begangen haben? Ich sage mit Absicht ,begangen', denn was er ausgeführt hat, werden doch nur Diebereien, Spitzbübereien und Räubereien gewesen sein. Man kennt das ja. Die Roten stehlen und rauben alle." — Das war eine schwere Beleidigung. Die drei Fremden taten so, als hätten sie sie nicht gehört. Sie traten zu dem Grizzly, um ihn zu betrachten. Klekih-petra bückte sich nieder und untersuchte ihn. — „Der Bär ist an den Messerstichen und nicht an einer Kugel gestorben", sagte er, zu mir gewandt. — Er hatte

[1] Gute Sonne

meinen Streit mit Rattler heimlich angehört und wollte mir nun bestätigen, daß ich recht hatte. — „Wird sich finden", trotzte Rattler. „Was versteht so ein buckliger Schulmeister von der Bärenjagd! Wenn wir nachher dem Tier das Fell abgezogen haben, werden wir deutlich sehen, welche Wunde tödlich gewesen ist. Von einem Greenhorn lasse ich mich nicht um mein Recht betrügen." — Da bückte sich auch Winnetou zu dem Bären nieder, betastete ihn an den Stellen, wo er blutig war, und fragte mich, als er sich wieder aufgerichtet hatte: „Wer hat dieses Tier mit dem Messer angegriffen?" — Er sprach ein reines Englisch. — „Ich", war meine Antwort. — „Warum hat das junge Bleichgesicht nicht geschossen?" — „Weil ich kein Gewehr bei mir hatte." — „Hier liegen doch Büchsen!" — „Die gehören nicht mir. Die Männer, deren Eigentum sie sind, schossen sie blindlings ab, warfen sie weg und kletterten auf die Bäume." — „Als wir der Spur des Bären folgten, hörten wir in der Ferne ein großes Angstgeschrei. Wo ist das gewesen?" — „Hier." — „Uff! Die Eichhörnchen und Stinktiere fliehen auf die Bäume, wenn sich ihnen ein Feind naht. Der Mann aber soll kämpfen; denn dem Mutigen ist die Macht gegeben, selbst das stärkste Tier zu überwinden. Das junge Bleichgesicht hat solchen Mut besessen. Weshalb wird es da ein Greenhorn genannt?" — „Weil ich zum erstenmal und erst kurze Zeit im Westen bin." — „Die Bleichgesichter sind sonderbare Menschen. Bei ihnen wird ein Jüngling, der sich nur mit dem Messer an den schrecklichen Grizzly wagt, Greenhorn geschimpft. Jene aber, die aus Furcht auf die Bäume klettern und da oben vor Entsetzen heulen, dürfen sich für tüchtige Westmänner halten. Die roten Männer sind gerechter. Bei ihnen kann ein Tapferer nie als Schwachherz und ein Schwachherz nie als Tapferer gelten." — „Mein Sohn hat richtig gesprochen", stimmte sein Vater bei. „Dieses junge, mutige Bleichgesicht ist kein Greenhorn mehr. Wer den Grizzly in dieser Weise erlegt, ist unbestreitbar ein Held. Und wer es gar noch tut, um andre zu retten, die auf die Bäume entwichen sind, der kann von ihnen Dank, aber nicht Schimpfreden erwarten. — Gehen wir hinaus ins Freie, um zu sehen, warum sich die Bleichgesichter hier in dieser Gegend befinden!" — Welch ein Unterschied zwischen meinen weißen Begleitern und diesen von ihnen verachteten Indianern! Der Gerechtigkeitssinn der Roten trieb sie, ohne daß sie es nötig hatten, sich zu meinen Gunsten auszusprechen. Und es war ein Wagnis, daß sie es taten. Sie waren nur zu dreien und wußten nicht, wieviel Köpfe wir zählten. Sie begaben sich gewiß in eine Gefahr, wenn sie sich unsre Westmänner zu Feinden machten. Daran schienen sie aber nicht zu denken. Sie gingen langsam und stolz an uns vorüber und aus dem Gebüsch hinaus. Wir folgten ihnen. Da sah Intschu tschuna die Meßpfähle stecken, blieb stehen und wandte sich zu mir zurück: „Was wird hier getrieben? Wollen die Bleichgesichter etwa dieses Land vermessen?" — „Ja." — „Wozu?" — „Um einen Weg für das Feuerroß zu bauen." — Sein Auge verlor den ruhigen, sinnenden Ausdruck. Es leuchtete zornig auf, und fast hastig erkundigte er sich: „Du gehörst zu diesen Leuten?" — „Ja." — „Und hast mit vermessen?" — „Ja." — „Du wirst bezahlt dafür?" — „Ja." — Da war es ein verächtlicher

Blick, den er über mich hinweggleiten ließ, und ebenso verächtlich klang es, als er zu Klekih-petra sagte: „Deine Lehren klingen sehr schön, aber sie treffen nicht oft zu. Da hat man endlich einmal ein junges Bleichgesicht gesehen mit einem tapferen Herzen, kaum hat man gefragt, was es hier tut, so hört man, daß es gekommen ist, um uns gegen Bezahlung unser Land zu stehlen. Die Gesichter der Weißen mögen gut sein oder bös, im Innern ist doch einer wie der andre!" — Wenn ich ehrlich sein will, so muß ich sagen, daß ich keine Worte zu meiner Verteidigung hätte finden können. Ich fühlte mich innerlich beschämt. Der Häuptling hatte recht. Es war so, wie er sagte. Konnte ich etwa stolz auf meinen Beruf sein? — Der Oberingenieur hatte sich mit den drei Surveyors im Zelt versteckt. Sie spähten durch ein Loch nach dem gefürchteten Bären aus. Als wir aus dem Gebüsch heraustraten, wagten sie sich hervor, nicht wenig erstaunt oder vielleicht auch betroffen darüber, die Indianer bei uns zu sehen. Sie empfingen uns mit der Frage, wie wir uns des Grizzly erwehrt hätten. Da behauptete Rattler rasch: „Wir haben ihn erschossen, und zu Mittag wird es Bärentatzen, heut abend aber Bärenschinken zu essen geben." — Die Roten sahen mich an, ob ich mir das gefallen lassen würde. Sie erwarteten offenbar eine Bemerkung von mir. — „Und ich behaupte, daß ich ihn erstochen habe", erklärte ich deshalb. „Hier stehen drei Sachverständige, die mir recht gegeben haben. Das soll aber noch nicht entscheidend sein. Wenn nachher Hawkens, Stone und Parker kommen, mögen sie ihr Urteil fällen. Danach werden wir uns richten. Bis dahin bleibt der Bär unangerührt liegen."

„Den Teufel werde ich mich nach diesen drei richten!" murmelte Rattler. „Ich gehe mit meinen Leuten hin, um den Bären aufzubrechen, und wer uns daran hindern will, dem jagen wir ein halbes Dutzend Kugeln in den Leib!" — „Tut nicht so dick, sonst mache ich Euch dünn, Mr. Rattler!" warnte ich. „Von Euren Kugeln fürchte ich mich nicht so, wie Ihr Euch vor dem Bären gefürchtet habt. Ihr jagt mich auf keinen Baum. Das laßt Euch gesagt sein! Daß Ihr hingeht, dagegen habe ich nichts, erwarte aber, daß Ihr es nur Eures toten Kameraden wegen tut, den Ihr begraben müßt. So liegenlassen dürft Ihr ihn nicht." — „Es ist einer tot?" fragte Bancroft erschrocken. — „Ja, Howard", bestätigte Rattler. „Dieser arme Teufel hat auch nur wegen der Dummheit eines andern sein Leben lassen müssen, sonst hätte er sich retten können." — Wieso? Wessen Dummheit?" — „Nun, er machte es geradeso wie wir und sprang zu einem Baum. Er wäre auch ganz gut hinaufgekommen, aber da lief dieses Greenhorn albernerweise herbei und reizte den Bären, der sich dann wütend auf Howard stürzte und ihn zerfleischte." — Das war die Schlechtigkeit denn doch zu weit getrieben. Ich stand beinah sprachlos vor Erstaunen. Die Sache derart darzustellen, und noch dazu in meiner Gegenwart, das durfte ich keinesfalls dulden. Darum wandte ich mich schnell mit der Frage an Rattler: „Das ist Eure Überzeugung?" — „Yes", nickte er entschlossen. Er zog dabei seinen Revolver, denn er erwartete eine Tätigkeit von mir. — „Howard hätte sich retten können und wurde nur durch mich daran gehindert?" — „Yes." — „Ich meine aber, daß der Bär ihn schon gefaßt hatte, bevor ich kam!" — „Das ist eine Lüge!" — „Well, so sollt Ihr jetzt die Wahrheit hören oder fühlen." — Bei diesen Worten riß ich ihm mit der Linken den Revolver aus der Hand und gab ihm mit der Rechten eine so gewaltige Ohrfeige, daß er wohl sechs bis acht Schritt entfernt zur Erde fiel. Er sprang auf, riß sein Messer heraus und kam, wie ein wütendes Tier brüllend, auf mich zugerannt. Ich wehrte den Messerstich mit der linken Hand ab und schlug ihn mit der rechten Faust nieder, daß er ohne Besinnung zu meinen Füßen liegenblieb. — „Uff! Uff!" rief Intschu tschuna erstaunt, indem er vor Bewunderung dieses Jagdhiebs die gebotene indianische Zurückhaltung vergaß. Im nächsten Augenblick jedoch sah man es ihm schon an, daß er diese Anerkennung bereute. — „Das war wieder Shatterhand", sagte der Surveyor Belling. — Ich achtete nicht auf diese Worte, sondern hielt mein Auge auf Rattlers Kameraden gerichtet. Sie waren sichtlich wütend, doch wagte es keiner, mit mir anzubinden. Sie murrten und fluchten unter sich. Aber das war auch alles. — „Nehmt Rattler doch einmal ernstlich vor, Mr. Bancroft!" forderte ich den Oberingenieur auf. „Ich habe ihm nichts getan, und doch sucht er sich stets an mir zu reiben. Ich fürchte, es kommt noch Mord und Totschlag hier im Lager vor. Lohnt ihn ab, und wenn Euch das nicht beliebt, nun, so kann ich gehen!" — „Oho, Sir, so schlimm ist die Sache denn doch wohl nicht!" — „Ja, so schlimm ist sie. Hier habt Ihr sein Messer und seinen Revolver. Gebt ihm diese Waffen nicht eher zurück, als bis er sich beruhigt hat! Denn ich sage Euch, ich wehre mich meiner Haut, und wenn er mir noch einmal mit einer Waffe kommt, schieße ich ihn nieder. Ihr nennt mich ein Greenhorn, aber ich kenne die Gesetze der Prärie. Wer mir mit dem Messer oder der Kugel droht, den darf ich augenblicklich erschießen." — Das galt nicht nur Rattler, sondern auch seinen ‚Westmännern', von denen keiner ein Wort dazu sagte. Jetzt wandte sich der Häuptling Intschu tschuna an den Oberingenieur: „Mein Ohr hat soeben vernommen, daß du unter diesen Bleichgesichtern den Befehl führst. Ist das so?" — „Ja", erwiderte Bancroft. — „So hat Intschu tschuna mit dir zu reden." — „Was?" — „Das sollst du hören. Du stehst auf deinen Füßen, Männer aber sollen sitzen, wenn sie sich beraten." — „Willst du unser Gast sein?" — „Nein, das ist unmöglich. Wie kann Intschu tschuna dein Gast sein, wenn du dich bei ihm, auf seinem Boden, in seinem Wald, seinem Tal und seiner Prärie befindest? Die weißen Männer mögen sich setzen! — Was für Bleichgesichter sind das, die da noch kommen?" — „Es sind Scouts. Sie gehören zu uns." — „So mögen sie sich auch mit zu uns setzen!" — Sam, Dick und Will kamen nämlich jetzt von ihrem Ritt zurück. Sie, als erfahrene Westleute, wunderten sich nicht über die Anwesenheit der Indianer, wurden aber besorgt, als sie hörten, wer zwei von ihnen waren. — „Und wer ist der dritte?" fragte mich Sam. — „Er heißt Klekih-petra, und Rattler hat ihn Schulmeister genannt." — „Klekih-petra, der Schulmeister? Von dem habe ich gehört, wenn ich mich nicht irre. Er ist ein geheimnisvoller Mensch, ein Weißer, der schon lange bei den Apatschen lebt und so eine Art von Missionar zu sein scheint, wenn er auch kein Priester ist. Freut mich, ihn kennenzulernen. Werde ihm auf den Zahn fühlen, hihihihi!" —

„Wenn er sich darauffühlen läßt!" — „Wird mich doch nicht in den Finger beißen?" lachte Sam, fuhr aber gleich darauf ernst fort. „Ist sonst noch etwas vorgefallen?" — „Ja. — Ich habe das getan, wovor Ihr mich gestern warntet." — „Weiß nicht, was Ihr meint. Habe vor vielem gewarnt." — „Grizzlybär." — „Wie — wo — waaaas? Etwa ein Grauer Bär dagewesen?" — „Und was für einer!" — „Wo denn? Ihr macht doch nur Spaß!" — „Wie werde ich! Dort unten, hinter dem Gebüsch im Wald. Hat den alten Bullen hineingeschafft." — „Hineingeschafft? Egad, muß das gerade dann geschehen, wenn unsereiner nicht da ist. Hat es Tote gegeben?" — „Einen — Howard." — „Und Ihr? Was habt Ihr getan? Habt Euch doch ferngehalten?" — „Ja. Habe mich grad so fern von dem Bären gehalten, daß das Tier mir nichts tun, ich ihm aber mein Messer viermal zwischen die Rippen stoßen konnte." — „Seid Ihr gescheit? Habt ihn mit dem Messer angegriffen?" — „Ja. Hatte die Büchse nicht zur Hand." — „Ein echtes, richtiges Greenhorn! Hat eigens einen schweren Bärentöter mitgebracht, und nun, da der Bär kommt, schießt er mit dem Messer anstatt mit der Büchse. Sollte man so etwas für möglich halten! Wie ist es denn zugegangen?" — „So, daß Rattler behauptet, nicht ich hätte ihn erlegt, sondern er." — Ich erzählte ihm, wie sich der Vorgang abgespielt hatte, und daß ich dann wieder mit Rattler zusammengeraten war. — „Ihr seid wirklich ein unglaublich leichtsinniger Kerl!" rief er aus. „Hat noch nie einen Grizzly gesehen und geht drauflos, als handle es sich um einen alten Pudelhund! Ich muß mir das Tier betrachten, sofort! Kommt, Dick und Will! Ihr müßt doch auch wissen, was für dumme Streiche dieses Greenhorn hier abermals gemacht hat!" Er wollte fort. Da aber in diesem Augenblick Rattler wieder zu sich kam, wandte er sich zuvor an ihn: „Hört, Mr. Rattler, ich habe Euch etwas mitzuteilen! Ihr habt schon wieder mit meinem jungen Freund angebunden. Wenn Ihr das noch einmal wagen solltet, werde ich dafür sorgen, daß es überhaupt nicht wieder geschehen kann. Meine Geduld ist zu Ende. Merkt Euch das!" — Er entfernte sich mit Stone und Parker. Rattler machte ein grimmiges Gesicht, warf mir haßerfüllte Blicke zu, sagte aber nichts. Doch war es ihm anzusehen, daß er einer Mine glich, die im nächsten Augenblick platzen konnte. — Die beiden Indianer und Klekih-petra hatten sich im Gras niedergelassen. Der Oberingenieur saß ihnen gegenüber, doch begannen sie ihre Unterhaltung noch nicht. Sie wollten die Rückkehr Sams abwarten, um zu hören, was für ein Urteil er abgeben würde. Er kam schon nach kurzer Zeit wieder und rief von weitem: „Welch eine Dummheit ist es gewesen, auf den Grizzly zu schießen und dann zu fliehen! Wenn man ihm nicht standhalten will, schießt man überhaupt nicht, sondern läßt ihn in Ruhe und reizt ihn nicht unnütz. Dieser Howard sieht gräßlich aus! Und wer soll den Bären erlegt haben?" — „Ich", rief Rattler rasch. — „Ihr? Womit?" — „Mit meiner Kugel." — „*Well*, das stimmt — ist richtig." — „Dachte es!" — „Ja, der Bär ist an einer Kugel gestorben." — „Also gehört er mir. Hört ihr es, ihr Leute? Sam Hawkins hat sich für mich erklärt!" schrie Rattler triumphierend. — „Ja, für Euch. Eure Kugel ist ihm am Kopf vorbeigegangen und hat ihm ein Spitzchen vom Ohr weggenommen. Und an so einem Ohrenspitzchen stirbt solch ein Grizzlybärchen natürlich auf der Stelle, hihihihi! Wenn es wirklich so ist, daß mehrere geschossen haben, so haben sie in ihrer Angst grad vorbeigeschossen. Nur eine Kugel hat das Ohr gestreift, sonst ist keine Spur von einer Kugel vorhanden. Das heißt, von einer Gewehrkugel! In beiden Augen sitzen aber Revolverschüsse, die haben das Tier geblendet. Ans Leben sind sie ihm freilich nicht gegangen. Doch vier tüchtige Messerstiche sind da, zwei neben das Herz und zwei genau hinein. Und nun noch einmal: wer hat ihm die Messerstiche beigebracht?" — Ich meldete mich. — „Ihr allein?" — „Weiter niemand." — „Dann gehört der Bär Euch. Da wir aber eine Gesellschaft bilden, so ist nur der Pelz Euer, das Fleisch dagegen gehört allen. Ihr habt jedoch zu bestimmen, wie es verteilt wird. Das ist so Brauch im Wilden Westen. Was sagt Ihr nun, Mr. Rattler?" — „Hol Euch der Teufel!" — Rattler ließ noch einige grimmige Flüche hören und ging dann zum Wagen, auf dem das Brandyfaß lag. Ich sah, daß er sich Branntwein in den Becher laufen ließ, und wußte, daß er nun so lange trinken würde, bis er nicht mehr konnte. — Die Frage nach dem Recht auf die Jagdbeute war geordnet, und so forderte Bancroft den Häuptling der Apatschen auf, seinen Wunsch vorzutragen. — „Es ist kein Wunsch, sondern ein Befehl, den Intschu tschuna aussprechen will", entgegnete der Indsman stolz. — „Wir nehmen keine Befehle an", versicherte der Oberingenieur ebenso stolz. — Über das Gesicht des Häuptlings wollte es wie Ärger gleiten; er beherrschte sich aber und sprach: „Mein weißer Bruder mag uns einige Fragen beantworten und dabei die Wahrheit sagen. Hat er ein Haus dort, wo er wohnt?" — „Ja." — „Und ein Stück Land dabei?" — „Ja." — „Wenn nun der Nachbar einen Weg durch diesen Besitz meines weißen Bruders bauen wollte, würde das mein Bruder dulden?" — „Nein." — „Die Länder jenseits der Felsengebirge und im Osten des Mississippi gehören den Bleichgesichtern. Was würden sie dazu sagen," wenn die Indianer kämen und dort eiserne Pfade bauen wollten?" — „Sie würden sie fortjagen." — „Mein Bruder hat die Wahrheit gesprochen. Nun mag er auch weiter ehrlich und gerecht urteilen. Die Bleichgesichter kommen hierher in dieses Land, das uns gehört. Sie fangen uns die Mustangs weg, sie töten unsre Büffel, sie suchen bei uns Gold und edle Steine. Jetzt wollen sie gar einen langen Weg bauen, auf dem mir der Feuerroß laufen soll. Auf diesem Weg kommen dann immer mehr Bleichgesichter, die über uns herfallen und uns auch noch das Wenige nehmen, das man uns gelassen hat. Was werden wir dazu sagen?" — Bancroft schwieg. — „Haben wir etwa weniger Recht als ihr?" fuhr Intschu tschuna fort. „Ihr nennt euch Christen und sprecht immerfort nur von Liebe. Dabei aber wollt ihr uns bestehlen und berauben. Wir jedoch sollen ehrlich gegen euch sein. Ist das Liebe? Ihr sagt, euer Gott sei der gute Vater aller roten und weißen Menschen. Ist er nun unser Stiefvater, dagegen euer richtiger Vater? Gehörte nicht einst das ganze Land den roten Männern? Man hat es uns genommen. Was haben wir dafür erhalten? Elend, Elend und immer wieder Elend! Ihr jagt uns immer weiter zurück und drängt uns immer weiter zusammen, so daß wir in kurzer Zeit elendiglich ersticken werden. Warum tut ihr das? Etwa

aus Not, weil ihr keinen Raum mehr habt? Nein, sondern aus Hab-
gier, denn in euern Ländern ist noch Platz für viele Millionen. Doch
jeder von Euch möchte einen ganzen Staat, ein ganzes Land besitzen.
Der Rote aber, der wirkliche Eigentümer, darf nichts haben, wohin er
sein Haupt legt. Klekih-petra, der hier neben mir sitzt, hat mir von
euerm heiligen Buch erzählt. Da ist zu lesen, daß der erste Mensch
zwei Söhne hatte, von denen der eine den andern erschlug, so daß
das Blut zum Himmel schrie. Wie ist es nun mit den zwei Brüdern,
dem roten und dem weißen Bruder? Seid ihr nicht der Kain und wir
sind der Abel, dessen Blut zum Himmel schreit? Und dazu verlangt
ihr noch, daß wir uns vertreiben lassen sollen, ohne uns zu wehren?
Nein, wir wehren uns! Wir sind von Ort zu Ort verjagt worden, immer weiter fort. Jetzt wohnen wir hier. Wir glaubten, einmal ausruhen
und ruhig atmen zu können. Aber da kommt ihr schon wieder, um
einen Eisenweg abzustecken. Besitzen wir denn nicht das gleiche
Recht, das du in deinem Haus, auf deinem Grund und Boden hast?
Wollten wir unsre Gesetze gegen euch anwenden, so müßten wir
euch alle töten. Doch wir wünschen nur, daß eure Gesetze auch für
uns gelten sollen. Tun sie das? Nein! Eure Gesetze haben zwei Gesichter, und die dreht ihr uns zu, wie es zu eurem Vorteil ist. Du
willst hier einen Weg bauen. Hast du uns um Erlaubnis gefragt?"

„Das habe ich nicht nötig." — „Warum nicht? Ist dieses Land euer
Eigentum?" — „Ich denke es." — „Nein. Es gehört uns. Hast du es
uns abgekauft?" — „Nein." — „Haben wir es dir geschenkt?" —
„Nein, mir nicht." — „Und auch keinem andern. Bist du ein ehrlicher
Mann und wirst hierher geschickt, um einen Weg für das Feuerroß
zu bauen, so mußt du erst den, der dich sendet, fragen, ob er das
Recht dazu hat, und wenn er ja sagt, dir das beweisen lassen. Das
hast du aber nicht getan. Intschu tschuna verbietet euch, hier weiter
zu messen." — Dieses Verbot sprach der Häuptling mit einem Nachdruck aus, in einem Ton, dem man den bittersten Ernst anhörte. Ich
war erstaunt über diesen Indianer. Ich hatte viele Bücher über die
rote Rasse und viele Reden gelesen, die von Indianern gehalten worden waren, eine solche aber noch nicht. Intschu tschuna sprach ein
klares, fließendes Englisch. Seine Gedankenfolge war ebenso wie seine
Ausdrucksweise die eines gebildeten Mannes. Sollte er diese Vorzüge
Klekih-petra, dem ‚Schulmeister', verdanken? — Der Oberingenieur
befand sich in großer Verlegenheit. Wenn er ehrlich sein wollte,
konnte er auf die Beschuldigungen des Häuptlings fast gar nichts
entgegnen. Er brachte zwar einiges vor, aber das waren Spitzfindig-
keiten, Verdrehungen und Trugschlüsse. Als ihm der Apatsche wieder
antwortete und ihn in die Enge trieb, wandte er sich an mich: „Aber,
Sir, hört Ihr denn nicht, wovon gesprochen wird? Nehmt Euch doch
der Sache an und redet auch ein Wort!" — „Danke, Mr. Bancroft!
Ich bin als Surveyor hier, nicht als Rechtskundiger. Macht aus der
Sache, was Ihr wollt! Ich habe zu messen, nicht aber Reden zu
halten." — Da bemerkte der Häuptling entschieden: „Es ist nicht
nötig, daß ferner noch Reden gehalten werden. Intschu tschuna hat
gesagt, daß er euch nicht duldet. Das genügt. Intschu tschuna will,
daß ihr noch heute von hier fortgeht, dahin, woher ihr gekommen

seid. Überlegt euch, ob ihr gehorchen wollt oder nicht! Jetzt entfernt sich der Häuptling mit Winnetou, seinem Sohn, und wird wiederkommen nach der Zeit, die die Bleichgesichter eine Stunde nennen. Dann sollt ihr ihm Antwort geben. Geht ihr dann, so sind wir Brüder. Geht ihr nicht, so wird das Kriegsbeil ausgegraben zwischen uns und euch. Ich bin Intschu tschuna, der Häuptling aller Apatschen. Ich habe gesprochen. Howgh[1]!" — ‚Howgh' ist ein indianisches Bekräftigungswort und heißt soviel wie Amen, basta, dabei bleibt's, so geschieht's und nicht anders. Er stand auf und Winnetou auch. Sie schritten langsam das Tal hinab, bis sie um eine Biegung verschwanden. Klekih-petra war sitzen geblieben. Der Oberingenieur wandte sich an ihn und bat ihn um guten Rat. Er aber wehrte ab. — „Macht, was Ihr wollt, Sir! Ich bin ganz der Ansicht des Häuptlings. Es geschieht ein großes fortgesetztes Verbrechen an der roten Rasse. Aber als Weißer weiß ich auch, daß sich der Indsman vergeblich wehrt. Wenn ihr heute von hier fortgeht, werden morgen andre kommen, die euer Werk zu Ende führen. Doch warnen will ich euch. Der Häuptling meint es ernst." — „Wohin ist er?" — „Er wird unsre Pferde holen. Wir haben sie versteckt, als wir merkten, daß wir dem Bären nahe waren." — Er stand auch auf und schlenderte fort, jedenfalls um sich weiterem Fragen und Drängen zu entziehen. Ich ging ihm nach. — „Sir", sprach ich ihn an, „erlaubt Ihr mir, mit Euch zu gehen? Ich verspreche Euch, nichts zu sagen oder zu tun, was Euch belästigt. Es ist nur, weil ich eine große Teilnahme für Intschu tschuna und Winnetou fühle." — Daß auch er selber mir große Teilnahme einflößte, wollte ich ihm nicht sagen. — „Ja, kommt ein wenig mit, Sir!" nickte er. „Ich habe mich zwar von den Weißen und ihrem Treiben zurückgezogen und mag nichts mehr von ihnen wissen, Ihr aber habt mir gefallen, und so wollen wir einen Spaziergang miteinander machen. Ihr scheint mir der verständigste von allen diesen Menschen zu sein. Habe ich recht?" — „Ich bin der jüngste und noch gar nicht ‚smart'; werde das wohl auch nie werden. Das mag mir das Aussehen eines leidlich gutherzigen Menschen geben." — „Nicht smart?" fragte er. „Das ist aber doch jeder Amerikaner mehr oder weniger." — „Ich bin kein Amerikaner." — „Was denn, wenn Euch die Frage nicht belästigt?" — „Gar nicht. Ich habe keine Ursache, mein Vaterland, das ich sehr liebe, zu verheimlichen. Ich bin ein Deutscher." — „Ein Deutscher?" staunte er, indem er sich plötzlich der deutschen Sprache bediente. „Dann heiße ich Sie willkommen, Landsmann! Das war es wohl, was mich gleich zu Ihnen zog. Wir Deutsche sind eigentümliche Menschen. Unsre Herzen erkennen einander als verwandt, noch ehe wir es uns sagen, daß wir Angehörige des gleichen Volkes sind — wenn es doch nun endlich einmal ein einiges Volk werden wollte! — Ein Deutscher, der ein Apatsche geworden ist! Kommt Ihnen das nicht absonderlich vor?" — „Absonderlich nicht. Gottes Wege erscheinen oft wunderbar, sind aber stets sehr natürlich." — „Gottes Wege! Warum sprechen Sie von Gott und nicht von der Vorsehung, dem Schicksal, dem Fatum, dem Kismet, dem Zufall?" — Weil ich ein

[1] Sprich: Hau

66

Christ bin und mir meinen Glauben an Gott nicht nehmen lasse." —
„Recht so! Sie sind ein glücklicher Mensch! Ja, Sie haben recht:
Gottes Wege erscheinen oft wunderbar, sind aber stets sehr natürlich. Die größten Wunder sind die Folgen natürlicher Gesetze, und
die alltäglichsten Naturerscheinungen sind große Wunder. Ein
Deutscher, ein Studierter, ein namhafter Gelehrter, und nun ein richtiger Apatsche. Das scheint wunderbar. Aber der Weg, der mich zu
diesem Ziel geführt hat, ist ganz natürlich." — Hatte der Weiße mich
erst mehr aus Gefälligkeit mitgenommen, so freute er sich jetzt, sich
aussprechen zu können. Ich merkte bald, daß er außergewöhnlich tief
veranlagt war, hütete mich aber, irgendeine, wenn auch noch so
leise Frage nach seiner Vergangenheit zu tun. Er legte sich diese
Rücksicht nicht auf und erkundigte sich wacker nach meinen Verhältnissen. Ich antwortete ihm so ausführlich, wie es ihm lieb zu sein
schien. Wir hatten uns nicht weit vom Lager entfernt und uns unter
einen Baum gelegt. Ich konnte sein Gesicht, sein Mienenspiel genau
beobachten. Das Leben hatte darin tiefe Runen eingegraben: die
langen Grundstriche des Grams, die durchquerenden Gedankenstriche
des Zweifels, die Zickzacklinien der Not, der Sorge und Entbehrung.
Wie oft mochte sein Auge düster, drohend, zornig, ängstlich, vielleicht auch verzweifelnd geblickt haben, und nun war es klar und
ruhig wie ein Waldsee, den kein Windstoß kräuselt, der aber so tief
ist, daß man nicht zu erkennen vermag, was auf seinem Grund ruht.
Als er alles Wissenswerte von mir gehört hatte, nickte er leise vor
sich hin. — „Sie stehen am Anfang der Kämpfe, an deren Ende ich
angekommen bin; aber es werden für Sie nur äußerliche, keine
inneren sein. Sie haben Gott, den Herrn, in sich, der Sie nie verlassen
wird. Bei mir war es anders. Ich hatte Gott verloren, als ich aus der
Heimat ging, und nahm an Stelle des Reichtums, den ein fester Glaube
bietet, das Schlimmste mit, was der Mensch besitzen kann, nämlich —
ein böses Gewissen." — Er blickte mich bei diesen Worten forschend
an. Als er mein Gesicht ruhig bleiben sah, fragte er: „Erschrecken
Sie da nicht?" — „Erschrecken? Weshalb?" — „Bedenken Sie doch:
ein böses Gewissen!" — „Pah! Sie sind kein Dieb, kein Mörder gewesen. Einer niedrigen Gesinnung waren Sie nie fähig." — Da drückte
er mir die Hand. — „Ich danke Ihnen herzlich! Und doch irren Sie
sich. Ich war ein Dieb, denn ich habe viel, viel gestohlen! Und das
waren kostbare Güter! Und ich war ein Mörder. Wie viele Seelen
habe ich gemordet! Ich war Lehrer an einer höheren Schule; wo, ist
nicht nötig zu sagen. In mir hatten die Ideen der Aufklärung Wurzel
geschlagen. Meine Göttin hieß Vernunft. Mein größter Stolz bestand
darin, Freigeist zu sein, Gott abgesetzt zu haben, bis auf das Tüpfel-
chen nachweisen zu können, daß der Glaube an Gott ein Unsinn sei.
Ich war ein guter Redner und riß meine Hörer mit. Das Unkraut,
das ich mit vollen Händen ausstreute, sproß üppig auf, kein Körnchen
ging verloren. Da war ich der Massendieb, der Massenräuber, der seinen Mitmenschen den Glauben an Gott und das Vertrauen zu ihm
nahm. Dann kam die Zeit der Revolution. Wer keinen Gott anerkennt,
dem ist auch kein König, keine Obrigkeit heilig. Ich trat öffentlich
als Führer der Unzufriedenen auf. Sie tranken mir die Worte förmlich

von den Lippen, das berauschende Gift, das ich freilich für heilsame Arznei hielt. Sie strömten in Scharen zusammen und griffen zu den Waffen. Wie viele kamen im Kampf um! Ich war ihr Mörder, und nicht etwa der Mörder dieser Kämpfer allein. Andre starben hinter Kerkermauern. Auch sie hatte ich auf dem Gewissen. Nach mir wurde natürlich mit allem Fleiß gefahndet. Ich entkam und verließ das Vaterland, ohne mich zu grämen. Keine liebende Seele trauerte um mich. Ich hatte weder Vater noch Mutter mehr, weder Bruder noch Schwester, noch sonstige Verwandte. Kein Auge weinte um mich, aber wie viele, viele weinten meinetwegen. Daran dachte ich aber nicht, bis diese Erkenntnis über mich kam wie ein Keulenschlag, der mich beinahe zu Boden streckte. — Am Tag, bevor ich die schützende Grenze erreichte, wurde ich von der Polizei gehetzt, die mir hart auf den Fersen war. Es ging durch ein Fabrikdorf. Auf den sogenannten Zufall bauend, rannte ich durch einen kleinen Garten in ein armseliges Häuschen und vertraute mich, ohne meinen Namen zu nennen, einem alten Mütterchen und ihrer Tochter an, die ich in der niedrigen Stube fand. Sie versteckten mich um ihrer Männer willen, deren Kamerad ich gewesen sei, wie sie sagten. Dann saßen sie bei mir im dunklen Winkel und erzählten mir unter bitteren Tränen von ihrem Herzeleid. Sie waren arm, aber zufrieden gewesen. Die Tochter hatte erst vor einem Jahr geheiratet. Ihr Mann hörte eine meiner Reden und wurde dadurch verführt. Er nahm seinen Schwiegervater mit in die nächste Versammlung, und das Gift wirkte auch auf ihn. Ich hatte diese vier braven Menschen um ihr Lebensglück gebracht. Der junge Mann fiel auf dem Schlachtfeld, das kein Feld der Ehre war, und der alte Vater wurde zu mehrjähriger Kerkerstrafe verurteilt. Das erzählten mir die Frauen, die mich, den Urheber ihres Unglücks, gerettet hatten. Sie nannten meinen Namen als den des Verführers. — Das war der Keulenschlag, der mich traf, Gottes Mühle begann zu mahlen. Die Freiheit war mir geblieben, aber im Innern litt ich Qualen, zu denen mich kein Richter hätte verurteilen können. Ich irrte aus einem Staat in den andern, trieb bald dies, bald jenes und fand nirgends Ruhe. Das Gewissen peinigte mich entsetzlich. Wie oft bin ich dem Selbstmord nahe gewesen, doch immer hielt mich eine unsichtbare Hand zurück — Gottes Hand. Sie leitete mich nach Jahren der Unrast und der Reue zu einem deutschen Pfarrer in Kansas, der meinen Seelenzustand erriet und in mich drang, mich ihm mitzuteilen. Ich tat es zu meinem Glück. Ich fand, freilich erst nach langen Zweifeln, Vergebung und Trost, festen Glauben und inneren Frieden. Herrgott, wie danke ich dir dafür!" — Er hielt inne, faltete unwillkürlich die Hände, verharrte lange in Schweigen. Dann fuhr er fort: „Um mich innerlich zu festigen, floh ich die Welt und die Menschen. Ich ging in die Wildnis. Aber nicht der Glaube allein ist's, der selig macht. Der Baum des Glaubens muß die Früchte der Werke tragen. Ich wollte wirken, womöglich grad entgegengesetzt meinem früheren Bestreben. Da sah ich den roten Mann sich verzweiflungsvoll sträuben gegen den Untergang. Ich sah die Mörder in seinem Leib wühlen, und das Herz brannte mir vor Zorn, Mitleid und Erbarmen. Sein Schicksal war besiegelt, ich konnte ihn nicht retten. Aber eins zu tun, war mir möglich: ihm den Tod erleichtern und auf seine letzte Stunde den Glanz der Liebe, der Versöhnung fallen lassen, das konnte ich. So ging ich zu den Apatschen und lernte es, mein Wirken ihrer Eigenart anzupassen. Ich habe Vertrauen gefunden und Erfolge errungen. Ich wollte, Sie könnten Winnetou näher kennenlernen; er ist so recht mein eigenstes Werk. Dieser Jüngling besitzt reiche Gaben. Wäre er der Sohn eines europäischen Herrschers, so würde er ein großer Feldherr und ein noch größerer Friedensfürst werden. Als Sproß eines Indianerhäuptlings aber wird er untergehen, wie seine ganze Rasse untergeht. Könnte ich doch den Tag erleben, an dem er sich einen Christen nennt! Wo nicht, so will ich wenigstens bis zur Stunde meines Todes bei ihm sein in jeder Gefahr und Not. Er ist mein geistiges Kind. Ich liebe ihn mehr als mich selbst. Und wäre mir einmal das Glück beschieden, die tödliche Kugel, die ihm gelten soll, mit meinem Herzen aufzufangen, so würde ich mit Freuden für ihn sterben und dabei denken, dieser Tod sei zugleich eine letzte Sühne meiner früheren Sünden!" — Klekih-petra schwieg und senkte den Kopf. Ich war tief bewegt und sagte nichts, denn ich hatte das Gefühl, als müsse jede Bemerkung nach einem solchen Bekenntnis nichtig klingen. Aber ich nahm seine Hand in die meinige und drückte sie herzlich. Er verstand mich und gab mir das durch ein leises Nicken und einen Gegendruck zu erkennen. Es verging eine ganze Weile, bis er fragte:

„Woher es nur kommt, daß ich Ihnen das erzählt habe? Ich sehe Sie heut zum erstenmal und werde Sie vielleicht nie wiedersehen. Oder ist es auch eine Gottesfügung, daß ich hier mit Ihnen zusammentraf? Sie merken, ich, der frühere Gottesleugner, suche jetzt alles auf diesen höheren Willen zurückzuführen. Es ist mir mit einemmal so sonderbar, so weich, so weh ums Herz, doch es ist kein schmerzliches Gefühl. Eine ähnliche Stimmung überkommt einen, wenn im Herbst die Blätter fallen. Wie wird sich das Blatt meines Lebens vom Baum lösen? Leise, leicht und friedlich? Oder wird es abgeknickt werden, noch bevor die natürliche Zeit gekommen ist?" — Er blickte wie in stiller, unbewußter Sehnsucht das Tal hinab. Von dort her sah ich Intschu tschuna und Winnetou nahen. Sie saßen jetzt auf Pferden und führten Klekih-petras Tier ledig neben sich. Wir standen auf, um zum Lager zu gehen, wo wir mit beiden zugleich ankamen. Am Wagen lehnte Rattler mit feuerrotem, aufgedunsenem Gesicht und stierte zu uns herüber. Er hatte während der kurzen Zeit so viel getrunken, daß er nun nicht mehr trinken konnte. Ein schrecklicher Mensch! Sein Blick war heimtückisch wie der eines wilden Stiers, der zum Angriff schreiten will. Ich nahm mir vor, ein Auge auf ihn zu haben.

Der Häuptling und Winnetou waren von ihren Pferden gestiegen und traten zu uns. Wir standen in einem ziemlich weiten Kreis beisammen. — „Nun, haben sich meine weißen Brüder überlegt, ob sie hierbleiben oder fortgehen wollen?" fragte Intschu tschuna. — Der Oberingenieur war auf einen vermittelnden Gedanken gekommen.

„Wenn wir auch fortgehen wollten, so müssen wir doch hierbleiben, um den Befehlen zu gehorchen, die wir empfangen haben", erklärte er. „Ich werde noch heute einen Boten nach Santa Fé senden und anfragen lassen. Dann kann ich dir Antwort geben." — Das war gar nicht übel ausgedacht, denn bis der Bote zurückkehrte, mußten wir mit unsrer Arbeit fertig sein. Der Häuptling aber sagte in bestimmtem Ton: „So lange wartet Intschu tschuna nicht. Meine weißen Brüder müssen sofort sagen, was sie tun wollen." — Rattler hatte sich inzwischen einen Becher mit Brandy gefüllt und war zu uns gekommen. Ich dachte, er hätte es auf mich abgesehen, aber er wandte sich an die beiden Indianer und sagte mit lallender Zunge: „Wenn die Indsmen mit mir trinken, so tun wir ihnen den Willen und gehen fort, sonst nicht. Der Junge mag anfangen. Hier hast du Feuerwasser. Winnetou!" — Er hielt ihm den Becher hin. Winnetou trat mit einer abweisenden Gebärde zurück. — „Was, du willst keinen Drink mit mir tun?" fuhr Rattler auf. „Das ist eine verdammte Beleidigung. Hier hast du den Brandy ins Gesicht, verfluchte Rothaut! Leck ihn dir ab, da du ihn nicht trinken willst!" — Bevor ihn einer von uns zu hindern vermochte, schleuderte er dem jungen Apatschen den Becher nebst Inhalt ins Gesicht. Das war nach indianischen Begriffen eine todeswürdige Kränkung, die denn auch sofort bestraft wurde. Winnetou schlug dem Frevler die Faust ins Gesicht, so daß er zu Boden stürzte. Er raffte sich mühsam wieder auf. Schon machte ich mich zum Eingreifen fertig, denn ich glaubte, er würde zu Tätlichkeiten schreiten. Das geschah aber nicht. Er starrte den jungen Apatschen nur drohend an und wankte dann fluchend wieder zum Wagen zurück. — Winnetou trocknete sich ab und zeigte, ebenso wie sein Vater, eine starre, unbewegte Miene, der man nicht ansehen konnte, was in seinem Innern vorging. — „Intschu tschuna fragt noch einmal", sagte jetzt der Häuptling. „Das ist das letztemal. Werden die Bleichgesichter noch heute das Tal verlassen?" — „Wir dürfen nicht", lautete die Antwort. — „So verlassen *wir* es. Es ist kein Friede zwischen uns." — Ich machte noch einen Versuch der Vermittlung, doch vergeblich. Die drei gingen zu ihren Pferden. Da erscholl vom Wagen her Rattlers Stimme: „Immer fort mit euch, ihr roten Hunde! Aber den Hieb ins Gesicht soll mir der Junge vorher bezahlen!" — Zehnmal schneller, als man es ihm bei seinem Zustand zutrauen konnte, hatte er ein Gewehr aus dem Wagen gerissen und schlug es auf Winnetou an. Der junge Apatsche stand im Augenblick ohne Deckung. Die Kugel mußte ihn treffen, denn es geschah alles so rasch, daß ihn keine Bewegung retten konnte. Da schrie Klekih-petra auf: „Weg, Winnetou, schnell weg!" — Zu gleicher Zeit sprang er hin, um sich schützend vor Winnetou zu stellen. Der Schuß krachte. Klekih-petra fuhr, von der Gewalt des Kugelaufschlags halb umgedreht, mit der Rechten zur Brust, taumelte einige Augenblicke hin und her und fiel dann auf die Erde nieder. In diesem Augenblick stürzte aber auch Rattler, von meiner Faust getroffen, zu Boden. Ich war, um den Schuß zu verhüten, sofort zu ihm hingeschnellt, war aber doch zu spät gekommen. Ein allgemeiner Schrei des Entsetzens erscholl. Nur die beiden Apatschen hatten keinen Laut von sich gegeben. Sie knieten bei ihrem Freund, der sich für seinen Liebling geopfert hatte, und untersuchten stumm seine Wunde. Er war nahe am Herzen in die Brust getroffen. Das Blut schoß mit Gewalt hervor. Auch ich eilte hinzu. Klekih-petra hielt die Augen geschlossen. Sein Gesicht wurde mit erschreckender Schnellig-

keit bleich und hohl. — „Nimm seinen Kopf in deinen Schoß!" bat ich
Winnetou. „Wenn er die Augen aufschlägt und dich erblickt, wird
sein Tod leichter sein." — Winnetou kam dieser Aufforderung nach,
ohne ein Wort zu sagen. Keine seiner Wimpern zuckte, aber sein
Blick hing unverwandt am Gesicht des Sterbenden. Da öffnete Klekih-
petra langsam die Lider. Er sah Winnetou über sich gebeugt. Ein seli-
ges Lächeln glitt über seine eingefallenen Züge. — „Winnetou, schi ya
Winnetou — Winnetou, o mein Sohn Winnetou!" flüsterte er. — Dann
schien es, als suchte sein brechendes Auge noch jemanden. Es traf
mich, und in deutscher Sprache bat er mich: „Bleiben Sie bei ihm —
ihm treu — mein Werk fortführen —!" Er hob bittend die Hand. Ich
ergriff sie mit der Rechten und versicherte: „Ich tu es; ja, sicher, ich
werde es tun!" — Da nahm sein Gesicht einen verklärten Ausdruck
an. Er betete mit immer mehr ersterbender Stimme: „So fällt mein
Blatt — abgeknickt — nicht leise — leicht — — es ist — die letzte
Sühne — — wie — wie ich es — gewünscht — —. Herrgott, vergib
vergib! — — Gnade — Gnade! Ich komme — — komme —
Gnade — — —!" — Er faltete die Hände — noch ein krampfhafter
Bluterguß aus der Wunde, sein Kopf sank zurück — er war tot!

Nun wußte ich, was ihn getrieben hatte, sein Herz mir gegenüber
zu erleichtern — Gottesfügung, hatte er gesagt. Er hatte gewünscht,
für Winnetou sterben zu können, und wie schnell war dieser Wunsch
in Erfüllung gegangen! Die letzte Sühne, die er bringen wollte, er
hatte sie gebracht. Gott ist die Liebe, die Barmherzigkeit; er zürnt
dem Reuigen nicht ewig. — Winnetou bettete das Haupt des Toten
ins Gras, stand langsam auf und sah seinen Vater fragend an. — „Dort
liegt der Mörder. Ich habe ihn niedergeschlagen", sagte ich. „Er mag
euer sein." — „Feuerwasser! ..." — Nur diese kurze Antwort kam aus
dem Mund des Häuptlings, doch in welch grimmig verächtlichem Ton!
— „Ich will euer Freund, euer Bruder sein. Ich gehe mit euch!" so
drängte es sich mir über die Lippen. — Da spuckte er mir ins Gesicht. — „Räudiger Hund! Länderdieb für Geld! Stinkender Kojote!
Wage es, uns zu folgen, so zermalt dich Intschu tschuna!" — Hätte
mir das ein andrer getan und gesagt, ich hätte ihm mit der Faust geantwortet. Warum duldete ich es hier? Hatte ich als Eindringling in
fremdes Eigentum diese Züchtigung vielleicht verdient? Daran habe
ich damals wohl nicht gedacht. Ich gehorchte mehr einer Eingebung.
Doch, mich etwa nochmals anbieten, das konnte ich nicht, trotz des
Versprechens, das ich dem Toten gegeben hatte. — Die Weißen standen alle stumm dabei, voll Erwartung, was die zwei Apatschen nun
tun würden. — Die beiden hatten keinen einzigen Blick mehr für uns.
Sie hoben die Leiche aufs Pferd und banden sie da fest. Dann stiegen
sie in die Sättel, richteten den zusammensinkenden Körper Klekih-
petras auf und ritten, ihn hüben und drüben stützend, langsam davon.
Sie ließen kein Wort der Drohung, der Rache zurück. Sie wandten
sich auch nicht ein einziges Mal nach uns um. Aber das war viel
schlimmer, als wenn sie uns den fürchterlichsten Tod offen geschworen hätten. — „Das war ja schrecklich und kann leicht noch schrecklicher werden!" sagte Sam Hawkens. „Dort liegt der Schurke, noch
immer leblos von Euerm Hieb und vom Schnaps! Was tun wir nun mit

ihm?" — Ich antwortete nicht. Ich sattelte mein Pferd und ritt fort. Allein mußte ich sein, um diese fürchterliche halbe Stunde wenigstens äußerlich zu verwinden. Es war am späten Abend, als ich müd und matt, körperlich und seelisch wie zerschlagen, im Lager wieder eintraf.

5. Am Lagerfeuer

Damit der Bär nicht weit geschleppt zu werden brauchte, war das Lager während meiner Abwesenheit bis in die Nähe der Stelle vorgerückt worden, wo ich ihn erlegt hatte. Er war so schwer, daß es die vereinte Anstrengung von zehn kräftigen Männer erfordert hätte, ihn unter den Bäumen hervor und durch das Gebüsch bis zum Feuer ins Freie zu schaffen. — Obwohl ich erst in später Stunde zurückkehrte, waren außer Rattler alle noch wach. Er hatte zum neuen Lagerplatz getragen werden müssen und war dort wie ein Klotz ins Gras geworfen worden. Nun schlief er seinen Rausch aus. Howard war inzwischen begraben worden. Sam hatte dem Bären das Fell abgezogen, das Fleisch aber unberührt gelassen. Als ich vom Pferd gestiegen war, es versorgt hatte und ans Feuer trat, meinte der Kleine: „Wo jagt Ihr denn herum, Sir? Wir haben mit Schmerzen auf euch gewartet, weil wir das Bärenfleisch kosten wollten und den Petz doch nicht ohne Euch anschneiden konnten. Hab' ihm einstweilen den Rock ausgezogen. War ihm vom Schneider so gut angemessen, daß er auch nicht die kleinste Falte hatte, hihihi! Hoffentlich habt Ihr nichts dagegen, wie? Und nun sagt, wie das Fleisch verteilt werden soll! Wir wollen, ehe wir uns schlafen legen, ein Stück davon braten." — „Teilt, wie Ihr wollt!" entgegnete ich. „Das Fleisch gehört allen." — „Well, so will ich Euch etwas sagen. Das Beste sind die Tatzen. Es gibt überhaupt nichts, was über Bärentatzen geht. Sie müssen aber längere Zeit liegen, bis sie den gehörigen Wildgeschmack bekommen haben. Am feinsten schmecken sie, wenn sie schon von Würmern durchbohrt sind. Aber so lange können wir nicht warten, denn ich fürchte, daß die Apatschen bald kommen und uns das Essen verderben werden. Darum wollen wir lieber beizeiten dazutun und uns gleich heut über die Tatzen machen, damit wir sie genossen haben, wenn wir von den Roten ausgelöscht werden. Habt Ihr etwas dagegen, Sir?" — „Nein." — „Gut, so mag das schöne Werk beginnen, wenn ich mich nicht irre, hihihihi."

Er löste die Tatzen von den Beinen und zerlegte sie dann in so viele Teile, wie Personen da waren. Ich bekam das beste Stück eines Vorderfußes, wickelte es ein und tat es beiseite, während die andern sich beeilten, ihren Anteil ans Feuer zu bringen. Zwar hatte ich Hunger, aber keine Lust zu essen, so widersprechend das klingen mag. Infolge des langen, anstrengenden Ritts fühlte ich wohl das Bedürfnis, Speise zu mir zu nehmen, aber es war mir unmöglich, es zu tun. Ich konnte die Mordszene noch immer nicht überwinden. In

Gedanken sah ich mich mit Klekih-petra beisammensitzen. Ich hörte seine Bekenntnisse, die mir jetzt wie eine letzte Beichte vorkamen, und mußte immer wieder an den Ausklang seiner Rede denken, der wie die Vorahnung seines nahen Todes gewesen war. Ja, das Blatt seines Lebens war nicht leicht und leise abgefallen, sondern mit Gewalt abgerissen worden. Und von was für einem Menschen und aus was für einem Grund! Dort lag der Mörder, noch immer sinnlos betrunken. Ich hätte ihn niederschießen mögen, aber es ekelte mich vor ihm. Dieses Gefühl des Ekels war jedenfalls auch der Grund gewesen, daß die beiden Apatschen ihn nicht auf der Stelle bestraft hatten. ‚Feuerwasser . . .‘ hatte Intschu tschuna im allerverächtlichsten Ton gesagt. Welche Anklagen, welche Vorwürfe lagen in diesem einen Wort! — Wenn mich etwas mit dem blutigen Ausgang versöhnen konnte, so war es der Umstand, daß Klekih-petra in den Armen Winnetous gestorben war, daß sein Herz die für Winnetou bestimmte Kugel aufgefangen hatte. Das war ja sein letzter Wunsch gewesen. Oder nein! Der allerletzte Wunsch war die Bitte an mich, zu Winnetou zu halten und das begonnene Werk zu vollenden. Weshalb hatte er sie gerade an mich gerichtet? Noch wenige Minuten vorher hatte er gemeint, daß wir uns wohl nicht wiedersehen würden, daß also mein Lebensweg nicht zu den Apatschen führen werde, und dann erteilte er mir plötzlich eine Aufgabe, deren Lösung mich mit diesem Stamm in innige Berührung bringen mußte. War dieser Wunsch ein leeres, hingeworfenes Wort? Oder ist es dem Sterbenden vergönnt, wenn er von seinen Lieben scheidet, in seiner letzten Minute, während die eine Schwinge seiner Seele bereits im Jenseits schlägt, einen Blick in die Zukunft zu werfen? Fast scheint es so, denn es wurde mir später möglich, Klehik-petras Bitte zu erfüllen, obgleich es jetzt den Anschein hatte, als könnte mir eine Begegnung mit Winnetou nur Verderben bringen. — Warum hatte ich dem Sterbenden überhaupt mein Versprechen so schnell gegeben? Aus Mitleid? Wahrscheinlich. Aber es war wohl noch ein andrer Grund dabei, wenn ich mir seiner auch nicht bewußt gewesen war: Winnetou hatte einen tiefen Eindruck auf mich gemacht, einen Eindruck, wie ich ihn noch bei keinem andern Menschen empfunden hatte. Er war nicht viel älter als ich, und doch mir so überlegen! Das hatte ich gleich beim ersten Blick herausgefühlt. Die ernste, stolze Klarheit seines sammetweichen Auges, die ruhige Sicherheit seiner Haltung und jeder seiner Bewegungen sowie der wehmütige Hauch eines tiefen und verschwiegenen Grams, den ich auf seinem jugendlich schönen Gesicht zu entdecken glaubte, hatten es mir angetan. Wie achtunggebietend war sein und seines Vaters Verhalten gewesen! Andre Menschen, mochten es nun Weiße oder Rote sein, hätten sich sofort auf den Mörder gestürzt und ihn getötet. Diese beiden hatten ihn nicht eines Blickes gewürdigt und das, was in ihnen vorging, nicht durch die leiseste Bewegung eines Gesichtsmuskels verraten. Was für Leute waren wir doch dagegen!

So saß ich, während die andern sich ihr Fleisch schmecken ließen, still am Feuer und grübelte in mich hinein, bis Sam Hawkens mich aus meinem Sinnen weckte. — „Was ist mit Euch, Sir? Habt Ihr

keinen Hunger?" — „Ich esse nicht." — „So? Und haltet lieber Denk-
übungen! Meine, daß Ihr Euch das nicht angewöhnen dürft. Auch
mich ärgert das, was vorgekommen ist, gewaltig, aber der Westmann muß sich an solche Auftritte gewöhnen. Man nennt den Westen
nicht umsonst die *,dark and bloody grounds'* — die finstern und blutigen Gründe. Ihr könnt es glauben, daß hier der Boden auf jedem
Schritt mit Blut getränkt ist, und wer eine so empfindliche Nase hat,
daß er das nicht erriechen kann, der mag daheim bleiben und Zucker-
wasser trinken. Nehmt Euch die Geschichte nicht zu Herzen, und
gebt Euer Tatzenstück her. Ich will es Euch braten!" — „Danke,
Sam! Ich esse wirklich nicht. — Habt ihr euch denn darüber geeinigt, was nun mit Rattler werden soll?" — „Haben allerdings darüber gesprochen." — „Nun, was wird seine Strafe sein?" — „Strafe?
Meint Ihr, daß wir ihn bestrafen sollen?" — „Gewiß meine ich das."

„Ach so! Und wie werden wir das Eurer Ansicht nach anfangen?
Sollen wir ihn nach San Franzisko, New York oder Washington
schaffen und dort als Mörder anklagen?" — „Nicht doch! Die Obrigkeit, die ihn zu richten hat, sind wir. Er ist den Gesetzen des
Westens verfallen." — „Seht doch an, was so ein Greenhorn alles
von den Gesetzen des Wilden Westens weiß. Seid Ihr etwa aus dem
alten Germany herübergekommen, um hier den Lord-Oberrichter zu
spielen? War dieser Klekih-petra ein Verwandter oder ein guter
Freund von Euch!" — „Das nicht." — „Da habt Ihr den Punkt, auf
den es ankommt! Ja, der Wilde Westen hat seine feststehenden,
eigentümlichen Gesetze. Er verlangt Auge für Auge, Zahn für Zahn,
Blut für Blut, so wie es in der Bibel steht. Ist ein Mord geschehen,
so kann der dazu Berechtigte den Mörder sofort töten, oder es wird
eine Jury gebildet, die das Urteil fällt und es dann ungesäumt voll-
zieht. Auf diese Weise entledigt man sich der Bösewichte und
Schädlinge, die den ehrlichen Jägern sonst über den Kopf wachsen
würden." — „Nun, so bilden wir eine Jury!" — „Dazu wäre zunächst ein Ankläger nötig." — „Der bin ich!" — „Mit welchem
Recht?" — „Als Mensch, der nicht zugeben kann, daß ein solches
Verbrechen ungeahndet bleibt." — *„Pshaw!* Ihr redet wie ein Greenhorn. Als Ankläger könnt Ihr in zwei Fällen auftreten. Nämlich
erstens, wenn Euch der Ermordete als Verwandter oder Freund und
Gefährte nahegestanden hat. Daß es aber nicht der Fall ist, habt
Ihr bereits zugegeben. Zweitens könnt Ihr auch dann als Ankläger
gegen den Mörder auftreten, wenn Ihr selber der Ermordete seid,
hihihihi! Seid Ihr das?" — „Sam, die Sache ist wirklich nicht so,
daß man Witze darüber reißt!" — „Weiß schon, weiß! Wollte diesen
Punkt auch nur der Vollständigkeit wegen hinzufügen. Also Ihr habt
keinen Grund, den Ankläger zu spielen, und bei uns andern ist
das auch der Fall. Wo aber kein Kläger ist, da ist auch kein Richter. Es gibt hier gar kein Recht, eine Jury zusammenzustellen."

„So soll Rattler wohl gar unbestraft bleiben?" — „Davon ist keine
Rede. Ereifert Euch nicht so! Ich gebe Euch mein Wort, daß ihn die
Vergeltung so sicher ereilen wird, wie jede Kugel aus meiner
Liddy ihr Ziel erreicht. Die Apatschen werden dafür sorgen." — „Uns
trifft dann die Strafe mit!" — „Sehr wahrscheinlich. Aber meint Ihr,

wir könnten das dadurch verhindern, daß wir Rattler töten? Mitgegangen, mitgefangen, mitgehangen! Die Apatschen betrachten nicht ihn allein, sondern auch uns als Mörder ihres Toten und werden uns danach behandeln, wenn sie uns in ihre Hände bekommen."

„Auch wenn wir uns Rattlers entledigen?" — „Auch dann. Sie schießen uns nieder, ohne zu fragen, ob er bei uns ist oder nicht. Und wie wolltet Ihr euch seiner überhaupt entledigen?" — „Ihn fortjagen." — „Ja, darüber haben wir uns freilich auch schon beraten und sind zu der Ansicht gekommen, daß wir erstens kein Recht haben, ihn fortzujagen, und daß wir es, selbst wenn wir das Recht hätten, aus Klugheitsgründen nicht tun dürfen." — „Aber, Sam, ich begreife Euch nicht! Wenn mir jemand nicht paßt, so trenne ich mich von ihm. Und nun gar ein Mörder! Sind wir etwa gezwungen, einen solchen Schurken, der noch dazu ein Trunkenbold ist und uns in immer neue Verlegenheit bringen kann, noch länger bei uns zu dulden?" — „Ja, leider sind wir das. Rattler ist ebenso wie ich, Stone und Parker für euch Surveyors angeworben worden, und nur die Leute, die ihn angestellt haben und besolden, können ihn entlassen. Wir müssen uns da streng an das Recht halten."

„Streng an das Recht! Einem Menschen gegenüber, der Tag für Tag die göttlichen und menschlichen Gesetze mit Füßen tritt!"

„Wenn auch! Was Ihr da vorbringt, ist ja alles gut. Aber man darf keinen Fehler begehen aus dem Grund, weil ein andrer ein Verbrechen begangen hat. Ich sage Euch, daß die Obrigkeit vor allen Dingen einwandfrei bleiben muß. Deshalb haben wir Westmänner, die wir gegebenenfalls die Obrigkeit spielen müssen, alle Veranlassung, unsern Ruf unbefleckt zu erhalten. Doch auch davon abgesehen, frage ich Euch, was Rattler wohl täte, wenn er von uns fortgejagt würde?" — „Das ist seine Sache!" — „Und die unsrige ebenso! Wir befänden uns dauernd in Gefahr, da er wahrscheinlich versuchen würde, sich an uns zu rächen. Es ist besser, ihn bei uns zu behalten, wo wir ihn beaufsichtigen können, als daß wir ihn wegjagen und er uns fortgesetzt umschleicht und nach Belieben jedem eine Kugel in den Kopf jagen kann. Denke, daß Ihr nun auch unsrer Meinung seid." — Er sah mich dabei mit einem Blick an, den ich wohl verstand, denn er blinzelte dann in bezeichnender Weise zu Rattlers Genossen hinüber. Wenn wir gegen Rattler vorgingen, stand zu befürchten, daß sie gemeinschaftliche Sache mit ihm machen würden. Das sagte ich mir auch, denn ihnen war nicht zu trauen, deshalb lenkte ich ein: „Ja, nachdem Ihr mir die Sache in dieser Weise klargemacht habt, erkenne ich wohl, daß wir sie laufen lassen müssen, wie sie läuft. Nur geben mir die Apatschen zu denken, denn es unterliegt wohl keinem Zweifel, daß sie kommen werden, um sich zu rächen." — „Sie kommen, und zwar um so sicherer, als sie nicht ein Wort der Drohung ausgesprochen haben. Sie haben sehr klug dabei gehandelt. Hätten sie augenblicklich Vergeltung geübt, so wäre davon doch nur Rattler betroffen worden. Aber sie haben es auf uns alle abgesehen, weil er zu uns gehört und weil sie uns wegen unsrer Vermessungen als Feinde betrachten, die ihnen ihr Land rauben wollen. Darum haben sie sich so beherrscht und sind davongeritten, ohne einen Finger gegen uns zu erheben. Desto sicherer aber werden sie zurückkehren, um uns alle in ihre Hände zu bekommen. Glückt ihnen das, so können wir uns auf einen bösen Tod gefaßt machen, denn das Ansehen, in dem dieser Klekih-petra bei ihnen gestanden hat, erfordert eine doppelt und dreifach schwere Rache." — „Und das alles um eines Trunkenbolds willen! — Sie werden jedenfalls in größerer Anzahl kommen." — „Gewiß! Unsre Maßnahmen hängen von der Frage ab, wann sie erscheinen. Wir hätten ja Zeit zu fliehen, müßten aber in diesem Fall die beinah fertige Arbeit unvollendet lassen." — „Das umgehen wir, wenn es nur halbwegs möglich ist." — „Wann glaubt Ihr fertig werden zu können, falls Ihr Euch recht sputet?" — „In fünf Tagen." — „Hm! Soviel ich weiß, gibt es hier in der Nähe kein Apatschenlager. Ich würde die nächsten Mescaleros wenigstens drei starke Tageritte von hier suchen. Wenn ich mich hierin nicht irre, so haben Intschu tschuna und Winnetou, weil sie die Leiche mit sich führen, vier Tage zu reiten, bevor sie Verstärkung bekommen können. Drei Tage dann hierher zurück, das ergibt sieben Tage. Und da ihr glaubt, in fünf Tagen fertig zu werden, meine ich, daß wir es wagen dürften, mit der Vermessung fortzufahren." — „Und wenn Eure Berechnung nicht richtig ist? Es ist ja möglich, daß die beiden Apatschen die Leiche einstweilen an einen sicheren Ort geschafft haben und dann zurückkommen, um aus dem Hinterhalt auf uns zu schießen. Ebenso ist es denkbar, daß sie viel eher auf einen Trupp der Ihrigen treffen. Ja, es läßt sich sogar annehmen, daß sie Freunde in der Nähe haben, denn es sollte mich wundern, wenn sich zwei Indianer, noch dazu Häuptlinge, ohne stärkere Begleitung so weit von ihrem Lager entfernten. Und da die Zeit der Büffeljagd gekommen ist, wäre auch die Möglichkeit vorhanden, daß Intschu tschuna und Winnetou zu einem Jagdtrupp gehören, der sich unweit von hier befindet und von dem sie sich des Bären wegen auf kurze Zeit getrennt haben. Das alles ist zu bedenken und zu beherzigen, wenn wir vorsichtig sein wollen." — Sam Hawkens kniff das eine Auge zu und zog eine verwunderte Grimasse. — „Good heavens, was Ihr doch klug und weise seid! Wahrhaftig, heutzutage sind die Küchlein zehnmal gescheiter als die Henne, wenn ich mich nicht irre. Aber, um der Wahrheit die Ehre zu geben, so war das, was Ihr vorgebracht habt, gar nicht so dumm gesagt. Ihr habt durchaus recht. Wir müssen unser Augenmerk auf alle diese Möglichkeiten richten. Daher ist es notwendig zu erfahren, wohin sich die beiden Apatschen gewendet haben. Ich werde ihnen also mit Tagesanbruch nachreiten." — „Und ich reite mit", fiel Parker ein. — „Ich auch", erklärte Dick Stone. — Sam Hawkens sann eine kurze Weile nach und entschied dann: „Ihr bleibt hübsch da, ihr beide! Ihr werdet hier gebraucht. Verstanden?"

Er sah dabei zu Rattlers Freunden hinüber; das sagte genug. Wenn diese unzuverlässigen Menschen allein bei uns blieben, konnte es nach dem Erwachen ihres Anführers leicht unliebsame Auftritte geben. Da war es besser, Stone und Parker entfernten sich nicht.

„Aber du kannst doch nicht allein reiten!" widersprach Parker, der die Dinge gern von allen Seiten beleuchtete. — „Ich könnte schon, wenn ich wollte; aber ich will nicht. Werde mir einen Begleiter aussuchen." — „Wen?" — „Dieses junge Greenhorn hier." — Dabei deutete er auf mich. — „Nein, der darf nicht fort", mischte sich der Oberingenieur ein. — „Warum nicht, Mr. Bancroft?" — „Weil ich ihn brauche. Wenn wir in fünf Tagen fertig werden wollen, müssen wir alle unsre Kräfte anspannen. Ich kann keinen Mann missen." — „Ja, alle Kräfte anspannen. Bisher habt ihr das nicht getan. Es hat vielmehr einer für alle arbeiten müssen. Nun mögen sich auch einmal alle für diesen einen anstrengen." — „Mr. Hawkens, wollt Ihr mir etwa Vorschriften machen? Das möchte ich mir verbitten!"

„Fällt mir nicht ein! Eine Bemerkung ist noch lange keine Vorschrift." — „Klang aber genauso!" — „Mag sein. Habe auch nichts dagegen. Was Eure Arbeit betrifft, so wird es wohl keine so große Verzögerung geben, wenn sich morgen vier anstatt fünf daran beteiligen. Hege eine bestimmte Absicht dabei, grad dieses junge Greenhorn, das Shatterhand genannt worden ist, mitzunehmen. Er soll sehen, wie man es macht, wenn man Indianern nachschleicht. Wird ihm wahrscheinlich von Nutzen sein, eine Fährte richtig lesen zu können." — „Das ist aber für mich nicht maßgebend." — „Weiß schon. Es gibt jedoch noch einen zweiten Grund. Der Weg nämlich, den ich machen will, ist gefährlich. Also ist es vorteilhaft für mich und euch, wenn ich einen Begleiter bei mir habe, der eine so gewaltige Körperkraft besitzt und mit seinem Bärentöter so gut zu schießen vermag."

„Ich sehe nicht ein, inwiefern das auch für uns von Vorteil sein könnte." — „Nicht? Das wundert mich. Seid doch sonst ein pfiffiger und einsichtsvoller Gentleman", erwiderte Sam spöttisch. „Wie nun, wenn ich auf Feinde treffe, die hierher wollen und mich auslöschen? Dann kann euch niemand von der Gefahr benachrichtigen, und ihr werdet überfallen und umgebracht. Habe ich aber dieses Greenhorn bei mir, das mit seinen kleinen Ladyhänden den stämmigsten Kerl mit einem Schlag zu Boden schmettert, so ist es wahrscheinlich, daß wir mit heiler Haut wiederkommen. Seht Ihr das nun ein?" — „Hm, ja." — „Und sodann kommt die Hauptsache: Er muß morgen mit, damit hier keine Reiberei entsteht, die unglücklich enden kann. Ihr wißt, daß es Rattler besonders auf ihn abgesehen hat. Wenn dieser Liebhaber eines Glases Brandy endlich erwacht, wird er sich wahrscheinlich gleich an den machen wollen, der ihn heut abermals niedergeschlagen hat. Wir müssen die beiden wenigstens morgen, am ersten Tag nach der Mordtat, auseinanderhalten. Deshalb bleibt der eine, den ich nicht brauchen kann, hier bei Euch, und den andern nehme ich mit. Habt Ihr nun immer noch etwas dagegen?"

„Nein; er mag mit Euch reiten." — „Well, so sind wir einig." Und indem Sam sich mir zuwandte, fügte er hinzu: „Ihr habt gehört, was für eine Anstrengung Euch bevorsteht. Es kann dabei leicht möglich sein, daß wir keinen Augenblick zum Essen und zur Ruhe finden. Darum frage ich Euch, ob Ihr denn nicht wenigstens einige Bissen von Eurer Bärentatze essen wollt?" — „Gut, unter diesen Umständen will ich es zum mindesten versuchen." — „Versucht es nur, versucht es nur! Ich kenne diese Versuche, hihihi! Man braucht nur einen Bissen zu nehmen, so hört man gewiß nicht eher auf, als bis man

nichts mehr hat. Gebt Euer Tatzenstück her. Ich will es Euch braten!
So ein Greenhorn hat nicht den richtigen Verstand dazu. Also paßt
hübsch auf, damit Ihr es lernt! Müßte ich Euch einen solchen Leckerbissen zum zweitenmal braten, so bekämt Ihr nichts davon, denn ich
würde ihn selber essen." — Der gute Sam hatte recht. Kaum hatte
ich, als er mit seinem Meisterstück der Bratkunst fertig war, den
ersten Bissen versucht, so stellte sich die Eßlust ein. Ich vergaß, was
mich bedrückt hatte, und aß, aß wirklich so lange, bis ich nichts
mehr hatte. — „Seht Ihr?" lachte er mich an. „Es ist wirklich weit
angenehmer, einen Grizzlybären zu verspeisen als ihn zu erlegen.
Das habt Ihr nun wohl kennengelernt. Jetzt werden wir uns einige
derbe Stücke aus dem Schinken schneiden, um sie noch heute abend
zu braten. Die nehmen wir morgen als Mundvorrat mit, denn auf solchen Kundschafterritten muß man immer darauf gefaßt sein, daß man
keine Zeit findet, ein Wild zu schießen, und daß man auch kein Feuer
anbrennen darf, um es zu braten. Ihr aber legt Euch aufs Ohr und tut
einen tüchtigen Schlaf, da wir mit der Morgenröte aufbrechen und
alle Kräfte brauchen werden!" — „Gut, ich werde schlafen. Aber vorher sagt mir, welches Pferd Ihr reiten werdet?" — „Welches Pferd?
Gar keins." — „Was denn sonst?" — „Welche Frage! Meint Ihr denn,
daß ich mich auf ein Krokodil oder sonst einen andern Vogel setzen
werde? Natürlich werde ich mein Maultier, meine neue Mary reiten!" — „Das würde ich nicht tun." — „Warum nicht?" — „Ihr kennt
sie noch zu wenig." — „Dafür kennt sie mich genau. Hat gar gewaltige Hochachtung vor mir, das Vieh, hihihihi!" — „Aber bei einem
solchen Späherritt, wie wir ihn morgen vorhaben, muß man vorsichtig
sein und alles vorher bedacht haben. Ein Reittier, dessen man nicht
sicher ist, kann alles verderben." — „So? Wirklich?" lachte er mich
an. — „Ja", entgegnete ich eifrig. „Ich weiß, daß das Schnauben eines
Pferdes seinem Reiter das Leben kosten kann." — „Ah, das wißt Ihr?
Gescheiter Kerl, der Ihr seid! Habt es wohl auch gelesen, Sir?" —
„Ja." — „Dachte es mir! Muß doch überaus unterhaltend sein, solche
Bücher zu lesen. Wenn ich nicht selber ein Westmann wäre, würde
ich in den Osten ziehen, und solch schöne Indianergeschichten lesen.
Ich glaube, man kann rund und fett dabei werden, obgleich man die
Bärentatzen nur auf dem Papier vor sich hat. Möchte wissen, ob die
guten Leute, die solche Sachen schreiben, wirklich einmal über den
Mississippi herübergekommen sind!" — „Die meisten von ihnen wahrscheinlich." — „Glaube es nicht. Habe meine guten Gründe, daran zu
zweifeln." — „Und diese Gründe sind?" — „Will's Euch sagen, Sir.
Eine Hand, die so lange ein Pferd gezügelt, die Büchse und das Messer geführt und den Lasso geschwungen hat, ist nicht mehr dazu geeignet, allerlei Krickelkrackel aufs Papier zu malen. Wer ein richtiger Westmann ist, der hat sicher das Schreiben verlernt, und wer
keiner ist, der mag es unterlassen, über Sachen zu schreiben, die er
nicht versteht." — „Hm! Man braucht sich doch, um ein Buch über
den Westen zu schreiben, nicht so lange dort aufzuhalten, bis man
kein Schreibgelenk mehr in den Fingern hat." — „Fehlgeschossen,
Sir! Ich habe soeben gesagt, daß nur ein tüchtiger Westmann der
Wahrheit gemäß schreiben könnte. Aber grad so ein Mann kommt nie

dazu." — „Weshalb nicht?" — „Weil es ihm nicht einfallen wird, den Westen, wo es keine Tintenfässer gibt, zu verlassen. Die Prärie ist wie die See. Sie läßt den, der sie liebgewonnen hat, niemals wieder los. Nein, alle diese Bücherschreiber kennen den Westen nicht, denn wenn sie ihn kennengelernt hätten, so hätten sie ihn nicht aufgegeben, um ein paar hundert Papierseiten mit Tinte schwarz zu machen. Das ist so meine Ansicht, und ich vermute sehr, daß sie stimmt." — „Nein. Ich kenne zum Beispiel einen, der den Westen liebgewonnen hat und ein tüchtiger Jäger werden will. Dennoch wird er zuweilen in die Heimat zurückkehren, um über den Westen zu schreiben." — „So? Wer wäre das?" fragte er, indem er mich neugierig ansah. — „Das könnt Ihr Euch denken." — „Denken? Ich mir? Sollte es möglich sein, daß Ihr Euch da selber meint?" — „Ja." — „Alle Wetter! Ihr wollt also unter das unnütze Volk der Büchermacher?" — „Wahrscheinlich." — „Daß laßt bleiben, Sir! Ich bitte Euch inständig darum! Würdet dabei elend zugrunde gehen; das könnt Ihr mir glauben." — „Ich bezweifle es." — „Und ich behaupte es. Kann es sogar beschwören", rief er eifrig. „Habt Ihr denn eine kleine Ahnung von dem Leben, das Euch bevorsteht?" — „Gewiß. Ich mache Reisen, um Länder und Völker kennenzulernen, und fahre ab und zu wieder heim, um meine Ansichten und Erfahrungen ungestört niederzuschreiben." — „Aber zu welchem Zweck denn, um aller Welt willen?" — „Um der Lehrer meiner Leser zu sein und mir nebenbei Geld zu verdienen." — „Zounds! Der Lehrer seiner Leser! Und Geld verdienen! Sir, Ihr seid übergeschnappt, wenn ich mich nicht irre! Eure Leser werden gar nichts von Euch lernen, denn Ihr versteht ja selber nichts. Wie kann so ein Greenhorn, so ein ganz und gar ausgewachsenes und ausgestopftes Greenhorn der Lehrer seiner Leser sein! Versichere Euch, daß Ihr gar keine Leser finden werdet, nicht einen einzigen! Und sagt mir nur um des Himmels willen, warum grad Ihr ein Lehrer werden wollt, und gar noch der Lehrer Eurer Leser, die Ihr gar nicht haben werdet! Gibt es denn nicht Schulmeister genug in der Welt? Müßt Ihr die Schar dieser Leute noch vergrößern?" — „Hört, Sam, ein Lehrer zu sein ist ein hochwichtiger, ein heiliger Beruf!" — „Pshaw! Ein Westmann ist viel wichtiger, tausendmal wichtiger! Muß das wissen, weil ich einer bin, während Ihr kaum erst hergerochen habt. Muß mir also allen Ernstes verbitten, daß Ihr der Lehrer Eurer Leser werden wollt! Und nun gar Geld dabei verdienen! Welch ein Gedanke, welch ein ganz und gar hirnloser Gedanke! Was kostet denn so ein Buch, wie Ihr es schreiben wollt?" — „Einen Dollar, zwei Dollar, drei Dollar, je nach der Größe, denke ich."

„Schön! Und was kostet ein Biberfell? Habt Ihr eine Ahnung davon? Wenn Ihr Fallensteller werdet, verdient Ihr viel mehr, als wenn Ihr der Lehrer Eurer Leser seid, von dem sie, wenn er zu seinem und ihrem Unglück ja welche finden wollte, nichts als Dummheiten lernen würden. Geld verdienen! Das kann man hier im Westen am leichtesten. Da liegt es auf der Prärie, im Urwald, zwischen den Felsen und auf dem Grund der Flüsse ausgestreut. Und was für ein elendes Leben würdet Ihr als Büchermacher führen! Ihr müßtet anstatt des herrlichen Quellwasser des Westens dicke, schwarze Tinte trinken und an einer alten Gänsefeder kauen, anstatt an einer Bärentatze oder einer Büffellende. Über Euch hättet Ihr statt des blauen Himmels eine abgebröckelte Kalkdecke und unter Euch statt des weichen, grünen Grases eine alte Holzpritsche, auf der Ihr den Hexenschuß bekommt. Hier habt Ihr ein Pferd, dort einen zerrissenen Polsterstuhl zwischen den Beinen. Hier könnt Ihr bei jedem Regen die edle Gottesgabe aus erster Hand genießen, dort aber reckt Ihr beim ersten Tropfen, der fällt, einen roten oder grünen Schirm zum Himmel auf. Hier seid Ihr ein frischer, freier, froher Mann mit der Büchse in der Faust. Dort hockt Ihr an einem Schreibpult und verschwendet Eure Körperkraft an einem Federhalter oder an einem Bleistift, der — — na, ich will aufhören und mich nicht weiter aufregen. Aber wenn Ihr wirklich willens seid, der Lehrer Eurer Leser zu werden, so seid Ihr der beklagenswerteste Mensch auf Gottes schöner Erde, wenn ich mich nicht irre!" — Er hatte sich in eine gewaltige Aufregung hineingeredet. Seine Äuglein blitzten, und seine Wangen glühten, soweit der dichte Vollbart das erkennen ließ, im schönsten Zinnoberrot, gerade so wie seine Nasenspitze. Ich ahnte, was ihn so wild machte, und da es mir von Wert war, das aus seinem eignen Mund zu hören, schüttete ich noch Öl ins Feuer. — „Aber, lieber Sam, ich versichere Euch, daß es Euch selber große Freude machen würde, wenn ich dazu käme, meinen Vorsatz auszuführen." — „Freude? Mir? Bleibt mir doch mit solcher Albernheit vom Leibe! Ihr solltet nun endlich wissen, daß ich solche Witze nicht vertragen kann!" — „Es ist kein Scherz, sondern Ernst." — „Ernst? Da schlage doch der Donner drein, wenn ich mich nicht irre! Inwiefern denn Ernst? Worüber sollte ich mich denn da freuen?" — „Über Euch." — „Über mich?" — „Ja, über Euch selber, denn Ihr würdet auch in meinen Büchern stehen." — „Ich — ich?" fragte er, indes seine Äuglein größer und immer größer wurden. — „Ja, Ihr. Ich würde doch auch von Euch schreiben." — „Von mir? Etwa das, was ich tue, was ich rede?" — „Gewiß. Ich erzähle, was ich erlebt habe, und da ich mit Euch beisammen gewesen bin, kommt Ihr auch mit in die Bücher, grad so, wie Ihr da vor mir sitzt." — Da warf er das Schinkenstück weg, das er während des Gesprächs übers Feuer gehalten hatte, ergriff sein Gewehr, sprang auf, stellte sich in drohender Haltung vor mich hin und schrie mich an: „Ich frage Euch allen Ernstes und vor allen diesen Zeugen, ob Ihr das wirklich tun wollt?" — „Gewiß." — „So! Dann forderte ich Euch hiermit auf, es augenblicklich zu widerrufen und mir mit einigen Eiden zu versichern, daß Ihr es unterlassen werdet!" — „Weshalb?" — „Weil ich Euch sonst augenblicklich niederschießen oder niederschlagen werde, hier mit meiner alten Liddy, die ich in meinen Händen habe. Also, wollt Ihr oder nicht!" — „Nein!" — „So haue ich zu!" schrie er, indem er mit dem Kolben seiner Liddy ausholte. — „Haut immer zu!" meinte ich ruhig. — Der Kolben schwebte einige Augenblicke über meinem Kopf. Dann ließ ihn Sam sinken, warf das Gewehr ins Gras, schlug trostlos die Hände zusammen und jammerte: „Dieser Mensch ist übergeschnappt, ist verrückt geworden, vollständig verrückt! Ich ahnte es gleich, als er Bücher schreiben und ein Lehrer seiner Leser werden wollte, und nun ist es wirklich eingetroffen. Nur ein Wahnsinniger kann so ruhig sitzenbleiben, wenn meine Liddy über seinem Haupt schwebt. Was soll man nun mit diesem Menschen machen? Ich glaube kaum, daß er zu heilen ist!" — „Es bedarf keiner Heilung, lieber Sam", entgegnete ich. „Mein Verstand ist durchaus ungetrübt."

„Wirklich? Warum tut Ihr mir nicht meinen Willen? Warum verweigert Ihr mir die Eide und laßt Euch lieber erschlagen?" — *„Nonsense!* Sam Hawkens erschlägt mich nicht. Das weiß ich genau." — „Das wißt Ihr? So, so, das wißt Ihr also! Und leider ist es auch wahr. Ich würde mich lieber selber erschlagen, als Euch ein einziges Härlein krümmen." — „Und Eide schwöre ich nicht. Bei uns gilt das Wort grad so wie ein Schwur. Ich lasse mir ein Versprechen nicht durch Drohungen, selbst nicht mit der Liddy abpressen. Die Sache mit den Büchern ist auch nicht so dumm, wie Ihr meint. Ihr kennt das nur nicht, und ich werde es Euch später erklären, wenn wir mehr Zeit haben." — „Danke!" wehrte er ab, indem er sich niedersetzte und wieder zum Schinken griff. „Brauche keine Erklärung für eine Sache, die nicht erklärt werden kann. Lehrer seiner Leser! Geld verdienen mit Büchermachen! Lächerlich!" — „Und bedenkt die Ehre, Sam!" — „Welche Ehre?" fragte er, mir das Gesicht rasch wieder zuwendend. — „Die Ehre, von so vielen Leuten gelesen zu werden. Man wird dadurch berühmt." — Da erhob er die Rechte mit dem großen Schinkenstück empor und fauchte mich an: „Sir, nun hört aber augenblicklich auf, sonst werfe ich Euch diese sechs Pfund Bärenschinken an den Kopf! Dorthin gehört der Schinken, denn Ihr seid geradeso dumm oder noch viel dümmer als der dümmste Grizzlybär. Durch das Büchermachen berühmt werden! Hat man jemals eine so jämmerliche Behauptung gehört? Was wollt denn grad Ihr von Berühmtheit wissen! Ich will Euch sagen, wie man berühmt werden kann. Da liegt das Bärenfell, seht es Euch an! Schneidet die Ohren ab und steckt sie Euch an den Hut. Nehmt die Krallen von den Tatzen und die Reißzähne aus dem Rachen und fertigt Euch eine Kette daraus, die Ihr Euch um den Hals hängt! So macht es jeder Westmann und jeder Indianer, der das große Glück gehabt hat, einen Grizzly zu erlegen. Dann heißt es, wohin er nur kommt: ‚Schaut den Mann an! Der hat es mit dem Grauen Bären aufgenommen!' So sagen alle. Jeder wird ihm gern und voll Achtung Platz machen und sein Name wird genannt von Zelt zu Zelt, von Ort zu Ort. So wird man berühmt. Verstanden? Nun steckt Euch Eure Bücher an den Hut und hängt Euch eine Bücherkette ums Genick! Was wird man dazu sagen, he? Daß Ihr ein verrückter Kerl seid, ein ganz verrückter Kerl! Diese Berühmtheit und keine andre werdet Ihr von Euerm Bücherschreiben haben!" — „Aber, Sam, was ereifert Ihr Euch denn so? Es kann Euch doch ganz gleichgültig sein, was ich tue!" — „So? Gleichgültig? Mir? *The devil*, ist das ein Mensch, wenn ich mich nicht irre! Habe ihn lieb wie einen Sohn und habe meinen ganzen Narren an ihm gefressen, und da soll es mir gleichgültig sein, was er treibt! Das ist stark! Der Kerl hat eine Kraft wie ein Büffel, Muskeln wie ein Mustang, Flechsen und Sehnen wie ein Hirsch, Augen wie ein Falke, Gehör wie eine Maus und so fünf oder sechs Pfund Gehirn im Kopf, nach seiner Stirn zu urteilen. Er schießt wie ein Alter, reitet wie der Geist der Savanne und geht, obwohl er noch keinen gesehen hat, auf den Büffel und den Grizzly los, als hätte er es mit Meerschweinchen zu tun. Und so ein Kerl, der zum Westmann wie geschaffen ist und jetzt schon mehr leistet als mancher Jäger, der zwanzig Jahre auf der Savanne umhergeritten ist, so ein Mensch will nach Hause reisen und Bücher machen! Ist das nicht zum Tollwerden? Braucht man sich da etwa zu wundern, daß ein ehrlicher Westläufer, der es gut mit ihm meint, in Zorn gerät?" — Er sah mich dabei fragend, ja herausfordernd an. Zweifellos erwartete er eine Antwort, ich gab ihm aber keine. Ich hatte ihn gefangen. Gemächlich zog ich den Sattel herbei, legte ihn mir als Kissen unter den Kopf, streckte mich lang aus und machte die Augen zu. — „Nun? Was ist denn das wieder für ein Benehmen?" fragte er, das Schinkenstück noch immer in der Hand. „Bin ich denn nicht einmal eine Antwort wert?" — „O doch!" meinte ich nun. „Gute Nacht, bester Sam, schlaft wohl!" — „Ihr wollt schlafen?" — „Ja. Ihr habt es mir doch vorhin selber geraten." — „Das war vorhin. Jetzt aber sind wir noch nicht miteinander fertig, Sir. Ich habe noch mit Euch zu reden." — „Ich aber nicht mit Euch, denn ich weiß nun, was ich wissen wollte." — „Wissen wollte? Was denn?" — „Daß ich zum Westmann wie geschaffen bin und jetzt schon mehr leiste als mancher Jäger, der zwanzig Jahre auf der Savanne umhergeritten ist." — Da ließ er die Hand mit dem Schinkenstück vollends niedersinken, hustete einige Male verlegen und stammelte betroffen: *Bounce* —! Dieser junge Kerl — dieses Greenhorn — hat mich — hm, hm, hm!" — „Gute Nacht, Sam Hawkens, schlaft wohl!" wiederholte ich und drehte mich um. — Da fuhr er mich an: „Ja, schlaft ein, Ihr Galgenstrick! Das ist besser, als wenn Ihr wacht. Denn solange Ihr die Augen offen habt, ist kein ehrlicher Kerl sicher, von Euch an der Nase herumgeführt zu werden. Zwischen uns ist's aus! Mit mir habt Ihr's verdorben! Habe Euch nun durchschaut. Ihr seid ein Spitzbube, vor dem man sich in acht nehmen muß!" — Das hatte er in seiner zornigsten Art gesprochen. Nach diesen Worten und bei diesem Ton hätte ich eigentlich annehmen müssen, daß nun zwischen uns wirklich alles aus sei. Aber schon nach einer halben Minute hörte ich ihn mit weicher, freundlicher Stimme hinzufügen: „Gute Nacht, Sir! Schlaft schnell, damit Ihr kräftig seid, wenn ich Euch wecke!" — Er war doch ein lieber, guter, treuherziger Mensch, der alte Sam Hawkens!

6. Spurenlesen ...

Ich schlief wirklich fest, bis Sam mich weckte. Parker und Stone waren auch schon munter. Die andern lagen noch in tiefem Schlummer, Rattler auch. Wir aßen ein Stück Fleisch, tranken Wasser dazu, versorgten unsre Tiere und ritten dann fort, nachdem Sam den beiden Gefährten kurze Verhaltungsmaßregeln für alle Fälle gegeben hatte. Die Sonne war noch nicht aufgegangen, als wir diesen Ritt, der leicht gefährlich werden konnte, antraten. Mein erster Kundschafterritt! Ich war neugierig, wie er enden würde. Wie viele, viele solche Ritte habe ich später noch unternommen! — Wir schlugen sogleich die Richtung ein, in der die beiden Apatschen fortgeritten waren, das Tal hinab und unten um die Waldecke. Die Spuren waren im Gras noch zu sehen. Selbst ich, das Greenhorn, bemerkte sie. Sie führten nordwärts, während wir die Apatschen doch im Süden von uns suchen mußten. Als wir uns hinter der Krümmung des Tals befanden, gab es in dem langsam zur Höhe aufsteigenden Wald eine Blöße, wahrscheinlich die Folge eines verderblichen Insektenfraßes. Dort hinauf führte die Spur. Die Blöße setzte sich oben eine lange Strecke fort, worauf wir zu einer Prärie gelangten, die, langsam aufsteigend, wie ein stark abgeplattetes grünes Dach nach Süden führte. Auch hier war die Spur leicht zu verfolgen. Die Apatschen hatten uns, wie wir bemerkten, umritten. Als wir uns oben auf dem First dieses Daches befanden, lag eine weite, ebene, grasige Fläche vor uns, die nach Süden keine Grenze zu haben schien. Obgleich seit dem Davonreiten der Apatschen beinah dreiviertel Tag vergangen war, sahen wir ihre Spuren wie eine gerade Linie über diese Ebene laufen. Sam, der bis jetzt kein Wort gesprochen hatte, schüttelte den Kopf und brummte: „Gefällt mir nicht, diese Spur, ganz und gar nicht!" — „Und mir gefällt sie um so besser", erklärte ich. — „Weil Ihr ein Greenhorn seid, was Ihr gestern abend wieder einmal bestreiten wolltet, Sir. Bildet sich der junge Mann ein, ich hätte ihn loben und gar mit einem Präriejäger vergleichen wollen! So etwas sollte man nicht für möglich halten! Man braucht nur Eure jetzigen Worte zu hören, um sofort zu wissen, woran man mit Euch ist. Euch gefällt diese Spur? Ja, das glaube ich. Weil sie so schön deutlich vor Euch liegt, daß ein Blinder sie mit Händen umfassen könnte. Mir aber, der ich ein alter Savannenläufer bin, kommt's verdächtig vor." — „Mir nicht." — „Haltet den Schnabel, verehrtester Sir! Ich habe Euch nicht dazu mitgenommen, daß Ihr mir mit Euern jungen Ansichten über den Bart wischen sollt. Wenn zwei Indianer ihre Spur so auffällig sehen lassen, so ist das stets bedenklich, zumal unter diesen Umständen, wo sie uns in feindlicher Absicht verlassen haben. Es ist sehr zu vermuten, daß sie uns in eine Falle locken wollen, denn sie wissen doch genau, daß wir ihnen folgen werden." — „Worin sollte diese Falle bestehen?" — „Das kann man jetzt noch nicht wissen." — „Und wo soll sie liegen?" — „Dort im Süden. Sie haben es uns sehr leicht gemacht, ihnen dorthin nachzureiten. Wenn sie damit nicht eine bestimmte Absicht verfolgten, hätten sie sich Mühe gegeben, die Spur auszuwischen." — „Hm!" brummte ich. — „Was?" fragte der Kleine. — „Nichts." — „Oho! Das klang geradeso, als ob Ihr etwas sagen wolltet." — „Werde mich hüten!" — „Warum?" — „Ich habe allen Grund, meinen Schnabel zu halten, sonst denkt Ihr wieder, ich will Euch über den Bart wischen, wozu ich aber, wie ich offen gestehe, weder Geschick noch Lust besitze." — „Redet doch kein solches Zeug! Zwischen Freunden dürfen Ausdrücke nicht auf diese

Weise abgewogen werden. Ihr wollt doch etwas lernen. Wie aber könnt Ihr das, wenn Ihr nicht redet? Also, was war das für ein Hm-Brummer, den Ihr soeben losgelassen habt?" — „Ich war andrer Meinung als Ihr. Ich glaube an keine Falle." — „So! Weshalb?"

„Die beiden Apatschen wollen zu den Ihrigen. Sie wollen uns schnell gegen uns führen und haben bei dieser Wärme eine Leiche bei sich. Das sind zwei triftige Gründe, ihren Ritt möglichst zu beschleunigen, sonst verwest ihnen die Leiche unterwegs, und sodann kommen sie auch zu spät, uns noch zu fassen. Sie haben sich also nicht Zeit nehmen zu können, ihre Spur zu verwischen. Das ist meiner Ansicht nach der einzige Grund dafür, daß wir die Fährte so deutlich bemerken." — „Hm!" brummte Sam nun seinerseits. — „Und wenn ich auch nicht recht hätte", fuhr ich fort, „so können wir ihnen dennoch getrost folgen. Solange wir uns auf dieser weiten Ebene befinden, haben wir nichts zu befürchten, weil wir hier jeden Feind schon von weitem sehen und uns zur rechten Zeit zurückziehen können." — „Hm!" brummte er abermals, indem er mich von der Seite her ansah. „Ihr redet da von der Leiche. Denkt Ihr daß die beiden sie bei solcher Wärme mit fortnehmen?" — „Ja." — „Nicht unterwegs begraben?" — „Nein. Der Tote hat in hohen Ehren bei ihnen gestanden. Ihre Gewohnheiten erfordern, daß er mit allem indianischen Prunk begraben wird. Dieser Feierlichkeit würde die Krone aufgesetzt, wenn es möglich wäre, den Mörder dabei sterben zu lassen. Sie werden die Leiche also aufheben und sich beeilen, Rattler und uns in die Hände zu bekommen. So, wie ich sie kenne, ist das bestimmt zu erwarten." — „So, wie Ihr sie kennt? Ah, Ihr seid also im Apatschenland geboren?" — „Unsinn! Wer redet davon?" — „Woher kennt Ihr sie denn sonst?" — „Aus den Büchern, von denen Ihr nichts wissen wollt." — „Well!" nickte er. „Reiten wir weiter!" — Er sagte mir nicht, ob er meinen Ansichten beistimmte. Aber wenn er mir zuweilen von der Seite her einen halben Blick zuwarf, ging durch seinen Bartwald ein leises Zucken. Ich kannte das, es war stets ein Zeichen dafür, daß es ihm nicht leicht wurde, irgend etwas geistig zu verdauen. — Wir jagten nun im Galopp über die Ebene dahin. Sie war eine jener kurzgrasigen Savannen, wie sie sich da oben zwischen den Quellgebieten des Canadian und des Red River finden. Die Spur war dreireihig, wie mit einer großen, dreizinkigen Gabel gezogen. Die Pferde waren also hier immer noch wie anfangs nebeneinander hergeführt worden. Es mußte sehr anstrengend gewesen sein, die Leiche während eines so weiten Ritts aufrecht zu halten, denn bis jetzt hatten wir kein Anzeichen dafür gefunden daß die Apatschen irgendeine Vorkehrung getroffen hätten, sich das zu erleichtern. Ich sagte mir aber im stillen, daß sie das wohl nicht mehr lang ausgehalten hatten. Jetzt glaubte Sam Hawkens die Zeit gekommen, seines Lehramtes zu walten. Er erklärte mir, wieso aus der Beschaffenheit der Fährte zu schließen sei, ob die Reiter im Schritt, im Trab oder im Galopp geritten seien. Das war leicht zu beobachten und zu merken. — Nach einer halben Stunde legte sich ein Wald scheinbar quer vor die Ebene, aber nur scheinbar, denn die Savanne machte in Wahrheit eine Biegung. Indem wir ihr folgten, hatten wir diesen Wald zu unsrer Linken. Die Bäume standen so weit auseinander, daß ein ganzer Reitertrupp vereinzelt leicht hindurchkommen konnte. Die Apatschen aber führten drei Pferde nebeneinander, hatten also nicht hindurch gekonnt. Es war klar, daß sie aus diesem Grund zu Umwegen gezwungen waren, denen wir gern folgten, weil auch wir da offenen Weg hatten. Später freilich, als ich ‚ausgelernt' hatte, wäre es mir vermutlich nicht eingefallen, diesen Umweg zu machen, sondern ich wäre geradeaus durch den Wald geritten. Wie die Dinge hier lagen, mußte ich ja jenseits wieder auf die Fährte treffen.

Allmählich verengte sich die Prärie zu einem schmäleren, nicht ganz offenen Wiesenstreifen, auf dem vereinzeltes Buschwerk stand. Da kamen wir an eine Stelle, wo die Apatschen angehalten hatten. Es war an einem Gesträuch, woraus hohes, schlankes Eichen- und Buchenholz ragte. Wir umritten es vorsichtig und näherten uns ihm erst dann, als wir die Überzeugung gewonnen hatten, daß die Roten längst nicht mehr darin steckten. Auf der einen Seite des Gebüsches war das Gras gänzlich niedergetreten oder niedergelagert. Die Untersuchung ergab, daß die Apatschen hier abgestiegen waren und die Leiche vom Pferd genommen und ins Gras gelegt hatten. Dann waren sie ins Gebüsch eingedrungen, um Eichenstangen zu schneiden und sie von den Zweigen zu befreien. Das Geäst sahen wir am Boden liegen. — „Was mögen sie wohl mit diesen Stangen getan haben?" fragte Sam, indem er mich wie ein Schulmeister anblickte. — „Sie haben eine Trage oder Schleife für die Leiche gebaut", entgegnete ich gelassen. — „Woher wißt Ihr das?" — „Von mir." — „Wieso?" — „Ich habe schon längst auf so etwas gewartet. Die Leiche so lang aufrecht zu halten, ist keine Kleinigkeit gewesen. Deshalb nahm ich an, daß die Apatschen beim ersten Haltepunkt Abhilfe schaffen würden." — „Nicht übel gedacht. Steht so etwas auch in Euern Büchern zu lesen, Sir?" — „Wörtlich und genau auf diesen Fall passend nicht. Doch es kommt darauf an, wie man ein solches Buch liest. Man kann wirklich viel daraus lernen und es dann in der Wirklichkeit für andere ähnliche Fälle anwenden."

„Hm, sonderbar! Scheinen also doch im Westen gewesen zu sein, die so etwas schreiben! Übrigens stimmt Eure Vermutung mit der meinigen überein. Wollen uns doch überzeugen, ob sie richtig ist!" — „Ich denke, daß sie nicht eine Bahre, sondern eine Schleife angefertigt haben." — „Weshalb?" — „Um einen Toten oder überhaupt etwas auf einer Bahre zu tragen, dazu sind zwei Pferde erforderlich, die entweder neben- oder hintereinander hertraben. Die Apatschen haben nur drei Pferde und brauchen zwei für sich zum Reiten. Bei einer Schleife jedoch genügt ein einzelnes Tier." — „Richtig. Aber die Schleife macht eine verteufelte Fährte, was für die Reiter verderblich werden kann. Übrigens ist anzunehmen, daß die Apatschen gestern kurz vor Abend hier waren. Es wird sich also bald zeigen, ob sie gelagert haben oder während der Nacht geritten sind." — „Ich möchte das zweite behaupten, weil sie ja doppelt Grund zur Eile haben." — „Ganz richtig. Also laßt uns nachforschen." — Wir waren abgestiegen und gingen, unsre Pferde hinter uns führend, langsam auf der Fährte weiter. Sie sah jetzt ganz anders aus als zuvor. Sie war zwar auch wieder dreifach, doch nicht in der früheren Art. Der mittlere Strich stammte von den Pferdehufen, und die beiden Seitenstriche waren von der Schleife eingeritzt worden. Sie bestand also wohl aus zwei Hauptstangen und mehreren Querhölzern, auf die dann die Leiche gebunden worden war. — „Sind von hier aus hintereinander geritten", meinte Sam. „Das muß einen Grund haben, denn es ist zum Nebeneinanderreiten genug Platz da. Folgen wir ihnen!" — Wir stiegen wieder auf und ritten im Trab weiter. Dabei dachte ich darüber nach, aus welchem Grund die Apatschen wohl von jetzt an hintereinander geritten sein könnten. Ich sann und sann und glaubte bald das Richtige gefunden zu haben. Darum riet ich dem Gefährten: „Sam, strengt Eure Augen an! Es wird an dieser Spur vielleicht bald eine Änderung eintreten, die wir nicht bemerken sollen." — „Wieso eine Änderung?" stutzte er. — „Sie haben die Schleife angefertigt, nicht nur um sich den Ritt zu erleichtern, sondern auch, um sich unauffällig trennen zu können." — „Was Ihr denkt! Sich trennen! Wird ihnen nicht im Traum einfallen, hihihihi!" lachte er. — „Im Traum nicht, aber im Wachen." — „So sagt mir, wie Ihr auf diesen Einfall kommt! Da werden Euch Eure Bücher wohl gewaltig in die Irre geführt haben." — „Das steht nicht darin, sondern ich habe es mir selbst so zurechtgelegt, allerdings nur deshalb, weil ich diese Bücher aufmerksam gelesen und mich in ihren Inhalt lebhaft hineingedacht habe." — „Nun also?" — „Bisher habt Ihr den Lehrer gemacht; nun werde ich Euch auch einmal fragen." — „Wird viel Kluges werden. Bin neugierig darauf!" — „Weshalb reiten die Indianer überhaupt meist hintereinander? Doch nicht der Bequemlichkeit oder der Geselligkeit halber?" — „Nein, sondern damit einer, der auf ihre Fährte stößt, nicht zählen kann, wie viele Reiter es gewesen sind."

„Seht! Ich glaube, dieser Grund liegt auch hier vor." — „Möchte wissen!" — „Doch. Warum sonst reiten die beiden im Gänsemarsch, obwohl Platz für mehr als drei Pferde wäre?" — „Unabsichtlich oder, was wohl das Richtige sein wird, des Toten wegen. Einer reitet vorn als Wegweiser. Dann kommt das Pferd mit der Leiche und hinterher der andre, der aufpassen soll, daß die Schleife fest zusammenhält und der Tote nicht etwa heruntergleitet." — „Mag sein. Aber ich muß daran denken, daß sie Eile haben, an uns zu kommen. Die Beförderung des Erschossenen geht zu langsam. Also wird wohl einer von ihnen voraneilen, damit die Krieger der Apatschen schneller benachrichtigt werden können." — „Das gaukelt Euch die Einbildung vor. Ich sage, daß es ihnen nicht einfallen wird, sich voneinander zu trennen."

Weshalb sollte ich mit Sam streiten? Ich konnte ja unrecht haben. Ja, ich hatte es wahrscheinlich, weil er ein erfahrener Scout und ich eben ein Greenhorn war. Darum schwieg ich, aber ich achtete scharf auf den Boden und die Fährte. — Nicht lange nachher kamen wir an einen flachen, aber breiten und jetzt völlig ausgetrockneten Wasserlauf. Das war eine von den Flußmulden, die im Frühling die Gebirgswässer aufnehmen, während der übrigen Zeit aber trocken bleiben. Der Boden zwischen den beiden niedrigen Ufern bestand aus rundgeschliffenem Steingrus, zwischen dem sich einzelne Lager feinen, leichten Sandes befanden. Die Spur führte quer hindurch.

Während wir langsam hinüberritten, betrachtete ich den Grus und Sand auf beiden Seiten genau. Falls ich vorhin das Richtige erraten hatte, so war hier für einen der Apatschen der geeignetste Ort abzuweichen. Wenn er ein Stück die trockene Mulde hinauf- oder herunterritt und sein Pferd nur auf den harten Grus treten ließ, der keine Spur annahm, vermochte er zu verschwinden, ohne eine Fährte zurückzulassen. Verfolgte dann der andre weiter seinen Weg mit dem Schleifenpferd hinter sich, so konnte man die Spur dieser beiden Pferde noch immer für die von dreien halten. — Ich ritt dicht hinter Sam Hawkens. Schon war ich fast hinüber, da bemerkte ich in einer Sandlage, gerade da, wo sie an den Grus stieß, eine runde Vertiefung, deren Ränder eingefallen waren. Sie hatte ungefähr die Weite einer großen Kaffeetasse. Ich besaß damals nicht den sicheren Blick, den Scharfsinn und die Erfahrung der späteren Jahre. Aber was ich später behauptet und bewiesen hätte, das ahnte ich damals wenigstens, nämlich, daß diese kleine Vertiefung von einem Pferdehuf herrühre, der von dem höheren Grus in den tiefer liegenden Sand hinabgerutscht war. Als wir am andern Ufer anlangten, wollte Sam auf der Fährte weiterreiten. Ich aber hielt ihn zurück. — „Kommt mit nach links hinüber, Sam!" — „Warum?" fragte er. — „Will Euch etwas zeigen." — „Was?"

„Werdet es gleich sehen. Kommt nur mit!" — Ich ritt am Ufer des Trockenbetts hinab. Es war mit Gras bestanden. Wir hatten nicht mehr als zweihundert Pferdeschritte zurückgelegt, da kam die Fährte eines Reiters aus dem Sand herauf und führte deutlich über das Gras in südlicher Richtung hin. — „Was ist das hier, Sam?" fragte ich, nicht wenig stolz, als Neuling recht zu erhalten. — Seine Äuglein schienen sich in ihre Höhlen verkriechen zu wollen, und sein listiges Gesicht zog sich in die Länge. — „Pferdestapfen!" antwortete er erstaunt. — „Woher sind sie gekommen?" — Er blickte über das Trockenbett hinüber, und da er dort keine Spur bemerkte, meinte er: „Jedenfalls hier aus dem Frühjahrsfluß." — „Allerdings. Und wer mag der Reiter gewesen sein?" — „Weiß ich es?" — „Nun, so will ich es Euch sagen: einer der beiden Apatschen!" Sein Gesicht dehnte sich noch mehr in die Länge, eine Fähigkeit, die ich ihm bisher gar nicht zugetraut hatte. — „Von diesen beiden? Nicht möglich!" — „O doch! Sie haben sich getrennt, wie ich vorhin vermutete. Kommt nun zu unsrer Fährte zurück! Wenn wir sie genau betrachten, werden wir entdecken, daß sie jetzt nur noch von zwei Pferden herrührt." — „Das wäre erstaunlich. Wollen sie besichtigen. Bin sehr neugierig." — Wir ritten zurück und waren nun aufmerksamer, als wir ohne meine Wahrnehmung gewesen wären. Wirklich fanden wir heraus, daß von hier an nur zwei Pferde weitergegangen waren. Sam hustete einige Male und betrachtete mich mißtrauisch vom Kopf bis zu den Füßen herunter. — „Wie seid Ihr denn auf den Einfall gekommen, daß die abgezweigte Fährte da drüben aus dem Trockenbett kommen würde?" — „Ich habe eine Hufspur dort unten im Sand gefunden und das übrige daraus geschlossen."

„Merkwürdig! Zeigt mir doch die Hufspur!" — Ich führte ihn an die betreffende Stelle. Da blickte er mich noch viel mißtrauischer an als vorhin und fragte: „Sir, wollt Ihr mir die Wahrheit sagen?"

„Gewiß. Glaubt Ihr vieleicht, daß ich Euch einmal belogen habe?" „Hm, Ihr scheint ein wahrheitsliebender und ehrlicher Kerl zu sein; aber in diesem Falle traue ich Euch doch nicht. Ihr seid noch nie in der Prärie gewesen?" — „Nein." — „Überhaupt nicht im Wilden Westen?" — „Nein." — „Auch nicht in den Vereinigten Staaten?" — „Nie." — „Oder gibt es ein andres Land, das auch Prärien und Savannen hat und so etwas wie hier den Westen, und dort seid Ihr gewesen?" — „Nein. Auch das nicht!" — „So hol Euch der Teufel, Ihr ganz und gar unbegreifliches Menschenkind!" — „Oho, Sam Hawkens, ist das ein Segensspruch von einem Freund, wie Ihr zu sein behauptet?" — „Na, nehmt mir's nicht übel, wenn mir bei solchen Dingen der Käfer über die Galle läuft! Kommt so ein Greenhorn in den Westen, hat noch kein Gras wachsen und keinen Erdfloh singen hören und treibt schon beim ersten Kundschafterritt dem alten Sam Hawkens die Schamröte ins Gesicht. Wenn man da kaltes Blut behalten soll, müßte man im Sommer ein Eskimo und im Winter ein Grönländer sein, wen ich mich nicht irre. Als ich so jung war, wie Ihr jetzt seid, war ich zehnmal gescheiter als Ihr, und jetzt in meinen alten Tagen schein ich zehnmal dümmer zu sein. Ist das nicht traurig für einen Westläufer, der sein Teil Ehrgefühl besitzt?"

„Braucht es Euch nicht so zu Herzen zu nehmen." — „Oho, es greift mich an! Ich muß gestehen, daß Ihr recht gehabt habt. Woher kommt das nur?" — „Daher, daß ich folgerichtig gedacht und geschlossen habe. Das richtige Schließen ist sehr wichtig." — „Schließen? Was ist das? Mit einem Schlüssel?" — „Nein. Schlüsse ziehen, meine ich." — „Das verstehe ich nicht. Ist mir zu hoch." — „Nun, ich habe folgenden Schluß gezogen: Wenn Indianer hintereinander reiten, wollen sie ihre Spur verdecken. Die beiden Apatschen sind hintereinander geritten, folglich wollten sie ihre Spur verdecken. Das versteht Ihr doch?" — „Jawohl." — „Durch diesen richtigen Schluß bin ich zu der richtigen Entdeckung gekommen. — Ich werde Euch noch so einen Schluß sagen. Wollt Ihr ihn hören?" — „Warum nicht?" — „Ihr heißt Hawkens. Das soll doch ‚Falke' bedeuten?" — „Jawohl!" — „So hört! Der Falke frißt Feldmäuse. Ist das richtig?"

„Ja. Wenn er sie fängt, frißt er sie." — „Nun lautet der Schluß so: Der Falke frißt Feldmäuse, Ihr heißt Hawkens, folglich freßt Ihr Feldmäuse." — Sam machte den Mund auf, sah mich eine Weile wie abwesend an und brach dann los: „Sir, wollt Ihr Euch über mich lustig machen? Das verbitte ich mir! Bin noch lange kein Bajazzo, dem man auf dem Buckel herumspringen kann. Ihr habt mich schwer beleidigt mit der teuflischen Behauptung, daß ich Mäuse fresse, und noch dazu elende Feldmäuse. Dafür will ich Genugtuung haben. Wie denkt Ihr vom Zweikampf?" — „Großartig!" — „Jawohl! Ihr habt studiert, nicht wahr?" — „Ja." — „So seid Ihr satisfaktionsfähig. Ich werde Euch also meinen Sekundaner schicken. Verstanden?" — „Ja. Aber habt Ihr studiert?" — „Nein." — „So seid Ihr nicht satisfaktionsfähig, und ich werde Euch also meinen Tertianer oder Quar-

taner schicken. Verstanden?" — „Nein, das verstehe ich nicht",
meinte er, indem er ein verlegenes Gesicht zeigte. — „Nun, wenn
Ihr die Regeln des Zweikampfes nicht versteht und nicht einmal
wißt, welche Bedeutung Euer Sekundaner und mein Tertianer und
Quartaner dabei haben, so könnt Ihr mich auch nicht fordern. Ich
will Euch freiwillig eine Genugtuung geben." — „Was für eine?"
„Ich schenke Euch mein Grizzlybärenfell." — Seine Äuglein blitzten sofort wieder. — „Das braucht Ihr doch selber!" — „Nein. Ich
gebe es Euch." — „Ist's wahr?" — „Ja." — „Heigh-day, das nehme
ich an! Danke, Sir, danke sehr! Halloo, werden sich die andern ärgern! Wißt Ihr, was ich mir daraus mache?" — „Nun?" — „Einen
neuen Jagdrock, einen Jagdrock aus Grizzlyleder. Welch ein Tri-
umph! Werde ihn selber anfertigen. Bin ein ausgezeichneter Jagd-
rockschneider. Seht Euch diesen da an, wie schön ich ihn ausgebessert habe!" — Er deutete auf den vorsintflutlichen Sack, worin er
steckte. Da war ein Lederstück immer wieder auf das andre geflickt,
so daß der Rock die Dicke eines Brettes angenommen hatte. —
„Aber", fügte er in seiner großen Freude hinzu, „die Ohren, die
Krallen und die Reißzähne bekommt Ihr. Die brauche ich nicht zum
Rock, und Ihr habt Euch diese Siegeszeichen mit Lebensgefahr
erkämpft. Ich mache Euch eine Kette daraus. Verstehe mich auf
solche Arbeiten. Wollt Ihr?" — „Gewiß." — „Recht so, denn auf
diese Weise hat ein jeder seine Freude. Ihr seid wirklich ein
tüchtiger Kerl. Schenkt Euerm Sam Hawkens das Grizzlyfell. Nun
könnt Ihr meinetwegen von mir behaupten, daß ich nicht nur Feldmäuse, sondern auch Ratten fresse, es wird meine Seelenruhe nicht
im geringsten stören. Und das mit den Büchern — ich sehe doch,
daß sie nicht so übel sind, wie ich erst dachte. Man kann wahrhaftig
vieles daraus lernen. Werdet Ihr wirklich eins schreiben?" —
„Vielleicht mehrere." — „Über Eure Erlebnisse?" — „Ja." — „Und
ich komme auch mit hinein?" — „Nur meine hervorragendsten
Freunde", nickte ich, „so ungefähr, um ihnen ein schriftliches Denkmal zu setzen." — „Hm, hm! Hervorragend! Denkmal setzen! Das
klingt freilich ganz anders als gestern. Muß mich da sehr verhört
haben. Also ich auch?" — „Wenn Ihr wollt, sonst nicht!" — „Hört,
Sir, ich will! Ich bitte Euch sogar darum, mich mit hineinzusetzen."
„Gut, es wird geschehen." — „Schön! Aber da müßt Ihr mir einen
Gefallen tun!" — „Gern. Was für einen?" — „Ihr erzählt in den
Büchern alles, was wir miteinander erlebt haben?" — „Ja." — „So
laßt das weg, daß ich die abgezweigte Spur hier nicht gefunden habe!
Sam Hawkens und so etwas nicht finden! Ich muß mich ja vor allen
Lesern schämen, die von Euch lernen sollen. Wenn Ihr die Güte ha-
ben wollt, das zu verheimlichen, so mögt Ihr dafür getrost das von
den Mäusen und Ratten hineinschreiben. Was die Leute über mein
Essen denken, ist mir ganz gleich. Aber wenn sie mich für einen
Westmann hielten, der die Fährte eines Indsman verpaßt, das würde
mich fürchterlich wurmen!" — „Das geht nicht, lieber Sam", wendete
ich ein. — „Nicht? Wieso?" — „Weil ich jede Gestalt, die ich bringe,
genauso beschreiben muß, wie sie ist. Da will ich Euch doch lieber
ganz weglassen." — „Nein, nein, ich will mit hinein ins Buch, unbe-

dingt mit hinein! Es ist jedenfalls auch besser, Ihr sagt die Wahrheit. Wenn Ihr meine Fehler aufdeckt so mag das für die Leser, die ebenso dumm sind wie ich, ein warnendes Beispiel sein, hihihihi! Ich aber, da ich nun weiß daß ich gedruckt werde, will mir alle Mühe geben, dergleichen Fehler fernerhin zu vermeiden. Also, wir sind einig?"

„Vollkommen einig", bestätigte ich ihm. — „So wollen wir weiterreiten!" — „Welcher Spur nach? Der abgezweigten?" — „Nein, dieser hier." — Ja, das dürfte Winnetou sein." — „Woraus schließt Ihr das?"

„Der eine hier soll mit der Leiche langsamer nachfolgen", erklärte ich, „der andre aber eilt voraus, um schnell die Krieger zu versammeln. Das wird wohl der Häuptling sein." — „Yes, stimmt. Bin gleicher Ansicht. Der Häuptling geht uns jetzt nichts an. Wir reiten nur seinem Sohn nach." — „Weshalb?" — „Weil ich wissen will, ob er doch noch Lager gemacht hat. Darauf kommt es mir an. Also vorwärts, Sir!" — Es ging im Trab weiter, ohne daß etwas Erwähnenswertes geschah. Auch die Beschreibung der Gegend, durch die wir kamen, würde nichts Besonderes bieten. Erst eine Stunde vor Mittag hielt Sam an. — „Nun ist's genug", meinte er, „wir kehren um. Auch Winnetou ist die ganze Nacht hindurch geritten. Sie haben große Eile und wir können ihren Angriff bald erwarten, vielleicht noch innerhalb der fünf Tage, die ihr zu arbeiten habt." — „Das wäre bös!" — „Allerdings. Hört ihr auf und machen wir uns aus dem Staub, so wird die Arbeit nicht vollendet. Bleiben wir aber da, so werden wir überfallen, und die Arbeit wird nicht fertig. Wir müssen die Sache mit Bancroft ernstlich besprechen." — „Vielleicht bietet sich ein Ausweg." — „Wüßte nicht, welcher." — „Ich denke daran, daß wir uns einstweilen in Sicherheit bringen und dann, wenn sich die Apatschen zurückgezogen haben, den Rest vollenden."

„Ja, das ginge vielleicht", sann Sam vor sich hin. „Werden sehen, was die andern dazu sagen. Wir müssen uns beeilen, noch vor Einbruch der Nacht das Lager zu erreichen."

7. Mit den Kiowas im Bund

Rückwärts schlugen wir den gleichen Weg ein, den wir herzu geritten waren. Wir hatten unsre Tiere nicht geschont, aber mein Rotschimmel war noch ganz frisch, und die neue Mary tat so, als wäre sie soeben erst aus dem Stall gekommen. In kurzer Zeit durchritten wir bedeutende Strecken, bis wir ein fließendes Wasser erreichten, wo wir unsre Tiere trinken und ein Stündchen ruhen lassen wollten. Da stiegen wir ab und streckten uns zwischen Büschen im weichen Gras aus. — Was wir uns zu sagen hatten, war besprochen; darum lagen wir jetzt still da. Ich dachte an Winnetou und den wahrscheinlich bevorstehenden Kampf mit ihm und seinen Apatschen, und Sam Hawkens hatte die Augen zugemacht und — ah, er schlief. Ich sah es an den regelmäßigen Bewegungen seiner Brust. Er hatte in letzter Nacht nicht viel geruht. Hier konnte er ein kleines Nickerchen wagen, weil ich wachte und wir auf dem Herweg in der ganzen Gegend nichts Verdächtiges bemerkt hatten. — Jetzt sollte ich ein Beispiel dafür erleben, wie scharf die Sinne der Menschen und Tiere im Wilden Westen sind. Das Maultier steckte mitten im Gebüsch, so daß ich es nicht sehen konnte, und knusperte die Blätter von den Zweigen. Mein Rotschimmel stand in meiner Nähe und mähte mit seinen scharfen Zähnen das Gras ab. — Da ließ das Maultier ein kurzes seltsames, ich möchte sagen, warnendes Schnauben hören. Im Nu war Sam wach und stand auf den Beinen. — „Ich schlief, die Mary schnaubte. Das hat mich aufgeweckt. Es kommt ein Mensch oder ein Viehzeug. Wo ist mein Maultier?" — „Dort in den Büschen!" — Wir krochen durchs Gebüsch zu ihr hin und erblickten nun die Mary, wie sie vorsichtig durch die Zweige äugte. Ihre langen Ohren bewegten sich lebhaft, und der Schweif ging auf und nieder. Als sie sah, daß wir kamen, war sie beruhigt. Schweif und Ohren standen still. Das Tier hatte sich wirklich in guten Händen befunden, und Sam konnte sich beglückwünschen, anstatt eines Mustangs diese Mary bekommen zu haben. — Als auch wir durch die Zweige blickten, sahen wir sechs Indianer, einen hinter dem andern, von Norden her, wohin wir wollten, auf unsrer Fährte geritten kommen. Der Vorderste von ihnen, eine nicht hohe, aber muskelkräftige Gestalt, hielt den Kopf gesenkt und schien die Augen nicht von der Fährte zu wenden. Sie trugen alle lederne Leggins und dunkle Wollhemden. Bewaffnet waren sie mit Gewehren, Messern und Tomahawks. Ihre Gesichter glänzten vor Fett. Über jedes ging ein blauer und ein roter Strich hinweg. — Schon wollte diese Begegnung mir Sorge machen, da sagte Sam, ohne seine Stimme vorsichtig zu dämpfen: „Welch ein Zusammentreffen! Das rettet uns, Sir!" — „Retten? Wieso? Wollt Ihr nicht leiser sprechen? Die Kerle sind schon so nahe, daß sie uns hören müssen." — „Das sollen sie auch. Es sind Kiowas, der Voranreitende ist Bao, was in ihrer Sprache Fuchs bedeutet, ein tapferer und auch schlauer Krieger, wie ja schon sein Name sagt. Der Häuptling dieser Leute heißt Tangua, ein unternehmender Indsman, ein guter Bekannter von mir. Sie tragen die Kriegsfarben im Gesicht, sind also wahrscheinlich auf Kundschaft. Habe freilich noch nichts davon gehört, daß irgendein Stamm gegen den andern aufgetreten ist." — Die Kiowas scheinen ein Mischvolk von Schoschonen- und Pueblo-Indianern zu sein. Es sind ihnen im Indianerterritorium Reservationen angewiesen worden, aber es schweifen trotzdem noch viele Abteilungen in den texanischen Wüsten, namentlich im sogenannten Panhandle umher und bis nach New Mexiko hinein. Diese Trupps sind sehr gut beritten und reich an Pferden. Sie werden den Weißen durch ihre Raublust gefährlich, und deshalb sind die Ansiedler in den Grenzgebieten ihre erbittertsten Feinde. Mit den verschiedenen Apatschenstämmen stehen sie gleichfalls auf schlechtem Fuß, da sie auch das Eigentum und Leben ihrer roten Brüder nicht zu schonen pflegen. Sie sind mit einem Wort Räuberbanden. Wodurch sie das geworden sind, braucht man nicht zu fragen. — Die sechs Kundschafter waren jetzt ganz nahe herangekommen. Wie sie uns retten sollten, leuchtete mir nicht ein. Sechs Indianer konnten uns wenig oder gar nicht helfen. Bald jedoch erfuhr ich, wie Sam Hawkens es gemeint hatte. Für jetzt freute ich mich darüber, daß sie Sam kannten und wir von ihnen wahrscheinlich nichts zu befürchten hatten. — Sie waren auf unserer Herfährte gekommen und sahen beim Umreiten des Buschwerkes nun unsere Rückspur, die ins Gebüsch führte. Daraus schlossen sie mit Recht, daß sich Menschen darin befand. Sofort rissen sie ihre kräftigen und beweglichen Pferde herum und jagten zurück, um aus der Tragweite unsrer Gewehre zu kommen. Da trat Sam vor das Gebüsch hinaus, hielt beide Hände hohl an den Mund und stieß einen schrillen, weithin schallenden Ruf aus, der ihnen bekannt zu sein schien, denn sie hielten ihre Tiere an und schauten zurück. Er rief abermals und winkte ihnen. Sie verstanden beides, den Ruf und den Wink. Sie sahen Sam, dessen eigentümliche Gestalt nicht zu verkennen war, und kamen im Galopp zurück. Ich hatte mich neben Sam gestellt. Sie stürmten auf uns zu, als wollten sie uns niederreiten. Wir blieben aber ruhig stehen. Da rissen sie unmittelbar vor uns ihre Pferde in die Hachsen, schnellten aus den Sätteln und ließen die Tiere laufen. — „Unser weißer Bruder Sam ist hier?" fragte der Anführer. „Wie kommt er in den Weg seiner roten Freunde?" — „Bao, der listige Fuchs, hat mich getroffen, weil er sich auf meiner Fährte befindet", antwortete Sam. — „Wir glaubten, ihr gehört zu den roten Hunden, die wir suchen", erklärte der Fuchs in gebrochenem, aber verständlichem Englisch. — „Welche Hunde meint mein roter Bruder?" — „Die Apatschen vom Stamm der Mescaleros." — „Warum nennt ihr sie Hunde? Ist ein Streit ausgebrochen zwischen ihnen und meinen Brüdern, den tapferen Kiowas?" — „Das Kriegsbeil ist ausgegraben zwischen uns und diesen räudigen Kojoten." — „Uff! Das freut mich zu hören! Meine Brüder mögen sich zu uns setzen, denn ich habe ihnen Wichtiges zu sagen!" — Der Fuchs sah mich forschend an und fragte: „Ich habe dieses Bleichgesicht noch nie gesehen. Es ist noch jung. Gehört es schon unter die Krieger der weißen Männer? Hat es sich schon einen Namen erworben?" — Hätte Sam meinen deutschen Namen genannt, so hätte das keine Wirkung hervorgebracht. Da besann er sich auf das Wort, das White geprägt hatte.

„Dieses junge Bleichgesicht ist mein liebster Freund und Bruder", lautete sein Bescheid. „Er ist jüngst erst über das große Wasser gekommen und ein starker Krieger bei seinem Volk. Er hatte noch nie in seinem Leben einen Büffel oder einen Bären gesehen, und dennoch hat er vorgestern mit zwei alten Büffelbullen gekämpft und sie erlegt, um mir das Leben zu retten, und dann gestern den Grizzly des Felsengebirges mit dem Messer erstochen, ohne daß ihm selbst dabei die Haut geritzt wurde." — „Uff, uff!" riefen die Roten bewundernd, und Sam fuhr, allerdings in überschwenglicher Weise fort: „Seine Kugel verfehlt niemals ihr Ziel, und in seiner Hand wohnt so viel Kraft, daß er jeden Feind mit einem einzigen Hieb seiner Faust zu Boden schmettert. Darum haben ihm die weißen Männer des Westens den Namen Old Shatterhand gegeben." — So, da war ich ja ganz ohne meine Einwilligung mit einem Kriegsnamen ausgerüstet, den ich seit jener Zeit da drüben stets getragen habe. Das ist so Sitte im Westen. Oft kennen die besten Freunde gegenseitig ihre wirklichen Namen nicht. — Der Fuchs reichte mir die Hand und sagte freundlich: „Wenn Old Shatterhand es erlaubt, werden wir seine Freunde und Brüder sein. Wir lieben solche Männer, die ihre Feinde mit einem Schlag niederschmettern. Darum wirst du hochwillkommen sein in unsern Zelten." — Das hieß mit andern Worten: Wir brauchen Spitzbuben von einer solchen Körperkraft, wie du sie besitzt. Deshalb komm zu uns! Wenn du mit uns und für uns maust, stiehlst und raubst, sollst du es leidlich gut bei uns haben. — Dennoch antwortete ich so ziemlich mit jener Würde, die ich mir später ganz zu eigen gemacht habe: „Ich liebe die roten Männer, denn sie sind die Söhne des Großen Geistes, dessen Kinder auch die Bleichgesichter sind. Wir wollen Brüder sein und einander beistehen gegen alle Feinde, die euch und uns nicht achten!" — Ein wohlgefälliges Schmunzeln ging über sein mit Fett und Farbe beschmiertes Gesicht, als er mir hierauf versicherte: „Old Shatterhand hat wohl gesprochen. Wir werden die Pfeife des Friedens mit ihm rauchen." — Hierauf setzten sie sich mit uns aus Wasser. Er zog eine Pfeife hervor, deren lieblich-niederträchtiger Duft meine Nase schon von weitem empörte, und stopfte sie mit einer Mischung, die aus zerstoßenen roten Rüben, Hanfblättern, geschnittenen Eicheln und Sauerampfer zu bestehen schien, setzte sie in Brand, stand auf, tat einen Zug, blies den Rauch gen Himmel und gegen die Erde und sagte: „Da oben wohnt der Große Geist, und hier auf der Erde wachsen die Pflanzen und die Tiere, die er für die Krieger der Kiowas bestimmt hat." — Hierauf tat er vier weitere Züge und fuhr fort, nachdem er den Rauch nach Norden, Süden, Osten und Westen geblasen hatte: „In diesen Gegenden wohnen die roten und weißen Männer, die diese Tiere und Pflanzen unrechtmäßigerweise für sich behalten. Wir werden sie aber aufsuchen und uns nehmen, was uns gehört. Bao hat gesprochen. Howgh!"

Welch eine Rede! Ganz anders als alle, die ich bisher gelesen hatte oder später so oft gehört habe. Dieser Kiowa sagte ja hier mit offenen Worten, daß er sämtliche Erzeugnisse des Tier- und Pflanzenreichs als Eigentum seines Stammes betrachtete und darum den Raub nicht nur für sein Recht, sondern sogar für seine Pflicht hielt. Und ich sollte nun dieser Leute Freund sein! Aber wer unter die Musikanten gerät, muß mitblasen. — Der Fuchs reichte Sam die unfriedliche Friedenspfeife. Der Kleine tat wacker seine sechs Züge und erklärte: „Der Große Geist achtet nicht auf die verschiedene Haut der Menschen, denn die können sie sich mit Farbe beschmieren, um ihn zu täuschen, sondern er sieht das Herz an. Die Herzen der Krieger vom berühmten Stamm der Kiowas sind tapfer, unerschrocken und treu. Das meinige hängt an ihnen wie mein Maultier an dem Baum, wo ich es angebunden habe. So wird es hängenbleiben allezeit, wenn ich mich nicht irre. Ich habe gesprochen. Howgh!" — Das war so echt Sam Hawkens, der listig-lustige Mann, der jedem Ding eine erträgliche Seite abzugewinnen verstand. Seine Rede wurde mit einem allgemeinen, wiederholten „Uff, uff, uff!" belohnt. Leider beging er die Freveltat, nun auch mir das tönerne Stinktier in die Hand zu schieben. Ich war gezwungen, in den sauren Apfel zu beißen, und nahm mir vor, meine ‚edle' Würde zu bewahren und die Züge meines ‚männlich ernsten' Gesichts zu beherrschen. Ich rauche sehr gern, und mir ist nie im Leben eine Zigarre zu stark gewesen. So konnte ich also erwarten, daß mich auch diese indianische Friedensröhre nicht über den Haufen werfen würde. Ich erhob mich, machte mit der linken Hand eine zur Andacht auffordernde Bewegung und tat den ersten Zug. Ja, es stimmte: die vorhin angegebenen Bestandteile, nämlich Rüben, Hanf, Eicheln und Sauerampfer, waren alle in dem Pfeifenkopf anwesend. Aber einen fünften Hauptstoff hatte ich nicht bemerkt. Jetzt roch und schmeckte ich, daß auch ein Stückchen Filzschuh dabei sein müsse. Ich blies den Rauch ebenfalls gegen den Himmel und gegen die Erde und sagte dann: „Vom Himmel kommen der Sonnenstrahl und der Regen. Von ihm kommt jede gute Gabe, aller Segen. Die Erde empfängt die Wärme und Nässe und spendet dafür den Büffel und den Mustang, den Bären und den Hirsch, den Kürbis, den Mais und vor allem die edle Pflanze, woraus die klugen roten Männer den Kinnikinnik bereiten, der aus der Friedenspfeife den Duft der Liebe und Verbrüderung spendet." — Ich hatte nämlich gelesen, daß die Indianer ihren Mischtabak Kinnikinnik nennen, und brachte diese Kenntnis heute schleunigst am richtigen Platz an. Nun sog ich mir den Mund zum zweitenmal voll Rauch und blies ihn gegen die vier Himmelsgegenden. Der Geruch war noch voller und vertrackter als vorhin. Ich glaubte bestimmt, daß noch zwei weitere Bestandteile anzuführen seien, nämlich Kolophonium und abgeschnittene Fingernägel. Nach dieser trefflichen Entdeckung fuhr ich fort: „Im Westen ragt das Felsengebirge empor, und im Osten dehnen sich die Ebenen. Im Norden leuchten die Seen, und im Süden wallt das Wasser des großen Meeres. Wäre alles Land mein, was zwischen diesen vier Grenzen liegt, ich würde es den Kriegern der Kiowas schenken, denn sie sind meine Brüder. Mögen sie in diesem Jahr zehnmal so viel Büffel und fünfzigmal so viel Grizzlybären jagen, wie sie Köpfe zählen. Die Körner ihres Maises mögen wie Kürbisse sein und ihre Kürbisse so groß, daß man aus der Schale eines einzigen zwanzig schneiden kann. Ich habe gesprochen. Howgh!" — Mir verursachte es keine unbezahlbaren Ausgaben, ihnen diese Herrlichkeiten zu wünschen, sie aber freuten sich darüber, als hätten sie sie wirklich bekommen. Meine Rede war die geistreichste, die ich in meinem Leben gehalten habe, und so wurde sie denn auch mit einem Jubel aufgenommen, der in Anbetracht der von den Indianern stets bewahrten kalten Ruhe beispiellos war. So viel hatte ihnen noch kein Mensch, am allerwenigsten ein Weißer, gewünscht und gar schenken wollen. Deshalb nahmen die immer wiederkehrenden, anerkennenden „Uff, uff!" fast kein Ende. Der Fuchs drückte mir wiederholt die Hand, versicherte mich seiner Freundschaft für alle Zeiten und riß bei seinem „Howgh, Howgh!" den Mund so weit auf, daß es mir glückte, die Friedenspfeife loszuwerden, indem ich sie zwischen die langen, gelben Zähne schob. Er schwieg sofort, um den Inhalt in dankbarer Sammlung weiter zu genießen. — Das war meine erste ,heilige Handlung' bei den Indianern, denn das Rauchen der Friedenspfeife wird bei ihnen als eine Feierlichkeit betrachtet, die sehr ernste Gründe und ebenso ernste Folgen hat. Wie oft habe ich später das Kalumet rauchen müssen und bin mir dabei des Ernstes, der Würde der Handlung voll bewußt gewesen. Hier aber hatte es mich gleich von vornherein angewidert, und dann war mir bei Sams Herzen, das ‚wie ein Maultier am Baum hing', der Vorgang höchstens drollig erschienen. Meine Hand stank nach der Pfeife, und meine ganze Seele jubelte im stillen darüber, daß sie nun im Mund des Anführers und nicht in dem meinigen steckte. Ich zog, um selbst die Erinnerung an den Geschmack der Pfeife zu vernichten, eine Zigarre aus der Tasche und brannte sie an. Welch begierige Augen richteten da die Roten auf mich! Der Fuchs öffnete den Mund so weit, daß ihm die Pfeife herausfiel! Als geschulter Krieger hatte er die Geistesgegenwart, sie aufzufangen und wieder zwischen die Lippen zu stecken, aber es war ihm anzusehen daß ihm in diesem Augenblick eine einzige Zigarre lieber war als tausend Friedens- und Kinnikinnikpfeifen. — Da wir mit Santa Fé in Verbindung standen, woher wir im Ochsenwagen unsere Vorräte bekamen, war es mir nicht schwer gewesen, mich mit Zigarren zu versorgen. Sie waren billig, und ich gönnte mir diesen Genuß, während sich die andern mit Brandy betranken. Ich hatte heute früh einen kleinen Vorrat mitgenommen und mich, weil wir möglicherweise erst morgen zurückkehren konnten, gleich für zwei Tage versehen. Also vermochte ich das sichtlich ungeheure Verlangen der Roten zu stillen. Ich reichte jedem von ihnen eine Zigarre. Der Fuchs legte die Pfeife sofort weg und brannte die seinige an, seine Leute aber verfuhren anders. Sie steckten die Zigarren nicht bloß mit der Spitze in den Mund, sondern schoben sie ganz hinein, um sie zu kauen. Der Geschmack der Menschenkinder ist eben verschieden. Ein altes Wort sagt, der eine habe ihn vorn, der andre hinten. Jetzt sah ich, daß dieses Wort wirklich wahr ist, denn die Kiowas hatten ihn hinten. Ich schwur im stillen, ihnen nie wieder etwas zu schenken, was zum Rauchen, aber nicht zum Essen da ist.

Nun waren alle Förmlichkeiten erfüllt und die Roten in der besten Stimmung. Sam begann also mit der Frage: „Meine Brüder sagen, daß das Kriegsbeil zwischen ihnen und den Mescalero-Apatschen ausgegraben sei. Ich weiß nichts davon. Seit wann ruht es nicht mehr in der Erde?" — „Seit der Zeit, die die Bleichgesichter zwei Wochen nennen. Mein Bruder Sam wird sich in einer abgelegenen Gegend befunden haben, daß er nichts erfahren konnte." — „Das ist richtig. Die Stämme lebten aber doch in Frieden. Was ist der Grund, daß meine Brüder zu den Waffen gegriffen haben?" — „Die Hunde von Apatschen haben vier unserer Krieger getötet." — „Wo?" — „Am Rio Pecos."

„Da stehen doch nicht eure Zelte?" — „Aber die der Mescaleros."
„Was wollten eure Krieger dort?" — Der Kiowa besann sich keinen Augenblick, der Wahrheit gemäß zu antworten: „Eine Schar unsrer Krieger war ausgezogen, um des Nachts die Pferde der Mescalero-Apatschen zu überfallen. Diese stinkenden Hunde aber wachten gut. Sie wehrten sich und töteten unsre tapferen Männer. Darum ist zwischen uns und ihnen das Kriegsbeil ausgegraben worden."

Also die Kiowas hatten Pferde stehlen wollen, waren aber ertappt und vertrieben worden. Daß dabei einige von ihnen ihr Leben gelassen hatten, war ihre eigene Schuld. Dennoch sollten die Apatschen dafür büßen, die doch in ihrem Recht waren, als sie ihr Eigentum verteidigten. Am liebsten hätte ich das den Spitzbuben ehrlich ins Gesicht gesagt. Ich öffnete wohl auch den Mund dazu, aber Sam winkte mir warnend zu und fragte weiter: „Wissen die Apatschen davon, daß eure Krieger gegen sie ausgezogen sind?" — „Denkt mein Bruder, daß wir es ihnen vorher gesagt haben? Wir fallen heimlich über sie her, töten ihrer so viele, wie wir können, und nehmen dann alles mit, was wir von ihren Tieren und Sachen brauchen." — Das war ja schrecklich. Jetzt konnte ich mich denn doch nicht enthalten, eine Frage aufzuwerfen. — „Weshalb wollten meine tapferen Brüder die Pferde der Apatschen haben? Man sagt doch, der reiche Stamm der Kiowas besitze selber Pferde im Überfluß." — Der Fuchs sah mir lächelnd ins Gesicht. — „Mein junger Bruder Old Shatterhand ist erst vor kurzem über das Große Wasser herübergekommen und weiß daher wohl noch nicht, wie die Menschen diesseits des Wassers denken und leben. Ja, wir haben viele Pferde. Aber es kamen weiße Männer zu uns, die Pferde kaufen wollten, soviel Tiere, wie wir nicht entbehren konnten. Da erzählten sie uns von den Pferdeherden der Apatschen und sagten, daß sie uns für ein Apatschenpferd ebensoviel Waren und Brandy geben würden wie für ein Kiowapferd. Darauf zogen unsre Krieger aus, um Apatschenpferde zu holen."

Also richtig! Wer war schuld an dem Tod der bisher Gefallenen und an dem Blutvergießen, das nun noch bevorstand? Weiße Pferdehändler, die mit Brandy bezahlen wollten und die Kiowas geradezu auf den Pferderaub hingewiesen hatten! Ich hätte meinem Herzen wohl Luft gemacht, aber Sam gab mir durch einen Blick zu verstehen, daß ich schweigen solle, und erkundigte sich: „Mein Bruder, der Fuchs, ist als Kundschafter ausgezogen?" — „Ja." — „Wann folgen eure Krieger nach?" — „Sie sind um einen Tagesritt hinter uns."

„Von wem werden sie geführt?" — „Von Tangua, dem tapferen Häuptling, selber." — „Wieviel Krieger hat er bei sich?" — „Zweimal hundert." — „Und ihr glaubt, die Apatschen zu überraschen?" — „Wir werden über sie kommen wie der Adler über die Krähen, die ihn nicht bemerkt haben." — „Mein Bruder irrt. Die Apatschen wissen, daß sie von Kiowas überfallen werden sollen." — Der Fuchs schüttelte ungläubig den Kopf. — „Woher sollten sie es wissen?" — „Reichen ihre Ohren bis zu den Zelten der Kiowas?" — „Allerdings." — „Ich verstehe meinen Bruder Sam nicht. Er mag mir sagen, wie er diese Worte meint." — „Die Apatschen haben Ohren, die gehen und auch reiten können. Wir haben gestern drei solche Ohren gesehen, die bei den Zelten der Kiowas gewesen sind, um zu lauschen." — „Uff! Drei Ohren? Also drei Späher?" — „Ja." — „So muß Bao augenblicklich zum Häuptling zurück. Wir haben nur zweihundert Krieger mitgenommen, weil wir nicht mehr brauchen, wenn die Apatschen nichts ahnen. Da sie es aber wissen, brauchen wir weit mehr." — „Meine Brüder haben nicht alles reiflich überlegt. Intschu tschuna, der Häuptling aller Apatschen, ist ein sehr kluger Krieger. Als er sah, daß seine Leute vier Kiowas getötet hatten, sagte er sich, daß die Kiowas den Tod dieser Leute rächen würden und machte sich auf, euch zu beschleichen." — „Uff, uff! Er selbst?"

„Auch sein Sohn Winnetou und Klekih-petra." — „Uff, auch Winnetou! Hätten wir das gewußt, so wären diese beiden Hunde gefangen worden! Sie werden nun eine Menge Krieger versammeln, um uns zu empfangen. Bao muß das dem Häuptling melden, damit er halten bleibt und noch mehr Krieger nachkommen läßt. Werden Sam und Old Shatterhand mit mir reiten?" — Sam nickte nur. — „So mögen sie rasch ihre Pferde besteigen!" — „Nur langsam! Ich habe vorher noch notwendig mit dir zu reden." — „Das kannst du mir unterwegs sagen." — „Nein. Wir werden jetzt zwar gemeinsam aufbrechen, aber nicht zu Tangua, dem Häuptling der Kiowas, sondern zu unserm Lager." — „Mein Bruder Sam irrt sich da sehr." — „Nicht doch! Höre, was ich dir sage! Wollt ihr Intschu tschuna, den Häuptling der Apatschen lebendig fangen?" — „Uff!" rief der Kiowa begeistert, und seine Leute spitzten die Ohren. — „Und seinen Sohn Winnetou dazu?" fragte Sam weiter. — „Uff, uff! Ist das möglich?" — „Es ist sogar sehr leicht." — „Bao kennt seinen Bruder Sam sonst würde der Kiowa meinen, auf seiner Zunge wohne jetzt ein Scherz, den Bao nicht dulden darf." — „Pshaw! Ich spreche im Ernst. Ihr könnt den Häuptling und seinen Sohn lebendig fangen." — „Wann?" — „Ich glaubte anfangs, in fünf, sechs oder sieben Tagen. Nun aber weiß ich, daß es viel früher geschehen kann." — „Wo?" — „Bei unserm Lager."

„Und wo befindet sich das?" — „Ihr werdet es sehen, denn ihr werdet uns gern hinbegleiten, wenn ihr gehört habt, was ich euch jetzt sagen will." — Er erzählte ihnen nun von unsrer Abteilung, von ihrem Zweck, gegen den sie nichts einzuwenden hatten, und dann vom Zusammentreffen mit den Apatschen. Hieran knüpfte er die Bemerkung: „Ich wunderte mich gestern, die beiden Häuptlinge mit ihrem Begleiter Klekih-petra allein zu sehen, und nahm an, daß sie sich auf der Büffeljagd befänden und sich für kurze Zeit von ihren Kriegern getrennt hätten. Jetzt aber weiß ich genau, woran ich bin. Die beiden Apatschen sind bei euch gewesen, um zu kundschaften. Und daß sie, die Obersten ihres Stammes, diesen Ritt selbst unternommen haben, ist ein sicheres Zeichen dafür, daß sie die Sache für äußerst wichtig halten. Nun sind sie heim. Der Ritt Winnetous wird durch die Leiche verzögert. Intschu tschuna aber ist vorausgeeilt und wird seine ganze Kraft und Ausdauer aufbieten, um seine Krieger schnell beisammen zu haben." — „Darum muß Bao unsern Häuptling ebenso schnell davon benachrichtigen!" — „Mein Bruder mag nur warten und mich aussprechen lassen! Die Apatschen werden nach zweierlei Rache dürsten, nach Rache an euch und nach Rache an uns, wegen der Ermordung ihres Klekih-petra. Sie werden eine größere Schar gegen euch und eine kleinere gegen uns senden und bei der zweiten wird sich der Häuptling mit seinem Sohn befinden, um mit ihm nach dem Überfall auf unser Lager zu der größeren Abteilung zu stoßen. Danach müssen wir handeln. Ich zeige dir jetzt unser Lager, damit du es später finden kannst. Dann reitest du zu deinem Häuptling und sagst ihm alles, was ich dir erzählt habe. Darauf kommt ihr mit euern zweihundert Kriegern zu uns, um Intschu tschuna mit seiner kleinen Schar zu erwarten und gefangenzunehmen. Ihr seid zweihundert Krieger und der Apatsche wird nicht mehr als höchstens fünfzig mitbringen. Wir zählen zwanzig weiße Männer und werden euch beistehen. Es wird euch also kinderleicht sein, die Apatschen zu überwältigen. Wenn ihr dann die beiden Häuptlinge in den Händen habt, ist das geradeso, als gehörte der ganze Stamm euch, und ihr könnt fordern und verlangen, was ihr wollt. Sieht mein Bruder das ein?" — „Ja. Der Plan meines Bruders Sam ist sehr gut. Wenn der Häuptling ihn erfährt, wird er gern darauf eingehen."

„So wollen wir aufbrechen und schnell reiten, damit wir noch vor Nacht das Lager erreichen!" — Wir stiegen auf die Pferde, die nun ausgeruht hatten, und flogen im Galopp davon. Diesmal dachten wir nicht daran, genau der Fährte zu folgen. Wir ritten geradeaus und ersparten uns alle Umwege. — Ich muß sagen, daß ich von Sams Verhalten nicht erbaut war, sondern mich über ihn ärgerte. Winnetou sollte mit seinem Vater und einer Schar von wohl fünfzig Kriegern in eine Falle gelockt werden! Wenn das gelang, waren die beiden samt ihren Apatschen in schlimmster Lage. Wie hatte Hawkens das nur vorschlagen können! Er wußte doch, welche Gefühle ich für Winnetou hegte, denn ich hatte es ihm gesagt, und ich wiederum wußte, daß auch er dem jungen Häuptlingssohn gewogen war. — Alle meine Bemühungen, unterwegs an Sam zu kommen und ihn für kurze Zeit von den Kiowas abzubringen, waren vergeblich. Ich wollte ihm, ohne daß sie es hörten, seinen Plan ausreden und ihn auf einen anderen führen. Aber er schien das zu ahnen und wich nicht von der Seite des Anführers der Kundschafter. Das machte mich noch verdrießlicher, und wenn ich jemals schlechter Laune gewesen bin, so war es an jenem Tag, als wir in der Dämmerung im Lager ankamen. Ich stieg vom Pferd, schirrte es ab und legte mich mißmutig ins Gras, denn ich mußte erkennen, daß ich es jetzt unmöglich zu einem Meinungsaustausch mit Sam bringen konnte. Er hatte alle meine Winke unbeachtet gelassen und erzählte den Lagergenossen, wie wir den Kiowas begegnet waren und was nun geschehen sollte. Sie waren anfangs über das Erscheinen der Indianer erschrocken gewesen. Um so mehr freuten sie sich, als sie hörten, daß die Roten unsre Freunde und Verbündeten seien und wir nun wegen der Apatschen nicht länger Sorge zu hegen brauchten. Wir konnten, von den zweihundert Kiowas umgeben und beschützt, unsre Arbeit fortsetzen und überzeugt sein, daß uns der erwartete Überfall nichts schaden würde.

Die Kiowas wurden gastlich behandelt, bekamen tüchtig Bärenfleisch zu essen und ritten dann fort. Sie wollten die ganze Nacht unterwegs sein, um den Ihrigen die Botschaft so bald wie möglich zu bringen. Jetzt erst, als sie fort waren, kam Sam zu mir, legte sich neben mich und sagte in seiner üblichen überlegenen Art: „Ihr macht heut abend gar kein gutes Gesicht, Sir. Muß eine Störung zugrunde liegen, entweder der Verdauung oder der seelischen Eingeweide, hihihihi! Welches von beiden wird wohl richtig sein? Glaube, das zweite! Nicht?" — „Allerdings!" erwiderte ich nicht eben freundlich. — „So taut Euer Herz auf und sagt mir, woran es liegt. Werde Euch helfen." — „Sollte mir lieb sein, wenn Ihr das könntet, Sam. Zweifle aber daran." — „Ich kann es. Darauf dürft Ihr Euch verlassen." — „Dann erklärt doch, Sam, wie Euch Winnetou gefallen hat!"

„Ausgezeichnet. Euch doch auch!" — „Und ihr wollt ihn ins Verderben stürzen? Wie reimt sich das zusammen?" — „Ins Verderben? Ich ihn? Das ist dem Sohn meines Vaters nicht eingefallen." — „Aber er soll gefangen werden!" — „Allerdings." — „Und das wird sein Verderben sein!" — „Glaubt doch nicht an Gespenster, Sir! Winnetou gefällt mir so, daß ich jederzeit mein Leben wagen würde, ihn aus der Gefahr zu retten." — „Warum aber lockt Ihr ihn da in die Falle?" — „Um uns vor ihm und seinen Apatschen zu schützen."

„Und dann?" — „Dann? Hm! Ihr möchtet Euch wohl gar zu gern dieses jungen Apatschen annehmen, Sir?" — „Ich möchte nicht bloß, sondern ich werde es auch tun! Wenn er gefangen wird, befreie ich ihn. Und wenn etwa gar die Waffen gegen ihn gebraucht werden sollen, stelle ich mich auf seine Seite und kämpfe für ihn. Das will ich Euch offen und ehrlich sagen." — „So?" — „Ja. Ich habe es einem Sterbenden in die Hand versprochen, und ein solches Gelöbnis ist mir so heilig wie ein Eid." — „Freut mich, freut mich sehr. Stimmen da ganz überein, wir beide." — „Aber", drängte ich nun ungeduldig, „so sagt mir doch, wie Eure schönen Reden mit Euern bösen Vorsätzen in Einklang zu bringen sind!" — „Das also möchtet Ihr wissen? Hm, ja, Euer alter Sam Hawkens hat wohl bemerkt, daß Ihr unterwegs gern mit ihm reden wolltet. Durfte aber nicht sein. Hätte mir meinen ganzen schönen Plan zuschanden machen können. Bin ein ganz andrer Kerl und meine es auch ganz anders, als es scheint. Will nur nicht jeden in meine Karten gucken lassen, hihihihi! Gegen Euch aber kann ich offen sein. Werdet mithelfen, und Dick Stone und Will Parker auch, wenn ich mich nicht irre. Also: Wie ich Intschu tschuna beurteile, ist er mit Winnetou nicht etwa bloß einstweilen auf Kundschaft gewesen, sondern hat inzwischen rüsten und seine Krieger ausrücken lassen. Sie sind jedenfalls schon ein tüchtiges Stück vorgedrungen, und da er, ebenso wie Winnetou, die ganze Nacht hindurch reitet, vermute ich, daß er schon morgen früh oder vormittag auf sie trifft, sonst würde er sein Pferd nicht so anstrengen. Übermorgen abend kann er dann bereits wieder hier sein. Da seht Ihr, in welcher Gefahr wir uns befinden, und wie nahe sie ist. Wie gut also, daß wir den Apatschen nachgeritten sind! Ich hätte sie auf keinen Fall so bald zurückerwartet. Und wie gut, daß wir die Kiowas getroffen und von ihnen alles erfahren haben! Sie holen ihre zweihundert Krieger her und —" — „Ich werde Winnetou vor den Kiowas warnen", fiel ich ihm in die Rede. — „Um des Himmels willen, nicht!" rief Sam erschrocken. „Das würde nur schaden, denn die Apatschen entkämen, und wir behielten sie dann trotz der Kiowas auf dem Nacken. Nein, sie müssen wirklich gefangen werden und ihren Tod vor Augen sehen. Wenn wir sie dann heimlich befreien, müssen sie uns dankbar sein und ihre Rache aufgeben. Höchstens werden sie Rattler von uns fordern, und den würde ich ihnen nicht verweigern. Was sagt Ihr nun, Ihr zorniger Gentleman?" — Ich reichte ihm die Hand. — „Ich bin völlig beruhigt, lieber Sam. Das habt Ihr gut ausgedacht!" — „Nicht wahr? Ja, ja, Sam Hawkens soll zwar, wie ein gewisser Jemand gesagt hat, Feldmäuse fressen, aber er hat auch seine guten Seiten, hihihihi! Also, Ihr seid mir wieder gewogen?" — „Ja, alter Sam." — „So legt Euch aufs Ohr und schlaft bald ein! Morgen gibt es viel zu tun. Ich will nun Stone und Parker unterrichten, damit auch sie wissen, woran sie sind." — War er nicht ein lieber, guter Kerl, der alte Sam Hawkens? Übrigens, wenn ich ‚alt' sage, so ist das nicht wörtlich zu nehmen. Er zählte etwa vierzig Jahre. Aber der Bartwald, der sein Gesicht fast ganz bedeckte, die schreckliche Nase, die wie ein Aussichtsturm daraus hervorragte, und der wie aus steifen Brettern zusammengenagelte Lederrock ließen ihn viel älter erscheinen. — Überhaupt wird eine Bemerkung über das Wort old = alt hier am Platz sein. Auch wir Deutsche benützen dieses Wort nicht bloß zur Bezeichnung des Alters, sondern oft auch als sogenanntes Kosewort. Eine ‚alte, gute Haut', ein ‚alter, guter Kerl' braucht gar nicht alt zu sein. Und noch eine andere Bedeutung hat dieses Wort. Es kommen im gewöhnlichen Verkehr Ausdrücke vor wie: ein ‚alter Liedrian', ein ‚alter Brummbär' ein ‚alter Wortfänger', ein ‚alter Faselhans'. Hier dient ‚alt' als Bekräftigungs- oder Steigerungswort. — Geradeso wird im Wilden Westen das Wort Old gebraucht. Einer der berühmtesten Präriejäger war Old Firehand. Das Feuer seiner Büchse war stets todbringend, daher der Kriegsname Feuerhand. Das vorangesetzte Old sollte die Treffsicherheit besonders hervorheben. Auch dem Namen Shatterhand, den ich bekommen hatte, wurde schon jetzt dieses Old beigegeben. — Nachdem Sam sich entfernt hatte, versuchte ich zu ruhen, doch brachte ich es lange nicht dazu. Die Lagergenossen waren ganz glücklich über das bevorstehende Eintreffen der Kiowas und behandelten es in einem so lauten Gespräch, daß es eine Kunst war, dabei einzuschlafen. Auch ließen mich meine eigenen Gedanken nicht zur Ruhe kommen. Hawkens hatte so zuversichtlich von seinem Plan gesprochen, als sei ein Mißlingen vollkommen ausgeschlossen. Ich aber hegte Bedenken. Wir wollten Winnetou und seinen Vater befreien. Ob auch die andern gefangenen Apatschen, das war nicht gesagt worden. Sollten sie in den Händen der Kiowas bleiben, während ihre Häuptlinge gerettet wurden? Das kam mir wie ein Unrecht vor. Aber die Befreiung sämtlicher Apatschen konnte uns vier Männern wohl schwerlich gelingen, besonders da sie so heimlich erfolgen mußte, daß hinterher kein Verdacht auf uns fiel. Und auf welche Weise würden die Apatschen in die Hände der Kiowas geraten? So fragte ich mich. Ohne Kampf wohl nicht, und da war zu erwarten, daß gerade die beiden, die wir retten wollten, sich am tapfersten wehrten, also der Gefahr am meisten ausgesetzt sein würden. Wie konnten wir das verhindern? Wenn sie sich nicht überwältigen, nicht gefangennehmen ließen, so würden sie von den Kiowas getötet werden. Das durfte auf keinen Fall geschehen. — Ich grübelte lange darüber nach und wälzte mich hin und her, ohne einen Ausweg zu finden. Der einzige Gedanke, der mich schließlich einigermaßen beruhigte, war der, daß der kleine listige Sam wohl eine glückliche Lösung finden würde. Auf alle Fälle nahm ich mir vor, für die beiden Häuptlinge einzutreten und sie nötigenfalls sogar mit meinem Körper zu decken. Dann schlief ich endlich ein. — Am nächsten Morgen beteiligte ich mich mit doppeltem Eifer an der Arbeit, weil ich gestern gefehlt hatte. Rattler aber hielt sich fern von uns. Er bummelte beschäftigungslos hin und her, wurde jedoch von seinen ‚Westmännern' so freundlich behandelt, als wäre gar nichts vorgefallen. Das brachte mich zu der Überzeugung, daß wir, falls es noch einmal zu einem Streit mit ihm kommen sollte, Feindseligkeiten von ihnen gewärtigen mußten. Am Abend hatten wir, obgleich das Gelände heute schwieriger gewesen war als während der letzten Tage, eine doppelt so lange Strecke wie sonst vermessen. Deshalb waren wir sehr ermüdet und legten uns nach dem Abendessen zeitig schlafen. Das Lager war inzwischen weiter vorgeschoben worden. — Den folgenden Tag über waren wir ebenso fleißig, bis es zu Mittag eine Störung gab. Es stellten sich nämlich die Kiowas ein. Ihre Kundschafter hatten sich von dem vorgestrigen Lagerplatz, den sie ja kannten, leicht zu uns finden können, weil die Spuren, die wir zurückgelassen hatten, mehr als deutlich waren. — Die Indianer zeigten kräftige, kriegerische Gestalten. Sie waren gut beritten und alle ohne Ausnahme mit Gewehren, Messern und Tomahawks bewaffnet. Ich zählte über zweihundert Mann. Ihr Anführer war von hohem Wuchs, hatte strenge, finstere Gesichtszüge und ein Paar Raubtieraugen, denen nichts Gutes zuzutrauen war. Es sprach die offenbarste Raub- und Kampflust aus ihnen. Er hieß Tangua, was wörtlich Häuptling bedeutet. Daraus war zu schließen, daß er als Häuptling keinen Vergleich zu scheuen brauchte. Wenn ich seine Augen sah, wollte es mir um Intschu tschuna und Winnetou, falls sie wirklich in seine Hände geraten sollten, angst und bange werden.

Er kam als unser Freund und Verbündeter, verhielt sich aber keineswegs sehr freundlich zu uns. Sein Auftreten glich etwa dem eines Tigers, der sich mit einem Leoparden zur Jagd vereint, um ihn hernach auch mit aufzufressen. Er hatte sich mit dem Fuchs, dem Anführer seiner Kundschafter, an der Spitze der roten Schar befunden und stieg bei uns nicht etwa ab, um uns zu begrüßen, sondern machte eine befehlende Armbewegung, worauf wir von seinen Leuten umzingelt wurden. Dann ritt er zu unserm Wagen und hob die Plane auf, um hineinzublicken. Der Inhalt schien ihn anzuziehen, denn er stieg vom Pferd und kletterte in den Wagen, um das, was sich darin befand, zu untersuchen. — „Oho!" meinte Sam Hawkens, der an meiner Seite stand. „Der scheint uns und unser Eigentum als gute Beute zu betrachten bevor er überhaupt ein Wort mit uns gesprochen hat, wenn ich mich nicht irre. Falls er etwa glaubt, daß Sam Hawkens so dumm ist, sich den Bock als Gärtner zu bestellen, so irrt er sich. Das werde ich ihm gleich zeigen." — „Keine Unvorsichtigkeiten, Sam", bat ich. „Diese zweihundert Roten sind uns überlegen." — „An Zahl ja, an Witz aber jedenfalls nicht, hihihihi!" — „Aber sie haben uns umzingelt!" — „Well, das sehe ich auch. Oder denkt Ihr, daß ich keine Augen habe? Wir haben uns da, wie es scheint, keine guten Helfershelfer kommen lassen. Daß der Kiowa uns eingeschlossen hat, läßt vermuten, daß er uns mitsamt den Apatschen in die Tasche stecken oder gar auffressen will. Dieser Bissen sollte ihm aber schwer im Magen liegen. Das versichere ich Euch. Kommt mit hin zum Wagen, damit ihr hört, wie Sam Hawkens mit solchen Spitzbuben redet! Bin ein guter Bekannter von diesem Tangua, und er weiß, auch wenn er mich noch nicht gesehen haben sollte, genau, daß ich hier bin. Sein Verhalten ist also nicht nur ärgerlich für mich, sondern Verdacht erregend für uns alle. Seht nur die finsteren Gesichter seiner Krieger! Werde ihnen gleich zeigen, daß Sam Hawkens hier am Platz ist. Kommt!" — Wir hatten unsre Gewehre in den Händen und gingen zu dem Wagen, worin Tangua herumstöberte. Mir war nicht ganz wohl dabei. Dort fragte Sam warnend: „Hat der berühmte Häuptling der Kiowas Lust, in einigen Augenblicken in die Ewigen Jagdgründe zu gehen?" — Der Gefragte, der uns den Rücken zukehrte, richtete sich aus seiner gebückten Haltung auf, drehte sich zu uns herum und entgegnete grob: „Weshalb stören die Bleichgesichter den Häuptling mit dieser albernen Frage? Tangua wird einst in den Ewigen Jagdgründen als großer Häuptling herrschen; aber es muß noch eine lange Zeit verstreichen, bevor er den Weg dorthin antritt." — „Diese Zeit wird vielleicht nur eine Minute sein." — „Wieso?" — „Steig herab vom Wagen, so werde ich dir's sagen! Doch mach ja schnell!"

„Tangua bleibt hier." — „Gut, so flieg in die Luft!" — Sam wandte sich nach diesen Worten ab und tat so, als wollte er sich entfernen. Da aber kam der Häuptling mit einem raschen Sprung vom Wagen herunter und faßte ihn am Arm. — „In die Luft fliegen? Warum redet Sam Hawkens solche Worte?" — „Um dich zu warnen." — „Wovor?"

„Vor dem Tod, der dich ergriffen hätte, wenn du nur noch einige Augenblicke da oben geblieben wärst." — „Uff! Der Tod ist auf dem Wagen? Zeig ihn uns!" — „Später vielleicht. Haben dir deine Kundschafter nicht gesagt, weshalb wir uns hier befinden?" — „Tangua hat es von ihnen erfahren. Ihr wollt einen Weg für das Feuerroß der Bleichgesichter bauen." — „Richtig! So ein Weg geht über Flüsse und Abgründe und durch Felsen, die wir auseinandersprengen. Ich denke, daß du das wissen wirst." — Der Häuptling weiß es. Aber was hat das mit dem Tod zu tun, der ihn bedroht haben soll?"

„Weit mehr, als du ahnst. Hast du vielleicht gehört, womit wir die Felsen sprengen, die dem Pfad unsres Feuerrosses im Weg stehen? Etwa mit dem gewöhnlichen Schießpulver, das ihr für eure Gewehre benützt?" — „Nein. Die Bleichgesichter haben eine andre Erfindung gemacht, mit der sie ganze Berge zersprengen können."

„Stimmt. Und diese Erfindung haben wir hier auf dem Wagen. Sie ist zwar gut verpackt, aber wer nicht weiß, wie so ein Paket angefaßt werden muß, der ist verloren, sobald er es berührt, denn es zerplatzt in seiner Hand und zerschmettert ihn in tausend Stücke." — „Uff, uff!" rief der Häuptling sichtlich erschrocken. „Ist Tangua diesen Paketen nahe gewesen?" — „So nahe, daß du dich, wenn du nicht auf mich gehört hättest, jetzt schon in den Ewigen Jagdgründen befändest. Und was wäre da von dir übriggeblieben? Keine Medizin, keine Skalplocke, nichts, gar nichts als nur kleine Fleisch- und Knochenstücke! Wie könntest du in solcher Gestalt als großer Häuptling in den Ewigen Jagdgründen herrschen? Deine Überreste wären dort von den Geisterrossen vollends zermalmt worden." — Ein Indianer, der ohne Skalplocke und Medizin in die Ewigen Jagdgründe gelangt, wird dort von den verstorbenen Helden mit Verachtung empfangen und muß sich, während die andern in allen indianischen Genüssen schwelgen, vor den Augen dieser Glücklichen verbergen. Das ist der Glaube der Roten. Welches Unglück nun erst, in kleinen Stücken dort anzukommen! Man sah trotz der dunklen Farbe daß dem Häuptling vor Schreck das Blut aus dem Gesicht wich. — „Uff!" rief er. „Wie gut, daß du es Tangua noch zur rechten Zeit gesagt hast! Aber er muß dich dennoch tadeln. Warum verwahrt ihr diese Erfindung auf dem Wagen, wo sich doch viele andre nützliche Dinge befinden?"

„Sollen wir diese wichtigen Pakete etwa auf die Erde legen, wo sie verderben und bei der geringsten Berührung das größte Unheil anrichten können? Ich sage dir, sie sind selbst auf dem Wagen noch gefährlich genug. Wenn so ein Paket platzt, fliegt ringsum alles in die Luft." — „Auch die Menschen?" — „Natürlich auch die Menschen und alle Tiere in einem Umkreis, der zehnmal hundert Pferdelängen beträgt." — „So muß der Häuptling seinen Kriegern sagen, daß sich keiner von ihnen diesem gefährlichen Wagen nähern soll."

„Tu das! Ich bitte dich darum, damit wir nicht alle zusammen wegen einer Unvorsichtigkeit zugrunde gehen müssen. Du siehst, wie besorgt ich um euch bin, weil ich denke, daß die Krieger der Kiowas unsre Freunde sind. Es scheint aber, daß ich mich geirrt habe. Wenn Freunde sich treffen, so begrüßen sie sich und rauchen die Pfeife des Friedens miteinander. Willst du das heute etwa unterlassen?"

„Du hast doch schon mit dem Fuchs, meinem Späher, die Pfeife geraucht!" — „Nur ich und der weiße Krieger, der hier neben mir steht, die andern aber nicht. Willst du diese nicht auch begrüßen, so muß ich annehmen, daß eure Freundschaft für uns nicht aufrichtig ist." — Tangua sah eine Weile sinnend vor sich nieder und versuchte es dann mit einer Ausrede. „Wir befinden uns auf einem Kriegszug und haben deshalb den Kinnikinnik des Friedens nicht bei uns." — Doch Sam ließ sich nicht veralbern. — Der Mund des Häuptlings der Kiowas redet Worte, die ich nicht gelten lassen kann", erklärte er. „Ich sehe den Beutel des Kinnikinnik da an deinem Gürtel hängen, und er scheint voll zu sein. Wir brauchen ihn aber gar nicht, denn wir haben selber Tabak genug bei uns. Es ist ja nicht nötig, daß sich alle am Kalumet beteiligen. Du rauchst für dich und deine Krieger, und ich rauche für mich und die hier anwesenden Weißen. Dann gilt der Freundschaftsbund für alle Männer, die sich hier befinden." — „Weshalb sollen wir beide rauchen, die wir doch schon Brüder sind? Sam Hawkens mag annehmen, wir hätten das Kalumet für alle geraucht." — „Ganz, wie du willst! Aber dann werden wir tun, was uns beliebt, und du wirst die Apatschen nicht in deine Gewalt bekommen." — „Willst du sie etwa warnen?" fragte Tangua, indem seine Augen gefährlich aufblitzten. — „Nein. Das fällt mir nicht ein, denn sie sind unsere Feinde und wollen uns töten. Aber ich werde dir nicht sagen, auf welche Weise du sie fangen kannst." — „Dazu braucht dich Tangua nicht. Er weiß es selber."

„Oho! Ist dir etwa bekannt, wann und aus welcher Richtung sie kommen und wo ihr auf sie treffen könnt?" — „Der Häuptling wird es erfahren, denn er sendet ihnen Kundschafter entgegen." — „Das wirst du nicht tun, denn du bist klug genug, dir zu sagen, daß die Apatschen die Spuren deiner Kundschafter finden und sich auf den

Kampf vorbereiten würden. Sie würden jeden Schritt mit größter Vorsicht machen, und dann fragt es sich sehr, ob du sie in deine Hände bekämst, während sie nach dem Plan, den ich ausführen will, ganz unvorbereitet, von euch eingeschlossen und gefangengenommen werden, wenn ich mich nicht irre, hihihihi." — Diese Darlegungen verfehlten ihren Zweck nicht. Tangua erklärte nach einer kurzen Pause des Nachdenkens: „Tangua wird mit seinen Kriegern sprechen." — Darauf entfernte er sich. Er ging zu dem Fuchs, winkte noch einige Rote zu sich, und dann sahen wir, wie sie sich berieten. — „Damit, daß er erst mit diesen Kerlen reden will gibt er zu, daß er gegen uns nichts Gutes im Schilde führte", wandte sich Sam an mich. — „Das ist schlecht von ihm, da Ihr sein Freund seid und ihm nichts getan habt", meinte ich. — Sam aber wehrte mit überlegener Miene ab. — „Freund? Was nennt Ihr Freund bei diesen Kiowas? Sie sind Spitzbuben und leben nur vom Raub. Man ist nur so lange ihr Freund, wie sie einem nichts nehmen können. Hier aber haben wir einen Wagen voll Lebensmittel und sonstiger Dinge, die für die Roten großen Wert besitzen. Das haben die Kundschafter ihrem Anführer gesagt, und von diesem Augenblick an war es beschlossene Sache, daß wir ausgeraubt werden sollten." — „Und nun?" — „Nun? Hm, nun sind wir sicher." — „Wenn es wahr wäre, sollte es mich freuen." — „Ich denke, daß es stimmt. Kenne diese Leute. Glänzender Gedanke von mir, dem Häuptling weiszumachen daß wir so eine Art *giantpowder* hier auf dem Wagen haben, hihihihi! Er sah alles, was sich darauf befand, schon als gute, sichere Beute an. Sein erster Schritt war ja gleich hinauf. Jetzt bin ich überzeugt, daß es kein Roter wagen wird, etwas davon anzurühren. Ja, ich hoffe sogar, daß uns diese Furcht auch noch späterhin von Nutzen sein wird. Werde mir eine Büchse Ölsardinen einstecken und ihnen einreden, sie enthielte einen Sprengstoff. Habt ja auch schon eine Blechbüchse bei Euch, mit den Papieren drin. Könnt Euch meinen Gedanken für den Notfall merken." — „Schön! Will hoffen, daß die List denn auch die beabsichtigte Wirkung hat. Was meint Ihr nun aber hinsichtlich der Friedenspfeife?" — „Die sollte wohl freilich nicht geraucht werden. Das war sicher so ausgemacht. Nun aber denke ich, daß sich die Kiowas anders besinnen werden. Mein Beweismittel hat dem Häuptling eingeleuchtet und wird auch die andern überzeugen. Trauen dürfen wir ihnen später allerdings trotzdem nicht." — „Da seht Ihr, Sam, daß ich vorgestern doch einigermaßen recht hatte. Ihr wolltet Euern Plan mit Hilfe der Kiowas ausführen und habt dadurch Euch und uns in ihre Gewalt gebracht. Ich bin neugierig, was daraus werden wird!" — „Nichts andres als das, was ich vermute. Darauf könnt Ihr Euch verlassen. Der Häuptling wollte uns freilich ausrauben und dann die Apatschen auf eigne Faust abtun. Nun aber muß er begreifen, daß sie zu schlau sind, sich in seiner Weise fangen und niedermetzeln zu lassen. Wie ich ihm gesagt habe, würden sie die Spuren seiner Kundschafter, die er ihnen entgegenschicken müßte, entdecken, und dann könnte er lange warten, bis sie ihm wie blinde Präriehühner in die Hände liefen. — Doch seht! Jetzt sind sie fertig. Der Häuptling kommt. Nun wird es sich entscheiden." — Die Entscheidung sahen wir schon, bevor er sich uns ganz genähert hatte, denn auf einige Zurufe des Fuchses zog sich der Kreis der Roten, von dem wir umgeben waren, auseinander, und die Reiter stiegen von ihren Pferden. Wir waren also nicht mehr umzingelt. Tangua zeigte jetzt eine weniger finstere Miene als vorher. — „Tangua hat sich mit seinen Kriegern beraten", sagte er. „Sie sind damit einverstanden, daß er das Kalumet mit seinem Bruder Sam raucht. Das soll dann für alle gelten." — „Das habe ich erwartet, denn du bist nicht nur ein tapferer, sondern auch ein kluger Mann. Die Krieger der Kiowas mögen einen Halbkreis bilden und Zeugen sein, daß wir miteinander den Rauch des Friedens und der Freundschaft austauschen." — So geschah es. Tangua und Sam Hawkens rauchten das Kalumet unter den bereits kurz beschriebenen Förmlichkeiten. Dann durften wir annehmen, daß sie wenigstens für heute und die nächsten Tage keine feindseligen Absichten mehr gegen uns hegten. Was sie später denken und tun würden, konnten wir freilich nicht wissen. — Wenn ich gesagt habe, das Kalumet oder die Friedenspfeife rauchen, so bediene ich mich des bei uns gebräuchlichen Ausdrucks. Der Indianer sagt nämlich nicht Tabak rauchen, sondern Tabak trinken. Er trinkt ihn eigentlich auch, denn er schluckt den Rauch hinunter, sammelt ihn im Magen an und gibt ihn dann in einzelnen Stößen wieder von sich. — Hierin stimmt er eigentümlicherweise mit dem Türken überein, der auch nicht ‚Tabak rauchen' sagt. Tabak heißt im Türkischen tütün. Tabak oder Pfeife rauchen ‚tütün' oder ‚tschibuk itschmeck'. Itschmeck aber heißt nicht rauchen, sondern trinken. — In wie hohem Ansehen übrigens die Tabakspfeife bei den Indianern steht, erhellt aus dem Umstand, daß sie zum Beispiel in der Sprache der Jemesindianer und in allen Apatschenmundarten mit dem Wort bezeichnet wird, das auch für Häuptling steht. Im Jemes heißt Häuptling Nato und Tabakspfeife Nato-tsé. Dieses Tsé als Endung bedeutet Stein und zeigt ebensowohl auf irdene, gebrannte Pfeifen als auch auf solche hin, deren Kopf aus Stein gefertigt ist. Der Kopf einer jeden Pfeife, die als Kalumet benutzt wird, soll nach Möglichkeit aus Ton geschnitten sein, dessen Fundort die heiligen Steinbrüche an der Grenze zwischen Dakota und Minnesota sind.

8. In Erwartung der Apatschen

Nachdem nun wenigstens einstweilen das gute Einvernehmen zwischen den Kiowas und uns hergestellt war, verlangte Tangua eine große Beratung, woran alle Weißen teilnehmen sollten. Das war mir unlieb, denn es hielt uns von der Arbeit ab, die doch so dringlich war. Deshalb bat ich Sam, dahin zu wirken, daß die Beratung bis zum Abend aufgeschoben würde, denn ich hatte gelesen und gehört, daß eine solche Aussprache bei den Roten, wenn keine Gefahr zum Schluß treibt, fast kein Ende zu nehmen pflegt. Hawkens verhandelte mit dem Häuptling und berichtete mir dann: „Er geht als echter Indsman nicht von seinem Willen ab. Die Apatschen sind noch lange nicht zu erwarten, und so verlangt er eine Sitzung, in der ich meinen Plan entwickeln und nach der jedenfalls tüchtig gegessen werden soll. Vorrat haben wir ja, und die Kiowas haben auch gedörrtes Fleisch genug auf ihren Packpferden mitgebracht. Glücklicherweise habe ich so viel erreicht, daß nur Dick Stone, Will Parker und ich teilzunehmen brauchen. Ihr andern sollt an eure Arbeit gehen dürfen." — „Dürfen?" fragte ich mit einem Stirnrunzeln. „Als hätten wir dazu die Erlaubnis der Indsmen nötig! Ich werde ihnen durch mein Verhalten zeigen, daß ich mich von ihnen durchaus unabhängig fühle." — „Macht mir keinen Strich durch die Rechnung, Sir!" bat Sam. „Tut lieber, als merktet Ihr so etwas gar nicht! Wir dürfen sie nicht gegen uns aufbringen, wenn alles gut gehen soll."

„Aber ich möchte an der Beratung ebenfalls teilnehmen!" — „Ist nicht nötig." — „Nicht? Ich denke das Gegenteil. Ich muß doch auch wissen, was beschlossen wird!" — „Das werdet Ihr dann sofort erfahren." — „Aber wenn man nun etwas festlegt, was ich nicht gutheißen kann?" — „Gutheißen? Ihr? Seht doch einmal dieses Greenhorn an! Bildet sich wahrhaftig ein, das, was Sam Hawkens beschließt, erst genehmigen zu müssen! Soll Euch wohl auch erst um Erlaubnis bitten, wenn ich es für gut halte, mir meine Fingernägel zu beschneiden und meine Stiefel auszubessern?" — „So war es nicht gemeint. Ich möchte nur sicher sein, daß nichts beschlossen wird, wodurch das Leben unserer beiden Apatschen gefährdet ist."

„Was das betrifft, so könnt Ihr Euch auf Euern alten Sam Hawkens verlassen. Ich gebe Euch mein Wort, daß sie mit heiler Haut davonkommen werden. Ist Euch das genug?" — „Ja. Euer Wort ist mir eine sichere Bürgschaft, denn ich denke, wenn Ihr es einmal gegeben habt, werdet Ihr auch danach trachten, daß es eingelöst wird."

„Well! Macht Euch also an Eure Arbeit und seid überzeugt, daß die Sache auch ohne Euch die Richtung nimmt, die sie nehmen würde, wenn Ihr Eure Nase mit hineinstecken könntet!" — Ich mußte mich fügen, denn es lag mir alles daran, unsere Vermessungen noch vor dem Zusammenstoß mit den Apatschen zu Ende zu führen. Wir machten uns also mit erneutem Eifer über unsere Strecke her und kamen außergewöhnlich schnell vorwärts, denn auch Bancroft und die drei andern Mitarbeiter strengten alle ihre Kräfte an. Das hatte seinen Grund in einer Vorstellung, die ich ihnen gemacht hatte. — Wenn wir nicht allen Fleiß aufwendeten, kamen die Apatschen, bevor wir fertig waren, und dann konnte es uns von ihnen oder auch von den Kiowas schlimm ergehen. Führten wir unser Werk aber vor ihrer Ankunft zu Ende, so war es uns vielleicht möglich, uns aus dem Staub zu machen, und uns samt den wertvollen Meßgeräten und Zeichnungen in Sicherheit zu bringen. Das hatte ich den Leuten klargelegt, und darum arbeiteten sie mit einem Fleiß und einer Ausdauer, die vorher niemals bei ihnen zu bemerken gewesen waren. Mein Zweck war also erreicht. Im stillen dachte ich jedoch nicht an Flucht. Mir lag Winnetous Schicksal am Herzen. Die andern mochten tun, was sie wollten, ich aber war entschlossen, nicht eher fortzugehen, als bis ich überzeugt sein konnte, daß für ihn keine Gefahr mehr bestand. — Meine Arbeit gliederte sich eigentlich in zwei Aufgaben. Ich hatte zu messen und auch Buch zu führen und die Zeichnungen herzustellen. Die Zeichnungen fertigte ich doppelt an. Ein Stück bekam der Oberingenieur als unser Vorgesetzter und eins hob ich mir heimlich auf für den Fall der Not. Unsre Lage war so gefährlich, daß diese Vorsicht gerechtfertigt erschien. — Die Beratung dauerte wirklich, wie ich es erwartet hatte, bis zum Abend. Sie war grad zu Ende, als uns die Dunkelheit zwang, unsre Arbeiten abzubrechen. Die Kiowas befanden sich in der vortrefflichsten Stimmung, denn Sam Hawkens hatte den Fehler oder auch die Klugheit begangen, ihnen den ganzen Rest Brandy auszuhändigen. Sich dazu vorher der Einwilligung Bancrofts zu versichern, war ihm nicht eingefallen. Es brannten mehrere Feuer, um die die schmausenden Roten saßen. Daneben grasten die Pferde, und weiter draußen im Dunkeln standen die Posten, die vom Häuptling ausgestellt worden waren.

Ich setzte mich zu Sam und seinen unzertrennlichen Gefährten Stone und Parker, aß mein Abendbrot und ließ die Augen über das Lager schweifen, das mir, dem Neuling im Westen, einen unbekannten Anblick bot. Kriegerisch genug sah es aus. Indem ich eins der roten Gesichter nach dem andern betrachtete, entdeckte ich keins, das ich einem Feind gegenüber einer mitleidigen Regung für fähig gehalten hätte. Unser Brandy hatte nur so weit gereicht, daß auf jeden fünf oder sechs Schluck gekommen waren. Ich bemerkte also keinen Betrunkenen, aber das Feuerwasser hatte, weil sie es so selten haben konnten, doch immerhin eine anregende Wirkung ausgeübt. Die Indsmen waren in ihren Bewegungen weit lebhafter und in ihrem Gespräch lauter, als sie es gewöhnlich sind. — Jetzt erkundigte ich mich bei Sam nach dem Ergebnis der Beratung. — „Ihr könnt zufrieden sein", meinte er. „Euern beiden Lieblingen wird nichts geschehen." — „Aber wenn sie sich wehren?" warf ich ein. — „Kommen gar nicht dazu. Werden überwältigt und gefesselt, bevor sie auf den Gedanken verfallen, daß so etwas möglich wäre." — „So? Wie denkt Ihr Euch denn eigentlich die Sache, Sam?" — „Sehr einfach. Die Apatschen kommen auf einem ganz bestimmten Weg. Könnt Ihr den vielleicht erraten, Sir?" — „Ja. Sie werden zunächst dorthin gehen, wo sie uns getroffen haben, und dann unsern Spuren folgen." — „Richtig! Seid wirklich nicht so dumm, wie es den Anschein hat, wenn man Euer Gesicht betrachtet. Also das erste, was wir wissen müssen, ist uns bekannt, nämlich die Richtung, woher wir sie zu erwarten haben. Das zweitwichtigste ist die Zeit, wann sie kommen." — „Die kann man nicht genau berechnen, aber doch vermuten." — „Ja, wer Grütze genug im Kopf hat, der kann so etwas schon vermuten. Mit einer bloßen Vermutung ist uns indes nicht gedient. Wer in einer Lage, wie die unsrige ist, nach Vermutungen handelt, trägt bestimmt sein Fell zu Markt. Gewißheit ist's, die wir haben müssen." — „Die können wir nur dadurch erhalten, daß wir ihnen Kundschafter entgegenschicken, und das wolltet Ihr ja grad vermeiden, lieber Sam. Ihr seid doch der Ansicht gewesen, daß die Spuren der Späher uns verraten würden." — „Der roten Späher;

merkt Euch wohl, der roten, Sir! Daß wir hier sind, das wissen die Apatschen, und wenn sie auf die Fährte eines weißen Mannes treffen, kann das bei ihnen kein Mißtrauen erwecken. Fänden sie aber die Stapfen von Indianern, so wäre das etwas ganz andres. Sie wären gewarnt und würden sich sehr in acht nehmen. Da Ihr ein so ausnehmend gescheiter Kopf seid, könnt Ihr Euch ja denken, was sie vermuten würden." — „Daß Kiowas in der Nähe sind!" — „Ja, habt's wirklich erraten! Wenn ich meine alte Perücke nicht so sehr schonen müßte, würde ich vor allerhand Hochachtung jetzt den Hut vor Euch abnehmen. Denkt Euch hiermit, daß es geschehen ist!" — „Danke, Sam! Ich will hoffen, daß diese Hochachtung nicht im Sand verläuft. Doch weiter! Ihr meint also, daß wir den Apatschen nicht rote, sondern weiße Späher entgegenschicken werden?" — „Ja, aber nur einen." — „Ist das nicht zu wenig?" — „Nein, denn dieser ist ein Kerl, auf den man sich verlassen kann. Heißt nämlich Sam Hawkens, wenn ich mich nicht irre, und frißt Feldmäuse, hihihihi! Kennt Ihr diesen Mann vielleicht, Sir?" — „Ja", nickte ich. „Wenn der allerdings die Sache übernimmt, können wir ohne Sorge sein. Er wird sich von den Apatschen nicht erwischen lassen." — „Nein, erwischen nicht, aber sehen." — „Was? Sie sollen Euch sehen?" — „Gewiß", versicherte Sam eifrig. — „Da fangen oder töten sie Euch!" äußerte ich meine Bedenken. — Der kleine Trapper aber wehrte schmunzelnd ab. — „Sie denken nicht daran. Sind viel zu klug dazu. Ich richte es so ein, daß sie mich sehen müssen. Und wenn ich so recht gemütlich vor ihren Augen umherspaziere, werden sie meinen, wir fühlen uns so sicher wie im tiefsten Frieden. Tun werden sie mir nichts, weil ihr Verdacht schöpfen müßtet, wenn ich nicht ins Lager zurückkehrte. Nach ihrer Ansicht bin ich ihnen ja später sicher genug." — „Aber, Sam, ist es nicht möglich, daß sie Euch sehen, während Ihr sie nicht bemerkt?" — „Sir", brauste er im Scherz auf, „wenn Ihr mir eine solche Ohrfeige gebt, ist es aus zwischen uns beiden! Ich und nicht sehen! Die Äuglein von Sam Hawkens sind zwar klein, aber scharf. Die Apatschen werden freilich nicht in hellen Haufen angerückt kommen, sondern erst einige Kundschafter voraussenden. Aber auch die können mir nicht entgehen, denn ich werde mich so aufstellen, daß ich sie entdecken muß. Wißt Ihr, es gibt Örtlichkeiten, wo selbst der feinste Scout keine Deckung findet und auf eine freie, offne Stelle hinaus muß. Solche Plätze sucht man sich aus, wenn man Kundschafter beobachten will. Sobald ich sie erspäht habe, melde ich sie euch, damit ihr euch, wenn sie das Lager umschleichen, recht unbefangen zeigt." — „Dann bemerken sie aber doch die Kiowas und werden das ihrem Häuptling berichten!" — „Wen bemerken sie? Die Kiowas? Mensch, Greenhorn und ehrenwerter Jüngling, glaubt Ihr denn, das Gehirn von Sam Hawkens bestände aus Watte oder Löschpapier, he? Ich werde dann schon dafür gesorgt haben, daß sie die Kiowas nicht zu Gesicht bekommen, auch keine Spur von ihnen. Verstanden? Diese sehr lieben Freunde, die Kiowas, werden sich gut verstecken, um im geeigneten Augenblick hervorzubrechen. Die Kundschafter der Apatschen dürfen aber nur die Leute sehen, die im Lager waren, als Winnetou mit seinem Vater da war."

„Ah, das ist freilich etwas andres!" — „Nicht wahr? Die Kundschafter der Apatschen mögen uns ruhig umschleichen. Sie werden
dabei die Gewißheit gewinnen, daß wir nichts Böses ahnen. Wenn
sie sich dann entfernen, gehe ich ihnen nach, um die Ankunft der
ganzen Schar zu erspähen. Die wird aber nicht am Tag kommen,
sondern des Nachts und sich unserm Lager so weit wie möglich
nähern. Dann fallen die wackern Apatschen über uns her." — „Und
nehmen uns gefangen oder ermorden uns gar, wenigstens einige von
uns!" — „Hört, Sir", lächelte Sam, „Ihr könnt mir leid tun! Ihr
wollt ein gebildeter Mann sein und wißt noch nicht einmal, daß man
ausreißen muß, wenn man sich nicht fangen lassen will! Das weiß
heutzutage jeder Hase, ja, sogar jenes kleine, schwarze bissige Insekt, das sechshundertmal höher springt, als seine Körperlänge beträgt. Und Ihr, Ihr wißt das nicht! Hm, steht das denn nicht in den
vielen Büchern, die Ihr gelesen habt?" — „Nein, denn ein wackrer
Westmann soll nicht so hoch springen wie das Insekt, von dem Ihr
redet. Doch Scherz beiseite! Ihr meint also, daß wir uns in Sicherheit bringen?" — „Ja, wir brennen ein Lagerfeuer, damit uns die
Gegner recht deutlich sehen können. Solange das leuchtet, bleiben
die Apatschen sicher versteckt. Wir lassen es niederbrennen und
machen uns, sobald es dunkel ist, davon, um die Kiowas leise und
schnell herbeizuholen. Jetzt werfen sich die Apatschen auf unser
Lager und — finden keinen Menschen, hihihihi! Sie sind erstaunt und
brennen das Feuer wieder an, um uns zu suchen. Da sehen wir sie
deutlich, wie sie vorher uns, und nun wird der Spieß umgedreht:
sie sind es, die überfallen werden. Welch ein Schreck für sie! Ich
versichere Euch, das ist ein Streich, von dem man noch lange Zeit
erzählen wird. Und dabei wird man sagen: Sam Hawkens war es, der
sich das ausgesonnen hat, wenn ich mich nicht irre!" — „Ja, das
wäre wohl recht gut, wenn es nur auch gerade so und nicht anders
käme, als Ihr es Euch denkt." — „Es kommt nicht anders. Will schon
dafür sorgen." — „Und dann?" forschte ich weiter. „Dann lassen wir
die Apatschen heimlich frei?" — „Wenigstens Intschu tschuna und
Winnetou." — „Die andern nicht?" — „So viele von ihnen, wie wir
können, ohne daß wir uns verraten." — „Wie wird es dann den
übrigen ergehen?" — „Gar nicht schlimm, Sir. Das kann ich Euch
versichern. Die Kiowas werden im ersten Augenblick weniger an die
restlichen Gefangenen denken als daran, die Flüchtlinge wieder auf-
zugreifen. Und sollten sie sich wirklich blutgierig zeigen, so ist Sam
Hawkens auch noch da. Überhaupt, was nachher geschehen soll, darüber wollen wir uns die Köpfe nicht zerbrechen. Wenigstens Ihr
könnt von dem Eurigen einen besseren Gebrauch machen. Zunächst
müssen wir vor allen Dingen einen Platz suchen, der für die Ausführung unsres Vorhabens paßt. Das werde ich morgen früh besorgen. Gesprochen haben wir heute genug. Von morgen an werden wir
handeln." — Sam hatte recht. Reden und weitere Pläne schmieden
war jetzt überflüssig. Wir konnten nunmehr nichts andres tun als die
Ereignisse abwarten. — Die heutige Nacht war ziemlich ungemütlich.
Es erhob sich ein Wind, der nach und nach zum Sturm wurde, und
gegen Morgen trat eine Kühle ein, die für diese Gegend eine Selten-

heit war. Wir befanden uns ungefähr auf der Breite von Damaskus und wurden doch von der Kälte aufgeweckt. Sam Hawkens prüfte den Himmel und meinte dann: „Heute wird in dieser Gegend wahrscheinlich etwas geschehen, was hier sehr selten vorkommt. Es wird nämlich regnen, wenn ich mich nicht irre. Und das ist sehr vorteilhaft für unsern Plan." — „Wieso?" fragt ich. — „Könnt Ihr Euch das nicht denken? Schaut doch umher, wie das Gras niedergelagert ist! Wenn die Apatschen da vorüberkommen, müssen sie doch gleich merken, daß hier mehr Menschen und Tiere gewesen sind, als wir eigentlich zählen. Setzt aber ein Regen ein, so richtet sich das Gras rasch wieder auf, während die Spuren dieses Lagers sonst noch nach drei oder vier Tagen sichtbar wären. Ich werde mich mit den Roten so rasch wie möglich davonmachen." — „Um eine Stelle für den Überfall zu suchen?" — „Ja. Könnte die Kiowas zwar einstweilen hier lassen und sie dann holen. Aber je früher sie fortgehen, desto eher verschwinden die Spuren. Ihr mögt inzwischen ruhig weiterarbeiten." — Sam teilte dem Häuptling seine Absicht mit, und Tangua ging darauf ein. Nach kurzer Zeit ritten die Indianer mit Sam und seinen beiden Gefährten fort. Es sei hier noch bemerkt, daß der Platz, den er sich auswählen wollte, an der Linie liegen mußte, die wir als Feldmesser einhalten sollten. — Wir folgten den Vorangerittenen langsam, so wie unsre Arbeit vorwärtsschritt. Gegen Mittag erfüllte sich Sams Vorhersage: es regnete, und zwar in einer Weise, wie es nur in jenen Breiten regnen kann, wenn es da überhaupt einmal regnet. Es schien wie ein See vom Himmel herabzustürzen. — Mitten in diesem Wasserguß kam Sam mit Dick und Will zurück. Wir sahen sie nicht eher, als bis sie sich uns auf vielleicht zwölf oder fünfzehn Schritt genähert hatten, so dicht fiel der Regen. Sie hatten einen passenden Ort gefunden. Parker und Stone sollten ihn uns zeigen. Hawkens aber ging, nachdem er sich mit Mundvorrat versehen hatte, trotz des Unwetters fort, um sein Späheramt anzutreten. Er wollte seine Aufgabe zu Fuß lösen, weil er sich da besser verstecken konnte, als wenn er sein Maultier mitgenommen hätte. Als er hinter dem dichten Vorhang des Regens verschwand, hatte ich das Gefühl, daß sich uns die Entscheidung nun im Eilschritt nähere. — So gewaltig der Regenguß gewesen war, so schnell hörte er wieder auf. Die Schleusen des Himmels schlossen sich mit einemmal, und dann strahlte die Sonne ebenso warm wie gestern auf uns nieder. Die unterbrochene Arbeit konnte abermals aufgenommen werden. — Wir befanden uns auf einer ebenen, mäßig großen und von drei Seiten mit Wald umgebenen Savanne, wo es von Zeit zu Zeit ein Buschwerk gab. Das war für uns ein günstiges Gelände, und so kam es, daß wir rasche Fortschritte erzielten. Hierbei machte ich die Feststellung, daß Sam Hawkens heute früh die Wirkung des Regens richtig vorhergesagt hatte: die Kiowas waren vor uns genau da geritten, wo wir jetzt arbeiteten, und doch war keine Spur von den Huftritten ihrer Pferde zu bemerken. Wenn die Apatschen uns folgten, konnten sie unmöglich ahnen, daß wir zweihundert Verbündete in der Nähe hatten. — Als es zu dunkeln begann und wir unsre Vermessungen einstellten, erfuhren wir von Stone

110

und Parker, daß wir uns in der Nähe des voraussichtlichen Kampfplatzes befänden. Ich hätte ihn gern in Augenschein genommen, dazu war es aber schon zu spät. — Am andern Morgen erreichten wir bereits nach kurzer Arbeitszeit einen Bach, der ein ziemlich großes, teichartiges Becken bildete, das wahrscheinlich stets voll Wasser war, während das Bett des Bachs wohl meist halb trocken lag. Durch den gestrigen Regen aber war es bis an die Ränder gefüllt. Zu diesem Teich führte eine schmale, freie Savannenzunge, die rechts und links von Bäumen und Sträuchern eingesäumt wurde. In das Wasser ragte eine Halbinsel hinein, auf der es auch Sträucher und Bäume gab. Sie war da, wo sie mit dem Land zusammenhing, schmal und verbreitete sich dann so, daß sie eine fast kreisrunde Gestalt annahm. Sie konnte mit einer Pfanne verglichen werden, die mit ihrem Griff am Land hing. Jenseits des Teichs stieg eine sanfte, von dichtem Wald bedeckte Höhe an. — „Das ist die Stelle, für die sich Sam entschieden hat", erklärte Stone, indem er mit Kennermiene um sich blickte. „Sie kann für unser Vorhaben auch wirklich nicht besser passen." — Das veranlaßte mich, nach allen Seiten Umschau zu halten. — „Wo sind denn die Kiowas, Mr. Stone?" fragte ich. — „Versteckt, sehr gut versteckt", schmunzelte er. „Ihr könnt Euch die größte Mühe geben und werdet doch keine Spur von ihnen wahrnehmen, obgleich ich weiß, daß sie uns gut sehen und scharf beobachten können." — „Also wo?" — „Wartet nur, Sir! Erst muß ich Euch erklären, warum Sam, der Pfiffige, diesen Platz gewählt hat. Die Savanne, über die wir jetzt gekommen sind, ist mit vielen einzelnen Büschen bestanden. Das macht es den Kundschaftern der Apatschen leicht, uns unbemerkt zu folgen, weil sie hinter diesen Sträuchern Deckung finden. Seht ferner die offene Graszunge, die hierherführt! Ein Lagerfeuer, das wir hier anbrennen, leuchtet über diese Zunge weg und in die Savanne hinein, woher die Feinde kommen. Es wird die Apatschen also anlocken, und sie können sich uns bequem nähern, wenn sie sich zwischen den Bäumen und Sträuchern halten, die zu beiden Seiten dieser Zunge stehen. Ich sage euch, Mesch'schurs, wir konnten, um von den Roten überfallen zu werden, gar keinen besseren Platz finden." — Sein langes, hageres wetterhartes Gesicht glänzte dabei förmlich vor Zufriedenheit. Der Oberingenieur aber stimmte keineswegs in dieses Entzücken ein. Er meinte kopfschüttelnd: „Was seid Ihr doch für ein Mensch, Mr. Stone! Freut sich dieser Mensch darüber, daß er so schön überfallen werden kann! Ich sage Euch, ich freue mich so wenig darüber, daß ich mich aus dem Staub machen werde!" — „Um dann desto sicherer in die Hände der Apatschen zu geraten!" ergänzte Dick Stone mit Seelenruhe. „Laßt Euch doch nicht solches Zeug in den Sinn kommen, Mr. Bancroft! Ich muß mich über diesen Ort freuen, denn wenn er es den Apatschen erleichtert, uns zu fangen, so haben wir es nachher noch viel bequemer, sie zu fassen. Schaut doch über das Wasser hinüber! Droben auf der Höhe, mitten im Wald, stecken die Kiowas. Ihre Späher sitzen auf den höchsten Bäumen und haben uns sicher kommen sehen. Ebenso werden sie es bemerken, wenn die Apatschen erscheinen, denn sie können von dort oben aus weit über die Savanne blicken." — „Aber", fiel der Oberingenieur ein, „was kann es uns im Augenblick des Überfalles nützen, daß sich die Kiowas jenseits des Wassers da drüben im Wald befinden?" — „Dort stecken sie nur einstweilen, weil sie sonst von den Spähern der Apatschen entdeckt würden", fuhr Dick in seiner Erläuterung fort. „Sind die feindlichen Kundschafter aber fort, so komen sie herab und herüber zu uns und verstecken sich auf der Halbinsel, wo sie nicht bemerkt würden." — „Und wenn die Späher der Apatschen auch dorthin schleichen?" — „Sie könnten wohl, aber wir lassen sie nicht." — „Da müßtet ihr sie verjagen und doch sollen wir nicht merken lassen, daß wir von ihrer Gegenwart wissen. Wie reimt Ihr das zusammen, Mr. Stone?" — „Sehr leicht. Wir dürfen allerdings nicht tun, als vermuteten wir sie in der Nähe, und können ihnen deshab nicht verbieten, die Halbinsel zu betreten. Aber die Landzunge ist da, wo sie mit dem Ufer zusammenhängt, nur dreißig Schritt breit, und diese Breite versperren wir mit unsern Pferden." — „Pferde als Sperre? Ist das möglich?" — „Jawohl. Wir binden die Pferde dort an die Bäume. Dann könnt Ihr sicher sein, daß kein Indianer sich nähert, da die Pferde ihn durch ihr Schnauben verraten würden. Also lassen wir die Späher ruhig kommen und sich umsehen. Die Halbinsel betreten sie nicht. Sobald sie fort sind, um ihre Krieger zu holen, rücken, wie schon gesagt, die Kiowas heran und verstecken sich auf der Halbinsel. Dann schleichen die Apatschen alle herbei und warten, bis wir uns schlafen legen." — „Wenn sie aber nicht so lange warten?" fiel ich ihm in die Rede. „Dann können wir uns nicht zurückziehen!" — „Das wäre auch nicht gefährlich", entgegnete er, „denn die Kiowas würden uns sofort zu Hilfe eilen." — „Das würde nicht ohne Blutvergießen ablaufen, und grad das wollen wir doch vermeiden." — „Ja, Sir, hier im Westen darf es auf einen Tropfen Blut nicht ankommen. Aber habt nur keine Sorge! Das gleiche Bedenken wird die Apatschen abhalten, uns anzugreifen, während wir noch wach sind. Sie müssen sich doch sagen, daß wir uns verteidigen würden, und wenn wir auch nur zwanzig Köpfe zählen, so würden doch sicher mehrere von ihnen fallen, bevor es ihnen glückte, uns unschädlich zu machen. Nein, die schonen ihr Blut und Leben ebenso wie wir das unsrige. Deshalb werden sie warten, bis wir uns schlafen gelegt haben, und dann lassen wir schnell das Feuer ausgehen und ziehen uns auf die Halbinsel zurück." — „Und was tun wir bis dahin? Können wir arbeiten?" — „Ja. Nur müßt ihr zur entscheidenden Stunde hier sein." — „So wollen wir keine Zeit versäumen. Kommt, Mesch'schurs, damit wir noch etwas fertigbringen!" — Sie folgten meiner Aufforderung, obgleich es ihnen wohl nicht zum Arbeiten war. Ich bin überzeugt, daß sie alle am liebsten davongelaufen wären, doch dann wäre die Arbeit nicht beendet worden, und sie hätten dem Vertrag nach keine Bezahlung zu verlangen gehabt. Die aber wollten sie nicht einbüßen. Und wenn sie trotz alledem die Flucht ergriffen hätten, die Apatschen wären doch schnell hinter ihnen her gewesen. Nein, sie sahen ein, daß ihre Sicherheit hier verhältnismäßig größer war, und daher blieben sie.

Auch ich stand den kommenden Ereignissen nicht gleichgültig gegenüber. Es hatte sich meiner ein Zustand bemächtigt, den man im gewöhnlichen Leben Kanonenfieber zu nennen pflegt. Das war nicht etwa Angst, o nein, denn zur Angst hätte ich viel mehr Veranlassung gehabt, als ich die Büffel und dann den Bären angriff! Heute handelte es sich um Menschen. Das war es, was mich beunruhigte. Um mein Leben bangte ich weniger. Das würde ich schon verteidigen. Aber Intschu tschuna und Winnetou! Ich hatte während der letzten Tage so viel an Winnetou gedacht, daß er mir innerlich immer nähergetreten war. Und sonderbar, ich habe später von ihm erfahren, daß er sich damals ebensooft mit meiner Person beschäftigt hat wie ich mich mit ihm. — Meine innere Unruhe wurde auch durch die Arbeit nicht behoben, doch wußte ich gewiß, daß sie im Augenblick der Entscheidung plötzlich verschwinden würde. Da ihr nicht auszuweichen war, wünschte ich sie mir nun recht schnell herbei. Und dieser Wunsch sollte in Erfüllung gehen, denn es war erst wenig nach Mittag, als wir Sam Hawkens auf uns zukommen sahen. Der kleine Mann war sichtlich ermüdet, aber seine listigen Äuglein blickten heiter über den dunklen Bartwald hinweg. — „Alles gelungen?" fragte ich. „Ich sehe es Euch an, lieber Sam." — „So?" lachte er. „Wo steht denn das geschrieben? Auf meiner Nase oder nur in Eurer Einbildung?" — „Einbildung? *Pshaw!* Wer Eure Augen sieht, der kann sich nicht zweifeln." — „Also meine Augen verraten mich. Gut für ein andermal, daß ich das weiß. Aber Ihr habt recht. Es ist mir besser gelungen, als ich hoffen konnte." — „So habt Ihr die Kundschafter gesehen?" — „Kundschafter? Gesehen? Weit mehr! Nicht bloß die Kundschafter, sondern die ganze Schar habe ich nicht nur gesehen, sondern sogar gehört. Belauscht habe ich sie." — „Belauscht? Ah, so sagt schnell, was Ihr da erfahren habt!" — „Nicht jetzt und nicht hier. Nehmt eure Sachen zusammen und geht zum Lager! Ich komme nach. Muß nur vorher hinüber zu den Kiowas, um ihnen zu sagen, was ich ausgekundschaftet habe und wie sie sich verhalten sollen." — Er schritt oberhalb des Teichs auf den Bach zu, sprang hinüber und verschwand jenseits unter den Bäumen des Waldes. Wir packten unsre Siebensachen zusammen und suchten das Lager auf, wo wir auf Sams Wiederkehr warteten. Wir hatten ihn weder kommen sehen noch kommen hören, aber plötzlich stand er mitten unter uns und sagte übermütig: „Da seht ihr mich, Mylords! Habt ihr denn weder Augen noch Ohren? Euch kann ja ein Elefant überrumpeln, dessen Schritte man eine Viertelstunde weit hört!" — „Jedenfalls seid Ihr aber nicht wie ein Elefant aufgetreten", lachte ich. — „Mag sein. Wollte euch nur zeigen, wie man an die Menschen kommt, ohne daß sie es merken. Habt ruhig dagesessen und nicht gesprochen. Seid ganz still gewesen und habt mich doch nicht gehört, als ich herangeschlichen kam. So, grad so war es gestern auch, als ich mich an die Apatschen machte."

„Erzählt uns das, Sam!" — „*Well*, sollt es hören! Muß mich aber dazu setzen, denn ich bin sehr müde. Meine Beine sind an das Reiten gewöhnt und wollen sich auf das Laufen nicht mehr einlassen. Ist auch vornehmer, zur Reiterei als zur Fußtruppe zu gehören, wenn ich mich nicht irre." Er setzte sich in meine Nähe, blinzelte uns rundum einen nach dem andern an und nickte dann bedeutsam vor sich hin. „Also heut abend geht der Tanz los!" — „Heut abend schon?" fragte ich, halb überrascht und halb erfreut, weil ich mir die Entscheidung bald herbeigewünscht hatte. „Das ist gut; das ist sehr gut!" — „Hm, Ihr scheint ja ganz erpicht darauf zu sein, in die Hände der Apatschen zu geraten!" brummte Sam spöttisch, lenkte jedoch sogleich ein. „Aber recht habt Ihr. Es ist gut, und ich freue mich auch darüber, daß wir nicht länger in Ungewißheit bleiben. Ist kein sehr angenehmes Ding, auf etwas warten zu müssen, was doch einen andern Ausgang nehmen kann, als man denkt." — „Anders, als man denkt?" fragte ich. „Ist etwa ein Grund eingetreten, Besorgnis zu hegen?" — „Gar nicht. Grad im Gegenteil. Bin nun erst recht überzeugt, daß alles gut ablaufen wird. Aber ein erfahrener Mann weiß, daß aus dem besten Kind später ein schlimmer Strolch werden kann. So ist's auch mit den Begebenheiten. Die schönste Sache kann durch irgendein Ereignis auf einen falschen Weg geraten, wenn ich mich nicht irre, hihihihi." — „Das ist doch hier nicht zu befürchten?" „Nein. Nach allem, was ich gehört habe, ist der Erfolg gesichert." „Was habt Ihr denn gehört? Erzählt doch nur endlich!" — „Sachte, sachte, mein junger Sir! Alles der Reihe nach! Was ich gehört habe, kann ich jetzt noch nicht sagen, weil Ihr doch erst wissen müßt, was vorher geschehen ist. Ich ging mitten im Regenwetter fort. Brauchte sein Ende nicht abzuwarten, weil der Regen nicht durch meinen Rock dringen kann, auch der stärkste nicht — hihihihi! Bin beinahe bis zu der Stelle gewandert, wo wir lagerten, als die beiden Apatschen zu uns kamen. Dort aber mußte ich mich verstecken, denn ich sah drei Rote, die da herumschnüffelten. Sind Apatschenkundschafter, dachte ich, laufen nicht weiter, weil sie nur bis hierher gehen sollen. So war es auch. Sie suchten die Gegend ab, ohne meine Spur zu finden, und setzten sich dann unter die Bäume, weil es außerhalb des Waldes zu naß war. Da saßen sie wartend wohl an die zwei Stunden. Hatte mich da unter einen Baum gemacht und wartete auch zwei Stunden lang. Mußte doch wissen, was es nun geben würde. Da kam ein Reitertrupp, mit den Kriegsfarben bemalt. Kannte sie sofort: Intschu tschuna und Winnetou mit ihren Apatschen." — „Wieviel waren es?" — „Gerade so viele, wie ich gedacht hatte. Habe ungefähr fünfzig Mann gezählt. Die Späher kamen unter den Bäumen hervor und erstatteten den beiden Häuptlingen Bericht. Dann mußten sie wieder vorangehen, und die Schar folgte langsam nach. Könnt Euch denken, Gentlemen, daß sich Sam Hawkens hinterher machte. Der Regen hatte die Fußspuren verwischt, aber eure eingerammten Pfähle waren noch da und dienten als untrügliche Wegweiser. Wollte, ich hätte, solang ich lebe, lauter so schöne, deutliche Fährten zu lesen. Mußten aber sehr vorsichtig sein, die Apatschen, weil sie hinter jeder Ecke des Gebüschs auf uns treffen konnten, und machten darum nur langsame Fortschritte. Fingen es sehr schlau und vorsichtig an. Habe meine helle Freude an ihnen gehabt, denn sie waren gut geschult. Intschu tschuna ist ein tüchtiger Kerl und Winnetou nicht minder. Die kleinste Bewegung dieser beiden Späher war berechnet. Kein Wort wurde gesprochen.

Man verständigte sich nur durch Zeichen. Zwei Meilen hinter der Stelle, wo ich sie zuerst gesehen hatte, brach der Abend herein. Sie stiegen ab, hobbelten ihre Pferde an und verschwanden im Wald, wo sie bis zum Morgen lagern wollten." — „Und da habt Ihr sie belauscht?" fragte ich. — „Ja. Sie brannten als kluge Krieger kein Feuer an, und weil Sam Hawkens ebenso klug ist wie sie, dachte er, daß sie ihn da nicht leicht bemerken könnten. Daher machte ich mich auch unter die Bäume und kroch auf meinem eigenen Bauch, weil ich sonst keinen andern dazu hatte, so weit vor, bis ich in ihre Nähe kam und alles hörte, was sie sprachen." — „Verstandet Ihr denn alles?" — „Unvernünftige Frage! Werde doch hören, was gesprochen wird!" — „Ich meine, ob sie sich des englisch-indianischen Kauderwelschs bedienten?" — „Sie bedienten sich gar nicht, sondern sie sprachen miteinander, wenn ich mich nicht irre, und zwar in der Mundart der Mescaleros, die ich so leidlich inne habe. Ich rückte langsam weiter vor, bis ich in der Nähe der beiden Häuptlinge war. Die tauschten zuweilen einige Worte miteinander aus, zwar kurze, nach Indianerweise, aber inhaltreich. Habe da genug erfahren und weiß woran ich bin." — „Dann schießt los!" drängte ich, da er jetzt eine Pause machte. — „So macht Euch beiseite, Sir", lächelte Sam, „wenn Euch mein Schuß nicht treffen soll! Haben es wirklich auf uns abgesehen. Wollen uns lebendig fangen." — „Also nicht töten?" — „O doch, ein wenig töten wollen sie uns, aber nicht sofort! Möchten uns nur erst fangen, ohne uns zu beschädigen, und uns dann zu den Dörfern der Mescaleros am Rio Pecos schaffen, wo wir an die Marterpfähle gebunden und lebendig geschmort werden sollen. *Well*, ganz wie Karpfen, die man fängt, nach Hause schafft, ins Wasser setzt und füttert, um sie dann mit allerlei Gewürz zu sieden. Soll mich wundern, was für ein Fleisch der alte Sam da geben wird, besonders, wenn sie mich ganz in die Pfanne tun und mich in meinem Jagdrock braten — hihihihi!" — Er lachte in seiner stillen, heimlichen Weise vor sich hin und fuhr dann fort: „Haben es besonders auf Mr. Rattler abgesehen, der so still entzückt da unter euch sitzt und mich so verklärt anschaut, als warte der Himmel mit allen seinen Seligkeiten nur auf ihn. Ja, Mr. Rattler, habt Euch eine Suppe eingebrockt, die ich nicht auslöffeln möchte. Ihr werdet gespießt, gepfählt, vergiftet, erstochen, erschossen, gerädert, gehängt, immer eins hübsch nach dem andern, und von jedem stets nur ein kleines bißchen, damit Ihr dabei recht lang leben bleibt und alle diese Qualen und Todesarten richtig auskosten könnt. Und wenn Ihr dann trotz alledem noch nicht gestorben seid, werdet Ihr mit Klekih-petra, den Ihr erschossen habt, in eine Grube gelegt und lebendig begraben."

„Mein Himmel! Sagten sie das?" stöhnte Rattler, dessen Gesicht vor Entsetzen totenbleich wurde. — „Freilich! Habt es auch verdient. Kann Euch da nicht helfen. Will nur wünschen, daß Ihr dann, wenn Ihr all diese Todesarten hinter Euch habt, nicht wieder eine so ruchlose Tat begeht. Denke aber, daß Ihr es bleiben lassen werdet. Die Leiche Klekih-petras ist einem Medizinmann übergeben worden, der sie heimschafft. Ihr wißt wohl, daß die Rothäute ihre Toten so zu behandeln vermögen, daß sie sich lange halten. Habe

Mumien von Indianerkindern gesehen, die selbst nach einer Zeit von über hundert Jahren so frisch aussahen, als hätten sie gestern noch gelebt. Wenn wir alle gefangen werden, wird man uns das Vergnügen machen, zugucken zu dürfen, wie sie Mr. Rattler bei lebendigem Leib in eine solche Mumie verwandeln." — „Ich bleibe nicht hier!" rief Rattler schaudernd. „Ich gehe fort! Mich bekommen sie nicht!" — Er wollte aufspringen. Sam Hawkens aber zog ihn rasch nieder und warnte: „Keinen Schritt von hier fort, wenn Euch Euer Leben lieb ist! Ich sage Euch, daß die Apatschen vielleicht schon die ganze Umgegend besetzt haben. Ihr würdet ihnen grad in die Hände laufen." — „Glaubt Ihr das, Sam?" fragte ich. — „Ja. Es ist keine leere Drohung, sondern ich habe alle Ursache, das anzunehmen. Habe mich auch in andrer Hinsicht nicht getäuscht. Die Apatschen sind wirklich schon gegen die Kiowas ausgerückt, ein ganzes Heer, zu dem die beiden Häuptlinge stoßen wollen, sobald sie hier mit uns fertig sind. Nur deshalb ist es möglich geworden, daß sie so rasch zu uns zurückkehren konnten. Sie brauchtes, um Krieger gegen uns zu holen, nicht bis in ihre Dörfer zu reiten, sondern sie trafen die gegen die Kiowas ausgezogenen Stämme unterwegs, übergaben Klekih-petras Leiche dem Medizinmann und einigen andern Leuten zum Heimschaffen und suchten sich fünfzig gute Reiter aus, um uns zu fangen." — „Wo befinden sich die Trupps, die gegen die Kiowas bestimmt sind?" — „Weiß ich nicht. Ist kein Wort darüber gesprochen worden. Kann uns auch gleichgültig sein, wenn ich mich nicht irre." — Damit sollte sich der kleine Sam nun allerdings gewaltig irren. Es war gar nicht gleichgültig für uns, wo sich diese zahlreichen Scharen befanden. Das erfuhren wir nur zu bald. Jetzt aber erzählte Sam weiter. — „Als ich genug gehört hatte, hätte ich mich gleich zu euch aufmachen können. Aber es ist des Nachts schwer, die Fährte zu verbergen. Man hätte sie früh entdecken können, und sodann wollte ich die Apatschen gern auch noch am Morgen beobachten. Blieb darum die ganze Nacht im Wald versteckt und machte mich erst wieder auf die Beine, als sie aufgebrochen waren. Bin ihnen gefolgt bis ungefähr sechs Meilen von hier und habe dann einen Umweg gemacht, um unbemerkt zu euch zu kommen. *Well*, da wißt ihr alles, was ich euch sagen kann." — „Ihr habt Euch also vor den Apatschen nicht blicken lassen?" — „Nein." — „Aber Ihr sagtet doch, daß Ihr Euch ihnen zeigen wolltet —" — „Weiß schon, weiß! Hätte es auch getan; war aber nicht nötig — weil, halt, habt ihr es gehört?" — Sam war in seiner Rede durch den dreimaligen Schrei eines Adlers unterbrochen worden. — „Das sind die Späher der Kiowas", sagte er. „Sie sitzen da oben auf den Bäumen. Habe ihnen gesagt, sie sollen mir dieses Zeichen geben, wenn sie die Apatschen draußen auf der Savanne wahrnehmen. Kommt, Sir! Wollen prüfen, was für Augen Ihr in dieser Beziehung habt!" — Diese Aufforderung war an mich gerichtet. Er stand auf, um zu gehen, und ich nahm mein Gewehr und folgte ihm. — „Halt!" wehrte er ab. „Laßt das Gewehr hier! Der Westmann soll sich zwar nie von seiner Büchse trennen; aber hier erleidet diese Regel eine Ausnahme, weil wir so tun müssen, als dächten wir an keine Gefahr. Wir wollen uns den

Anschein geben, als sammelten wir Holz zu einem Feuer. Daraus werden die Apatschen schließen, daß wir hier am Abend lagern werden, was von Vorteil für uns ist." — Wir schlenderten scheinbar arglos zwischen den Baum- und Strauchreihen auf dem offenen Rasenstreifen hin auf die Savanne hinaus. Dort sammelten wir am Rand des Gebüsches dürre Äste und sahen uns dabei verstohlen nach Apatschen um. Falls sich welche in der Nähe befanden, so mußten sie hinter den Sträuchern stecken, die auf der Savanne mehr oder weniger entfernt von uns zerstreut standen. — „Seht Ihr einen?" raunte ich Sam nach einer Weile zu. — „Nein", flüsterte er.

„Ich auch nicht." — Wir strengten unsre Augen nach Kräften an, konnten aber nichts entdecken. Und doch erfuhr ich später von Winnetou selbst, daß er höchstens fünfzig Schritt von uns entfernt hinter einem Busch gelegen und uns beobachtet hatte. Es ist eben nicht genug, daß man scharfe Augen besitzt, sie müssen auch geübt sein, und das waren die meinigen damals noch nicht. Heute würde ich Winnetou sofort entdecken, und wenn es nur infolge der Mücken wäre, die, von seiner Person angezogen, um den Busch weit dichter spielten als anderswo. — Wir kehrten also unverrichteterdinge zu den anderen zurück und beschäftigten uns nun alle mit dem Sammeln von Holz für das Lagerfeuer. Dabei brachten wir mehr zusammen, als wir brauchten. — „Recht so", meinte Sam. „Wir müssen einen Haufen für die Apatschen liegen haben. Wenn sie uns ergreifen wollen und wir plötzlich verschwunden sind, sollen sie schnell ein Feuer machen können." — Hierauf wurde es dunkel. Sam, als der Erfahrenste, versteckte sich ganz vorn, da, wo der Grasstreifen, an dessen Ende wir saßen, bei der Savanne anfing. Er wollte das Kommen der Späher erlauschen, die wir mit Sicherheit zu erwarten hatten, da sie unser Lager auskundschaften mußten. Das Feuer wurde angezündet und leuchtete über den Grasstreifen hinweg weit in die Savanne hinaus. Die Apatschen mußten uns für sehr unvorsichtig und unerfahren halten, denn das große Feuer war ganz geeignet, dem Feind aus weiter Ferne den Weg zu uns zu zeigen.

9. Winnetou in Fesseln

Wir aßen Abendbrot und lagerten uns so, als wären wir weit entfernt davon, an etwas Arges zu denken. Die Gewehre lagen ein Stück abseits von uns, doch der Halbinsel zu, damit wir sie später mitnehmen konnten. Die Landzunge war, wie Sam bestimmt hatte, durch unsre Pferde abgesperrt worden. — Seit Anbruch der Dunkelheit waren wohl drei Stunden vergangen, als Sam lautlos wie im Schatten zurückkehrte. — „Die Kundschafter kommen", meldete er leise, „zwei Mann, einer auf dieser und der andre auf jener Seite. Habe es gehört und sogar auch gesehen." — Sie näherten sich uns also auf beiden Seiten des Grasstreifens, indem sie sich im Dunkel des Gebüsches hielten. Sam setzte sich zu uns und begann mit lauter

Stimme eine Unterhaltung über den ersten besten Gegenstand, der ihm gerade einfiel. Wir antworteten ihm, und so entspann sich ein Gespräch, dessen Lebhaftigkeit darauf berechnet war, die Späher in Sicherheit zu wiegen. Obgleich wir wußten, daß sie da waren und uns scharf beobachteten, hüteten wir uns, auch nur einen einzigen mißtrauischen Blick ins Gebüsch zu werfen. — Jetzt galt es vor allen Dingen zu erfahren, wann sie sich wieder entfernten. Hören konnten wir es nicht und sehen auch nicht, und doch durften wir vom Augenblick ihres Rückzuges an keine Minute verlieren, denn es stand zu erwarten, daß dann schon nach kurzer Zeit die ganze Schar heranschleichen würde. Inzwischen aber mußten die Kiowas die Halbinsel besetzen. Deshalb war es wohl am besten, nicht zu warten, bis sie sich freiwillig entfernten, sondern sie dazu zu zwingen.

Darum stand Sam auf, tat, als wolle er Holz suchen, und drang auf der einen Seite in die Büsche ein. Dick Stone machte es genau so auf der andern Seite. Wir konnten nun sicher sein, daß sich die Späher fortgeschlichen hatten. Jetzt hielt Sam beide Hände an den Mund und ließ dreimal den Schrei eines Ochsenfrosches hören. Dies war das Zeichen, daß die Kiowas kommen sollten. Weil wir uns an einem Wasser befanden, konnte der Ruf des Ochsenfrosches nicht auffallen. Hierauf schlich Sam wieder vor auf seinen Lauscherposten, um uns die Ankunft der Hauptmasse der Feinde melden zu können.

Noch waren kaum zwei Minuten seit dem Ruf des Frosches vergangen, so kamen die Kiowas herbeigehuscht, einer hart hinter dem andern, eine lange Reihe von zweihundert Kriegern. Sie hatten nicht im Wald gewartet, sondern waren, um dem Zeichen rascher folgen zu können, schon vorher bis an den Bach vorgedrungen und dann herübergesprungen. Wie Schlangen schoben sie sich hinter uns in unserm Schatten tief am Boden hin und der Halbinsel zu. Das ging so gewandt und rasch, daß nach höchstens drei Minuten der letzte an uns vorüber war. — Nun warteten wir auf Sam. Er kam und raunte uns zu:„Sie nähern sich, und zwar wieder auf beiden Seiten, wie ich gehört habe. Legt kein Holz mehr an! Müssen es so einrichten, daß beim Verlöschen der Flammen nur noch ein Häufchen Glut übrigbleibt, woran die Roten das Feuer rasch wieder entzünden können."

Wir schichteten den Holzvorrat, den wir noch hatten, so um das Feuer auf, daß die Glut dann keinen Schein werfen und unser Verschwinden nicht vorzeitig verraten konnte. Als das geschehen war, mußte ein jeder von uns mehr oder weniger Schauspieler sein. Wir wußten fünfzig Apatschen in unmittelbarer Nähe und durften es uns doch nicht merken lassen. Es hing sehr viel am nächsten Augenblick. Wir hatten angenommen, daß sie warten würden, bis wir eingeschlafen zu sein schienen. Aber wie nun, wenn sie eher über uns herfielen? Dann hatten wir zwar in den Kiowas zweihundert Helfer, doch es mußte zum Kampf, zum Blutvergießen kommen, und das konnte manchem von uns das Leben kosten. Die Entscheidung war da, und das, was ich gewußt hatte, trat ein: ich war so ruhig, als gelte es nur, eine Partie Schach oder Domino zu spielen. Höchst aufschlußreich war es, die andern zu beobachten. Rattler lag lang ausgestreckt am Boden. Er hatte sein Gesicht der Erde zugekehrt und stellte sich schlafend. Die Todesangst hatte ihn mit eiskalten Händen ergriffen. Seine ‚berühmten Westmänner' stierten einander bleich und furchtsam an. Sie konnten nur abgerissene Worte hervorbringen und sollten doch an unsrer Unterhaltung teilnehmen. Dick Stone und Will Parker saßen so gemütlich da, als gäbe es in der ganzen Welt nicht einen einzigen Apatschen. Sam Hawkens machte einen Witz über den andern, und ich lachte möglichst lustig über seine Scherze. — Als in dieser Weise eine halbe Stunde vergangen war, hatten wir die Überzeugung, daß der Überfall erst nach unserm Einschlafen erfolgen sollte, denn sonst wäre er nun längst unternommen worden. Das Feuer war ziemlich niedergebrannt, und ich hielt es für geraten, die Entscheidung nicht länger zu verzögern. Darum gähnte ich einige Male und dehnte mich. — „Ich bin müde und möchte schlafen. Ihr nicht auch, Sam Hawkens?" — „Habe nichts dagegen. Werde es ebenso machen", erwiderte er. „Das Feuer geht aus. Gute Nacht!" — „Gute Nacht;" sagten auch Stone und Parker. Dann rückten wir unauffällig möglichst weit vom Feuer weg und streckten uns da aus. — Die Flamme wurde kleiner und kleiner, bis sie ganz erlosch. Nur die Asche glühte noch. Ihr Schein konnte aber wegen des ringsum aufgeschichteten Holzes nicht zu uns dringen. Wir lagen alle ganz im Dunkeln. Jetzt galt es, uns leise in Sicherheit zu bringen. Ich griff zu meinem Gewehr und schob mich langsam fort. Sam hielt sich an meiner Seite und die andern folgten. Sollte einer von ihnen ja ein Geräusch verursachen, so versuchte ich, es dadurch unhörbar zu machen, daß ich im Vorbeischleichen eins der Pferde zum Stampfen brachte, indem ich es hin und her schob. Das mußte jeden verräterischen Laut übertönen. Es gelang auch wirklich allen, die Kiowas zu erreichen, die schon wie kampfbegierige Panther auf der Lauer lagen. — „Sam", flüsterte ich, „wenn die beiden Häuptlinge wirklich geschont werden sollen, so dürfen wir keinen Kiowa über sie lassen. Seid Ihr einverstanden?" — „Ja." — Ich nehme Winnetou auf mich. Ihr, Stone und Parker, mögt euch an Intschu tschuna machen." — „Ihr einen und wir drei zusammen auch nur einen? Diese Rechnung ist nicht richtig, wenn ich mich nicht irre." — „Sie ist richtig. Ich wende meinen Fausthieb an und werde mit Winnetou schnell fertig. Ihr aber müßt zu dreien sein, damit sein Vater sich nicht wehren kann, denn wenn er Zeit und Raum zur Verteidigung bekommt, kann das für ihn leicht Verletzungen oder gar den Tod nach sich ziehen." — „Well, habt recht! Aber damit uns kein Kiowa zuvorkommt, wollen wir ein Stückchen vor, so daß wir dann gleich die ersten sind. Kommt!" — Wir rückten dem Feuer mehrere Schritte näher und warteten nun mit größter Spannung auf das Kampfgeschrei der Apatschen. Denn daß sie den Angriff nicht ohne Kriegsruf unternehmen würden, stand zu erwarten. Es ist ihre Gewohnheit, daß der Anführer durch einen Schrei das Zeichen gibt, und dann stimmen die andern in möglichst höllischer Weise ein. Dieses Geheul soll dem Angegriffenen den Mut zur Gegenwehr rauben. Man kann es so, wie es bei den meisten Stämmen klingt, dadurch nachahmen, daß man im höchsten Fistelton ein langes ‚Hiiiiiiih!' ausstößt und dabei mit der flachen Hand sehr schnell aufeinanderfolgende Schläge gegen die Lippen führt, so daß der Ton als Triller zu hören ist. — Die Kiowas befanden sich in der gleichen Spannung wie wir. Jeder von ihnen wollte gern auch der erste sein, und deshalb drängten sie vorwärts, so daß wir weiter und weiter vorgeschoben wurden. Das konnte dadurch, daß wir den Apatschen zu nahe rückten, für uns gefährlich werden, und so wünschte ich sehr, daß ihr Angriff bald erfolgen möchte. — Dieser Wunsch wurde endlich erfüllt. Es ertönte das erwähnte ‚Hiiiiiiiih' in einem so schrillen, durchdringenden Ton, daß es mir durch Mark und Bein fuhr, und darauf folgte ein Geheul, das so schrecklich klang, als würde es von tausend Teufeln ausgestoßen. Wir hörten schnelle Schritte und Sprünge auf dem weichen Erdboden. Dann war plötzlich alles still. Einige Augenblicke regte sich nichts rundum. Man hätte, wenn man sich so ausdrücken will, eine Ameise laufen hören können. Endlich rief Intschu tschuna das eine kurze Wort: „Ko!" — Das bedeutet, wie ich später erfuhr, ‚Feuer', also ‚Feuer machen'. Unsre Asche glühte noch immer, und das dürre Holz und Gezweig, das dabeilag, brannte leicht. Die Apatschen gehorchten dem Befehl rasch und warfen von dem Holz auf die glimmende Asche. Es dauerte nur wenige Sekunden, so loderte die Flamme neu empor, und die Umgebung des Feuers war erhellt. — Intschu tschuna und Winnetou standen nebeneinander, und es bildete sich schnell ein Kreis von Kriegern um sie, als die Apatschen zu ihrem Erstaunen sahen, daß wir fort waren. „Uff, uff, uff!" riefen sie verwundert. — Winnetou zeigte schon jetzt, trotz seiner Jugend, die Umsicht, die ich später so oft an ihm bewundert habe. Er sagte sich, daß wir uns noch in der Nähe befinden müßten und daß die am Feuer stehenden, beleuchteten Apatschen im Nachteil seien, weil sie uns für unsre Gewehre ein sicheres Ziel boten. Darum rief er: „Tatischa, tatischa!" — Das hieß, wie ich damals freilich noch nicht wußte: ‚Eilt hinweg!' Er setzte auch schon zum Sprung an, doch kam ich ihm zuvor. Vier, fünf schnelle Schritte hatten mich an den Kreis gebracht, der ihn umgab. Rechts und links die mir im Weg stehenden Apatschen auseinanderwerfend, drang ich hindurch, und Hawkens, Stone und Parker folgten mir auf dem Fuß. Eben, als Winnetou seinen lauten Befehl zum Rückzug gegeben hatte und sich zum Fortspringen umwandte, stand er vor mir, und wir sahen uns einen Augenblick lang in die Gesichter. Seine Hand fuhr blitzschnell in den Gürtel, um das Messer zu ziehen, da aber traf ihn schon mein Faustschlag gegen die Schläfe. Er wankte und brach auf die Erde nieder. Zugleich sah ich, daß Sam, Dick und Will seinen Vater gepackt hatten. — Die Apatschen heulten auf vor Wut. Aber ihr Geheul wurde übertönt von dem schrecklichen Brüllen der Kiowas, die sich nun auf die Gegner warfen. — Ich stand, da ich den Kreis der Apatschen durchbrochen hatte, mitten in dem Knäuel von Menschen, die miteinander rangen. Zweihundert Kiowas gegen vielleicht fünfzig Apatschen, also vier gegen einen! Aber die Krieger Intschu tschunas wehrten sich nach Kräften. Ich hatte zunächst alles aufzubieten, mehrere von ihnen von mir abzuhalten, und mußte mich deshalb wie ein Kreisel drehen. Dabei gebrauchte ich nur meine Fäuste, denn ich wollte keinen verwunden oder gar töten. Als ich noch vier oder fünf niedergeschlagen hatte, bekam ich Luft, und zu gleicher Zeit wurde der allgemeine Widerstand schwächer. Bereits fünf Minuten nach Beginn unsres Angriffs war der Kampf zu Ende. Fünf Minuten nur! Aber in einem solchen Handgemenge bedeuten sie doch eine lange Zeit.

Der Häuptling Intschu tschuna lag gefesselt am Boden, neben ihm Winnetou besinnungslos. Auch er wurde gebunden. Es war kein einziger Apatsche entkommen, meist wohl darum, weil es diesen tapferen Kriegern nicht eingefallen war, ihre beiden Häuptlinge, die sofort überwältigt worden waren, zu verlassen und die Flucht zu ergreifen. Viele von ihnen waren verwundet, ebenso eine Anzahl der Kiowas, und leider gab es bei unsern roten Bundesgenossen auch drei und bei den Apatschen fünf Tote. Das hatte freilich nicht in unsrer Absicht gelegen. Aber der heftige Widerstand der Apatschen hatte die Kiowas veranlaßt, ihre Waffen nachdrücklicher, als wir es gewünscht, zu gebrauchen. — Die besiegten Feinde waren alle gefesselt. Dazu hatte es keiner großen Meisterschaft bedurft, denn da vier oder — uns Weiße mitgerechnet — fast fünf gegen einen standen, war es nur nötig gewesen, daß drei Kiowas einen Apatschen festhielten und der vierte oder fünfte ihn band. — Die Leichen wurden auf die Seite geschafft, und da die verwundeten Kiowas Hilfe bei den Ihrigen fanden, machten wir Weißen uns daran, die verletzten Apatschen zu untersuchen und zu verbinden. Wir bekamen dabei freilich nicht nur die finsteren Gesichter zu sehen, sondern fanden sogar bei einigen Widerstand. Sie waren zu stolz, von ihren Gegnern einen Dienst anzunehmen, und ließen lieber ihre Wunden bluten. Ich fühlte mich dadurch nicht beunruhigt, denn die Verletzungen waren glücklicherweise nur leicht. — Als wir diese Arbeit beendet hatten, fragten wir uns zunächst, wie die Gefangenen die Nacht hinbringen sollten. Ich wollte es ihnen so leicht wie möglich machen. Da aber fuhr mich Tangua an: „Diese Hunde gehören nicht euch, sondern uns, und ich allein habe zu bestimmen, was mit ihnen geschehen soll!" — „Nun — was?" fragte ich ihn. — „Wir würden sie leben lassen, bis wir in unsre Dörfer zurückkehren. Da wir aber eine Niederlassungen überfallen wollen und bis dahin noch einen weiten Weg haben, werden wir uns nicht lange mit ihnen schleppen. Sie kommen an den Marterpfahl." — „Alle?" — „Alle!" — „Das glaube ich nicht." — „Wieso?" — „Weil du vorhin im Irrtum gewesen bist." — „Wann?" — „Als du sagtest, daß die Apatschen euch gehören. Das war falsch." — „Das war richtig!" — „Nein. Nach den Gesetzen der Prärie gehört der Gefangene dem, der ihn besiegt hat. Nehmt euch also die Apatschen, die ihr überwunden habt. Dagegen will ich nichts sagen. Die aber, die wir ergriffen haben, gehören uns." — „Uff, uff! Wie klug du redest! Da wollt ihr wohl auch Intschu tschuna und Winnetou behalten?" — „Gewiß." — „Und wenn Tangua sie euch nicht läßt?" — „Du wirst sie uns lassen!" — Er sprach in feindseligem Ton. Ich antwortete ihm ruhig und bestimmt. Da zog er sein Messer, stieß es bis ans Heft in die Erde und funkelte mich drohend an. — „Legt nur eine Hand an einen einzigen Apatschen, so werden eure Leiber sein wie diese Stelle, in der das Messer steckt. Tangua hat gesprochen. Howgh!" — Das war ernst gemeint. Ich hätte ihm aber doch gezeigt, daß ich keine Lust hatte, mich einschüchtern zu lassen, wenn Sam Hawkens nicht so klug gewesen wäre, mir einen warnenden Blick zuzuwerfen, der mich zur Ruhe und Vorsicht mahnte. Deshalb zog ich es vor, zu schweigen. — Die gefesselten Apatschen lagen rund ums Feuer, und es wäre am einfachsten gewesen, sie da liegen zu lassen, wo sie ohne Mühe bewacht werden konnten. Aber Tangua wollte mir offenbar zeigen, daß er sie wirklich als sein Eigentum betrachte und mit ihnen nach Belieben verfuhr. Deshalb gab er den Befehl, sie aufrecht an die nächsten Bäume zu binden. — Das geschah, und zwar nicht in zarter Weise, wie man sich denken kann. Die Kiowas zeigten sich äußerst schonungslos und waren bemüht, den Gefesselten möglichst große Schmerzen zu bereiten. Keiner der Apatschen verzog dabei eine Miene. Am rohesten behandelte man den Häuptling und seinen Sohn, deren Fesseln so fest angezogen wurden, daß das Blut aus dem angeschwollenen Fleisch spritzen wollte. — So war es unmöglich, daß ein Gefangener aus eigener Anstrengung loskommen und entfliehen konnte. Dennoch stellte Tangua Wachen rund um das Lager aus und ließ ferner nach den Pferden der Apatschen suchen, die sie sicherlich unter Obhut einiger Wächter irgendwo verborgen hielten. — Unser wieder angefachtes Feuer brannte, wie bereits erwähnt, am inneren Ende des zum Wasser verlaufenden Grasstreifens. Wir lagerten rundum und hatten die Absicht, keinen Kiowa bei uns zu dulden, da die Befreiung Winnetous und seines Vaters entweder erschweren oder gar unmöglich machen mußte. Aber es fiel ihnen gar nicht ein, zu uns zu kommen. Sie hatten sich gleich, als sie bei uns ankamen, nicht freundlich gezeigt, und mein Wortwechsel mit ihrem Häuptling war nicht geeignet gewesen, ihre Gesinnung zu ändern. Die kalten, fast verächtlichen Blicke, die sie uns zuwarfen, waren keineswegs vertrauenserweckend, und wir mußten uns sagen, daß wir froh sein durften, wenn es uns gelang, uns von ihnen ohne einen Zusammenstoß loszulösen. — Sie brannten in einiger Entfernung von uns, weiter zur Savanne hinaus, mehrere Feuer an, um die sie sich lagerten. Dort sprachen sie miteinander, nicht in dem zwischen Weißen und Roten gebräuchlichen Kauderwelsch, sondern in der Sprache ihres Volkes. Wir sollten sie nicht verstehen, was wir auch als ein ungünstiges Zeichen bewerten mußten. Sie betrachteten sich als die Herren der Lage, und ihr Verhalten zu uns glich dem eines Löwen in der Tierbude, der ein Hündchen bei sich duldet. — Die Ausführung unsres Vorhabens wurde dadurch erschwert, daß nur drei davon wissen durften, nämlich Sam Hawkens, Dick Stone, Will Parker und ich. Die andern durften wir nicht ins Geheimnis ziehen, weil sie wahrscheinlich dagegen gewesen wären, unsre Absicht hintertrieben oder gar den Kiowas Mitteilung gemacht hätten. Sie lagen dicht bei uns, und wir mußten hoffen, daß sie später alle schlafen würden. Weil obendrein im Fall des Gelingens von einer Ruhe für uns wohl keine Rede war, meinte Sam, daß es angezeigt sei, jetzt ein wenig zu schlummern. Wir legten uns also nieder, und ich war trotz der seelischen Aufregung, in der ich mich befand, so glücklich, bald einzuschlafen. Später wurde ich von Sam geweckt. Das mochte kurz nach Mitternacht sein. So schätzte ich wenigstens. Die Zeit nach dem Stand der Sterne zu bestimmen, verstand ich damals noch nicht. Unsre Gefährten schliefen, und das Feuer war niedergebrannt. Die Kiowas unterhielten nur noch ein Feuer und hatten die andern ausglimmen lassen. Wir konnten miteinander sprechen, was allerdings nur leise geschehen durfte. Stone und Parker waren auch wach.

„Es gilt vor allen Dingen, eine Wahl zu treffen, denn alle vier dürfen wir nicht fort von hier", flüsterte mir Sam zu. „Es genügen zwei." — „Zu denen gehöre ich!" erklärte ich bestimmt. — „Oho, nicht so eilig, bester Sir! Die Sache ist lebensgefährlich." — „Das weiß ich." — „Und Ihr wollt Euer Leben wagen?" — „Ja." — „Well! Ihr seid ein braver Kerl, wenn ich mich nicht irre. Aber bedenkt, daß das Gelingen unsres Vorhabens von den Männern abhängt, die es ausführen!" — „Das ist richtig." — „Freut mich, daß Ihr das zugebt, und darum denke ich, daß Ihr darauf verzichten werdet, selber mitzutun." — „Fällt mir gar nicht ein!" — „Seid vernünftig, Sir!" bat er. „Laßt mich mit Dick Stone gehen!" — „Nein!" — „Ihr seid noch zu neu. Ihr versteht vom Anschleichen noch so gut wie gar nichts." — „Möglich! Heute aber werde ich Euch beweisen, daß man auch etwas fertigbringt, was man nicht versteht. Man muß nur Lust dazu haben." — „Und Geschick, Sir, Geschick! Und das habt Ihr eben nicht. Das muß erstens angeboren sein und dann geübt werden. Die Übung ist's, die Euch fehlt." — „Es kommt auf eine Probe an." — „Wollt Ihr etwa eine machen?" — „Ja." — „Was für eine?" — „Wißt Ihr, ob Tangua schläft?" — „Nein." — „Und doch ist es für uns wichtig, das zu wissen, nicht wahr, Sam?" — „Ja. Ich will nachher hinschleichen." — „Nein; das werde ich tun." — „Ihr? Weshalb?" — „Eben, um die Probe zu machen." — „Ah so! Aber wenn man Euch entdeckt?" — „So schadet es nichts, denn es gibt eine gute Ausrede. Ich habe mich überzeugen wollen, ob die Wachen ihre Schuldigkeit tun." — „All right, das geht. Aber wozu soll denn diese Probe dienen?" — „Sie soll mir Euer Vertrauen erwerben. Ich denke, wenn ich sie bestehe, weigert Ihr Euch nicht mehr, mich zu Winnetou mitzunehmen." — „Hm! Darüber müssen wir dann noch reden." — „Meinetwegen! Also ich darf jetzt fort zum Häuptling?" — „Ja. Aber seht Euch vor! Falls man Euch erwischt, schöpft man Verdacht, wenn auch nicht jetzt, so doch später, sobald Winnetou fort ist. Man wird denken, daß Ihr ihn losgeschnitten habt." — „Und sich dabei in keinem großen Irrtum befinden." — „Nehmt jeden Baum und jeden Strauch als Deckung und hütet Euch, eine Stelle zu berühren, wohin der Schein des Feuers fällt! Müßt Euch stets im Dunkeln halten!" — „Werde mich im Dunkeln halten, Sam!" — „Hoffe es. Es sind noch wenigstens dreißig Kiowas munter, wenn ich mich nicht irre, die Wächter nicht mitgerechnet. Wenn Ihr es fertigbringt, unbemerkt zu bleiben, so will ich Euch loben und bei mir denken, daß doch noch einmal, vielleicht nach zehn Jahren, ein Westmann aus Euch werden kann, obgleich Ihr trotz aller meiner guten Lehren jetzt noch ein Greenhorn seid, wie man es so schön grün und unerfahren in keiner Schaubude zu sehen bekommt, hihihihi!" — Ich schob das Messer und die Revolver, um sie nicht unterwegs zu verlieren, so tief wie möglich in den

Gürtel und kroch vom Feuer fort. Heute, da ich das erzähle, kenne ich die ganze Verantwortung, die ich damals so leicht auf mich nahm, die ganze Verwegenheit des Vorsatzes, den ich gefaßt hatte. Ich wollte nämlich Tangua gar nicht beschleichen! — Nein, ich hatte Winnetou liebgewonnen und wollte ihm das beweisen, womöglich durch eine Tat, bei der ich mein Leben wagte. Dazu gab es jetzt die trefflichste Gelegenheit, da es galt, ihn zu befreien. Aber ich wollte das tun, ich selber! Und nun kam mir Sam mit seinen Bedenken dazwischen! Er beabsichtigte, das, worauf ich so sehr brannte, mit Dick Stone auszuführen. Auch wenn ich jetzt den Häuptling Tangua glücklich beschlich, war anzunehmen, daß Sam seine Bedenken doch nicht fallen ließ. Deshalb war ich auf den Gedanken gekommen, gar nicht erst darum zu betteln. Nicht zu Tangua wollte ich also, sondern zu Winnetou! — Dabei setzte ich freilich nicht nur mein Leben, sondern auch das meiner Gefährten aufs Spiel. Wenn ich bei der Ausführung meines Vorhabens erwischt wurde, war es um mich und um sie geschehen. Das wußte ich damals zwar auch, ging in jugendlichem Tatendrang leicht darüber hinweg. — Vom Anschleichen hatte ich gelesen und, seit ich mich im Wilden Westen befand, auch oft genug gehört. Besonders Sam hatte mir erklärt und auch gezeigt, wie es zu machen sei. Ich hatte es geübt. Doch von der Fertigkeit, die ich heut eigentlich brauchte, war keine Rede. Das hinderte mich aber keineswegs, fest an mich und das Gelingen meiner Absicht zu glauben. — Ich lag im Gras und schob mich fort, in die Büsche hinein. Von unserm Platz bis dahin, wo man Intschu tschuna und Winnetou nebeneinander an je einen Baum gebunden hatte, war es ungefähr fünfzig Schritt weit. Ich hätte eigentlich nur mit den Finger- und Stiefelspitzen den Boden berühren dürfen. Dazu gehört aber eine Kraft und Ausdauer in den Fingern und Zehen, die man sich nur durch lange Übung aneignen kann. Ich besaß sie noch nicht. Darum kroch ich auf den Knien und Unterarmen nach Art eines vierfüßigen Tieres fort. Bevor ich die Hände an eine Stelle setzte, betastete ich sie erst, ob vielleicht ein Stück dürres Holz daläge, das durch den Druck meines Körpers zerknickt werden und dadurch ein Geräusch verursachen könnte. Mußte ich zwischen oder unter Zweigen durch, so flocht ich sie vorher sorgfältig zusammen, bis sie mir ungehindert Durchlaß boten. Das ging sehr langsam, aber ich kam doch vorwärts. — Die Apatschen waren zu beiden Seiten des offnen Grasstreifens an die Bäume gebunden. Der Häuptling und sein Sohn befanden sich, von unserm Lagerplatz aus gerechnet, auf der linken Seite. Ihre Bäume standen am Rand des Streifens, und ungefähr vier oder fünf Schritt vor ihnen saß, mit dem Gesicht ihnen zugekehrt, ein Indianer, der eigens aufpassen sollte, weil ihre Personen von besonderer Wichtigkeit waren. Dieser Umstand mußte mir mein Werk erschweren oder gar unmöglich machen, doch hatte ich mir schon zurechtgelegt, auf welche Art ich die Aufmerksamkeit des Wächters ablenken wollte, wenigstens für kurze Zeit. Es gehörten dazu kleine Steine, die es aber leider hier nicht zu geben schien. — Als ich vielleicht die Hälfte meines Weges zurückgelegt hatte, war über eine halbe Stunde verstrichen. Man denke, eine halbe Stunde für fünfundzwanzig Schritte! Da sah ich mir zur Seite etwas Helles schimmern. Ich kroch hin und bemerkte zu meiner Freude eine kleine Bodenvertiefung, etwa einen halben Meter breit, die voll Sand war. Wenn der Regen einmal das kleine Flüßchen und den Teich gefüllt hatte, war das Wasser übergelaufen, in diese Mulde abgeflossen und hatte den Sand hier angeschwemmt. Ich raffte schnell einen Vorrat davon in meine Tasche und kroch weiter. — Nach wieder einer guten halben Stunde befand ich mich endlich hinter Winnetou und seinem Vater, vielleicht vier Schritt von ihnen entfernt. Die Bäume, woran man sie aufrecht gebunden hatte, mit den Rücken mir zugekehrt, waren nicht ganz mannsstark. Ich hätte mich nicht vollends nähern können, wenn nicht glücklicherweise am Fuß dieser Bäume einiges belaubtes Gezweig gestanden hätte, das mir hinlänglich erschien, mich dem Wächter zu verbergen. Zu erwähnen ist, daß mehrere Schritt seitwärts hinter dem Posten ein stachliger Strauch stand, auf den ich es abgesehen hatte. — Ich schob mich zuerst bis hinter Winnetou und blieb da einige Minuten still liegen, um den Wächter zu beobachten. Er schien müde zu sein, denn er hielt die Augen geschlossen, und wenn er sie dann und wann öffnete, geschah es so, als koste ihn das Anstrengung. Das war mir lieb. — Zunächst galt es zu erfahren, auf welche Art Winnetou gefesselt war. Ich griff also vorsichtig um den Stamm und betastete seinen Fuß und Unterschenkel. Das mußte er fühlen, und ich hatte befürchtet, er würde eine Kopfbewegung machen, durch die ich verraten werden könnte. Das geschah aber nicht. Er war zu geistesgegenwärtig dazu. Ich fand, daß ihm die Füße an den Knöcheln zusammengebunden waren, und außerdem hatte man um sie und den Baum einen Riemen gezogen. Es waren hier also zwei Messerschnitte notwendig. — Dann blickte ich hinauf. Beim flackernden Feuerschein sah ich, daß man seine Hände rückwärts von rechts und links um den Baum gelegt und mit einem Riemen gefesselt hatte. Da brauchte ich nur einen Schnitt zu tun. — Jetzt fiel mir ein Umstand ein, an den ich vorher nicht gedacht hatte. Wenn ich Winnetou losschnitt, stand nach meinem Dafürhalten zu erwarten, daß er augenblicklich die Flucht ergriff. Das aber brachte mich unversehens in die größte Gefahr. Ich sann hin und her, wie das zu vermeiden wäre, fand aber keinen Ausweg. Ich mußte es eben wagen und, falls der Apatsche sofort entsprang, mich ebenso schnell in Sicherheit bringen. — Wie irrte ich mich da in Winnetou! Ich kannte ihn noch zu wenig. Als wir später über seine Befreiung sprachen, teilte er mir die Gedanken mit, die er dabei gehabt hatte. Er war, als er meine tastende Hand fühlte, der Meinung gewesen, es sei ein Apatsche. Zwar waren alle, die er bei sich hatte, gefangen. Aber es bestand doch die Möglichkeit, daß irgendein Späher oder Bote ihnen, ohne daß sie davon wußten, gefolgt war, um ihnen von ihrem Haupttrupp eine Nachricht zu bringen. Winnetou war sofort seiner Befreiung sicher gewesen und hatte auf die erlösenden Messerschnitte .gewartet. Aber er faßte sogleich den Entschluß, seine Stellung am Baum einstweilen noch beizubehalten, denn er wollte auf keinen Fall ohne seinen Vater entfliehen und auch den, der ihn befreite, nicht durch übereiltes Verhalten in Gefahr bringen. — Ich durchschnitt zunächst die beiden unteren Riemen. Den oberen konnte ich in meiner liegenden Stellung nicht erreichen. Und selbst wenn ich es gekonnt hätte, war doch Behutsamkeit geboten, um Winnetou nicht an den Händen zu verletzen. Ich mußte also aufstehen. Dabei ergab sich die Gefahr, daß mich der Wächter erblickte. Um seine Aufmerksamkeit abzulenken, hatte ich den Sand mitgebracht. Kleine Steinchen wären mir freilich lieber gewesen. Ich griff in die Tasche, nahm ein wenig davon heraus und warf die Körnchen an Winnetou und dem Wächter vorbei auf den Stachelstrauch. Das verursachte ein Rascheln. Der Rote drehte sich um und spähte zur verdächtigen Stelle, beruhigte sich aber bald wieder. Ein zweiter Wurf erregte sein Bedenken. Es konnte ein giftiges Gewürm im Strauch verborgen sein. Er stand auf, ging hin und betrachtete ihn forschend, wobei er uns den Rücken zukehrte. Schnell war ich auf und durchschnitt den Riemen. Dabei gewahrte ich das herrliche Haar Winnetous, das auf dem Kopf einen helmartigen Schopf bildete und dann noch schwer und lang über den Rücken niederfiel. Rasch faßte ich mit der linken Hand eine dünne Strähne, schnitt sie mit der Rechten ab und ließ mich dann wieder zu Boden sinken. — Warum ich das tat? Um nötigenfalls einen Beweis dafür in Händen zu haben, daß ich es war, der den Apatschen befreit hatte. — Zu meiner Freude machte Winnetou nicht die geringste Bewegung. Er stand da wie zuvor. Ich wickelte das Haar um zwei Finger zu einem Ring zusammen und steckte es ein. Dann kroch ich zu Intschu tschuna hinüber, dessen Fesseln ich auf gleiche Weise untersuchte. Er war genauso gebunden und an den Baum befestigt wie Winnetou und blieb auch so unbeweglich, als er die Berührung meiner Hand fühlte. Ich schnitt auch ihn erst unten los. Dann gelang es mir, auf gleiche Weise wie vorher die Aufmerksamkeit des Wächters abzulenken, so daß ich auch die Hände des Häuptlings von dem Riemen befreien konnte. Er war ebenso vorsichtig wie sein Sohn und rührte sich nicht. — Da kam mir der Gedanke, daß es besser sei, die zu Boden gefallenen Riemen nicht liegenzulassen. Die Kiowas brauchten nicht zu wissen, auf welche Weise die Gefangenen losgekommen waren. Fanden sie hingegen die Riemen, so sahen sie, daß die Fesseln durchschnitten waren, und dann konnte sich ihr Verdacht auf uns richten. Ich nahm also erst hüben bei Intschu tschuna die Riemen weg, huschte wieder hinüber zu Winnetou, um dort das gleiche zu tun, steckte die verräterischen Beweisstücke ein und machte mich dann auf den Rückweg. — Ich mußte mich beeilen. Wenn die beiden Häuptlinge verschwanden, so schlug der Wächter augenblicklich Lärm, und dann durfte ich mich nicht mehr in der Nähe befinden. Deshalb kroch ich zunächst tiefer ins Gebüsch hinein, bis ich mich ohne Gefahr aufrichten konnte. Hier verscharrte ich eilig die verräterischen Riemen, kehrte meine Tasche um und ließ den Sand herausrieseln. Dann schlich ich, nun bedeutend schneller als vorher, zu unserm Lagerplatz zurück. Erst in seiner Nähe legte ich mich wieder nieder, um den kleinen Rest des Wegs kriechend zu beenden. Meine drei Gefährten hatten große Sorge um mich gehabt. Als ich wieder zwischen ihnen lag, flüsterte mir Sam zu: „Wir hatten beinah Angst, Sir! Wißt Ihr, wie lang Ihr fortgewesen seid? — Über zwei

Stunden." — „Das stimmt. Eine gute halbe Stunde hin, eine halbe her und eine ganze dortgeblieben", flunkerte ich. — „Wieso mußtet Ihr so lange dortgeblieben?" — „Um genau zu erfahren, ob der Häuptling schläft." — „Wie habt Ihr denn das angefangen?" — „Ich habe dauernd zu ihm hingeschaut, und als er sich die ganze Zeit über nicht bewegte, konnte ich überzeugt sein, daß er schläft." — „So, ach, schön! Habt ihr's gehört, Dick und Will? Um zu erfahren, ob der Häuptling munter ist oder nicht, hat er ihn eine volle Stunde lang angestarrt, hihihihi! Er ist und bleibt ein Greenhorn, ein unverbesserliches Greenhorn! Habt Ihr denn gar kein Hirn im Kopf, Sir, daß Euch kein besseres Mittel eingefallen ist? Ihr hättet doch jedenfalls unterwegs genug kleine Holz- oder Rindenstücke gefunden? — Nicht?"

„Jawohl", bestätigte ich. — „So brauchtet Ihr, wenn Ihr nahe genug gekommen wart, nur so ein Holzstückchen oder ein kleines bißchen Erde zum Häuptling zu werfen. Wäre er wach gewesen, so hätte er sich daraufhin sicher bewegt. Na, Ihr habt freilich auch geworfen, wenn ich mich nicht irre, nämlich Blick auf Blick, eine ganze Stunde lang, hihihihi!" — „Mag sein. Aber meine Probe habe ich doch bestanden!" Während ich sprach, richtete ich meine Augen mit Spannung auf die beiden Apatschen. Ich wunderte mich, daß sie noch immer wie gefesselt an den Bäumen standen. Sie konnten schon fort sein. Der Grund ihres Zögerns war aber der: Winnetou hatte angenommen, daß der Retter ihn zuerst losgeschnitten hätte und dann zu seinem Vater geschlichen sei, und erwartete nun ein Zeichen von dem Unbekannten. Die gleiche Mutmaßung hegte auch sein Vater, nur umgekehrt. Intschu tschuna glaubte, jener hätte noch mit Winnetou zu tun. Als dann kein Zeichen erfolgte, paßte Winnetou einen Augenblick ab, wo der Wächter die müden Augen wieder einmal geschlossen hatte, und bewegte den Arm, um seinem Vater zu zeigen, daß er nicht mehr gefesselt war. Intschu tschuna gab ihm das gleiche Zeichen zurück. Sie wußten nun, woran sie waren, und verschwanden augenblicklich von ihren Plätzen. — „Ja, Eure Probe habt Ihr bestanden", nickte Sam Hawkens. „Ihr habt den Häuptling eine geschlagene Stunde lang beobachtet, ohne daß Ihr dabei erwischt worden seid." — „Folglich werdet Ihr mir nun auch zutrauen, daß ich mit zu Winnetou kann, ohne Dummheiten zu machen." — „Hm! Glaubt Ihr, daß Ihr die beiden Roten dadurch befreien könnt, daß Ihr sie anstarrt?" — „Nein. Wir schneiden sie los." — „Das sagt Ihr, als ob es so leicht wäre. Seht Ihr nicht, daß ein Wächter bei ihnen sitzt." — „Das sehe ich sehr wohl." — „Der macht es geradeso wie Ihr. Er beschießt sie auch mit seinen Blicken. Sie trotz seiner Wachsamkeit loszukriegen, dazu seid Ihr noch nicht fertig genug. Es ist so schwer, daß ich nicht einmal weiß, ob es mir gelingen wird. Schaut nur einmal hin, Sir! Schon das Anschleichen bis dorthin ist ein wahres Meisterstück, und wenn man glücklich bei ihnen angekommen ist, dann — good heavens! Was ist denn das?" — Er hatte seine Augen auf die Apatschen gerichtet und hielt mitten in seiner Rede inne, weil sie eben jetzt von ihren Bäumen verschwanden. Ich tat, als hätte ich das nicht gesehen.

„Was ist los?" flüsterte ich. „Warum sprecht Ihr nicht weiter?" „Warum? Weil — weil — — ja, ist es denn richtig, oder täusche ich mich?" — Er rieb sich die Augen und war regelrecht entsetzt. „Ja, *good luck*, es ist richtig! Dick, Will, schaut doch hin, ob ihr Winnetou und Intschu tschuna noch seht!" — Sie wandten sich der betreffenden Seite zu und wollten eben ihrem Erstaunen Ausdruck geben, als der Wächter, der die Gefangenen jetzt auch vermißte, aufsprang, die beiden Bäume anstarrte und dann einen lauten, durchdringenden Schrei ausstieß. Das weckte sämtliche Schläfer. Der Wächter schrie ihnen das Unerhörte in ihrer Sprache zu, was ich aber nicht verstand, und nun gab es einen unbeschreiblichen Lärm. — Alles rannte zu den Bäumen, die Weißen auch. Ich folgte ihnen, denn ich mußte so tun, als wäre ich ebenso überrascht. — Mehr als zweihundert Menschen umdrängten die Stelle, wo die Entflohenen noch vor wenigen Augenblicken gestanden hatten. Dabei gab es ein Geschrei und ein Wutgeheul, das mir deutlich sagte, was meiner wartete, falls die Wahrheit an den Tag kam. Endlich gebot Tangua Ruhe und erteilte seine Befehle, worauf wenigstens die Hälfte seiner Leute forteilte, um sich draußen auf der Savanne zu zerstreuen und trotz der Dunkelheit nach den Flüchtlingen zu suchen. Der Häuptling schäumte vor Wut. Er schlug dem unaufmerksamen Wächter die Faust ins Gesicht und riß ihm den Medizinbeutel vom Hals, um ihn unter die Füße zu treten. Damit war der arme Teufel für ehrlos erklärt. — Man darf nämlich nicht etwa auf Grund des Wortes Medizin annehmen, es handle sich dabei um ein Arznei- oder Heilmittel. Das Wort Medizin ist bei den Indianern erst nach der Begegnung mit den Weißen in Gebrauch gekommen. Die Heilmittel der Bleichgesichter waren ihnen unbekannt, und sie hielten deren Wirkungen für die Folgen eines Zaubers, eines mit dem Übersinnlichen in Verbindung stehenden Geheimnisses. Seitdem bezeichnen die Roten alles, was ihnen als Zauberei oder als Folge eines höheren Einflusses, einer höheren Eingebung erscheint, mit dem Wort Medizin. Jeder Stamm hat auch einen eigenen, seiner Sprache angehörigen Ausdruck dafür. So heißt Medizin in der Mundart der Mandans Hopenesch, der Tuskaroras Yunnu kwet, der Schwarzfüße Nahtowa, der Sioux Wakon und der Arikaras Warutih.

Jeder erwachsene Mann, jeder Krieger hat eine ‚Medizin'. Der Jüngling, der unter die Männer, die Krieger aufgenommen werden will, verschwindet für einige Zeit aus dem Kreis der Seinen und sucht die Einsamkeit auf. Dort fastet und hungert er und versagt sich sogar den Genuß des Wassers. Er denkt über seine Hoffnungen, Wünsche und Pläne nach. Die Anstrengung des Geistes, verbunden mit den körperlichen Entbehrungen, versetzt ihn in einen fieberhaften Zustand, so daß er schließlich den Schein von der Wirklichkeit nicht mehr zu unterscheiden weiß. Er glaubt, geheime Weisungen zu empfangen. Der Traum ist ihm dann eine überirdische Offenbarung. In dieser Verfassung wartet er auf den ersten Gegenstand, der ihm im Schlaf oder sonstwie vorgegaukelt wird, und dieser Gegenstand ist ihm dann fürs ganze Leben heilig, ist seine ‚Medizin'. Sollte es sich dabei zum Beispiel um eine Fledermaus handeln, so ruht er nicht, bis er eine fängt. Ist ihm das gelungen, kehrt er mit ihr zum Stamm zurück und übergibt sie dem Medizinmann, dem Zauberer, der sie kunstgerecht zurichtet. Sie findet ihren Platz in dem Medizinbeutel und ist das kostbarste Eigentum des Indianers. Medizin verloren, Ehre verloren. Solch ein Unglücklicher kann sein Ansehen nur dadurch wiederherstellen, daß er einen berühmten Feind tötet und dann dessen Medizin vorzeigt. Sie wird die seinige. — Man kann sich also denken, welche Strafe es für den Wächter war, daß ihm seine Medizin entrissen und zertreten wurde. Er sagte kein Wort der Entschuldigung oder des Widerspruchs, schulterte sein Gewehr und verschwand zwischen den Bäumen. Er war von heut an für seinen Stamm tot und konnte nur in dem oben angegebenen Fall wieder aufgenommen werden. — Die Wut des Häuptlings richtete sich aber nicht nur gegen den Wächter, sondern auch gegen mich. Er kam auf mich zu und schrie mich an: „Du wolltest diese zwei Hunde für dich haben. Lauf ihnen doch nach und fang sie wieder ein!" — Ich stand im Begriff, mich von ihm abzuwenden, ohne zu antworten, da faßte er meinen Arm. — „Hast du gehört, was dir Tangua befohlen hat? Verfolgen sollst du sie!" — Mit einem Ruck schüttelte ich ihn von mir ab. — „Befohlen? Hast du mir zu befehlen?" — „Ja, denn Tangua ist der Häuptling dieses Lagers, und ihr müßt mir gehorchen!" — Da zog ich die Blechbüchse aus der Tasche und drohte: „Soll ich dir die richtige Antwort geben, indem ich dich mit allen deinen Kriegern in die Luft sprenge? Sprich noch ein Wort, das mir nicht gefällt, und ich vertilge euch alle mit dieser Medizin!" — Ich war neugierig, ob mein Possenspiel die beabsichtigte Wirkung hervorbringen würde. Ja, es wirkte, und wie! Tangua wich weit zurück und schrie: „Uff, uff! Behalte diese Medizin für dich und sei ein Hund, wie jeder Apatsche einer ist!" — Das war eine Beleidigung, die ich wohl nicht so ruhig hingenommen hätte, wenn es nicht geraten gewesen wäre, auf seine Aufregung und die Überzahl seiner Leute Rücksicht zu nehmen. Wir Weißen kehrten zu unsrer Lagerstelle zurück, wo das Ereignis eingehend besprochen wurde, ohne daß einer die richtige Deutung fand. Ich schwieg nicht nur gegen die andern, sondern auch gegen Sam, Dick und Will. Es machte mir heimlich Spaß, die Erklärung des rätselhaften Vorgangs in den Händen zu haben, während sie so eifrig und doch vergeblich danach suchten. Die Haarlocke Winnetous habe ich auf allen meinen Reisen bei mir getragen wie einen Talisman und besitze sie heute noch.

10. ,Blitzmesser'

Das Verhalten der Kiowas ließ uns um unsre Sicherheit besorgt sein. Deshalb wurde, als wir uns wieder schlafen legten, bestimmt, daß wir, einander stündlich abwechselnd, bis zum Morgen wachen wollten. Die Roten merkten, daß wir diese Vorsichtsmaßregel getroffen hatten, nahmen uns das übel und zeigten nun noch mehr Schroffheit gegen uns als vorher. Als der Tag anbrach, weckte uns unser Wächter. Wir sahen, daß die Kiowas von neuem beschäftigt waren, sowohl nach den Apatschenpferden als auch nach den Spuren der entflohenen Gefangenen zu suchen, die sie in der Nacht nicht hatten finden können. Endlich trafen sie auf die Fährte der beiden Flüchtlinge und folgten ihr: sie führte zu der Stelle, wo die Feinde ihre Tiere zurückgelassen hatten. Intschu tschuna und Winnetou waren mit den Wächtern fortgeritten, hatten jedoch keins der übrigen Pferde mitgenommen, sondern sie alle stehengelassen. Als wir das erfuhren, geriet Tangua in helle Wut, weil er erkannte, welcher Schaden ihm daraus erwuchs, daß man die Apatschenpferde samt den Wächtern nicht früher entdeckt hatte. Sam Hawkens aber machte eines seiner listigen Gesichter und fragte mich: „Könnt Ihr Euch vielleicht denken, Sir, weshalb Intschu tschuna und Winnetou die übrigen Tiere zurückgelassen haben?" — „Ja. Es ist gar nicht schwer zu erraten." — „Oho! So ein Greenhorn, wie Ihr seid, darf sich ja nicht einbilden, aus reinem Zufall gleich auf den richtigen Gedanken zu kommen. Es gehört Erfahrung dazu, meine Frage zu beantworten." — „Die habe ich." — „Ihr? Erfahrung? Möchte wissen, woher Euch kommen sollte! Wollt Ihr mir das vielleicht sagen?" — „Warum nicht. Die Erfahrung, die ich meine, habe ich aus Büchern geschöpft." — „Wieder Eure Bücher! Es mag Euch einmal glücken, etwas gelesen zu haben, was Euch hier Nutzen bringt, aber darum dürft Ihr doch nicht gleich denken, daß Ihr die Gescheitheit nur so mit Löffeln gegessen habt. Ich werde Euch sofort beweisen, daß Ihr nichts, aber auch gar nichts wißt. Also, weshalb haben die beiden Entflohenen nur ihre eignen Pferde mitgenommen, aber die der Gefangenen dagelassen?" — „Wohl grad um dieser Gefangenen willen." — „Ah. Wieso?" — „Weil diese Leute ihre Pferde noch notwendig brauchen werden." — „Meint Ihr? Inwiefern können denn Gefangene Pferde brauchen?" — Ich fühlte mich durch die Art seines Fragens nicht etwa verletzt. Es war nun einmal so seine Art. Daher ging ich auf sein Verhör ein. — „Es kann zweierlei geschehen", erklärte ich. „Entweder kehren Intschu tschuna und Winnetou bald mit einer genügenden Apatschenschar zurück, um die Gefangenen zu befreien. Warum sollen sie da die Pferde erst mitnehmen und dann wieder mitbringen? Oder die Kiowas warten die Ankunft der Apatschen nicht ab und verlassen mit ihren Gefangenen diese Gegend. Dann ist den Besiegten ihre Lage dadurch erleichtert, daß sie reiten können. Ihre Beförderung verursacht in diesem Fall weniger Schwierigkeiten, und es ist zu hoffen, daß sie in die Dörfer der Kiowas geschafft und dabei unterwegs befreit werden können. Hätten sie aber keine Pferde, so daß sie laufen müßten, dann können die Kiowas leicht auf den Gedanken kommen, die schwierige und langweilige Beförderung dadurch zu vermeiden, daß sie die Gefangenen gleich hier umbringen." — „Hm! Das ist wirklich gar nicht so dumm gedacht, wie man aus Euerm Gesicht schließen könnte. Doch habt Ihr einen dritten Fall vergessen. Es ist nämlich möglich, daß die Kiowas ihre Gefangenen töten, obwohl die Pferde zur Stelle sind."

„Nein, das ist nicht möglich." — „Nicht? Sir, wie kommt Ihr denn auf den Einfall, etwas für unmöglich zu erklären, was Sam Hawkens für leicht möglich hält?" — „Weil dieser Sam Hawkens vergessen zu haben scheint, daß ich hier bin." — „Ah, Ihr seid hier? Ist das wahr? Ihr haltet Eure hochverehrte Gegenwart wohl für ein außergewöhnliches oder gar welterschütterndes Ereignis?" — „Nein. Ich wollte nur sagen, daß die Gefangenen, solange ich da bin und ein Glied für sie rühren kann, nicht ermordet werden." — „Nicht ermordet werden? Was für ein hochbedeutender Kerl Ihr doch seid, hihihihi! Die Kiowas sind zweihundert Mann, und Ihr, der einzelne Mensch, das Greenhorn, wollt sie hindern zu tun, was ihnen beliebt!" — „Ich werde hoffentlich nicht allein dastehen." — „Nicht? Auf wen rechnet Ihr denn noch?" — „Auf Euch, Sam, und auch auf Dick Stone und Will Parker. Ich hege das feste Vertrauen zu euch, daß ihr euch solch einem Massenmord ernstlich widersetzen würdet." — „So! Also Vertrauen habt Ihr doch zu uns! Bin Euch sehr dankbar dafür, denn es ist wirklich viel wert, das Vertrauen eines solchen Mannes zu besitzen. Bilde mir wahrhaftig etwas darauf ein, wenn ich mich nicht irre!" — „Sam, ich spreche im Ernst und habe nicht die Absicht, diese Angelegenheit ins Scherzhafte zu ziehen. Wenn es sich um so viele Menschenleben handelt, muß der Spaß aufhören!" — Da blitzte er mich mit seinen Äuglein spöttisch an. — „Bounce! Es ist Euch also wirklich Ernst? Ja, dann muß ich freilich ein andres Gesicht dazu machen. Aber wie denkt Ihr Euch denn eigentlich die Sache, Sir? Auf die andern können wir nicht rechnen. Wir sind also nur vier Personen, die unter Umständen mit zweihundert Kiowas anbinden müßten. Meint Ihr denn, das könnte ein gutes Ende für uns nehmen?" — „Nach dem Ende frage ich nicht. Ich dulde nicht, daß in meiner Gegenwart ein solches Morden geschieht." — „Dann wird es trotzdem geschehen, nur mit dem Unterschied, daß Ihr auch mit ausgelöscht werdet. Oder wollt Ihr Euch auf Euern neuen Namen Old Shatterhand verlassen? Meint Ihr, daß Ihr zweihundert rote Krieger mit Euern Fäusten niederschlagen könnt?" — „Unsinn! Ich habe mir diesen Namen nicht gegeben und weiß genau, daß wir vier nicht gegen die zweihundert aufkommen könnten. Aber ist denn die Anwendung von Gewalt durchaus notwendig? List ist oft viel wirksamer." — „So? Das habt Ihr wohl auch gelesen?" — „Ja." — „Richtig! Ihr seid dadurch aber auch ein furchtbar gescheiter Kerl geworden. Möchte Euch wirklich gern einmal listig sehen. Was für ein Gesicht würdet Ihr denn ungefähr dabei machen? Ich sage Euch, daß hier mit aller Eurer List nichts zu erreichen ist. Die Roten werden tun, was sie wollen, und sich nicht darum kümmern, ob wir drohende oder listige Mienen dazu schneiden." — „Gut!" erklärte ich verdrießlich. „Ich sehe, daß ich mich nicht auf Euch verlassen kann, und werde also, wenn man mich dazu zwingt, allein handeln." — „Um Gottes Willen, macht keine Dummheiten, Sir!" fiel Sam rasch ein. „Ihr habt gar nichts allein zu machen, sondern Euch in allem, was Ihr tut, nach uns zu richten. Ich habe ja gar nicht sagen wollen, daß ich mich der Apatschen im Notfall nicht annehmen will, aber es ist nie meine Art gewesen, mit dem Kopf dicke Mauern einzurennen. Die Mauern sind stets härter als die Köpfe." — „Und ich habe ebensowenig sagen wollen, daß ich Unmögliches möglich machen will. Jetzt wissen wir noch gar nicht, was die Kiowas über ihre Gefangenen bestimmt haben, und brauchen uns demnach noch nicht mit Sorgen zu quälen.

Sollten wir aber später zum Handeln gezwungen sein, so wird sich jedenfalls auch ein Ausweg finden." — Sam Hawkens blickte nachdenklich vor sich hin. — „Möglich; aber darauf darf sich ein vorsichtiger Mann nicht verlassen. Was sich finden könnte, ist immer ungewiß. Wir haben mit einer ganz bestimmten Frage zu rechnen, und die lautet: Was tun wir, falls die Apatschen getötet werden sollen?" — „Wir geben es nicht zu", betonte ich. — „Damit ist nichts gesagt. Nicht zugeben! Drückt Euch deutlicher aus!" — „Wir erheben Einspruch dagegen." — „Das wird keinen Erfolg haben." — „So zwinge ich den Häuptling, sich nach meinem Willen zu richten." — „Wie wollt Ihr das anfangen?" — „Ich werde mich, falls es nicht anders geht, seiner Person bemächtigen und ihm das Messer auf die Brust setzen." — „Und ihn erstechen?" — „Wenn er mir nicht gehorcht, ja." — *The devil*, seid Ihr ein Draufgänger!" rief der Kleine erschrocken. „So etwas ist Euch wirklich zuzutrauen!" — „Ich versichere Euch, daß ich es tun werde!" — „Das ist — das ist —." Er hielt inne. Seine erst erschrockene und dann besorgte Miene nahm nach und nach einen andern Ausdruck an, und endlich fuhr er fort: „Dieser Gedanke ist gar nicht so übel! Dem Häuptling das Messer an die Kehle legen, das ist in unsrer Lage wohl der einzige Weg, ihn gefügig zu machen. Es ist wirklich wahr, daß ein Greenhorn auch einmal einen kleinen sogenannten Einfall haben kann. Den werden wir festhalten." — Er wollte weitersprechen, aber da trat Bancroft zu uns und forderte mich auf, an die Arbeit zu gehen. Der Oberingenieur hatte recht. Wir durften keine Stunde versäumen, um mit unsrer Vermessung womöglich noch fertig zu werden, bevor Intschu tschuna und Winnetou mit ihren Kriegern zurückkehren konnten.

Wir waren bis Mittag in unausgesetzter, angestrengter Tätigkeit. Da kam Sam Hawkens zu mir und brummte: „Muß Euch leider stören, Sir, denn die Kiowas scheinen mit ihren Gefangenen etwas vorzuhaben." — „Etwas? Das ist sehr unbestimmt. Wißt Ihr denn nicht was?" — „Kann es vermuten, wenn ich mich nicht irre. Sie wollen sie am Marterpfahl sterben lassen." — „Wann? Später oder bald?"

„Natürlich bald. Sonst wäre ich nicht jetzt zu Euch gekommen. Sie haben Vorbereitungen getroffen, woraus ich schließe, daß die Apatschen in aller Kürze gemartert werden sollen." — „Wo ist der Häuptling?" — „Mitten unter seinen Kriegern." — „So müssen wir ihn von ihnen fortlocken. Wollt Ihr das besorgen, Sam?" — „Ja. Doch auf welche Weise?" — Ich warf einen forschenden Blick zurück. Die Kiowas befanden sich auch nicht mehr da, wo wir gestern gelagert hatten. Sie waren unsern Vermessungsarbeiten gefolgt und hatten sich am Rand eines Präriewäldchens niedergelassen. Rattler mit seinen Leuten war bei ihnen, und Sam Hawkens hatte sich, um sie zu beobachten, bis jetzt in ihrer Nähe herumgetrieben, während Stone und Parker hier bei uns saßen. Zwischen den Roten und der Stelle, wo ich in diesem Augenblick stand, gab es ein Gebüsch, das für meine Absicht geeignet war, denn es erlaubte den Kiowas nicht, zu sehen, was bei uns geschah. So schlug ich Sam vor: „Sagt ihm einfach, ich hätte ihm eine Mitteilung zu machen, könnte aber nicht von meiner Arbeit fort! Da wird er kommen." — „Hoffe es. Wenn er aber einige andre mitbringt?" — „Die überlasse ich Euch, Stone und Parker. Ihn nehme ich auf mich. Haltet Riemen bereit, sie zu binden! Die Sache muß rasch, aber möglichst ruhig vor sich gehen!" — „Well! Weiß nicht, ob das, was Ihr vorhabt, das richtige ist. Da mir indes nichts Besseres einfällt, sollt Ihr Euern Willen haben. Wir setzen das Leben ein. Aber weil ich nun keine Lust zum Sterben habe, denke ich, daß wir mit einem oder auch mit zwei blauen Augen davonkommen werden — hihihihi!" — In seiner bekannten Art heimlich in sich hineinlachend, entfernte er sich. Meine Gefährten arbeiteten nicht weit von mir, hatten jedoch unser Gespräch nicht hören können. Ich hielt es für überflüssig, ihnen mitzuteilen, was ich tun wollte, denn ich war überzeugt, daß sie mich an der Ausführung meiner Pläne gehindert hätten. Ihr Leben stand ihnen höher als das der gefangenen Apatschen. — Der Größe meines Wagnisses war ich mir wohl bewußt. Durfte ich Dick Stone und Will Parker in die Gefahr, die ich heraufbeschwören wollte, mit hineinziehen, ohne sie vorher zu benachrichtigen? Nein. Ich fragte sie also, ob ich sie aus dem Spiel lassen sollte. Die Antwort lautete so, wie ich es erwartet hatte. — „Was fällt Euch ein, Sir!" rief Dick Stone entrüstet. — „Haltet Ihr uns für Halunken, die einen Kameraden im Stich lassen, der sich in Not befindet? Das, was Ihr vorhabt, ist ein echter richtiger Westmannsstreich, woran wir uns mit Wonne beteiligen werden. Nicht wahr, alter Will?" — „Ja", nickte Parker. „Möchte doch sehen, ob wir vier nicht die Leute dazu sind, es mit zweihundert Indsmen aufzunehmen. Freue mich schon darauf, wenn sie brüllend ankommen und uns doch nichts tun dürfen!" — Ich arbeitete ruhig weiter und blickte nicht zurück, bis mir Stone nach einiger Zeit zurief: „Macht Euch fertig, Sir! Sie kommen." — Ich wandte mich um. Sam kam mit Tangua. Leider waren noch drei Rote dabei. — „Jeder einen Mann", sagte ich. „Ich nehme den Häuptling. Aber faßt sie bei der Kehle, damit sie nicht schreien können, und wartet hübsch, bis ich anfange. Ja nicht früher!" — Ich ging Tangua langsamen Schritts entgegen; Stone und Parker folgten mir. Als wir zusammentrafen, standen wir so, daß uns die übrige Schar der Kiowas wegen des bereits erwähnten Gebüsches nicht beobachten konnte. Der Häuptling zeigte ein grimmiges Gesicht und knurrte mich an: „Das Bleichgesicht, das Old Shatterhand genannt wird, hat Tangua rufen lassen. Hast du vergessen, daß er der Häuptling der Kiowas ist?" — „Nein." — „So hättest du zu ihm kommen müssen, anstatt er zu dir. Da du aber erst seit kurzer Zeit in diesem Land bist und erst lernen mußt, mit einem Häuptling zu verkehren, will dir Tangua diesen Fehler verzeihen. Was hast du zu sagen? Sprich kurz, denn der Häuptling hat keine Zeit!" — „Was hast du so Notwendiges zu tun?" — „Wir wollen die Hunde der Apatschen heulen lassen." — „Wann?" — „Jetzt." — „Warum so bald? Ich dachte, ihr würdet die Gefangenen als Geiseln in eure Wigwams nehmen, um sie erst dort, in Gegenwart eurer Squaws und Kinder, an den Marterpfahl zu binden." — „Wir wollten es. Aber sie würden uns hindern, den Kriegszug auszuführen, auf dem wir uns befinden. Deshalb sollen sie schon heut ihr Leben lassen." — „Ich bitte dich, das nicht zu tun!" — „Du hast nichts zu bitten!" fuhr er mich an. — „Willst du nicht ebenso höflich sprechen, wie ich mit dir rede?" fragte ich ruhig. „Ich habe nur eine Bitte ausgesprochen. Hätte ich die Absicht gehabt, dir einen Befehl zu geben, so könntest du vielleicht Veranlassung haben, grob zu sein." — „Tangua mag von euch nichts hören, weder einen Befehl noch eine Bitte. Er wird keines Bleichgesichts wegen etwas an seinen Beschlüssen ändern." — „Vielleicht doch! Habt ihr das Recht, die Gefangenen zu töten? — Ich verzichte auf deine Antwort, denn ich kenne sie im voraus und werde nicht mit dir darüber streiten. Aber es ist ein Unterschied, ob man einen Menschen schnell tötet oder ihn langsam zu Tode martert. Wir werden es nicht zugeben, daß so etwas in unsrer Gegenwart geschieht." — Da reckte er seine Gestalt höher auf und antwortete verächtlich: „Nicht zugeben? Für wen hältst du mich? Du bist gegen Tangua wie eine Kröte, die sich gegen den Bären des Felsengebirges auflehnen will. Die Gefangenen sind unser Eigentum, und der Häuptling tut mit ihnen, was er will." — „Sie gerieten nur durch unsre Hilfe in eure Hände: deshalb haben wir das gleiche Recht auf sie wie ihr. Wir wünschen, daß sie leben bleiben." — „Wünsche was du willst, du weißer Hund! Tangua verlacht deine Worte!" — Er spuckte vor mir aus und wollte sich abwenden. Da traf ihn meine Faust, daß er niederstürzte. Aber er hatte einen harten Schädel. Er war nicht völlig betäubt und wollte wieder auf. Darum mußte ich mich zu ihm niederbücken, um ihm noch einen Hieb zu geben, und konnte deshalb für einen Augenblick nicht auf die andern achten. Als ich ihm den zweiten Schlag versetzt hatte und mich wieder aufrichtete, sah ich Sam Hawkens auf einem Roten knien, den er am Hals gepackt hatte. Stone und Parker rangen den zweiten nieder. Der dritte rannte laut schreiend davon. Ich eilte Sam zu Hilfe. Als wir seinen Kiowa gebunden hatten, waren auch Dick und Will mit dem ihrigen fertig. — „Das war nicht schlau von euch", sagte ich. „Weshalb habt ihr den dritten entkommen lassen?" — „Weil ich grad den Mann anpackte, auf den es auch Stone abgesehen hatte", erwiderte Parker. „Dadurch gingen nur zwei Sekunden verloren, aber doch Zeit genug für den Burschen, sich davonzumachen."

„Schadet nichts", tröstete Sam Hawkens. „Es hat ja keine andere Folge, als daß der Tanz etwas eher beginnt. Darüber wollen wir uns die Köpfe durchaus nicht zerstoßen. In zwei oder drei Minuten sind die Roten da. Müssen dafür sorgen, daß wir freies Feld zwischen uns und ihnen haben!" — Wir fesselten schnell auch den Häuptling. Die Surveyors hatten mit großem Schreck gesehen, was wir taten. Der Oberingenieur kam auf uns zugesprungen und schrie entsetzt: „Was fällt euch ein, ihr Leute! Was haben euch die Indianer getan? Wir werden alle des Todes sein!" — „Das werde Ihr allerdings, Sir, falls Ihr Euch nicht rasch uns zugesellt", meinte Sam. „Ruft Eure Leute herbei und kommt mit uns! Werden Euch beschützen." — „Ihr uns beschützen? Das ist doch —" — „Schweigt!" fiel ihm der Kleine in die Rede. „Wir wissen genau, was wir wollen. Wenn Ihr nicht zu uns haltet, seid Ihr verloren. Also schnell!" — Wir rafften die drei gefesselten Indianer auf und trugen sie eiligst fort, ein Stück in die offene Prärie hinein, wo wir anhielten und sie niederlegten. Bancroft war uns mit den drei Surveyors nachgekommen. Wir hatten unsern jetzigen Standpunkt ausgewählt, weil wir auf freiem Gelände sicherer waren als an einer Stelle, die wir nicht überblicken konnten. — „Wer soll mit den Roten sprechen, wenn sie kommen? Vielleicht ich?" fragte ich. — „Nein, Sir", entschied Sam. „Ich werde es tun, denn Ihr seid des halbindianischen Kauderwelsches noch nicht mächtig. Unterstützt mich aber im geeigneten Augenblick, indem Ihr so tut, als wolltet Ihr den Häuptling erstechen!" — Kaum hatte er das gesagt, so hörten wir das Wutgeheul der Kiowas, und einige Augenblicke später sahen wir sie bei dem Gebüsch erscheinen, das uns sozusagen als Vorhang gedient hatte. Sie kamen um die Sträucher herumgesprungen und auf uns zugerannt. Da aber der eine schneller war als der andre, bildeten sie keinen zusammenhängenden Haufen, sondern eine lange Reihe einzelner Läufer. Das war günstig für uns, weil eine geschlossene Schar nicht so leicht zum Stehen zu bringen gewesen wäre. — Sam Hawkens ging ihnen eine kurze Strecke entgegen und gab ihnen mit beiden Armen das Zeichen, anzuhalten. Ich hörte, daß er ihnen etwas zurief, verstand es aber nicht. Es hatte nicht sofort die beabsichtigte Wirkung, doch als er seinen Ruf noch einigemal wiederholt hatte, sah ich, daß die vordersten Kiowas stehenblieben. Die nachfolgenden hielten ebenfalls an. Er sprach zu ihnen und deutete dabei wiederholt auf uns. Da forderte ich Stone und Parker auf, den Häuptling stehend aufzurichten, und schwang mein Messer drohend gegen ihn. Die Kiowas ließen ein Geheul des Schreckens hören.

Sam sprach weiter zu ihnen. Alsdann trennte sich einer der Roten, ein Unterhäuptling, von der Schar und kam mit dem kleinen Trapper langsamen, würdevollen Schritts zu uns. Als sie uns erreichten, deutete Sam auf unsre drei Gefangenen und erklärte: „Du siehst, daß du die Wahrheit von mir gehört hast. Sie befinden sich in unsrer Gewalt." — Der Unterhäuptling, dem der würgende Grimm deutlich anzusehen war, betrachtete die drei. — „Die beiden gefesselten Krieger sind noch am Leben, der Häuptling aber scheint tot zu sein!" meinte er dann. — „Er ist nicht tot. Die Faust Old Shatterhands hat ihn zu Boden gestreckt; deshalb ist die Besinnung von ihm gewichen. Sie wird ihm bald zurückkehren. Warte so lange bei uns! Wenn der Häuptling zu sich gekommen ist und wieder sprechen kann, werden wir mit euch beraten. Aber sobald einer der Kiowas eine Waffe gegen uns erhebt, fährt das Messer Old Shatterhands ins Tanguas Herz!" — „Wie dürft ihr feindselig handeln gegen uns, die wir eure Freunde sind!" — „Freunde? Das glaubst du wohl selber nicht!" — „O doch! Haben wir nicht die Pfeife des Friedens mit euch geraucht?" — „Ja, aber diesem Frieden ist nicht zu trauen." — „Warum?" — „Ist es Sitte der Kiowas, ihre Freunde und Brüder zu beleidigen?" — „Nein." — „Nun, euer Häuptling hat Old Shatterhand beleidigt, folglich dürfen wir euch nicht als Brüder betrachten. — Doch er beginnt sich zu bewegen!" — Tangua, den Stone und Parker wieder niedergelegt hatten, regte sich wirklich. Bald schlug er die Augen auf und blickte einen nach dem andern von uns an, als müsse er sich auf die letzten Vorgänge erst langsam besinnen. Dann schien ihm das Bewußtsein völlig zurückzukehren. — „Uff, uff!" fuhr er auf. „Old Shatterhand hat Tangua niedergeschlagen. Wer fesselte ihn?" — „Ich", meldete ich mich. — „Man nehme mir den Riemen ab. Der Häuptling befiehlt es!" — „Vorhin hörtest du nicht auf meine Bitte, nun höre ich nicht auf deinen Befehl! Du hast uns nichts zu befehlen!" — Seine Augen richteten sich mit einem wütenden Blick auf mich. — „Schweig, Knabe, sonst zermalmt dich Tangua!" knirschte er. — „Das Schweigen wäre für dich ratsamer als für mich. Du hast mich vorhin beleidigt und wurdest dafür von mir zu Boden geschlagen. Old Shatterhand läßt sich nicht ungestraft eine Kröte und einen weißen Hund nennen. Wenn du nicht höflich wirst, kann es dir noch schlimmer ergehen." — „Tangua verlangt, frei zu sein! Falls du nicht gehorchst, werdet ihr durch unsre Krieger von der Erde vertilgt werden!" — „Mach dich nicht lächerlich! Du würdest der erste sein, den das Verderben träfe; denn höre, was ich dir sage: Dort stehen deine Leute. Wenn ein einziger von ihnen den Fuß hebt, um sich uns ohne Erlaubnis zu nähern, fährt dir diese Messerklinge ins Herz. Howgh!" — Ich setzte ihm die Messerspitze auf die Brust. Er mußte begreifen, daß er sich in unsrer Gewalt befand, und zweifelte wohl auch nicht daran, daß ich meine Drohung gegebenenfalls wahrmachen würde. Es trat eine Pause ein, während der er uns mit seinen wild rollenden Augen verschlingen zu wollen schien. Dann gab er sich Mühe, seinen Zorn zu beherrschen, und fragte bedeutend ruhiger: „Was willst du von Tangua?" — „Nichts andres als das, worum ich dich vorhin gebeten habe: Die Apatschen sollen nicht am Marterpfahl sterben." — „Ihr verlangt wohl gar, daß sie überhaupt nicht getötet werden?" — „Tut später mit ihnen, was ihr wollt. Aber solange wir dabei sind, darf ihnen nichts geschehen!" — Wieder ließ er eine Weile schweigend verstreichen. Trotz der Kriegsfarben, die sein Gesicht bedeckten, sah man, daß der Ausdruck verschiedener Empfindungen, Zorn, Haß, Schadenfreude darüber hinging. Ich hatte angenommen, daß das Wortgefecht zwischen ihm und mir längere Zeit anhalten würde, und glaubte das auch jetzt noch. Daher wunderte ich mich nicht wenig, als er plötzlich nachgab. — „Es soll nach deinem Wunsch geschehen. Ja, Tangua will dir noch mehr als ihn erfüllen, sofern du auf den Vorschlag eingehst, den er dir machen wird." — „Was für ein Vorschlag ist das?" — „Zuvor muß dir der Häuptling sagen, daß du ja nicht denken darfst, er fürchte sich vor deinem Messer. Du wirst dich hüten, ihn zu erstechen, denn wenn du das tätest, würdet ihr in wenigen Minuten von seinen Kriegern in Stücke gerissen. Ihr mögt noch so tapfer sein, zweihundert Gegner könnt ihr nicht besiegen. Also deine Drohung, ihn zu erstechen, verlacht Tangua. Er könnte ruhig sagen, daß er dein Verlangen nicht erfülle, und doch würdest du ihm nichts tun. Dennoch sollen die Hunde von Apatschen nicht am Marterpfahl sterben. Tangua verspricht dir sogar, daß wir sie überhaupt nicht töten werden, wenn du darauf eingehst, für sie auf Leben und Tod zu kämpfen." — „Mit wem?" — „Mit einem unsrer Krieger, den der Häuptling bestimmen wird." — „Welche Waffe?" — „Nur das Messer. Wenn er dich ersticht, müssen auch die Apatschen sterben. Erstichst du aber ihn, so bleiben sie leben." — „Und kommen frei?" — „Ja." — Ich konnte mir wohl denken, daß er dabei irgendeinen Hintergedanken hegte. Wahrscheinlich hielt er mich für den gefährlichsten der anwesenden Weißen und wollte mich unschädlich machen; denn es war klar, daß seine Wahl nur auf einen Meister im Messerstechen fallen würde. Dennoch besann ich mich nicht einen Augenblick. — „Ich bin einverstanden", erklärte ich. „Wir werden die Bedingungen vereinbaren und die Pfeife des Schwurs darüber rauchen. Dann mag der Kampf sogleich beginnen." — „Was fällt Euch ein!" rief da Sam Hawkens dazwischen. „Kann unmöglich zugeben, daß Ihr die Dummheit begeht, in diesen Vorschlag zu willigen, Sir!" — „Es ist keine Dummheit, lieber Sam." — „Die größte, die es geben kann. Bei einem gerechten und ehrlichen Kampf müssen die Aussichten gleich sein. Das ist aber hier nicht der Fall." — „O doch!" — „Nein, ganz und gar nicht. Habt Ihr denn schon einmal mit dem Messer auf Leben und Tod gekämpft?" — „Nein." — „Da habt Ihr es! Ihr werdet einen Gegner bekommen, der Meister im Stechen ist. Und bedenkt, wie verschieden sich Sieg oder Niederlage hüben und drüben auswirken! Werdet Ihr erstochen, so sterben die Apatschen auch. Wird jedoch Euer Gegner erstochen, wer stirbt dann? Außer ihm kein Mensch!"

„Aber die Apatschen erhalten ihr Leben und die Freiheit dazu." — „Glaubst Ihr das wirklich?" — „Ja, denn es wird mit dem Kalumet beraucht, was als Schwur gilt." — „Der Teufel traue einem Schwur, wobei hundert Hintergedanken zu vermuten sind! Und selbst dann, wenn er ehrlich gemeint ist, seid Ihr ein Greenhorn und —" — „Seid still mit Eurem Greenhorn, lieber Sam!" fiel ich ihm in die Rede. „Ihr habt es ja wiederholt erlebt, daß dieses Greenhorn stets weiß, was es tut." — Er widersprach trotzdem noch längere Zeit. Auch Dick Stone und Will Parker rieten mir ab. Ich aber blieb fest bei meinem Entschluß, und so wurde Sam endlich unmutig. — „Nun gut, rennt mit Euerm Dickkopf meinetwegen durch zehn oder zwanzig Mauern; ich habe nichts mehr dagegen! Aber ich werde aufpassen, daß bei dem Kampf alles ehrlich zugeht, und wehe dem, der Euch oder überhaupt uns betrügen will! Ich schieße ihn mit meiner Liddy in die Luft, daß er in tausend Stücken in den Wolken hängenbleibt, wenn ich mich nicht irre!" — Nun wurde folgendes vereinbart: auf einer graslosen Stelle, ganz in der Nähe, sollte im Sand eine Acht gebildet werden, die Ziffer, die aus zwei Schlingen oder Nullen besteht. Jeder der beiden Gegner sollte sich in eine dieser Nullen stellen und während des Kampfes nicht heraustreten dürfen. Schonung sollte es nicht geben. Einer von beiden mußte sterben, doch durfte der Tote von seinen Angehörigen nicht am Sieger gerächt werden. Die übrigen Bedingungen und die Folgen des jeweiligen Ausgangs waren schon festgelegt worden. — Als wir uns hierüber geeinigt hatten, wurden dem Häuptling die Fesseln abgenommen, und ich rauchte das Kalumet mit ihn. Dann ließen wir auch die beiden andern Gebundenen frei, und die vier Roten begaben sich zu ihren Kriegern, um sie von dem bevorstehenden Schauspiel zu benachrichtigen. — Der Oberingenieur und die andern Surveyors machten mir Vorwürfe. Ich achtete nicht auf ihre Reden. Auch Sam, Dick und Will waren nicht mit mir einverstanden, doch zankten sie wenigstens nicht mit mir. Hawkens meinte nur besorgt: „Hättet was Besseres tun können, als auf diese Teufelei eingehen, Sir! Aber ich habe es ja immer gesagt und sage es jetzt wieder: Ihr seid ein leichtsinniger Mensch, ein furchtbar leichtsinniger Mensch! Was habt Ihr denn eigentlich davon, wenn Ihr erstochen werdet, he? Verratet mir das doch einmal!" — „Was ich davon habe? Den Tod, weiter nichts."

„Weiter nichts? Hört, macht nicht auch noch schlechte Witze dazu! Der Tod ist das letzte, was einem zustoßen kann, denn wenn man gestorben ist, kann einem nichts mehr widerfahren." — „O doch!" — „So? Was denn zum Beispiel?" — „Man kann begraben werden." — „Haltet den Schnabel, edler Sir! Wenn Ihr weiter nichts wißt, als mich zu aller Kränkung auch noch zu ärgern, so wollte ich, ich hätte meine Liebe an einen Würdigeren verschwendet." — „Kränkt Ihr Euch denn wirklich, lieber Sam?" — „Natürlich kränke ich mich. Es ist ja fast sicher, daß Ihr ausgelöscht werdet, vollständig ausgelöscht. Was tu ich dann auf meine alten Tage auf dieser Welt? He, was tu ich? Ich muß ein Greenhorn haben, mit dem ich zuweilen zanken kann. Was soll aber dann werden? Mit wem soll ich zanken, wenn Ihr erstochen worden seid?" — „Ihr zankt einfach mit einem andern Greenhorn, etwa mit Will Parker, den Ihr ja auch gern mit dieser schönen Bezeichnung beehrt!" — „Das ist leichter gesagt als getan, denn so ein ganz und gar ausgemachtes und unverbesserliches Greenhorn, wie Ihr seid, finde ich all meine Lebtage nicht wieder. An Euch kann Parker noch lange nicht heran. Aber ich sage Euch, Sir, wenn Euch etwas geschieht, sollen die Roten an mich denken! Ich fahre wie ein rasender Uhland mitten unter sie hinein und —" — „Roland, Roland muß es heißen, lieber Sam!" unterbrach ich ihn. — „Ist mir ganz gleich, ob ich dann ein rasender Roland oder Uhland bin", knurrte der kleine Trapper. „Lasse es mir nun einmal nicht gefallen, daß Ihr erstochen werden sollt. Und wie ist es denn, Sir, mit Euerm Gewissen? Ich weiß, Ihr habt ein gutes Herz und schlagt nicht gern einen Menschen tot. Ihr hegt doch nicht etwa die heimliche Absicht, den Kerl zu schonen, mit dem Ihr kämpfen müßt?" — „Hm, hm!" — „Hm, hm? Hier wird gar nichts ge-hmhmt! Es geht auf Leben und Tod, Sir!" — „Wenn ich ihn nun bloß verwunde?" — „Das gilt nicht, wie Ihr gehört habt." — „Ich meine, wenn ich ihn so verwunde, daß er nicht weiterkämpfen kann?" — „Gilt ebensowenig. Ihr wärt dann nicht Sieger und hättet einen neuen Kampf mit einem andern zu beginnen. Habt ja gehört, daß der Besiegte sterben muß, versteht Ihr — muß, muß! Wenn es Euch also gelingen sollte, Euern Gegner kampfunfähig zu machen, so müßt Ihr ihn vollends erstechen, ihm den Gnadenstoß geben. Macht Euch nur kein Gewissen daraus! Wenn Ihr ein tüchtiger Westmann werden wollt, wird Euer Messer noch manch Stück Menschenfleisch zu kosten bekommen. Denkt, daß diese Kiowas alle räuberische Schufte sind, daß sie die Schuld tragen an allem, was jetzt geschieht, weil sie die Pferde der Apatschen stehlen wollten! Wenn Ihr einen solchen Schurken tötet, rettet Ihr vielen braven Apatschen das Leben. Sofern Ihr ihn aber schont, sind sie verloren. Das müßt Ihr beachten, wenn ich mich nicht irre. Nun sagt mir also aufrichtig, ob Ihr wacker draufgehen wollt wie ein richtiger Westmann, der nicht vor Schreck in Ohnmacht fällt, wenn er einen Blutstropfen sieht! Beruhigt mich, indem Ihr mir das versichert!" — „Wenn es Euch beruhigt, so seid überzeugt, daß ich nicht nachsichtig sein werde, denn es wird dem Gegner auch nicht einfallen, mich zu schonen. Dadurch rette ich viele Menschenleben und habe es in diesem Zweikampf obendrein tatsächlich mit einem roten Spitzbuben zu tun. Ich verspreche Euch also, daß ich mich nicht mit zarten Gedanken und Bedenken befassen werde." — „Schön! Das ist ein Wort, das ich gelten lasse. Ich sehe den Dingen nun mit mehr Ruhe entgegen. Dennoch ist es mir freilich, als ob ein Sohn von mir zur Schlachtbank geführt werden sollte. Am liebsten würde ich an Eurer Stelle kämpfen. Wollt Ihr mir das nicht überlassen, Sir?"

„Nein, bester Sam. Erstens denke ich, aufrichtig gesagt, daß es besser ist, ein Greenhorn stirbt, als so ein tüchtiger Westmann, wie Ihr seid, und zweitens —" — „Haltet abermals den Schnabel! An mir altem Knaben liegt nicht viel. Aber wenn so ein junger, hoff —"

„Nein, haltet Ihr den Mund!" unterbrach ich ihn nun auch einmal. „Und zweitens, wollte ich sagen, wäre es ehrlos und feig von mir, wenn ich mich jetzt zurückziehen und einen andern an meine Stelle treten lassen wollte. Übrigens würde der Häuptling das nicht zugeben, denn er hat es grad auf mich abgesehen." — „Das ist es ja eben, was mir nicht in den Kopf will! Er hat es auf Euch abgesehen, unbedingt auf Euch. Will hoffen, daß sein Kanu anders schwimmt, als er es zu steuern gedenkt. Paßt auf, dort nahen sie!" — Die Indianer kamen jetzt langsam heran. Sie zählten nicht ganz zweihundert, weil eine Anzahl von ihnen als Wächter bei den gefangenen Apatschen zurückgeblieben war. Tangua führte sie an uns vorüber bis zur der Stelle, die als Kampfplatz bestimmt war. Dort bildeten sie einen Dreiviertelkreis. Das vierte Viertel sollten wir Weißen ausfüllen. Wir taten es. Dann winkte der Häuptling. Aus der Reihe der Roten trat ein Krieger von wahrhaft herkulischen Körperformen und legte alle seine Waffen ab außer dem Messer. Darauf entkleidete er die obere Körperhälfte. Wer diese Muskeln jetzt enthüllt sah, dem mußte um mich angst und bange werden. Der Häuptling führte ihn in die Mitte und verkündete mit einer Stimme, aus der die Gewißheit des Sieges klang:

„Hier steht Metan-akva[1], der stärkste Krieger der Kiowas, dessen Messer noch jeden Gegner gefressen hat! Der Feind stürzt unter seinem Stich wie vom Blitz getroffen nieder. Er wird mit Old Shatterhand, dem Bleichgesicht, kämpfen." — „The devil!" flüsterte Sam mir zu. „Das ist ein wahrer Goliath! Er wird Blitzmesser genannt. Das sagt genug. Hört, lieber Sir, es ist aus mit Euch!" — „Pshaw!" — „Unsinn! Bildet Euch nichts ein! Es gibt nur eine Art, dieses Kerls Herr zu werden. Laßt Euch auf keinen langen Kampf ein, sondern drückt auf ein rasches Ende, sonst ermüdet er Euch, und Ihr seid verloren! Wie steht es mit Euerm Puls?" — Er faßte mich beim Handgelenk und prüfte. Dann nickte er beruhigt. — „Gott sei Dank, nicht mehr als siebzig Schläge, also ganz in Ordnung. Ihr seid nicht aufgeregt? Habt keine Angst?" — „Das fehlte noch! Aufregung und Angst in einer Lage, in der das Leben vom ruhigen Blut und Blick

[1] Blitzmesser

139

abhängig ist! Der Name dieses Riesen sagt ebensoviel wie seine Gestalt. Weil er der Stärkste ist und mit dem Dolch in der Faust noch nie besiegt wurde, hat mir der Häuptling den Vorschlag gemacht, mit dem Messer für die Apatschen zu kämpfen. Werden sehen, ob der Rote wirklich so unüberwindlich ist." — Ich hatte während dieses leisen Gesprächs meinen Oberkörper auch entkleidet. Das war zwar nicht zur Bedingung gemacht worden, aber es sollte nicht die Meinung aufkommen, daß ich in der Kleidung einen wenn auch noch so geringen Schutz vor dem Messer des Gegners suchen wollte. Den Bärentöter und die Revolver übergab ich Sam. Dann trat ich in die Mitte des Kreises. Dem guten Hawkens klopfte das Herz wohl überlaut. Ich aber fühlte keine Bangigkeit. Getrost sein, das ist das erste Erfordernis in jeder Gefahr. — Nun wurde mit dem Stiel eines Tomahawks eine ziemlich große Acht in den Sand gegraben, worauf der Häuptling uns aufforderte, unsre Plätze einzunehmen. Blitzmesser musterte mich mit einem verächtlichen Blick und sagte in leidlich verständlichem Englisch: „Der Körper dieses Bleichgesichts bebt vor Angst. Wird der Schwächling es wagen, das Zeichen im Sand zu betreten?" — Kaum hatte er diese Worte gesprochen, so stellte ich mich in die nach Süden liegende Schleife der Acht. Das geschah in kluger Berechnung. Ich bekam nämlich dadurch die Sonne in den Rücken, während der Rote ihr das Gesicht zuwenden mußte und von ihr geblendet wurde. Man mag das eine Übervorteilung nennen. Aber er hatte meiner gespottet und gelogen, als er behauptete, mein Körper bebe vor Angst. Dafür nun dies als Strafe. Jedes Zartgefühl wäre überhaupt am unrechten Platz gewesen. Einen Menschen töten zu müssen ist entsetzlich, aber hier mußte mich die geringste Rücksicht oder Schonung das Leben kosten, und so war ich fest entschlossen, diesen Simson zu erstechen. Kaltblütig war ich trotz seiner Gestalt und seines vielsagenden Namens geblieben, weil ich keinen Grund hatte, mich für einen schlechten Fechter zu halten, obgleich ich jetzt zum erstenmal einem Gegner mit dem Messer in der Hand gegenüber stand. — „Er wagt es wirklich!" hohnlachte der Rote. „Mein Messer wird ihn fressen. Der Große Geist gibt ihn in meine Gewalt, indem er ihm den Verstand genommen hat." — Bei den Indianern sind solche Redevorspiele gebräuchlich. Ich wäre für feig gehalten worden, wenn ich geschwiegen hätte. Deshalb antwortete ich: „Du kämpfst mit dem Mund, ich aber stehe hier mit dem Messer. Nimm deinen Platz ein, wenn du dich nicht fürchtest!" — Da sprang er mit einem Satz in die andre Schlinge der Acht und schrie zornig: „Fürchten? Metan-akva soll sich fürchten! Habt ihr es gehört, ihr Krieger der Kiowas? — Er wird diesem weißen Hund mit dem ersten Stich das Leben nehmen!" — „Dein erster Stich wird dich um das deinige bringen. Nun schweig! Du solltest eigentlich nicht Metan-akva, sondern *braggart*[1] heißen." — *„Braggart, braggart!"* wiederholte der Kiowa schreiend. „Hört ihr es, meine Brüder? Das würde in unsrer Sprache ‚Avat-ya' heißen! Dieser stinkige Kojote wagt es, Metan-akva zu beschimpfen! Wohlan, die Geier sollen seine Eingeweide fressen!" — Diese Drohung war eine große Unvorsichtigkeit, ja ge-

---

[1] Englisch: Großmaul

radezu eine Dummheit von ihm, denn sie verriet, wie er seine Waffe gebrauchen wollte. Meine Eingeweide! Also galt es wahrscheinlich nicht einen Stich ins Herz, sondern einen Hieb, einen Messerstich von unten herauf, um mir den Leib aufzuschlitzen! — Wir standen einander so nahe, daß man sich nur wenig vorzubeugen brauchte, um den Gegner mit dem Messer zu erreichen. Er bohrte seinen Blick in mein Auge. Sein rechter Arm hing senkrecht herab. Er hielt das Messer so, daß das Heft-Ende am kleinen Finger lag und die Klinge vorn zwischen dem Daumen und dem Zeigefinger hervorragte. Diese Klinge war mit der Schärfe der Schneide hinauf gerichtet. Er wollte also wirklich, wie ich vermutet hatte, einen Streich von unten hinauf führen, denn wer von oben herunter stößt, der hält das Messer grad umgedreht, nämlich so, daß das Heft-Ende beim Daumen liegt und die Klinge am kleinen Finger aus der Faust hervorragt. — Also die Richtung seines Angriffs kannte ich. Nun war die Hauptsache die Zeit. Man kennt das eigentümliche, blitzartige Zucken, das kurz vor einem raschen Entschluß in der Pupille zu bemerken ist. Ich senkte die Lider, um den Gegner sicher zu machen, beobachtete ihn aber um so schärfer durch die Wimpern. — „Stich zu, weiße Memme!" forderte er mich auf. — „Schwatz nicht abermals, sondern handle, roter Knabe!" — Das war eine Beleidigung, auf die entweder eine zornige Antwort oder der Angriff folgen mußte. Das zweite war der Fall. Eine blitzartige Erweiterung seines Auges verkündete es mir, und in der nächsten Sekunde stieß er den rechten Arm mit dem Messer kraftvoll vor und hinauf, um mir den Leib aufzureißen, Hätte ich einen Messerstoß von oben herab erwartet, so wäre es um mich geschehen gewesen. So aber wehrte ich seinen Angriff leicht ab, indem ich meine Klinge gedankenschnell abwärts stieß und ihm den Unterarm aufschlitzte. — „Hund, räudiger!" brüllte er, indem er den Arm zurückzog und vor Schreck und Schmerz das Messer fallen ließ. — „Nicht sprechen, sondern kämpfen!" mahnte ich abermals, meinen Arm emporwerfend. Dann fuhr ihm meine Klinge bis an das Heft ins Herz. Ich zog sie augenblicklich wieder heraus. Der Stich saß so gut, daß ein fingerstarker, roter Blutstrahl auf mich spritzte. Der Riese wankte nur einmal hin und her, wollte schreien, brachte aber bloß einen ächzenden Seufzer hervor und stürzte dann tot zu Boden. — Die Indianer erhoben ein wütendes Geheul. Nur einer von ihnen stimmte nicht ein, nämlich Tangua. Er kam herbei, bückte sich zu meinem Gegner nieder, betastete die Ränder der Stichwunde, richtete sich wieder auf und betrachtete mich mit einem Blick, den ich lange nicht vergessen konnte. Es lag darin ein Gemisch von Wut, Entsetzen, Furcht und Bewunderung. Dann wollte er sich wortlos entfernen. Da hielt ich ihn zurück. — „Siehst du, daß ich noch auf meinem Platz stehe? Metan-akva aber hat den seinigen verlassen und liegt außerhalb des Kampfplatzes. Wer hat gesiegt?" — „Du!" fauchte er wütend und ging fort. Doch hatte er erst fünf oder sechs Schritte getan, da kehrte er wieder um und zischte mir zu: „Du bist ein weißer Sohn des bösen Geistes. Unser Medizinmann soll dir den Zauber nehmen. Dann wirst du uns dein Leben geben müssen!" — „Dein Medizinmann mag tun, was ihm beliebt, du aber halte nun dein Wort!"

„Welches Wort?" fragte er höhnisch. — „Daß die Apatschen nicht getötet werden." — „Wir werden sie nicht töten: Tangua hat es gesagt und hält sein Versprechen." — „Und sie werden frei sein?" — „Ja, sie sollen ihre Freiheit wieder haben. Was der Häuptling der Kiowas sagt, das geht stets in Erfüllung." — „So werde ich jetzt mit meinen Freunden den Gefangenen die Fesseln abnehmen." — „Das tu ich selber, sobald die Zeit gekommen ist." — „Sie ist gekommen. Sie ist da, denn ich habe gesiegt." — „Schweig! Haben wir vorhin über die Zeit gesprochen?" — „Sie wurde nicht besonders erwähnt, aber es versteht sich doch von selbst, daß —" — „Schweig!" donnerte er mich abermals an. „Die Zeit hat Tangua zu bestimmen. Wir werden die Hunde von Apatschen nicht töten. Aber was können wir dafür, daß sie sterben, wenn sie nichts zu essen und kein Wasser erhalten? Was kann der Häuptling dafür, daß sie früher verhungern und verdursten, als er sie freigeben kann?" — „Schuft", schrie ich ihm ins Gesicht. — „Hund, sprich noch ein Wort, so —" — Er hielt mitten in seiner Drohung inne und starrte mir erschrocken in die Augen, deren Ausdruck ihm wohl nicht behagen mochte. Ich hingegen setzte seine unterbrochene Rede fort: „— so schlage ich dich mit meiner Faust zu Boden, dich schändlichsten aller Lügner!"

Er fuhr rasch einige Schritte zurück, zog sein Messer und drohte: „Mit deiner Faust kommst du Tangua nicht wieder zu nahe! Sobald du so weit zu ihm herankämst, daß du ihn berühren könntest, würde er dich niederstechen." — „Das hat Blitzmesser auch gesagt und gewollt. Nun liegt er selber da. Dir würde es ebenso ergehen. Über das, was mit den Apatschen geschieht, werde ich mit meinen weißen Brüdern sprechen. Krümmst du ihnen nur ein Haar, so ist es um dich und all die Deinen geschehen. Du weißt, daß wir euch alle in die Luft sprengen können." — Erst nach diesen Worten trat ich aus der Acht heraus und ging zu Sam. Der kleine Trapper hatte wegen des Wehegeschreis der Roten nicht hören können, was zwischen dem Häuptling und mir verhandelt wurde. Er kam mir entgegengesprungen, faßte mich mit beiden Händen und rief in hellem Entzücken: „Welcome, welcome, Sir! Das rufe ich Euch zu, denn Ihr kommt aus dem Reich des Todes zurück, dem Ihr unbedingt verfallen wart. Mensch, Freund, Jüngling und Greenhorn, was seid Ihr doch für ein Geschöpf! Hat noch keine Büffel gesehen und schießt die zwei stärksten aus der Herde. Hat noch keinen Mustang gesehen und fängt mir grad die neue Mary. Hat noch keinen Grizzly gesehen und sticht ein solches Vieh nieder, wie man einen Karpfen absticht. Und hier stellt er sich vor den berühmtesten roten Messermann und trifft ihn gleich ins Herz, ohne selber einen einzigen Tropfen Blut zu verlieren! Dick und Will, kommt doch mal her und seht euch diesen deutschen Surveyor an! Was soll man aus ihm machen?" — „Einen Gesellen", schmunzelte Stone. — „Einen Gesellen? Was meinst du damit?" — „Er hat abermals bewiesen, daß er kein Greenhorn mehr ist, kein Lehrling. Wir wollen ihn zum Gesellen machen. Später kann er dann Meister werden." — „Kein Greenhorn mehr? Zum Gesellen machen? Wenn du wirklich einmal etwas sagen willst, so rede doch wenigstens keine unreifen Preiselbeeren! Der Kerl ist ein Greenhorn durch und

142

durch, sonst hätte er es nicht gewagt, mit diesem riesigen Indianer anzubinden. Aber leichtsinnige Menschen haben oft das größte Glück, und die dümmsten Bauern ernten die größten Kartoffeln. So ist es bei ihm: dumm, leichtsinnig und Greenhorn! Daß er noch lebt, hat er nur seinem Glück zu verdanken, wenn ich mich nicht irre. Als es losging, stand mir das Herz still. Ich konnte kaum Atem holen und war mit allen meinen Gedanken mit dem Testament des Greenhorns beschäftigt. Da, ein Hieb und Stoß, und der Rote prasselte zur Erde nieder! Nun haben wir erreicht, was wir wollen, nämlich das Leben und die Freiheit der gefangenen Apatschen!" — „Darin werdet Ihr Euch wohl irren", fiel ich ein, ohne ihm wegen der Art und Weise, in der er über mich urteilte, zu zürnen. — „Mich irren? Wieso?" — „Der Häuptling hat sich, als er uns sein Versprechen gab, im stillen Vorbehalte gemacht, die er nun zur Geltung bringt." — „Dachte es mir, daß er Hintergedanken haben würde. Was für Vorbehalte sind das denn?" — Ich wiederholte ihm die Worte Tanguas. Er war darüber so erzürnt, daß er augenblicklich zu ihm ging, um ihn zur Rede zu stellen. Ich benutzte das, mich zu reinigen und wieder anzukleiden sowie meine Waffen an mich zu nehmen.

11. Am Rande des Grabes

Die Kiowas waren überzeugt gewesen, daß Blitzmesser mich niederstechen würde. Der unerwartete Ausgang des Kampfes hatte sie enttäuscht, aber auch mit Wut gegen uns erfüllt. Sie wären gewiß am liebsten über uns hergefallen. Das aber durften sie nicht, weil feierlich vereinbart worden war, daß die Freunde des Besiegten dessen Tod nicht am Sieger rächen dürften. Daran war nicht zu rütteln. Jedenfalls aber gedachten sie, bald einen anderen Grund zur Feindschaft gegen uns zu finden. Sie konnten sich ihrer Meinung nach Zeit lassen, denn wir waren ihnen sicher. Darum drängten sie einstweilen ihren Grimm zurück und beschäftigten sich mit der Leiche ihres gefallenen Kameraden. Der Häuptling war auch dabei, und so läßt es sich denken, daß Sam Hawkens für seine Vorstellungen kein williges oder gar freundliches Gehör fand. Er kehrte höchst verdrießlich zurück und meldete uns seinen Mißerfolg. — „Der Kerl will wirklich nicht Wort halten. Er gedenkt, die Gefangenen verschmachten zu lassen. Und das nennt der Schuft ‚nicht töten'! Wir werden aber aufpassen, wenn ich mich nicht irre, und ihm doch ein Schnippchen schlagen, hihihihihi!" — „Wenn nur nicht uns dieses Schnippchen geschlagen wird!" bemerkte ich. „Es ist schwer, andre zu beschützen, wenn man des Schutzes selber so sehr bedarf." — „Ich glaube gar, Ihr fürchtet Euch vor diesen Roten, Sir!" — „Pah! Ihr wißt, daß ich mich ebensowenig fürchte wie Ihr selbst", wehrte ich ab. — „Mit einem Unterschied! Nämlich da, wo ich mich scheuen würde, geht Ihr dick drauf wie der Stier auf ein rotes Tuch. Und wo es den eigentlichen, richtigen Mut gilt, da zeigt Ihr Bedenklichkeit. Das ist Greenhornweise. Was denkt Ihr denn eigentlich jetzt so in Euerm Sinn?" — „Worüber?" — „Über den Messerkampf, den Ihr bestanden habt." — „Ich denke, daß Ihr mit mir zufrieden sein werdet." — „Das meine ich nicht. Ich rede von den etwaigen Vorwürfen." — „Vorwürfe? Wer sollte mir die machen? Etwa Ihr?" — „Mein Himmel, seid Ihr schwer von Begriffen! Sagt aufrichtig, Sir, seid Ihr vielleicht da drüben im alten Land einmal als Mörder eines Menschen angeklagt gewesen?" — „Glaube nicht. Wenigstens ist mir nichts davon erinnerlich", erwiderte ich auf die seltsame Frage.

„Ihr habt also noch niemanden umgebracht?" — „Nein." — „So habt Ihr heute Euern ersten Totschlag verübt. Wie ist Euch dabei innerlich zumute? Das ist es, was ich wissen wollte." — „Hm! Ein angenehmes Bewußtsein ist es wahrlich nicht. Es wird wohl nicht so leicht wieder geschehen, daß ich einem Menschen das Leben nehme. Es regt sich etwas in meinem Innern, was die größte Ähnlichkeit mit einem bösen Gewissen hat." — „Bildet Euch nichts ein und macht Euch keine dummen Gedanken! Es kann Euch hier, ohne daß ihr es wollt, alle Tage vorkommen, daß Ihr einen Menschen auslöschen müßt, um Euer eigenes Leben zu retten. In einem solchen Fall muß man — *heavens*, das ist ja gleich ein solcher Fall!" unterbrach er sich. „Da sind wahrhaftig schon die Apatschen! Jetzt wird es blutige Köpfe geben. Macht euch zum Kampf fertig, Mesch'schurs!" — Es erscholl nämlich von dort, wo sich die Gefangenen mit ihren Wächtern befanden, das hoch- und schrilltönende ‚Hiiiiiiiiii', der Kriegsruf der Mescaleros. Intschu tschuna und Winnetou waren wider Erwarten jetzt schon da. Sie überfielen das Lager der Kiowas. Die Überrumpelten, soweit sie bei uns standen, horchten erschrocken auf. Dann schrie Tangua: „Feinde, da unten bei unsern Brüdern! Schnell hin, schnell ihnen zu Hilfe!" — Er wollte fortstürmen; da aber trat Sam Hawkens dazwischen. — „Ihr könnt nicht hin. Bleibt immer da, denn wir sind jedenfalls auch schon umringt! Oder meint ihr, die beiden Häuptlinge der Apatschen seien so dumm, nur die Wächter anzugreifen und nicht zu wissen, wo wir andern uns befinden? Sie werden im nächsten Augen —" — Er hatte rasch und hastig gesprochen, kam aber dennoch nicht zu Ende, denn jetzt erscholl der fürchterliche, durch Mark und Bein schneidende Schlachtruf auch rund um uns her. Wir befanden uns zwar noch immer auf der offenen Prärie, doch standen darauf auch vereinzelte Büsche, hinter denen sich die Apatschen unbemerkt herangeschlichen hatten, so daß wir von ihnen völlig umzingelt waren. Jetzt kamen sie in hellen Haufen von allen Seiten auf uns zugesprungen. Die Kiowas schossen auf sie und machten auch einige Treffer, dann aber waren die Angreifer auch schon da. — „Tötet ja keinen Apatschen!" rief ich Sam, Dick und Will zu, und schon tobte der Nahkampf um uns her. Wir vier beteiligten uns nicht daran. Der Oberingenieur aber und die drei Surveyors wehrten sich. Sie wurden niedergemacht. Das war entsetzlich. — Während mein Auge an diesem schauerlichen Vorgang hing, wurden wir rückwärts von einer bedeutenden Schar angefallen und auseinandergerissen. Zwar riefen wir diesen Leute zu, daß wir ihre Freunde seien, doch ohne Erfolg. Sie drangen mit Messern und Tomahawks auf uns ein, so daß wir uns wehren mußten, obwohl wir eigentlich nicht wollten. Wir schlugen mehrere von ihnen mit dem Kolben nieder. Da bekamen sie Achtung und ließen von uns ab. — Diesen freien Augenblick benutzte ich zu einem schnellen Rundblick. Es gab keinen Kiowa, der nicht mehrere Apatschen gegen sich hatte. Sam sah das auch und rief: „Rasch fort! Dort hinein in die Sträucher!" — Der kleine Trapper deutete auf das schon mehrfach erwähnte Gebüsch, das uns Deckung gegen das Lager hin gegeben hatte, und rannte darauf zu. Dick Stone und Will Parker folgten ihm. Ich zögerte einige Augenblicke, indem ich nochmals zu der Stelle blickte, wo sich die Surveyors befunden hatten. Sie waren Weiße, und ich hätte gern Hilfe gebracht. Aber es war schon zu spät. Deshalb wandte ich mich nun auch den Büschen zu. Ich hatte sie indessen noch nicht erreicht, da sah ich Intschu tschuna dort erscheinen. — Er hatte sich mit Winnetou bei der Abteilung der Apatschen befunden, deren Aufgabe der Überfall des Lagers und die Befreiung der Gefangenen war. Als sie diesen Zweck erreicht hatten, waren die beiden Häuptlinge von dort fortgerannt, um nach den Erfolgen der größeren Abteilung zu sehen, mit der wir es zu tun hatten. Intschu tschuna war seinem Sohn eine Strecke voraus. Als er um die Büsche bog, erblickte er mich.

„Der Länderdieb!" rief er mir entgegen und drang mit der umgekehrten Silberbüchse auf mich ein, um mich niederzuschlagen. Ich rief ihm zwar einige erklärende Worte zu, die ihm sagen sollten, daß ich nicht sein Feind sei. Doch er hörte nicht darauf und verdoppelte die Wucht seiner Stöße und Hiebe. Es ging nicht anders: wenn ich nicht schwer verletzt oder gar erschlagen sein wollte, mußte ich ihm weh tun. Grad als er wieder zum Hieb ausholte, warf ich meinen Bärentöter fort, mit dem ich seinen Angriffen bisher begegnet war, und hing im nächsten Augenblick mit der linken Hand an seinem Hals, während ich ihm mit der rechten Faust einen Hieb gegen die Schläfe versetzte. Er ließ seine Büchse fallen, röchelte kurz und sank ins Gras. Da ertönte hinter mir eine jubelnde Stimme: „Da ist Intschu tschuna, der Oberste der Apatschenhunde! Tangua muß seinen Skalp haben!" — Mich umdrehend, gewahrte ich den Kiowa, der aus irgendeinem Grund die gleiche Richtung eingeschlagen hatte wie ich. Er warf sein Gewehr weg, zog sein Messer und stürzte sich auf den besinnungslosen Apatschen, um ihm die Kopfhaut zu nehmen. Ich faßte ihn derb beim Arm. — „Laß die Hand davon! Den habe ich besiegt. Er gehört mir!" — „Schweig, weißes Ungeziefer!" zischte er. „Was braucht Tangua dich zu fragen! Der Häuptling ist mein! Laß mich los, sonst —" — Er stieß mit dem Messer zu und traf mich ins linke Handgelenk. Ich wollte ihn nicht erstechen und ließ darum mein Messer im Gürtel stecken, warf mich aber auf ihn und gab mir Mühe, ihn von Intschu tschuna wegzuziehen. Da mir das nicht gelang, drückte ich ihm die Kehle zusammen, bis er sich nicht mehr bewegte. Dann beugte ich mich zu Intschu tschuna nieder, dessen Gesicht aus meiner Handwunde mit Blut betropft war. In diesem Augenblick hörte ich ein Geräusch hinter mir und machte eine Wendung, um mich umzusehen. Diese Bewegung rettete mir das Leben, denn ich erhielt auf die Schulter einen fürchterlichen Kolbenhieb, der eigentlich meinem Kopf gegolten hatte. Wäre der Kopf getroffen worden, so hätte mir der Schlag den Schädel zerschmettert. Der mir den Hieb gab, war Winnetou. — Er war, wie bereits erwähnt, Intschu tschuna gefolgt. Um das Gebüsch biegend sah er mich bei seinem Vater knien, der wie leblos dalag und mit Blut bespritzt war. Winnetou holte sofort zum tödlichen Kolbenhieb aus, der aber glücklicherweise nur meine Schulter traf. Dann ließ er sein Gewehr fallen, zog sein Messer und stürzte sich auf mich. — Meine Lage war äußerst schlimm. Der Hieb hatte meinen ganzen Körper erschüttert und mir den Arm gelähmt. Ich hätte Winnetou gern eine Erklärung gegeben; aber der Zusammenprall kam so schnell, daß keine Zeit zu einem Wort blieb. Er holte zum Stoß gegen meine Brust aus, zu einem Stoß, der mir die ganze Klinge ins Herz treiben mußte. Ich brachte nur eine geringe Bewegung zur Seite fertig. Das Messer fuhr in meine linke Brusttasche, traf dort die Blechbüchse, worin ich meine Papiere verwahrt hatte, glitt an dem Blech ab und drang mir oberhalb des Halses und innerhalb der Kinnlade in den Mund und durch die Zunge. Dann zog Winnetou es wieder heraus, packte mich mit der linken Hand an der Kehle und holte zum zweitenmal aus. Die Todesangst verdoppelte meine Kräfte. Ich konnte nur eine Hand, einen Arm gebrauchen, und der Gegner lag von seitwärts her auf mir. Es gelang mir eine weitere Wendung. Ich faßte seine rechte Hand und preßte sie so zusammen, daß er das Messer vor Schmerz fallen ließ. Dann packte ich rasch seinen linken Arm beim Ellbogen und drückte ihn so hinauf, daß er ihn brechen mußte, wenn er die Hand nicht von meinem Hals nahm. Nun zog ich die Knie an und schnellte mich mit aller Gewalt empor. Winnetou wurde abgeschleudert, so daß er mit dem Vorderleib die Erde berührte. Im nächsten Augenblick lag ich ihm so auf dem Rücken, wie er vorher auf dem meinigen gelegen hatte.

Jetzt galt es, ihn niederzuhalten, denn wenn er wieder aufkam, war ich verloren. Ihm ein Knie quer über die beiden Oberschenkel und das andre auf den einen Arm setzend, faßte ich ihn mit der brauchbaren rechten Hand beim Genick, während er mit seiner freien Hand das entfallene Messer suchte, glücklicherweise vergeblich. Nun gab es ein furchtbares Ringen zwischen uns. Man denke, mein Gegner war Winnetou, der bisher noch nie besiegt worden war und später auch nie wieder besiegt worden ist, mit einer schlangenartigen Geschmeidigkeit, den eisernen Muskeln und stählernen Flechsen! Jetzt hätte ich Zeit zum Sprechen gehabt, einige Worte hätten zur Aufklärung genügt. Aber das Blut schoß mir in Strömen aus dem Mund, und als ich mit der durchstochenen Zunge zu reden versuchte, brachte ich nur ein unverständliches Lallen hervor. — Winnetou wandte alle seine Kraft an, mich abzuwerfen, doch lag ich auf ihm wie ein Alp, der nicht abzuschütteln ist. Er begann zu keuchen und keuchte immer stärker. Ich preßte ihm mit den Fingerspitzen den Kehlkopf so fest nach innen, daß ihm der Atem ausging. Sollte er ersticken? Nein, auf keinen Fall! Ich gab also für einen Augenblick seinen Hals frei, worauf er sofort den Kopf hob. Das brachte ihn für meine Absicht in die richtige Stellung: — zwei rasch aufeinanderfolgende Faustschläge, und Winnetou war betäubt. Ich hatte ihn, den Unbesieglichen, überwunden. Denn daß ich ihn schon einmal niedergeschlagen hatte, zählte nicht, weil bei jenem Überfall kein Kampf vorangegangen war.

Tief, tief holte ich Atem, wobei ich mich in acht nehmen mußte, nicht das Blut zu verschlucken, das mir den Mund füllte. Ich hielt die Lippen weit geöffnet, damit es Abfluß fand. Auch aus der äußeren Wundöffnung rieselte es beinah fingerstark. Eben wollte ich mich vom Boden erheben, da hörte ich einen zornigen indianischen Ruf hinter mir und bekam einen Kolbenhieb gegen den Kopf, der mich besinnungslos niederstreckte. — Als ich wieder zu mir kam, war es Abend. So lange hatte ich ohne Besinnung gelegen. Zunächst dünkte es mich wie im Traum: Ich war in das tiefe Mauerlager eines Mühlrades gestürzt. Die Mühle ging nicht, weil sich das Rad nicht bewegen konnte, da ich zwischen ihm und der Mauer steckte. Das Wasser rauschte über mir herab, und die Kraft, mit der es auf das Rad wirkte, preßte mich fest und fester zusammen, als sollte ich zermalmt werden. Alle meine Glieder schmerzten, besonders der Kopf und die linke Schulter. — Nach und nach erkannte ich, daß es nicht Wirklichkeit, aber auch nicht Traum war. Das Rauschen und Brausen kam nicht vom Wasser. Es wohnte in meinem Kopf und war die Folge des Kolbenhiebs, der mich niedergeworfen hatte. Und die Schmerzen in der Schulter wurden nicht durch ein Mühlrad verursacht, das mich zusammenpreßte, sondern durch den Hieb, den ich von Winnetou bekommen hatte. Das Blut lief mir noch immer aus dem Mund. Es wollte mir in die Kehle dringen und mich ersticken. Ich hörte ein fürchterliches Röcheln und Gurgeln und erwachte vollends! Der so geröchelt hatte, war ich selber. — „Er bewegt sich! Gott sei Dank, er bewegt sich!" hörte ich Sams Stimme rufen. — „Ja, ich habe es auch gesehen", bestätigte Dick Stone. — „Jetzt macht er die Augen auf! Er lebt, er lebt!" fügte Will Parker hinzu. — Ich hatte allerdings die Augen geöffnet. Was der erste Blick mir zeigte, war keineswegs tröstlich. Wir befanden uns noch auf dem Platz, wo der Kampf stattgefunden hatte. Es brannten mindestens zwanzig Lagerfeuer, zwischen denen sich wohl über fünfhundert Apatschen bewegten. Viele von ihnen waren verwundet. Auch eine bedeutende Anzahl von Toten sah ich in zwei Abteilungen liegen. Die erste bestand aus Apatschen und die zweite aus Kiowas. Die Sieger hatten elf und die Besiegten dreißig ihrer Krieger eingebüßt, wie ich später erfuhr. Ringsum lagen die gefangenen Kiowas, alle streng gefesselt. Auch Tangua befand sich darunter. Es war kein einziger entkommen. — In geringer Entfernung von uns bemerkte ich einen Menschen, dessen Körper ringförmig zusammengezogen war, ungefähr so, wie es früher, in den Zeiten der Folter, bei Anwendung des sogenannten spanischen Bocks zu geschehen pflegte. Es war Rattler. Die Apatschen hatten ihn krumm geschnürt, um ihm Schmerzen zu bereiten. Er stöhnte jämmerlich. Seine Gefährten lebten nicht mehr. Sie waren gleich beim ersten Angriff niedergemacht worden. Ihn hatte man geschont, weil er als der Mörder Klekih-petras für einen langsameren und qualvolleren Tod aufgehoben werden sollte. — Auch ich war an Händen und Füßen gefesselt, ebenso Stone und Parker, die mir zur Linken lagen. Zu meiner Rechten saß Sam Hawkens. Ihm waren die Füße zusammengeschnürt. Seine rechte Hand hatte man ihm auf den Rükken gebunden, die linke aber seltsamerweise frei gelassen. — „Dem Himmel sei Dank, daß Ihr wieder bei Euch seid, lieber Sir!" sagte er, indem er mir mit der freien Hand liebkosend übers Gesicht strich. „Wie ist es nur gekommen, daß Ihr niedergeschlagen worden seid?"

Ich wollte antworten, konnte aber nicht, weil ich den Mund voller Blut hatte. — „Spuckt es aus!" ermahnte er mich. — Ich folgte dieser Weisung, brachte aber nur wenige, undeutliche Worte hervor, dann hatte sich der Mund schon wieder mit Blut gefüllt. Infolge dieses großen Blutverlustes war ich zum Sterben matt. Meine Antwort vermochte ich nur in kurzen, weit auseinandergedehnten Absätzen zu geben, und sie war so leise, daß Sam sie kaum vernehmen konnte.

„Intschu tschuna gekämpft — Winnetou hinzu — Mund gestochen." — Die dazwischen liegenden Worte erstickten in dem Blut. Es hatte, wie ich jetzt bemerkte, eine Lache gebildet, worin ich lag.

„Alle Wetter!" staunte Sam. „Wer konnte das ahnen! Wir hätten uns ja gern ergeben, aber die Apatschen hörten nicht auf unsere Worte. Deshalb machten wir uns in das Gesträuch hinein, um zu warten, bis ihr Grimm sich gelegt hätte, wenn ich mich nicht irre. Wir glaubten, Ihr hättet das auch getan, und suchten Euch. Als wir Euch aber nicht fanden, kroch ich an den Rand des Gebüschs, um nach Euch auszuschauen. Da stand eine heulende Gruppe von Apatschen um Intschu tschuna und Winnetou, die tot zu sein schienen, aber bald zu sich kamen. Ihr lagt wie tot daneben. Das erschreckte mich so, daß ich sofort hier diesen Dick Stone und diesen Will Parker holte und mit ihnen zu Euch hinlief, um zu sehen, ob vielleicht noch Leben in Euch wäre. Wir wurden gleich festgenommen. Ich sagte Intschu tschuna, daß wir Freunde der Apatschen seien und gestern abend die Absicht gehabt hätten, die beiden gefangenen Häuptlinge zu befreien. Er aber lachte mich grimmig aus, und nur Winnetou habe ich es zu verdanken, daß man mir die eine Hand freigelassen hat, um Euch Hilfe leisten zu können. Er ist es auch gewesen, der Euch am Hals verbunden hat, sonst wärt Ihr gar nicht wieder aufgewacht, sondern hättet Euch verblutet, wenn ich mich nicht irre. Ist der Stich tief eingedrungen?" — „Durch — die — Zunge", lallte ich. — „Zum Teufel! Das ist gefährlich. Werdet da ein Wundfieberchen bekommen, das ich zwar nicht haben möchte, aber doch lieber auf mich nehmen würde, weil so ein alter Waschbär wie ich es leichter übersteht als ein Greenhorn, das früher Blut vermutlich nur in der Wurst gesehen hat. Ihr seid doch nicht etwa noch anderweitig verwundet?" — „Kolbenhiebe — Kopf und — Schulter", hauchte ich. — „Also niedergeschlagen seid Ihr worden? Ich dachte, der Stich wäre allein schuld an Eurer schlimmen Verfassung. Da wird Euch freilich der Kopf verteufelt brummen. Aber das vergeht. Die Hauptsache ist, daß das bißchen Verstand, das Ihr hattet, nicht mit zerschlagen wurde. Die Gefahr liegt in der zerstochenen Zunge, die man nicht verbinden kann. Ich werde —" — Mehr hörte ich nicht, weil ich jetzt wieder in

Ohnmacht fiel. — Als ich abermals aus meiner Betäubung erwachte, fühlte ich, daß ich mich in Bewegung befand. Ich hörte den Huftritt vieler Pferde und schlug die Augen auf. Ich lag auf der Haut des Grizzlybären, den ich erlegt hatte. Sie war ungefähr in die Form einer Hängematte zusammengeschnürt worden und hing zwischen zwei Pferden, die mich auf diese Weise tragen mußten. Dabei steckte ich so tief in dem Fell, daß ich nur die Köpfe dieser beiden Pferde und den Himmel sehen konnte, mehr nicht. Die Sonne warf glühende Strahlen auf mich herab, und brennend, wie flüssiges Blei, flutete es mir in den Adern. Mein Mund war verschwollen und voll von geronnenem Blut. Ich wollte es mit der Zunge ausstoßen, konnte sie aber nicht bewegen. — ‚Wasser, Wasser!‘ wollte ich rufen, denn ich fühlte einen entsetzlichen Durst, brachte aber keinen Laut, nicht einmal einen hörbaren Hauch hervor. Ich sagte mir, daß es um mich geschehen sei, und wollte, wie jeder Sterbende tun soll, an Gott denken und an das, was jenseits dieses Lebens liegt, wurde aber von der Ohnmacht wieder übermannt. — Nachher kämpfte ich mit Indianern, Büffeln und Bären, machte Todesritte durch die ausgedörrte Steppe, schwamm monatelang über uferlose Meere — es war im Wundfieber, worin ich lange, lange mit dem Tod rang. Zuweilen sah ich zwei dunkle, samtene Augen vor mir, die Augen Winnetous. Dann starb ich, wurde in den Sarg gelegt und wurde begraben. Ich hörte, daß die Erdschollen darauf geschaufelt wurden, und lag dann eine ganze Ewigkeit regungslos in der Erde, bis auf einmal der Deckel meines Sarges geräuschlos emporschwebte und verschwand. Ich sah den hellen Himmel über mir. Die vier Seiten des Grabes senkten sich. War das denn wahr? Konnte das geschehen? Ich fuhr mir mit der Hand zur Stirn und — „Halleluja, Halleluja! Er erwacht vom Tod; er erwacht!" jubelte Sam. Ich wandte den Kopf. — „Seht Ihr es, daß er sich mit der Hand an die Stirn gegriffen, daß er jetzt gar den Kopf herumgedreht hat?" rief der Kleine. — Er beugte sich über mich. Sein Gesicht strahlte vor Entzücken. Das sah ich, obwohl es der dichte Bartwald fast ganz bedeckte. — „Erkennt Ihr mich, Sir, geliebter Sir?" fragte er. „Ihr habt die Augen geöffnet und Euch bewegt. Ihr lebt also wieder. Erkennt Ihr mich?" — Ich wollte antworten, konnte aber nicht, erstens vor übergroßer Mattigkeit und zweitens, weil mir die Zunge schwer wie Blei im Mund lag. Deshalb nickte ich nur. — „Und hört Ihr mich?" fuhr er fort. — Ich nickte wieder. — „Da seht ihn an — seht her — seht her!" — Sein Gesicht verschwand, und dafür erschienen beide Köpfe von Stone und Parker. Die braven Gefährten hatten Freudentränen in den Augen. Sie wollten auf mich einsprechen; aber Sam schob sie fort. — „Laßt mich zu ihm! Ich will mit ihm reden!" — Er nahm meine beiden Hände, drückte sie auf die Stelle seines Bartes, wo der Mund zu vermuten war, darauf und fragte: „Habt Ihr Hunger, Sir? Habt Ihr Durst? Werdet Ihr etwas essen oder trinken können?" — Ich schüttelte den Kopf, denn ich fühlte kein Bedürfnis, irgend etwas zu genießen. Ich lag in einer Schwäche, die selbst den Genuß eines einzigen Wassertropfens ausschloß. — „Nicht? Wirklich nicht? Herrgott, ist das denn möglich? Wißt Ihr, wie lang Ihr hier gelegen habt?" —

Ich antwortete wieder durch mattes Kopfschütteln. — „Drei Wochen, drei volle Wochen! Denkt Euch doch! Ihr wißt auch nicht, was nach Eurer Verwundung geschah und wo Ihr Euch befindet. Habt ein fürchterliches Wundfieber gehabt und seid dann in Starrkrampf gefallen. Die Apatschen wollten Euch einscharren. Aber ich konnte nicht an Euern Tod glauben und habe so lange gebettelt, bis Winnetou mit seinem Vater sprach und der Häuptling die Erlaubnis gab, Euch erst dann zu begraben, wenn die Fäulnis eintreten würde. Das haben wir der Fürsprache Winnetous zu verdanken. Ich muß hin zu ihm, muß ihn holen!" — Ich schloß die Augen und lag nun wieder still, doch nicht mehr in dumpfer Ohnmacht, sondern in einer seligen Müdigkeit, in einem wonnigen Frieden. Ich wünschte, ewig so liegen bleiben zu können. Da hörte ich Schritte. Eine Hand betastete mich und bewegte meinen Arm. Dann vernahm ich die Stimme Winnetous.

„Hat Sam Hawkens sich nicht geirrt? Ist Selwikhi lata[1] wirklich wach gewesen?" — „Gewiß. Wir drei haben es deutlich gesehen. Er hat sogar mit Nicken und Kopfschütteln auf meine Fragen geantwortet." — „So ist ein großes Wunder geschehen. Doch es wäre besser, wenn er tot geblieben wäre. Er ist nur, um zu sterben, ins Leben zurückgekehrt, denn er wird mit euch wieder in den Tod gehen." — „Aber er ist der beste Freund der Apatschen!" — „Er hat Winnetou zweimal niedergeschlagen!" — „Weil er mußte!" — „Selwikhi lata hat nicht gemußt!" — „O doch! Das erstemal tat er es, um dir das Leben zu retten. Du hättest dich gewehrt und wärst von den Kiowas ermordet worden. Und das zweitemal hat er sich gegen dich verteidigen müssen. Wir wollten uns euch freiwillig ergeben, konnten es aber nicht, weil euere Krieger nicht auf unsere Versicherungen hörten." — „Das sagt Hawkens nur, um sich zu retten." — „Nein. Es ist die Wahrheit!" — „Deine Zunge lügt. Alles, was du Winnetou erzählt hast, um dem Martertod zu entgehen, hat nur die Folge gehabt, uns davon zu überzeugen, daß ihr noch ärgere Feinde von uns wart als selbst die Kiowas. Du bist uns entgegengeschlichen und hast uns belauscht. Wärst du unser Freund gewesen, so hättest du uns gewarnt. Dann wären wir nicht dort am Wasser überfallen und an die Bäume gebunden worden." — „Aber ihr hättet den Tod Klekihpetras an uns gerächt, oder, wenn das aus Dankbarkeit vielleicht nicht geschehen wäre, so hättet ihr uns wenigstens gehindert, unsere Arbeiten zu beenden." — „Ihr habt das auch so nicht tun können. Du ersinnst Ausreden, die jedes Kind durchschauen muß. Hältst du Intschu tschuna und Winnetou für unerfahren wie kleine Kinder?" — „Das fällt mir nicht ein. Old Shatterhand ist wieder ohnmächtig geworden. Wäre er bei Bewußtsein und könnte er sprechen, so würde er dir bezeugen, daß ich dir die Wahrheit gesagt habe." — „Ja, er würde ebenso lügen wie du. Die Bleichgesichter sind alle Lügner und Betrüger. Winnetou hat nur einen einzigen Weißen gekannt, in dessen Herzen die Wahrheit wohnte. Das war Klekihpetra, den ihr ermordet habt. In diesem Old Shatterhand hätte sich der Apatsche beinahe getäuscht. Er sah seine Kühnheit und seine

---

[1] Tötende Hand = Old Shatterhand

Körperkraft und bewunderte ihn. In seinem Auge schien die Aufrichtigkeit ihren Sitz zu haben, und Winnetou glaubte, ihn lieben zu können. Aber er war genau ein solcher Länderdieb wie die anderen. Er hinderte euch nicht, uns in die Falle zu locken, und hat mir zweimal seine Faust an den Kopf geschlagen. Warum hat der Große Geist einen solchen Mann geschaffen und ihm ein so falsches Herz gegeben?" — Ich hatte ihn ansehen wollen, als er mich berührte, aber der Wille fand bei den matten Bewegungsnerven keinen Gehorsam. Mein Körper schien aus Äther zu bestehen, ja gar nicht aus sinnlich wahrnehmbaren Stoffen zusammengesetzt zu sein und folglich auch keiner wahrnehmbaren Regung fähig. Jetzt aber, da ich dieses Urteil Winnetous hörte, gehorchten mir die Augenlider. Sie öffneten sich, und ich sah ihn neben mir stehen. Er war jetzt in ein leichtes, leinenes Gewand gekleidet, trug keine Waffe und hielt ein Buch in der Hand, auf dessen Einband in großer Goldschrift das Wort ‚Hiawatha' zu lesen war. Dieser Indianer, dieser Sohn eines Volkes, das man zu den ‚Wilden' zählt, konnte also nicht nur lesen, sondern besaß sogar Sinn und Geschmack für das Höhere. Longfellows berühmtes Gedicht in der Hand eines Apatschen-Indianers! Das hätte ich mir nie träumen lassen. — „Er hat die Augen wieder offen!" rief jetzt Sam, und Winnetou drehte sich zu mir um. Wieder trat er zu mir heran, richtete sein Auge lang auf das meinige und fragte dann: „Kannst du reden?" — Ich schüttelte den Kopf. — „Hast du Schmerzen im Körper?" — Die gleiche Antwort. — „Sei aufrichtig mit Winnetou! Wenn man vom Tod erwacht, kann man keine Unwahrheit sagen. Habt Ihr vier Männer uns wirklich retten wollen?"

Ich nickte zweimal. — Da machte er eine verächtliche Handbewegung und rief im Ton sichtlicher Empörung: „Lüge, Lüge, Lüge! Selbst am wieder geöffneten Grab Lüge! Hättest du mir jetzt die Wahrheit gestanden, so wäre mir vielleicht der Gedanke gekommen, daß du anders, daß du besser werden könntest, und Winnetou hätte Intschu tschuna, seinen Vater, gebeten, dir das Leben zu schenken. Aber du bist einer solchen Fürbitte nicht wert und mußt sterben. Wir werden dich sehr aufmerksam pflegen, damit du schnell wieder gesund und kräftig wirst, um die Qualen, die deiner warten, lang auszuhalten. Als kranker, schwacher Mann rasch zu sterben, das ist keine Strafe."

Länger konnte ich die Augen nicht offenhalten; ich schloß sie wieder. Hätte ich doch reden können! — So aber sprach Sam jetzt von neuem auf den jungen Apatschen ein. — „Wir haben dir doch bewiesen, klar und unwiderleglich bewiesen, daß wir auf eurer Seite gewesen sind. Eure Krieger sollten gemartert werden, und um das zu verhindern, hat Old Shatterhand mit Blitzmesser gekämpft und ihn besiegt. Er hat also sein Leben für euch gewagt und soll nun zum Lohn dafür gemartert werden!" — „Ihr habt mir nichts bewiesen, denn auch diese Erzählung war eine Lüge." — „Frage den Häuptling der Kiowas, der sich noch in eueren Händen befindet!" — „Winnetou hat ihn gefragt." — „Und was sagte er?" — „Daß du lügst. Old Shatterhand hat nicht mit Blitzmesser gekämpft, sondern der Kiowa ist beim letzten Überfall von unsern Kriegern getötet worden." — „Das ist eine unglaubliche Schlechtigkeit von Tangua. Er weiß, daß wir heimlich auf eurer Seite standen, und will sich dafür nun rächen, indem er uns ins Verderben bringt." — „Er hat es mir beim Großen Geist geschworen, also glaubt Winnetou ihm und nicht euch. Er sagt dir das gleiche, was er soeben Old Shatterhand gesagt hat: Hättet ihr ein offenes Geständnis abgelegt, so hätte er für euch gebeten. Klekih-petra, der mein Vater, Freund und Lehrer war, hat die Gesinnung des Friedens und der Milde in mein Herz gelegt. Winnetou trachtet nicht nach Blut, und sein Vater, der Häuptling, tut stets, worum ihn der Sohn bittet. Deshalb haben wir von allen den Kiowas, die wir noch immer hier gefangen halten, keinen getötet. Sie mögen ihre Taten nicht mit dem Leben, sondern mit Pferden und Waffen, Zelten und Decken bezahlen. Wir sind mit ihnen noch nicht ganz einig über den Preis, doch wird der Abschluß bald zustande kommen. Rattler ist Klekih-petras Mörder. Er muß sterben. Ihr seid seine Genossen, dennoch würden wir mit euch vielleicht Nachsicht haben, wenn ihr aufrichtig wärt. Da ihr das aber nicht seid, sollt ihr Rattlers Schicksal teilen." — Das war eine lange Rede, so lang, wie ich aus dem Mund des schweigsamen Winnetou später nur selten und nur bei wichtigen Veranlassungen wieder eine gehört habe. Unser Schicksal lag ihm also wohl mehr am Herzen, als er zugeben wollte. — „Wir können uns doch unmöglich als eure Feinde erklären, wenn wir eure Freunde sind", entgegnete Sam. — „Schweig!" gebot der Apatsche. „Winnetou sieht ein, daß du mit dieser großen Lüge auf den Lippen sterben wirst. Wir haben euch bisher mehr Freiheit gelassen als den anderen Gefangenen, damit ihr diesem Old Shatterhand Hilfe leisten konntet. Ihr seid diese Nachsicht nicht wert und werdet von jetzt an strenger gehalten. Der Kranke braucht euch nicht mehr. Folgt mir jetzt! Winnetou wird euch den Ort anweisen, den ihr nun nicht mehr verlassen dürft!" — „Das nicht, Winnetou, nur das nicht!" rief Sam erschrocken. „Ich kann mich unmöglich von Old Shatterhand trennen!" — „Du kannst es, denn Winnetou befiehlt es dir! Was er will, wird geschehen!" — „Aber wir bitten dich, uns wenigstens —" — „Still!" unterbrach ihn der Apatsche abermals streng. Der Apatsche will kein Wort dagegen hören! Werdet ihr mit ihm gehen, oder soll er euch durch seine Krieger binden und fortschaffen lassen?" — „Wir sind in eurer Gewalt und müssen gehorchen. Wann dürfen wir Old Shatterhand wiedersehen?" — „Am Tage eures und seines Todes." — „Eher nicht?" — „Nein." — „So laß uns, bevor wir dir jetzt folgen, von ihm Abschied nehmen!" — Sam ergriff meine Hände, und ich fühlte seinen Bartwald auf meinem Gesicht, denn er gab mir einen Kuß auf die Stirn, Stone und Parker taten ebenso. Dann gingen sie mit Winnetou fort, und ich lag eine Weile allein, bis einige Apatschen kamen und mich forttrugen. Wohin, das wußte ich nicht, da ich zu schwach war, die Augen abermals aufzuschlagen. Noch während sie mich trugen, schlief ich wieder ein.

12. ,Schöner Tag'

Wie lange ich geschlafen hatte, wußte ich nicht. Es war der Genesungsschlaf, der immer tief zu sein und lange zu währen pflegt. Als ich erwachte, wurde es mir nicht schwer, die Augen zu öffnen, und ich war bei weitem nicht mehr so schwach wie zuvor. Ich konnte die Zunge einigermaßen bewegen und mit dem Finger in den Mund fassen, um ihn von dem geronnenen Blut und dem Wundeiter zu reinigen. — Zu meinem Erstaunen sah ich mich in einem viereckigen Raum, der von steinernen Mauern gebildet wurde. Er erhielt sein Licht durch die Eingangsöffnung, die durch keine Tür verschlossen war. Mein Lager befand sich in der hinteren Ecke. Man hatte da mehrere Grizzlybärenfelle übereinandergelegt und eine schöne, indianische Saltillodecke über mich gebreitet. Rechts und links vom Ausgang saßen zwei Indianerinnen, jedenfalls mir zur Pflege und zugleich zur Bewachung, eine alte und eine junge. Die alte hatte Runzeln im Gesicht und war häßlich, wie die meisten roten Squaws. Die junge dagegen war schön, sogar sehr schön. Sie trug ein langes, hemdartiges Gewand, das den Hals eng umschloß und an den Hüften von einer Klapperschlangenhaut gerafft und zusammengehalten wurde. Es war an ihr kein Schmuckgegenstand zu sehen, etwa Glasperlen oder billige Münzen, womit sich die Indianerinnen so gern behängen. Ihr einziger Schmuck bestand aus ihrem herrlichen langen Haar, das ihr in zwei starken, bläulich-schwarzen Zöpfen bis über den Gürtel herabreichte. Dieses Haar erinnerte an das Winnetous. Auch ihre Gesichtszüge waren den seinigen ähnlich. Sie hatte die gleiche Samtschwärze der Augen, die unter langen, schweren Wimpern halb verborgen lagen wie Geheimnisse, die nicht ergründet werden sollen. Von indianisch vorstehenden Backenknochen war keine Spur. Die weich und warm gezeichneten, vollen Wangen vereinigten sich unten in einem Kinn, dessen Grübchen bei einer Europäerin auf Schelmerei hätte schließen lassen. Sie sprach, jedenfalls um mich nicht aus dem Schlaf zu wecken, leise mit der Alten, und als sie dabei den schön geschnittenen Mund zu einem Lächeln öffnete, blitzten die Zähne wie reinstes Elfenbein zwischen den roten Lippen hervor. Die feingeflügelte Nase hätte eher auf griechische als auf indianische Abstammung deuten können. Die Farbe ihrer Haut war eine helle Kupferbronze mit einem Silberhauch. Das Mädchen mochte achtzehn Jahre zählen, und ich gewann die Überzeugung, daß es die Schwester Winnetous sei. — Die beiden Squaws waren emsig damit beschäftigt, weißgegerbte Ledergürtel mit roten Stichen zu verzieren.

Ich richtete mich auf, jawohl, ich richtete mich auf, und das wurde mir gar nicht schwer, während ich, bevor ich das letztemal eingeschlafen war, vor Schwäche nicht einmal die Augen hatte öffnen können. Die Alte hörte meine Bewegung, sah zu mir her und rief, indem sie auf mich deutete: „Uff! Aguan inta-hinta!" — Uff ist der Ausdruck des Erstaunens. Was die anderen Worte bedeuteten, wußte ich nicht. Es war Apatschen-Mundart. Später hätte ich mir die sechs Silben zu übersetzen gewußt: „Er ist munter!" — Das Mädchen blickte von seiner Arbeit auf und erhob sich, als es mich sitzen sah, um sich mir zu nähern. — „Du bist wach geworden", sagte es zu meinem Erstaunen in einem ziemlich geläufigen Englisch. „Hast du einen Wunsch?" — Ich öffnete wohl den Mund, um zu antworten, schloß ihn aber wieder, denn es fiel mir ein, daß ich ja nicht sprechen konnte. Doch ich hatte mich aufzusetzen vermocht, da war es vielleicht möglich, daß es auch mit der Sprache besser ging. Ich machte also den Versuch, und wirklich — er gelang. — „Ja. Ich — habe — sogar — mehrere Wünsche." — Wie froh war ich, als ich meine Stimme hörte. Sie klang mir freilich fremd. Die Worte kamen gepreßt und pfeifend heraus, und sie verursachten mir im Rachen Schmerzen. Aber es waren doch eben wieder Worte, nachdem ich drei Wochen lang zu keiner Silbe fähig gewesen war. — „Sprich leise oder nur durch Zeichen!" mahnte sie. „Nscho-tschi hört, daß dich das Reden schmerzt." — „Nscho-tschi ist dein Name?" fragte ich. — „Ja. In der Sprache der Bleichgesichter heißt das ‚Schöner Tag'." — „So danke dem, der dir den Namen gegeben hat! Du konntest keinen passenderen erhalten, denn du bist wie ein schöner Frühlingstag, an dem die ersten Blumen des Jahres zu duften beginnen." — Sie errötete leicht und erinnerte mich: „Du wolltest mir deine Wünsche nennen." — „Sag mir vorher, ob du meinetwegen hier bist!" — „Ich habe den Befehl erhalten, dich zu pflegen." — „Von wem?" — „Von meinem Bruder Winnetou." — „Dachte es mir, daß ihr Geschwister seid, denn du siehst diesem jungen, tapferen Krieger überaus ähnlich." — „Du hast ihn töten wollen!" — Das klang halb wie eine Behauptung und halb wie eine Frage. Sie blickte mir dabei forschend in die Augen, als wolle sie mein ganzes Innere ergründen. — „Nein", entgegnete ich. — „Er glaubt das nicht und hält dich für seinen Feind. Du hast ihn, den noch keiner überwinden konnte, zweimal zu Boden geschlagen." — „Einmal, um ihn zu retten, und das andere Mal, weil er mich töten wollte. Ich habe ihn liebgehabt, gleich als ich ihn zum erstenmal sah." — Wieder ruhte ihr dunkles Auge längere Zeit auf meinem Gesicht; dann sagte sie: „Er glaubt euch nicht, und Nscho-tschi ist seine Schwester. Hast du Schmerzen im Mund?" — „Jetzt nicht." — „Wirst du schlingen können?" — „Ich möchte es versuchen. Darfst du mir Wasser geben?" „Ja, zum Trinken und auch zum Waschen. Ich werde es holen." — Sie ging mit der Alten fort und ließ mich in Verwunderung zurück. — Was war das? Wie sollte ich mir das deuten? Winnetou hielt uns für seine Feinde, schenkte unsern Beteuerungen vom Gegenteil keinen Glauben und hatte mich doch der Pflege seiner eigenen Schwester übergeben! Das paßte nicht zusammen. Der Grund dazu wurde mir vielleicht später klar. — Nach einiger Zeit kamen die beiden Squaws zurück. Die jüngere hatte ein tassenähnliches Gefäß aus braunem Ton in der Hand, wie es eigentlich nur die Pueblo-Indianer anzufertigen pflegen. Es war mit kühlem Wasser gefüllt. Sie hielt mich noch für zu schwach, ohne Hilfe zu trinken, und gab es mir deshalb an den Mund. Das Schlingen wurde mir schwer, sehr schwer und bereitete mir große Schmerzen. Aber es ging, es mußte gehen. Ich trank in kleinen Schlucken und großen Pausen, bis das Gefäß leer war. — Wie erquickte mich das! Nscho-tschi mochte mir das ansehen. — „Das hat dir wohlgetan", sagte sie. „Ich werde dir später noch etwas anderes bringen. Du mußt viel Durst und Hunger haben. Willst du dich waschen?" — „Ja, wenn ich es kann." — „Versuch es!" — Die Alte hatte eine ausgehöhlte Kürbishälfte voll Wasser gebracht. Nscho-tschi setzte sie neben mein Lager und gab mir ein handtuchähnliches Geflecht aus feinem, weichem Bast. Ich versuchte das Waschen, aber es ging nicht; ich war noch zu schwach. Da tauchte sie einen Zipfel des Geflechts ins Wasser und begann, mir das Gesicht und die Hände zu reinigen, mir, dem vermeintlichen Todfeind ihres Bruders und Vaters. Als sie fertig war, fragte sie mich mit einem leisen, aber sichtbar mitleidigen Lächeln: „Bist du stets so hager gewesen wie jetzt?" — Hager? Ach, daran hatte ich noch gar nicht gedacht! Drei lange Fieberwochen und dabei den Wundstarrkrampf, der fast stets tödlich zu verlaufen pflegt. Dazu keinen Bissen gegessen und keinen Tropfen getrunken! Das konnte nicht ohne Wirkung geblieben sein. Ich befühlte meine Wangen und meinte: „Ich bin nie hager gewesen." — „So sieh einmal dein Bild hier im Wasser!" — Ich schaute in den Kürbis und fuhr erschrocken zurück, denn aus dem Wasser blickte mir der Kopf eines Gespenstes, eines Gerippes entgegen. „Welch ein Wunder, daß ich noch lebe!" staunte ich. — „Ja, Winnetou sagte das auch. Du hast sogar den langen Ritt hierher überstanden. Der Große Geist hat dir einen überaus starken Körper gegeben, denn ein anderer hätte es nicht fünf Tage unterwegs ausgehalten." — „Fünf Tage? Wo befinden wir uns?" — „In unserem Pueblo[1] am Rio Pecos." — „Ihr wohnt in einem Pueblo? Ich denke, die Apatschen hausen in Zelten." — „So ist es auch. Nur die Mescaleros bilden eine Ausnahme, und auch bei ihnen haben sich nur die Familien des Häuptlings und einiger Unteranführer dazu entschlossen, diesen alten Felsenbau hier, der lange verlassen stand, zu beziehen. Es geschah auf Anregung Klekih-petras." — „Sind alle euere Krieger, die uns gefangennahmen, hierher zurückgekehrt?" — „Ja, alle. Sie wohnen in der Nähe des Pueblo." — „Und die gefangenen Kiowas sind auch noch da?" — „Auch. Eigentlich sollten sie getötet werden. Jeder andere Stamm würde sie zu Tode martern, aber Klekih-petra ist unser Lehrer gewesen und hat uns über die Güte des Großen Geistes belehrt. Wenn die Kiowas einen Sühnepreis zahlen, dürfen sie heimkehren." — „Und meine drei Gefährten? Weißt du, wo sie sich befinden?" — „Sie sind in einem ähnlichen Raum wie dieser hier." — „Angebunden?" — „Nein, das ist nicht nötig, denn es ist ihnen unmöglich gemacht zu fliehen." — „Wie geht es ihnen?" — „Sie leiden keine Not, denn wer am Marterpfahl sterben soll, muß kräftig sein, damit er viel aushalten kann. Sonst ist es keine Strafe für ihn." — „Sie sollen also sterben?" — „Ja." — „Auch ich?" — „Auch du!" — Im Ton ihrer Antwort lag nicht eine Spur von Bedauern. War dieses schöne Mädchen so gefühllos, daß die qualvolle Ermordung eines Menschen es nicht berührte? — „Sag mir, ob ich sie vielleicht einmal sprechen kann", bat

[1] Burgartiger Steinbau der Indianer

ich. — „Das ist verboten." — „Auch nicht bloß einmal sehen, nur von weitem?" — „Auch das nicht." — „So darf ich ihnen wenigstens eine Botschaft senden?" — „Auch das ist untersagt." — „Ihnen nur Kunde geben, wie ich mich befinde?" — Sie überlegte eine kleine Weile. — „Nscho-tschi will Winnetou, ihren Bruder, darum bitten, daß sie zuweilen erfahren, wie es dir geht", lautete schließlich ihr Bescheid. — „Wird Winnetou einmal zu mir kommen?" — „Nein." — „Aber ich muß mit ihm sprechen!" — „Er nicht mit dir." — „Was ich ihm zu sagen habe, ist sehr wichtig." — „Für ihn?" — „Für mich und meine Gefährten." — „Er wird nicht kommen. Soll vielleicht Nscho-tschi es ihm sagen, wenn es etwas ist, das du ihr mitteilen kannst?"

„Nein. Ich danke dir. Ich könnte es dir wohl sagen, ich könnte dir überhaupt alles anvertrauen, aber wenn er zu stolz ist, mit mir zu sprechen, so habe auch ich meinen Stolz, nicht durch einen Boten mit ihm zu reden." — „Du wirst ihn erst am Tag deines Todes sprechen. Erwäge das! — Und nun werden wir gehen. Wenn du etwas wünscht oder brauchst, so gib ein Zeichen! Wir hören es, und es wird dann sogleich jemand kommen." — Sie zog ein tönernes Pfeifchen aus der Tasche und gab es mir. Hierauf entfernte sie sich mit der Alten. — War es nicht eine ganz abenteuerliche Lage, in der ich mich befand? Ich lag todkrank und sollte gut gepflegt werden, um dann genug Kräfte zum langsamen Sterben zu haben! Der meinen Tod forderte, ließ mich durch seine Schwester pflegen und nicht etwa durch eine alte vertrocknete Indianersquaw! — Es braucht wohl kaum erwähnt werden, daß mein Gespräch mit Nscho-tschi nicht so glatt verlief, wie es sich lesen läßt. Das Reden machte mir Schwierigkeit und war mit ziemlich großen Schmerzen verbunden. Ich sprach also sehr langsam und mußte oft innehalten, um auszuruhen. Das ermattete mich, und deshalb schlief ich ein, sobald sich die beiden Frauen entfernt hatten. — Als ich einige Stunden darauf erwachte, hatte ich großen Durst und einen wahrhaft bärenmäßigen Hunger. Ich versuchte das Zaubermittel und blies in das Pfeifchen. Augenblicklich erschien die Alte, die draußen vor der Tür gesessen haben mußte, steckte den Kopf herein und sprach eine Frage aus. Ich verstand nur die Worte ischa und ischtla, wußte aber nicht, was sie bedeuteten. Sie hatte mich gefragt, ob ich essen und trinken wollte. Ich machte das Zeichen des Trinkens und des Kauens, worauf sie verschwand. Kurze Zeit danach kam Nscho-tschi mit einer tönernen Schüssel und einem Löffel. Sie kniete neben meinem Lager nieder und gab mir löffelweise zu essen, wie einem Kind, das noch nicht selbständig zugreifen kann. Die Apatschen führen derartige Gefäße und Geräte sonst nicht. Der tote Klekih-petra war wohl auch hierin der Lehrer der Apatschen gewesen. — Die Schüssel enthielt eine sehr kräftige Fleischbrühe mit Maismehl, das die Indianerinnen derart bereiten, daß sie die Maiskörner mühsam zwischen zwei Steinen zerstoßen und zerreiben. Für den Haushalt Intschu tschunas hatte Klekih-petra zu solchen Zwecken eine Handmühle gebaut, die mir später als große Sehenswürdigkeit gezeigt wurde. — Das Essen wurde mir noch viel schwerer als das Trinken. Ich konnte die Schmerzen kaum aushalten und hätte bei jedem Löffel laut aufschreien mögen. Aber die Natur verlangte Speise, und wenn ich nicht verhungern wollte, mußte ich etwas genießen. Darum gab ich mir Mühe, von der Qual, die ich fühlte, nichts merken zu lassen, konnte jedoch nicht verhindern, daß mir dabei das Wasser aus den Augen lief. Nscho-tschi bemerkte das gar wohl und sagte, als ich den letzten Löffel glücklich überwunden hatte: „Du bist zum Umfallen schwach, aber dennoch ein starker Mann, ein Held. Wärst du doch als Apatsche und nicht als lügenhaftes Bleichgesicht geboren!" — „Ich lüge nicht. Ich lüge nie. Das wirst du schon noch erkennen!" — „Nscho-tschi möchte es dir gern glauben. Aber es gab wohl nur ein einziges Bleichgesicht, das die Wahrheit redete: das war Klekih-petra, den wir alle liebten. Er war mißgestaltet, hatte aber einen hellen Geist und ein gutes, schönes Herz. Ihr habt ihn ermordet, ohne daß er euch beleidigte. Dafür werdet ihr sterben müssen und mit ihm begraben werden." — „Wie? Er ist noch nicht begraben?" — „Nein."

„Aber seine Leiche kann sich doch unmöglich so lange gehalten haben!" — „Er liegt in einem festen Sarg, in den keine Luft zu dringen vermag. Du wirst diesen Sarg kurz vor deinem Tod zu sehen bekommen." — Nach dieser tröstlichen Versicherung entfernte sie sich. Es ist doch für einen, der zu Tod gemartert werden soll, eine treffliche Beruhigung, vorher den Sarg eines anderen betrachten zu dürfen! Übrigens dachte ich gar nicht im Ernst an meinen Tod. Im Gegenteil war ich überzeugt, daß ich leben bleiben würde, denn ich besaß ja ein unfehlbares Mittel, unsere Unschuld zu beweisen, nämlich die Haarlocke, die ich Winnetou abgeschnitten hatte, als ich ihn befreite. — Aber besaß ich den wirklich noch? Hatte man sie mir nicht abgenommen? Ich erschrak, als ich mir diese Frage stellte. Während der kurzen Augenblicke des Wachseins hatte ich gar nicht daran gedacht, daß die Indianer ihre Gefangenen meist ausplündern. Nun mußte ich erst meine Taschen untersuchen.

Ich trug noch meinen vollständigen Anzug. Man hatte mir kein Stück davon genommen. Was das heißt, drei Wochen lang in einem solchen Anzug im Wundfieber zu liegen, das kann man sich wohl denken. Es gibt Verhältnisse, die man zwar durchmachen und erleben, niemals aber in einem Buch miterzählen kann. Der Leser eines solchen Buches beneidet wohl einen so weitgereisten, vielerfahrenen Mann, würde sich aber, wenn er die mit Schweigen übergangenen Nebendinge erführe, sehr hüten, in seine Fußstapfen zu treten. Wie oft bekomme ich Briefe von begeisterten Lesern meiner Werke, worin sie mich benachrichtigen, daß sie ähnliche Reisen unternehmen wollen! Sie fragen mich nach den Kosten, nach der Ausrüstung, wenige aber auch nach den Kenntnissen, die dazu gehören, und nach den Sprachen, die man vorher lernen muß. Diese abenteuerlustigen Herren heile ich mit untrüglicher Sicherheit durch meine aufrichtigen Antworten, wobei ich den Vorhang von jenen verschwiegenen Dingen ziehe. — Also, ich untersuchte meine Taschen und fand zu meinem freudigen Erstaunen, daß ich noch all mein Eigentum besaß. Man hatte mir nur die Waffen abgenommen. Ich zog die Blechbüchse hervor. Meine Aufzeichnungen befanden sich noch darin und zwischen ihnen die Locke Winnetous. Ich steckte sie wieder ein und legte mich beruhigt nieder, um abermals zu schlafen. Kaum war ich gegen Abend erwacht, so erschien, ohne daß ich das Zeichen gegeben hatte, Nscho-tschi und brachte mir Essen und frisches Wasser. Ich aß diesmal ohne ihre Hilfe und legte dabei verschiedene Fragen vor, die sie je nach ihrem Inhalt beantwortete oder nicht. Es waren ihr Verhaltungsmaßregeln gegeben worden, wonach sie sich streng richten mußte. Es gab da vieles, was ich nicht wissen durfte. Ich fragte das Mädchen auch, warum ich nicht ausgeplündert worden sei. — „Winnetou, mein Bruder, hat es so befohlen", erwiderte Nscho-tschi. — „Kennst du den Grund dieser Anweisung?" — „Nein. Ich habe nicht gefragt. Aber etwas anderes, Besseres kann ich dir sagen." — „Was?" — „Ich war bei den drei Bleichgesichtern, die mit dir gefangen wurden." — „Du selber?" fragte ich erfreut. — „Ja. Ich wollte ihnen sagen, daß du dich kräftiger fühlst und bald wieder gesund sein wirst. Da bat mich der, der Sam Hawkens heißt, dir etwas zu geben, was er während der drei Wochen, da er dich pflegte, für dich angefertigt hat." — „Was ist es?" — „Ich habe Winnetou gefragt, ob ich es dir bringen darf, und er hat es erlaubt. Hier hast du es. Du mußt ein starker und kühner Mann sein, daß du es wagst, den Grauen Bären nur mit dem Messer anzugreifen. Sam Hawkens hat es mir erzählt." — Sie gab mir eine Kette, die Sam von den Reißzähnen und Krallen des Grizzlybären angefertigt hatte. Beide Ohrenspitzen waren auch dabei. — „Wie hat er das bewerkstelligen können?" staunte ich. „Doch nicht mit den Händen allein. Hat man ihm sein Messer und sein sonstiges Eigentum gelassen?" — „Nein, du bist der einzige, dem man außer den Waffen nichts genommen hat. Aber er sagte meinem Bruder, daß er diese Kette machen wolle, und erbat sich die Krallen und Zähne des Bären zurück. Winnetou erfüllte ihm diesen Wunsch und gab ihm auch die Gegenstände, die zur Anfertigung der Kette nötig waren. Trage sie gleich heute, denn du wirst dich nicht lange darüber freuen können!" — „Wohl, weil ich nun bald sterben muß?" — „Ja." — Sie nahm mir die Kette aus der Hand und legte sie mir um den Hals. Ich habe sie von diesem Tag an stets getragen, sooft ich im Wilden Westen war. Ja, sie wurde sogar länger. — „Dieses Andenken konntest du mir auch später bringen", entgegnete ich der schönen Indianerin. „Es eilte nicht so, denn ich werde es hoffentlich noch viele Jahre tragen." — „Nein, nur kurze Zeit." — „Glaube das nicht! Eure Krieger werden mich nicht töten." — „O doch! Es ist im Rat der Alten beschlossen." — „So werden sie anders beschließen, wenn sie hören, daß ich unschuldig bin." — „Das glauben sie nicht." — „Sie werden es glauben, denn ich kann es ihnen beweisen." — „Beweise es! Ich würde mich sehr freuen, wenn ich hörte, daß du kein Lügner und kein Verräter bist. Sag mir, wie du den Beweis führen willst, damit ich es Winnetou, meinem Bruder, mitteile!" — „Er mag zu mir kommen, um es zu erfahren!"

„Das tut er nicht." — „So erfährt er es nicht. Ich bin nicht gewöhnt, mir Freundschaft zu erbetteln oder durch Boten mit jemandem zu verkehren, der selber zu mir kommen kann." — „Was für harte Leute ihr Krieger doch seid!" seufzte sie. „Ich hätte dir so gern die Verzeihung Winnetous gebracht. So wirst du sie nicht erhalten." — „Verzeihung brauche ich nicht, denn ich habe nichts getan, was mir vergeben werden müßte. Aber um einen anderen Gefallen bitte ich dich. Falls du wieder zu Sam Hawkens kommen solltest, so sag ihm, er brauchte keine Sorge zu haben. Sobald ich mich von meiner Krankheit erholt habe, werden wir frei sein."

„Das glaube ja nicht! Diese Hoffnung wird dir nicht in Erfüllung gehen." — „Es ist keine Hoffnung, sondern eine völlige Gewißheit. Du wirst mir später zugeben, daß ich recht gehabt habe." — Der Ton meiner Worte war so zuversichtlich, daß sie es aufgab, mir zu widersprechen. Sie ging. — Mein Gefängnis lag also am Pecosfluß, jedenfalls in einem seiner Nebentäler, denn wenn ich durch die Tür blickte, fiel mein Auge auf die gegenüberliegende Felswand, die gar nicht weit entfernt war, während das Tal des Rio Pecos selbst viel breiter sein mußte. Gern hätte ich mir das Pueblo betrachtet; aber ich konnte nicht vom Lager auf. Und selbst wenn ich stark genug dazu gewesen wäre, war es mir wohl kaum erlaubt, den Raum zu verlassen.

Als es dunkel wurde, kam die Alte und setzte sich in die Ecke. Sie brachte eine Lampe mit, einen kleinen ausgehöhlten Kürbis, gefüllt mit Öl und einem ‚Schwimmer' darin. Die Leuchte brannte die ganze Nacht. Diese Alte hatte die gröberen Arbeiten zu verrichten, während Nscho-tschi mehr die Oberaufsicht über meine Pflege führen sollte. — Ich tat die ganze Nacht hindurch wieder einen tiefen, kräftigen Schlaf und fühlte mich am anderen Morgen stärker als am vorhergehenden Tag. Heute bekam ich nicht weniger als sechsmal zu essen, immer dicke Fleischbrühe mit Maismehl. Das war ebenso nahrhaft wie leicht verdaulich und wurde auch die nächsten Tage so fortgesetzt, bis ich besser schlingen und endlich festere Nahrung, besonders Fleisch, zu mir nehmen konnte. — Meine Genesung schritt von Tag zu Tag fort. Das Gerippe bekam wieder Muskeln, und die Geschwulst im Mund nahm stetig ab. Nscho-tschi blieb immer gleich, stets freundlich besorgt und dabei überzeugt, daß mir der Tod immer näher rücke. Später bemerkte ich, daß ihr Auge, wenn sie sich unbeachtet glaubte, mit einem wehmütigen, still fragenden Blick auf mir ruhte. Es schien, daß sie mich zu bedauern begann. Ich hatte ihr also unrecht getan, als ich annahm, sie hätte kein Herz. Ich fragte sie, ob es mir erlaubt sei, meinen Kerker, der ja immer offen stand, zu verlassen. Sie verneinte das und teilte mir mit, daß Tag und Nacht, unbemerkt von mir, zwei Wächter vor der Tür gesessen hätten, die mich auch ferner bewachen würden. — Das mahnte mich zur Vorsicht. Ich verließ mich zwar auf die Haarlocke, aber es war doch vielleicht möglich, daß sie die beabsichtigte Wirkung verfehlte. Dann konnte ich nur auf mich selber zählen, auf mich und meine Körperkräfte, und diese Kraft mußte ich üben. Aber wie? — Ich lag nur, wenn ich schlief, auf den Bärenfellen. Sonst saß ich oder ging im Raum auf und ab. Nun sagte ich Nscho-tschi, daß ich das niedrige Sitzen nicht gewöhnt sei, und fragte sie, ob nicht ein Stein zu bekommen wäre, der mir als Sitz dienen könnte. Dieser Wunsch wurde Winnetou vorgetragen, und er schickte mir mehrere Felsblöcke von verschiedener Größe. Der schwerste mochte wohl fast einen Zentner wiegen. Mit diesen Steinen übte ich mich, so oft ich allein war. Gegen meine Pflegerinnen heuchelte ich noch Schwäche, in Wirklichkeit aber wurde es mir schon nach vierzehn Tagen nicht mehr schwer, den großen Block mehrmals nacheinander hoch emporzuheben. Das besserte sich noch weiter, und als die dritte Woche verstrichen war, wußte ich, daß ich meine frühere Körperkraft vollständig wieder hatte. — Ich war nun sechs Wochen hier und hatte nichts davon gehört, daß die gefangenen Kiowas entlassen worden seien. Das war eine Leistung, gegen hundertsiebzig Mann so lange zu ernähren. Jedenfalls aber mußten die Kiowas dafür bezahlen. Je länger sie blieben, ohne die Vorschläge der Apatschen anzunehmen, desto bedeutender wurde das Lösegeld. — Da, es war an einem schönen, sonnigen Herbstmorgen, brachte mir Nscho-tschi ein Frühstück und setzte sich bei mir nieder, während sie sich in der letzten Zeit stets sofort wieder entfernt hatte. Ihr Auge blieb weich und mit einem feuchten Schimmer auf mir haften, und endlich rollte ihr gar eine Träne über die Wange herab. — „Du weinst?" fragte ich. „Was ist geschehen? Was betrübt dich so?" — „Es soll erst geschehen, heute." — „Was?"

„Die Kiowas werden frei und ziehen fort. Ihre Boten sind in dieser Nacht unten am Fluß angekommen mit all den Gegenständen, die sie uns bezahlen müssen." — „Und das betrübt dich so? Du müßtest doch eigentlich Freude darüber haben." — „Du weißt nicht, was du sprichst, und ahnst nicht, was dir bevorsteht. Der Abschied der Kiowas soll dadurch gefeiert werden, daß man dich und deine drei weißen Brüder an die Marterpfähle bindet." — Ich hatte das schon lange erwartet und erschrak doch, als ich es nun hörte. Also heute war der Tag der Entscheidung, vielleicht mein letzter Tag! Was mochte er mir gebracht haben, wenn er sich am Abend zur Rüste neigte? Ich tat dennoch gleichgültig und aß, scheinbar ruhig, weiter. Als ich fertig war, gab ich Nscho-tschi das Gefäß. Sie nahm es, stand auf und ging. Unter dem Eingang drehte sie sich noch einmal um, kam auf mich zu, reichte mir die Hand und sagte, ihre Tränen nicht länger zurückhaltend: „Nscho-tschi kann jetzt zum letztenmal zu dir sprechen. Die Tochter des Häuptlings der Apatschen weiß, daß sie keine Trauer und kein Mitleid merken lassen darf. So hat es sie der Vater gelehrt. Aber sie hatte einst noch eine andere Lehrerin, ihre Mutter." — „Einst?" fragte ich teilnahmsvoll. „Deine Mutter lebt nicht mehr?" — „Nein. Manitou, der Große Geist, hat sie zu sich gerufen. Sie war wie die milde Sonne des Abends, die scheiden will. Die Männer sind wie harter Sonnenbrand am Mittag. Leb wohl! Du wirst Old Shatterhand genannt und bist ein starker Krieger. Sei auch stark, wenn sie dich martern! Nscho-tschi ist sehr betrübt über deinen Tod. Aber sie würde sich freuen, wenn keine Qual es vermöchte, dir einen Laut des Schmerzes und der Klage zu entlocken. Mach mir diese Freude und stirb als Held!" — Nach dieser Bitte eilte sie hinaus. Ich trat an den Eingang, um ihr nachzublicken. Da wurden die Läufe zweier Gewehre auf mich gerichtet. Die beiden Wächter taten ihre Pflicht. Hätte ich einen Schritt hinaus versucht, so wäre ich sicher so verwundet worden, daß ich nicht weiter konnte. An eine Flucht war nicht zu denken. Sie mußte überhaupt mißlingen, weil ich die Örtlichkeit nicht kannte. Ich zog mich also bedächtig in mein Gefängnis zurück.

13. Am Marterpfahl

Was sollte ich tun? Das beste war jedenfalls, das Kommende ruhig abwarten und im gegebenen Augenblick die Wirkung der Haarlocke zu versuchen. Der Blick, den ich jetzt ins Freie geworfen hatte, war ganz geeignet, mich davon zu überzeugen, daß ein Fluchtgedanke Wahnsinn gewesen wäre. Er hatte mir gezeigt, welch sicheres Gefängnis ein Pueblo ist. Ich hatte von den indianischen Pueblos bisher nur gelesen, aber noch keins gesehen. Sie sind zum Zweck der Verteidigung errichtet, und ihre Bauart, so eigenartig sie ist, entspricht dieser Bestimmung aufs beste. — Meist füllen sie tiefe Felslücken aus, bestehen durchwegs aus festem Stein- und Mauerwerk und setzen sich aus einzelnen Stockwerken zusammen, deren Zahl sich nach der Örtlichkeit richtet. Jedes Stockwerk tritt im Vergleich zu dem tiefer liegenden ein Stück zurück, so daß vor ihm eine Plattform entsteht, die von der Decke des darunterliegenden Stocks gebildet wird. Das Ganze gewährt den Anblick einer Stufenpyramide, deren Stockwerke sich, je höher desto mehr und tiefer, in die Felslücke hineinziehen. Das Erdgeschoß steht also am meisten vor und ist am breitesten, während die folgenden Stockwerke immer schmäler werden. Sie sind nicht etwa, wie bei unsern Häusern, in ihrem Innern durch Treppen miteinander verbunden, sondern man gelangt zu ihnen nur von außen mit Hilfe von Leitern, die angelegt und wieder weggenommen werden können. Rückt ein Feind heran, so werden diese Leitern entfernt, und er kann nicht hinauf, es sei denn, er hätte selber Leitern mitgebracht. Aber auch in diesem Falle müßte er jedes Stockwerk einzeln erstürmen und sich den Geschossen der Verteidiger auf den oberen Plattformen aussetzen, während sie vor seinen Waffen sicher sind.

Auf einem solchen Pyramidenpueblo befand ich mich, und zwar, wie ich jetzt entdeckt hatte, auf dem achten oder neunten Stockwerk. Wie konnte man da unbemerkt hinunterkommen, da sich auf allen Plattformen Indianer befanden! Nein, ich mußte bleiben. Ich warf mich also auf mein Lager und wartete. — Das waren schlimme, beinahe unerträgliche Stunden. Die Zeit rückte mit wahrer Schneckenlangsamkeit vor, und es wurde fast Mittag, ohne daß etwas eintrat, was die Vorhersage der Indianerin bestätigte. Da endlich hörte ich draußen die nahenden Schritte mehrerer Personen. Winnetou kam herein, gefolgt von fünf Apatschen. Ich stellte mich ganz unbefangen und blieb liegen. Er ließ einen langen, forschenden Blick über mich gleiten und sagte dann: „Old Shatterhand mag mir mitteilen, ob er jetzt wieder gesund ist!" — „Noch nicht ganz", entgegnete ich.

„Aber sprechen kannst du, wie ich höre?" — „Ja." — „Und laufen auch?" — „Ich denke es." — „Hast du das Schwimmen gelernt?" — „Ein wenig." — „Das ist gut, denn du wirst schwimmen müssen. Weißt du noch, an welchem Tag du mich wiedersehen solltest?"

„An meinem Todestag." — „Du hast es dir gemerkt. Dieser Tag ist da. Steh auf, du sollst gefesselt werden!" — Es wäre Torheit gewesen, dieser Aufforderung nicht Folge zu leisten. Ich erhob mich somit vom Lager und hielt den Indsmen meine Hände hin. Sie wurden mir vorn zusammengebunden, und ferner bekam ich zwei Riemen so an die Füße, daß ich zwar langsam gehen oder auch steigen, aber nicht in weiten, schnellen Sätzen entspringen konnte. Dann schaffte man mich hinaus auf die Plattform. — Von hier führte eine Leiter zu dem nächstunteren Stockwerk, das heißt, nicht eine Leiter nach unserm Begriff, sondern ein starker Holzpfahl, in den tiefe Kerben eingeschnitten waren, die als Stufen dienten. Drei Rote stiegen hinab. Dann mußte ich folgen, was trotz der Fesseln keine Schwierigkeit bot, und hierauf kamen die beiden anderen mit Winnetou. In dieser Weise ging es von Stockwerk zu Stockwerk, immer weiter hinunter. Auf allen Plattformen standen Weiber und Kinder, die mich neugierig, aber still betrachteten und dann hinter uns herkamen. Sie zählten, als wir den Pyramidenbau verließen, einige Hundert und bildeten auch weiterhin unser Gefolge, die Zuschauer, die das Schauspiel unseres Todes genießen wollten. — Es war so, wie ich gedacht hatte. Das Pueblo lag in einem schmalen Seitental, das bald in das breite Tal des Rio Pecos mündete. Dorthin wurde ich geführt. Der Pecos ist kein wasserreicher Fluß und ist im Sommer und Herbst noch flacher als im Winter und Frühling. Doch finden sich auch tiefe Stellen, wo man selbst während der heißen Jahreszeit fast gar keine Abnahme des Wassers bemerkt. Da gibt es dann fette Grastriften und reichen Baumwuchs, was die Indianer zum Aufenthalt veranlaßt, weil ihre Pferde hier immer Weide finden. Eine solche Stelle sah ich vor mir liegen. Das Tal des Flusses war wohl eine halbe Wegstunde breit und an beiden Ufern rechts und links von uns mit Busch und Wald bestanden, woran sich grüne Grasstreifen schlossen. Dicht vor uns aber erlitt der Wald auf beiden Ufern eine Unterbrechung, über deren Ursache nachzudenken ich jetzt nicht Zeit hatte. Gerade da, wo das Seitental auf das eigentliche Flußtal mündete, gab es einen Sandstreifen, der wohl fünfhundert Schritt breit war, in gerader Richtung zum Wasser führte und sich jenseits, am anderen Ufer, fortsetzte. Er glich einem hellen Strich, der quer über die grüne Bettmulde des Rio Pecos gezogen war. Auf dieser breiten, sandigen Linie war kein Gras, kein Strauch, kein Baum zu sehen, eine riesige Zeder ausgenommen, die jenseits des Flusses mitten auf dem unfruchtbaren Streifen stand. Infolge ihrer Stärke hatte sie wohl dem Naturereignis widerstanden, durch das der Sandstreifen quer über das Tal gezogen wurde. Sie ragte in beträchtlicher Entfernung vom Ufer auf und war von Intschu tschuna dazu bestimmt worden, bei den Ereignissen des heutigen Tages eine Rolle zu spielen. — Am diesseitigen Ufer herrschte reges Leben. Da sah ich zunächst unseren Ochsenwagen, den die Apatschen erbeutet und mitgenommen hatten. Wo der unfruchtbare Sand aufhörte, weideten die Pferde, die die Kiowas gebracht hatten, um die Gefangenen auszulösen. Dort waren auch die Zelte aufgeschlagen und die verschiedenen Waffen ausgestellt, die gleichfalls als Lösegeld dienten. Dazwischen bewegte sich Intschu tschuna mit einigen seiner Leute, die das Lösegeld abschätzen sollten. Tangua war bei ihnen, denn man hatte ihn und die Gefangenen schon freigelassen. Ein kurzer Blick auf das Gewühl von roten, phantastisch gekleideten Gestalten sagte mir, daß gewiß sechshundert Apatschen anwesend waren. — Sobald sie uns kommen sahen, zogen sie sich schnell zusammen und bildeten einen weiten, mehrgliedrigen Halbkreis um den Ochsenwagen. Die Kiowas gesellten sich zu ihnen. — Als wir den Wagen erreichten, sah ich Hawkens, Stone und Parker, angebunden an drei Pfähle, die tief in die Erde gerammt waren. Ein vierter war leer. Daran wurde ich befestigt. Das also waren die Marterpfähle, woran wir unser Leben in elender, schmerzhafter, qualvoller Weise beschließen sollten! Sie waren in einer Reihe nebeneinander eingeschlagen, und zwar so, daß wir nur durch geringe Zwischenräume voneinander getrennt wurden und miteinander sprechen konnten. Sam befand sich neben mir. Dann kamen Stone und Parker. In unserer Nähe lagen viele dürre Holzbündel, offenbar dazu bestimmt, um uns aufgehäuft zu werden, wenn wir nach den vielartigen Martern verbrannt werden sollten. — Meine drei Gefährten schienen während ihrer Gefangenschaft auch keine Not gelitten zu haben, denn sie sahen wohlgenährt aus, machten aber nichts weniger als frohe Gesichter. — „Ah, Sir, da kommt auch Ihr!" sagte Sam. „Ist eine armselige, eine ganz armselige Verrichtung, die sie mit uns vornehmen wollen, und ich glaube nicht, daß wir sie überstehen werden. Das Sterben und Totgeschlagenwerden greift den Körper so sehr an, daß man es nur selten überlebt. Sollen nachher sogar noch verbrannt werden, wenn ich mich nicht irre. Was sagt Ihr dazu, Sir?" — „Habt Ihr Hoffnung auf Rettung, Sam?" fragte ich ihn. — „Wüßte nicht, wer kommen sollte, uns herauszuholen. Habe schon wochenlang alle meine drei Gedanken angestrengt, aber keinen einzigen passenden Einfall gefunden. Wir wohnten zwar sehr nobel im fünften oder sechsten Stockwerk des Gasthauses da drüben, das sie hier Pueblo nennen, wenn ich mich nicht irre. Aber wir waren unten und oben von Roten eingeschlossen und hatten außerdem noch mehrere Wächter. Wie will man da loskommen! — Wie habt denn Ihr es gehabt?"

„Sehr gut!" — „Glaube es; man sieht es Euch an. Seid ja herausgefüttert wie ein Gänserich, der zu Martini gebraten werden soll! Wie steht es mit der Wunde?" — „Leidlich. Sprechen kann ich wieder, wie Ihr hört, und die restliche Geschwulst wird wohl auch bald verschwinden." — „Bin überzeugt davon! Diese liebe Geschwulst wird heute so gründlich geheilt werden, daß nichts davon übrigbleibt, aber auch von Euch selber nichts als ein Häufchen Menschenasche. Sehe keine Rettung für uns, und dennoch ist es mir gar nicht wie Sterben zumute. Ihr mögt es mir glauben oder nicht, ich habe keine Angst und keine Sorge. Es ist mir ganz so, als könnten uns die Roten gar nichts anhaben, als ob plötzlich irgendwoher ein Befreier kommen müßte." — „Möglich! Auch ich habe die Hoffnung noch nicht verloren. Ich möchte sogar wetten, daß wir uns am Schluß dieses gefährlichen Tages ganz wohl befinden werden." — „Das könnt eben nur Ihr sagen, der Ihr ein ausgewachsenes Greenhorn seid. Ganz wohl befinden! Von ‚ganz wohl' kann keine Rede sein. Würde Gott danken, wenn ich mich heute abend überhaupt noch befände." — „Ich habe euch doch schon öfters bewiesen, daß deutsche Greenhorns ganz andere Kerle sind als die hiesigen." — „So? Was wollt Ihr damit sagen? Habt so einen eignen Ton dabei. Ist Euch vielleicht ein guter Gedanke gekommen?"

„Ja." — „Was für einer? Und wann?" — „An dem Abend, da es Winnetou und seinem Vater gelang, zu entfliehen." — „Da kam Euch ein Gedanke? Sonderbar! Der wird uns aber nichts nützen, denn als er Euch damals kam, wußtet Ihr ja noch nicht, daß wir hier bei den Apatschen ein so schönes Junggesellenheim bekommen würden. Wie heißt denn dieser Gedanke?" — „Haarlocke." — „Haarlocke?" wiederholte er erstaunt. „Sagt einmal, Sir, wie es sich mit Euerm Oberstübchen verhält! Habt Ihr da etwa ein Rattennest drin?" — „Glaube nicht." — „Nun, was faselt Ihr denn da von einer Haarlocke? Hat Euch etwa eine frühere Geliebte ihren Zopf geschenkt, den Ihr den Apatschen zum Angebinde machen wollt?"

„Nein, ich habe die Locke von einem Mann." — Er sah mich an, als zweifelte er an meinem Verstand, und schüttelte den Kopf. — „Geliebter Sir, es ist wirklich nicht richtig in Euerm Hirn! Eure Verwundung muß da etwas zurückgelassen haben, was überflüssig ist. Wahrscheinlich habt Ihr die Haarlocke im Gehirn, nicht aber in der Tasche. Denn ich wüßte nicht, wie wir durch einen Haarzopf hier von den Marterpfählen loskommen sollten." — „Hm, ja. Es ist eben ein Greenhorneinfall, und wir müssen abwarten, ob er sich bewährt oder nicht. Was übrigens das Loskommen von den Marterpfählen betrifft, so bin ich wenigstens sicher, daß ich nicht daran hängen bleibe." — „Gewiß! Wenn man Euch verbrannt hat, hängt Ihr nicht mehr dran." — „Pah! Ich komme los, bevor man die Martern mit uns beginnt." — „So? Welchen Grund habt Ihr, das zu glauben?" — „Ich soll schwimmen." — „Schwimmen?" staunte er, indem er abermals einen Blick auf mich richtete, ungefähr wie der Irrenarzt auf seinen Kranken. — „Ja, schwimmen. Und das kann ich doch nicht hier am Pfahl. Man muß mich also losbinden." — *Behold!* Wer hat Euch denn gesagt, daß Ihr schwimmen sollt?" — „Winnetou." — „Und wann sollt Ihr schwimmen?" — „Heute — jetzt."

Good luck! Wenn Winnetou das gesagt hat, so ist es freilich grad wie ein Sonnenstrahl, der durch die Wolken bricht. Es scheint Ihr sollt um Euer Leben kämpfen." — „Das denke ich auch." — „So wird es mit uns wohl ähnlich sein, denn ich glaube nicht, daß man mit Euch anders verfahren wird als mit uns. In diesem Fall ist unsere Lage allerdings nicht so verzweifelt, wie ich bisher vermutete." — „Das denke ich auch. Wir werden uns wahrscheinlich retten können." — „Oho! Bildet Euch nur nicht gleich zu viel ein! Wenn man uns ums Leben kämpfen läßt, wird man uns die Sache möglichst schwierig machen. Es gibt allerdings Fälle, daß weiße Gefangene auf solche Art gerettet wurden. Habt Ihr denn das Schwimmen gelernt, Sir?" — „Ja." — „Aber wie?" — „So, daß ich glaube, mich beim Wettstreit vor keinem Indianer scheuen zu müssen."

„Hört, seid nicht so siegesgewiß! Diese Roten schwimmen wie die Wasserratten, wie die Fische." — „Und ich wie ein Fischotter, der die Fische fängt und frißt." — „Ihr schneidet auf!" — „Nein. Das Schwimmen ist von Jugend an mein Lieblingssport gewesen, Paddeln, Tauchen, Wassertreten, alles. Wenn es sich wirklich darum handelt, daß man mir Gelegenheit bieten will, mein Leben durch Schwimmen zu retten, so bin ich gewiß, daß ich diesen Tag überleben werde." — „Will es Euch wünschen, Sir! Und hoffentlich bietet man uns eine ähnliche Gelegenheit. Das ist immer besser, als hier am Pfahl hängenzubleiben. Ich will doch lieber im Kampf fallen, als mich zu Tode martern lassen." — Wir waren nicht gehindert worden, miteinander zu sprechen, denn Winnetou stand, ohne zunächst auf uns zu achten, mit seinem Vater und Tangua im Gespräch beisammen, und die Apatschen, die mich hergeführt hatten, waren damit beschäftigt, Ordnung in dem Halbkreis zu schaffen, der sich um uns gebildet hatte.

Innen im Halbrund saßen einige Knaben und hinter ihnen die Mädchen und Frauen, bei denen sich auch Nscho-tschi befand, die, wie ich bemerkte, nur selten ihr Auge von mir wandte. Hierauf kamen die Jünglinge, hinter denen die erwachsenen Krieger standen. So weit war die Ordnung gediehen, als Sam die zuletzt erwähnten Worte sprach. Da erhob Intschu tschuna, der mit Winnetou und Tangua zwischen uns und den Zuschauern stand, seine Stimme und rief in der an der Indianergrenze gebräuchlichen Mundart so laut, daß alle es deutlich hören konnten: „Meine roten Brüder und Schwestern und auch die Männer vom Stamm der Kiowas mögen hören, was Intschu tschuna ihnen zu sagen hat!" — Er machte eine Pause, und als er sah, daß die Aufmerksamkeit aller auf ihn gerichtet war, fuhr er fort: „Die Bleichgesichter sind die Feinde der roten Männer; es gibt nur selten eins unter ihnen, dessen Auge sich freundlich auf uns richtet. Der edelste unter diesen wenigen Weißen kam zum Volk der Apatschen, um ihm ein Freund und Vater zu sein. Deshalb haben wir ihm den Namen Klekih-petra — weißer Vater — gegeben. Meine Brüder und Schwestern haben ihn alle gekannt und liebgehabt. Sie mögen es mir bezeugen!" — „Howgh!" ertönte das Wort der Beteuerung im Kreis. Der Häuptling sprach weiter. — „Klekih-petra ist unser Lehrer gewesen in allen Dingen, die wir nicht kannten, die aber gut und nützlich sind. Er hat auch vom Glauben der Weißen gesprochen und von dem Großen Geist, der der Schöpfer und Erhalter aller Menschen ist. Dieser Große Geist hat befohlen, daß die Roten und die Weißen untereinander Brüder sein und sich lieben sollen. Haben aber die Weißen seinen Willen erfüllt, haben sie uns Liebe gebracht? Nein! Meine Brüder und Schwestern mögen das bezeugen!"

„Howgh!" erklang es im Chor. — „Sie sind vielmehr gekommen, um uns unser Eigentum zu rauben und uns auszurotten. Das gelingt ihnen, weil sie stärker sind als wir. Da, wo die Büffel und die Mustangs grasten, haben sie große Wohnplätze gebaut, von denen alles Böse ausgeht, das über uns kommt. Wo der rote Jäger durch den

Urwald oder über die Savanne schritt, da rennt jetzt das dampfende Feuerroß mit den großen Wagen, worin es unsere Feinde zu uns bringt. Und wenn der rote Mann davor in die Gründe flieht, die man ihm noch gelassen hat und wo er in Frieden sterben will, so dauert es nicht lange, bis er auf Bleichgesichter trifft, die ihm nachgefolgt sind, um dem Feuerroß auf diesem rechtmäßigen Grund und Boden des roten Mannes neue Pfade zu bauen. Wir haben solche Weiße getroffen und friedlich mit ihnen gesprochen. Wir haben ihnen gesagt, daß dieses Land unser Eigentum ist. Sie haben nichts dagegen vorbringen können, sondern es zugeben müssen. Aber als wir sie aufforderten, fortzugehen und darauf zu verzichten, das Feuerroß zu unseren Weideplätzen zu bringen, da sind sie unserer Aufforderung nicht gefolgt und haben Klekih-petra, den wir liebten und verehrten, erschossen. Meine Brüder und Schwestern mögen bestätigen, daß Intschu tschuna die Wahrheit gesprochen hat!" — „Howgh!" riefen die Roten laut und einstimmig. — „Wir haben die Leiche des Ermordeten hierher gebracht und für den Tag der Rache aufbewahrt. Dieser Tag ist heute angebrochen. Klekih-petra soll heute begraben werden und mit ihm der, der ihn ermordet hat. Außerdem haben wir noch die Männer gefangen, die bei ihm waren, als die Tat geschah. Sie sind seine Freunde und waren die Gefährten der Kiowas, in deren Hände sie uns geliefert haben. Aber das leugnen sie. Bei allen anderen roten Männern würde das, was wir von ihnen wissen, genügen, sie in den Martertod zu führen. Wir aber wollen den Lehren unseres gütigen weißen Vaters gern gehorchen und gerecht richten. Da sie nicht zugeben, unsere Feinde gewesen zu sein, wollen wir sie verhören, und ihr Schicksal soll nach dem Ergebnis dieses Verhörs bestimmt werden. Meine Brüder und Schwestern mögen ihre Zustimmung erteilen!"

„Howgh!" schallte der Beifall rund umher. — „Sir, das klingt günstig für uns", sagte da Sam zu mir. „Wenn sie uns vernehmen wollen, liegt die Sache nicht so schlimm, wie wir dachten. Hoffe, es gelingt uns, unsere Unschuld zu beweisen. Werden diesen Leuten alles klarmachen und sie so überzeugen, daß sie uns freilassen." — „Sam, das bringt Ihr nicht fertig", widersprach ich ihm. — „Warum nicht? Meint Ihr etwa, daß ich nicht reden kann?" — „Oh, das Sprechen hat man Euch wohl schon als Kind so nach und nach gelehrt! Aber wir sind sechs Wochen hier gefangen gewesen, und während dieser ganzen langen Zeit ist es Euch nicht geglückt, den Apatschen eine bessere Meinung von uns beizubringen." — „Euch auch nicht, Sir!" — „Allerdings nicht, Sam, denn erst konnte ich nicht reden, und dann, als es mir wieder möglich war, die Zunge zu bewegen, hat sich kein einziger roter Krieger bei mir sehen lassen. Ihr werdet also wohl zugeben, daß ich keinen Versuch machen konnte, uns zu verteidigen." — „So macht ihn ja auch jetzt nicht!" — „Weshalb nicht?" — „Weil er mißlingen würde. Ihr seid als Greenhorn viel zu unerfahren in solchen Dingen und würdet uns nicht heraushelfen, sondern uns im Gegenteil nur immer tiefer hineinreiten. Ihr besitzt zwar eine riesige Körperkraft, die uns aber hier nichts nützen kann, denn hier kommt es vor allen Dingen auf die richtige Erfahrung, auf den Scharfsinn und die Schlauheit an. Und die gehn Euch ab. Ihr könnt ja nichts dafür, denn Ihr seid nun einmal ohne diese schönen Eigenschaften geboren, aber gerade deshalb müßt Ihr die Hand aus dem Spiel lassen und erlauben, daß ich unsere Verteidigung übernehme." — „So wünsche ich Euch bessern Erfolg, als Ihr bisher gehabt habt, lieber Sam!" — „Wird nicht fehlen. Ihr sollt hören, daß ich meine Sache gut mache." — Auch dieser Meinungsaustausch hatte ungestört stattfinden können, weil unsere Vernehmung nicht sofort begann. Intschu tschuna und Winnetou unterhielten sich wieder mit Tangua und sahen oft zu uns herüber. Sie sprachen also von uns. Die Blicke der beiden Apatschen wurden immer finsterer und strenger, und die Bewegungen und Mienen des Kiowas waren die eines Mannes, der eifrig auf jemanden einredet, um andere bei ihm zu verdächtigen. Wer weiß, welche Lügen er von uns erzählte, um uns zu verderben! Dann kamen sie auf uns zu. Die beiden Apatschen stellten sich rechts von uns auf, Tangua trat links neben mich. Nun sprach Intschu tschuna zu uns wieder mit lauter Stimme, so daß es alle hören konnten. — „Ihr habt vernommen, was Intschu tschuna gesagt hat. Jetzt sollt ihr euch vereidigen dürfen. Beantwortet die Fragen, die er an euch richtet, der Wahrheit gemäß! Ihr gehört zu den Weißen, die die neue Bahn des Feuerrosses vermessen haben?" — „Ja. Doch muß ich dir sagen, daß wir drei hier nicht mitgemessen haben, sondern ihnen nur zum Schutz mitgegeben wurden", antwortete Sam. „Und was den vierten hier betrifft, Old Shatterhand genannt, so —" — „Schweig!" unterbrach ihn der Häuptling. „Du hast nur meine Fragen zu beantworten und kein weiteres Wort zu sprechen. Also, ihr gehört zu jenen Bleichgesichtern? Antworte kurz mit Ja oder Nein!" — „Ja", sagte Sam Hawkens. — „Old Shatterhand hat mit vermessen?" — „Ja." — „Und ihr drei beschütztet diese Leute?" — „Ja." — „So seid ihr noch schlimmer als sie, denn wer Diebe und Räuber beschützt, der hat doppelte Strafe verdient. Rattler, der Mörder, war euer Gefährte?" — „Ja, aber wir waren nicht seine Freunde und —" — „Schweig, Hund!" fuhr ihn Intschu tschuna an. „Du hast nur das zu sagen, was der Häuptling wissen will, mehr nicht! Kennst du die Gesetze des Wilden Westens?" — „Ja." — „Wie wird ein Pferdedieb bestraft?" — „Mit dem Tod." — „Was ist wertvoller, ein Pferd, oder das große, weite Land, das den Apatschen gehört?" — Sam schwieg, um sich nicht selbst das Todesurteil zu sprechen. — „Mach den Mund auf, sonst läßt ihn dir Intschu tschuna mit dem Messer öffnen!" — „Tu das!" knurrte der kleine mutige Trapper. „Sam Hawkens ist nicht der Mann, der sich zum Reden zwingen läßt!" — Da wandte ich ihm das Gesicht zu und bat ihn: „Redet, Sam, es ist besser für uns!" — „Well", erwiderte er. „Wenn Ihr es verlangt, will ich mich dazu hergeben zu reden, wo ich eigentlich schweigen sollte." — „Also, was ist wertvoller, ein Pferd oder dieses Land?" wiederholte Intschu tschuna.

„Das Land." — „Sonach hat ein Länderdieb noch viel mehr den Tod verdient als ein Pferdedieb, und ihr habt unser Land rauben wollen. Dazu kommt, daß ihr die Gefährten des Menschen seid, der Klekihpetra ermordet hat. Das verschärft die Strafe. Als Länderdiebe wärt ihr erschossen worden, ohne vorher Qualen zu erleiden Da ihr aber Mörder seid, werdet ihr vor euerm Tod den Marterpfahl durchmachen müssen. Doch wir sind mit der Aufzählung eurer Missetaten noch nicht fertig. Ihr habt uns in die Hände der Kiowas geliefert, die unsere Feinde waren?" — „Nein." — „Das ist Lüge!" — „Es ist die Wahrheit." — „Bist du uns nicht mit Old Shatterhand nachgeritten, als wir euch verlassen hatten?" — „Ja." — „Das ist doch ein sicheres Zeichen der Feindschaft!" — „Nein. Ihr hattet uns gedroht, und so mußten wir nach den Regeln des Wilden Westens erkunden, ob ihr euch wirklich entfernt hattet oder nicht. Ihr konntet euch auch versteckt haben und aus dem Hinterhalt auf uns schießen wollen. Deshalb ritten wir hinter euch her." — „Weshalb ihr da nicht allein? Weshalb nahmst du diesen Old Shatterhand mit?" — „Um ihn im Lesen der Spuren zu unterrichten, da er noch Neuling ist." — „Wenn eure Absicht so friedlich war und ihr uns nur der Vorsicht wegen folgtet, warum rieft ihr da die Hilfe der Kiowas an?" — „Weil wir sahen, daß du vorausgeeilt warst. Du wolltest deine Krieger schnell holen, um uns zu überfallen." — „War es da unbedingt nötig, euch an die Kiowas zu wenden?" — „Ja." — „Gab es keinen anderen Ausweg?" „Nein." — „Du lügst abermals. Um uns zu entgehen, brauchtet ihr nur das zu tun, was ich euch befohlen hatte, nämlich unser Gebiet zu verlassen. Warum habt ihr das nicht getan?" — „Weil wir nicht früher gehen konnten, als bis unsere Arbeit vollendet war." — „Also ihr wolltet den Raub, den wir euch verboten hatten, vollenden und rief daher die Kiowas zu Hilfe. Wer aber unsere Feinde auf uns hetzt, ist selber unser Feind und muß getötet werden. Das ist ein neuer Grund für uns, euch das Leben zu nehmen. Doch weiter! Ihr habt es dann nicht etwa den Kiowas allein überlassen, uns zu empfangen, anzugreifen und zu besiegen, sondern ihr habt ihnen dabei geholfen. Gibst du das zu?" — „Das taten wir nur, um Blutvergießen zu vermeiden." — „Willst du, daß wir dich verlachen? Bist du uns nicht entgegengegangen, als wir kamen?" — „Ja." — „Hast uns belauscht?" — „Ja." — „Und eine ganze Nacht in unserer Nähe zugebracht? Ist es so oder nicht?" — „Es ist so." — „Hast du nicht die Bleichgesichter zum Wasser geführt, um uns dorthin zu locken, und dann die Kiowas im Wald versteckt, damit sie über uns herfallen sollten?" — „Das ist wahr. Aber ich muß —" — „Schweig! Intschu tschuna will eine kurze Antwort, aber keine lange Rede haben. Es wurde uns eine Falle gestellt. Wer hat sie ersonnen?" — „Ich." — „Diesmal sagst du die Wahrheit. Mehrere von uns wurden verwundet, einige getötet, die anderen aber gefangengenommen. Daran seid ihr schuld. Das vergossene Blut kommt über euch und ist ein weiterer Grund, daß ihr sterben müßt." — „Es lag in meinem Plan, daß —" — „Schweig! Der Häuptling hat dich jetzt nicht gefragt. Der Große Geist sandte uns einen unbekannten, unsichtbaren Retter. Intschu tschuna kam mit Winnetou frei. Wir schlichen zu unseren Pferden, nahmen aber nur die, die wir brauchten, damit die Gefangenen, wenn wir sie befreiten, gleich ihre Pferde hätten. Wir ritten fort, um unsere Krieger zu holen, die gegen die Kiowas zogen. Sie waren schnell auf die Spur unserer Feinde getroffen und ihnen gefolgt. Deshalb stießen wir so rasch mit ihnen zusammen, daß wir schon am nächsten Tag bei euch sein konnten.

Dabei ist viel Blut geflossen. Wir haben im ganzen sechzehn Tote, ohne das Blut und die Schmerzen der Verwundeten zu rechnen. Abermals ein Grund dafür, daß ihr sterben müßt. Ihr dürft weder Gnade noch Erbarmen erwarten und —" — „Gnade wollen wir gar nicht, sondern nur Gerechtigkeit", fiel Sam ihm in die Rede. „Ich kann —" — „Wirst du wohl schweigen, Hund!" unterbrach ihn Intschu tschuna zornig. „Du hast nur zu sprechen, wenn du gefragt wirst. Intschu tschuna ist nun überhaupt mit dir, mit euch fertig. Da du aber von Gerechtigkeit redest, so sollt ihr nicht nur nach deiner eigenen Aussage verurteilt werden, sondern er will euch einen Zeugen gegenüberstellen. Tangua, der Häuptling der Kiowas, mag sich herablassen, in dieser Angelegenheit seine Stimme zu erheben. Sind die Bleichgesichter unsere Freunde?" — „Nein", antwortete der Kiowa, dem man die Genugtuung darüber, daß die Sache für uns einen so bedenklichen Lauf nahm, deutlich ansah. „Nein. Sie hetzten mich vielmehr gegen euch auf und baten mich, ja keine Nachsicht zu üben, sondern euch alle zu töten." — Diese Unwahrheit empörte mich so, daß ich mein bisheriges Schweigen brach. — „Das ist eine so große, unverschämte Lüge, daß ich dich zu Boden schlagen würde, wenn ich nur eine Hand frei hätte!" rief ich laut. — „Hund, stinkender!" brauste er auf. „Soll Tangua es sein, der dich erschlägt?" — Er hob die Faust. Ich aber sah ihm ruhig entgegen. — „Schlag zu, wenn du dich nicht schämst, dich an einem Wehrlosen zu vergreifen! Ihr redet da von einem Verhör und von Gerechtigkeit. Ist das ein Verhör, ist das eine Gerechtigkeit, wenn man nicht sagen darf, was man sagen will? Wir sollen uns verteidigen dürfen. Können wir das, wenn wir sofort unterbrochen werden, falls wir nur ein einziges Wort mehr reden, als ihr hören wollt? Intschu tschuna verfährt wie ein ungerechter Richter. Er stellt die Fragen so, daß uns die Antworten, die er uns erlaubt, ins Verderben führen müssen. Andere Antworten dürfen wir nicht geben. Und wenn wir die Wahrheit sagen wollen, die uns retten würde, so droht er uns mit Mißhandlungen. Ein solches Verhör und eine solche Gerechtigkeit brauchen wir nicht. Da beginnt doch lieber gleich mit den Martern, die ihr uns zugedacht habt! Ihr werdet keinen Laut des Schmerzes von uns zu hören bekommen." — „Uff, uff!" hörte ich eine weibliche Stimme bewundernd rufen. Es war die Schwester Winnetous. — „Uff, uff, uff!" riefen viele Apatschen ihr nach. — Der Mut ist das, was der Indianer stets achtet und selbst an seinem Feind anerkennt. Daher die Ausrufe der Bewunderung. — „Als ich Intschu tschuna und Winnetou zum erstenmal erblickte", fuhr ich fort, „sagte mir mein Herz, daß sie tapfere und gerechte Männer seien, die ich lieben und achten könne. Ich habe mich geirrt. Sie sind nicht besser als alle anderen, denn sie hören auf die Stimme eines Lügners und unterdrücken die Wahrheit. Ich verlache ihre Drohungen und verachte jeden, der den Gefangenen demütigt, nur weil dieser sich nicht verteidigen kann. Wäre ich frei, so wollte ich noch ganz anders mit euch sprechen!" — „Hund, du schimpfst Tangua einen Lügner!" schrie der Kiowa. „Er zerschmettert dir die Knochen!" — Dabei hielt er sein Gewehr in der Hand, drehte es um und wollte mich mit dem Kolben schlagen. Da sprang Winnetou herbei und hielt ihn zurück. — „Der Häuptling der Kiowas mag ruhig bleiben! Dieser Old Shatterhand hat sehr kühn gesprochen, aber Winnetou stimmt einigen seiner Worte bei. Mein Vater Intschu tschuna, der Oberhäuptling der Apatschen, wird ihm die Erlaubnis erteilen, zu sagen, was er sagen will!" — Tangua mußte sich beruhigen, und Intschu tschuna entschloß sich, dem Wunsch seines Sohnes Folge zu leisten. Er trat näher zu mir heran. — „Old Shatterhand ist wie ein Raubvogel, der selbst dann noch beißt, wenn man ihn gefangen hat. Hast du nicht Winnetou zweimal niedergeschlagen? Hast du nicht auch mich mit deiner Faust betäubt?" — „Habe ich das freiwillig getan? Hast du mich nicht dazu gezwungen?" — „Gezwungen?" staunte er. — „Ja. Wir wollten uns ohne Gegenwehr ergeben, doch eure Krieger hörten nicht auf das, was wir sagten. Sie fielen so grimmig über uns her, daß wir uns verteidigen mußten. Aber frage deine Leute, ob wir sie auch nur verwundet haben, obgleich wir sie töten konnten! Wir sind vielmehr geflohen, um keinen von ihnen verletzen zu müssen. Da kamst du und griffst mich an, ohne auf meine Worte zu achten. Ich mußte mich wehren und hätte den erstechen oder erschießen können, aber ich schlug dich nur nieder, weil ich dich schonen wollte. Jetzt erschien der Häuptling der Kiowas und wollte dir den Skalp nehmen. Weil ich das nicht zugab, kämpfte er mit mir, doch ich besiege ihn. Ich habe dir also nicht nur das Leben, sondern auch den Skalp erhalten. Dann, als —" — „Dieser verfluchte Kojote lügt, als hätte er hundert verschiedene Zungen!" schrie Tangua wütend. — „Ist es wirklich Lüge?" fragte ihn Winnetou.

„Ja. Mein roter Bruder Winnetou zweifelt hoffentlich nicht an der Wahrheit meiner Worte?" eiferte Tangua weiter. — „Ich kam dazu. Du lagst unbeweglich und mein Vater auch. Das stimmt. Old Shatterhand kniete bei euch. Er mag fortfahren!" — „Also ich hatte Tangua besiegt, um Intschu tschuna zu retten. Da nahte Winnetou. Ich sah ihn nicht und erhielt von ihm einen Kolbenschlag, der aber nicht meinen Kopf traf. Winnetou stach mich in den Mund und durch die Zunge. Demzufolge konnte ich nicht mehr sprechen, sonst hätte ich ihm gesagt, daß ich ihn liebhabe und sein Freund und Bruder sein möchte. Ich war verwundet und am Arm gelähmt. Dennoch habe ich ihn überwältigt. Er lag betäubt vor mir, grad so wie Intschu tschuna. Beide hätte ich töten können. Habe ich es getan?"

„Du hättest es noch getan", warf Intschu tschuna ein. „Aber einer meiner Krieger kam dazwischen und schlug dich mit dem Kolben nieder." — „Nein, ich hätte es nicht getan", beharrte ich. „Sind nicht diese drei Bleichgesichter, die hier neben mir angebunden sind, freiwillig zu euch gekommen, um sich euch auszuliefern? Hätten sie das getan, wenn sie euch als Feinde betrachtet hätten?" — „Sie haben es getan, weil sie einsahen, daß sie nicht flüchten konnten. Da hielten sie es für klüger, sich freiwillig zu ergeben. Intschu tschuna gesteht zu, daß an deinen Worten etwas ist, was beinahe Glauben erwecken könnte. Nicht alles aber stimmt. Als du seinen Sohn Winnetou zum erstenmal betäubtest, warst du nicht dazu gezwungen." — „O doch." — „Durch wen?" — „Durch die Vorsicht.

Wir wollten dich und ihn retten. Ihr seid sehr tapfere Krieger. Ihr hättet euch gewiß gewehrt und wärt dann verwundet oder gar getötet worden. Das wollten wir verhindern. Deshalb schlug ich Winnetou nieder, und du wurdest von meinen drei weißen Freunden überwältigt. Ich hoffe, daß du meinen Worten nun Glauben schenkst."

„Lüge sind sie, nichts als Lüge!" rief Tangua. „Der Häuptling der Kiowas kam eben dazu, als er dich niedergeschlagen hatte. Nicht Tangua, sondern er war es, der dir den Skalp nehmen wollte. Tangua wollte ihn daran hindern, da traf ihn seine Faust, worin der böse Geist zu wohnen scheint, denn ihr kann niemand, selbst der stärkste Mann nicht, widerstehen." — Da wandte ich mich ihm wieder zu und sagte drohend: „Ja, ihr kann niemand wiederstehen. Ich gebrauche sie nur, weil ich nicht das Blut eines Menschen vergießen will. Aber wenn ich wieder mit dir kämpfe, werde ich es nicht mit der Faust, sondern mit der Waffe tun, und dann kommst du nicht mit einer bloßen Betäubung davon. Das merke dir!" — „Du mit Tangua kämpfen?" hohnlachte er. „Dazu wirst du keine Gelegenheit mehr haben. Wir werden dich verbrennen und deine Asche in alle Winde zerstreuen!" — „Das denke nicht! Ich werde eher frei sein, als du ahnst und dann Rechenschaft von dir fordern!" — „Die kannst du bekommen. Tangua gibt sie dir. Er wünscht, deine Worte könnten in Erfüllung gehen. Dann würde er gern mit dir kämpfen, denn er weiß, daß er dich zermalmen würde." — Intschu tschuna machte diesem Zwischenspiel ein Ende. „Old Shatterhand ist sehr kühn, wenn er glaubt, wieder freizukommen", sprach er zu mir. „Er mag bedenken, wieviel Fälle gegen ihn vorliegen. Wenn auch einer davon aufgegeben würde, so könnte das an seinem Schicksal doch nichts ändern. Er hat nur Behauptungen ausgesprochen, aber keine Beweise erbracht." — „Habe ich nicht Rattler niedergeschlagen, als er auf Winnetou schoß und Klekih-petra traf? Ist auch das kein Beweis?"

„Nein. Du kannst das auch aus anderen Gründen getan haben, denn wir wissen, daß du mit ihm Streit hattest. Hast du noch etwas zu sagen?" — „Jetzt nicht; vielleicht später." — „Sage es jetzt, denn später wirst du nichts mehr sagen können!" — „Nein, jetzt nicht. Wenn ich es später sage, werdet ihr eher darauf hören. Old Shatterhand ist nicht der Mann, dessen Worte man mißachten darf. Ich schweige jetzt, weil ich neugierig bin, das Urteil zu hören, das ihr über uns fällen werdet." — Intschu tschuna wandte sich von mir ab und gab einen Wink. Darauf traten mehrere aus dem Halbkreis hervor und setzten sich mit den drei Häuptlingen zusammen, um Beratung zu halten, wobei sich Tangua alle Mühe gab, das Urteil soviel wie möglich zu verschärfen. Das konnte ich aus seinen aufgeregten Handbewegungen erkennen.

14. Auf Leben und Tod

Inzwischen hatten wir Zeit, Bemerkungen untereinander auszutauschen. „Bin gespannt, was sie zusammenbrauen", meinte Dick Stone.

„Viel Kluges wird es jedenfalls nicht sein." — „Fürchte, daß es uns an Kopf und Kragen geht", sagte Will Parker. — „Ich auch", stimmte Sam Hawkens bei. „Die Roten glauben ja nichts. Wir können vorbringen, was wir wollen. — Habt Eure Sache übrigens gar nicht so übel gemacht, Sir! Habe mich über Intschu tschuna gewundert." — „Weshalb?" fragte ich. — „Weil er Euch so schwatzen ließ. Mir ist es gleich über den Mund gefahren, wenn ich ihn öffnete." — „Schwatzen? Ist das Euer Ernst, Sam?" — „Gewiß." — „Danke für diese Höflichkeit!" — „Schwatzen nenne ich jedes Reden, das keinen Erfolg hat, wenn ich mich nicht irre. Und Erfolg habt Ihr ja ebensowenig gehabt wie ich, hihihihihi!" — „Ich denke anders." — „Aber ohne Grund!" — „Nein, mit gutem Grund. Winnetou hat vom Schwimmen gesprochen. Das ist beschlossene Sache gewesen. Darum denke ich, daß sie nur im Verhör so scharf gewesen sind, um uns bange zu machen. Das Urteil wird wohl viel besser lauten." — „Sir, bildet Euch das ja nicht ein! Meint Ihr etwa, daß man Euch Gelegenheit gibt, Euch durch Schwimmen zu retten?" — „Allerdings meine ich das."

„Unsinn, Unsinn! Ja, wenn es so ausgemacht ist, wird man Euch schwimmen lassen. Aber wißt Ihr auch, wohin? Mitten in den Rachen des Todes hinein! Dann, wenn Ihr tot seid, denkt daran, daß ich recht gehabt habe — hihihihihi!" — Dieser kleine, sonderbare Kerl brachte es selbst in unserer schlimmen Lage fertig, über seinen zweifelhaften Witz vergnügt in sich hineinzukichern. Seine Lustigkeit währte freilich nur einen Augenblick, denn die Beratung war jetzt zu Ende. Die Krieger, die daran teilgenommen hatten, zogen sich in den Halbkreis zurück, und Intschu tschuna verkündete mit lauter Stimme: „Hört, ihr Krieger der Apatschen und Kiowas, was über diese vier gefangenen Bleichgesichter beschlossen wurde! Im Rat der Alten war schon vorher verabredet worden, daß wir sie im Wasser jagen, dann mit ihnen kämpfen und sie endlich verbrennen wollten. Aber Old Shatterhand, der jüngste von ihnen, hat Worte gesprochen, worin sich Spuren der Weisheit und der Wahrheit fanden. Die vier Bleichgesichter haben den Tod verdient, doch scheint es, als hätten wir es vielleicht nicht so bös gemeint, wie wir geglaubt haben. Darum ist unser ursprünglicher Beschluß aufgehoben worden, und wir wollen den Großen Geist zwischen ihnen und uns entscheiden lassen." — Er hielt einige Augenblicke inne, jedenfalls um die Spannung seiner Zuhörer zu vergrößern. Das benutzte Sam zu einer Bemerkung. — „Behold, das wird niedlich! Wißt Ihr, was er meint, Sir?" — „Ich ahne es." — „Nun, was?" — „Einen Zweikampf, ein sogenanntes Gottesurteil." — „Ja, wahrscheinlich soll es einen Zweikampf geben. Aber zwischen wem? Bin äußerst neugierig, es zu hören." — Jetzt fuhr der Häuptling fort: „Das Bleichgesicht, das Old Shatterhand genannt wird, scheint das vornehmste von ihnen zu sein. Also soll die Entscheidung in seine Hände gelegt werden. Sie soll abhängig sein von dem, der bei uns im Rang der höchste ist. Der bin ich, Intschu tschuna, der Häuptling der Apatschen." — „Zounds! Ihr und er!" flüsterte Sam in großer Erregung. — „Uff, uff, uff!" gingen die Rufe der Verwunderung durch die Reihen der Roten. — Sie waren jedenfalls erstaunt, daß ihr Anführer selber mit mir kämpfen wollte. Er hätte sich der Gefahr, die dabei doch für ihn bestand, entziehen und einen anderen damit beauftragen können. Nun gab er die Erklärung für sein Verhalten, indem er weitersprach: „Intschu tschuna und Winnetou wurden in ihrem Ruhm dadurch gekränkt, daß es nur der Faust eines Bleichgesichtes bedurfte, sie niederzuschlagen und zu betäuben. Sie müssen diesen Flecken wegwaschen, indem einer von ihnen mit diesem Bleichgesicht kämpft. Winnetou wird dabei zurücktreten, denn Intschu tschuna ist älter als er und ist außerdem der erste Häuptling der Apatschen. Winnetou ist damit einverstanden, denn Intschu tschuna wird mit seiner Ehre auch die seines Sohnes retten, indem er Old Shatterhand tötet." — Er ließ wieder eine Pause eintreten. — „Könnt Euch freuen, Sir!" ermunterte mich Sam. „Werdet jedenfalls einen schnelleren Tod haben als wir. Habt den Kerl schonen wollen und werdet nun dafür von ihm ausgelöscht!" — „Das wollen wir abwarten!" — „Brauche es gar nicht abzuwarten, weiß es im voraus. Oder meint Ihr, daß es sich um gleiche Waffen handeln wird?" — „Das bilde ich mir nicht ein." — „Well! Die Bedingungen werden bei solchen Gelegenheiten so gestellt, daß der Weiße verloren ist. Kam je einmal irgendwo irgendeiner mit dem Leben davon, so war es eine Ausnahme, die die Regel nur bestätigt. Hört!"

Intschu tschuna sprach weiter. „Wir werden Old Shatterhand die Fesseln abnehmen und ihn ins Wasser des Flusses lassen, über den er schwimmen soll. Aber er bekommt keine Waffe. Intschu tschuna folgt ihm und nimmt nur den Tomahawk mit. Gelangt Old Shatterhand ans Ufer und lebendig bis zu der Zeder, die dort drüben auf der Lichtung steht, so ist er gerettet, und auch seine Gefährten sind frei. Sie können gehen, wohin sie wollen. Tötet ihn der Häuptling jedoch, bevor er die Zeder erreicht, so sind auch sie dem Tod verfallen. Sie werden nicht gemartert und verbrannt, sondern erschossen. Alle anwesenden Krieger mögen bestätigen, daß sie meine Worte gehört und verstanden haben und daß sie mir beistimmen." — „Howgh!" lautete die einhellige Antwort. — Man kann sich denken, daß wir uns in großer Spannung befanden, ich wohl nicht so sehr wie Sam, Dick und Will. — „Das haben diese Kerle schlau eingefädelt", knurrte Hawkens. „Weil Ihr der Vornehmste seid, sollt Ihr schwimmen. Humbug! Weil Ihr ein Greenhorn seid; das ist der Grund. Mich, mich sollten sie ins Wasser lassen! Wollte ihnen zeigen, daß Sam Hawkens wie eine Forelle durch die Wellen geht! Aber Ihr! Hört, Sir, bedenkt, daß unser Leben von Euch abhängt! Falls Ihr verliert und wir sterben müssen, rede ich kein einziges Wort mehr mit Euch, darauf könnt Ihr Euch verlassen, wenn ich mich nicht irre!" — „Sorgt Euch nicht, alter Sam!" tröstete ich ihn. „Was ich tun kann, das tu ich. Ich meine ganz im Gegensatz zu Euch, daß die Roten gar keine üble Wahl getroffen haben. Seid überzeugt, daß ich euch retten werde!" — „Wollen es hoffen. Also, es geht auf Leben und Tod. Ihr dürft Intschu tschuna nicht etwa schonen. Laßt Euch diesen Gedanken ja nicht in den Kopf kommen!" — „Wollen sehen." — „Da gibt es gar nichts zu sehen! Wenn Ihr ihn schont, seid Ihr verloren, und wir mit Euch. Ihr verlaßt Euch wohl auf Eure Faust?" — „Ja." — „Das tut ja nicht! Es wird gar nicht zum Handgemenge kommen." —

„Ich bin der Ansicht, daß es dazu kommt." — „Nein — nicht!" — „Wie will er mich denn töten?" — „Doch mit dem Tomahawk. Ihr wißt ja, daß man den nicht nur im Nahkampf anwendet. Er ist auch eine fürchterliche Waffe für die Ferne. Er wird geworfen, und die Roten sind darin so geübt, daß sie einem damit auf hundert Schritt die Spitze des emporgehaltenen Fingers abschneiden. Intschu tschuna wird nicht etwa mit dem Beil auf Euch loshacken, sondern wird es, während Ihr flieht, hinter Euch herschleudern und Euch beim ersten Wurf töten. Glaubt mir, Ihr mögt ein noch so vorzüglicher Schwimmer sein. Ihr kommt gar nicht ans andere Ufer hinüber. Er schleudert Euch schon während des Schwimmens den Tomahawk in den Kopf oder vielmehr in den Nacken, was am sichersten tötet. Da hilft Euch alle Eure Kunst und alle Eure Stärke nichts." — „Das weiß ich, lieber Sam! Und ebenso weiß ich, daß unter Umständen ein Fingerhut voll List mehr wirkt als ein großes Faß voll Körperkraft." — „List? Wie wollt Ihr denn zu der nötigen List gekommen sein! Ich sage Euch, daß der alte Sam Hawkens als ein pfiffiger Kerl bekannt ist. Aber ich kann trotz dieser Pfiffigkeit nicht begreifen, wie Ihr dem Häuptling durch List den Rang ablaufen wollt. Was hilft alle List gegen einen gut geschleuderten Tomahawk!" — „Sie hilft, Sam, sie hilft!" — „Wie denn?" — „Das werdet Ihr sehen, oder vielmehr, das werdet Ihr zunächst nicht sehen. Ich will Euch aber sagen, daß ich des Gelingens beinahe sicher bin." — „Diese Prahlerei laßt Ihr nur los, um uns das Herz leicht zu machen." — „Nein." — „Jawohl, um uns zu trösten!" beharrte Sam. „Aber was nützt uns ein Trost, der schon in der nächsten Minute zuschanden wird!" — „Beruhigt Euch doch!" bat ich ihn. „Ich habe einen ganz vortrefflichen Plan."

„Einen Plan? Auch das noch! Hier gibt es keinen anderen Plan als hinüberzuschwimmen, und dabei trifft Euch der Tomahawk." — „Nein. Paßt auf! Wenn ich ertrinke, sind wir gerettet." — „Ertrinke — gerettet? Sir, Ihr liegt schon jetzt im Sterben. Darum redet Ihr so irre." — „Ich weiß, was ich will. Merkt es Euch: Wenn ich ertrinke, haben wir nichts mehr zu fürchten." — Die letzten Sätze sprach ich schnell und hastig, denn die beiden Häuptlinge und Winnetou kamen soeben zu uns. — „Wir binden Old Shatterhand jetzt los", sagte Intschu tschuna. „Er mag aber ja nicht denken, daß er flüchten kann! Es wären sofort mehrere hundert Verfolger hinter ihm her." — „Fällt mir nicht ein!" entgegnete ich. „Selbst wenn ich entkommen könnte, wäre es eine Schlechtigkeit von mir, meine Gefährten zu verlassen."

Ich wurde losgemacht und reckte die Arme, um ihre Beweglichkeit zu prüfen. Dann begann ich, meinen Plan vorzuarbeiten. — „Es ist eine große Ehre für mich, mit dem berühmtesten Häuptling der Apatschen um die Wette oder vielmehr auf Leben und Tod zu schwimmen", erklärte ich. „Aber für ihn ist es keine Ehre." — „Weshalb nicht?" — „Weil ich kein Gegner für ihn bin. Ich habe zuweilen in einem Bach gebadet und mir dabei Mühe gegeben, nicht unterzugehen. Doch über einen so breiten, tiefen Fluß zu kommen, das getraue ich mir kaum." — „Uff, uff!" rief er erstaunt, denn er hatte sich von mir bisher ein anderes Bild gemacht. „Das freut den Häuptling nicht. Winnetou und Intschu tschuna sind die besten Schwimmer unseres Stammes. Was bedeutet da ein Sieg über einen so schlechten Schwimmer!" — „Und du bist bewaffnet, ich aber nicht!" fuhr ich in meiner Verstellung fort. „Ich gehe also dem Tod entgegen, und meine Gefährten haben sich auch darauf gefaßt gemacht, zu sterben. Dennoch möchte ich gern wissen, wie ich mir diesen Kampf zu denken habe. Wer soll eher ins Wasser gehen?" — „Du!" — „Und du folgst mir nach?" — „Ja." — „Und wann greifst du mich mit dem Tomahawk an?" — „Wann es Intschu tschuna beliebt", erwiderte er mir mit dem stolzen, ja verächtlichen Lächeln eines Meisters, der mit einem Stümper spricht. — „Das kann auch schon im Wasser geschehen?" — „Ja." — Ich tat, als würde ich immer unruhiger, besorgter und niedergeschlagener, und fragte weiter: „Also, du darfst mich töten. Ich dich auch?" — Er machte ein Gesicht, worin deutlich die Antwort lag: Armer Wurm, daran ist ja gar nicht zu denken! Diese Frage kann dir nur von der Todesangst eingegeben sein! — „Es ist ein Schwimmen und Kämpfen auf Tod und Leben", sagte er dann. „Du kannst also auch Intschu tschuna töten, denn nur, falls dir das gelingen sollte, wirst du imstande sein, die Zeder zu erreichen." — „Und dein Tod würde mir nicht schaden?" — „Nein. Tötet dich der Häuptling der Apatschen, so erreichst du das Ziel nicht, und deine Gefährten müssen sterben. Tötest du ihn, so gelangst du an die Zeder, und ihr seid von diesem Augenblick an frei. Komm!" — Er drehte sich um, und ich zog meinen Jagdrock und die Stiefel aus. Was ich im Gürtel und in den Taschen hatte, legte ich hinzu. Dabei hörte ich Sam klagen. — „Es wird schiefgehen, Sir, sehr schief! Wenn Ihr Euer Gesicht sehen könntet! Und der jammervolle Ton bei Euern letzten Fragen! Mir ist himmelangst um Euch und uns!" — Ich konnte ihm nichts antworten, weil es die drei Roten gehört hätten, aber ich wußte sehr wohl, warum ich so kläglich tat. Ich wollte Intschu tschuna sicher machen, wollte ihn, wie man sich auszudrücken pflegt, auf den Leim führen. Und die plumpe List wirkte! — „Noch eine Frage!" bat ich, bevor ich ihm folgte. „Erhalten wir unser Eigentum wieder, falls wir frei werden?" — Intschu tschuna stieß ein kurzes, ungeduldiges Lachen aus, denn er hielt diese Frage geradezu für verrückt. — „Ja, ihr erhaltet es." — „Alles?"

„Alles." — „Auch die Pferde, die Gewehre?" — Da schnauzte er mich zornig an. — „Alles, hat Intschu tschuna gesagt! Hast du keine Ohren? Eine Kröte wollte mit dem Adler um die Wette fliegen und fragte ihn, was er ihr geben würde, wenn sie ihn besiegte! Falls du ebenso dumm schwimmst, wie du fragst, so schämt sich der Häuptling der Apatschen, daß er dir keine alte Squaw zur Gegnerin gegeben hat!" — Wir schritten durch den Halbkreis, der sich uns öffnete, dem Ufer des Rio Pecos zu. Ich kam dabei in der Nähe von Nscho-tschi vorüber und fing von ihr einen Blick auf, mit dem sie fürs Leben von mir Abschied nahm. Die Indianer folgten hinter uns und lagerten sich dann beliebig, um das spannende Schauspiel, das sie erwarteten, bequem zu genießen.

Es war mir klar, daß ich mich in der äußersten Gefahr befand. Ich mochte gerade, schief oder im Zickzack über den Fluß schwimmen, in jedem Fall war ich verloren. Der Tomahawk des Häuptlings mußte mich treffen. Es gab nur einen Rettungsweg: Tauchen, und da war ich glücklicherweise nicht der Stümper, für den mich Intschu tschuna hielt.

Aber selbst auf das Tauchen allein durfte ich mich nicht verlassen. Ich mußte doch wieder hochkommen, um Atem zu holen, und bot dann meinen Kopf dem Tomahawk. Nein, ich durfte eben gar nicht wieder an der Oberfläche erscheinen, wenigstens vor den Augen der Roten nicht. Wie aber das anfangen? Ich musterte das Ufer auf- und abwärts und sah mit großer Befriedigung, daß mir die Örtlichkeit zu Hilfe kam.

Wir befanden uns, wie schon erwähnt, auf der völlig freien Sandfläche, doch oberhalb ihrer Mitte. Ihr aufwärts liegendes Ende, wo der Wald wieder begann, war nur etwas über hundert Schritt von mir entfernt, und noch weiter oben machte der Pecos eine Biegung, die ihn meinem Auge entzog. Abwärts lag das Ende der Sandlichtung wohl vierhundert Schritt von mir entfernt.

Wenn ich ins Wasser sprang und nicht wieder heraufkam, glaubte man mich gewiß ertrunken und suchte nach meinem Körper. Das geschah gewiß abwärts. Folglich lag meine Rettung in der entgegengesetzten Richtung, also aufwärts. Da sah ich zunächst eine Stelle, wo der Fluß das Ufer unterspült hatte. Es hing über und war vortrefflich geeignet, mir eine kurze Zuflucht zu bieten. Weiter oben war allerlei Holzwerk angeschwemmt worden, das ich ebenfalls recht gut als Deckung benutzen konnte. Vorher aber war es geraten, ein wenig ängstlich zu tun.

Intschu tschuna entkleidete sich bis auf die leichte indianische Hose, steckte den Tomahawk in den Gürtel, nachdem er die andern darin befindlichen Gegenstände entfernt hatte, und winkte mir.

„Es kann beginnen. Spring hinein!"

„Darf ich nicht erst die Probe machen, wie tief es ist?" fragte ich verzagt.

Es ging ein tief verächtliches Lächeln über sein Gesicht. Er rief nach einer Lanze. Man brachte sie mir, und ich stieß sie ins Wasser. Sie erreichte den Grund nicht. Das war mir lieb. Hinter mir ließ sich ein allgemeines Gemurmel der Geringschätzung hören, ein sicheres Zeichen, daß ich meinen Zweck erreicht hatte, und die Stimme Sams rief:

„Um Gottes willen, kommt lieber wieder her, Sir! Das kann ich nicht mit ansehen. Sie mögen uns totschinden. Das ist noch besser, als so ein Jammerbild vor Augen zu haben!"

Mir kam unwillkürlich der Gedanke, was Nscho-tschi jetzt wohl von mir denken mochte. Ich drehte mich um. Das Gesicht Tanguas war der ganze, fleischgewordene Hohn. Winnetou hatte die Oberlippe emporgezogen, so daß man seine Zähne sah. Er war wütend darüber, mir jemals seine Teilnahme geschenkt zu haben. Und seine Schwester hielt die Augen niedergeschlagen. Sie blickte mich gar nicht mehr an.

„Der Häuptling der Apatschen ist bereit!" herrschte Intschu tschuna mich an. „Was zögerst du noch?"

Tangua aber glaubte, diese grimmigen Worte noch übertrumpfen zu müssen, indem er höhnend rief:

„Gebt diesen Frosch frei! Schenkt ihm das Leben! An einen solchen Feigling darf kein Krieger seine Hand legen!"

Ich mußte den Zuschauern ja wirklich als Feigling erscheinen, und so schrie mich denn Intschu tschuna mit dem Knurren eines erzürnten Tigers an:

„Hinein, sonst haue ich dir augenblicklich den Tomahawk ins Genick!"

Da stellte ich mich sehr erschrocken, setzte mich an den Rand des Flusses, hielt erst die Füße und dann die Unterschenkel ins Wasser und tat so, als wollte ich recht hübsch langsam hineinrutschen.

„Hinein mit dir!" schrie Intschu tschuna abermals und versetzte mir einen Fußtritt in den Rücken. Das hatte ich erwartet. Ich warf wie hilflos die Arme hoch, stieß einen halblauten Angstschrei aus und plumpste ins Wasser. Im nächsten Augenblick aber hatte die Verstellung ein Ende.

Ich fühlte den Grund, stieß den Kopf hinab und schwamm unter Wasser aufwärts hart am Ufer hin. Gleich darauf hörte ich hinter mir ein Geräusch. Intschu tschuna war mir nachgesprungen. Wie ich später erfuhr, war es erst seine Absicht gewesen, mir einen Vorsprung zu lassen und mich dann ans jenseitige Ufer zu treiben, wo mich das Beil treffen sollte. Wegen meiner scheinbaren Feigheit aber gab er diesen Gedanken auf und sprang mir rasch nach, um mich zu erschlagen, sobald ich in die Höhe käme. Mit einer solchen Memme mußte kurzer Prozeß gemacht werden.

Bald erreichte ich die überhängende Uferstelle und tauchte auf, doch so, daß nur der Kopf bis an den Mund zum Vorschein kam. Niemand konnte mich sehen als der Häuptling, weil er sich im Wasser befand. Zu meiner Freude hielt er sein Gesicht abwärts gerichtet. Ich holte tief und schnell Atem und ging wieder auf den Grund hinab, um weiterzuschwimmen. Dann kam ich an das angeschwemmte Holz, tauchte darunter auf und holte wieder Atem. Es verbarg meinen Kopf so vollständig, daß ich es wagen konnte, eine Weile oben zu bleiben. Ich sah den Häuptling auf dem Wasser liegen wie ein Raubtier, das bereit ist, augenblicklich auf seine Beute zu stoßen. Nun hatte ich noch die letzte, aber auch die längste Strecke vor mir, die bis zum Beginn des Waldes, wo Strauchwerk über das Ufer ins Wasser herabhing. Auch dort kam ich glücklich an und stieg, vom Gesträuch gedeckt, ans Ufer.

Ich mußte nun die erwähnte Krümmung des Flusses erreichen, um dahinter zum jenseitigen Ufer zu schwimmen, und das geschah am schnellsten, indem ich dorthin lief. Vorher aber spähte ich durch die Büsche zu denen, die ich getäuscht hatte. Sie standen rufend und mit den Armen fuchtelnd am Ufer, während der Häuptling noch immer auf mich wartete und hin und her schwamm, obgleich ich unmöglich so lange hätte lebend unter Wasser bleiben können. Ob Sam Hawkens wohl jetzt an meine Worte dachte: Wenn ich ertrinke, sind wir gerettet?

Nun lief ich im Wald weiter, so rasch wie möglich, bis ich die

Biegung des Rio Pecos hinter mir hatte, ging dort wieder ins Wasser und kam unbehelligt drüben an, jedenfalls nur infolge meiner Verstellung, also dank dem Umstand, daß die Indianer mich für einen schlechten Schwimmer hielten, für einen Menschen, der sich vor dem Wasser fürchtet. Es war, wie gesagt, eine plumpe List gewesen, durch die sie sich hatten täuschen lassen, denn so, wie sie mich bisher kannten, hatten sie keine Veranlassung, mich für feig zu halten.

Drüben folgte ich dem Wald wieder abwärts, bis er zu Ende ging. Dort sah ich, wieder hinter Büschen versteckt, zu meinem großen Vergnügen, daß mehrere Rote ins Wasser gesprungen waren und mit Lanzen nach dem ertrunkenen Old Shatterhand stocherten. Ich hätte nun in aller Gemächlichkeit zu der Zeder gehen können und dann gewonnen gehabt, tat es aber nicht, denn ich wollte meinen Sieg nicht der List allein verdanken. Auch wollte ich Intschu tschuna eine Lehre geben und ihn mir zugleich zur Dankbarkeit verpflichten, und zwar diesmal nicht wieder insgeheim, sondern vor aller Augen.

Er schwamm noch immer suchend auf und ab. Es kam ihm gar nicht in den Sinn, seine Augen herüber nach anderen Ufer zu richten. Ich glitt wieder ins Wasser, legte mich auf den Rücken, so daß nur die Nase und der Mund daraus hervorragten, half durch leise, abwärtsgerichtete Handschläge nach und ließ mich langsam forttreiben. Kein Mensch bemerkte mich. Als ich den Suchenden gegenüber angekommen war, tauchte ich wieder empor und rief, das Wasser tretend, mit lauter Stimme:

„Sam Hawkens, Sam Hawkens, wir haben gewonnen — gewonnen!"

Es hatte ganz das Aussehen, als stünde ich an einer seichten Stelle. Die Roten hörten mich, blickten herüber und erhoben ein wütendes Geheul. Es war, als seien tausend Teufel losgelassen und brüllten um die Wette. Wer so etwas auch nur einmal gehört hat, der vergißt es in seinem ganzen Leben nicht. Kaum hatte Intschu tschuna mich erblickt, so stieß er in langen, kraftvollen Schlägen aus und kam herübergeschwommen oder, richtiger gesagt, herübergeschnellt. Ich durfte ihn nicht zu weit heranlassen und schoß wieder auf das jenseitige Ufer zu. Dort stieg ich aus dem Wasser und blieb stehen.

„Fort, weiter fort, Sir!" schrie mir Sam zu. „Macht doch, daß Ihr an die Zeder kommt!"

Ja, daran konnte mich jetzt freilich niemand hindern, auch Intschu tschuna nicht. Aber ich verfolgte meine besonderen Absichten und ging nicht eher von der Stelle, als bis er noch ungefähr vierzig Schritt von mir entfernt war. Dann rannte ich fort, auf den Baum zu. Hätte ich mich im Wasser befunden, so wäre ihm wohl der Angriff mit dem Tomahawk gelungen, so aber war ich überzeugt, daß er sich des Wurfbeils nicht eher bedienen würde, als bis er das Ufer erreicht hatte.

Der Baum war dreihundert Schritt vom Fluß entfernt. Als ich die Hälfte dieses Weges in schnellen Sprüngen zurückgelegt hatte, blieb ich wieder stehen und sah zurück. Soeben stieg der Häuptling aus dem Wasser. Er ging in die Falle, die ich ihm stellte. Einholen konnte er mich nicht mehr; höchstens sein Tomahawk konnte mich erreichen. Er riß ihn aus dem Gürtel und rannte vorwärts. Ich floh noch immer nicht. Aber als er mir gefährlich nahe gekommen war, wandte ich mich wieder zur Flucht, doch nur scheinbar. Ich sagte mir folgendes: Solange ich ruhig stand, warf er das Beil sicherlich nicht, denn im Stehen sah ich es fliegen und konnte ihm ausweichen, während er, wenn er es behielt, noch Aussicht hatte, mich einzuholen und niederzuschlagen. Daß er werfen würde, war nur dann anzunehmen, wenn ich floh und ihm dabei den Rücken zukehrte, so daß ich die heranschwirrende Waffe nicht bemerkte. Ich ergriff also zum Schein die Flucht, tat aber höchstens zwanzig Sprünge, blieb dann wieder stehen und drehte mich schnell um.

Richtig! Er hatte, um einen sicheren Wurf zu haben, im Lauf angehalten und das Beil um den Kopf geschwungen. Eben, als ich ihn wieder ins Auge faßte, schleuderte er es mir nach. Ich tat zwei, drei rasche Sätze zur Seite — es flog an mir vorüber und grub sich dann in den Sand.

Das hatte ich gewollt. Ich rannte hin, hob es auf und ging nun, anstatt zum Baum zu eilen, dem Häuptling ruhigen Schritts entgegen. Er schrie auf vor Grimm und kam wie ein Wütender auf mich zugesprungen. Da schwang ich den Tomahawk und warnte ihn.

„Halt, Intschu tschuna! Du hast dich in Old Shatterhand abermals getäuscht. Willst du dein eignes Beil in den Kopf haben?"

Er hielt im Laufen inne.

„Hund, wie bist du mir im Wasser entwischt? Der böse Geist hat dir geholfen!"

„Glaube das nicht! Wenn hier von einem Geist gesprochen werden kann, so ist es der gute Manitou, der mir beigestanden hat."

Ich sah bei diesen Worten, daß seine Augen, wie unter einem heimlichen Entschluß leuchtend, auf mich gerichtet waren, und warnte ihn abermals.

„Du willst mich angreifen, ich sehe dir's an. Tu das ja nicht, denn es ist gefährlich! Dir soll nichts geschehen, denn ich habe dich und Winnetou wirklich lieb. Aber wenn du —"

Ich konnte nicht weitersprechen. Der Grimm raubte ihm die ruhige Überlegung. Die Hände wie geöffnete Krallen ausstreckend, warf er sich mir entgegen. Schon glaubte er, mich zu haben, da bückte ich mich schnell und glitt zur Seite. Die Gewalt des Stoßes, womit er mich hatte zu Boden bringen wollen, warf ihn selber nieder. Sofort war ich bei ihm, setzte ihm das linke Knie auf den einen, das rechte auf den anderen Arm, faßte ihn mit der linken Hand beim Hals, schwang den Tomahawk und rief:

„Intschu tschuna, bittest du um Gnade?"

„Nein."

„So spalte ich dir den Kopf."

„Töte mich, Hund!" keuchte er unter dem vergeblichen Versuch, loszukommen.

„Nein, du bist der Vater Winnetous und sollst leben; aber unschädlich machen muß ich dich einstweilen. Du zwingst mich dazu."

Ich schlug ihm die flache Seite des Beils gegen die Schläfe — ein röchelnder Hauch, seine Glieder zuckten krampfhaft und streckten sich dann lang aus. Das hatte drüben, wo die Roten standen, den Anschein, als ob ich ihn erschlüge. Es erscholl ein noch viel entsetzlicheres Geheul als vorhin. Nun band ich dem Besiegten mit dem Gürtel die Arme fest an den Leib, trug ihn zur Zeder und legte ihn dort nieder. Diesen unnützen Weg mußte ich machen, denn nach dem Wortlaut unserer Vereinbarung war ich gezwungen, die Zeder zu erreichen. Dann aber ließ ich ihn liegen und rannte schnell an den Fluß zurück, denn ich sah, daß sich viele Rote ins Wasser warfen, um herüberzuschwimmen, an ihrer Spitze Winnetou. Das konnte für mich und meine Gefährten gefährlich werden, falls die Apatschen nicht gewillt waren, Wort zu halten. Deshalb rief ich ihnen vom Ufer aus zu:

„Zurück mit euch! Der Häuptling lebt; ich habe ihn nur betäubt. Aber wenn ihr herankommt, muß ich ihn erschlagen. Nur Winnetou soll herüber! Mit ihm will ich sprechen."

Sie beachteten diese Warnung nicht. Da bäumte sich Winnetou, um von allen gesehen zu werden, im Wasser auf und rief ihnen einige Worte zu, die ich nicht verstand. Ihm gehorchten sie, indem sie umkehrten, und er kam allein herüber. Ich erwartete ihn am Ufer und ließ ihn ans Land steigen.

„Es war gut, daß du deine Krieger zurückschicktest", sagte ich, „denn sie hätten deinen Vater in Gefahr gebracht."

„Du hast ihn wirklich nicht mit dem Tomahawk erschlagen?"

„Nein. Er zwang mich nur, ihn zu betäuben, weil er sich mir nicht ergeben wollte."

„Und konntest ihn doch töten! Er war in deiner Hand."

„Ich töte nicht gern einen Feind, geschweige denn einen Mann, der der Vater Winnetous ist und den ich deshalb verehre. Hier hast du seine Waffe! Du magst bestimmen, ob ich gesiegt habe."

Er nahm den Tomahawk, den ich ihm hinhielt, und sah mich lange an. Sein Blick wurde mild und milder. Dieser Ausdruck steigerte sich zur Bewunderung, und endlich rief er aus:

„Was für ein Mann ist doch Old Shatterhand! Wer kann ihn begreifen?"

„Du wirst mich verstehen lernen."

„Du gibst mir dieses Beil, ohne zu wissen, ob wir dir Wort halten werden; Du könntest dich damit wehren. Weißt du, daß du dich dadurch in meine Hände lieferst?"

„Pshaw! Ich fürchte mich nicht, denn ich habe für alle Fälle meine Arme und Fäuste, und Winnetou ist kein Lügner, sondern ein edler Krieger, der sein Wort nie brechen wird."

Da streckte er mir die Hand entgegen. Seine Augen glänzten.

„Du hast recht. Du bist frei, und die anderen Bleichgesichter sind es auch, außer dem Mann, der Rattler heißt. Du hast Vertrauen zu Winnetou, könnte er doch auch zu dir welches haben!"

„Du wirst mir so vertrauen wie ich dir; warte nur noch kurze Zeit! Komm jetzt mit zu deinem Vater!"

„Ja, komm! Winnetou muß nachsehen, denn wenn Old Shatterhand zuschlägt, kann leicht der Tod eintreten, obwohl er das nicht beabsichtigt."

Wir gingen zu der Zeder und banden dem Häuptling die Arme los. Winnetou untersuchte ihn und meinte dann:

„Er lebt, wird aber spät erwachen und nachher lange Zeit einen schmerzenden Kopf haben. Ich darf nicht hier bleiben und werde ihm einige Männer herübersenden. Mein Bruder Old Shatterhand mag mit mir kommen!"

Es war das erstemal, daß er mich ‚mein Bruder' nannte. Wie oft habe ich später dieses Wort aus seinem Mund gehört, und wie ernst, treu und wahr ist es stets gemeint gewesen!

Wir gingen wieder an den Fluß und schwammen hinüber. Die Roten standen drüben und sahen uns gespannt entgegen: Jetzt, da wir so friedlich nebeneinander herschwammen, merkten sie, daß wir einig waren, und mußten auch erkennen, wie falsch sie mich beurteilt hatten, als ich der Gegenstand ihres Spotts und Hohngelächters gewesen war. Nachdem wir ans Ufer gestiegen waren, nahm mich Winnetou bei der Hand und rief mit lauter Stimme:

„Old Shatterhand hat gesiegt. Er und seine drei Gefährten sind frei!"

„Uff, uff, uff!" riefen die Indianer.

Winnetou schickte zunächst zwei Apatschen ans jenseitige Flußufer zu seinem Vater. Tangua aber stand da und blickte finster drein. Mit ihm hatte ich noch abzurechnen, denn seine Lügen und seine Bemühungen, uns den Tod zu bringen, mußten bestraft werden, nicht bloß um unsertwillen, sondern auch der Zukunft und aller Weißen wegen, mit denen er später zusammentreffen würde.

Winnetou schritt mit mir an ihm vorüber, ohne einen Blick auf ihn zu werfen. Er führte mich zu den Pfählen, woran die drei Freunde hingen.

„Halleluja!" rief Sam. „Wir sind gerettet; wir werden nicht ausgelöscht! Mensch, Mann, Freund, Jüngling und Greenhorn, wie habt Ihr das nur angefangen?"

„Gerettet! Gerettet!" jubelten auch Dick und Will, und Parker konnte sich den Zusatz nicht versagen: „Das hätte kein anderer an Eurer Stelle vermocht, auch unser Sam nicht, der doch sonst alles immer am besten kann und weiß."

Winnetou gab mir sein Messer.

„Schneide sie los!" sagte er. „Du hast es verdient, das selber tun zu dürfen."

Ich tat die befreienden Schnitte. Kaum war das geschehen, so warfen sich die drei auf mich und nahmen mich in ihre Arme, um mich auf eine Weise zu drücken und zu quetschen, daß es mir angst und bange werden wollte. Sam küßte mir sogar die Hand und beteuerte, indem Tränen aus seinen Äuglein in den Bartwald tropften:

„Sir, wenn ich Euch das jemals vergesse, soll mich der erste Bär, der mir begegnet, mit Haut und Haar verschlingen! Wie ist das nur zugegangen: Ihr wart verschwunden. Ihr hattet solche Angst vor dem Wasser, und so dachten alle, Ihr wäret ertrunken."

„Habe ich nicht gesagt: Wenn ich ertrinke, sind wir gerettet?"

„Das hat Old Shatterhand vorher gesagt?" staunte Winnetou. „Also war alles nur Verstellung?"

„Ja", nickte ich.

„Mein Bruder wußte, was er wollte. Er ist hier hüben unter Wasser stromaufwärts geschwommen und dann drüben wieder herab, wie ich vermute. Mein Bruder ist nicht nur stark wie ein Bär, sondern auch listig wie ein Fuchs der Prärie. Wer sein Feind ist, muß sich sehr in acht nehmen."

„Und solch ein Feind ist Winnetou gewesen."

„Winnetou war es, ist es aber nicht mehr."

„So glaubst du nicht mehr Tangua, dem Lügner, sondern mir?"

Er sah mich wieder so lang und forschend an wie vorhin drüben am jenseitigen Ufer und reichte mir erneut die Hand.

„Deine Augen sind gut, und in deinen Zügen wohnt keine Unehrlichkeit. Winnetou glaubt dir."

Ich hatte die vorhin abgelegten Kleidungsstücke wieder angezogen und nahm die Blechbüchse aus der Tasche des Jagdrocks.

„Mein Bruder Winnetou hat das Richtige getroffen. Ich werde es ihm beweisen. Vielleicht kennt er das, was ich ihm jetzt zeige."

Damit langte ich die zusammengerollte Haarlocke heraus, zog sie auseinander und hielt sie ihm hin. Er streckte die Hand danach aus, griff sie aber doch nicht an, sondern trat überrascht einen Schritt zurück.

„Das ist Haar von meinem Kopf! Wer hat dir das gegeben?"

„Intschu tschuna erzählte vorhin, daß euch der Große Geist einen unsichtbaren Retter gesandt habe, als ihr an die Bäume gebunden wart. Ja, unsichtbar war er, denn er durfte sich vor den Kiowas nicht sehen lassen. Jetzt aber braucht er sich nicht mehr vor ihnen zu verbergen. Nun wirst du es wohl glauben, daß ich nicht dein Feind, sondern stets dein Freund gewesen bin."

„Du — du — du hast uns losgeschnitten? Dir also haben wir die Freiheit und wohl auch das Leben zu verdanken!" stieß er betroffen hervor, er, der sonst durch nichts zu überraschen war. Dann nahm er mich bei der Hand und zog mich fort, hin zu der Stelle, wo seine Schwester stand, die uns unablässig beobachtete. Er schob mich vor sie hin und sagte:

„Nscho-tschi sieht hier den tapfern Krieger, der den Vater und mich heimlich befreit hat, als uns die Kiowas an die Bäume gebunden hatten. Sie mag sich bei ihm bedanken!"

Nach diesen Worten drückte er mich an sich, Nscho-tschi aber reichte mir die Hand und hauchte nur das eine Wort: „Verzeih!"

Sie sollte sich bedanken und bat mich statt dessen um Verzeihung! Warum? Ich verstand sie recht gut. Sie hatte mir im stillen unrecht getan. Sie als meine Pflegerin mußte mich besser kennen als die anderen, und doch hatte sie, als ich mich aus List verstellte, auch geglaubt, daß ich wirklich ein Feigling sei. Sie hatte mich für eine ungeschickte Memme gehalten, und das gutzumachen war ihr wichtiger als der Dank, den Winnetou von ihr verlangte. Ich drückte ihr herzlich die Hand.

„Nscho-tschi wird sich an alles erinnern, was ich ihr gesagt habe. Nun ist es eingetroffen. Will meine Schwester jetzt an mich glauben?"

„Nscho-tschi glaubt an ihren weißen Bruder!"

Tangua stand in der Nähe. Es war ihm anzusehen, wie wütend er war. Ich trat zu ihm hin und sah ihm fest ins Gesicht.

„Ist der Häuptling der Kiowas ein Lügner, oder liebt er die Wahrheit?"

„Willst du Tangua beleidigen?" fuhr er auf.

„Nein; ich will nur wissen, woran ich mit dir bin. Also antworte!"

„Old Shatterhand mag wissen, daß der Häuptling der Kiowas die Wahrheit liebt."

„Wollen sehen! Du weißt doch noch, was du zu mir gesagt hast?"

„Wann?"

„Vorhin, als ich an den Pfahl gebunden war."

„Da wurde verschiedenes gesagt."

„Allerdings. Du wirst aber wohl wissen, welche von deinen Worten ich meine. Du wolltest mir Rechenschaft geben."

„Hat Tangua davon gesprochen?" fragte er, indem er die Brauen in die Höhe zog.

„Ja. Du hast ferner gesagt, daß du gern mit mir kämpfen würdest, denn du wüßtest genau, daß ich von dir zermalmt werden würde."

Es mochte ihm bei meiner Rede unheimlich werden, denn er meinte bedächtig:

„Tangua erinnert sich dieser Worte nicht. Old Shatterhand muß ihn falsch verstanden haben."

„Nein. Winnetou war dabei. Er wird mir alles bezeugen."

„Ja", bestätigte Winnetou bereitwillig. „Tangua hat Old Shatterhand Rechenschaft geben wollen und sich gerühmt, daß er gern mit ihm kämpfen und ihn zermalmen würde."

„Du siehst also, daß du wirklich so gesprochen hast. Wirst du Wort halten?"

„Verlangst du es?"

„Ja. Du hast mich einen Frosch genannt, der keinen Mut besitzt. Du hast mich verleumdet und dir alle Mühe gegeben, uns ins Verderben zu bringen. Wer so verwegen ist, muß es auch wagen, sich gegen mich zu verteidigen."

„Hoani — nein! Der Häuptling der Kiowas kämpft nur mit Häuptlingen!"

„Ich bin ein Häuptling!"

„Beweise es!"

„Schön! Ich werde es dir dadurch beweisen, daß ich dich mit einem Strick dort an den ersten Baum hänge, wenn du dich weigerst, mir Rechenschaft zu geben."

Einem Indianer mit dem Hängen drohen, ist eine unerhörte Beleidigung. Tangua riß auch sofort sein Messer aus dem Gürtel und rief:

„Hund, soll Tangua dich erstechen?"

„Ja, doch nicht so, wie du es willst, sondern im ehrlichen Kampf, Mann gegen Mann und Messer gegen Messer."

„Das fällt dem Häuptling der Kiowas nicht ein. Er hat mit Old Shatterhand nichts zu schaffen!"

„Aber vorhin, als ich festgebunden war und mich nicht wehren konnte, da machtest du dir mit mir zu schaffen, Feigling!"

Er wollte auf mich eindringen; da trat Winnetou dazwischen.

„Mein Bruder Old Shatterhand hat recht", sagte er, „Tangua hat ihn verleumdet und hat ihm Rechenschaft geben wollen. Wenn er dieses Wort nicht hält, ist er ein Feigling und verdient, von seinem Stamm ausgestoßen zu werden. Die Sache muß sofort entschieden werden, denn niemand soll den Kriegern der Apatschen nachsagen, daß sie Feiglinge als Gäste bei sich haben. Was gedenkt der Häuptling der Kiowas zu tun?"

Tangua warf, bevor er antwortete, einen Blick rundumher. Es waren etwa dreimal mehr Apatschen als Kiowas am Platz, und seine Leute befanden sich mitten im Gebiet der Gegner. Es zu einem Zerwürfnis kommen zu lassen, war unmöglich, zumal jetzt, wo Tangua ein solches Lösegeld hatte zahlen müssen, und, streng genommen, noch halber Gefangener war.

„Tangua wird es sich überlegen", entgegnete er ausweichend.

„Für einen tapferen Krieger gibt es da nichts zu überlegen", erklärte Winnetou. „Entweder du gehst auf den Kampf ein oder wirst als Feigling betrachtet."

Da raffte sich Tangua zusammen und schrie:

„Tangua ein Feigling? Wer das sagt, dem stößt er das Messer in die Brust!"

„Winnetou sagt es", entgegnete der Apatsche stolz und ruhig, „wenn du das Wort nicht hältst, das du Old Shatterhand gegeben hast."

„Tangua hält es."

„Du bist also bereit, mit ihm zu kämpfen?"

„Ja."

„Und zwar sofort?"

„Sofort! Es verlangt mich, möglichst bald sein Blut zu sehen."

„Wohlan, so mag bestimmt werden, mit welchen Waffen dieser Kampf ausgefochten werden soll."

„Wer hat das zu bestimmen?"

„Old Shatterhand."

„Weshalb?"

„Weil du ihn beleidigt hast."

„Nein, Tangua hat zu bestimmen", trumpfte der Kiowa auf, „denn Old Shatterhand hat ihn, der ein Häuptling ist, beleidigt, während er ein gewöhnlicher Weißer ist. Tangua ist also viel mehr als er."

„Old Shatterhand ist mehr als mancher rote Häuptling."

„Das behauptet er auch, hat es aber nicht zu beweisen vermocht. Eine Drohung ist kein Beweis."

Da entschied ich die Frage.

„Tangua mag wählen. Mir ist es gleich, mit welcher Waffe ich ihn besiege."

„Du wirst mich nicht besiegen", brüllte er mich wütend an. „Denkst du, Tangua wählt den Faustkampf, wobei du jeden niederschlägst, oder das Messer, womit du Blitzmesser erstochen hast, oder den Tomahawk, der sogar Intschu tschuna verderblich geworden ist?"

„Was denn sonst?"

„Das Gewehr. Wir werden aufeinander schießen, und meine Kugel wird dir im Herzen sitzen!"

„Schön. Ich bin dabei. Aber hat mein Bruder Winnetou gehört, was Tangua jetzt eingestanden hat?"

„Was?"

„Daß ich mit Blitzmesser gekämpft und ihn niedergestochen habe. Das tat ich, um die gefangenen Apatschen vom Marterpfahl zu retten. Tangua aber hat es bis zu diesem Augenblick geleugnet, und das Geständnis ist ihm jetzt nur so entwischt. Man hört, wie recht ich hatte, als ich ihn Lügner nannte."

„Tangua ein Lügner?" donnerte mich der Kiowa an. „Das sollst du mit dem Leben bezahlen. Schnell die Gewehre her! Der Kampf mag sofort beginnen, damit der Häuptling der Kiowas diesen kläffenden Hund zum Schweigen bringe!"

Er hatte sein Gewehr in der Hand. Winnetou schickte einen Apatschen ins Pueblo, um meine Büchse und den Kugelvorrat, den ich bei mir gehabt hatte, zu holen. Es war alles sorgfältig aufgehoben worden, weil Winnetou, obwohl er mich für seinen Feind hielt, so lebhafte Teilnahme für mich gefühlt hatte. Dann forderte er mich auf:

„Mein weißer Bruder mag sagen, aus welcher Entfernung und wievielmal geschossen werden soll!"

„Ist mir gleich", antwortete ich. „Wer die Waffen bestimmt hat, mag auch hier entscheiden!"

„Ja, Tangua entscheidet", meldete sich der Kiowa. „Zweihundert Schritt und so viele Schüsse, bis einer von uns niederstürzt und sich nicht wieder erheben kann."

„Gut", nickte Winnetou. „Der Apatsche wird aufpassen. Es mag einmal dieser und einmal jener schießen, abwechselnd. Winnetou steht mit seinem Gewehr dabei und wird dem, der schießt, ohne an der Reihe zu sein, eine Kugel in den Kopf geben. Wer hat nun den ersten Schuß?"

„Tangua!" rief der Kiowa.

Winnetou schüttelte mißbilligend den Kopf.

„Tangua will alle Vorteile für sich. Old Shatterhand mag zuerst schießen!"

„Nicht doch", wehrte ich ab, „er soll seinen Willen haben. Er einen Schuß und ich einen; dann ist's aus."

„Nein!" entgegnete Tangua. „Wir schießen so lange, bis einer fällt!"

„Allerdings, denn mein erster Schuß wird dich niederstrecken."

„Prahler."

„*Pshaw!* Eigentlich sollte ich dich töten, aber ich werde es nicht tun. Die geringste Strafe für das, was du getan hast, ist jedoch, daß ich dich lähme. Ich werde dir das rechte Knie zerschmettern. Merk es dir!"

„Habt ihr's gehört!" lachte er. „Dieses Bleichgesicht, das von seinen eigenen Freunden ein Greenhorn genannt wird, will bei zweihundert Schritt Abstand vorhersagen können, daß mich seine Kugel ins Knie treffen wird! Lacht ihn aus, ihr Krieger, lacht ihn aus!"

Der Kiowa blickte auffordernd rund umher, aber es lachte niemand. Da fuhr er grimmig fort:

„Ihr fürchtet euch vor ihm? Tangua aber wird euch zeigen, wie er ihn verlacht. Kommt, laßt uns die zweihundert Schritte abmessen!"

Während das geschah, wurde mir mein Bärentöter gebracht. Ich untersuchte ihn. Er befand sich in gutem Zustand. Beide Läufe waren geladen. Um meiner Sache sicher zu sein, schoß ich sie ab und lud sie von neuem, so sorgfältig, wie es die gegenwärtige Veranlassung forderte. Dabei kam Sam zu mir.

„Sir, ich habe hundert Fragen an Euch und finde doch keine Gelegenheit dazu", sagte er. „Jetzt nur das eine: Wollt Ihr diesen Schuft wirklich ins Knie treffen?"

„Ja."

„Nur?"

„Es ist Strafe genug."

„Nein, gewiß nicht. Solches Ungeziefer muß ausgerottet werden, wenn ich mich nicht irre. Bedenkt doch, was dieser Kiowa alles verschuldet hat und was alles geschehen ist, nur deshalb, weil er die Pferde der Apatschen stehlen wollte!"

„Daran sind die Weißen, die ihn verführten, wenigstens ebenso schuld."

„Er mag sich nicht verführen lassen! Ich an Eurer Stelle würde ihm eine Kugel in den Kopf geben. Er zielt ganz gewiß auf Eure Stirn!"

„Oder auf die Brust; ich bin überzeugt davon."

„Wird aber nicht treffen. Das Schießzeug dieser Roten taugt nichts."

Jetzt war die Entfernung abgemessen, und wir stellten uns an den beiden Endpunkten auf. Ich war ruhig wie gewöhnlich, Tangua aber erging sich in maßlosen Schmähungen gegen mich. Deshalb mahnte Winnetou, der seitwärts grad in der Mitte zwischen uns stand:

„Der Häuptling der Kiowas mag schweigen und aufpassen! Winnetou zählt bis drei, dann wird geschossen."

Es läßt sich denken, daß alle Anwesenden von der größten Spannung ergriffen waren. Sie hatten sich in zwei Reihen rechts und links von uns aufgestellt, so daß zwischen uns eine breite Straße gebildet wurde. Es herrschte tiefe Stille.

„Der Häuptling der Kiowas mag beginnen!" befahl Winnetou. „Eins — zwei — drei!"

Ich rührte mich nicht und bot dem Gegner meine Körperbreite. Er legte gleich beim ersten Wort Winnetous das Gewehr an, zielte sorgfältig und drückte ab. Die Kugel ging nahe an mir vorüber. Offenbar war Tangua viel zu erregt, um einen sicheren Schuß anbringen zu können.

„Nun mag Old Shatterhand schießen", forderte mich Winnetou auf. „Eins — zwei — —"

„Halt!" unterbrach ich ihn. „Ich habe dem Häuptling der Kiowas gerade und ehrlich gegenübergestanden, er aber dreht sich um und wendet mir die Seite zu."

„Das kann Tangua", murrte er. „Wer will es ihm verbieten? Es ist nicht bestimmt worden, wie wir stehen sollen."

„Das ist wahr", bestätigte ich. „Tangua kann sich also stellen, wie es ihm beliebt. Er kehrt mir die Seite zu, weil er meint, ich könnte ihn da nicht so leicht treffen. Aber er irrt sich, denn ich treffe unbedingt. Ich hätte schießen können, ohne ein Wort zu sagen; doch ich will ehrlich handeln. Er soll meine Kugel in das rechte Knie bekommen. Das kann aber nur dann geschehen, wenn er mir das Gesicht zukehrt. Wendet er mir jedoch die Seite zu, so wird die Kugel beide Knie zerschmettern. Das ist der Unterschied. Er kann tun, was er will. Ich habe ihn gewarnt."

„Schieß nicht mit Worten, sondern mit Kugeln!" höhnte er, indem er meine Warnung mißachtete und seitlich stehen blieb.

„Old Shatterhand schießt", wiederholte Winnetou.

„Eins — zwei — drei!"

Mein Schuß krachte. Tangua stieß einen lauten Schrei aus, ließ sein Gewehr fallen, warf die Arme auseinander, wankte hin und her und stürzte dann nieder.

„Uff, uff, uff!" rief es ringsum, und alle drängten zu ihm, um zu sehen, wo ich ihn getroffen hatte.

Ich ging auch hin, und man machte mir ehrerbietig Platz.

„In beide Knie, in beide Knie!" hörte ich rechts und links sagen.

Tangua lag stöhnend auf der Erde. Winnetou kniete bei ihm und untersuchte die Verletzung.

„Die Kugel ist genau so gegangen, wie mein weißer Bruder vorhergesagt hat", erklärte er. „Es sind beide Knie zerschmettert. Tangua wird nie wieder ausreiten können, um sein Auge auf die Pferde anderer Stämme zu werfen."

Als der Verwundete mich sah, schleuderte er mir eine Flut von Schimpfreden entgegen. Ich herrschte ihn so an, daß er für einige Augenblicke schwieg, und sagte dann:

„Ich habe dich gewarnt, und du hast nicht auf mich gehört; du bist selber schuld!"

Er wagte nicht zu jammern, weil ein Indianer das selbst bei den ärgsten Schmerzen nicht darf. Er biß sich auf die Lippen, sah finster vor sich nieder und knirschte:

„Tangua ist verwundet und kann nicht heimkehren. Er muß bei den Apatschen bleiben."

Da schüttelte Winnetou den Kopf und entgegnete sehr bestimmt:

„Du wirst heimkehren müssen, denn wir haben keinen Raum für die Diebe unserer Pferde und die Mörder unserer Krieger. Wir haben uns nicht mit Blut gerächt, sondern uns mit Tieren und Sachen begnügt. Mehr kannst du nicht verlangen. Ein Kiowa gehört nicht in unser Pueblo."

„Aber ich kann nicht heimreiten!"

„Old Shatterhand war noch schwerer verwundet als du und konnte auch nicht reiten. Dennoch mußte er mit. Denke recht oft an ihn! Das wird dir nützlich sein. Die Kiowas wollten uns heute verlassen. Sie mögen das ja tun, denn wir werden jeden von ihnen, den wir morgen noch in der Nähe unserer Weideplätze treffen, so behandeln, wie nach ihrem Wunsch Old Shatterhand behandelt werden sollte. Ich habe gesprochen Howgh!"

Er nahm mich bei der Hand und führte mich fort. Als wir aus dem Gedränge der Menschen heraus waren, sahen wir seinen Vater mit zwei Männern herüberschwimmen, die ihm Winnetou hinübergesandt hatte. Der Sohn ging dem Vater bis ans Ufer entgegen, und ich suchte Sam Hawkens, Dick Stone und Will Parker auf.

„Endlich, endlich dürfen wir Euch einmal für uns haben", empfing mich Sam. „Sagt doch vor allen Dingen, was für Haare waren das, die Ihr Winnetou zeigtet?"

„Ich hatte sie ihm abgeschnitten."

„Wann?"

„Als ich ihn und seinen Vater von den Bäumen losmachte."

„So hättet — by Jove! — Ihr hättet — Ihr, das Greenhorn, hättet — sie befreit?"

„Gewiß."

„Zounds!" rief Dick Stone.

„Prächtig!" jubelte Will Parker.

Mein Lehrmeister aber runzelte die Stirn.

„Ohne uns ein Wort zu sagen?"

„War nicht nötig, lieber Sam."

„Aber, wie habt Ihr das denn angefangen?"

„Geradeso, wie es ein Greenhorn anzufangen pflegt."

„Redet verständig, Sir! Das war eine äußerst schwierige Sache!"

„Ja, Ihr zweifeltet sogar daran, ob sie Euch gelingen würde."

„Und Euch ist sie gelungen! Entweder habe ich gar keinen Verstand oder er steht mir still!"

„Das erste ist der Fall, das erste, Sam!"

„Macht keine dummen Witze! So ein Heimtücker! Befreit die Häuptlinge und trägt den Zopf, der Wunder wirkt, mit sich herum, ohne uns etwas davon zu verraten! Hat so ein ehrliches Gesicht der Kerl, und ist doch ein heimlicher Nichtsnutz! Man darf eben keinem Menschen mehr trauen. Und wie ist es denn heute gewesen? Mir ist da einiges unklar geblieben, Ihr wart ertrunken und dann plötzlich wieder da."

Ich erzählte den drei Gefährten das Nötige. Als ich geendet, rief Sam aus:

„Mensch, Freund und Greenhorn. Ihr seid doch ein ganz fürchterlicher Racker, wenn ich mich nicht irre! Ich muß Euch wieder fragen wie schon früher einmal: Ihr seid wirklich noch nie im Wilden Westen gewesen?"

„Nein."

„Auch überhaupt in den Vereinigten Staaten nicht?"

„Nein."

„Dann mag Euch der Kuckuck begreifen! Ihr seid in allem Anfänger und doch in allem gleich fertig. So ein Mensch wie Ihr ist mir wirklich noch nicht vorgekommen. Muß Euch loben, wirklich loben. Habt Eure Sache schlau angefangen, hihihihi! Unser Leben hing wahrlich nur an einem Haar! Braucht Euch aber auf dieses Lob nichts einzubilden, gar nichts. Werdet dafür ein andermal um so größere Dummheiten machen. Sollte mich wirklich wundern, wenn aus Euch einmal ein brauchbarer Westmann würde."

Er hätte in dieser Weise wohl noch fortgefahren, aber da kam Winnetou mit Intschu tschuna herbei. Der Häuptling sah mir ebenso wie vorher sein Sohn lange und ernst ins Gesicht und begann dann:

„Intschu tschuna hat von Winnetou alles gehört. Ihr seid frei und werdet uns verzeihen. Du bist ein sehr tapferer und sehr listiger Krieger und wirst noch manchen Feind besiegen. Der handelt klug, der dich zu seinem Freund macht. Willst du das Kalumet des Friedens mit uns rauchen?"

„Ja, ich möchte euer Freund und Bruder sein!"

„So kommt jetzt mit mir und Nscho-tschi, meiner Tochter, hinauf ins Pueblo! Der Häuptling der Apatschen will seinem Überwinder eine Wohnung anweisen, die seiner würdig ist. Winnetou bleibt hier, um die Ordnung zu wahren."

Wir stiegen mit Intschu tschuna und Nscho-tschi als freie Männer zur Pyramidenburg hinauf, die wir als Gefangene verlassen hatten, um in den Tod geschleppt zu werden.

15. Das Ende eines Feiglings

Als wir jetzt zum Pueblo zurückkehrten, sah ich erst, welch ein mächtiger, achtunggebietender Steinbau es war. Man hält die amerikanischen Völkerschaften für bildungsunfähig. Aber Menschen, die solche Felsmassen zu bewegen und zu einer so gewaltigen, mit den damaligen Waffen uneinnehmbaren Festung aufeinander zu türmen verstanden, können doch unmöglich auf der untersten, niedrigsten Bildungsstufe gestanden haben. Wenn man dagegen sagt, diese Völker hätten früher gelebt und die jetzigen Indianer seien keineswegs Abkömmlinge von ihnen, so will ich das weder zugeben noch bestreiten. Jedenfalls hat noch niemand mir den Beweis dafür erbracht, daß sich die Indianer geistig nicht entwickeln können. Wenn man ihnen nicht die Zeit und den Raum dazu gönnt, müssen sie verkommen und untergehen.

Wir stiegen mit Hilfe von Leitern bis zur dritten Plattform empor, wo die besten Räume des Pueblos lagen. Dort wohnte Intschu tschuna mit seinen beiden Kindern, und da bekamen wir unsere Wohnung zugewiesen.

Die meinige war groß. Sie hatte zwar auch keine Fensteröffnungen und erhielt ihr Licht nur durch die Tür, aber die war so breit und hoch, daß es an der nötigen Helligkeit nicht mangelte. Der Raum war leer, doch Nscho-tschi stattete ihn bald mit Fellen, Decken und Gerätschaften so gut aus, daß ich mich, den Verhältnissen angemessen, recht behaglich fühlen konnte. Hawkens, Stone und Parker erhielten gemeinsam ein ähnliches Gemach eingeräumt.

Als mein ,Gastzimmer' so weit eingerichtet war, daß ich es betreten konnte, brachte mir ,Schöner Tag' eine prächtig geschnittene Friedenspfeife nebst Tabak. Sie stopfte sie mir selber und setzte den Tabak in Brand. Als ich die ersten Züge tat, sagte sie:

„Dieses Kalumet sendet dir Intschu tschuna, mein Vater. Er hat den Ton dazu aus den heiligen Steinbrüchen geholt, und Nscho-tschi hat den Kopf daraus geschnitten. Es ist noch in keines Mannes Mund gewesen, und wir bitten dich, es von uns als dein Eigentum anzunehmen und unser zu gedenken, wenn du daraus rauchst."

„Eure Güte ist groß", entgegnete ich. „Sie beschämt mich fast, denn ich kann dieses Geschenk nicht erwidern."

„Du hast uns schon so viel gegeben, daß wir es dir nie vergelten können, nämlich das Leben Intschu tschunas und Winnetous. Beide waren wiederholt in deiner Hand, und du hast sie geschont. Dafür sind dir unsre Herzen zugetan, und du sollst unser Bruder sein, wenn es dir recht ist."

„Wie kannst du so fragen? Mir wird dadurch ein Herzenswunsch erfüllt. Intschu tschuna ist ein berühmter Häuptling und Krieger, und Winnetou habe ich gleich vom ersten Augenblick an liebgehabt. Es ist mir eine große Ehre und eine ebenso große Freude, der Bruder solcher Männer genannt zu werden. Ich möchte nur, daß meine Gefährten auch daran teilnehmen dürfen."

„Wenn sie wollen, wird man sie so betrachten, als wären sie als Apatschen geboren."

„Wir danken euch dafür. Also du selber hast diesen Pfeifenkopf aus dem heiligen Ton geschnitten? Wie geschickt deine Hände sind!"

Sie errötete über dieses Lob und wehrte ab.

„Ich weiß, daß die Frauen und Töchter der Bleichgesichter viel kunstfertiger und geschickter sind als wir. Jetzt werde ich dir noch etwas holen."

Sie ging und brachte mir dann meine Revolver, mein Messer und all die Gegenstände, die mir gehörten, die sich aber nicht in meinen Taschen befunden hatten. Ich bedankte mich, erkannte an, daß mir nun nicht mehr das geringste fehlte und fragte: „Werden auch meine Kameraden wiederbekommen, was ihnen abgenommen wurde?"

„Ja, alles. Sie werden es jetzt schon haben, denn während ich dich hier bediene, sorgt Intschu tschuna für sie."

„Und wie steht es mit unseren Pferden?"

„Die sind auch da. Du wirst das deinige wieder reiten und Hawkens seine Mary auch."

„Ah, du kennst den Namen seines Maultiers?"

„Ja, auch den Namen seiner alten Büchse, die er Liddy nennt. Ich habe oft, ohne daß ich es dir erzählte, mit ihm gesprochen. Er ist ein sehr spaßhafter Mann, aber doch ein tüchtiger Jäger."

„Ja, das ist er und noch weit mehr, nämlich ein treuer, aufopferungsfähiger Gefährte, den man gern haben muß. Doch ich möchte dich etwas fragen. Wirst du mir die Wahrheit sagen?"

„Nscho-tschi lügt nicht", entgegnete sie stolz.

„Eure Krieger haben den gefangenen Kiowas alles abgenommen, was sie bei sich trugen?"

„Ja."

„Auch meinen drei Gefährten?"

„Ja."

„Weshalb dann nicht auch mir? Man hat den Inhalt meiner Taschen nicht angerührt."

„Weil mein Bruder Winnetou es so befohlen hatte."

„Und weißt du, weshalb er diesen Befehl gab?"

„Weil er dich liebte."

„Obwohl er mich für seinen Feind hielt?"

„Ja. Du sagtest vorhin, daß du ihn gleich vom ersten Augenblick an liebgehabt hättest. Das war umgekehrt auch bei ihm der Fall. Es hat ihm sehr weh getan, dich für einen Feind halten zu müssen, und nicht nur für einen Feind —"

Sie hielt inne, denn sie hatte etwas sagen wollen, was mich ihrer Ansicht nach beleidigen mußte.

„Sprich weiter!" bat ich.

„Nein."

„So will ich es an deiner Stelle tun. Mich für seinen Feind halten zu müssen, das konnte ihm nicht weh tun, denn man kann auch einen Feind achten. Aber er hat geglaubt, ich wäre ein Lügner, ein falscher, hinterlistiger Mensch. Das schmerzte ihn. Nicht wahr?"

„Du sagst es."

„Hoffentlich sieht er jetzt ein, daß er sich da geirrt hat. Und nun noch eine Frage: Wie steht es mit Rattler, dem Mörder Klekihpetras?"

„Der wird soeben an den Marterpfahl gebunden."

„Was? Jetzt? Und das sagt man mir nicht? Warum hat man es mir verschwiegen?"

„Winnetou wollte es so haben."

„Weshalb?"

„Er glaubte, deine Augen könnten es nicht ersehen und deine Ohren es nicht erhören."

„Wahrscheinlich hat er sich da nicht geirrt, und doch ist mir beides möglich, wenn man meinen Wunsch berücksichtigt."

„Was für einen Wunsch?"

„Sag erst, wo die Marter stattfinden wird!"

„Unten am Fluß. Intschu tschuna hat euch von da fortgeführt, weil ihr nicht dabei sein sollt."

„Ich will aber dabei sein! Welche Qualen hat man für Rattler bestimmt?"

„Alle ohne Ausnahme, denn dieser Rattler ist das schlimmste Bleichgesicht, das den Apatschen jemals in die Hände geriet. Er hat unseren weißen Vater, den wir liebten und verehrten, den Lehrer Winnetous, ohne alle Veranlassung ermordet. Deshalb soll er nicht nur an einigen Qualen sterben, wie es bei anderen Gefangenen zu geschehen pflegt, sondern man wird alle Martern, die wir kennen, nach und nach an ihm erproben."

„Das darf nicht sein, das ist unmenschlich!"

„Er hat es verdient!"

„Könntest du dabei sein, es mit ansehen?"

„Ja."

„Du, ein Mädchen?"

Ihre langen Wimpern senkten sich. Sie richtete den Blick lange

Zeit zur Erde, hob ihn dann wieder und sah mir ernst, beinahe vorwurfsvoll in die Augen.

„Wunderst du dich darüber?"

„Ja. Ein Weib soll so etwas nicht mit ansehen können."

„Ist es so bei euch?"

„Ja."

„Du irrst."

„So willst du das Gegenteil behaupten? Dann müßtest du unsere Frauen und Mädchen besser kennen als ich."

„Vielleicht kennst du sie nicht. Wenn eure Verbrecher vor dem Richter stehen, so dürfen andere Leute zuhören. Ist es so?"

„Ja."

„Nscho-tschi hat gehört, daß es da oft mehr Zuhörerinnen als Zuhörer gibt. Gehört eine Squaw dorthin? Ist es schön von ihr, sich von ihrer Neugier an einen solchen Ort treiben zu lassen?"

„Nein."

„Und wenn bei euch ein Mörder hingerichtet wird, wenn man ihn aufhängt oder ihm den Kopf abschlägt, sind da keine weißen Squaws dabei?"

„Das war früher."

„Jetzt ist es ihnen verboten?"

„Ja."

„Und den Männern auch?"

„Ja."

„Also ist es allen verboten! Wäre es allen noch erlaubt, so würden auch die Squaws mitkommen. Oh, die Frauen der Bleichgesichter sind nicht so zart, wie du denkst! Sie können die Schmerzen sehr gut ertragen, nämlich die Schmerzen, die andere, Menschen oder Tiere, erdulden. Ich bin nicht bei euch gewesen, aber Klekih-petra hat es uns erzählt. Dann ging Winnetou in die großen Städte des Ostens, und als er zurückkehrte, berichtete er mir alles, was er gesehen und beobachtet hatte." Sie war in Eifer geraten. „Sind nicht Squaws anwesend, wenn man wütende Stiere auf Menschen und Pferde losläßt? Jubeln sie nicht Beifall, wenn dabei Blut fließt und sich die Opfer des gehetzten Tieres in Schmerzen krümmen? Ich bin ein junges, unerfahrenes Mädchen und werde von euch zu den ‚Wilden' gerechnet, aber ich könnte dir noch vieles sagen, was eure zarten Squaws tun, ohne daß sie dabei den Schauder empfinden, den ich fühlen würde. Zähle die vielen Tausende von zarten, schönen, weißen Frauen, die ihre Sklaven zu Tode gepeinigt und mit lächelndem Mund dabeigestanden haben, wenn eine schwarze Dienerin totgepeitscht wurde! Und hier haben wir einen Verbrecher, einen Mörder. Er soll sterben, wie er es verdient hat. Ich will dabei sein, und das verurteilst du. Ist es wirklich unrecht von mir, daß ich einen solchen Menschen ruhig sterben sehen kann? Und wenn es ein Unrecht wäre, wer trägt die Schuld daran, daß die Roten ihre Augen an solche Dinge gewöhnt haben? Sind es nicht die Weißen, die uns zwingen, ihre Grausamkeiten mit Härte zu vergelten?"

„Ein weißer Richter würde einen gefangenen Indianer nicht zum Marterpfahl verurteilen."

„Richter! Zürne mir nicht, wenn ich das Wort sage, das ich wiederholt von Hawkens gehört habe: Greenhorn! Du kennst den Westen nicht. Wo gibt es hier Richter, nämlich das, was du mit diesem Wort meinst? Der Stärkere ist der Richter und der Schwache wird gerichtet. Laß dir erzählen, was an den Lagerfeuern der Weißen geschah! Sind die unzähligen Indianer, die im Kampf gegen die weißen Eindringlinge untergingen, alle schnell, an einer Kugel, an einem Messerstich gestorben? Wie viele von ihnen wurden zu Tode gemartert! Und doch hatten sie nichts getan, als ihre Rechte verteidigt! Und da nun bei uns ein Mörder sterben soll, der seine Strafe verdient hat, soll ich meine Augen abwenden, weil ich eine Squaw, ein Mädchen bin? Ja, einst waren wir anders. Aber ihr habt uns gelehrt, Blut fließen zu sehen, ohne mit der Wimper zu zucken. Ich werde gehen, um dabei zu sein, wenn der Mörder Klekih-petras seine Strafe erleidet!"

Ich hatte die schöne, junge Indianerin bisher als ein sanftes, stilles Wesen kennengelernt. Jetzt stand sie vor mir mit blitzenden Augen und glühenden Wangen, das lebendige Bild einer Rachegöttin, die kein Erbarmen kennt. Fast wollte sie mir da noch schöner erscheinen als vorher. Durfte ich sie verurteilen? Hatte sie unrecht?

„So geh", sagte ich, „aber ich gehe mit!"

„Bleib lieber hier!" bat sie, wieder in einem ganz anderen Ton. „Intschu tschuna und Winnetou sehen es nicht gern, wenn du mitkommst."

„Werden sie mir zürnen?"

„Nein. Sie wünschen es nicht, werden es dir jedoch nicht verbieten. Du bist unser Bruder."

„So gehe ich mit, und sie werden es verzeihen."

Als ich mit ihr auf die Plattform hinaustrat, stand da Sam Hawkens. Er rauchte aus seiner alten, kurzen Savannenpfeife, denn er hatte gleichfalls Tabak erhalten.

„Ist jetzt eine andere Sache, Sir", sagte er schmunzelnd. „Bis vorhin Gefangene gewesen und jetzt die großen Herren spielen. Das ist ein Unterschied. Wie geht es Euch unter den neuen Verhältnissen?" — „Danke, gut!" lachte ich.

„Mir auch, ausgezeichnet. Der Häuptling hat uns selber bedient. Das ist doch fein, wenn mich nicht irre!"

„Wo ist Intschu tschuna?"

„Fort, wieder an den Fluß."

„Wißt Ihr, was jetzt dort geschieht?"

„Kann es mir denken."

„Nun, was?"

„Zärtlicher Abschied von den lieben Kiowas."

„Das weniger."

„Was denn sonst?"

„Rattler wird gemartert."

„Rattler wird gemartert? Und da führt man uns hierher? Da muß ich auch dabei sein! Kommt, Sir! Wollen schnell hinab!"

„Langsam! Könnt Ihr denn solch ein Schauspiel sehen, ohne daß Euch der Schauder forttreibt?"

„Schauder? Was für ein Greenhorn Ihr doch seid, geliebter Sir! Wenn Ihr Euch erst länger hier im Westen befindet, werdet Ihr in solch einem Fall nicht mehr ans Schaudern denken. Der Kerl hat den Tod verdient und wird auf indianische Weise hingerichtet. Das ist alles."

„Aber es ist Grausamkeit."

„Pshaw! Redet doch bei einem solchen Scheusal nicht von Grausamkeit! Sterben muß er auf alle Fälle! Oder seid Ihr etwa auch damit nicht einverstanden?"

„O doch! Aber die Apatschen mögen es kurz mit ihm machen. Er ist ein Mensch."

„Ein Mann, der einen anderen grundlos niederschießt, der ist kein Mensch. Er war betrunken wie ein Vieh."

„Das ist doch ein Milderungsgrund. Er wußte nicht mehr, was er tat."

„Laßt Euch nicht auslachen! Ja, da drüben im alten Land, da sitzen die Herren Juristen zu Gericht und rechnen einem jeden, dem es beliebt, in der Trunkenheit ein Verbrechen zu begehen, den Schnaps als Milderungsgrund an. Verschärfen sollten sie die Strafe, Sir, verschärfen. Wer sich so sinnlos betrinkt, daß er wie ein wildes Tier über seinen Mitmenschen herfällt, der sollte doppelt bestraft werden. Habe nicht das geringste Erbarmen mit diesem Rattler. Denkt doch daran, wie er Euch behandelt hat!"

„Ich denke daran, aber ich bin ein Christ und werde trotzdem versuchen, einen kurzen Tod für ihn zu erreichen."

„Das laßt bleiben, Sir! Erstens verdient er es nicht, und zweitens wird alle Eure Mühe vergeblich sein. Klekih-petra ist der Lehrer, der geistige Vater des Stammes gewesen. Sein Tod ist ein unersetzlicher Verlust für die Apatschen, und der Mord geschah ohne jede Veranlassung. Aus diesen Gründen ist es unmöglich, die Roten zur Nachsicht zu bewegen."

„In diesem Fall schieße ich Rattler eine Kugel ins Herz."

„Um seine Qualen zu beenden? Das laßt um des Himmels willen sein! Ihr werdet Euch dadurch den ganzen Stamm zum Feind machen. Es ist sein gutes Recht, die Art der Strafe für Rattler zu bestimmen, und wenn Ihr ihn um dieses Recht bringt, ist es mit der jungen Freundschaft, die wir geschlossen haben, sofort wieder aus. Also geht Ihr mit?"

„Ja."

„Schön. Doch macht ja keine Dummheiten! Werde Dick und Will rufen."

Er verschwand im Eingang seiner Wohnung und kehrte bald mit seinen beiden Freunden zurück. Wir stiegen die Stockwerke hinab. Nscho-tschi war uns bereits vorausgeschritten. Als wir aus dem Seitental ins Haupttal des Rio Pecos einbogen, sahen wir die Kiowas nicht mehr. Sie waren mit ihrem verwundeten Häuptling fortgeritten, und Intschu tschuna war so klug und umsichtig gewesen, ihnen heimlich Späher nachzusenden, da es ihnen ja einfallen konnte, unbemerkt zurückzukehren, um sich zu rächen.

Ich habe schon gesagt, daß unser Ochsenwagen auf dem Platz

stand. Als wir dort anlangten, hatten die Apatschen einen weiten Kreis darum gebildet. In der Mitte bemerkte ich Intschu tschuna und Winnetou mit einigen Kriegern. Nscho-tschi stand bei ihnen und sprach mit Winnetou. Obgleich sie die Tochter des Häuptlings war, durfte sie sich nicht in die Angelegenheiten der Männer mischen. Wenn sie sich jetzt trotzdem nicht bei den Frauen befand, so war es gewiß etwas Wichtiges, was sie ihrem Bruder zu sagen hatte. Als sie uns erscheinen sah, machte sie ihn auf uns aufmerksam und zog sich dann zu den Squaws zurück. Sie hatte also wohl von uns mit ihm gesprochen. Winnetou durchbrach den Kreis seiner Krieger, kam uns entgegen und fragte ernst:

„Warum sind meine weißen Brüder nicht oben im Pueblo geblieben? Gefallen ihnen ihre Wohnungen nicht?"

„Sie gefallen uns", erwiderte ich, „und wir danken unserm roten Bruder für seine Fürsorge. Wir kommen, weil wir hörten, daß Rattler jetzt sterben soll. Ist das so?"

„Ja."

„Ich sehe ihn doch nicht!"

„Er liegt im Wagen bei der Leiche des Ermordeten."

„Welche Todesart soll er erleiden?"

„Den Martertod."

„Ist das unvermeidlich beschlossen?"

„Ja."

„Ich bitte dich trotzdem, eure Strenge zu mildern. Meine Religion gebietet mir, für Rattler zu bitten."

„Deine Religion? War sie nicht auch die seinige?"

„Ja."

„Hat das Bleichgesicht nach ihren Geboten gehandelt?"

„Leider nein."

„So hat mein weißer Bruder nicht nötig, ihre Gebote seinetwegen zu erfüllen. Deine und seine Religion verbietet den Mord. Rattler hat trotzdem gemordet, folglich sind die Lehren dieser Religion nicht auf ihn anzuwenden."

„Nach dem, was dieser Mann getan hat, kann ich mich nicht richten. Ich muß meine Pflicht erfüllen, ohne nach den Gesinnungen und Taten anderer Menschen zu fragen. Ich bitte dich, diesen Mann eines schnellen Todes sterben zu lassen!"

„Was beschlossen ist, muß ausgeführt werden!"

„Unbedingt?"

„Ja."

„Also gibt es kein Mittel, meinen Wunsch durchzusetzen?"

Winnetou blickte sehr ernst zu Boden.

„Doch, es gibt eins", erklärte er schließlich. „Aber Winnetou möchte seinen weißen Bruder bitten, es lieber nicht zu versuchen. Es würde ihm bei unsern Kriegern sehr schaden."

„Inwiefern?"

„Sie würden Old Shatterhand nicht so achten können, wie Winnetou es um seinetwillen wünscht."

„So gilt dieses Mittel für ehrlos und verächtlich?"

„Nach den Begriffen des roten Mannes, ja."

„Sag es mir!"

„Du müßtest unsere Dankbarkeit anrufen."

„Ah! Das tut allerdings kein braver Mann!"

„Nein. Wir haben dir unser Leben zu verdanken. Wolltest du dich darauf berufen, so würdest du Intschu tschuna und Winnetou zwingen, sich deines Wunsches anzunehmen."

„In welcher Weise?"

„Wir würden eine neue Beratung halten und so für dich sprechen, daß unsere Krieger den Dank, den du forderst, anerkennen müßten. Dann aber wäre alles, was du getan hast, ferner wertlos. Ist dieser Rattler ein solches Opfer wert?"

„Bestimmt nicht!"

„Mein Bruder hört, daß Winnetou aufrichtig mit ihm redet. Er weiß, welche Gedanken und Gefühle in Old Shatterhands Herzen wohnen, aber unsere Krieger können solche Empfindungen nicht begreifen. Ein Mann, der Dank fordert, wird von ihnen verachtet. Soll Old Shatterhand, der der größte und berühmteste Krieger der Apatschen werden kann, heute von uns scheiden müssen, weil unsere Krieger vor ihm ausspucken?"

Es wurde mir schwer, hierauf eine Antwort zu geben. Mein Herz gebot mir, bei meiner Fürbitte zu bleiben. Mein Verstand, oder besser gesagt, mein Stolz war dagegen. Winnetou fühlte Teilnahme für den Zwiespalt in meinem Innern und sagte:

„Winnetou wird mit Intschu tschuna, seinem Vater, sprechen. Mein Bruder mag hier warten!"

Er ging.

„Macht keine Dummheiten, Sir!" bat Sam. „Ihr ahnt nicht, was hier auf dem Spiel steht."

„Nicht allzuviel!"

„O doch! Es ist wahr: der Rote verachtet jeden, der offen Dank von ihm fordert. Er tut dann wohl, was man von ihm verlangt, nachher aber kennt er den andern nicht mehr. Müßten wirklich heute noch fort und haben die feindlichen Kiowas vor uns. Was das bedeutet, brauche ich Euch doch nicht erst auseinanderzusetzen."

Intschu tschuna und Winnetou sprachen eine Weile ernst miteinander. Dann kamen sie zu uns, und der Häuptling erklärte:

„Hätte Klekih-petra uns nicht soviel von eurem Glauben gesagt, so würde dich Intschu tschuna für einen Mann halten, mit dem zu sprechen eine Schande ist. So aber kann er deinen Wunsch begreifen. Doch es ist, wie mein Sohn Winnetou schon sagte: unsere Krieger würden das nicht begreifen und dich verachten."

„Es handelt sich nicht nur um mich, sondern auch um Klekih-petra, von dem du redest."

„Wieso um ihn?"

„Er besaß den gleichen Glauben, der mir meine Bitte vorschreibt, und ist in diesem Glauben gestorben. Seine Religion gebot ihm, dem Feind zu verzeihen. Sei überzeugt, wenn er noch lebte, er würde es nicht zulassen, daß Rattler eines solchen Todes stirbt."

„Denkst du das?"

„Gewiß!"

Da schüttelte er langsam den Kopf.

„Was für Menschen sind doch die Christen! Entweder sind sie schlecht, und dann ist ihre Schlechtigkeit so groß, daß man sie nicht zu begreifen vermag. Oder sie sind gut, und dann ist ihre Güte ebenso unbegreiflich!"

Hierauf sah er seinen Sohn und dieser wieder ihm in die Augen. Sie verstanden sich; sie hielten Zwiesprache miteinander, nur durch Blicke. Nun wandte sich Intschu tschuna wieder zu mir, indem er fragte:

„Dieser Mörder war auch dein Feind?"

„Ja."

„Hast du ihm verziehen?"

„Ja."

„So höre, was Intschu tschuna dir sagt! Wir wollen erfahren, ob wenigstens noch eine kleine Spur des Guten in ihm wohnt. Ist das der Fall, so werde ich versuchen, dir deinen Wunsch zu erfüllen, ohne daß es dir Schaden macht. Setzt euch hier nieder und wartet, was geschieht! Wenn ich dir einen Wink gebe, kommst du zu dem Mörder und forderst von ihm, daß er dich um Verzeihung bittet. Tut er das, so soll er schnell sterben."

„Darf ich ihm das sagen?"

„Ja."

Intschu tschuna kehrte mit Winnetou wieder in den Kreis zurück, und wir setzten uns da nieder, wo wir standen.

„Das hätte ich nicht gedacht", meinte Sam. „Der Häuptling geht wirklich auf Euern Wunsch ein. Ihr müßt sehr gut bei ihm stehen."

„Mag sein. Aber der letzte Grund ist ein anderer. Es ist der Einfluß Klekih-petras, der sich selbst nach dem Tod dieses Mannes noch geltend macht. Diese Roten haben vom wahren, inneren Christentum mehr in sich aufgenommen, als sie ahnen. Ich bin neugierig, was nun geschieht."

„Werdet es gleich sehen. Paßt nur auf!"

Jetzt wurde die Plane vom Wagen entfernt. Wir sahen, daß man einen langen, kofferähnlichen Gegenstand herabnahm, worauf ein Mensch festgebunden war.

„Das ist der Sarg", meinte Sam Hawkens, „aus hohlgebrannten Baumklötzen zusammengesetzt und mit nassen Fellen überspannt. Sobald das Leder trocken wird, zieht es sich zusammen, und der Sarg wird dadurch luftdicht verschlossen."

Unfern der Stelle, wo das Seitental auf das Haupttal stieß, erhob sich ein Felsen, an dessen Fuß aus großen Steinen ein vorn offenes Viereck zusammengesetzt war. Daneben lagen noch viele Steine, anscheinend absichtlich hier zusammengetragen. Zu diesem Steinviereck wurde der Sarg mitsamt dem Mann darauf gebracht. Dieser Mann war Rattler.

„Wißt Ihr, warum man die Steine dort zusammengeschafft hat?" fragte Sam.

„Man will das Grab daraus bauen."

„Richtig! Ein Doppelgrab."

„Für Rattler mit?"

„Ja. Der Mörder wird mit seinem Opfer begraben, was eigentlich nach jedem Mord geschehen sollte, soweit es möglich wäre."

„Schrecklich! Lebendig an den Sarg des Ermordeten gefesselt zu sein und dabei zu wissen, daß das zugleich die eigene letzte Ruhestätte ist!"

„Ich glaube gar, Ihr bedauert den Menschen wirklich! Daß Ihr für ihn gebettelt habt, kann ich noch begreifen, aber Mitleid mit ihm haben, nein — das verstehe ich wahrlich nicht."

Nun wurde der Sarg aufgerichtet, so daß Rattler auf seine Füße zu stehen kam. Man band beide, den Sarg und den Menschen, mit starken Riemen an die Steinmauer fest. Die Roten, Männer, Frauen und Kinder, näherten sich der Stelle und bildeten einen Halbkreis davor. Es herrschte tiefe, erwartungsvolle Stille. Intschu tschuna und Winnetou standen neben dem Sarg, der eine rechts und der andere links. Jetzt erhob der Häuptling seine Stimme.

„Die Krieger der Apatschen sind hier versammelt, Gericht zu halten, denn das Volk der Apatschen ist von einem großen, schweren Verlust betroffen, den der Schuldige mit seinem Leben bezahlen soll."

Intschu tschuna sprach weiter, indem er in der bilderreichen indianischen Weise von Klekih-petra, seiner Sinnesart und seinem Wirken redete und dann ausführlich erzählte, in welcher Weise dieser Mann ermordet worden war. Ich verstand nur den geringsten Teil seiner Anklage, aber Sam übersetzte mir das alles. Der Häuptling berichtete über die Gefangennahme Rattlers und gab zum Schluß bekannt, daß der Mörder jetzt zu Tode gemartert und dann so, wie er an den Sarg gebunden war, mit dem Toten begraben werden sollte. Hierauf schaute er zu mir herüber und gab mir den erwarteten Wink.

Wir erhoben uns und wurden in den Halbkreis aufgenommen. Vorhin hatte ich wegen der Entfernung den Verurteilten nicht deutlich sehen können. Jetzt stand ich vor ihm und fühlte, so schlecht und gottlos er auch war, doch tiefes Mitleid mit diesem Menschen.

Der auf das Fußende gestellte Sarg war mehr als doppelt mannsstark und über zwei Meter lang. Er sah aus, als habe man von einem dicken Baumstamm einen Klotz abgesägt und mit Leder überzogen. Rattler war mit dem Rücken so an diesen Sarg geschnürt, daß seine Arme nach hinten lagen und seine Füße auseinanderstanden. Man sah ihm an, daß er weder Hunger noch Durst gelitten hatte. Ein Knebel verschloß ihm den Mund. Er hatte also bis jetzt nicht sprechen können. Auch sein Kopf war so befestigt, daß er ihn nicht zu bewegen vermochte. Als ich kam, nahm ihm Intschu tschuna den Knebel aus dem Mund und sagte zu mir:

„Mein weißer Bruder hat mit diesem Mörder reden wollen. Es mag geschehen!"

Rattler sah, daß ich frei war. Ich mußte mich also mit den Indianern befreundet haben; das konnte er sich sagen. Deshalb hatte ich geglaubt, er würde mich bitten, bei ihnen ein gutes Wort für ihn einzulegen. Statt dessen aber fuhr er mich, sobald der Knebel entfernt war, giftig an.

„Was wollt Ihr von mir? Packt Euch fort! Ich mag nichts mit Euch zu schaffen haben!"

„Ihr habt gehört, daß Ihr zum Tod verurteilt seid, Mr. Rattler",
entgegnete ich ruhig. „Daran ist nichts zu ändern. Sterben müßt Ihr
unbedingt. Aber ich will Euch —"

„Fort, Hund, fort!" unterbrach er mich, wobei er mich anspucken
wollte, mich aber nicht traf, weil er den Kopf nicht bewegen
konnte.

„Also sterben müßt Ihr", fuhr ich unbeirrt fort, „doch es soll auf
Euch ankommen, in welcher Weise Ihr gemartert werden sollt. Das
heißt, man wird Euch lange quälen, vielleicht heute, vielleicht auch
noch morgen den ganzen Tag. Das ist entsetzlich, und ich mag es
nicht zulassen. Auf meine Bitte hat sich Intschu tschuna bereit erklärt, Euch schnell sterben zu lassen, falls Ihr die Bedingung erfüllt,
die er daran knüpft."

Ich hielt inne, denn ich dachte, er würde mich nach dieser Bedingung fragen. Statt dessen aber warf er mir einen so schrecklichen
Fluch entgegen, daß es unmöglich ist, ihn wiederzugeben.

„Diese Bedingung ist, daß Ihr mich um Verzeihung bitten sollt",
erklärte ich weiter.

„Um Verzeihung? Euch um Verzeihung bitten?" schrie er. „Lieber
beiße ich mir die Zunge ab und erleide alle Qualen, die sich diese roten
Schufte ausdenken können!"

„Wohlgemerkt, Mr. Rattler, nicht ich bin es, der diese Bedingung
gestellt hat", beharrte ich, „denn ich brauche Eure Abbitte nicht!
Intschu tschuna hat es so gewollt. Bedenkt, in welcher Lage Ihr
Euch befindet und was Euch droht! Es steht Euch Schreckliches bevor,
eine entsetzliche Todesart, der Ihr dadurch entgehen könnt, daß Ihr
nur das eine Wort ‚Vergebung' aussprecht."

„Fällt mir nicht ein, nie, nie! Macht Euch fort von hier! Ich mag
Euer verwünschtes Gesicht nicht sehen. Geht zum Teufel und meinetwegen auch noch weiter! Ich brauche Euch nicht."

„Wenn ich Euch den Willen tu und fortgehe, ist's für Euch zu
spät. Aber seid vernünftig und sagt das Wort!"

„Nein, nein und nein!" brüllte er.

„Ich bitte Euch darum!"

„Fort, fort, sag ich! Himmel und Hölle, warum bin ich angebunden! Hätte ich die Hände frei, so wollte ich Euch den Weg zeigen!"

„Gut, Ihr sollt Euern Willen haben", erklärte ich jetzt. „Aber ich
sag Euch, daß Ihr mich dann nicht mehr zurückrufen könnt!"

„Ich Euch rufen? Euch? Das bildet Euch ja nicht ein! Packt Euch
fort, sage ich, packt Euch!"

„Ich will gehen. Vorher aber noch eins: Habt Ihr noch einen
Wunsch? Ich will ihn Euch erfüllen. Einen Gruß an irgend jemanden?
Habt Ihr Verwandte, denen ich vielleicht Nachricht bringen kann?"

„Geht in die Hölle und sagt dort, daß Ihr ein verdammter Schurke
seid! Ihr habt mit den Roten gemeinsame Sache gemacht und mich in
ihre Gewalt gebracht. Dafür mag —"

„Ihr irrt", unterbrach ihn ihn. „Also Ihr habt keinen Wunsch vor
Euerm Tod?"

„Nur den einen, daß er Euch noch eher erwischt als mich!"

„Gut, so sind wir fertig miteinander, und ich kann nichts mehr tun, als Euch als Christ den Rat geben: Fahrt nicht in Euren Sünden dahin, sondern denkt an Eure Taten und an die Vergeltung, die Euch jenseits erwartet!"

Das sagte ich mit besonderer Betonung, denn ich hatte die Überzeugung, daß er noch gar nicht so recht an sein unabwendbares Schicksal glaubte. Was er aber dann hierauf erwiderte, kann ich abermals nicht wiederholen. Es überlief mich schaudernd bei seinen Worten. Intschu tschuna nahm mich bei der Hand und führte mich fort.

„Mein junger weißer Bruder sieht, daß dieser Mörder keine Fürbitte verdient; er ist ein Christ. Ihr nennt uns Heiden, aber würde ein roter Krieger solche Worte sprechen?"

Ich gab ihm keine Antwort. Was hätte ich auch sagen können? Dieses Verhalten Rattlers hatte ich nicht erwartet. Er hatte sich früher so feig, so furchtsam gezeigt und wirklich gezittert, als von den Marterpfählen der Indianer die Rede gewesen war. Und heute tat er, als machte er sich aus allen Qualen der Welt nichts.

„Das ist nicht etwa Mut von ihm", meinte Sam, „sondern nichts als Wut. Er denkt, Ihr seid schuld daran, daß er in die Hände der Indianer gefallen ist. Er hat Euch seit dem Tag, da wir gefangengenommen wurden, nicht wieder erblickt. Jetzt sieht er uns frei. Die Roten sind freundlich zu uns, während er sterben soll. Das ist für ihn ein Grund genug anzunehmen, wir hätten ein falsches Spiel getrieben. Aber laßt nur die Qualen beginnen, so wird er anders pfeifen! Paßt auf, ich habe es vorausgesagt, wenn ich mich nicht irre!"

Die Apatschen ließen uns nicht lange auf den Beginn des traurigen Schauspiels warten. Ich hegte ursprünglich die Absicht, mich zu entfernen; aber ich hatte so etwas noch nicht gesehen und beschloß also zu bleiben, bis es mir unerträglich würde.

Die Zuschauer setzten sich nieder. Mehrere junge Krieger traten vor und stellten sich ungefähr fünfzehn Schritt vor Rattler auf. Sie warfen ihre Messer auf ihn, hüteten sich aber, ihn zu treffen. Die Klingen fuhren alle in den Sarg, auf den er gebunden war. Das erste Messer steckte links und das zweite rechts von seinem Fuß, jedoch so nahe daran, daß fast kein Zwischenraum mehr blieb. Die beiden nächsten Messer wurden weiter aufwärts gezielt, und so ging es fort, bis beide Beine Rattlers von vier Messerreihen eng eingesäumt waren.

Bis jetzt hatte er sich leidlich gehalten. Nun aber schwirrten die blanken Wurfgeschosse höher und immer höher, denn es galt, sämtliche Umrisse seines Körpers einzurahmen. Da bekam er Angst. Sobald ein Messer auf ihn zugeflogen kam, stieß er einen Angstschrei aus. Und diese Schreie wurden um so lauter und schriller, je höher die Indianer ihr Ziel nahmen.

Als dann der Oberkörper auch zwischen lauter Dolchen steckte, kam der Kopf daran. Das erste Messer fuhr rechts neben seinem Hals in den Sarg, das zweite links. So ging es hüben und drüben am Gesicht zum Scheitel empor, bis keine Klinge mehr Platz finden konnte. Nunmehr wurden die Messer alle wieder herausgezogen. Es war nur ein Vorspiel gewesen, ausgeführt von jungen Leuten, die zeigen sollten, daß sie gelernt hatten, ruhig zu zielen und sicher zu treffen. Sie suchten ihre Plätze wieder auf und setzten sich.

Hierauf bestimmte Intschu tschuna erwachsene Krieger, die auf dreißig Schritt Entfernung werfen sollten. Als der erste bereit war, trat der Häuptling zu Rattler heran und zeigte auf dessen rechten Oberarm.

„Hierher!"

Das Messer kam geflogen, traf genau den bezeichneten Punkt und fuhr durch den Muskel in den Sargdeckel. Das war Ernst. Rattler fühlte den Schmerz und stieß ein Geheul aus, als ginge es ihm bereits ans Leben. Das zweite Messer bohrte sich durch den gleichen Muskel des andern Arms, und das Geheul verdoppelte sich. Der dritte und vierte Wurf waren auf die Oberschenkel gerichtet und erreichten auch dort genau die Stellen, die der Häuptling jeweils vorher bezeichnete. Man sah kein Blut fließen, da Rattler nicht entkleidet war und die Indianer jetzt nur solche Stellen treffen durften, wo die Verwundung keine Gefahr, also keine Verkürzung des Schauspiels mit sich brachte.

Vielleicht hatte der Verurteilte geglaubt, daß man es nicht so ernst meinte mit seinem Tod. Jetzt mußte er einsehen, daß die Ansicht falsch gewesen war. Er bekam noch Messer in die Unterarme und in die Unterschenkel. Hatte er vorher nur einzelne Schreie ausgestoßen, so heulte er jetzt in einem fort.

Die Zuschauer murrten, zischten und gaben in vielfältiger Weise ihre Mißachtung zu erkennen. Ein Indianer am Marterpfahl benimmt sich ganz anders. Sobald das Schauspiel, das mit seinem Tod enden soll, beginnt, stimmt er seinen Sterbegesang an, worin er seine Taten preist und seine Peiniger verhöhnt. Je größere Schmerzen man ihm zufügt, desto ärger sind die Beleidigungen, die er ihnen zuwirft. Nie aber wird er eine Klage ausstoßen, einen Schmerzensschrei hören lassen. Ist er dann tot, so verkünden seine Feinde seinen Ruhm und begraben ihn mit allen indianischen Ehren. Es ist ja dann auch für sie eine Ehre gewesen, zu einem so ruhmvollen Tod beigetragen zu haben.

Anders ist es bei einem Feigling, der bei der geringsten Verwundung schreit und brüllt und wohl gar um Gnade bittet. Ihn zu martern ist keine Ehre, sondern beinah eine Schande. Darum findet sich schließlich kein wackerer Krieger mehr, der sich ferner mit ihm befassen will, und er wird erschlagen oder sonstwie auf eine ehrlose Weise vom Leben zum Tod gebracht.

Solch ein Feigling war Rattler. Seine Verwundungen waren bisher durchwegs leicht und noch nicht gefährlich. Sie mochten ihm zwar Schmerzen bereiten, aber von Qualen war noch keine Rede. Dennoch heulte und zeterte er, als fühle er Höllenpein, und brüllte dabei immerfort meinen Namen. Ich sollte zu ihm kommen. Da ließ Intschu tschuna eine Pause eintreten und bat mich:

„Mein junger weißer Bruder mag hingehen und ihn fragen, weshalb er so schreit. Die Messer können ihm doch bis jetzt noch nicht so weh getan haben, daß er deswegen in laute Klagen ausbrechen muß."

„Ja, kommt her, Sir, kommt her!" rief Rattler. „Ich muß mit Euch reden!"

Ich ging hin und fragte:

„Was wollt Ihr von mir?"

„Zieht mir die Messer aus den Armen und Beinen!"

„Das darf ich nicht."

„Aber ich muß doch daran sterben! Wer kann denn so viele Verwundungen aushalten?"

„Sonderbar! Habt Ihr denn wirklich geglaubt, daß Ihr leben bleiben sollt?"

„Ihr lebt doch auch!"

„Ich habe niemander. ermordet."

„Ich kann nicht dafür, daß ich es tat. Ihr wißt, daß ich betrunken war."

„Die Tat bleibt dennoch bestehen. Ich habe Euch stets vor dem Branntwein gewarnt. Ihr hörtet nicht auf mich und müßt nun die Folgen tragen."

„Zum Teufel mit den Folgen! So sprecht doch für mich!"

„Das habe ich getan. Bittet um Verzeihung, so werdet Ihr schnell sterben und nicht gequält werden."

„Schnell sterben? Ich will aber nicht sterben! Ich will leben, leben!"

„Das ist unmöglich."

„Unmöglich? Also gibt es keine Rettung?"

„Nein."

„Keine Rettung — keine, keine!"

Er brüllte das aus vollem Herzen laut hinaus und begann dann ein solches Wehklagen und Jammern, daß ich es nicht länger bei ihm aushalten konnte und mich entfernte.

„Bleibt doch, Sir, bleibt bei mir!" schrie er mir nach. „Sonst fangen sie wieder mit mir an!"

Da fuhr ihn der Häuptling an.

„Heul nicht länger, Hund! Du bist ein stinkender Kojote, den kein Krieger mit seiner Waffe mehr berühren mag."

Und sich an seine Leute wendend, fuhr er fort:

„Welcher von den tapfern Söhnen der Apatschen will sich noch mit diesem Feigling befassen?"

Keiner antwortete.

„Also niemand?"

Wieder das Schweigen wie vorher.

„Uff! Dieser Mörder ist nicht wert, von Kriegern getötet zu werden. Er soll auch nicht mit Klekih-petra begraben werden. Wie könnte eine solche Kröte neben einem Schwan in den Ewigen Jagdgründen erscheinen. Schneidet ihn los!"

Er gab zwei halbwüchsigen Knaben einen Wink. Sie sprangen auf, liefen hin, zogen ihm die Messer aus den Gliedern und schnitten ihn vom Sarg los.

„Bindet ihm die Hände auf dem Rücken!" befahl der Häuptling weiter.

Die Knaben, die nicht älter als zehn Jahre waren, gehorchten, und Rattler wagte nicht die geringste Bewegung des Widerstandes dabei.

Welch eine Schande! Ich schämte mich fast, ein Weißer zu sein.

„Führt ihn an den Fluß und stoßt ihn ins Wasser!" lautete die nächste Weisung. „Wenn er das jenseitige Ufer allen Widerständen zum Trotz erreicht, soll er frei sein."

Rattler ließ einen Jubelruf hören und ließ sich von den Knaben zum Rio Pecos schaffen. Dort am Ufer blieb er plötzlich stehen. Da faßten ihn die beiden und stießen ihn hinein. Er ging zunächst unter, kam aber bald wieder an die Oberfläche und bemühte sich, auf dem Rücken schwimmend, vorwärts zu kommen. Das war nicht schwer, obwohl ihm die Hände zusammengebunden waren. Er hatte ja die Beine frei und konnte sich mit ihrer Hilfe über Wasser halten.

Sollte er unbehelligt das jenseitige Ufer erreichen? Das wünschte ich selber nicht. Er hatte den Tod verdient. Ließ man ihn leben und entkommen, so machte man sich geradezu mitschuldig an den Verbrechen, die er in Zukunft begehen würde. Ganz abgesehen davon, daß dann die Rachsucht dieses Menschen für uns alle fortan eine Gefahr bedeuten mußte.

Die beiden Knaben standen noch hart am Wasser und blickten ihm nach. Da gab ihnen Intschu tschuna den Befehl:

„Nehmt Gewehre und schießt ihm in den Kopf!"

Sie liefen zu der Stelle, wo einige der Krieger ihre Büchsen hingelegt hatten, und nahmen sich jeder eine davon. Diese kleinen Kerle wußten gar wohl, wie man eine solche Waffe handhaben muß. Sie knieten am Ufer nieder und zielten auf Rattlers Kopf.

„Nicht schießen, um Gottes willen, nicht schießen!" schrie er voll Entsetzen.

Die Knaben sprachen einige Worte halblaut miteinander. Sie behandelten den Vorfall als Sportsmen und ließen den Verbrecher weiter und immer weiter schwimmen, was der Häuptling auch stillschweigend duldete. Ich ersah daraus, daß er genau wußte, ob sie schießen konnten oder nicht. Plötzlich aber stießen sie mit ihren hellen Knabenstimmen einen auffordernden Schrei aus und feuerten ihre Gewehre ab. Rattler wurde getroffen und verschwand augenblicklich unter Wasser.

Kein Jubelruf erscholl, wie sonst Gewohnheit der Roten beim Tod eines Feindes ist. Ein solcher Feigling war es nicht wert, daß man seinetwegen nur einen Laut hören ließ. Die Verachtung der Indianer war so groß, daß sie sich nicht einmal um Rattlers Leiche kümmerten. Sie ließen ihn flußabwärts treiben, ohne ihm einen Blick nachzusenden.

Intschu tschuna kam zu mir und fragte:

„Ist mein junger weißer Bruder jetzt mit mir zufrieden?"

„Ja. Ich danke dir!"

„Du hast keinen Grund zum Dank. Auch wenn Intschu tschuna deinen Wunsch nicht gekannt hätte, würde er genau so gehandelt haben. Dieser Hund war nicht wert, den Martertod zu erleiden. Heute hast du den Unterschied zwischen tapferen roten Kriegern und weißen Feiglingen gesehen. Die Bleichgesichter sind zu allen bösen Taten fähig, aber wenn es gilt, Mut zu zeigen, dann heulen sie vor Angst wie Hunde, die Schläge bekommen sollen."

„Der Häuptling der Apatschen darf nicht vergessen, daß es überall tapfere und feige, gute und böse Menschen gibt!"

„Du hast recht, und Intschu tschuna wollte dich nicht beleidigen. Aber dann darf auch kein Volk denken, es sei besser als ein anderes, weil das andere nicht die gleiche Farbe hat."

Um ihn von diesem heiklen Gegenstand abzulenken, erkundigte ich mich:

„Was werden die Krieger der Apatschen jetzt beginnen? Klekih-petra begraben?"

„Ja."

„Darf ich mit meinen Gefährten dabei sein?"

„Ja. Wenn du nicht gefragt hättest, hätten wir dich darum gebeten. Du hast damals mit Klekih-petra gesprochen, als wir fortgingen, um die Pferde zu holen. Was für ein Gespräch war das?"

„Es war ein sehr ernstes, für ihn und auch für mich. Als ihr fort wart, setzten wir uns zueinander. Wir bemerkten bald, daß seine Heimat auch die meinige war, und unterhielten uns in unserer Muttersprache. Er hatte viel erlebt und viel erduldet und erzählte es mir. Er sagte mir, wie lieb er euch habe und daß es sein Wunsch sei, für Winnetou sterben zu dürfen. Der Große Geist hat ihm diesen Wunsch wenige Minuten später erfüllt."

„Warum wollte er für mich sterben?" fragte Winnetou, der inzwischen hinzugetreten war.

„Weil er dich liebte, und auch noch aus einem andern Grund, den ich dir später wohl mitteilen werde. Sein Tod sollte eine Sühne sein."

„Als er sterbend an meinem Herzen lag, redete er zu mir in einer Sprache, die ich nicht verstand."

„Das war unsere Muttersprache."

„Sprach er da auch von mir?"

„Ja. Er bat mich, dir treu zu bleiben."

„Mir — treu — zu — bleiben? Du kanntest mich doch noch gar nicht!"

„Ich kannte dich, denn ich hatte dich gesehen, und er hatte von dir erzählt."

„Was antwortetest du ihm?"

„Ich versprach, ihm diesen Wunsch zu erfüllen."

„Es war seine letzte Bitte im Leben. Du bist sein Erbe geworden. Du hast ihm gelobt, mir treu zu sein, hast mich behütet, bewacht und geschont, während ich dich als meinen Feind verfolgte. Der Stich meines Messers wäre für jeden anderen tödlich gewesen, doch dein starker Körper hat ihn überwunden. Ich stehe in tiefer Schuld bei dir. Sei mein Freund!"

„Ich bin es längst."

„Mein Bruder!"

„Von Herzen gern."

„So wollen wir den Bund am Grab dessen schließen, der meine Seele der deinigen übergeben hat! Ein edles Bleichgesicht ist von uns gegangen und hat uns, noch im Scheiden, ein anderes, ebenso edles zugeführt. Mein Blut soll dein Blut und dein Blut soll mein

Blut sein! Ich werde das deinige und du wirst das meinige trinken. Mein Vater Intschu tschuna, der große Häuptling der Apatschen, wird es mir erlauben!"

Der Häuptling reichte uns seine Hände.

„Intschu tschuna erlaubt es", sagte er herzlich. „Ihr werdet nicht nur Brüder, sondern ein einziger Mann und Krieger mit zwei Körpern sein. Howgh!"

16. Blutsbrüder

Wir begaben uns an die Stelle, wo das Grab errichtet werden sollte. Ich erkundigte mich nach der Bauart und der Höhe und bat mir dann einige Tomahawks aus. Hierauf ging ich mit dem Kleeblatt Sam, Dick und Will flußaufwärts in den Wald, wo wir uns passendes Holz aussuchten und mit Hilfe der Tomahawks ein Kreuz zimmerten. Als wir damit zum Lagerplatz zurückkehrten, hatten die Trauerfeierlichkeiten schon begonnen. Die Roten hatten sich um den Bau, der rasch fortgeschritten und beinah fertig war, niedergelassen und sangen ihre eintönigen, eigenartigen und tief ergreifenden Totenlieder. Die dumpfen Weisen wurden von Zeit zu Zeit von einem schrillen, spitzen Klageschrei übertönt, der wie ein greller Blitz aus schweren dichten Wolkenmassen hervorschoß.

Ein Dutzend Indianer war unter Anleitung des Häuptlings und seines Sohnes an dem Bau beschäftigt, und zwischen ihnen und der klagenden Schar tanzte in wunderlichen, langsamen Sprüngen eine sonderbar verhüllte und mit allerlei merkwürdigen Dingen behängte Gestalt umher.

„Wer ist das?" fragte ich. „Der Medizinmann?"

„Ja", nickte Sam.

„Indianische Gebräuche beim Begräbnis eines Christen! Was sagt Ihr dazu, lieber Sam?" fuhr ich fort.

„Laßt es Euch ruhig gefallen, Sir! Sagt ja kein Wort dagegen! Ihr würdet die Apatschen sonst fürchterlich beleidigen."

„Aber dieser Mummenschanz widerstrebt mir."

„Er ist gut gemeint. Diese lieben Leute glauben an einen Großen Geist, zu dem der verstorbene Freund und Lehrer gegangen ist. Sie begehen die Abschieds- und Totenfeier in ihrer Weise, und alles, was der Medizinmann dabei vornimmt, ist von sinnbildlicher Bedeutung. Laßt sie also ruhig gewähren! Sie werden uns auch nicht hindern, das Grabmal mit unserm Kreuz zu schmücken."

Als wir das Kreuz neben dem Sarg niederlegten, fragte Winnetou: „Soll dieses Zeichen des Christentums mit an die Steine kommen?"

„Ja."

„Das ist recht. Winnetou hätte seinen Bruder Old Shatterhand ohnehin gebeten, ein Kreuz zu machen, denn Klekih-petra hatte in seiner Wohnung eins und betete davor. Darum soll dieses Zeichen

205

seines Glaubens auch an seinem Grabe wachen. Welchen Platz soll es erhalten?"

„Es soll oben aus dem Grabmal ragen."

„So wie bei den großen, hohen Häusern, worin die Christen zum Großen Geist beten? Ich werde es so anbringen lassen, wie du es wünschst. Setzt Euch nieder und seht zu, ob wir es richtig machen!"

Nach einiger Zeit war der Bau vollendet. Er wurde von unserem Kreuz gekrönt und hatte vorn eine Öffnung für den Sarg, der jetzt noch im Freien stand.

Da kam Nscho-tschi. Sie war im Pueblo gewesen, um zwei aus Ton gebrannte Schalen zu holen. Damit ging sie nun zum Fluß, um sie mit Wasser zu füllen. Dann trat sie zu uns und stellte sie auf den Sarg. Wozu, das sollte ich bald erfahren.

Jetzt war alles für das Begräbnis vorbereitet. Intschu tschuna gab ein Zeichen, worauf die Klagegesänge verstummten. Der Medizimann hockte sich auf die Erde nieder. Der Häuptling trat an den Sarg und begann langsam und feierlich zu sprechen. Sam übersetzte mir leise die Rede.

„Die Sonne geht des Morgens im Osten auf und sinkt des Abends im Westen nieder, und das Jahr erwacht zur Frühlingszeit und geht im Winter wieder schlafen. So ist es auch mit dem Menschen. Ist es so?"

„Howgh!" erschallte es dumpf rundumher.

„Der Mensch geht auf wie die Sonne und sinkt wieder ins Grab. Er kommt wie ein Frühling auf die Erde und legt sich wie der Winter zur Ruhe. Aber wenn die Sonne untergegangen ist, so erscheint sie am nächsten Morgen wieder, und wenn der Winter verstrichen ist, so ist der Frühling wieder da. Ist es so?"

„Howgh!"

„So hat es uns Klekih-petra gelehrt. Der Mensch wird ins Grab gelegt, aber jenseits des Todes steht er auf wie ein neuer Tag und wie ein neuer Frühling, um im Land des Großen Geistes weiterzuleben. Das hat uns Klekih-petra gesagt, und jetzt weiß er, ob er die Wahrheit gesprochen hat, denn er ist verschwunden wie der Tag und das Jahr, und seine Seele ging ein zur Wohnung der Verstorbenen, nach der er sich immer sehnte. Ist es so?"

„Howgh!"

„Sein Glaube war nicht der unsrige, und der unsrige war nicht der seine. Wir lieben unsere Freunde und hassen unsere Feinde. Klekih-petra aber lehrte, daß man auch seine Feinde lieben soll, denn sie seien auch unsere Brüder. Das wollten wir nicht glauben. Aber sooft wir ihm und seinen Worten gehorchten, hat es uns zum Nutzen und zur Freude gereicht. Vielleicht ist sein Glaube doch auch der unsrige, nur daß wir ihn nicht so begreifen konnten, wie er wünschte, daß wir ihn verstehen sollten. Wir sagen, unsere Seelen gehen in die Ewigen Jagdgründe, und er behauptete, die seinige gehe ein zur ewigen Seligkeit. Oft aber denke ich, unsere Jagdgründe sind diese Wohnung der Verstorbenen. Ist es so?"

„Howgh!"

„Das war seine Lehre. Nun spreche ich von seinem Ende. Es ist über ihn gekommen wie das Raubtier über seine Beute. Plötzlich und unerwartet war es da. Er war gesund und rüstig und stand an unserer Seite. Er sollte zu Pferd steigen und mit uns heimkehren. Da traf ihn die Kugel eines Mörders. Meine Brüder und Schwestern mögen es beklagen!"

Es begann ein dumpfes Wehgeschrei, das immer stärker und gellender wurde, bis es in einem durchdringenden Heulen endete. Dann fuhr der Häuptling fort:

„Wir haben seinen Tod gerächt. Aber die Seele des Mörders ist dem Ermordeten entgangen. Sie kann ihn nicht jenseits des Grabes bedienen, denn sie war feig und wollte ihm nicht in den Tod folgen. Der räudige Hund, dem sie gehörte, ist von Knaben erschossen worden, und seine Leiche schwimmt den Fluß hinab. Ist es so?"

„Howgh!"

„Klekih-petra ist von uns gegangen. Doch sein Körper ist uns geblieben, damit wir ihm ein Denkmal setzen, das uns und unsere Nachkommen erinnern soll an den guten weißen Vater, der unser Lehrer war und den wir liebgehabt haben. Er war nicht in diesem Land geboren, sondern er kam aus einem fernen Land, das jenseits des großen Wassers liegt. Er hat oft zu uns von seiner Heimat im Osten gesprochen und uns gesagt, daß dort die Eichen wachsen. Darum haben wir ihm zuliebe und ihm zu Ehren Eicheln geholt, um sie um sein Grab zu säen. So, wie sie keimen und aus der Erde sprossen, wird seine Seele dem Grab entsteigen. Und so wie diese Eichen gedeihen, werden sich die Worte, die wir von ihm gehört haben, in unseren Herzen ausbreiten, daß unsere Seelen darunter Schatten finden. Er hat stets an uns gedacht und für uns gesorgt. Er ist auch nicht von uns gegangen, ohne uns ein Bleichgesicht zu senden, das an seiner Stelle unser Freund und Bruder sein soll. Hier seht ihr Old Shatterhand, den weißen Mann, der aus dem Land stammt, woher Klekih-petra zu uns kam. Er weiß alles, was jener wußte, und ist ein Krieger, was der Dahingegangene nicht war. Er hat den Grizzlybären mit dem Messer erstochen und schlägt jeden Feind mit seiner Faust zu Boden. Intschu tschuna und Winnetou waren wiederholt in seine Hand gegeben. Aber er hat uns nicht getötet, sondern uns das Leben gelassen, weil er uns liebt und ein Freund der roten Männer ist. Ist es so?" — „Howgh!"

„Es war Klekih-petras letztes Wort und letzter Wille, Old Shatterhand möge sein Nachfolger bei den Kriegern der Apatschen sein, und Old Shatterhand hat versprochen, ihm diesen Wunsch zu erfüllen. Darum soll Old Shatterhand in den Stamm der Apatschen aufgenommen werden und als Häuptling gelten. Es soll so sein, als ob er bei uns geboren wäre. Um das zu bekräftigen, müßte er eigentlich mit jedem Krieger der Apatschen das Kalumet rauchen. Aber wir können von diesem Brauch abweichen, denn er wird das Blut Winnetous trinken und Winnetou das seinige. Dann ist Old Shatterhand Blut von unserem Blut und Fleisch von unserem Fleisch. Sind die Krieger der Apatschen damit einverstanden?"

„Howgh, howgh, howgh!" lautete dreimal die freudige Antwort aller Anwesenden.

„So mögen Old Shatterhand und Winnetou an den Sarg treten und ihr Blut ins Wasser der Brüderschaft tropfen lassen!"

Also eine Blutsbrüderschaft, eine richtige, wirkliche Blutsbrüderschaft, von der ich so oft gelesen hatte! Sie kommt bei vielen wilden oder halbwilden Völkerschaften vor und wird dadurch geschlossen, daß die beiden Beteiligten entweder Blut von sich mischen und dann trinken, oder daß das Blut des einen vom andern und umgekehrt getrunken wird. Die Folge davon ist nach altem Glauben, daß die beiden dann fester, inniger und uneigennütziger zusammenhalten, als wenn sie von Geburt Brüder wären.

Hier war es so, daß ich Winnetous Blut und er das meinige trinken sollte. Wir stellten uns zu beiden Seiten des Sarges auf, und Intschu tschuna entblößte den Unterarm seines Sohnes, um ihn mit dem Messer zu ritzen. Aus dem kleinen, unbedeutenden Schnitt quollen einige Blutstropfen, die der Häuptling in die eine Wasserschale fallen ließ. Dann nahm er mit mir das gleiche vor, wobei einige Tropfen in die andere Schale fielen. Winnetou bekam die Schale mit meinem Blut und ich die mit dem seinigen in die Hand, worauf Intschu tschuna feierlich in englischer Sprache begann:

„Die Seele lebt im Blut. Die Seelen dieser beiden jungen Krieger mögen ineinander übergehen, auf daß sie eine einzige Seele bilden. Was Old Shatterhand denkt, sei fortan auch Winnetous Gedanke, und was Winnetou will, das sei auch der Wille Old Shatterhands. Trinkt!"

Ich leerte meine Schale und Winnetou die seinige. Es war jenes Wasser, das Nscho-tschi aus den Fluß geholt hatte, mit einigen Blutstropfen vermengt, die man nicht schmeckte. Darauf reichte mir der Häuptling die Hand.

„Du bist nun, ebenso wie Winnetou, der Sohn meines Leibes und ein Krieger unseres Volkes. Der Ruf deiner Taten wird schnell bekannt werden, und kein anderer Krieger wird dich übertreffen. Du trittst als Häuptling der Apatschen ein, und alle Stämme unseres Volkes werden dich als solchen ehren!"

Das war ein schneller Aufstieg! Vor kurzem noch Hauslehrer in St. Louis, dann Surveyor an der Westbahn und jetzt als Häuptling unter ‚Wilde' aufgenommen! Aber ich gestehe, daß mir diese Wilden weit besser gefielen als die meisten Weißen, mit denen ich es in der letzten Zeit zu tun gehabt hatte.

Selbstverständlich war ich als ‚aufgeklärter Europäer' weit davon entfernt, dem wechselseitigen Genuß der wenigen Blutstropfen irgendwelche geheimnisvolle Wunderwirkung beizumessen. Ich wußte zwischen der Sache und ihrem äußeren Sinnbild zu unterscheiden und setzte das gleiche klare Urteil auch bei Intschu tschuna und seinen Kindern voraus. Sie waren wohl nicht umsonst bei dem ‚weißen Schulmeister der Apatschen' in die Lehre gegangen.

Gleichwohl trafen später die Worte Intschu tschunas stets zu, daß Winnetou und ich wie eine Seele mit zwei Körpern sein würden. Wir verstanden uns, ohne uns unsere Gefühle, Gedanken und Entschlüsse mitteilen zu müssen. Wir brauchten uns nur anzusehen, um genau zu wissen, was wir wechselseitig wollten. Ja, das war nicht einmal notwendig, sondern wir handelten selbst dann, wenn wir fern voneinander waren, in einem erstaunlichen Einklang, und es hat niemals irgendeine Verstimmung zwischen uns gegeben. Das war eine natürliche Folge unserer innigen gegenseitigen Zuneigung und des liebevollen Eingehens des einen auf die Ansichten und Gepflogenheiten des andern.

Als Intschu tschuna seine Rede schloß, hatten sich alle Apatschen erhoben, um ein lautes bekräftigendes „Howgh" auszurufen. Dann fügte der Häuptling hinzu:

„Jetzt ist der neue, der lebende Klekih-petra bei uns aufgenommen und wir können den toten seinem Grab übergeben. Meine Brüder mögen das nun tun!"

Er meinte die Apatschen, die mit an dem Grabmal gebaut hatten. Ich bat um Aufschub und winkte Hawkens, Stone und Parker herbei. Als sie bei mir standen, sprach ich über dem Sarg einige kurze Worte und schloß ein Gebet daran. Dann wurden die Überreste des einstigen Revolutionärs und späteren Büßers ins Innere des Steinhauses geschoben, worauf sich die Roten daran machten, die Öffnung zu verschließen.

Das war meine erste Leichenfeier unter Indianern. Sie hatte mich tief ergriffen. Ich will nicht die Anschauungen bekritteln, die Intschu tschuna dabei vorgebracht hatte. Es war da viel Wahrheit mit viel Unklarheit vermengt gewesen. Aber aus allem hatte ein Schrei nach Erlösung geklungen, nach einer Erlösung, die er, wie einst das Volk Israel, sich äußerlich dachte, während sie doch nur innerlich, geistig sein konnte.

Während das Grab geschlossen wurde, erklangen wieder die Totenklagen der Indianer. Erst dann, als der letzte Stein eingefügt war, konnte die Feier als beendet gelten, und jeder ging nun seinen Beschäftigungen nach. Das war vor allen Dingen das Essen. Ich erhielt dazu eine Einladung von Intschu tschuna.

Er bewohnte das größte Gemach des schon erwähnten Stockwerks im Pueblo. Es war sehr einfach ausgestattet, aber an den Wänden hing eine reiche indianische Waffensammlung, die meine lebhafte Beachtung fand. Schöner Tag bediente uns, nämlich ihren Vater, Winnetou und mich, und ich fand, daß sie Meisterin in der Zubereitung indianischer Gerichte war. Gesprochen wurde wenig, fast gar nichts. Der Rote schweigt überhaupt gern, und heute war schon so viel geredet worden, daß man alles, was noch zu verhandeln war, für später aufhob. Nach dem Essen war die Dämmerung schnell da.

„Will mein weißer Bruder ruhen oder mit mir gehen?" fragte mich Winnetou.

„Ich gehe mit", erklärte ich, ohne mich zu erkundigen, wohin er wollte.

Wir stiegen vom Pueblo hinab und schritten dem Fluß zu. Das hatte ich erwartet. Eine so tief gegründete Natur wie Winnetou wurde unbedingt noch einmal zum Grab des Lehrers getrieben. Dort setzten wir uns nebeneinander nieder. Winnetou ergriff meine Hand und behielt sie in der seinigen, ohne ein Wort zu sagen, und ich hatte keine Veranlassung, die Stille zu unterbrechen.

Hier muß ich einschalten, daß nicht etwa alle Apatschen, die ich bisher gesehen hatte, mit ihren Angehörigen im Pueblo wohnten. Dazu wäre es, so groß es war, denn doch viel zu klein gewesen. Es wurde nur von Intschu tschuna und seinen hervorragendsten Kriegern mit ihren Familien bewohnt und bildete den Mittelpunkt für die nicht seßhaften Zugehörigen des Stammes der Mescalero-Apatschen, die teils ihre Pferdeherden bald hier, bald dort weideten, teils jagend umherstreiften. Von hier aus beherrschte der Häuptling den Stamm, und von hier aus unternahm er auch die weiten Ritte zu den anderen Stämmen, die ihn als obersten Häuptling anerkannten. Das waren die Llaneros, Jicarillas, Taracones, Chiricahuas, Pinalenjos, Gilenjos, Mimbrenjos, Lipans, Kupferminen-Apatschen und andere. Ja selbst die Navajos pflegten sich, wenn nicht seinen Befehlen, so doch seinen Anordnungen zu fügen.

Die Mescaleros, die nicht ins Pueblo gehörten, hatten sich nach dem Begräbnis entfernt, und es waren nur so viele von ihnen zurückgeblieben, wie nötig waren, um die von den Kiowas übernommenen Pferde, die in der Nähe weideten, zu beaufsichtigen. Darum saß ich jetzt mit Winnetou allein und unbeobachtet am Grabe Klekih-petras. Von diesem Grab will ich noch erwähnen, daß am nächsten Tag wirklich Eicheln ringsum in die Erde gebracht wurden, die später aufgingen. Die Bäume stehen noch jetzt.

Endlich brach Winnetou das Schweigen mit einer Frage.

„Wird mein Bruder Old Shatterhand vergessen, daß wir seine Feinde gewesen sind?"

„Es ist schon vergessen", versicherte ich.

„Aber eins wirst du nicht vergeben können."

„Was?"

„Die Beleidigung, die mein Vater dir zugefügt hat."

„Wann?"

„Als wir dich zum erstenmal trafen."

„Ah, daß er mir ins Gesicht spuckte?"

„Ja."

„Warum sollte ich das nicht vergeben können?"

„Weil Speichel nur mit dem Blut des Täters abgewaschen werden kann."

„Winnetou mag sich nicht sorgen. Auch das ist bereits vergessen."

„Mein Bruder sagt etwas, was ich unmöglich glauben kann."

„Du kannst es glauben. Es ist längst bewiesen, daß ich es vergessen habe."

„Wodurch?"

„Dadurch, daß ich es Intschu tschuna, deinem Vater, nicht verübelt habe. Oder meinst du, Old Shatterhand ließe sich anspucken, ohne darauf, wenn er es als Beleidigung betrachtet, sofort mit der Faust zu antworten?"

„Ja, wir wunderten uns später, daß du das nicht getan hast."

„Der Vater Winnetous konnte mich nicht beleidigen. Ich wischte den Speichel ab; dann war es vergeben und vergessen. Sprechen wir nicht mehr davon!"

„Und doch muß ich davon sprechen; das bin ich dir, meinem Bruder, schuldig."

„Weshalb?"

„Du mußt die Sitten unseres Volkes erst noch kennenlernen. Kein Krieger gesteht gern einen Fehler ein, und ein Häuptling darf es noch viel weniger tun. Intschu tschuna weiß, daß er unrecht gehabt hat, aber er darf dich nicht um Verzeihung bitten. Darum hat er mich beauftragt, mit dir zu sprechen. Winnetou bittet dich an Stelle seines Vaters."

„Das ist nicht nötig. Wir sind quitt, denn auch ich habe euch beleidigt."

„Nein."

„Doch! Ist nicht ein Faustschlag eine Beleidigung? Und ich habe euch mit der Faust geschlagen."

„Das war im Kampf, wo es nicht als Beleidigung gilt. Mein Bruder ist edel und großmütig. Wir werden es ihm nicht vergessen."

„Reden wir von anderen Dingen! — Ich bin heute Apatsche geworden. Wie steht es mit meinen drei Gefährten?"

„Die können nicht in den Stamm aufgenommen werden, aber sie sind unsere Brüder."

„Ohne weitere Förmlichkeit?"

„Wir werden morgen mit ihnen die Pfeife des Friedens rauchen. In der Heimat meines weißen Bruders gibt es wohl kein Kalumet?"

„Nein. Christen sind alle Brüder, ohne daß es der Ausübung irgendeines Gebrauches bedarf."

„Alle Brüder? Gibt es keinen Krieg zwischen ihnen?"

„Allerdings auch."

„So sind die Menschen dieses Landes keineswegs besser als wir. Warum hat mein Bruder sein Vaterland verlassen?"

Es ist bei den Roten nicht Sitte, solche Fragen auszusprechen. Winnetou konnte es aber tun, weil er jetzt mein Bruder war, der mich kennenlernen mußte. Doch wurde seine Frage nicht nur aus teilnehmender Neugier ausgesprochen. Er hatte noch einen anderen Grund dazu.

„Um hier hüben das Glück zu suchen", erklärte ich.

„Das Glück! — Was ist das Glück?"

„Reichtum, wobei ich aber —"

Er ließ, als ich das Wort aussprach, meine Hand los, die er bis jetzt festgehalten hatte, und in seinen Augen blitzte es auf. Ich wußte, er hatte jetzt das Gefühl, sich doch in mir getäuscht zu haben.

„Reichtum!" unterbrach er mich. „Da irrst du dich. Das Gold hat die roten Männer nur unglücklich gemacht. Das Goldes wegen drängen uns noch heute die Weißen von Land zu Land, von Ort zu Ort, so daß wir langsam aber sicher untergehen werden. Das Gold ist die Ursache unseres Todes. Mein Bruder mag ja nicht danach trachten."

„Das tu ich auch nicht."

„Nicht? Und doch sagtest du, daß du das Glück im Reichtum suchst."

„Ja, das ist wahr. Aber ich meine nicht den Reichtum, an den du denkst. Es gibt einen Reichtum verschiedner Art, Reichtum an Gold,

211

an Weisheit und Erfahrung, an Gesundheit, an Ehre und Ruhm, an Gnade bei Gott und den Menschen."

„Uff, uff! So meinst du es! Nach welcher Art Reichtum trachtest du?"

„Nach dem letztgenannten."

„Gnade bei Gott! So bist du wohl ein sehr frommer, ein sehr gläubiger Christ?"

„Ob ich ein guter Christ bin, das weiß ich nicht, das weiß nur Gott, aber ich möchte gern einer sein."

„So hältst du uns für Heiden?"

„Nein. Ihr glaubt an den Großen Geist und betet keine Götzen an."

„So erfülle mir eine Bitte!"

„Gern! — Welche?"

„Sprich nie vom Glauben zu mir! Trachte nie danach, mich zu bekehren! Ich habe dich sehr lieb und möchte nicht, daß unser Bund zerrissen wird. Es ist so, wie Klekih-petra sagte. Der Glaube der Weißen mag richtig sein, wir roten Männer können ihn noch nicht begreifen. Wenn uns die Christen nicht verdrängten und ausrotteten, würden wir sie für gute Menschen und auch ihre Lehre für gut halten. Dann fänden wir wohl auch Zeit, das zu lernen, was man wissen muß, um euer heiliges Buch und eure Priester zu verstehen. Aber wer langsam und sicher totgedrückt wird, kann nicht glauben, daß die Lehre dessen, der ihn tötet, eine Lehre der Liebe ist."

„Du mußt unterscheiden zwischen der Lehre und ihrem Anhänger, der sich nur äußerlich zu ihr bekennt, aber nicht nach ihr handelt!"

„So sagen die Bleichgesichter alle. Sie nennen sich gern Christen, handeln aber nicht danach. Wir aber haben unseren großen Manitou, der will, daß alle Menschen gut sein sollen. Ich bemühe mich, ein guter Christ zu sein, und bin vielleicht ein Christ, ein besserer Christ als viele, die sich zwar so nennen, aber keine Liebe besitzen und nur nach ihrem Vorteil trachten. Also sprich nie zu mir vom Glauben und versuche nie, aus mir einen Mann zu machen, der ein Christ genannt wird, ohne es vielleicht zu sein! Das ist die Bitte, die du mir erfüllen mußt!"

Ich habe sie ihm erfüllt und nie ein Wort über meinen Glauben zu ihm gesagt. Aber muß man denn reden? Ist nicht die Tat eine viel gewaltigere, eine viel überzeugendere Predigt als das Wort? ‚An ihren Früchten sollt ihr sie erkennen', sagt die Heilige Schrift, und nicht in Worten, sondern durch mein Leben, durch mein Tun bin ich der Lehrer Winnetous gewesen, bis er einst, nach Jahren, an einem mir unvergeßlichen Abend, mich selbst aufforderte, zu sprechen. Da saßen wir beisammen und in jener weihevollen Stunde ging all der im stillen gesäte Samen auf und brachte herrliche Frucht.

„Wie ist das gekommen, daß sich mein Bruder Old Shatterhand den Länderdieben angeschlossen hat? Wußte er nicht, daß das ein Verbrechen an den roten Männern war?"

„Ich hätte es mir sagen können, habe aber nicht daran gedacht. Ich war froh, Surveyor werden zu dürfen, denn ich wurde sehr gut bezahlt."

„Bezahlt? Ich denke, ihr seid nicht fertig geworden? Bezahlte man euch denn, bevor die Arbeit vollendet war?"

„Nein. Ich erhielt einen Vorschuß und die Ausrüstung. Das, was ich mir verdient habe, wäre mir erst nach beendetem Werk ausbezahlt worden."

„Und nun kommst du um das Geld?"

„Ja."

„Ist es viel?"

„Für meine Verhältnisse sehr viel."

Er schwieg eine Weile; dann sagte er:

„Es tut mir leid, daß mein Bruder durch uns solchen Schaden erlitten hat. Du bist nicht reich?"

„In Hinsicht auf Geld bin ich arm."

„Wie lange hättet ihr noch zu messen gehabt, um zu Ende zu kommen?"

„Nur einige Tage."

„Uff! Hätte ich dich so gekannt, wie ich dich jetzt kenne, so wären wir einige Tage später über die Kiowas hergefallen."

„Damit ich hätte fertig werden können?" fragte ich gerührt von diesem Edelmut.

„Ja."

„Das heißt, du hättest uns den ‚Diebstahl' vollends ausführen lassen?"

„Den Diebstahl nicht, sondern nur die Vermessung. Die Linien, die ihr aufs Papier zeichnet, schaden uns noch nichts, denn damit ist der Raub noch nicht ausgeführt. Er beginnt vielmehr erst dann, wenn die Arbeiter der Bleichgesichter eintreffen, um den Pfad des Feuerrosses zu bauen. Ich würde dir —"

Er hielt mitten in seiner Rede inne, um über einen Gedanken klar zu werden, der ihm plötzlich gekommen war. Dann fuhr er fort:

„Müßtest du, um dein Geld zu erhalten, die Papiere haben, von denen ich soeben sprach?"

„Ja."

„Uff! So wird es dir nie ausbezahlt werden, denn alles, was ihr gezeichnet habt, ist vernichtet worden."

„Und was ist mit unseren Meßgeräten geschehen?"

„Die Krieger, denen sie in die Hände fielen, wollten sie zerschlagen, aber ich gab es nicht zu. Obgleich ich keine Schule der Bleichgesichter besucht habe, weiß ich doch, daß solche Gegenstände einen hohen Wert besitzen, und darum gab ich den Befehl, sie sorgfältig aufzubewahren. Wir haben sie mit hierhergebracht und gut aufgehoben. Ich werde sie meinem Bruder Old Shatterhand wiedergeben."

„Ich danke dir. Dieses Geschenk nehme ich gerne an, obgleich es mir keinen Nutzen bringt. Es ist mir aber lieb, daß ich die Geräte wieder abliefern kann."

„Nutzen also bringen sie dir nicht?"

„Nein. Den würde ich nur dann haben, wenn ich die Vermessung vollends ausführen könnte."

„Aber es fehlen dir doch die Papiere, die vernichtet wurden!"

213

„Nein. Ich war so vorsichtig, die Zeichnungen zweimal anzufertigen."

„Und du hast die zweiten noch?"

„Ja, hier in meiner Tasche. Du warst so gütig, zu befehlen, daß mir nichts genommen werden solle."

„Uff, uff!"

Dieser Ausruf klang halb wie Verwunderung und halb wie Befriedigung. Dann schwieg er. Er bewegte, wie ich später erfuhr, in seinem Herzen einen Gedanken von solchem Edelmut, wie ihn ein anderer wohl kaum gefaßt, am allerwenigsten ausgeführt hätte. Nach einiger Zeit stand er auf.

„Wir wollen heimgehen", sagte er. „Mein weißer Bruder ist durch uns geschädigt worden. Winnetou wird für Ersatz sorgen. Zunächst aber mußt du dich bei uns vollends erholen."

Wir kehrten zum Pueblo zurück, wo wir vier Weißen heut zum erstenmal als freie Männer schliefen. Am nächsten Tag wurde unter großen Feierlichkeiten zwischen Hawkens, Stone, Parker und den Apatschen die Pfeife des Friedens geraucht, wobei die üblichen langen Reden gehalten wurden. Die schönste davon war die Sams, der sie nach seiner Art mit so drolligen Ausdrücken spickte, daß sich die Indianer alle Mühe geben mußten, ihre ernste Würde zu bewahren. Im Verlauf dieses Tages wurde alles, was an den Ereignissen der letzten Zeit unklar geblieben war, ans Tageslicht gezogen. Dabei kam wieder zur Sprache, daß ich Intschu tschuna und Winnetou an jenem Abend losgeschnitten hatte und Hawkens hielt mir darauf folgende Standrede:

„Ihr seid ein ganz und gar hinterlistiger Mensch, Sir! Man ist doch gegen Freunde aufrichtig, besonders wenn man ihnen so viel zu verdanken hat wie Ihr uns. Wer und was wart Ihr denn eigentlich, als wir Euch in St. Louis zum erstenmal sahen? Ein Hauslehrer, der seinen Kindern das ABC vorwärts und das kleine Einmaleins rückwärts einbleuen mußte. Und so ein unglücklicher Kerl wärt Ihr geblieben, wenn wir uns Eurer nicht so liebevoll und nachsichtig angenommen hätten. Wir haben Euch aus diesem unglücklichen Einmaleins herausgerissen und mit bewundernswerter Sanftmut über die Savanne geschleppt, wenn ich mich nicht irre. Wir haben über Euch gewacht, wie eine zärtliche Mutter über ihr kleinstes Kind oder eine Henne über die von ihr ausgebrütete junge Ente wacht. Bei uns seid Ihr nach und nach zu Verstand gekommen, und wir sind es gewesen, die Euer Gehirn so ausgebildet haben, daß es darin zuweilen schon zu dämmern beginnt. Kurz und gut, wir sind Vater und Mutter, Onkel und Tante für Euch gewesen, haben Euch auf den Händen getragen, haben Euch körperlich mit den saftigsten Fleischbissen und geistig mit unserer Weisheit und Erfahrung gefüttert und durften dafür erwarten, daß ihr uns Achtung, Ehrerbietung und Dankbarkeit zollt und nicht als Ente ins Wasser lauft, worin wir als Hennen elendiglich ertrinken müßten. Trotzdem habt Ihr stets das getan, was Euch verboten war. Es schmerzt mich in meinem alten Jagdrock, so viel Liebe und Aufopferung mit so viel Ungehorsam und Undankbarkeit vergolten zu sehen. Wollte ich alle Eure schlechten Streiche nacheinander aufzählen, so wäre gar kein Ende abzusehen. Der allerschlimmste aber war der, daß Ihr die beiden Apatschen losmachtet, ohne es uns zu sagen. Das werde ich Euch nachtragen, solange ich in meiner jetzigen Haut stecke. Die Folgen dieser heimtückischen Verschwiegenheit haben dann auch nicht auf sich warten lassen. Anstatt gestern so recht hübsch am Pfahl geschmort und gebraten zu werden und heute in den lieblichen Jagdgründen der abgeschiedenen Indianerseelen zu erwachen, sind wir gar nicht für wert gehalten worden, umgebracht zu werden. Nun sitzen wir bei vollem Leben und guter Gesundheit hier in diesem abgelegenen Pueblo, wo man sich alle Mühe gibt, uns mit Leckerbissen den Magen zu verderben und aus einem Greenhorn, das Ihr doch seid, einen wahren Halbgott zu machen. Dieses Unheil haben wir nun Euch zu verdanken, besonders deshalb, weil Ihr ein ganz und gar niederträchtiger Schwimmer seid. Aber die Liebe ist unter allen Umständen ein unbegreifliches Frauenzimmer. Je mehr sie mißhandelt wird, desto wohler fühlt sie sich, und so wollen wir Euch selbst diesmal noch nicht aus unserer Mitte und aus unseren Herzen stoßen, sondern glühende Kohlen auf Euer Haupt sammeln, indem wir Euch verzeihen, allerdings in der festen Hoffnung, daß Ihr nun endlich in Euch geht und anders werdet, wenn ich mich nicht irre. Hier ist meine Hand. Wollt Ihr mir Besserung versprechen, geliebter Sir?"

„Ja", versicherte ich, indem ich ihm die Hand schüttelte. „Ich werde dem edlen Vorbild, das Ihr mir gegeben habt und jetzt noch gebt, so eifrig nachstreben, daß man mich schon in kurzer Zeit für den reinen Sam Hawkens halten soll."

„Verehrtester, das laßt hübsch bleiben! Das wäre eine ganz vergebliche Mühe. Ein Greenhorn, wie Ihr seid, und Sam Hawkens ähnlich werden! Die reinste Unmöglichkeit! Das wäre geradeso, als wollte ein Grasfrosch Opernsänger werden und —"

Da fiel ihm Dick Stone, zwar lachend, aber doch etwas unwillig in die Rede:

„Stop! Sei endlich einmal still, alter Schwafelhans! Es ist ja nicht mehr zum Aushalten mit dir! Du drehst alles um, machst alles verkehrt und ziehst den rechten Handschuh an die linke Hand! Ich an Old Shatterhands Stelle würde mir das ewige Greenhorn nicht so ruhig gefallen lassen."

„Was soll er denn dagegen haben? Es ist doch wahr; er ist eins!"

„Unsinn! Wir haben ihm unser Leben zu verdanken. Unter hundert erfahrenen Westmännern, dich und uns nicht ausgenommen, wäre wohl kein einziger, der das fertiggebracht hätte, was er gestern tat. Anstatt daß wir ihn beschützten, beschützt er uns. Das merke dir! Wenn er nicht gewesen wäre, säßen wir nicht so munter hier, und du stecktest nicht so heiler Haut unter deiner alten falschen Perücke!"

„Was? Falsche Perücke? Das sage mir nicht noch einmal! Es ist eine ganz richtige Perücke. Wenn du das noch nicht weißt, so schau sie dir an!"

Er nahm sie ab und hielt sie dem andern hin.

„Fort, fort mit diesem Fell!" lachte Stone.

Der kleine Trapper stülpte sie sich wieder auf den Kopf und zeterte vorwurfsvoll:

„Schäm dich, Dick, die Zierde meines Hauptes ein Fell zu nennen! Das hätte ich von solch einem guten Kameraden, wie du bist, nicht gedacht! Ihr versteht es alle nicht, den Wert Eures alten Sam zu würdigen. Ich strafe euch also mit Verachtung und suche jetzt meine Mary auf. Muß doch sehen, ob sie sich auch so wohl befindet wie ich."

Er fuhr mit dem Arm geringschätzig durch die Luft und ging. Wir lachten lustig hinter ihm her, denn es war ja unmöglich, ihm etwas übelzunehmen.

Am nächsten Tag kehrten die Kundschafter zurück, die den Kiowas gefolgt waren. Sie meldeten, daß die gegnerischen Scharen ohne Unterbrechung fortgezogen seien und demnach nicht die Absicht hegten, jetzt eine Feindseligkeit auszuführen.

17. Ein Herzensgeheimnis

Nun folgte eine Zeit der Ruhe, für mich allerdings doch eine Zeit angestrengter Tätigkeit. Sam, Dick und Will ließen sich die Gastfreundschaft der Apatschen behaglich gefallen; sie ruhten sich gründlich aus. Die einzige Beschäftigung, der Hawkens sich hingab, war die, daß er seine Mary täglich spazierenritt, damit sie, wie er sich ausdrückte, ,seine Feinheiten bewundern lerne'; das heißt, das Tier sollte sich an seine Art zu reiten gewöhnen.

Ich aber legte mich nicht auf die Bärenhaut. Winnetou hatte es darauf abgesehen, mich in die ,indianische Schule' zu nehmen. Wir waren oft ganze Tage fort und machten weite Ritte, wobei ich mich in allem, was zur Jagd und zum Kampf gehört, üben mußte. Wir krochen in den Wäldern umher, wo ich vortrefflichen Unterricht im Anschleichen erhielt. Er führte förmliche ,Felddienstübungen' mit mir aus. Oft trennte er sich von mir und stellte mir die Aufgabe, ihn zu suchen. Er gab sich alle Mühe, seine Spuren zu verwischen, und ich strengte mich ebenso an, sie aufzufinden. Wie oft steckte er dann in einem dichten Gebüsch oder stand, von überhängendem Gesträuch verborgen, im Wasser des Pecos und sah zu, wie ich nach ihm suchte. Er machte mich auf meine Fehler aufmerksam und zeigte mir durch sein Beispiel, wie ich mich zu benehmen und was ich zu tun oder zu lassen hatte. Das war ein vortrefflicher Unterricht, den er mit ebensolcher Lust erteilte, wie ich mit Freude und Bewunderung sein Schüler war. Dabei kam nie ein Lob über seine Lippen, doch auch nie das, was man unter einem Tadel versteht. Ein Meister in allen Fertigkeiten, die das Indianerleben erfordert, war er auch ein Meister im Lehren.

Wie oft kam ich dann ermüdet und zerschlagen heim! Und doch gab es noch keine Ruhe für mich, denn ich wollte die Sprache der Apatschen erlernen und nahm im Pueblo Unterricht. Ich hatte zwei Lehrer und eine Lehrerin: Nscho-tschi lehrte mich die Mundart der Mescaleros, Intschu tschuna die der Llaneros und Winnetou die der Navajos. Da diese Mundarten untereinander eng verwandt sind und keinen großen Wortschatz besitzen, ging es auch mit diesen Übungen schnell vorwärts.

Wenn Winnetou sich mit mir nicht weit vom Pueblo entfernte, kam es zuweilen vor, daß Nscho-tschi sich an unseren Ausgängen beteiligte. Sie hatte dann sichtlich große Freude, wenn ich meine Aufgaben gut löste.

Einmal befanden wir uns im Wald, wo Winnetou mich aufforderte, mich zu entfernen und erst nach einer Viertelstunde wieder an Ort und Stelle zu sein. Ich sollte dann beide nicht mehr vorfinden und Nscho-tschi suchen, die sich sehr gut verstecken würde. So ging ich eine beträchtliche Strecke fort, wartete da, bis die Viertelstunde verflossen war, und kehrte hierauf zurück. Die Spuren beider, die von hier ausgingen, waren anfangs ziemlich deutlich. Dann aber fehlten plötzlich die Fußeindrücke der Indianerin. Ich wußte freilich, daß sie einen überaus leichten Gang hatte. Aber der Boden war weich, und so mußte unbedingt eine, wenn auch noch so leise Andeutung der Fährte vorhanden sein. Aber ich fand nichts, nicht ein einziges niedergedrücktes oder umgebrochenes Pflänzchen, obgleich es grad an dieser Stelle sehr dichtes und empfindliches Moos gab. Nur die Spur Winnetous war deutlich ausgeprägt. Doch die ging mich nichts an, denn ich sollte ja nicht ihn, sondern seine Schwester suchen. Er hielt sich jedenfalls in der Nähe, um heimlich zu beobachten, ob ich Fehler machte oder nicht.

Ich suchte noch einmal und noch einmal im Kreis, fand aber nicht den leisesten Anhalt. Das war befremdlich. Nun überlegte ich. Nscho-tschi mußte unbedingt eine Spur hinterlassen haben, denn es konnte hier kein Fuß den Boden berühren, ohne sich in dem weichen Moos abzuzeichnen. Ein Fuß den Boden berühren? Ah! Wie nun, wenn Nscho-tschi ihn gar nicht berührt hatte?

Sorgfältig betrachtete ich Winnetous Stapfen. Sie waren tief eingedrückt, tiefer als vorher. Sollte er seine Schwester auf die Arme genommen und fortgetragen haben? Dann war die Aufgabe, die er mir gestellt hatte, seiner Ansicht nach sehr schwer, meiner Ansicht nach aber sehr leicht zu lösen, nämlich von dem Augenblick an, da ich erriet, daß er Nscho-tschi getragen hatte.

Infolge der Last waren seine Füße fester aufgetreten. Es kam nun darauf an, Spuren von der Indianerin zu finden. Die durfte ich freilich nicht unten an der Erde, sondern ich mußte sie weiter oben suchen.

War Winnetou allein durch den Wald gegangen, so hatte er die Arme frei und keine Mühe gehabt, durch das Unterholz zu kommen. Hatte er aber seine Schwester getragen, so mußte es voraussichtlich geknickte Zweige geben. Ich folgte seiner Fährte und richtete dabei mein Hauptaugenmerk nicht auf den Boden, sondern auf das Gebüsch. Richtig! Als er mit seiner Last hindurchgedrungen war, hatte er das Geäst nicht vorsichtig auseinanderschieben können. Nscho-tschi war nicht auf den Gedanken gekommen, das zu tun, und so fand ich an mehreren Stellen abgebrochenes Gezweig und beschädigte Blätter, also Zeichen, die nicht hätten entstehen können, wenn Winnetou allein hier gegangen wäre.

Die Spur führte in schnurgerader Richtung zu einer lichten Stelle im Wald und in ebenso gerader Linie darüber hinweg. Da drüben am jenseitigen Rand der Lichtung, steckten jedenfalls die beiden, still-vergnügt in der Meinung, daß es mir unmöglich sei, meine Aufgabe zu lösen.

Ich hätte einfach hinübergehen können; aber ich wollte es noch besser machen und sie förmlich überrumpeln. Deshalb schlich ich, immer sorgfältig in Deckung bleibend, um die Lichtung herum. Jenseits suchte ich zunächst wieder Winnetous Spur. War er weiter-gegangen, so mußte ich sie finden. Fand ich sie nicht, so hatte er sich mit Nscho-tschi versteckt. Ich legte mich auf die Erde und schob mich geräuschlos in einem Halbkreis fort, indem ich mich bemühte, immer hinter Bäumen und Büschen verborgen zu bleiben. Es war kein Fußabdruck zu sehen. Folglich steckten sie, wie ich vermutet hatte, am Rand der freien Stelle, und zwar da, wo die Fährte, der ich vorhin gefolgt war, den Rand berührte.

Leise, ganz leise schob ich mich zu der Stelle hin. Sie verhielten sich vermutlich still und ihren geübten Ohren konnte kein Geräusch entgehen. Ich mußte also eine ungewöhnliche Vorsicht entfalten. Es gelang mir besser, als ich es für möglich gehalten hatte. Da sah ich die beiden. Sie saßen dicht beieinander in einem wilden Pflaumen-gebüsch, mit dem Rücken zu mir, da sie mich, falls ich kommen sollte, von der entgegengesetzten Seite erwarten mußten. Sie spra-chen miteinander, aber flüsternd, so daß ich ihre Worte nicht ver-stehen konnte.

Ich freute mich ungemein auf die Überraschung und schob mich immer weiter zu ihnen hin. Jetzt war ich ihnen so nahe, daß ich beide mit der Hand erreichen konnte. Schon wollte ich den Arm ausstrek-ken und Winnetou von hinten fassen, da wurde ich durch ein Wort davon abgehalten.

„Soll ich ihn holen?" fragte er flüsternd.

„Nein", meinte Nscho-tschi. „Er kommt selber."

„Er kommt nicht."

„Old Shatterhand kommt."

„Meine Schwester irrt sich. Er hat alles schnell gelernt; aber deine Spur geht durch die Luft. Wie will er sie finden?"

„Er findet sie. Mein Bruder hat mir gesagt, daß Old Shatterhand seit einiger Zeit schon nicht mehr irrezuführen sei. Warum spricht Winnetou jetzt das Gegenteil?"

„Weil ich ihm heute die schwierigste Aufgabe gestellt habe, die es geben kann. Sein Auge wird jede Fährte finden. Die deinige ist aber nur mit dem Gedanken zu lesen, und das hat er noch nicht gelernt."

„Er wird dennoch kommen, denn er kann alles, was er will."

Sie flüsterte diese Worte nur, dennoch war ihrem Ton eine Zuver-sicht, ein Vertrauen anzuhören, daß ich darauf hätte stolz sein kön-nen.

„Ja, ich habe noch keinen Mann gekannt, der sich so leicht in alles findet", nickte Winnetou. „Es gibt nur eins, worin er sich nicht finden wird, und das tut Winnetou sehr leid."

„Was ist das?"

„Der Wunsch, den wir alle haben."

Eben jetzt hatte ich mich ihnen bemerkbar machen wollen; da sprach Winnetou von einem Wunsch. Das veranlaßte mich, noch zu warten. Welchen Wunsch hätte ich diesen lieben Menschen nicht gern erfüllt! Sie hegten einen und sagten ihn mir nicht, weil sie glaubten, daß ich ihn nicht erfüllen würde. Vielleicht hörte ich jetzt, worum es sich handelte, und konnte ihnen unverhofft entgegenkommen. Deshalb schwieg ich noch und lauschte.

„Hat mein Bruder Winnetou schon mit ihm darüber gesprochen?" fragte Nscho-tschi.

„Nein."

„Und unser Vater auch noch nicht?"

„Nein. Er wollte es ihm sagen, aber ich gab es nicht zu."

„Nicht? Warum? Nscho-tschi liebt dieses Bleichgesicht sehr. Sie ist die Tochter des obersten Häuptlings aller Apatschen!"

„Das ist sie und sie ist noch weit mehr. Jeder rote Krieger und jedes Bleichgesicht wäre glücklich, wenn meine Schwester seine Squaw werden wollte, nur Old Shatterhand nicht."

„Wie kann mein Bruder Winnetou das wissen, da er noch nicht mit ihm darüber gesprochen hat?"

„Ich weiß es trotzdem, denn ich kenne ihn. Er ist nicht wie andere Weiße; er trachtet nach Höherem als sie. Er nimmt keine Indianerin als Squaw."

„Hat er das gesagt?"

„Nein."

„Gehört sein Herz vielleicht einer Weißen?"

„Auch nicht."

„Das weißt du sicher?"

„Ja. Wir redeten von weißen Frauen. Dabei habe ich aus seinen Worten entnommen, daß sein Herz noch nicht gesprochen hat."

„So wird es bei mir sprechen!"

„Meine Schwester mag sich nicht täuschen! Old Shatterhand denkt und empfindet anders, als sie meint. Wenn er sich ein Squaw erwählt, so muß sie unter den Frauen das sein, was er unter den Männern ist."

„Bin ich das nicht?"

„Unter den roten Mädchen, ja. Da steht meine schöne Schwester über allen. Hier aber gilt es den Vergleich mit den Töchtern der weißen Rasse. Was hast du gesehen und gehört? Was hast du gelernt? Du kennst das Frauenleben der roten Völker, aber nichts von dem, was eine weiße Squaw gelernt haben und wissen muß. Old Shatterhand sieht nicht auf den Glanz des Goldes und auf die Schönheit der Gestalt. Er trachtet nach anderen Dingen, die er bei einem roten Mädchen nicht finden kann."

Sie senkte den Kopf und schwieg. Da strich er ihr mit der Hand liebkosend über die Wange und suchte sie zu trösten.

„Es schmerzt mich, daß ich dem Herzen meiner guten Schwester weh tue, aber Winnetou ist gewöhnt, stets die Wahrheit zu sagen, auch wenn sie nicht angenehm ist. Vielleicht kennt er einen Weg, auf dem Nscho-tschi zu ihrem Ziel gelangen kann."

Da hob sie rasch wieder den Kopf und fragte:

„Welcher Weg ist das?"

„Der zu den Städten der Bleichgesichter."

„Dorthin soll ich? Meinst du?"

„Ja."

„Warum?"

„Um zu lernen, was du wissen und können mußt, wenn Old Shatterhand dich lieben soll."

„So will ich hin, bald, sehr bald! Will mein Bruder Winnetou mir einen Wunsch erfüllen? Sprich mit Intschu tschuna, unserm Vater darüber! Bitte ihn, mich in die großen Städte der Bleichgesichter gehen zu lassen! Er wird nicht nein sagen, denn —"

Mehr hörte ich nicht, denn ich kroch jetzt leise wieder zurück. Es kam mir fast wie ein Unrecht vor, dieses Gespräch der Geschwister belauscht zu haben. Wenn sie es nur nicht merkten! Welche Verlegenheit sonst für sie und noch viel mehr für mich! Es galt, bei meinem Rückzug noch viel vorsichtiger zu sein als vorhin bei meiner Annäherung. Das geringste Geräusch, der kleinste Umstand konnte es verraten, daß ich das Geheimnis der schönen Indianerin erfahren hatte. Und in diesem Fall war ich gezwungen, meine roten Freunde heute noch zu verlassen.

Glücklicherweise gelang es mir, mich unbemerkt zurückzuziehen. Als ich außer Hörweite war, erhob ich mich vom Boden und ging schnell um die Lichtung herum, bis ich wieder auf die Fährte traf. Dann trat ich auf der Seite, von der ich ursprünglich gekommen war, zwei oder drei Schritte auf die Lichtung hinaus und rief:

„Mein Bruder Winnetou mag herüberkommen!"

Es regte sich nichts; darum fuhr ich fort:

„Mein Bruder mag kommen, denn ich sehe ihn!"

Es regte sich nichts; darum rief ich noch einmal:

„Winnetou sitzt drüben im Gebüsch der wilden Pflaumen. Soll ich ihn vielleicht holen?"

Da bewegten sich die Zweige, und Winnetou trat hervor, doch allein. Er hatte nicht länger verborgen bleiben können, wollte aber das Versteck seiner Schwester noch geheimhalten und fragte mich:

„Hat mein Bruder Old Shatterhand Nscho-tschi gefunden?"

„Ja."

„Wo?"

„In dem Gebüsch, wohin mich ihre Fährte führt."

„Hast du denn ihre Fährte gesehen?"

Das klang sehr verwundert. Er wußte nicht, woran er mit mir war. Seiner Meinung nach mußte ich durch irgend etwas getäuscht worden sein.

„Ja", erwiderte ich; „ich habe sie gesehen."

„Aber meine Schwester hat sich doch so in acht genommen, daß bestimmt keine Spur zu entdecken ist."

„Du irrst. Sie ist zu entdecken, wenn auch nicht auf der Erde, so doch im Gezweig. Nscho-tschi hat mit ihren Füßen den Boden nicht berührt, aber, indem du sie trugst, habt ihr Zweige geknickt und Blätter beschädigt."

„Uff! Ich hätte sie getragen? Wer sagt dir das?"

„Deine Fußstapfen. Sie waren plötzlich tiefer geworden, weil du schwerer geworden warst. Da du aber dein Gewicht nicht verändert haben konntest, mußtest du eine Last aufgenommen haben. Diese Last war deine Schwester, deren Fuß, wie ich sah, das Moos nicht mehr berührt hatte."

„Uff! Du irrst. Geh noch einmal zurück und suche nach!"

„Das wäre vergeblich und ist auch überflüssig, denn Nscho-tschi sitzt dort, wo du gesessen hast. Ich werde sie holen."

Nun ging ich vollends über die Lichtung hinüber. Da kam sie schon aus dem Gebüsch und sagte befriedigt zu ihrem Bruder:

„Ich versicherte dir, daß er mich finden würde, und ich hatte recht."

„Ja, meine Schwester hatte recht, und ich irrte mich. Mein Bruder Old Shatterhand kann die Fährte eines Menschen nicht nur mit den Augen, sondern auch mit den Gedanken lesen. Es gibt fast nichts mehr, was er noch zu lernen hat."

„Oh, noch sehr viel", wehrte ich ab. „Mein Bruder Winnetou sagt mir ein Lob, das ich noch nicht verdiene. Aber was ich noch nicht kann, werde ich noch von ihm lernen."

Es war die erste Auszeichnung, die ich aus seinem Mund hörte, und ich gestehe, daß ich ebenso stolz darauf war wie früher auf eine gelegentliche Auszeichnung durch irgendeinen meiner Lehrer.

Am Abend dieses Tages brachte er mir einen fein gearbeiteten und mit roten indianischen Stichstickereien verzierten Jagdanzug von weißgegerbtem Leder.

„Nscho-tschi, meine Schwester, bittet dich, diese Kleidung zu tragen", sagte er. „Dein Anzug ist für Old Shatterhand nicht mehr gut genug."

Da hatte er freilich recht. Meine Kleidung sah sogar für indianische Augen sehr herabgekommen aus. Wäre ich in einer europäischen Stadt darin ertappt worden, so hätte man mich sicherlich als Strolch festgenommen. Aber durfte ich von Nscho-tschi ein solches Geschenk annehmen? Winnetou schien meine Gedanken zu erraten.

„Du kannst diesen Anzug nehmen", sagte er, „denn ich habe ihn bestellt. Er ist ein Geschenk von Winnetou, den du vom Tod errettet hast, und nicht von seiner Schwester. Den Bleichgesichtern ist es wohl verboten, von einer Squaw Geschenke anzunehmen?"

„Wenn es nicht die eigene Squaw oder eine Verwandte ist, ja."

„Du bist mein Bruder; Nscho-tschi ist dir also verwandt. Dennoch ist das Geschenk von mir und nicht von ihr. Sie hat es nur für dich gefertigt."

Als ich den Anzug am nächsten Morgen anlegte, saß er wie angegossen. Ein New-Yorker Herrenschneider hätte das Maß nicht besser treffen können. Ich zeigte mich darin meiner schönen Freundin, die über mein Lob sichtlich erfreut war. Kurze Zeit später stellten sich Dick Stone und Will Parker bei mir ein, um mir mitzuteilen, daß auch sie nebst Sam beschenkt worden seien, und zwar mit neuen indianischen Tabakspfeifen, kunstvollen Handarbeiten der Squaws des Stammes. Und abermals kurze Zeit später befand ich mich im Haupttal, um mich im Werfen des Tomahawks zu üben, da kam eine kleine, sonderbare Gestalt in sehr würdevoller Haltung auf mich zu. Es war ein neuer, lederner, indianischer Anzug, der unten in einem Paar alter, ungeheuer großer Schaftstiefel endete. Oben drüber gab es einen noch älteren Filzhut mit wehmütig herabhängender Krempe, unter der ein verworrener Bartwald, eine riesige Nase und zwei listige Äuglein hervorlugten. Daran erkannte ich meinen kleinen Sam Hawkens. Er pflanzte sich, die dünnen, krummen Beinchen weit auseinander spreizend, höchst anspruchsvoll vor mir auf und fragte:

„Sir, kennt Ihr vielleicht den Mann, der jetzt vor Euch steht?"

„Hm!" meinte ich. „Will sehen!"

Ich nahm ihn bei den Armen, drehte ihn dreimal um sich selbst, betrachtete ihn dabei von allen Seiten und sagte dann:

„Das scheint wahrhaftig Sam Hawkens zu sein, wenn ich mich nicht irre!"

„Yes, Mylord! Ihr irrt Euch nicht. Ich bin es, in eigner Person und Lebensgröße. Merkt Ihr etwas?"

„Funkelnagelneuer Anzug!"

„Will es meinen!"

„Woher?"

„Von der Bärenhaut, die Ihr mir geschenkt habt."

„Das sehe ich, Sam. Wenn ich aber frage: ‚Woher?', so will ich die Person wissen, von der Ihr den Anzug habt."

„Die Person? Hm! Ach so! Ja, die Person, Sir! Das ist so eine Sache. Eigentlich ist sie gar keine Person."

„Was denn?"

„Ein Persönchen."

„Wieso?"

„Na, kennt Ihr denn die hübsche Kliuna-ai nicht?"

„Nein. Kliuna-ai heißt Mond. Ist's ein Mädchen oder eine Squaw?"

„Beides oder vielmehr keins von beiden."

„Also Großmutter?"

„Unsinn! Wenn sie sowohl Squaw als auch Mädchen oder vielmehr keins von beiden ist, so muß sie doch Witwe sein. Sie ist die hinterlassene Squaw eines Apatschen, der im letzten Kampf mit den Kiowas gefallen ist."

„Und die Ihr darüber trösten wollt?"

„Yes, Sir", nickte er. „Bin gar nicht abgeneigt. Habe ein Auge auf sie geworfen oder vielmehr alle beide."

„Aber, Sam, eine Indianerin!"

„Was ist das weiter? Würde sogar eine Negerin heiraten, wenn sie nicht schwarz wäre. Übrigens ist Kliuna-ai eine vortreffliche Partie."

„Warum?"

„Weil sie das beste Leder im ganzen Stamm gerbt."

„Wollt Ihr Euch gerben lassen?"

„Macht keine Witze, Sir! Es ist mir Ernst. Ein trautes Heim — —

verstecht Ihr mich? Sie hat so ein volles, rundes Gesicht, grad wie der Mond."

„Im ersten oder im letzten Viertel?"

„Ich bitte nochmals, mit dem Mond keine Witze zu machen! Sie ist Vollmond, und ich heirate sie, wenn ich mich nicht irre."

„Hoffentlich wird kein Neumond draus. — Wie habt Ihr denn diese Bekanntschaft gemacht?"

„Eben durch die Gerberei. Erkundigte mich nach der besten Gerberin, nämlich des Bärenfells wegen. Da wurde sie mir empfohlen. Trug ihr also das Fell hin und merkte sofort, daß sie Wohlgefallen hatte."

„An dem Fell?"

„Unsinn! An mir natürlich!"

„Das verrät Geschmack, lieber Sam!"

„Ja, den hat sie! Oh, die ist gar nicht ungebildet! Das beweist sie auch schon dadurch, daß sie nicht bloß das Fell gegerbt, sondern gleich einen neuen Anzug für mich daraus gefertigt hat. Wie gefalle ich Euch?"

„Der reine Stutzer!"

„Gentleman, nicht wahr? Ja, Gentleman! Sie war ganz weg, als sie mich vorhin in diesem Anzug sah. Könnt Euch darauf verlassen, Sir: ich heirate sie!"

„Wo steckt Euer alter Anzug?"

„Habe ihn weggeschmissen."

„So, so! Und früher sagtet Ihr, Euer Rock sei Euch nicht feil!"

„Das war damals. Da gab es noch keine Kliuna-ai. Die Zeiten ändern sich. So *it is!*"

Das kleine, bärenfellederne Freiersmännchen drehte sich um und stapfte stolz von dannen. Das freundliche Gefühl, das er für die indianische Wittib empfand, verursachte mir keine seelischen Schmerzen und Bedenken. Man brauchte Sam nur anzusehen, um völlig beruhigt zu sein. Die übermäßig großen Füße, die dünnen, krummen Beinchen, dann das Gesicht, o weh! Er gleich einer männlichen Pastrana[1] mit einem Geierschnabel im Gesicht. Das war selbst für eine Indianerin zu toll.

Er war noch nicht weit fort von mir, da drehte er sich noch einmal um und rief mir zu:

„Ist doch ein ganz andres Ding, diese neue Haut, Sir! Bin wie neugeboren. Mag die alte nicht wiedersehen. Sam geht auf Freiersfüßen, hihihihi!"

Am nächsten Tag begegnete ich ihm unten am Pueblo. Er machte ein nachdenkliches Gesicht.

„Was für astronomische Gedanken gehen Euch durch den Kopf, lieber Sam?" fragte ich ihn.

„Astronomische? Warum grade solche?"

„Weil Ihr ein Gesicht macht, als wolltet Ihr einen Nebelflecken entdecken."

---

[1] Julia Pastrana, eine Mexikanerin, gehörte zu den sogenannten Haarmenschen, deren Körper, vor allem das Gesicht, ein außergewöhnlich starker Haarwuchs bedeckt.

„Ist auch fast so. Dachte, es sei ein Komet, wird aber wohl ein Nebelfleck sein."

„Wer?"

„Sie, die Kliuna-ai."

„Ach so! Der Vollmond ist heute schon ein Nebelfleck! Weshalb?"

„Habe sie gefragt, ob sie sich wieder einen Mann nehmen will. ‚Nein' hat sie geantwortet."

„Das darf Euch nicht abhalten, vertrauensvoll in die Zukunft zu blicken. Rom wurde auch nicht an einem Tag erbaut."

„Und mein neuer Anzug nicht in einer Stunde genäht. Ihr habt recht, Sir; ich gehe noch immer auf Freiersfüßen."

Er stieg die Leiter hinan, um seine Kliuna-ai zu besuchen.

Tags darauf sattelte ich meinen Rotschimmel, um mit Winnetou auf die Büffeljagd zu reiten, da kam Sam Hawkens zu mir und fragte:

„Darf ich mit, Sir?"

„Auf die Büffeljagd? Nein! Ihr jagt doch jetzt ein besseres Wild."

„Hält aber nicht stand!"

„So?"

„Ja. Und macht Ansprüche."

„Wieso?"

„War wieder bei ihr. Da sagte sie, den Anzug hätte sie mir auf Befehl Winnetous nähen müssen."

„Also nicht aus Liebe?"

„Es scheint nicht so. Dann meinte sie weiter, das Gerben hätte ich bei ihr bestellt, was ich ihr dafür geben wolle."

„Als Bezahlung?"

„Yes! Ist das ein Zeichen von Liebe?"

„Weiß nicht. Habe keine Erfahrung in solchen Sachen. Kinder lieben ihre Eltern, und doch müssen die alles für sie bezahlen. Vielleicht ist das grad ein Beweis für die Gegenliebe Eures Vollmondes."

„Vollmond? Hm! Ist auch möglich, daß es nur das letzte Viertel ist. Also, Ihr nehmt mich nicht mit?"

„Winnetou will allein mit mir reiten."

„So kann ich nichts dagegen haben."

„Ihr würdet auch Euren neuen Jagdrock zuschanden machen, lieber Sam!"

„Allerdings, das ist wahr. Blutflecke sind nichts für einen so feinen Anzug."

Er ging, drehte sich aber nochmals um und fragte:

„Meint Ihr nicht, Sir, daß mein alter Rock doch viel zweckmäßiger war?"

„Möglich."

„Nicht nur möglich, sondern sehr wahrscheinlich."

Damit war die Sache für heute abgemacht. Aber in den nächsten Tagen wurde Sam immer nachdenklicher und einsilbiger. Sein Mond schien immer weiter abzunehmen. Da, eines Morgens sah ich ihn aus seiner Wohnung treten — im alten Anzug!

„Was ist denn das, Sam?" fragte ich ihn. „Ich denke, Ihr habt diesen Rock abgelegt oder gar ‚weggeschmissen', wie Ihr Euch ausdrücktet?"

„War auch so."

„Und ihn doch wieder hervorgesucht?"

„Yes."

„Vor Ärger?"

„Gewiß! Bin regelrecht wütend!"

„Auf das letzte Viertel?"

„Ist Neumond geworden. Kann und mag diese Kliuna-ai nicht mehr sehen!"

„Hab es Euch also richtig vorhergesagt!"

„Ja. Ist genau so geworden, wie Ihr dachtet. War aber noch eine Bewandtnis dabei, die mich fuchsteufelwild gemacht hat."

„Darf ich erfahren, welche?!"

„Ja, Euch will ich es sagen. War also gestern wieder bei ihr. Hat mich in den letzten Tagen sehr schlecht behandelt, mich fast nicht angesehen und mir immer nur ganz kurz geantwortet. Sitze also gestern bei ihr und lehne mich dabei mit dem Kopf an einen hölzernen Pfahl. Dieser Pfahl mag einen Splitter gehabt haben, woran mein Haar geraten ist. Als ich aufstehe, um zu gehen, gibt's einen gewaltigen Zupfer auf meinem ehrwürdigen Schädel. Ich drehe mich um, und was sehe ich da, Sir — was sehe ich?"

„Eure Perücke, wie ich vermute?"

„Ja, meine Perücke ist an dem Holzsplitter hängengeblieben und der Hut heruntergerissen worden und zu Boden gefallen."

„Da wurde natürlich der frühere hübsche Vollmond zum Neumond?"

„Ganz und gar! Erst stand sie da und starrte mich an wie — wie — nun, wie einen Menschen, der keine Haare auf dem Kopf hat."

„Und dann?"

„Dann schrie und heulte sie, als hätte sie selber einen Glatzkopf."

„Und endlich?"

„Endlich? Nun, endlich wurde Neumond draus. Sie stürzte fort und war nicht mehr zu sehen."

„Vielleicht geht sie Euch bald wieder als erstes Viertel auf?"

„Die nicht! Sie hat mir's nämlich sagen lassen."

„Was?"

„Daß ich nicht mehr zu ihr kommen soll. Sie will, wenn sie doch wieder heiratet, dummerweise nur einen Mann haben, der Haare auf dem Kopf hat. Ist das nicht albern?"

„Hm!"

„Da wird gar nichts ge-hmt, Sir! Wenn eine Frau in die Ehe geht, kann es ihr glcichgültig sein, ob ihr Mann seine Haare auf dem Kopf oder in der Perücke hat, wenn ich mich nicht irre. Es ist sogar weit ehrenvoller, sie in der Perücke zu haben, denn da haben sie Geld gekostet. Wachsen aber tun sie umsonst!"

„So würde ich sie mir an Eurer Stelle auch wieder wachsen lassen, lieber Sam!"

„Verehrter Sir, Euch soll der Kuckuck holen! Suche Trost bei Euch in meinem Liebesgram und Heiratskummer und bekomme Spott zu hören. Wollte, Ihr hättet auch eine Perücke und dann eine rote Witwe, die Euch zur Tür hinauswirft, gehabt Euch wohl!"

Er rannte in drolligem Zorn davon.

„Sam", rief ich ihm nach, „noch eine Frage!"

„Was denn?" erkundigte er sich, indem er stehenblieb.

„Wo ist er denn?"

„Wer?"

„Der neue Anzug."

„Habe ihn ihr zurückgeschickt. Mag nichts davon wissen. Wollte Hochzeit darin machen, ihn bei der Trauung tragen. Da nun aber nichts aus der Hochzeit wird, mag ich auch den Rock nicht haben. Howgh!"

So endete die Freundschaft meines Sam mit Kliuna-ai, dem immer mehr abnehmenden roten Mond. Übrigens war Sam bald wieder guter Dinge und gestand mir, daß er sich freue, ein unverheirateter Jüngling geblieben zu sein. Er werde seinem alten Rock nie wieder den Abschied geben, denn dieser sei besser, handlicher und bequemer als sämtliche Jagdröcke von allen indianischen Schneiderinnen. Es war also ganz so gekommen, wie ich es geahnt hatte. Sam als Ehemann war einfach undenkbar.

18. Auf nach Osten!

Am Abend dieses Tages aß ich, wie gewöhnlich, mit Intschu tschuna und Winnetou. Mein junger Freund entfernte sich nach dem Essen, und ich wollte auch gehen. Da kam Intschu tschuna auf Sams Abenteuer mit Kliuna-ai zu sprechen und brachte hierauf die Rede auf Verbindungen zwischen Weißen und Indianerinnen. Ich merkte, daß er mich aushorchen wollte.

„Hält mein junger Bruder Old Shatterhand eine solche Ehe für unrecht oder recht?" fragte er.

„Wenn sie von einem Priester geschlossen und die Indianerin vorher Christin geworden ist, sehe ich nichts Unrechtes darin", erwiderte ich.

„Also mein Bruder würde nie ein rotes Mädchen so, wie es ist, zur Squaw nehmen?"

„Nein."

„Und ist es schwer, Christin zu werden?"

„Gar nicht."

„Darf eine solche Squaw dann ihren Vater noch ehren, auch wenn er nicht Christ ist?"

„Ja. Unsere Religion fordert von jedem Kind, die Eltern zu achten und zu ehren."

„Was für eine Squaw würde mein junger Bruder vorziehen, eine rote oder eine weiße?"

Durfte ich sagen: eine weiße? Nein, denn das hätte ihn beleidigt. Darum antwortete ich:

„Das kann ich nicht so beantworten. Es kommt auf die Stimme des Herzens an. Wenn diese spricht, so gehorcht man ihr, gleichviel, was das Mädchen für eine Farbe hat. Vor dem Großen Geist sind alle

Menschen gleich, und die zueinander passen und füreinander bestimmt sind, werden sich finden."

„Howgh!" nickte der Häuptling. „Es kommt auf die Stimme des Herzens an. Mein Bruder hat sehr richtig gesprochen. Er redete ja immer recht und gut."

Hiermit war dieser Gegenstand erledigt, meiner Ansicht nach so, wie ich es wünschte. Daß eine Indianerin erst Christin werden müsse, wenn sie die Squaw eines Weißen sein wollte, hatte ich in ganz bestimmter Absicht scharf betont. Ich gönnte Nscho-tschi dem besten, edelsten roten Krieger und Häuptling. Ich war aber nicht in den Wilden Westen gekommen, um mir eine rote Squaw zu nehmen; ich hatte nicht einmal an eine weiße gedacht, ganz abgesehen davon, daß mein Lebensplan eine Verheiratung vorläufig überhaupt ausschloß.

Welchen Erfolg meine Unterredung mit Intschu tschuna gehabt hatte, erfuhr ich am zweiten Tag darauf. Er führte mich hinunter ins erste Stockwerk, wo ich noch nicht gewesen war. Dort lagen in einem besonderen Raum unsere Meßgeräte.

„Sieh dir diese Sachen an und prüfe, ob etwas davon fehlt!" forderte mich der Häuptling auf.

Ich tat es und fand, daß nichts abhanden gekommen war. Die Gegenstände waren auch nicht beschädigt worden, einige Verbiegungen abgerechnet, die ich leicht ausbessern konnte.

„Diese Sachen sind für uns Medizin gewesen", sagte er. „Darum wurden sie so gut verwahrt und aufgehoben. Mein junger weißer Bruder mag sie nehmen. Sie sind wieder sein!"

Ich wollte mich für diese Großzügigkeit bedanken; er aber wehrte ab, indem er mir in die Rede fiel.

„Sie sind dein gewesen, und wir nahmen sie, weil wir dich für unseren Feind hielten. Da wir jetzt aber wissen, daß du unser Bruder bist, mußt du alles wiederbekommen, was dir gehörte. Du hast für nichts zu danken. Was wirst du nun mit diesen Gegenständen tun?"

„Wenn ich von hier fortgehe, nehme ich sie mit, um sie den Leuten wiederzugeben, von denen ich sie habe."

„Wo wohnen diese Leute?"

„In St. Louis."

„Intschu tschuna kennt den Namen dieser Stadt und weiß auch, wo sie liegt. Mein Sohn ist dort gewesen und hat mir von ihr erzählt. Du willst also fort von uns?"

„Ja, wenn auch nicht sogleich."

„Das tut uns leid. Du bist ein Krieger unseres Stammes geworden, und ich habe dir sogar die Macht und Ehre eines Häuptlings der Apatschen gegeben. Wir glaubten, du würdest für immer bei uns bleiben wie Klekih-petra."

„Meine Verhältnisse sind anders, als die seinigen waren."

„Weißt du denn darüber Bescheid?"

„Ja. Er hat mir alles erzählt."

„So hat er großes Vertrauen zu dir gehabt, obwohl er dich zum erstenmal sah."

„Wohl, weil wir aus einem Land stammten."

„Das ist es nicht allein gewesen. Er sprach sogar noch bei seinem Tod mit dir. Intschu tschuna konnte die Worte nicht verstehen, weil er die Sprache nicht kennt, in der sie gesprochen wurden. Aber du hast uns gesagt, was es war. Du bist nach Klekih-petras Willen der Bruder Winnetous geworden und willst ihn doch verlassen. Ist das nicht ein Widerspruch?"

„Nein. Brüder brauchen nicht stets beisammen zu sein. Sie gehen oft getrennte Wege, wenn sie verschiedene Aufgaben zu erfüllen haben."

„Aber sie sehen sich doch wieder?"

„Ja. Ihr werdet mich auch wiedersehen, denn mein Herz wird mich zu euch zurücktreiben."

„Das hört meine Seele gern. Sooft du kommst, wird große Freude bei uns sein. Intschu tschuna beklagt es aufrichtig, daß du von einer anderen Aufgabe sprichst. Könntest du dich denn nicht auch hier bei uns glücklich fühlen?"

„Ich weiß es nicht, denn ich bin erst so kurze Zeit hier, daß ich diese Frage nicht beantworten kann. Es wird wohl so sein, wie wenn zwei Vögel im Schatten eines Baumes sitzen. Der eine ernährt sich von den Früchten dieses Baumes und bleibt also da. Der andere aber braucht eine andere Speise und kann deshalb nicht für immer bleiben. Er muß fort."

„Und doch darfst du glauben, daß wir dir alles geben würden, wonach du verlangst."

„Das ist gewiß. Aber wenn ich jetzt von Speise sprach, so war nicht die Nahrung gemeint, die der Körper braucht."

„Ja, ich weiß es, daß ihr Bleichgesichter auch von einer Speise des Geistes redet. Ich habe das von Klekih-petra erfahren. Ihm fehlte diese Speise bei uns; darum war er zuweilen traurig, obwohl er uns das nicht merken lassen wollte. Du bist jünger, als er war, da er zu uns kam, und so würdest du dich wohl noch eher fortsehnen als er. Deshalb magst du gehen. Aber wir bitten dich, wiederzukommen. Vielleicht hast du dann deinen Sinn geändert und siehst ein, daß du dich auch bei uns wohlfühlen kannst. Aber wissen möchte ich gern, was du tun wirst, nachdem du in die Städte der Bleichgesichter zurückgekehrt bist."

„Das kann ich jetzt noch nicht sagen."

„Wirst du bei den Weißen bleiben, die den Pfad des Feuerrosses bauen wollen?"

„Nein!"

„Daran tust du recht. Du bist ein Bruder der roten Männer geworden und darfst nicht mittun, wenn die Bleichgesichter uns wieder um unser Land betrügen wollen. Aber da, wohin du gehst, kannst du nicht von der Jagd leben wie hier. Du mußt Geld haben, und Winnetou sagte mir, daß du arm bist. Du hättest Geld bekommen, wenn wir euch nicht überfallen hätten. Deshalb hat mein Sohn mich gebeten, dir Ersatz zu bieten. Willst du Gold?"

Er sah mich bei dieser Frage so scharf und forschend an, daß ich mich wohl hütete, mit einem „Ja" zu antworten. Er wollte mich auf die Probe stellen.

„Gold?" sagte ich. „Ihr habt mir keins abgenommen, und so habe ich keins von euch zu verlangen."

Das war eine vorsichtige Antwort, weder ein Ja noch ein Nein. Ich wußte, daß es Indianer gibt, die Fundorte edler Metalle kennen, aber niemals einem Weißen einen solchen Ort verraten. Intschu tschuna kannte jedenfalls auch solche Stellen, und jetzt fragte er mich: ‚Willst du Gold?' Welcher Weiße hätte da wohl mit einem glatten Nein geantwortet! Ich habe nie nach totem Besitz getrachtet. Dennoch hat das Gold meiner Ansicht nach als Mittel zum Zweck einen unbestreitbaren Wert. Diese Anschauung konnte aber der Apatschenhäuptling schwerlich begreifen.

„Nein, geraubt haben wir dir keins", erklärte er, „aber du hast unsertwegen nicht bekommen, was du sonst bekommen hättest, und dafür sollst du entschädigt werden. Ich sage dir, in den Bergen liegt das Gold in großen Mengen. Die roten Männer kennen die Stellen, wo es zu finden ist. Sie brauchen nur hinzugehen, es wegzunehmen. Wünschst du, daß Intschu tschuna welches für dich holt?"

Ein anderer an meiner Stelle hätte dieses Angebot angenommen und — nichts bekommen. Das sah ich dem eigentümlich lauernden Blick der Augen Intschu tschunas an. Darum lehnte ich ab.

„Ich danke dir. Es bringt keine Befriedigung, den Reichtum mühelos geschenkt zu erhalten. Nur das, was man sich selbst erarbeitet hat, besitzt wahren Wert. Wenn ich auch arm bin, so ist das kein Grund zu fürchten, daß ich nach meiner Rückkehr zu den Bleichgesichtern Hungers sterben werde."

Da ließ die Spannung in seinem Gesicht nach. Er gab mir die Hand und meinte in einem wohltuend herzlichen Ton:

„Deine Worte sagen mir, daß wir uns in dir nicht getäuscht haben. Der Goldstaub, wonach die weißen Goldsucher streben, ist ein Staub des Todes. Wer ihn findet, geht meist daran zugrunde. Trachte nie danach, ihn zu erlangen, denn er tötet nicht nur den Leib, sondern auch die Seele! Intschu tschuna wollte dich prüfen. Gold hätte er dir nicht gegeben, aber Geld sollst du bekommen, und zwar jenes Geld, worauf du gerechnet hast."

„Das ist nicht möglich."

„Intschu tschuna will das so, also ist es möglich. Wir werden in die Gegend reiten, wo ihr gearbeitet habt. Du wirst die unterbrochene Arbeit vollenden und dann den Lohn bekommen, der euch versprochen wurde."

Ich sah ihm staunend und wortlos ins Gesicht. Scherzte er? Nein. Solchen Spaß treibt kein Indianerhäuptling. Oder sollte das wieder eine Prüfung sein. Auch das war unwahrscheinlich.

„Mein junger weißer Bruder sagt nichts", fuhr er fort. „Ist ihm mein Anerbieten nicht willkommen?"

„Sogar sehr! Aber ich kann nicht glauben, daß du im Ernst sprichst."

„Weshalb nicht?"

„Ich soll das vollenden, was du an meinen weißen Mitarbeitern mit dem Tod bestraft hast? Ich soll das tun, was du bei unserer ersten Begegnung so streng an mir verurteiltest?"

„Du handeltest ohne Erlaubnis derer, denen das Land gehört. Jetzt aber sollst du diese Erlaubnis haben. Das ist der Unterschied. Mein Anerbieten kommt übrigens nicht von mir, sondern von meinem Sohn Winnetou. Er hat mir gesagt, daß es uns keinen Schaden macht, wenn du das unterbrochene Werk zu Ende führst."

„Das ist ein Irrtum. Die Bahn wird gebaut; die Weißen kommen gewiß!"

Er sah finster vor sich nieder und gab dann nach einer kleinen Weile zu:

„Du hast recht. Wir können sie nicht hindern, uns aber- und abermals zu berauben. Erst senden sie so kleine Trupps voran, wie der eurige. Die können wir vernichten. Doch das hilft uns nichts, denn später kommen sie in Scharen, vor denen wir zurückweichen müssen, wenn wir uns nicht erdrücken lassen wollen. Aber auch du kannst das nicht anders machen. Oder meinst du, daß die Bahnbauer nicht kommen werden, wenn du darauf verzichtest, die Strecke vollends zu vermessen?"

„Nein, das meine ich nicht. Wir mögen tun oder lassen, was wir wollen, das Feuerroß wird unbedingt durch jene Gegend dampfen."

„So nimm mein Anerbieten an! Du nützt dir viel und schadest uns nicht. Intschu tschuna hat sich mit Winnetou besprochen. Wir beide reiten mit dir, und dreißig Krieger werden uns begleiten. Das ist genug, dich während deiner Arbeit zu beschützen und dir dabei behilflich zu sein. Dann bringen uns diese dreißig Mann so weit nach Osten, bis wir sichere Pfade finden und mit dem Kanu des Dampfes nach St. Louis fahren können."

„Was sagt mein älterer Bruder? Habe ich ihn richtig verstanden? Er will nach Osten?"

„Ja, mit dir, Winnetou und Nscho-tschi."

„Nscho-tschi auch?"

„Meine Tochter auch. Sie möchte gern die großen Wohnplätze der Bleichgesichter sehen und so lange dort bleiben, bis sie ganz so geworden ist wie eine weiße Squaw."

Ich mochte wohl kein geistreiches Gesicht zu diesen Worten gemacht haben, denn er sah mich lächelnd an.

„Mein junger weißer Bruder scheint überrascht zu sein. Hat er vielleicht etwas dagegen, daß wir ihn begleiten? Er mag es aufrichtig sagen!"

„Etwas dagegen? Wie könnte ich! Ich freue mich im Gegenteil sehr darüber. Unter eurer Begleitung komme ich ohne Gefahr in den Osten zurück. Schon deshalb muß mir dein Vorschlag willkommen sein. Dazu ist noch zu rechnen, daß die, die ich so liebgewonnen habe, bei mir bleiben."

„Howgh!" nickte er befriedigt. „Du wirst deine Arbeit vollenden, und dann geht es nach Osten. Wird Nscho-tschi dort Leute finden, bei denen sie wohnen und lernen kann?"

„Ja. Ich werde das gern vermitteln. Aber der Häuptling der Apatschen muß dabei in Betracht ziehen, daß die Bleichgesichter nicht die Gastfreundschaft der roten Männer ausüben können."

„Intschu tschuna weiß es. Wenn Bleichgesichter nicht als Feinde zu uns kommen, erhalten sie alles, was sie brauchen, ohne daß wir etwas dafür verlangen. Suchen aber wir sie auf, so müssen wir alles bezahlen, und zwar doppelt so viel geben, wie weiße Wanderer geben würden. Und dann bekommen wir, doch noch alles schlechter als die Bleichgesichter. Nscho-tschi wird also auch bezahlen müssen."

„Das ist leider wahr, braucht euch aber nicht zu kümmern. Infolge deines edelmütigen Anerbietens wird mir viel Geld ausgezahlt. Ihr werdet dann meine Gäste sein."

„Uff, uff! Was denkt mein junger weißer Bruder von Intschu tschuna und Winnetou, den Häuptlingen der Apatschen! Ich habe dir vorhin gesagt, daß die roten Männer viele Orte kennen, wo Gold zu finden ist. Es gibt Berge, die mit goldenen Adern durchzogen sind, und Täler, in denen der herabgewaschene Goldstaub unter der dünnen Erddecke liegt. Wenn wir in die Städte der Weißen gehen, haben wir zwar kein Geld, aber Gold, so viel Gold, daß uns niemand auch nur einen Schluck Wasser zu schenken braucht. Und wenn Nschotschi mehrere Sommer lang dort bleiben müßte, könnte ich ihr mehr Gold zurücklassen, als sie für diese lange Zeit nötig hat. Nur die Ungastlichkeit der Bleichgesichter zwingt uns, die Fundorte des goldenen Staubs aufzusuchen, sonst aber beachten und benützen wir sie nie. Wann wird mein junger Bruder zum Aufbruch fertig sein?"

„Zu jeder Zeit, sobald es euch beliebt."

„So wollen wir nicht zögern, denn es ist schon die Zeit des späten Herbstes[1], auf den schnell der Winter folgt. Ein roter Krieger braucht selbst für einen so weiten Ritt keine Vorkehrungen zu treffen. Wir könnten also schon morgen aufbrechen, falls auch du dazu bereit bist."

„Ich bin bereit. Es ist nur noch kurz festzustellen, was wir mitnehmen müssen, wieviel Pferde und —"

„Das wird Winnetou erledigen", unterbrach er mich. Er hat schon an alles gedacht, und mein junger weißer Bruder braucht sich um nichts zu sorgen."

Wir verließen das erste Stockwerk und stiegen wieder hinauf. Als ich in meine Wohnung treten wollte, kam Sam Hawkens heraus.

„Habe Euch etwas Neues mitzuteilen, Sir", sagte er freudestrahlend. „Werdet Euch wundern, außerordentlich wundern, wenn ich mich nicht irre."

„Worüber?"

„Über die Nachricht, die ich Euch bringe. Oder wißt Ihr schon etwas?"

„Laßt erst hören, was Ihr meint, lieber Sam!"

„Es geht fort von hier!"

„Ach so! Das weiß ich freilich schon."

„Ihr wißt es schon? Wollte Euch mit meiner Mitteilung eine Freude machen. Komme also zu spät."

„Ich habe es soeben von Intschu tschuna erfahren. Wer hat es Euch gesagt?"

„Winnetou. Traf ihn unten am Wasser, wo er die Pferde auswählte. Sogar Nscho-tschi reitet mit. Wißt Ihr das auch?" — „Ja."

[1] Ende November

231

„Ist ein sonderbarer Gedanke! Soll, wie es scheint, im Osten in einem Pensionat untergebracht werden. Weshalb und wozu, das ist mir unbegreiflich, wenn nicht —"

Er hielt mitten im Satz inne, ließ seine kleinen Äuglein mit einem vielsagenden Ausdruck an mir niedergleiten, fuhr dann fort:

„— wenn nicht — wenn nicht — hm! Nscho-tschi soll vielleicht Eure Kliuna-ai werden? Meint Ihr nicht, geliebter Sir und Shatterhand?"

„Meine Kliuna-ai, also mein Mond? Solche Geschichten überlasse ich Euch, Sam. Was nützt mir ein Mond, der immerfort abnimmt, bis er ganz verschwindet? Es kann mir nicht einfallen, einer Indianerin wegen meine Perücke zu verlieren."

„Eure Perücke? Hört, das war ein sehr fauler Witz, auf den Ihr Euch nichts einbilden dürft! Ist überdies gut, daß meine Liebe zu diesem abnehmenden Mond so unglücklich war."

„Warum?"

„Weil ich ihn doch nicht hierlassen könnte, sondern mitnehmen müßte. Wer aber reitet gern mit einem Neumond über die Prärie! Hihihihi! Ist doch bei jedem Unglück auch ein Glück. Es ärgert mich nur eins dabei."

„Was?"

„Das schöne Grizzlyfell. Hätte ich es selber verarbeitet, würde ich jetzt in einem prächtigen Jagdrock stecken. So aber ist der Rock dahin, und auch das Fell ist verloren."

„Leider! Hoffentlich gibt es später einmal Gelegenheit, wieder einen Grizzly zu erlegen. Dann schenke ich Euch nochmals die Haut."

„Ihr mir? Oder ich Euch, verehrter Sir! Ihr dürft nicht denken, daß die Bären nur so umherlaufen, um sich von dem ersten besten Greenhorn niederstechen zu lassen. Das war damals ein Zufall, worauf Ihr Euch noch viel weniger einzubilden braucht als auf Euren Witz vorhin. Wollen uns überhaupt keine Bären wünschen, wenigstens nicht in nächster Nähe, wo wir zu arbeiten haben. Ist doch ein großartiger Gedanke, daß Ihr weitermessen sollt! Nicht?"

„Edelmütig, Sam, sehr edelmütig!"

„Yes! Dadurch kommt Ihr zu Euerm Geld, und wir erhalten das unsrige auch. Vielleicht — by Jove! Wollte es Euch gönnen, wenn ich jetzt richtig geraten hätte!"

„Was habt Ihr geraten?"

„Daß Ihr das ganze Geld bekommt!"

„Ich verstehe Euch nicht."

„Ist aber doch leicht zu verstehen. Wenn die Arbeit gemacht ist, muß sie auch bezahlt werden. Die andern sind ausgelöscht worden. Sie leben nicht mehr, also müssen ihre Anteile Euch mit ausgezahlt werden."

„Das bildet Euch nicht ein, Sam! Man wird sich hüten, das, was Ihr so klug errechnet habt, auszuführen."

„Ist alles möglich, alles! Müßt es nur richtig anfangen; müßt das Ganze verlangen. Habt ja auch fast die ganze Arbeit getan. Wollt Ihr?"

„Nein. Ich denke nicht daran, mich dadurch lächerlich zu machen, daß ich mehr verlange, als ich zu bekommen habe."

„Greenhorn, wieder Greenhorn! Ich sage Euch, daß Eure deutsche Bescheidenheit hier in diesem Land ganz am unrechten Platz ist. Meine es gut mit Euch; darum hört auf das, was ich Euch sage: Den Gedanken, ein Westmann zu werden, laßt ja fallen, denn so etwas wird im ganzen Leben nicht aus Euch! Ihr müßt also an eine andere Laufbahn denken und dazu gehört zunächst Geld und dann wieder Geld. Jetzt könnt Ihr es, wenn Ihr gescheit seid, zu einer hübschen Summe bringen, und dann ist Euch für einige Zeit geholfen. Folgt Ihr aber meinem Rat nicht, so schwimmt Euer Stock verkehrt den Fluß hinab[1], und Ihr geht zugrunde wie ein Fisch, der aufs Land gerät."

„Wollen das abwarten. Ich bin nicht über den Mississippi gegangen, um ein Westmann zu werden, also habe ich, wenn keiner aus mir wird, nicht etwa eine verlorene Hoffnung zu beklagen. In diesem Fall wärt nur Ihr zu bedauern."

„Ich? Wieso ich?"

„Weil Ihr Euch so viel Mühe gegeben habt, einen aus mir zu machen. Ich höre schon im voraus die Leute sagen, daß ich einen Lehrmeister gehabt haben müsse, der nichts versteht."

„Nichts versteht? Ich? Sam Hawkens und nichts verstehen? Hihihihi! Ich verstehe alles, alles. Ich verstehe es sogar, Euch hier stehenzulassen, Sir!"

Er drehte sich aber nach einigen Schritten wieder um und erklärte:

„Merkt Euch aber das: Wenn Ihr nicht das ganze Geld verlangt, verlange ich es und stecke es Euch in die Tasche! Howgh!"

Nach diesen Worten entfernte er sich mit Schritten, die würdevoll sein sollten, aber gerade gegenteilig wirkten. Das liebe Kerlchen wünschte mir alles Gute, also auch den ganzen Lohn, woran aber nicht zu denken war.

Was Intschu tschuna gesagt hatte, bestätigte sich: ein roter Krieger bedarf selbst zur weitesten Reise keiner großen Vorkehrungen. Das Leben im Pueblo nahm auch heute seinen gewöhnlichen, ruhigen Verlauf, ohne daß irgend etwas auf unsere baldige Abreise schließen ließ. Selbst Nscho-tschi, die uns, wie stets zuvor, beim Essen bediente, war so wie immer. Welche Aufregung und Vorarbeit gibt es bei einer weißen Dame, die einen kleinen Ausflug machen will! Diese Indianerin hatte einen weiten und gefährlichen Ritt vor sich, um die vielgerühmten Herrlichkeiten der Zivilisation kennenzulernen, und doch war nicht die leiseste Spur einer Veränderung an ihr zu bemerken. Ich wurde weder nach etwas gefragt, noch sonst zu Rate gezogen. Das einzige, was ich zu besorgen hatte, war die Verpackung der Meßgeräte, wozu ich von Winnetou eine Anzahl weicher wollener Decken bekam. Wir saßen, wie gewöhnlich, während des ganzen Abends beisammen, ohne daß ein Wort über den beabsichtigten Ritt gesprochen wurde. Und als ich mich schlafen legte, war es mir gar nicht so, als

---

[1] Trapperausdruck für: schlechten Erfolg haben

stünde ich vor einer weiten Reise. Die Ruhe und Kaltblütigkeit der Indianer hatte mich angesteckt. Am Morgen erwachte ich nicht von selber, sondern wurde von Hawkens geweckt, der mir sagte, daß alles zum Aufbruch bereit sei. Der Tag hatte kaum begonnen, ein Spätherbstmorgen, dessen Kühle bewies, daß es Zeit gewesen war, den Ritt nicht länger aufzuschieben.

Es gab ein kurzes Frühstück, und dann begleiteten uns sämtliche Bewohner des Pueblos, ‚Kind und Kegel‘, wie man sich auszudrücken pflegt, hinab zum Fluß, wo eine Feier vorgenommen werden sollte, die ich noch nicht erlebt hatte: der Medizinmann sollte erklären, ob die Reise glücklich oder unglücklich sein würde.

Zu dieser Feierlichkeit waren auch die in der Nähe des Pueblos wohnenden Apatschen herbeigekommen. Unser großer Ochsenwagen stand noch da. Er konnte nicht mitgenommen werden, weil er zu schwerfällig war und die Schnelligkeit unserer Reise beeinträchtigt hätte. Jetzt stellte er das ‚Heiligtum‘ des Medizinmannes dar, der ihn mit Decken verhängt hatte, hinter denen er augenblicklich steckte.

Es wurde ein weiter Kreis um den Wagen gebildet. Dann begann die für die Roten ‚heilige Handlung‘, die ich aber' im stillen mit dem Ausdruck ‚Vorstellung‘ bezeichnete, mit einem aus dem Wagen tönenden Knurren und Fauchen, als wären mehrere Hunde und Katzen aneinandergeraten.

Ich stand zwischen Winnetou und seiner Schwester. Die große Ähnlichkeit der Geschwister trat heute besonders hervor, weil Nschotschi Männerkleidung angelegt hatte. Ihr Anzug glich dem ihres Bruders. Auch sie hatte keine Kopfbedeckung, und ihr Haar war in einen Schopf geordnet, grad wie das seinige. Am Gürtel hatte sie mehrere Beutel mit verschiedenem Inhalt befestigt. Ein Messer und eine Pistole steckten darin, und über ihrem Rücken hing ein Gewehr. Ihr Anzug war neu und mit bunten Fransen und Stickereien verziert. Sie sah sehr kriegerisch und dabei doch so mädchenhaft und reizend aus, daß alle Blicke auf sie gerichtet waren. Da ich den Anzug trug, den ich geschenkt bekommen hatte, waren wir drei beinah gleich gekleidet.

Ich mochte, als sich das Fauchen hören ließ, kein feierliches Gesicht machen, denn Winnetou sagte:

„Mein Bruder kennt diesen Brauch noch nicht. Er wird im stillen über uns lachen.“

„Mir ist kein religiöser Brauch lächerlich und wenn ich ihn noch so wenig verstehen und begreifen kann“, erwiderte ich.

„Das ist das richtige Wort: religiös. Was du hier sehen und hören wirst, ist keine heidnische Mummerei, sondern jede Bewegung und jeder Laut des Medizinmannes hat eine Bedeutung. Das, was du jetzt vernimmst, sind die gegeneinander streitenden Stimmen des guten und des bösen Geschicks.“

In dieser Weile erklärte er mir auch den ferneren Verlauf des Medizintanzes.

Auf das Fauchen folgte ein immer wiederkehrendes Geheul, das mit sanfteren Tönen abwechselte. Das Geheul erklang, wenn der in der Zukunft forschende Medizinmann böse Anzeichen wahrnahm, und die

234

zarteren Laute dann, wenn er Gutes voraussah. Als das längere Zeit gedauert hatte, kam er plötzlich aus dem Wagen gesprungen und rannte wie ein Wütender brüllend im Kreis herum. Nach und nach verlangsamten sich seine Schritte. Das Brüllen hörte auf. Die so gut ‚gemimte‘ Angst, die ihn umhergetrieben hatte, legte sich, und er begann einen langsamen, absonderlichen Tanz, der um so seltsamer wirkte, als sich der Mann das Gesicht mit einer abschreckenden Maske bedeckt und den Körper mit allerlei wunderlichen, teils auch ungeheuerlichen Gegenständen behängt hatte. Diesen Tanz begleitete er mit einem eintönigen Gesang. Beide, Gesang und Tanz, waren erst lebhaft bewegt und wurden nach und nach immer ruhiger, bis sie ganz aufhörten und der Medizinmann sich niedersetzte, um den Kopf zwischen die Knie niederzubeugen und so eine lange Weile stumm und bewegungslos zu verharren. Plötzlich aber sprang er auf und verkündete das Ergebnis seiner Seherschaft mit lauten Worten.

„Hört, hört, ihr Söhne und Töchter der Apatschen! Das ist es, was Manitou, der Große Geist, mich erforschen ließ: Intschu tschuna und Winnetou, die Häuptlinge der Apatschen, und Old Shatterhand, der unser weißer Häuptling geworden ist, reiten mit ihren roten und weißen Kriegern fort, um Nscho-tschi, die junge Tochter unseres Stammes, zu den Wohnplätzen der Bleichgesichter zu begleiten. Der gute Manitou ist bereit, sie zu beschützen. Sie werden einige Abenteuer erleben, ohne Schaden davon zu haben, und glücklich zu uns zurückkehren. Auch Nscho-tschi, die längere Zeit bei den Bleichgesichtern bleibt, kommt glücklich wieder, und nur einer von ihnen ist es, den wir nicht wiedersehen werden.“

Er hielt inne und senkte tief den Kopf, um seiner Trauer über die letzte Tatsache Ausdruck zu geben.

„Uff, uff, uff!“ riefen die Roten neugierig und bedauernd; aber keiner wagte zu fragen, wen er meine.

Da der Medizinmann längere Zeit in seiner gebückten Haltung und seinem Schweigen verharrte, ging meinem kleinen Sam Hawkens die Geduld aus.

„Wer ist es denn, der nicht zurückkehren wird?“ fragte er. „Der Mann der Medizin mag es doch sagen!“

Der Angerufene machte eine verweisende Armbewegung, wartete nun erst recht noch lange, hob dann den Kopf und richtete die Augen auf mich.

„Es wäre besser, wenn nicht danach gefragt worden wäre“, rief er. „Ich wollte keinen Namen nennen. Nun aber hat mich Sam Hawkens, das neugierige Bleichgesicht, dazu gezwungen. Old Shatterhand ist es, der nicht wiederkommt. Der Tod trifft ihn in kurzer Zeit. Alle, denen ich eine glückliche Heimkehr verkündet habe, mögen sich vor seiner Nähe hüten, wenn sie nicht mit ihm das Leben lassen wollen. Sie befinden sich bei ihm in Gefahr, von ihm entfernt aber stets in Sicherheit. Das sagt der Große Geist — Howgh!“

Nach diesen Worten kehrte er in den Wagen zurück. Die Roten richteten scheue Blicke auf mich und ließen Ausdrücke des Bedauerns hören. Ich galt ihnen von jetzt an als ein verfemter Mann, den man meiden mußte.

„Was will dieser Kerl denn eigentlich?" meinte Sam zu mir. „Ihr sollt sterben? Fällt außer diesem Schafskopf keinem Menschen ein! Der Gedanke ist natürlich seinem schwindsüchtigen Gehirn entsprungen. Wie mag er nur darauf gekommen sein?"

„Fragt lieber, welche Absicht er dabei verfolgt!" entgegnete ich. „Er fürchtet meinen aufklärenden Einfluß auf die Häuptlinge, ja möglicherweise auf den ganzen Stamm. Deshalb hat er die passende Gelegenheit ergriffen, dem entgegenzuarbeiten."

„Soll ich hingehen und ihm einige Ohrfeigen ins Gesicht pflanzen, Sir?"

„Macht keine Dummheit, Sam! Die Sache ist ja eine Aufregung nicht wert."

Intschu tschuna, Winnetou und Nscho-tschi hatten, als sie die Weissagung des Medizinmannes hörten, einander betroffen angeschaut. Ob sie an die Wahrheit der Vorhersage glaubten oder nicht, blieb sich gleich. Jedenfalls kannten sie die Wirkung auf ihre Untergebenen. Es sollten dreißig Mann mit uns reiten. Wenn diese Leute glaubten, daß meine Nähe Verderben bringe, so waren Unzuträglichkeiten aller Art nicht zu vermeiden. Dem konnte, da der Ausspruch des Medizinmannes nicht abzuändern war, nur dadurch vorgebeugt werden, daß die Anführer offen zu mir hielten wie vorher und das sogleich zeigten. Darum ergriffen sie beide meine Hände, und Intschu tschuna sagte so laut, daß alle es hörten:

„Meine Brüder und Schwestern mögen meine Worte vernehmen! Unser Medizinmann besitzt die Gabe, in die Zukunft zu blicken, und sehr oft ist das, was er vorher verkündet hat, eingetroffen. Aber wir haben auch erfahren, daß er sich irren kann. Er versprach in der Zeit großer Dürre, den Regen herbeizulocken, doch der Regen ist nicht gekommen. Vor dem letzten Zug, den wir notgedrungen gegen die Komantschen unternehmen mußten, verkündete er uns, wir würden große Beute machen. Doch der Sieg, den wir dabei errangen, hat uns nur einige alte Pferde und drei schlechte Gewehre eingebracht. Als er uns im vorletzten Herbst sagte, daß wir an das Wasser des Toyah gehen müßten, wenn wir viele Büffel erlegen wollten, haben wir nach seinen Worten getan. Wir machten jedoch so wenig Fleisch, daß dann im Winter beinah eine Hungersnot ausbrach. Intschu tschuna könnte euch noch mehr solche Beispiele anführen, die beweisen, daß sein Auge zuweilen dunkel ist. Darum ist es wohl möglich, daß er sich auch jetzt mit unserem Bruder Old Shatterhand irrt. Der Häuptling der Apatschen nimmt die Worte des Medizinbruders so, als wären sie nicht gesprochen und fordert seine Brüder und Schwestern auf, das auch zu tun. Wir wollen abwarten, ob sie zutreffen!"

Da trat mein kleiner Sam Hawkens vor und rief:

„Nein, wir warten nicht. Wir brauchen nicht zu warten, denn es gibt ein Mittel, sofort zu erfahren, ob der Medizinmann die Wahrheit verkündet hat oder nicht."

„Welches Mittel meint mein weißer Bruder?" erkundigte sich der Häuptling.

„Ich will es euch sagen. Nicht nur die Roten, sondern auch die Weißen haben ihre Medizinmänner, die es verstehen, die Zukunft zu erforschen, und ich, Sam Hawkens, bin der berühmteste unter ihnen."

„Uff, uff!" riefen die Apatschen erstaunt.

„Ja, da wundert ihr euch! Ihr habt mich bisher für einen einfachen Westmann gehalten, weil ihr mich noch nicht kennt. Aber ihr sollt mich kennenlernen, wenn ich mich nicht irre, hihihihi! Einige meiner roten Brüder mögen ihre Tomahawks nehmen und ein enges, aber tiefes Loch in die Erde graben."

„Will mein weißer Bruder in das Innere der Erde blicken?" fragte Intschu tschuna.

„Ja, denn die Zukunft liegt im Schoß der Erde verborgen, zuweilen auch in den Sternen. Da ich jedoch jetzt am hellen Tag keine Sterne sehe, die ich befragen könnte, muß ich mich an die Erde wenden."

Mehrere Indianer folgten seiner Aufforderung, indem sie mit ihren Kriegsbeilen ein Loch machten.

„Treibt keinen Humbug, Sam!" flüsterte ich ihm zu. „Wenn die Roten merken, daß Ihr Unsinn macht, verschlimmert Ihr die Sache, anstatt sie zu bessern."

„Humbug? Unsinn? Was ist es denn, was der Medizinmann treibt? Doch auch nichts anderes! Was der kann und darf, das kann und darf ich auch, wenn ich mich nicht irre, verehrtester Sir. Ich weiß, was ich tue. Wenn hier nichts geschieht, zeigen sich die Leute, die wir mitnehmen, widerspenstig."

„Davon bin ich allerdings auch überzeugt. Aber ich bitte Euch, ja nichts Lächerliches vorzunehmen!"

„Oh, die Sache ist sehr ernst! Habt keine Sorge!"

Es war mir trotz seiner Erklärung nicht wohl zumut. Ich kannte Sam. Er war ein Spaßvogel. Darum hätte ich ihn gern noch weiter gewarnt, aber er ließ mich stehen und ging zu den Indianern, um ihnen zu sagen, wie tief das Loch zu machen sei.

Als er fertig war, trieb er sie fort und zog seinen alten ledernen Jagdrock aus. Nachdem er ihn wieder zugeknöpft hatte, setzte er ihn auf die Erde, und das alte Kleidungsstück stand so steif, als wäre es aus Blech oder Holz gefertigt. Er stellte den Rock, der einen hohen Zylinder bildete, über das Loch, gab sich ein wichtiges Aussehen und rief:

„Die Männer, Frauen und Kinder der Apatschen werden sehen, was ich tue und erfahre, und darüber staunen. Die Erde wird mir, wenn ich meine Zauberworte gesprochen habe, ihren Schoß öffnen, so daß ich alles erkenne, was in nächster Zeit mit uns geschehen wird."

Hierauf entfernte er sich ein Stück von dem Loch und ging dann langsam und mit feierlichen Schritten um diesen Mittelpunkt herum, wobei er zu meinem Entsetzen das kleine Einmaleins von der Eins bis zur Neun hersagte. Glücklicherweise tat er das in deutscher Sprache, so daß die Roten gar nicht merkten, was er redete. Als er mit der Neun zu Ende war, wurden seine Schritte immer rascher, bis er im Galopp um den Rock sprang, wobei er ein lautes Geheul hören ließ und seine Arme als Windmühlenflügel bewegte. Endlich hatte er sich außer Atem gelaufen und gebrüllt, trat zu seinem Rock hin, machte mehrere tiefe Verbeugungen und steckte den Kopf oben hinein, um durch den Jagdrock hinab in das Loch zu schauen.

Mir war um den Erfolg dieser Kinderei bange. Ich blickte mich im Kreis um und bemerkte zu meiner Beruhigung, daß die Roten alle mit großem Ernst bei der Sache waren. Auch die Gesichter der beiden Häuptlinge verrieten keine Mißbilligung. Ich war freilich überzeugt, daß sie recht wohl Bescheid wußten und Sams Treiben als bloße Spiegelfechterei werteten.

Sams Kopf steckte eine geraume Weile in der Kragenöffnung seines Jagdrockes. Während dieser Zeit bewegte er zuweilen die Arme in einer Weise, die andeuten sollte, daß er Wichtiges und Wunderbares vor Augen habe. Endlich zog er den Kopf heraus. Seine Miene war ernst. Er knöpfte den Rock wieder auf, zog ihn an und gebot:

„Meine roten Brüder mögen das Loch zumachen, denn solange es offensteht, darf ich nichts sagen!"

Sobald das geschehen war, holte er tief Atem, als fühlte er sich sehr angegriffen, und verkündete:

„Euer roter Medizinmann hat falsch gesehen, denn es wird sich grad das Gegenteil von dem ereignen, was er sagte. Ich habe alles erfahren, was uns die nächsten Wochen bringen; aber es ist mir verboten, darüber zu sprechen. Nur einiges darf ich berichten. Ich habe Gewehre in dem Loch gesehen und Schüsse gehört. Wir werden also Kämpfe zu bestehen haben. Der letzte Schuß kam aus dem Bärentöter Old Shatterhands. Wer aber den letzten Schuß tun, kann unmöglich gestorben, sondern muß Sieger sein. Meinen roten Brüdern droht Unheil. Sie können es nur dadurch vermeiden, daß sie sich in der Nähe Old Shatterhands halten. Wenn sie aber das tun, was der Medizinmann ihnen rät, gehen sie zugrunde. Ich habe gesprochen. Howgh!"

Die Wirkung dieser Weissagung war, wenigstens im Augenblick, ganz nach Sams Wunsch. Die Roten glaubten ihm, das merkte man ihnen an. Sie blickten erwartungsvoll zum Wagen. Sie vermuteten wohl, der Medizinmann würde herauskommen, um sich zu verteidigen. Er ließ sich aber nicht sehen, und so nahmen sie an, daß er sich besiegt fühle. Sam Hawkens kam auf mich zu und funkelte mich mit seinen Äuglein listig an.

„Nun, Sir, wie habe ich meine Sache gemacht?"

„Wie ein echter, richtiger Schwindelmeier."

„Well! Also gut? Nicht?"

„Ja. Wenigstens hat es den Anschein, als hättet Ihr Euren Zweck erreicht."

„Habe ihn durchaus erreicht. Der Medizinmann ist geschlagen. Er läßt sich nicht mehr blicken."

Winnetous Augen ruhten mit einem stillen und doch vielsagenden Blick auf uns. Sein Vater war weniger schweigsam. Er trat zu uns und wandte sich an Sam:

„Mein weißer Bruder ist ein kluger Mann. Er hat den Worten unseres Medizinmannes die Kraft genommen, und er besitzt einen Rock, worin wichtige Weissagungen stecken. Dieser kostbare Rock wird berühmt werden von einem großen Wasser bis zum anderen. Aber Sam Hawkens ist mit seiner Vorherverkündigung zu weit gegangen."

„Zu weit? Wieso?" erkundigte sich der Kleine.

„Es hätte genügt, zu sagen, daß Old Shatterhand uns keinen Schaden bringt. Warum hat Sam Hawkens hinzugefügt, daß uns Schlimmes bevorsteht?"

„Weil ich es im Loch gesehen habe."

Da machte Intschu tschuna eine abwehrende Handbewegung.

„Der Häuptling der Apatschen weiß, woran er ist, das mag Sam Hawkens glauben. Es war nicht nötig, von schlimmen Dingen zu sprechen und unsere Leute mit Besorgnis zu erfüllen."

„Mit Besorgnis? Die Krieger der Apatschen sind doch tapfere Männer, die sich nicht fürchten."

„Sie fürchten sich nicht. Das werden sie beweisen, falls uns unser Ritt wider Erwarten mit Feinden zusammenführen sollte. Wir wollen ihn nun beginnen!"

Intschu tschuna übergab für die Zeit seiner Abwesenheit den Oberbefehl über das Pueblo seinem Unterhäuptling Entschar-Ko[1]. Er war einige Jahre älter als Winnetou, ein tüchtiger und erprobter Krieger, den ich während der letzten Tage ebenfalls kennen und schätzen gelernt hatte.

Die Pferde wurden gebracht. Es war eine beträchtliche Zahl von Packtieren dabei, von denen einige meine Meßgeräte tragen sollten. Die übrigen waren mit Lebensmitteln und anderen notwendigen Dingen beladen.

Ich suchte mit den Augen meinen Rotschimmel, sah ihn aber nicht. Dafür wurde mein Blick von zwei jungen, prächtigen Rapphengsten gefesselt. Sie hatten rote Nüstern und jenen Haarwirbel in der langen Mähne, der bei den Indianern als sicheres Kennzeichen vorzüglicher Eigenschaften gilt. Sattel und Riemenzeug waren von indianischer Arbeit.

Winnetou war meinem Blick gefolgt und zog mich jetzt zu den Rappen hin.

„Old Shatterhand ist der Blutsbruder von Winnetou geworden. Dies soll auch äußerlich dadurch zum Ausdruck kommen, daß von uns beiden Pferde einer Farbe und Söhne der gleichen Mutter geritten werden. Ich habe Intschu tschuna, meinen Vater, gebeten, und er war damit einverstanden, daß ich dir diesen Rappen schenke. Er führt nach seiner Haupteigenschaft, der Schnelligkeit, den Namen ‚Hatatitla'[2] und besitzt die beste indianische Schulung. Er ist noch jung und wird sich rasch an dich gewöhnen. Er wird dich lieben und dich in keiner Gefahr im Stich lassen."

Ich war zuerst sprachlos über dieses beinahe fürstliche Geschenk. Dieser Rappe war fünf Rotschimmel von der Güte des meinigen wert, soviel sah ich auf den ersten Blick. Als ich mich dann bedanken wollte, kam ich zunächst gar nicht dazu, denn Intschu tschuna gab das Zeichen zum Aufbruch.

Es herrschte bei den Indianern der Brauch, daß die fortziehenden

---

[1] Großes Feuer   [2] Sprich: Hatahtitlah, heißt „Blitz"

Krieger von den zurückbleibenden eine Strecke weit begleitet werden. Das geschah heute nicht, weil es Intschu tschuna nicht wünschte. Die dreißig Roten, die mit uns ritten, verabschiedeten sich nicht einmal von ihren Angehörigen. Sie hatten es wohl schon vorher getan, denn in aller Öffentlichkeit erlaubte es ihre Kriegerwürde nicht.

Einen einzigen gab es, der mit Worten Abschied nahm, nämlich Sam Hawkens. Er sah Kliuna-ai unter den Frauen stehen, lenkte, als er bereits im Sattel saß, sein Maultier zu ihr hin und fragte:

„Hat Kliuna-ai gehört, was ich im Loch der Erde gesehen habe?"

„Du hast es gesagt, und ich hörte es", erwiderte sie.

„Ich hätte noch viel mehr sagen können, zum Beispiel auch von dir."

„Von mir? Habe ich auch mit im Loch gesteckt?"

„Ja. Ich sah deine Zukunft vor mir liegen. Soll ich sie dir mitteilen?"

„Ja, tu das!" bat sie schnell und eifrig. „Was wird mir die Zukunft bringen?"

„Sie wird dir nicht etwas bringen, sondern etwas rauben, was dir sehr wert und teuer ist."

„Was ist das?" erkundigte sie sich ängstlich.

„Dein Haar. Du wirst es in einigen Monden verlieren und einen fürchterlichen Kahlkopf bekommen, genauso wie der Mond, der ja auch keine Haare hat. Dann werde ich dir meine Perücke schicken. Leb wohl, du trauriger Mond, du!"

Er trieb lachend sein Maultier von dannen, und sie wendete sich ab, beschämt darüber, daß sie sich durch ihre Neugier hatte aufs Eis führen lassen.

Die Ordnung, in der wir ritten, machte sich von selber. Intschu tschuna, Winnetou mit seiner Schwester und ich waren an der Spitze. Dann folgten Hawkens, Stone und Parker, und hinter ihnen kamen die dreißig Apatschen, die miteinander in der Leitung der Packtiere abwechselten.

Nscho-tschi saß nach Männerart im Sattel, sie war, wie ich schon wußte, eine ausgezeichnete Reiterin. Wer uns begegnet wäre, ohne sie zu kennen, hätte sie für einen jüngeren Bruder Winnetous halten müssen. Einem schärferen Auge aber konnte die frauenhafte Weichheit ihrer Gesichtszüge und Körperformen nicht entgehen. Sie war schön, wirklich schön, trotz ihres männlichen Anzugs.

Was meinen Rappen betrifft, so zeigte es sich bald, daß ich einen vortrefflichen Tausch gemacht hatte. Er war unerreichbar im Galopp, ruhig im Trab, ausgiebig und unermüdlich im Schritt und kerngesund auf der Lunge. Winnetous Tier war dem meinen gleichwertig und hieß ,Iltschi'[1]. Die Mescaleros unterhielten eine Zucht von hochwertigen Rassetieren, und die beiden Rappen waren daraus hervorgegangen. Sie waren mir nie zu Gesicht gekommen, trotz der ziemlich langen Zeit, die ich bei den Apatschen zugebracht hatte. Aber all die Wochen wurden von meiner ,Ausbildung' so sehr beansprucht, daß mir gar manches Sehens- und Wissenswertes im Pueblo und in dessen Umgebung entgangen war.

[1] „Wind"

240

Meine Gefährten nahmen aufrichtigen Anteil an meiner Freude, besonders mein kleiner Sam, der zwar keine Gelegenheit vorübergehen ließ, mir einzuprägen, daß ich ein hoffnungsloses Greenhorn sei, im Innern aber doch auf mich, seinen ehemaligen Schüler, stolz war und auf jede Anerkennung, die mir zuteil wurde.

Die ersten Tage unserer Reise verliefen ohne irgendein Ereignis. Wie bekannt, hatten die Apatschen fünf Tage gebraucht, um vom Ort des Überfalls zum Pueblo am Rio Pecos zu kommen. Die Beförderung der Gefangenen und Verwundeten hatte diesen Ritt verlangsamt. Wir erreichten aber schon nach drei Tagen die Stelle, wo Klekih-petra von Rattler ermordet worden war. Wir hatten uns nämlich zunächst mehr nordöstlich gehalten. Dort wurde zum Nachtlager haltgemacht. Die Apatschen trugen Steine zu einem einfachen Denkmal zusammen. Winnetou war an dieser Stätte noch ernster gestimmt als gewöhnlich. Ich erzählte ihm, seinem Vater und seiner Schwester, was Klekih-petra mir über sein früheres Leben mitgeteilt hatte.

Am anderen Morgen ging es weiter, aber vorerst noch eine Strecke den gleichen Weg, dem wir seinerzeit bei der Vermessung gefolgt waren. So kamen wir in die Gegend, wo unsere Meßarbeit so plötzlich durch den Überfall unterbrochen worden war. Die Pfähle steckten noch, und ich hätte nun sofort wieder beginnen können, tat es aber nicht, weil es vorerst noch Notwendigeres zu tun gab.

Es war nämlich den Apatschen damals nach dem Kampf nicht in den Sinn gekommen, die toten Weißen und Kiowas zu begraben, sondern sie hatten die Leichen liegenlassen, wie sie lagen. Was von ihnen versäumt worden war, hatten die Geier und andere Raubtiere übernommen, allerdings auf ihre Art. Die Knochen lagen umher, oft völlig abgenagt, oft auch mit faulenden Fleischresten behaftet. Es war eine schaurige Arbeit für Sam, Dick, Will und mich, diese Überreste zu sammeln und in ein gemeinschaftliches Grab zu legen. Die Apatschen beteiligten sich nicht daran.

Darüber verging der Tag, und ich fing erst am nächsten Morgen meine Arbeit an. Abgesehen von den Kriegern, die mir die nötigen Handreichungen leisteten, half mir besonders Winnetou dabei, und seine Schwester kam kaum von meiner Seite. Es war ein ganz anderes Schaffen als damals, wo ich es mit so unangenehmen Menschen zu tun gehabt hatte. Die Roten, die ich nicht beschäftigte, streiften in der Gegend umher und brachten dann abends mancherlei Jagdbeute mit.

Es läßt sich denken, daß ich die Arbeit rasch förderte. Ich erreichte trotz der Schwierigkeit des Geländes den Anschluß an die nächste Abteilung schon nach drei Tagen und bedurfte nur noch eines vierten Tages, um die Zeichnungen und das Tagebuch zu vervollständigen. Dann war ich fertig, und das war gut, denn der Winter rückte schnell heran. Die Nächte waren schon empfindlich kalt, so daß wir die Feuer bis zum Morgen nicht ausgehen ließen.

Wenn ich gesagt habe, daß mir die Apatschen behilflich waren, so kann ich doch leider nicht behaupten, daß sie es gern getan hätten. Sie gehorchten dabei den Befehlen ihrer Häuptlinge; sonst hätten sie mich schwerlich unterstützt. Man sah es jedem, den ich beschäftigte, an, daß er sich freute, wenn seine Handreichungen nicht mehr gebraucht wurden. Und wenn wir dann am Abend beisammensaßen, lagerten die dreißig Indsmen stets entfernter von uns, als es ihnen die Achtung vor ihren Anführern gebot. Die Häuptlinge bemerkten das wohl, schwiegen aber darüber. Sam beobachtete es auch und meinte zu mir:

„Wollen gar nicht so recht ins Zeug, diese Roten. Es ist und bleibt doch immer wahr: der Indianer ist ein tüchtiger Jäger und tapferer Krieger, sonst aber ein Faulpelz. Die Arbeit schmeckt ihm nicht."

„Das, was sie für mich tun, strengt nicht im mindesten an und ist gar keine Arbeit zu nennen", erwiderte ich. „Ihr Widerwille hat wohl einen anderen Grund."

„So? Welchen denn?"

„Sie scheinen an die Weissagung ihres Medizinmannes zu denken und ihr mehr zu glauben als der Eurigen, lieber Sam."

„Mag sein, wäre aber dumm von ihnen."

„Und sodann ist ihnen meine Arbeit jedenfalls ein Greuel. Die hiesige Gegend gehört ihnen, und ich vermesse sie für andere Leute, für ihre Feinde. Daran müßt Ihr auch denken, Sam."

„Aber ihre Häuptlinge wollen es doch so!"

„Allerdings. Das muß aber nicht zur Folge haben, daß die gewöhnlichen Krieger auch damit einverstanden sind. Sie sind im stillen dagegen. Und wenn ich sie beobachte, wie sie beisammensitzen und leise miteinander sprechen, so sehe ich es ihren Mienen an, daß sie von mir reden, und zwar nichts, worüber ich mich freuen könnte."

„Kommt mir allerdings auch so vor. Kann uns aber gleichgültig sein. Was sie denken und reden, wird uns nichts schaden. Wir haben es mit Intschu tschuna, Winnetou und Nscho-tschi zu tun, und über diese drei können wir nicht klagen."

Damit hatte er recht. Winnetou und sein Vater waren mir in allem behilflich und von einer wahrhaft brüderlichen Zuvorkommenheit, und die Indianerin sah mir vollends jeden Wunsch von den Augen ab. Es war, als könnte sie jeden meiner Gedanken erraten. Sie tat immer, was ich wollte, ohne daß ich es auszusprechen brauchte, und das erstreckte sich bis auf Dinge und Kleinigkeiten, die kein Mensch sonst beachtet. Ich wurde ihr mit jedem Tag mehr zur Dankbarkeit verpflichtet. Sie war eine scharfe Beobachterin und aufmerksame Zuhörerin, und ich bemerkte zu meiner Freude und Genugtuung, daß ich, absichtlich oder unabsichtlich, ihr Lehrer war, von dem sie mit Begierde lernte. Wenn ich sprach, hing ihr Auge an meinen Lippen, und was ich tat, tat sie genauso, selbst wenn es den Gewohnheiten ihrer Rasse widersprach. Sie schien nur für mich da zu sein und für meine Bequemlichkeit und um mein Wohlbefinden viel besorgter als ich selber, der ich nicht daran dachte, es besser haben zu wollen als die anderen.

19. Der Fluch des Goldes

Am Abend des vierten Tages war die Arbeit beendet, und ich verpackte die Meßgeräte in die Decken. Wir machten uns reisefertig und brachen am anderen Morgen auf. Die beiden Häuptlinge hatten sich für den gleichen Weg entschieden, auf dem ich von Sam in diese Gegend gebracht worden war.

Als wir diesem Weg zwei Tage gefolgt waren, hatten wir eine Begegnung. Wir befanden uns in einer flachen, grasigen und hier und da durch Buschwerk unterbrochenen Gegend, die uns einen guten Ausblick gewährte, was im Westen immer von Vorteil ist. Man kann nie wissen, auf was für Menschen man trifft, und da ist es gut, wenn man jede Annäherung im voraus bemerkt. Wir sahen vier Reiter uns entgegenkommen. Es waren Weiße. Sie erblickten uns gleichfalls und hielten an, ungewiß, ob sie ihren Weg fortsetzen oder uns ausweichen sollten. Dreißig Roten zu begegnen, ist nicht angenehm für Weiße, die nur zu vieren sind, zumal wenn sie nicht wissen, welchem Stamm die Indianer angehören. Aber sie sahen, daß Weiße bei den Indsmen waren, und das schien ihre Bedenken zu beheben, denn sie ließen ihre Pferde schließlich in der bisherigen Richtung weitergehen.

Sie waren wie Cowboys gekleidet und mit Gewehren, Messern und Revolvern bewaffnet. Als sie uns auf zwanzig Schritte nahegekommen waren, zügelten sie ihre Pferde, nahmen gewohnheitsgemäß ihre Gewehre schußbereit in die Hände, und der eine von ihnen rief uns an:

„*Good day*, Mesch'schurs! Ist es nötig, den Finger am Drücker zu haben, oder nicht?"

„*Good day*, Gents!" antwortete Sam. „Tut eure Schießhölzer getrost weg! Wir denken nicht daran, euch aufzufressen. Darf man erfahren, woher ihr kommt?"

„Vom alten Mississippi herüber."

„Und wohin wollt ihr?"

„Hinauf nach New Mexiko und von dort aus nach Kalifornien hinüber. Haben gehört, daß dort Rinderhirten gebraucht und besser bezahlt werden als da, woher wir kommen."

„Könnt recht haben, Sir. Müßt aber noch einen weiten Weg machen, bis ihr eine so feine Anstellung erhaltet. Wir kommen von da oben herunter und wollen nach St. Louis. Ist der Weg jetzt rein?"

„Ja. Wenigstens haben wir nichts vom Gegenteil gehört. Braucht euch aber auch in einem solchen Fall nicht zu fürchten. Seid ja zahlreich genug. Oder reiten die roten Gentlemen nicht weit mit?"

„Nur die beiden Krieger hier mit ihrer Tochter und Schwester, Intschu tschuna, der Häuptling der Apatschen, mit seinem Sohn Winnetou."

„Was Ihr sagt, Sir! Eine rote Lady, die nach St. Louis will? Darf man vielleicht Eure Namen erfahren?"

„Warum nicht! Sind ehrliche Namen, brauchen sie nicht zu verheimlichen. Ich werde Sam Hawkens genannt, wenn ich mich nicht irre. Da sind meine Kameraden Dick Stone und Will Parker, und hier neben mir seht ihr Old Shatterhand, einen Boy, der einen Grauen Bären mit dem Messer ersticht und den stärksten Menschen mit der Faust zu Boden schlägt. Nun habt ihr wohl die Gewogenheit, mir eure Namen auch zu nennen?"

„Gern. Von Sam Hawkens haben wir gehört, von den anderen Gentlemen aber noch nicht. Ich heiße Santer und bin kein so berühmter Westläufer wie Ihr, sondern ein einfacher Cowboy."

Er nannte auch die Namen seiner drei Gefährten, die ich mir nicht gemerkt habe, tat noch einige Fragen, die sich auf den Weg bezogen, und dann ritten sie weiter. Als sie fort waren, fragte Winnetou den kleinen Sam:

„Weshalb hat mein Bruder diesen Leuten so genau Auskunft gegeben?"

„Sollte ich sie ihnen verweigern?"

„Ja."

„Wüßte nicht, warum. Wir wurden höflich gefragt, und so mußte ich höflich antworten. Wenigstens tut Sam Hawkens stets so."

„Der Höflichkeit dieser Bleichgesichter traue ich nicht. Sie waren höflich, weil wir neunmal soviel zählten wie sie. Es ist mir nicht lieb, daß du ihnen gesagt hast, wer wir sind."

„Warum? Meinst du, daß es uns Schaden bringen kann?"

„Ja."

„In welcher Weise?"

„In mancherlei Weise. Diese Bleichgesichter haben mir nicht gefallen. Die Augen dessen, der mit dir sprach, waren nicht gut."

„Habe das nicht bemerkt. Aber selbst, wenn es so wäre, uns tut es nichts. Sie sind fort; sie reiten dahin und wir dorthin. Es wird ihnen nicht in den Sinn kommen, umzukehren und uns zu belästigen."

„Dennoch will ich wissen, was sie tun. Meine Brüder mögen langsam weiterreiten, ich aber werde mit Old Shatterhand diesen Bleichgesichtern sicherheitshalber eine Strecke folgen. Ich muß feststellen, ob sie sich wirklich nicht weiter um uns kümmern."

Während die anderen ihren Weg fortsetzten, ritt er mit mir auf unsrer Spur, der die vier Fremden gefolgt waren, zurück. Ich muß sagen, daß dieser Santer auch mir nicht gefallen hatte, und seine drei Gefährten hatten ebensowenig vertrauenswürdig ausgesehen. Nur vermochte ich mir nicht zu sagen, was sie uns anhaben konnten oder wollten. Selbst wenn sie zu den Leuten gehörten, die das Eigentum anderer Menschen mit dem ihrigen verwechseln, fragte ich mich vergeblich, was sie verleiten könnte, anzunehmen, daß bei uns ein Fang zu machen sei. Und selbst wenn sie das glaubten, war es mir höchst unwahrscheinlich, daß sie es wagen würden, sie, die vier, gegen siebenunddreißig wohlbewaffnete Personen vorzugehen. Aber als ich eine diesbezügliche Frage an Winnetou richtete, erklärte er mir seine Bedenken.

„Wenn sie Diebe sind, scheuen sie unsere Überzahl nicht, da sie nicht beabsichtigen, uns offen anzugreifen. Sie folgen uns vielmehr heimlich, um den Augenblick zu erlauschen, da sich der, auf den sie es abgesehen haben, von der Gesellschaft absondert."

„Auf wen könnten sie es abgesehen haben? Sie kennen uns ja gar nicht."

„Auf den, bei dem sie Gold vermuten."

„Gold? Wie können sie wissen, ob bei uns welches vorhanden ist, und welche von so vielen Personen es bei sich hat?"

„Sie brauchen nur nachzudenken, um es sich fast mit Sicherheit sagen zu können. Sam Hawkens war so unvorsichtig, ihnen zu verraten, daß Intschu tschuna ein Häuptling ist und mit seinen Kindern nach St. Louis will. Mehr brauchen sie nicht zu wissen."

„Ah, jetzt ahne ich, was mein roter Bruder meint! Wenn Indianer nach Osten gehen, benötigen sie Geld. Da sie nun keine geprägten Münzen haben, nehmen sie Gold mit, dessen Fundorte ihnen bekannt sind. Und wenn sie gar Häuptlinge sind, kennen sie solche Orte gewiß und nehmen wahrscheinlich viel Gold mit."

„Mein Bruder Old Shatterhand hat es erraten. Wir beide, mein Vater und ich, sind es, auf die diese Weißen ihr Augenmerk richten würden, falls sie einen Diebstahl oder Raub beabsichtigen. Sie würden freilich jetzt nichts bei uns finden."

„Nichts? Ihr wolltet euch doch mit Gold versehen!"

„Wir werden das erst noch tun. Wozu es bei uns tragen, wenn wir es nicht brauchen? Wir haben bisher nichts zu bezahlen gehabt. Das wird erst nötig, wenn wir in die Forts einkehren, die auf unserem Weg liegen. Darum werden wir uns nun erst Gold holen, wahrscheinlich morgen schon."

„So liegt ein Fundort in der Nähe unseres Wegs?"

„Ja. Es ist ein Berg, der von uns Nugget Tsil genannt wird. Bei anderen Leuten, die nicht wissen, daß es dort Gold gibt, hat er einen anderen Namen. Wir kommen heut abends in seine Nähe und werden uns holen, was wir brauchen."

Ich gestehe, daß mich eine Bewunderung überkam, die mit ein wenig Neid gemischt war. Diese Menschen wußten, wo das kostbare Metall in Menge lag, und führten, anstatt es zu benutzen, ein Leben fast ohne alle Ansprüche. Sie trugen keine Scheckbücher und Geldbeutel bei sich, aber sie hatten überall, wohin sie kamen, verborgene Schatzkammern, in die sie nur zu greifen brauchten, um sich die Taschen mit Gold zu füllen. Wer es doch auch so haben könnte!

Wir mußten vorsichtig sein, denn Santer sollte nicht merken, daß wir ihm folgten. Deshalb benutzten wir jede Erhöhung und jeden Strauch, um uns zu decken. Nach einer guten Viertelstunde sahen wir die vier. Sie trabten munter ihres Wegs. Sie schienen es eilig zu haben, vorwärts zu kommen, und an ein Umkehren gar nicht zu denken. Wir hielten an. Winnetou blickte ihnen nach, bis sie unseren Augen entschwanden.

„Sie haben keine bösen Absichten", sagte er dann. „Wir können also ruhig sein."

Er ahnte ebensowenig wie ich, wie sehr er sich da irrte. Diese Kerle hatten gar wohl Absichten; aber sie waren überaus verschmitzte Strolche, wie wir leider bald erfahren mußten. Sie nahmen an, daß wir sie eine Weile beobachten würden, und gaben sich deshalb den

Anschein, als hätten sie Eile. Später jedoch kehrten sie um und folgten uns.

Wir wandten unsere Pferde und holten die Gefährten, da wir galoppierten, schnell wieder ein. Am Abend machten wir an einem Wasser halt. Gewöhnt, stets vorsichtig zu sein, suchte Winnetou die Umgegend erst sorgfältig ab, bevor Intschu tschuna die Weisung zum Lagern erteilte. Das Wasser war ein Quell, der hell und stark aus der Erde hervorsprudelte, Gras für die Pferde gab es hier genug, und da der Platz rings von Bäumen und Gebüsch umschlossen war, konnten wir helle Feuer brennen, ohne daß sie weit gesehen wurden. Zudem stellte Intschu tschuna zwei Wachen aus, und so schien alles getan zu sein, was durch die Sorge für unsre Sicherheit geboten war.

Die dreißig Apatschen lagerten wie gewöhnlich in einer unnötig weiten Entfernung von uns, um ihr Dörrfleisch zu verzehren. Wir sieben saßen am Rand des Buschwerks um unser Feuer. Die Nähe des Gesträuchs war aufgesucht worden, weil wir da vor dem kühlen Wind geschützt waren, der heut abend wehte.

Nach dem Abendessen pflegten wir uns einige Zeit zu unterhalten. So auch diesmal. Im Lauf des Gesprächs erklärte Intschu tschuna, daß wir morgen erst zu Mittag aufbrechen würden. Von Sam Hawkens nach dem Grund dieser Verzögerung gefragt, erklärte er mit einer Aufrichtigkeit, die ich später tief beklagte:

„Es sollte eigentlich ein Geheimnis sein, aber meinen weißen Brüdern will ich es anvertrauen, wenn sie mir versprechen, ihm nicht nachzuspüren."

Als wir dieses Versprechen gegeben hatten, fuhr er fort:

„Wir brauchen Geld. Deshalb wird Intschu tschuna morgen früh mit seinen Kindern von hier fortgehen, um Nuggets zu holen, und erst am Mittag zurückkehren."

Stone und Parker ließen Rufe der Verwunderung hören, und Hawkens erkundigte sich, nicht weniger erstaunt:

„Es gibt Gold hier in der Nähe?"

„Ja", bestätigte Intschu tschuna. „Niemand ahnt etwas davon; auch meine Krieger wissen es nicht. Intschu tschuna hat es von seinem Vater erfahren, der es von dem seinigen wußte. Solche Geheimnisse vererben sich nur von den Vätern auf die Söhne und werden heilig gehalten. Man teilt sie selbst dem besten Freund nicht mit. Der Häuptling hat jetzt zwar davon gesprochen, würde aber den Ort keinem Menschen verraten oder gar zeigen und jeden niederschießen, der es wagte, uns heimlich zu folgen."

„Auch uns würdest du töten?"

„Auch euch! Intschu tschuna hat euch Vertrauen erwiesen. Wenn ihr es täuschtet, hättet ihr den Tod verdient. Er weiß aber, daß ihr diesen Lagerplatz nicht eher verlassen werdet, als bis wir von unserem Gang zurück sind."

Damit brach er kurz ab, und das Gespräch nahm eine andere Wendung. Nach einiger Zeit wurde es durch Sam unterbrochen. Intschu tschuna, Winnetou, Nscho-tschi und ich saßen mit dem Rücken zum Gebüsch. Sam, Dick und Will hatten die Plätze an der anderen Seite des Feuers inne, hatten demnach das Gesträuch vor Augen. Mitten in der Unterhaltung stieß Hawkens plötzlich einen Ruf aus, griff zu seinem Gewehr, legte an und schickte eine Kugel in die Büsche. Dieser Schuß verursachte große Aufregung im ganzen Lager. Die Indianer sprangen auf und kamen herbei. Auch wir erhoben uns rasch und fragten Sam, warum er geschossen habe.

„Ich habe zwei Augen gesehen, die hinter Intschu tschuna aus dem Gebüsch hervorblickten", erklärte er.

Sofort rissen die Roten Brände aus den Feuern und drangen ins Gebüsch ein. Ihr Suchen war vergeblich. Man beruhigte sich und setzte sich wieder nieder.

„Sam Hawkens wird sich geirrt haben", meinte Intschu tschuna. „Bei einem flackernden Feuer sind solche Täuschungen leicht möglich."

„Sollte mich wundern. Glaube die Augen ganz gewiß bemerkt zu haben."

„Der Wind wird zwei Blätter umgedreht haben. Mein weißer Bruder hat dadurch ihre untere Seite gesehen, die heller ist, und hat sie für Augen gehalten."

„Das wäre allerdings möglich. Habe also Blätter totgeschossen — hihihihi!"

Er lachte in seiner Art in sich hinein. Winnetou betrachtete die Sache nicht von dieser spaßhaften Seite, sondern sagte ernst:

„Mein Bruder Sam hat auf jeden Fall einen Fehler begangen, vor dem er sich später stets hüten mag!"

„Einen Fehler? — Ich? — Wieso?"

„Es durfte nicht geschossen werden."

„Nicht! Das wäre! Wenn ein Spion im Busch steckt, habe ich das Recht, ihm eine Kugel zu geben, wenn ich mich nicht irre."

„Weiß man, ob der Späher feindliche Absichten hat? Er entdeckt uns und schleicht heran, um zu erfahren, wer wir sind. Vielleicht tritt er dann hervor, um uns zu grüßen."

„Hm, das ist freilich wahr", gab der Kleine zu.

„Der Schuß war für uns gefährlich", fuhr Winnetou fort. „Entweder hat sich Sam Hawkens geirrt und keine Augen gesehen. Dann war der Knall überflüssig und kann nur Feinde herbeilocken, die sich vielleicht in der Nähe befinden. Oder es ist wirklich ein Mensch gewesen. Auch dann war es falsch, auf ihn zu schießen, weil die Kugel vermutlich doch nicht treffen würde."

„Oho! Die Kugeln des alten Sam treffen bestimmt. Möchte den kennenlernen, der mir einen Fehlschuß nachweist!"

„Winnetou kann auch schießen, würde aber in solchem Fall wahrscheinlich doch nicht treffen. Der Späher sieht ja, daß man auf ihn zielt. Er erkennt daraus, daß er bemerkt worden ist, und wird eine schnelle Bewegung machen, um von der Mündung des Gewehres wegzukommen. Die Kugel geht dann fehl, und der Mann verschwindet in der Nacht."

„Ja, ja. Aber was hätte mein roter Bruder an meiner Stelle getan?"

„Entweder den Knieschuß angewandt oder sich still von hier entfernt, um den Späher auf einem Umweg heimlich in den Rücken zu kommen."

Der Knieschuß ist der schwierigste Schuß, den es gibt. Viele

Westmänner, die sonst gute Schützen sind, bringen ihn nicht fertig. Ich hatte früher überhaupt nichts davon gewußt, mich aber dann, von Winnetou darauf hingewiesen, in der letzten Zeit darin geübt.

Ich setze den Fall, daß ich, allein oder mit anderen, das ist gleich, am Lagerfeuer sitze. Mein Gewehr liegt mir, wie es Regel ist, griffbereit zur rechten Hand. Da bemerke ich zwei Augen, die mich aus einem Versteck beobachten. Das Gesicht des Spähers kann ich nicht sehen, denn es befindet sich im Dunkeln. Aber die Augen sind zu erkennen, wenn der Mann nicht so vorsichtig ist, durch die gesenkten Wimpern zu blicken. Sie haben einen matten Glanz, der um so auffälliger wird, je mehr man das Auge anstrengt. Man glaube aber ja nicht, daß es leicht ist, des Nachts unter dichtem Blattwerk im Gebüsch zwei geöffnete Augen zu gewahren. Das lernt man nicht, sondern die Schärfe des Blicks muß angeboren sein.

Bin ich nun überzeugt, einen feindlichen Späher vor mir zu haben, so muß ich, um mich zu retten, ihn unschädlich machen, ihn töten, und zwar durch eine Kugel, die ihn zwischen die Augen trifft. Denn auf die Augen muß ich zielen, weil sie das einzige sind, was ich von dem Mann sehe. Wenn ich aber das Gewehr wie gewöhnlich anlege, es also an die Wange nehme, so weiß er, daß ich auf ihn ziele, und verschwindet augenblicklich. Ich muß mein Ziel demnach so nehmen, daß er es nicht bemerkt. Das geschieht beim Knieschuß. Ich krümme dazu das rechte Bein derart, daß sich das Knie hebt und mein Oberschenkel eine Linie bildet, deren Verlängerung gerade zwischen die beiden Augen, die ich sehe, treffen würde. Dann greife ich scheinbar gedankenlos, wie spielend, absichtslos, zum Gewehr, hebe den Lauf auf meinen Oberschenkel, so daß er genau in seine Verlängerung zu liegen kommt, und drücke ab. Das ist sehr schwer, zumal man nur die rechte Hand dazu nehmen darf, da beim Gebrauch beider Hände der Vorgang keineswegs so harmlos aussehen würde, wie er aussehen soll. Mit dieser einen Hand das Gewehr richten, es fest an den Schenkel halten und dann abdrücken, das bringen nur wenige fertig. Dabei ist noch nicht mitgerechnet, wie schwierig das Zielen ist, in dieser Lage und ohne die Möglichkeit, das Auge ans Visier zu bringen. Und das Ziel besteht überdies nur aus zwei kaum sichtbaren Punkten mitten in einer vom Flackerfeuer überzitterten und vielleicht auch vom Wind bewegten Laub- und Blättermasse!

Das meinte Winnetou, als er vom Knieschuß, auch Hüftschuß genannt, sprach. Er war Meister darin. Mir war dieser Schuß schon deshalb nicht leicht geworden, weil mein Bärentöter so schwer wog und mit einer Hand in dieser Weise kaum zu handhaben war. Fortgesetzte Übung brachte mich dann aber doch zu dem gewünschten Erfolg bei schwierig zu erkennenden Scheiben.

Während die anderen sich alle durch das ergebnislose Durchsuchen der Umgebung befriedigt oder beruhigt fühlten, stand Winnetou nach einiger Zeit wieder auf und entfernte sich, um die Nachforschungen selber noch einmal vorzunehmen und fortzusetzen. Es verging über eine Stunde, bis er wiederkam.

„Es ist kein Mensch da", sagte er. „Sam Hawkens wird sich also doch geirrt haben."

Dennoch stellte er statt der bisherigen zwei nun vier Wachen aus und wies sie an, möglichst aufmerksam zu sein und den Umkreis des Lagers öfter abzugehen. Dann legten wir uns nieder.

Mein Schlaf war unruhig. Mehrmals wachte ich auf und hatte in den Zwischenpausen kurze, aber unangenehme Träume, worin Santer mit seinen drei Gefährten die Hauptrolle spielte. Das war gewiß die einfache, leicht erklärliche Folge unserer Begegnung mit ihm, gab aber, als wir am Morgen aufstanden, seiner Person für mich eine Bedeutung, die ich mir vergeblich auszureden suchte.

Nach dem Frühstück, das aus Fleisch und einem Brei von Mehl und Wasser bestand, machte sich Intschu tschuna mit seinem Sohn und seiner Tochter auf den Weg. Bevor sie gingen, bat ich um die Erlaubnis, sie wenigstens eine Strecke weit begleiten zu dürfen. Damit sie überzeugt sein sollten, daß ich es nicht in der Absicht tat, den Weg zum Goldort zu finden, sagte ich ihnen, daß ich den Gedanken an Santer nicht loswerden könnte. Ich wunderte mich über mich selber, denn ich hegte ohne einen stichhaltigen Grund heute früh die Überzeugung, daß er mit seinen Leuten doch umgekehrt sei. Das war wohl die Nachwirkung meiner Träume.

„Mein Bruder braucht sich nicht um uns zu sorgen", entgegnete Winnetou. „Um ihn zu beruhigen, wird Winnetou noch einmal nach Spuren suchen. Wir wissen, daß Old Shatterhand nicht nach Gold strebt. Aber wenn er auch nur eine kurze Strecke mit uns ginge, würde er den Ort vielleicht zu ahnen glauben und dann sicher das Fieber bekommen, das nach dem tödlichen Staub verlangt und das Bleichgesicht nicht eher verläßt, als bis er an Leib und Seele zugrunde gegangen ist. Wir bitten dich also nicht aus Mißtrauen, sondern aus Liebe, nicht mit uns zu gehen."

Damit mußte ich mich bescheiden. Er forschte noch einmal nach, ohne jedoch eine Spur zu entdecken, und dann gingen sie fort. Daraus, daß sie nicht ritten, zog ich den Schluß, daß der Ort, den sie aufsuchen wollten, nicht sehr weit entfernt sein könne.

Ich legte mich ins Gras, brannte meine Pfeife an und unterhielt mit Sam, Dick und Will, alles nur, um meine grundlosen Befürchtungen loszuwerden. Aber ich hatte keine Ruhe. Bald stand ich wieder auf. Es war etwas in mir, das mich forttrieb. Deshalb warf ich das Gewehr über und entfernte mich. Vielleicht entdeckte ich ein Wild, das meine Gedanken ablenkte.

Intschu tschuna hatte das Lager südwärts verlassen. Deshalb wandte ich mich nordwärts, damit es ja nicht heißen sollte, ich ginge auf verbotenen Wegen.

Als ungefähr eine Viertelstunde verstrichen war, traf ich zu meinem Erstaunen auf eine Fährte, die von drei Personen herrührte. Sie hatten Mokassins getragen. Ich unterschied zwei große, zwei mittlere und zwei kleine Füße. Die Spuren waren neu. Das mußten Intschu tschuna, Winnetou und Nscho-tschi gewesen sein. Sie hatten sich ursprünglich südwärts entfernt, dann aber ihren Weg doch nach Norden genommen, um uns zu täuschen. Wir sollten den Fundort des Goldes im Süden vermuten.

Durfte ich weitergehen? Nein. Höchstwahrscheinlich stießen sie bei ihrer Rückkehr auf meine Spur, und es sollte bei ihnen nicht der Gedanke aufkommen, ich sei ihnen heimlich nachgelaufen. Aber ins Lager wollte ich auch noch nicht, und so spazierte ich in östlicher Richtung weiter.

Schon nach kurzer Zeit mußte ich wieder anhalten, denn ich traf auf eine zweite Fährte. Die Untersuchung ergab, daß sie von vier Männern stammte, die Stiefel und Sporen getragen hatten. Ich dachte sofort an Santer und seine drei Begleiter. Die Spur führte in die Richtung, wo ich die beiden Häuptlinge wußte, und schien aus einem nahen Gebüsch zu kommen, aus dem einige noch belaubte Eichen hoch emporragten. Dorthin mußte ich zunächst.

Es war richtig: die Fährte kam aus diesem Gebüsch, und als ich in die Sträucher eindrang, fand ich die vier Pferde angebunden, die Santer und seine Leute geritten hatten. Dem Boden war deutlich anzusehen, daß die vier hier genächtigt hatten. Sie waren also doch umgekehrt! Weshalb? Jedenfalls unsertwegen. Sie trugen sich gewiß mit den Gedanken, die Winnetou mir auseinandergesetzt hatte. Sam Hawkens hatte sich gestern abend nicht geirrt, sondern wirklich zwei Augen gesehen, den Späher aber durch sein falsches Verhalten vertrieben, noch bevor der Schuß abgefeuert wurde. Wir waren also belauscht worden. Santer belauerte uns, um einen Augenblick abzupassen, wo er den, auf den er es abgesehen hatte, allein abfangen könnte. Aber die Stelle hier war so weit von unserem Lager entfernt. Wie konnte er uns von hier aus beobachten?

Ich betrachtete die Bäume. Sie waren zwar hoch, doch nicht sehr stark und leicht zu erklettern. Die Rinde des einen zeigte Risse, die nur von Sporen eingeritzt sein konnten. Man war also hinaufgeklettert, und von dieser Höhe aus konnte man unbedingt, wenn nicht das Lager selbst, so doch jeden wahrnehmen, der es verließ.

Himmel! Da kam mir ein Gedanke. Wovon hatten wir gestern abend gesprochen, bevor Sam die Augen entdeckte? Davon, daß Intschu tschuna fortgehen wollte, um mit seinen Kindern Gold zu holen! Das hatte der Lauscher gehört. Heute früh hatte er die Eiche bestiegen und die drei Erwarteten vorüberkommen sehen. Kurz darauf war er ihnen mit seinen drei Spießgesellen gefolgt. Winnetou in Gefahr! Nscho-tschi und ihr Vater auch! Ich muß fort, augenblicklich fort und möglichst schnell hinter den Buschkleppern her. Keinesfalls durfte ich mir Zeit nehmen, vorher in unser Lager zurückzukehren, um Lärm zu schlagen. Rasch band ich eins der vier Pferde los, zog es aus dem Gebüsch ins Freie, schwang mich auf und galoppierte den Halunken auf ihrer eigenen Fährte nach, die sich bald mit den Spuren des Häuptlings und seiner Kinder vereinigte.

Da ich die Fährte möglicherweise verlieren konnte, suchte ich Anhaltspunkte, um zu erraten, wo der Fundort des Goldes zu suchen sei. Winnetou hatte von einem Berg gesprochen, den er Nugget Tsil nannte. Nuggets sind Goldkörner, die man in verschiedener Größe findet, Tsil ist ein Apatschenwort und bedeutet Berg. Der Ort lag sonach jedenfalls hoch. Ich musterte die Gegend, durch die ich jagte. Nördlich von mir, grad in meiner Richtung, lagen einige beträchtliche Höhen, die mit Wald bewachsen waren. Eine davon mußte der Nuggetberg sein. Das war für mich in diesem Augenblick zweifellos.

Der alte Gaul, den ich in der Eile erwischt hatte, war mir nicht schnell genug. Ich riß im Vorüberjagen eine Rute von einem Busch und trieb ihn damit an. Er tat, was seine Kräfte vermochten, und die Ebene verschwand hinter mir. Die Berge öffneten sich. Die Spur führte zwischen sie hinein, doch konnte ich sie nach einiger Zeit nicht mehr erkennen. Die Bergwasser hatten hier viel Steingeröll von den Höhen geschwemmt. Ich stieg aber dennoch nicht ab, denn es war auf alle Fälle anzunehmen, daß die Gesuchten im Tal weiter emporgegangen waren.

Später aber tat sich rechts eine Seitenschlucht auf, deren Grund gleichfalls sehr steinig war. Jetzt galt es zu erfahren, ob sie da rechts abgewichen oder geradeaus weitergegangen waren. Ich sprang aus dem Sattel und untersuchte das Geröll. Es wurde mir nicht leicht, die Spur zu entdecken, aber ich fand sie doch. Sie führte in die Schlucht hinein. Ich saß wieder auf und folgte ihr. Bald aber teilte sich der Weg abermals, und ich mußte wieder absteigen. Voraussichtlich geschah das später nochmals, und so konnte mir das Pferd nur hinderlich sein. Deshalb band ich es an einen Baum und eilte zu Fuß weiter, nachdem ich festgestellt hatte, wohin die Fährte wies.

Ich hastete in einer engen, felsigen Rinne fort, die jetzt völlig trocken war. Die Angst trieb mich zu einer Eile an, die mir nach und nach den Atem raubte. Auf einer scharfkantigen Höhe mußte ich stehenbleiben, um die Lunge ruhiger werden zu lassen. Dann ging es weiter, drüben ein Stück hinab, bis die Spur plötzlich links in den Wald einbog. Ich rannte, so rasch ich konnte, unter den Bäumen hin. Sie standen erst dicht beisammen, dann weiter auseinander, bis es so licht vor mir wurde, daß ich annahm, einen freien Platz vor mir zu haben. Noch hatte ich ihn nicht erreicht, da hörte ich mehrere Schüsse fallen. Einige Augenblicke darauf erscholl ein Schrei, der mir durch und durch drang. Es war der Todesschrei der Apatschen.

Nun rannte ich nicht nur, sondern ich schnellte mich förmlich weiter, in langen Sätzen wie ein Raubtier, das sich auf seine Beute werfen will. Wieder ein Schuß und noch einer — das war das Doppelgewehr Winnetous. Ich kannte seinen Knall. Gott sei Dank! Er lebte also noch! Ich hatte nur noch einige Sprünge zu tun, dann war ich am Rand der Lichtung. Unter dem letzten Baum blieb ich stehen, denn was ich sah, fesselte meinen Fuß förmlich an den Boden.

Die Lichtung war nicht groß. Fast in ihrer Mitte lagen Intschu tschuna und seine Tochter. Ob sie noch lebten, sich noch bewegten, konnte ich zunächst nicht wahrnehmen. Unweit davon befand sich ein kleiner Felsblock, hinter dem Winnetou steckte. Er war soeben beschäftigt, seine abgeschossene Büchse wieder zu laden. Links von mir standen zwei Kerle, von Bäumen beschützt, mit angelegten Gewehren, bereit, sofort zu schießen, sobald sich Winnetou eine Blöße geben würde. Rechts von mir schlich ein dritter vorsichtig unter den Bäumen hin, um Winnetou zu umgehen und ihm in den Rücken zu kommen. Der vierte lag unmittelbar vor mir, tot, durch den Kopf geschossen.

Die zwei waren für den Augenblick dem jungen Häuptling gefähr-licher als der dritte. Gedankenschnell nahm ich den Bärentöter auf und schoß die beiden nieder. Dann sprang ich, ohne mir vorher Zeit zum Laden zu nehmen, hinter dem dritten her. Er hatte meine Schüsse gehört und sich rasch umgedreht. Er sah mich kommen, zielte auf mich und drückte ab. Ich sprang zur Seite; er traf mich nicht. Da gab er sein Spiel verloren und floh in den Wald hinein. Sofort eilte ich ihm nach. Es war Santer. Ich wollte ihn fangen. Aber die Entfernung zwischen ihm und mir war so groß gewesen, daß ich ihn zwar am Rand der Lichtung hatte sehen können, im Wald jedoch aus den Augen verlor. Ich mußte mich also nach seinen Fußeindrücken rich-ten. Dabei konnte ich leider nicht so schnell hinter ihm her, wie ich wollte. Es war nicht möglich, ihn einzuholen. Deshalb kehrte ich schon nach kurzer Zeit wieder um, zumal ich mir sagte, daß Winnetou mich vielleicht brauchen würde.

Er kniete, als ich die Waldblöße wieder erreichte, bei seinem Vater und seiner Schwester, ängstlich suchend, ob noch Leben in ihnen sei. Als er mich kommen sah, stand er für einen Augenblick auf. Seine Augen hatten einen Ausdruck, den ich niemals vergessen werde. Es sprach ein fast wahnsinniger Grimm und Schmerz daraus.

„Mein Bruder Old Shatterhand sieht, was geschehen ist. Nscho-tschi, die schönste und beste der Apatschentöchter, wird nicht die Städte der Bleichgesichter sehen. Es ist noch ein wenig Leben in ihr, aber sie wird ihre Augen wohl nicht wieder öffnen."

Ich war keines Wortes fähig; ich konnte nichts sagen und nichts fragen. Wonach hätte ich auch fragen sollen? Ich sah ja, wie es stand. Sie lagen in einer tiefen Blutlache nebeneinander. Intschu tschuna mitten durch den Kopf und ‚Schöner Tag' durch die Brust geschossen. Er war sofort tot gewesen. Sie atmete noch, schwer und röchelnd, während die schöne Bronze ihres Gesichts immer matter und matter wurde. Die vollen Wangen fielen ein, und der Ausdruck des Todes breitete sich über ihre Züge.

Da bewegte sich Nscho-tschi. Sie wandte den Kopf auf die Seite, wo ihr Vater lag, und schlug langsam die Augen auf. Sie sah Intschu tschuna in seinem Blut und erschrak. Dann schien sie nachzusinnen, kam zum Bewußtsein dessen, was vorgefallen war, und fuhr mit der Rechten zum Herzen. Sie fühlte das warme, rinnende Blut und stieß einen tiefen, röchelnden Seufzer aus.

„Nscho-tschi, meine gute, einzige Schwester!" klagte Winnetou mit einem Ausdruck seiner brechenden Stimme, der unmöglich in Wor-ten wiederzugeben ist.

„Winnetou — mein Bruder!" flüsterte das Mädchen. „Räche — räche — mich!"

Dann glitt ihr Auge von ihm zu mir herüber, und ein frohes, aber schnell ersterbendes Lächeln spielte um ihre blassen Lippen.

„Old — Shatter — hand!" hauchte sie. „Du — bist — da! Nun — sterbe ich — so — —"

Mehr hörten wir nicht, denn der Tod ließ sie nicht aussprechen, sondern schloß ihr für immer den Mund. Es war, als wollte mir das Herz zerspringen. Ich mußte mir Luft machen. Hastig richtete ich mich auf, denn wir hatten bei ihr gekniet, und stieß einen lauten Schrei aus, dessen Echo von den Wäldern der benachbarten Berge widerhallte.

Winnetou stand auch auf, langsam, als würde er von zentnerschweren Gewichten niedergehalten. Er schlang beide Arme um mich und sagte:

„Nun sind sie tot! Der größte, edelste Häuptling der Apatschen und Nscho-tschi, meine Schwester, die dir ihre Seele gegeben hatte. Sie starb mit deinem Namen auf den Lippen, lieber Bruder!"

„Nie, nie werde ich es vergessen!" beteuerte ich.

Dann nahm sein Gesicht einen ganz anderen Ausdruck an, und seine Stimme klang wie fernes, drohendes Donnerrollen, als er fragte:

„Hast du gehört, was ihre letzte Bitte an mich war?"

„Ja."

„Rache! Ich soll sie rächen, und ja, ich werde sie rächen, wie noch nie ein Mord gerächt wurde! Weißt du, wer die Mörder waren? Du hast sie gesehen. Bleichgesichter waren es, denen wir nichts getan hatten. So ist es stets gewesen, und so wird es immer sein, bis der letzte rote Mann ermordet worden ist. Denn wenn er auch eines natürlichen Todes sterben sollte, ein Mord ist es doch, ein Mord, der an meinem Volk geschieht. Wir wollten in die Städte dieser verruchten Bleichgesichter. Nscho-tschi wollte werden wie eine weiße Squaw, denn sie liebte dich und glaubte, dein Herz zu gewinnen, wenn sie sich das Wissen und die Sitten der Weißen aneignete. Das hat sie mit dem Leben bezahlt. Mögen wir euch hassen oder mögen wir euch lieben, es ist ganz gleich: Wohin ein Bleichgesicht seinen Fuß setzt, da folgt ihm das Verderben für uns. Es wird ein Klagen gehen durch alle Stämme der Apatschen, und ein Wut- und Rachegeheul wird erklingen an jedem Ort, wo sich ein Angehöriger unseres Volkes befindet. Die Augen aller Apatschen schauen jetzt auf Winnetou, um zu sehen, wie er den Tod seines Vaters und seiner Schwester rächen wird. Mein Bruder Old Shatterhand mag hören, was ich hier bei diesen beiden Leichen gelobe! Ich schwöre bei dem Großen Geist und bei allen meinen tapferen Vorfahren, die in den Ewigen Jagdgründen versammelt sind, daß ich von heute an jeden Weißen, der mir begegnet, mit dem Gewehr, das der Hand meines Vaters entfallen ist, erschießen oder —"

„Halt!" fiel ich ihm schaudernd in die Rede, denn ich wußte, daß es ihm mit diesem Schwur unnachsichtlicher, unerbittlicher Ernst sein würde. „Halt! Mein Bruder Winnetou mag jetzt nicht schwören — jetzt nicht!"

„Warum nicht jetzt?" fragte er fast zornig.

„Ein Schwur muß mit ruhiger Seele gesprochen werden."

„Uff! Meine Seele ist in diesem Augenblick so ruhig wie das Grab, in das ich diese Toten legen werde. Wie es sie nie wieder zurückgeben wird, ebensowenig werde ich jemals ein Wort von dem, was ich schwöre, zurückneh —"

„Sprich nicht weiter!" unterbrach ich ihn abermals.

Da funkelten mich seine Augen beinahe drohend an.

„Will Old Shatterhand mich hindern, meine Pflicht zu tun? Sollen

die alten Weiber mich anspucken, und soll ich aus meinem Volk gestoßen werden, weil ich nicht den Mut besitze, das zu rächen, was
heute hier geschehen ist?"

„Es sei fern von mir, das zu wollen. Auch ich fordere Strafe für die
Mörder. Drei von ihnen hat sie schon ereilt. Der vierte ist entflohen,
doch entkommen wird er uns nicht."

„Wie sollte er entkommen!" fuhr der Apatsche auf. „Aber ich habe
es nicht allein mit ihm zu tun. Er hat als Sohn jener bleichen Rasse
gehandelt, die uns Vernichtung bringt. Sie ist verantwortlich für das,
was sie ihn gelehrt hat, und ich werde sie zur Verantwortung ziehen!"

Er stand stolz und hoch aufgerichtet vor mir, ein Krieger, der sich
trotz seiner Jugend als König der Seinen fühlte! Ja, er war der Mann
dazu, das auszuführen, was er wollte. Ihm, ihm wäre es sicher gelungen, die Krieger aller roten Stämme um sich zu versammeln und mit
den Weißen einen Riesenkampf zu beginnen, einen Verzweiflungs-
kampf, dessen Ende zwar nicht ungewiß sein konnte, der aber den
Wilden Westen mit Hunderttausenden von Opfern bedecken mußte.
Jetzt, in diesem Augenblick entschied es sich, ob der Tomahawk des
Todes schonungslos und erbittert wüten sollte oder nicht.

Ich nahm ihn bei der Hand und sagte:

„Du sollst und wirst tun, was du willst. Vorher aber höre eine
Bitte, die vielleicht meine letzte an dich sein wird! Falls du sie mir
nicht erfüllst, wirst du die Stimme deines weißen Freundes und Bruders niemals wieder hören. Hier liegt Nscho-tschi. Du sagst es selber,
daß sie mich geliebt hat und mit meinem Namen auf den Lippen
gestorben ist. Auch dich hat sie liebgehabt, mich als Freund und
dich als Bruder, und du hast ihr ihre Liebe reichlich zurückgegeben.
Bei dieser Liebe, die uns gemeinsam gehörte, bitte ich dich, sprich
den Schwur, den du tun willst, nicht jetzt aus, sondern erst dann,
wenn sich die Steine des Grabes über der edelsten Tochter der Apatschen geschlossen haben!"

Er sah mich ernst, fast finster an und senkte dann den Blick auf
die Tote nieder. Ich sah, daß seine Züge milder wurden, und endlich
richtete er das Auge wieder auf mich.

„Mein Bruder Old Shatterhand hat eine große Macht über die Herzen aller, mit denen er verkehrt. Nscho-tschi würde ihm seine Bitte
gewiß erfüllen, und so will auch ich sie ihm gewähren. Erst dann,
wenn mein Auge die beiden Leichen nicht mehr sieht, mag es sich
entscheiden, ob der Mississippi mit allen seinen Nebenflüssen das
Blut der weißen und der roten Völker zum Meer führen soll. Ich
habe gesprochen. Howgh!"

Gott sei Dank! Es war mir, wenigstens einstweilen, gelungen, furchtbares Unheil abzuwenden. Dankend drückte ich ihm die Hand.

„Mein roter Bruder wird sogleich einsehen, daß ich keine Gnade
für die Schuldigen erbitten will. Ihn mag die Strafe so schwer und
so streng treffen, wie er es verdient. Es muß dafür gesorgt werden,
daß er nicht Zeit findet, zu entkommen. Wir dürfen ihm keinen Vorsprung lassen. Winnetou wird mir sagen, was zu diesem Zweck geschehen soll!"

„Meine Füße sind gebunden", erklärte er, nun wieder düster. „Die Gebräuche meines Volkes gebieten mir, bei meinen Toten zu bleiben, bis sie begraben sind. Nachher erst darf ich den Weg der Rache beschreiten."

„Und wann wird das Begräbnis stattfinden?"

„Das will ich mit meinen Kriegern beraten. Entweder begraben wir die Toten an der Stelle, wo sie gestorben sind, oder wir schaffen sie ins Pueblo, wo sie bei den Ihrigen wohnten. Aber selbst dann, wenn sie hier ihre Ruhestätte finden, werden mehrere Tage vergehen, bevor den Erfordernissen Genüge geschehen ist, die beim Begräbnis eines so großen Häuptlings zu erfüllen sind."

„Dann wird aber der Mörder sicher entkommen!"

„Nein. Denn wenn auch Winnetou ihn nicht verfolgen darf, so können doch andere tun, was nötig ist. Mein Bruder mag mir kurz erzählen, wie es kommt, daß er hier ist!"

Jetzt, da es sich um rein Sachliches handelte, war er so ruhig wie gewöhnlich. Ich berichtete ihm, was er zu wissen begehrte, und dann trat ihm eine kurze Pause des Nachdenkens ein. Währenddessen hörten wir einen schweren Seufzer. Er kam von der Stelle, wo die beiden Strolche lagen, die ich erschossen zu haben glaubte. Wir gingen schnell hin. Dem einen war meine Kugel durchs Herz gegangen, der andere war so wie Nscho-tschi getroffen. Er hatte noch Leben und kam grad jetzt zu sich. Verständnislos starrte er uns an und murmelte undeutliche Worte. Ich beugte mich zu ihm nieder und rief ihn an:

„Mann, erkennt Ihr mich? Wißt Ihr, wer jetzt bei Euch ist?"

Er gab sich sichtlich Mühe, sich zu besinnen. Sein Auge wurde klarer und ich hörte die leise Frage:

„Wo — wo ist — Santer?"

„Entflohen", erwiderte ich.

„Wo — wohin?"

„Das weiß ich nicht. Aber ich hoffe, von Euch einen Fingerzeig zu erhalten. Euere anderen Gefährten sind tot, und auch Ihr habt höchstens noch Minuten zu leben. Ihr werdet doch an der Pforte des Grabes besser handeln als vorher! Woher stammt Santer?"

„Weiß — es — nicht."

„Heißt er wirklich Santer?"

„Hat — viele — viele Namen."

„Was ist er eigentlich?"

„Weiß — auch — nicht."

„Habt Ihr Bekannte hier in der Nähe, vielleicht auf irgendeinem Fort?"

„Nein — nicht."

„Wohin wolltet ihr?"

„Nir — nirgends. Hin, wo Gold — Beute!"

„Also wart ihr Gauner von Beruf! Schrecklich! Wie kamt ihr denn auf den Gedanken, die beiden Apatschen mit dem Mädchen zu überfallen?"

„Nug — Nuggets."

„Aber ihr konntet doch von den Nuggets nichts wissen."

„Wollten nach — nach —"

Er hielt inne. Es fiel ihm schwer, zu antworten. Ich erriet, was er sagen wollte, und fragte:

„Ihr hörtet, daß die Apatschen nach Osten wollten, und glaubtet daher, daß sie Gold bei sich hätten?"

Der Sterbende nickte.

„Ihr nahmt euch also vor, sie zu berauben? Da ihr aber dachtet, daß wir vorsichtig sein und euch beobachten würden, rittet ihr zunächst eine Strecke weiter und kehrtet erst dann um, als ihr annehmen konntet, daß wir beruhigt seien?"

Er nickte wieder.

„Dann seid ihr umgekehrt und uns nachgeritten. Habt ihr uns am Abend belauscht?"

„Ja — Santer."

„Also Santer selber war es! Hat er euch gesagt, was er bei uns erhorcht hat?"

„Apatschen — Nugget Tsil — Nuggets holen — früh —"

„Ganz so, wie ich dachte. Dann habt ihr euch im Gebüsch versteckt und uns von den Bäumen aus beobachtet. Ihr wolltet den Ort, wo die Apatschen das Gold holen, kennenlernen?"

Er hatte die Augen geschlossen und antwortete nicht.

„Oder wolltet ihr sie bloß bei ihrer Rückkehr überfallen, um —"

Da unterbrach mit Winnetou:

„Mein Bruder mag nicht weiterfragen, denn dieses Bleichgesicht kann nicht mehr antworten; es ist tot. Diese weißen Hunde wollten unser Geheimnis auskundschaften, aber sie kamen zu spät. Wir befanden uns schon auf dem Rückweg, als sie uns kommen hörten. Da versteckten sie sich hinter den Bäumen und schossen auf uns. Intschu tschuna und ‚Schöner Tag' stürzten getroffen nieder, mir aber streifte die Kugel nur den Ärmel hier. Da schoß ich auf einen, der aber, gerade als ich losdrückte, hinter einen Baum sprang. Deshalb traf ich ihn nicht. Doch meine zweite Kugel streckte einen anderen nieder. Dann suchte ich hinter diesem Stein Schutz, der mir freilich das Leben nicht hätte retten können, wenn mein Bruder Old Shatterhand nicht erschienen wäre. Denn zwei hielten mich von dieser Seite fest, und der dritte wollte hinter mich, wo ich keine Dekung hatte. Seine Kugel hätte mich treffen müssen. Da hörte ich die starke Stimme von Old Shatterhands Bärentöter und war gerettet. Nun weiß mein Bruder alles und soll erfahren, wie man es anfangen muß, Santer zu ergreifen."

„Wem wird diese Aufgabe zufallen?"

„Old Shatterhand wird sie lösen. Er wird die Spur des Flüchtlings gewiß finden."

„Allerdings. Aber während ich mühsam danach suche, wird viel Zeit vergehen."

„Nein. Mein Bruder braucht nicht danach zu suchen, denn sie wird gewiß zu den Pferden führen. Dahin muß er zunächst. Dort, wo er mit seinen Leuten während der Nacht gelagert hat, gibt es Gras, und Old Shatterhand wird leicht herausfinden, wohin sich Santer gewendet hat."

„Und dann?"

„Dann nimmt mein Bruder zehn Krieger mit sich, um ihm zu folgen und ihn zu fangen. Die anderen zwanzig Krieger schickt er mir hierher, damit sie mit mir die Totenklage anstimmen."

„So soll es geschehen. Und ich hoffe, daß ich das Vertrauen, das mein roter Bruder in mich setzt, rechtfertigen werde."

„Ich weiß, daß Old Shatterhand geradeso handeln wird, als wäre Winnetou selbst an seiner Stelle. Howgh!"

Er reichte mir die Hand. Ich schüttelte sie ihm, beugte mich noch einmal über die Gesichter der beiden Toten und ging. Am Rand der Lichtung drehte ich mich um. Winnetou verhüllte soeben ihre Köpfe und stieß dabei jene dumpfen Klagetöne aus, womit die Indianer ihre Totengesänge beginnen. Wie weh war mir, ach, wie weh! Aber ich mußte handeln und eilte den Weg zurück, den ich gekommen war.

Ich war der Ansicht, daß Winnetous Vorhersage eintreffen würde. Aber während ich über den erwähnten Höhengrat stieg, kam mir ein Bedenken.

Santer mußte vor allen Dingen auf schleunige Flucht bedacht sein und so schnell wie möglich aus unserer Nähe zu kommen suchen. Das gerade Gegenteil davon geschah jedoch, wenn er zu seinem Lager lief. Das konnte er nur in der Absicht tun, sich ein Pferd zu holen. Wie aber nun, wenn er den Klepper fand, auf dem ich gekommen war? Santer war doch wohl auf dem Weg geflohen, der ihn auch hergeführt hatte. Da sah er das Pferd unbedingt.

Dieser Gedanke verdoppelte meine Eile. Ich rannte den Berg hinab, ängstlich gespannt darauf, ob ich das Tier noch vorfinden würde. Welcher Ärger für mich, als ich an die betreffende Stelle kam und sah, daß es fort war! Ich hielt nur einen Augenblick an und flog durch die Schlucht. Hier konnte ich mich noch beeilen, weil wegen des Steingerölls jedes Suchen nach der Spur doch erfolglos gewesen wäre. Als ich aber das Tal erreichte, bemühte ich mich, die Fährte sorgfältig zu lesen. Es gelang mir nicht sofort, denn der Boden war hier noch zu hart. Zehn Minuten später gab es weichen Grund. Hier war es leichter, Eindrücke im Boden zu erkennen.

Da sah ich mich völlig enttäuscht. Ich konnte spüren und forschen, wie ich wollte, und meine Augen und meinen Scharfsinn noch so sehr anstrengen, es wurde nicht anders — Santer war hier nicht geritten. Er mußte weiter oben an einer passenden Stelle, wo auf dem Fels keine Spur zurückblieb, die Schlucht verlassen haben. Anders war es nicht möglich.

Da stand ich nun! Was war zu tun? Sollte ich zurücklaufen, um weiter oben nach der Fährte zu suchen? Es konnten Stunden vergehen, bevor ich sie fand, und einen solchen Zeitverlust glaubte ich nicht verantworten zu können. Besser war es auf alle Fälle, zu unserem Lager zu eilen und dort Hilfe zu holen.

Das tat ich auch. Es war ein Dauerlauf, wie ich noch keinen gemacht hatte, doch hielt ich ihn aus, weil ich von Winnetou belehrt worden war, wie man sich dabei zu verhalten hat, um bei Atem zu bleiben und nicht zu ermüden. Man läßt nämlich das Körpergewicht nur von einem Bein tragen und wechselt, wenn es ermüdet ist, auf das andere über. Auf diese Weise kann man stundenlang traben, ohne daß man sich allzusehr anzustrengen braucht. Aber eine gute, gesunde Lunge muß man dabei haben.

Als ich meinem Ziel•nahegekommen war, wandte ich mich zunächst zu Santers Lager. Die drei Pferde standen noch im Gebüsch. Ich band sie los, bestieg eins, nahm die anderen beiden an den Zügeln und ritt zu unserem Lager. Es war längst Mittag vorüber, und Sam rief mir entgegen:

„Wo treibt Ihr Euch denn herum, Sir? Habt das Essen versäumt, und ich —" Er stockte, musterte die Pferde mit einem erstaunten Blick und fuhr dann fort: *„Egad,* Ihr seid zu Fuß fortgegangen und kommt beritten zurück! Seid wohl gar Pferdedieb geworden?"

„Das weniger. Habe diese Tiere erbeutet."

„Wo?"

„Gar nicht weit von hier."

„Von wem?"

„Seht sie nur richtig an! Ich erkannte sie sofort, und Ihr habt doch auch gute Augen."

„Ja, die habe ich. Merkte sogleich, wem sie gehören, wollte es aber nicht glauben. Das sind die Pferde von Santer und seinen Begleitern. Es fehlt aber eins."

„Das werden wir uns suchen und auch den, der darauf sitzt."

„Aber wie kommt —"

„Still, lieber Sam!" unterbrach ich ihn. „Es ist sehr Wichtiges, sehr Trauriges geschehen. Wir müssen gleich fort von hier."

„Fort? Weshalb?"

Anstatt ihm zu antworten, rief ich die Apatschen, von denen einige abseits standen, zusammen und teilte ihnen den Tod Intschu tschunas und seiner Tochter mit. Nach meinen letzten Worten herrschte tiefes Schweigen ringsum. Man mochte nicht glauben, was ich sagte. Meine Botschaft war zu ungeheuerlich. Da erzählte ich ausführlicher, was sich ereignet hatte, und fügte hinzu:

„Nun mögen mir meine roten Brüder sagen, wer die Zukunft besser verkündet hat, Sam Hawkens oder euer Medizinmann! Intschu tschuna und Nscho-tschi haben den Tod gefunden, weil sie sich von mir entfernten, und Winnetou ist durch mich gerettet worden. Bringt meine Nähe also den Tod oder das Leben?"

Jetzt konnten sie nicht zweifeln, und es erhob sich ein Geheul, das weithin zu hören war. Die Roten rannten wütend umher, schwangen ihre Waffen und schnitten die fürchterlichsten Gesichter, um ihrem Grimm Ausdruck zu geben. Erst nach einiger Zeit war es meiner Stimme möglich, ihr Geschrei zu übertönen.

„Die Krieger der Apatschen mögen schweigen!" gebot ich ihnen. „Das Geheul führt zu nichts. Wir müssen fort, um den Mörder zu fangen."

„Fort, ja fort, fort!" schrien sie, indem sie zu ihren Pferden sprangen.

„Ruhig doch!" befahl ich abermals. „Meine roten Brüder wissen ja noch nicht, was sie tun sollen. Ich werde es ihnen sagen."

Nun drängten sie sich so an mich, daß ich mich vorsehen mußte, nicht umgerissen zu werden. Wäre Santer jetzt hiergewesen, so hätten sie ihn auf der Stelle umgebracht. Hawkens, Stone und Parker standen still beisammen. Die Nachricht hatte einen niederschmetternden Eindruck auf sie gemacht. Jetzt kamen sie herbei, und Sam sagte:

„Ich bin wie vor den Kopf geschlagen und kann es noch immer nicht fassen. Schrecklich, entsetzlich! Die liebe, schöne, gute, junge rote Miß! Ist stets so freundlich zu uns gewesen und soll nun ausgelöscht sein! Wißt Ihr, Sir, es ist mir geradeso —“

„Laßt das jetzt, lieber Sam!“ fiel ich ihm in die Rede. „Wir müssen dem Mörder nach. Sprechen nützt nichts.“

„*Well!* Stimme Euch bei. Aber wißt Ihr denn, wohin er ist?“

„Jetzt noch nicht.“

„Dachte es mir. Habt ja seine Spur nicht gesehen. Wie sollen wir sie nun finden? Scheint unmöglich oder wenigstens sehr schwierig zu sein.“

„Es ist nicht schwierig.“

„Meint Ihr? Hm! Wollt wohl sagen, daß wir hinauf in die Schlucht müssen, wo er seitwärts ausgekniffen ist? Wird ein langes Suchen geben.“

„Von der Schlucht ist keine Rede.“

„Nicht? Dann bin ich neugierig, was für einen Gedanken Ihr bringen werdet. Ja, manchmal kann ein Greenhorn auch einen Einfall haben, doch —“

„Schweigt mit Eurem Greenhorn! Ich bin nicht in der Stimmung, solche Redensarten anzuhören. Mir blutet das Herz; darum behaltet Eure Witze für Euch!“

„Witze? *Hallo!* Wer da etwa denkt, daß ich die Sache scherzhaft nehme, der bekommt von mir einen Box in den Leib, daß er von hier bis Kalifornien hinüberfliegt! Kann nur nicht begreifen, wie Ihr Santer finden wollt, ohne daß wir unsere Augen auf die Stelle setzen, wo seine Spur verlorengegangen ist.“

„Da müßten wir, wie schon gesagt, lange Zeit suchen. Und wenn wir die Spur entdeckten, müßten wir ihr über Berg und Tal und durch den dichten Wald folgen, was auch sehr langsam gehen würde. Deshalb denke ich, wir fangen es anders an. Wenn ich nämlich die Berge dort genauer betrachte, so möchte ich behaupten, daß sie nicht mit anderen zusammenhängen, sondern vereinzelt stehen —“

„Ist auch ganz richtig. Kenne die Gegend leidlich. Haben hier Ebene und jenseits wieder Ebene. Diese Berge gehören zu keinem Gebirgs- oder Höhenzug, sondern haben sich ganz für sich allein in die offene Prärie hineingesetzt.“

„Prärie? Also gibt es Gras?“

„Ja, rundum Gras, genau wie hier.“

„Darauf habe ich gerechnet. Santer mag auf oder zwischen diesen Bergen reiten, wie er will; das geht uns nichts an. Aber sobald er sie verläßt, kommt er auf die freie Prärie und muß im Gras eine Spur hinterlassen.“

„Das muß wohl so sein, verehrter Sir!“

„Hört nun weiter! Wir bilden zwei Trupps und umreiten die Berge, wir vier Weißen rechts- und die zehn Apatschen, die Winnetou mir zugewiesen hat, linksherum. Jenseits treffen wir wieder zusammen und werden erfahren, ob einer der Trupps auf die Fährte gestoßen ist. Ich bin überzeugt, daß einer sie findet, und dann folgen wir ihr."

Mein kleiner Sam sah mich von der Seite an und machte kein besonders erbautes Gesicht.

"*Lack-a-day!* Daß ich nicht auch darauf gekommen bin! Ist ja das Einfachste und Sicherste, was es gibt. Das muß eigentlich jedes Kind einsehen, wenn ich mich nicht irre!"

"Ihr seid also einverstanden, Sam?"

"Durchaus, Sir, durchaus! Sucht Euch nur schnell zehn Rote aus!"

"Ich werde die wählen, die am besten beritten sind. Wer weiß, wie lange wir Santer jagen müssen. Deshalb werden wir uns auch reichlich mit Lebensmitteln versehen. Wenn Ihr die Gegend leidlich kennt, so wißt Ihr vielleicht auch, wieviel Zeit man braucht, um von hier aus die andere Seite der Berge zu erreichen."

"Wenn wir uns sehr beeilen, kann es immer noch reichlich zwei Stunden währen."

"So wollen wir nicht länger zögern."

Ich bestimmte die zehn Apatschen, die sich über meine Wahl freuten, denn dem Mörder nachzusetzen, war ihnen lieber, als bei den Leichen Totenlieder zu singen. Die übrigen zwanzig unterwies ich genau über den Weg, der zu Winnetou führte. Dann ritten sie fort.

20. Eine Fährte weist den Weg

Kurze Zeit später brachen meine zehn Apatschen auf, um die Berge links, also in einem nach Westen gekrümmten Bogen zu umreiten, während unser Weg uns ostwärts um die Höhen führte. Als wir vier dann auch aufsaßen, ritt ich zunächst zu Santers Nachtlager und suchte mir eine Stelle, wo der Huf des Pferdes, das ich geritten hatte, tief in den Boden gedrungen war. Von diesem Eindruck nahm ich mir ein ganz genaues Maß auf Papier. Sam Hawkens schüttelte den Kopf dazu und lächelte.

"Gehört das auch zur Kunst eines Surveyors, Pferdefüße abzumalen?"

"Nein, aber ein Westmann sollte es können."

"Der? Warum?"

"Weil es ihm unter Umständen von großem Nutzen sein kann."

"Inwiefern?"

"Werdet es wohl nachher sehen. Wenn ich eine Pferdespur finde, vergleiche ich die Stapfen mit dieser Zeichnung."

"Ah! Hm! Richtig! Ist gar nicht so übel! Habt Ihr das auch aus Euren Büchern?"

"Nein."

"Woher denn?"

"Der Gedanke ist mir selber gekommen."

„Also gibt es wirklich Gedanken, die sich das Vergnügen machen, zu Euch zu kommen? Hätte das nicht gedacht — hihihihi."

„Pshaw! Bei mir befinden sie sich jedenfalls wohler als unter Eurer Perücke, Sam!"

„Recht so, recht so!" rief Will Parker. „Laßt Euch nur nichts mehr von ihm gefallen! Man sieht ja stündlich, daß Ihr ihn überflügelt habt, Sir."

„Schweig!" herrschte ihn Sam in gemachtem Zorn an. „Was willst du vom Fliegen verstehen, und gar vom Überfliegen! Es ist eine Beleidigung, mich immer bei der Perücke zu nehmen. Ich kann das nicht dulden."

„Was willst du dagegen machen?"

„Ich schenke sie dir; dann bin ich sie los, und du erfährst, was für Gedanken darunter sind. Übrigens habe ich ja zugegeben, daß die Ansicht unseres Greenhorns gar nicht so übel ist. Nur hätte er den zehn Apatschen, die die Berge auf der anderen Seite umreiten, auch ein solch schönes Pferdefußbild malen sollen."

„Ich habe es nicht getan, weil ich es für unnötig hielt", erklärte ich.

„Unnötig? Weshalb?"

„Weil es ihnen nicht zuzutrauen ist, eine Hufspur mit dieser Zeichnung zu vergleichen. Sie sind in dieser Hinsicht unbewandert, so daß man ihnen eine Zeichnung wohl vergeblich in die Hände geben würde. Und überdies bin ich überzeugt, daß sie nicht auf Santers Fährte treffen werden."

„Und ich behaupte das Gegenteil. Nicht wir, sondern sie werden sie finden, denn Santer wird sicher westwärts reiten."

„Das halte ich nicht für so sicher."

„Nicht? Als wir ihn trafen, ging sein Weg auch nach Westen. Das ist jetzt wieder so."

„Schwerlich. Er ist ein durchtriebener Kerl, wie ich aus seinem spurlosen Verschwinden ersehe. Also wird er sich sagen, daß wir den Gedanken haben werden, den Ihr jetzt ausgesprochen habt. Aus diesem Grund wird er in einer anderen Richtung, wahrscheinlich ostwärts, flüchten. Das ist doch nicht schwer zu begreifen."

„Wenn Ihr es in dieser Weise sagt, ist es freilich leicht einzusehen. Wollen nur hoffen, daß es zutrifft."

Nun gaben wir unseren Pferden die Sporen und jagten über die Prärie dahin, wobei wir die verhängnisvollen Berge stets zur linken Hand hatten. Wir suchten es so einzurichten, daß wir immer auf weichem Boden ritten, wo Santer, wenn er dagewesen war, eine deutliche Spur hätte zurücklassen müssen. Dabei waren unsere Augen stets zur Erde gerichtet. Denn je schneller wir ritten, desto schärfer mußten wir aufpassen, weil uns die Fährte sonst entgehen konnte.

So verfloß eine Stunde und noch eine halbe, und wir hatten unseren Halbkreis um die Berge fast zu Ende gebracht, da bemerkten wir endlich einen dunklen Strich, der vor uns quer durchs Gras lief. Es war eine Fährte, und zwar die Spur eines einzelnen Reiters, also wahrscheinlich die, die wir suchten. Wir stiegen ab, und ich schritt eine Strecke darauf fort, um dann einen recht deutlichen Abdruck zu finden. Als mir das glückte, verglich ich ihn genau mit der Zeichnung, und beide waren einander so gleich, daß es Santer gewesen sein mußte.

„So eine Zeichnung ist wirklich sehr zweckmäßig", meinte Sam. „Werde mir das merken."

„Ja, merke es dir!" stimmte Parker bei. „Und merke dir noch eins dazu!"

„Was?"

„Daß es schon so weit gekommen ist, daß der Lehrer, der du ja gewesen sein willst, nun von seinem Schüler lernt!"

„Willst mich wohl ärgern, alter Will? Das wird dir nicht gelingen, wenn ich mich nicht irre, hihihihi!" lachte Sam. „Es ist doch sicher eine Ehre für den Lehrer, wenn er den Schüler so weit bringt, daß ihn dieser überflügelt. Bei dir freilich muß man auf solche Erfolge von vornherein verzichten. Wie viele lange Jahre habe ich mich bemüht, einen Westmann aus dir zu machen, und es ist alles vergeblich gewesen! Du wirst in deinen alten Tagen nichts verlernen können, weil du in den jungen Tagen nichts gelernt hast."

„Weiß schon! Möchtest mich gern ein Greenhorn nennen, weil du ohne dieses Wort nicht leben kannst und unserem Old Shatterhand nicht mehr damit kommen darfst."

„Bist auch eins, und was für eins! Nämlich ein altes, das sich vor diesem jungen hier schämen muß, weil das junge dem alten schon weit überlegen ist, wenn ich mich nicht irre."

Trotz dieses Wortgefechtes stimmten wir darin überein, daß die Fährte Santers nicht viel über zwei Stunden alt sei. Wir wären ihr gern sogleich gefolgt, mußten aber auf die zehn Apatschen warten. Das dauerte leider drei Viertelstunden. Ich schickte einen von ihnen zu Winnetou, um ihn wissen zu lassen, daß wir die Spur gefunden hatten. Der Bote konnte bei seinem jungen Häuptling bleiben. Dann ritten wir in östlicher Richtung weiter.

Wir hatten in dieser vorgerückten Jahreszeit nicht mehr ganz zwei Stunden bis zum Abend und mußten uns sehr beeilen. Es galt, bis zur Dunkelheit eine möglichst große Strecke zurückzulegen, weil wir dann bis zum Morgen warten mußten. Wir konnten ja nicht reiten, ohne die Spur vor uns zu haben.

Dagegen war als gewiß anzunehmen, das Santer den Abend und wohl auch die kühle Nacht dazu benützen würde, uns weit vorauszukommen. Denn daß man ihn verfolgen würde, mußte er sich unbedingt sagen. Wir hatten dann morgen einen heißen Ritt vor uns, der dadurch erschwert und verlangsamt wurde, daß wir auf die Fährte achten mußten, während seine Flucht keine solche Verzögerung erlitt. Allerdings mußte er, wenn er während der Nacht ritt, dann früh ermüdet sein und nicht nur sich, sondern noch viel mehr seinem Pferd eine längere und ausgiebige Ruhe gönnen, ein Umstand, der den Unterschied hoffentlich einigermaßen ausglich.

Die von Winnetou und seinem Vater Nuggetberge genannte Höhengruppe verschwand schnell hinter uns, und wir hatten nun ständig die ebene Prärie vor uns, die erst strauchig war und dann nur Rasen zeigte, erst noch grünen und später verdorrten. Die Spur war deutlich zu sehen, denn Santer war meist scharf geritten, und so hatten die Hufe seines Pferdes tiefe Eindrücke hinterlassen.

Als es zu dunkeln begann, stiegen wir ab und folgten der Fährte, die wir im Gehen besser als zu Pferde sahen, noch so lange nach, bis sie auch so nicht mehr zu erkennen war. Da hielten wir an, glücklicherweise an einer Stelle, wo das Gras wieder einmal leidlich frisch war. Hier konnten die Pferde fressen. Wir hüllten uns in die Decken und legten uns gleich so nieder, wie wir standen.

Die Nacht war sehr kühl, und ich bemerkte, daß meine Begleiter deshalb sehr oft aufwachten. Ich hätte ohnedies nicht schlafen können. Der gewaltsame Tod Intschu tschunas und seiner Tochter hielt mir die Augen offen, und wenn ich sie ja einmal schloß, sah ich ihre Gestalten in der Blutlache vor mir liegen und hörte Nscho-tschis letzte Worte. Nun machte ich mir Vorwürfe darüber, daß ich nicht freundlicher zu ihr gewesen war und mich in jenem Gespräch mit ihrem Vater nicht deutlicher ausgedrückt hatte. Es war mir, als hätte ich sie dadurch in den Tod getrieben.

Gegen Morgen wurde es noch kälter, und ich stand auf, um mich durch Hinundhergehen zu erwärmen. Sam Hawkens merkte das und fragte:

„Friert Euch wohl, verehrter Sir? Hättet eine Wärmflasche in den Westen mitnehmen sollen. Greenhorns pflegen sich doch gern mit solchen Sächelchen zu schleppen. Da lobe ich mir meinen alten Rock. Kann kein Indianerpfeil und auch keine Kälte hindurch. Soll ich ihn Euch borgen, hihihihi?"

Wegen dieser unangenehmen Kälte waren alle schon vor der Morgendämmerung munter, und kaum konnten wir die Fährte nur einigermaßen wieder erkennen, so saßen wir auf und setzten den Ritt fort. Unsere Pferde hatten ausgeruht und des Nachts wohl auch gefroren. Sie griffen daher, weil sie das erwärmte, wacker aus, ohne daß wir sie anzutreiben brauchten.

Noch immer hatten wir Prärie. Sie wurde wellig. Auf den Wellenhöhen war das Gras trocken und hart, in den Wellentälern mehr grün und auch weicher. Ja, es gab zuweilen eine Wasserlache, wo wir anhielten und unsere Tiere tränkten.

Während die Spur bisher eine fast genaue östliche Richtung gehabt hatte, wendete sie sich zur Mittagszeit mehr südlich. Als Hawkens das bemerkte, machte er ein bedenkliches Gesicht. Ich fragte ihn nach der Ursache und erhielt die Antwort:

„Wenn es so ist, wie ich vermute, werden unsere Bemühungen wahrscheinlich vergebens sein."

„Aus welchem Grund?"

„Der Gauner ist pfiffig. Scheint zu den Kiowas flüchten zu wollen."

„Das wird es doch nicht tun!"

„Warum nicht? Soll er etwa Euch zuliebe mitten in der alten Prärie sitzenbleiben und sich beim Schopf nehmen lassen? Was Ihr denkt! Er tut sein möglichstes, sich zu retten. Hat jedenfalls die Augen offengehabt und gesehen, daß unsere Pferde besser waren als das seinige. Deshalb vermutet er, daß wir ihn wohl bald einholen würden, und ist auf den schlauen Gedanken verfallen, bei den Kiowas Schutz zu suchen."

„Ob ihn die aber freundlich aufnehmen werden?"

„Daran ist keinen Augenblick zu zweifeln. Er braucht nur zu erzählen, daß er Intschu tschuna und Nscho-tschi erschossen hat, so jubeln sie ihm zu. Wollen uns recht dazuhalten, daß wir ihn vielleicht noch vor Abend fassen."

„Wie alt schätzt Ihr die Fährte?"

„Darauf kommt es nicht an. Diese Strecke hier ist er in der Nacht geritten. Müssen warten, bis wir dahin kommen, wo er gelagert hat. Dann wollen wir sehen, wie alt seine heutige Spur ist. Je länger er geruht hat, desto eher werden wir ihn einholen."

Gegen Mittag zeigte es sich, wo Santer haltgemacht hatte. Man sah, daß sein Pferd sich niedergelegt hatte. Es war sehr müde gewesen, das hatten wir schon bisher den Spuren angesehen. Wahrscheinlich war der Reiter nicht weniger angegriffen gewesen, denn wir schätzten seine neue Spur unter zwei Stunden alt. Er mochte länger geschlafen haben, als er gewollt hatte. Der Vorsprung, den er durch den nächtlichen Ritt gewonnen hatte, war also eingeholt. Ja, wir waren ihm jetzt sogar eine halbe Stunde näher als gestern beim Beginn der Verfolgung.

Seine Spur strebte nun noch mehr nach Süden, dem großen Bogen des Nordarms des Red River folgend. Wie ließen unsere Pferde nur von Zeit zu Zeit verschnaufen, denn wir nahmen uns nun erst recht vor, Santer, wenn irgend möglich, noch vor Abend zu greifen.

Am Nachmittag hatten wir wieder grüne Prärie und später trafen wir sogar Buschwerk an. Nach sorgfältigster Beurteilung der Fährte konnte Santers Vorsprung nun nur noch eine halbe Stunde betragen. Vor uns färbte sich der Gesichtskreis dunkel.

„Das ist der Wald", erklärte Sam. „Vermute, daß wir auf ein Nebenflüßchen des Nordarms des Red River stoßen. Wollte, wir hätten noch länger Prärie, das wäre besser für uns."

Freilich wäre das besser gewesen, denn auf der Savanne sah man alles vor sich, während man im Wald leicht in einen Hinterhalt geraten konnte. Und bei der Eile, mit der wir ritten, war es unmöglich, das Gelände zu untersuchen, bevor wir es betraten.

Sam hatte recht. Wir trafen auf einen kleinen Fluß, der aber kein fließendes Wasser führte, sondern nur hier und da Lachen in einer Vertiefung zeigte. An den Ufern standen Büsche und Bäume, doch gab es keinen eigentlichen Wald, nur größere oder kleinere Baumgruppen, die in verschiedenen Abständen an den Ufern lagen.

Kurz vor Abend waren wir dem Verfolgten so nahe, daß er jeden Augenblick vor uns auftauchen konnte. Das machte uns noch eifriger, als wir bisher gewesen waren. Ich ritt allein voran, weil sich mein Hatatitla am besten gehalten und seine Kräfte noch beisammen hatte. Auch folgte ich, wenn ich mich so an der Spitze hielt, einem inneren Trieb. Ich hatte die Ermordeten vor mir liegen sehen und wollte den Mörder haben. Was mich erfüllte, war nicht Grimm, nicht Durst nach Rache, aber doch ein dringendes Verlangen, den Mörder bestraft zu wissen.

Wir ritten wieder durch eine jener verstreuten Baumgruppen am linken Ufer des Flüßchens. Als ich, den anderen voran, die letzten Bäume erreichte, sah ich, daß die Fährte rechts abbog und ins wasserleere Bett hinunterführte. Ich hielt einen Augenblick an, um das den Gefährten mitzuteilen, und das war ein Glück für uns, denn als ich, einige Augenblicke auf sie wartend, dem Flußbett mit meinen Blicken folgte, machte ich eine Entdeckung, die mich veranlaßte, schleunigst vom Rand des Wäldchens zurückzuweichen und mich zu verstecken.

Wenn man von hier aus nur fünfhundert Schritt zu Fuß ging, kam man wieder an ein Wäldchen, das aber drüben auf dem rechten Ufer lag. Davor tummelten Indianer ihre Pferde. Ich sah Pfähle in der Erde stecken, mit Riemen verbunden, woran Fleisch hing. Wäre ich nur eine Pferdelänge weitergeritten, so hätten mich die Roten entdeckt. Ich stieg ab und zeigte unseren Leuten den vor uns liegenden Platz.

„Kiowas!" sagte einer der Apatschen.

„Ja, Kiowas", stimmte Sam ihm bei. „Der Teufel muß diesen Santer sehr liebhaben, daß er ihn noch im letzten Augenblick solche Hilfe finden läßt. Ich streckte schon alle zehn Finger nach ihm aus. Aber er soll uns trotzdem nicht entgehen."

„Es ist keine starke Abteilung der Kiowas", bemerkte ich.

„Hm. Wir sehen nur die, die sich diesseits der Bäume befinden. Jenseits gibt es jedenfalls auch welche. Sind auf der Jagd gewesen und dörren nun hier das Fleisch."

„Was tun wir, Sam? Kehren wir um und ziehen uns möglichst weit zurück?"

„Fällt mir nicht ein! Wir bleiben hier."

„Aber das ist gefährlicher!"

„Gar nicht."

„Wie leicht kann ein Roter hierherkommen!"

„Die denken nicht daran. Erstens sind sie dort drüben am anderen Ufer, und zweitens wird es gleich dunkel werden. Da entfernen sie sich nicht mehr von ihrem Lager."

„Aber je größer die Vorsicht, desto besser!"

„Und je größer die Angst, desto greenhornlicher! Sage Euch, daß wir vor diesen Kiowas so sicher sind, als befänden wir uns in New York. Sie denken nicht daran, hierherzukommen; aber wir werden zu ihnen gehen. Ich muß diesen Santer haben, und wenn ich ihn aus tausend Kiowas herausholen sollte!"

„Ihr seid heute das, was Ihr immer an mir tadelt, nämlich unvorsichtig, lieber Sam!"

„Wie? Was? Unvorsichtig? Sam Hawkens und unvorsichtig? Da muß ich lachen, hihihihi! Das hat mir noch kein Mensch vorgeworfen. Sir, Ihr habt doch sonst keine Angst und geht sogar dem Grizzly mit dem Messer zu Leibe. Warum da heute diese Bangigkeit?"

„Es ist nicht Bangigkeit, sondern Vorsicht. Wir befinden uns zu nahe bei den Feinden."

„Zu nahe? Lächerlich! Denke sogar, daß wir ihnen noch näher rücken werden. Wartet nur, bis es dunkel ist!"

Er war heute anders als gewöhnlich. Der Tod der ‚lieben, schönen, jungen roten Miß' hatte ihn so empört, daß er nach Rache lechzte. Die Apatschen gaben ihm recht. Parker und Stone stimmten ihm auch bei, und so konnte ich nichts dagegen tun. Wir banden unsere Pferde an und setzten uns nieder, um den Anbruch der Dunkelheit zu erwarten.

Ich muß freilich gestehen, daß die Kiowas sich so bewegten, als fühlten sie sich völlig sicher. Sie ritten oder liefen auf dem offenen Platz umher, riefen einander zu, kurz und gut, taten so unbefangen, als befänden sie sich daheim in ihrem sicheren, gut bewachten Indianerdorf.

„Seht Ihr, wie ahnungslos sie sind?" sagte Sam. „Bei denen gibt es heute keinen argen Gedanken."

„Wenn Ihr Euch nicht irrt!"

„Sam Hawkens irrt sich nie!"

„Pshaw! Ich könnte Euch das Gegenteil beweisen. Ich habe etwas in mir wie eine Ahnung, daß sie sich verstellen."

„Ahnung!" murrte Sam. „Alte Squaws haben Ahnungen, sonst niemand. Merkt Euch das, verehrter Sir! Welchen Zweck könnte es denn für die Roten haben, sich zu verstellen?"

„Uns anzulocken", erklärte ich.

„Ist ganz unnötig, denn wir werden auch ohne Lockung kommen."

„Ihr nehmt doch an, daß Santer bei ihnen ist?" fragte ich darauf.

„Gewiß! Als er hier an diese Stelle kam, hat er sie erblickt und ist über das leere Flußbett hinüber zu ihnen!"

„Und denkt Ihr nicht, daß er ihnen erzählt hat, was vorgefallen ist und warum er Schutz bei ihnen sucht?"

„Welche Frage! Das ist doch klar."

„So hat er ihnen auch mitgeteilt, daß seine Verfolger ihm wahrscheinlich nahe sind."

„Meinetwegen auch das."

„Dann wundert es mich, daß die Kiowas gar keine Vorsichtsmaßnahmen getroffen haben."

„Ist nicht zu verwundern. Sie halten es einfach für unmöglich, daß wir schon jetzt kommen. Sie erwarten uns wohl erst morgen. Sobald es dunkel genug ist, schleiche ich hinüber und sehe mir die Gelegenheit an. Dann wird sich finden, was wir tun. Ich muß diesen Santer haben!"

„Nun gut, so gehe ich mit!"

„Ist nicht nötig."

„Ich halte es aber für sehr nötig."

„Wenn Sam Hawkens auf Kundschaft geht, braucht er keinen Gehilfen. Nehme Euch nicht mit. Kenne Euch und Eure sogenannte Menschlichkeit. Wahrscheinlich wollt Ihr diesem Mörder das Leben erhalten."

„Fällt mir nicht im Traum ein!"

„Verstellt Euch nicht!"

„Ich spreche so, wie ich denke", versicherte ich. „Auch ich will Santer haben, und zwar will ich ihn lebendig fangen, um ihn Winnetou zu bringen. Und sobald ich sehen sollte, daß es unmöglich ist, ihn lebend zu bekommen, gebe ich ihm eine Kugel in den Kopf.

Darauf könnt Ihr Euch verlassen."

„Das ist es eben: eine Kugel in den Kopf! Ihr wollt nicht, daß er gemartert wird. Auch ich bin kein Freund von solchen Hinrichtungen. Diesem Schurken aber gönne ich einen qualvollen Tod von ganzem Herzen. Wir fangen ihn und bringen ihn Winnetou. Muß nur erst wissen, wieviel Kiowas es sind."

Ich zog es vor zu schweigen, denn Sams Worte hatten die Apatschen mißtrauisch gemacht. Sie wußten, daß ich mich für Rattler verwendet hatte, und so lag für sie der Gedanke nahe, ich könne jetzt eine ähnliche Absicht hegen. Ich tat, als fügte ich mich in Sams Willen, und streckte mich neben meinem Pferd lang aus.

Die Sonne war schon längere Zeit verschwunden, und nun senkte sich die Dämmerung nieder. Drüben bei den Kiowas wurden mehrere Feuer angezündet. Die Flammen loderten hoch empor. Das ist gar nicht Brauch bei den vorsichtigen Roten und so verstärkte sich in mir die vorhin ausgesprochene Vermutung, daß sie es darauf abgesehen hätten, uns anzulocken. Wir sollten glauben, daß sie von unserem Erscheinen nichts ahnten, und auf den Einfall kommen, sie zu überrumpeln. Taten wir das, so liefen wie ihnen in die geöffneten Arme.

Während ich so nachdachte, war es mir, als hätte ich ein Geräusch vernommen, das nicht von uns verursacht worden wäre. Es war hinter mir, wo niemand von uns lag, weil ich den äußersten Platz innehatte. Ich lauschte, und das Geräusch wiederholte sich. Es war ein leises Rascheln im Gestrüpp, aber nicht die Bewegung eines glatten Zweigs, sondern einer Ranke, und diese Ranke mußte Stacheln oder Dornen haben, denn das Geräusch war in einzelnen Rucken vernehmbar gewesen, von Stachel zu Stachel verursacht worden.

Dieser Umstand sagte mir sofort, wo ich die Ursache zu suchen hatte. Hinter mir gab es zwischen drei einander nahe stehenden Bäumen ein Brombeergesträuch, von dem eine Ranke bewegt worden sein mußte. Es konnte da ein kleines Tier stecken, dann war die Sache harmlos. Aber unsere Lage riet zur Vorsicht. Es konnte auch ein Mensch sein, und das mußte ich untersuchen.

Ich habe gesagt, daß drüben bei den Kiowas hohe Feuer loderten. Sie konnten ihren Schein zwar nicht herüberwerfen, aber ich mußte jeden Gegenstand sehen, den ich zwischen sie und meine Augen brachte. Das war mit der Brombeerhecke dadurch zu erreichen, daß ich die andere Seite aufsuchte, was aber heimlich geschehen mußte. So stand ich auf und schlenderte langsam fort, doch nicht in die Richtung, wohin ich eigentlich wollte. Als ich weit genug weg war, kehrte ich um und näherte mich nun dem Wäldchen von der Rückseite. In der Nähe legte ich mich nieder und kroch leise zu der Beerenhecke, die ich, sogar unbemerkt von meinen Leuten, erreichte. Sie lag grad vor mir, so daß ich sie mit der Hand zu fassen vermochte, und in dieser Richtung brannten drüben die Feuer. Ich konnte durch einige wenige Stellen hindurchblicken, sonst aber war die Hecke zu dicht. Da — ja, wirklich, da gab es wieder das erwähnte Rascheln, und zwar nicht in der Mitte, sondern an der Seite der Hecke. Ich glitt dorthin und sah bestätigt, was ich geahnt hatte.

Es hatte ein Mensch, ein Indianer, in der Hecke gesteckt und wollte sich soeben entfernen. Das mußte ein Geräusch verursachen, das er auf verschiedene Zeitabstände zu verteilen trachtete, und er brachte das in wahrhaft meisterhafter Art fertig, denn anstatt eines einzigen lauten Raschelns gab es nur von Minute zu Minute ein leises Knistern, wie von dürrem Stroh. Das war lediglich von mir gehört worden, weil ich so nahe gelegen hatte. Das schwere Kunststück war beinahe gelungen. Sein Körper befand sich schon fast ganz im Freien, und nur die Schulter mit dem Arm, der Hals und der Kopf steckten noch in der Hecke.

Ich kroch zum Roten hin, bis ich hinter ihm lag. Er befreite sich mehr und mehr. Er bekam die Schulter frei, den Hals, den Kopf und hatte nun nur noch den Arm herauszuziehen. Nun richtete ich mich in den Knien auf, faßte mit der Linken seinen Hals und hieb ihm die rechte Faust auf den Kopf. Da lag er still.

„Was war das?" fragte Sam drüben bei den Gefährten. „Habt ihr nichts gehört?"

„Old Shatterhands Pferd stampfte", meinte Dick.

„Er ist fort. Wo mag er sein? Wird doch keine Dummheiten machen!" brummte Hawkens.

„Dummheiten? Der?" fragte Will Parker. „Der hat noch keine gemacht und wird wohl auch niemals welche machen."

„Oho! Er ist imstande und sucht die Kiowas heimlich auf, um diesem Santer das Leben zu erhalten!"

„Nein, das tut er nicht. Lieber erwürgt er den Mörder, als daß er ihn entkommen läßt. Das Schicksal der beiden Ermordeten ist ihm riesig nahegegangen. Das mußt du ihm doch angesehen haben."

„Mag sein. Aber ich nehme ihn dennoch nicht mit, wenn ich nachher die Kiowas beschleiche. Er kann mir dabei nichts nützen. Will die Kerle zählen und die Örtlichkeit prüfen; dann läßt es sich bestimmen, wie wir angreifen müssen. Er macht seine Sache als Greenhorn oft ganz gut, aber sich bei solchen Flammen dem Lager der Kiowas zu nähern, das bringt er doch nicht fertig. Die Roten wissen, daß wir kommen. Sie sind also vorsichtig und werden die Ohren so spitzen, daß nur ein alter Westmann an sie heran kann."

Da stand ich auf, trat schnell zu ihm und sagte:

„Ihr irrt Euch, lieber Sam. Ihr glaubt mich fort, und ich bin doch da. Verstehe ich's also, mich anzuschleichen, oder nicht?"

„Alle Wetter!" staunte er. „Ihr seid wirklich da? Man hat Euch doch gar nicht bemerkt!"

„Das ist ein Beweis dafür, daß Euch das mangelt, was mir nach Euren Worten mangeln soll. Es sind überhaupt, ohne daß Ihr es wißt, noch andere Leute da als ich."

„Wer denn? Wen meint Ihr?"

„Geht dorthin zu den Brombeeren! Da werdet Ihr ihn sehen, Sam!"

Er stand auf und folgte meiner Weisung. Die anderen taten nach seinem Beispiel.

„Halloo!" rief er aus. „Da liegt ein Indianer! Wie kommt er hierher?"

„Das laßt Euch von ihm selber sagen!"

„Er ist ja tot!"

„Nein. Ich habe ihn nur betäubt."

„Wo denn? Doch nicht etwa hier?"

„Freilich! Er lag in den Brombeeren versteckt, und ich habe ihn bemerkt. Als er heraus wollte, um davonzuschleichen, gab ich ihm meinen Hieb. Ihr habt diesen Hieb auch gehört, denn Ihr fragtet danach, und der Laut wurde für ein Stampfen meines Pferdes gehalten."

„Behold, das stimmt. Der Rote ist also wirklich dagewesen, hat im Busch gesteckt und alles gehört, was wir gesprochen haben. Wie gut, daß Ihr ihn unschädlich gemacht habt! Bindet und knebelt ihn, wenn ich mich nicht irre! Aber warum ist er nicht drüben bei seinen Leuten? Was hat er hier zu suchen? Er muß doch eher dagewesen sein als wir?"

„Ihr sprecht solche Fragen aus und nennt andere Leute Greenhorns, Sam? Er ist eher dagewesen als wir. Die Kiowas wußten, daß wir kommen. Sie nahmen an, daß wir der Spur Santers folgen und hier erscheinen würden. Sie wollten uns empfangen, und um den richtigen Zeitpunkt nicht zu versäumen, stellten sie hier einen Posten aus, der sie benachrichtigen sollte. Aber weil wir zu schnell ritten, oder weil er grad hier ankam, als auch wir erschienen, haben wir den Späher überrascht, so daß er sich in der Brombeerhecke verstecken mußte."

„Er hätte doch fliehen können, hinüberfliehen zu den Seinen!"

„Dazu fand er wahrscheinlich keine Zeit mehr, denn wir hätten ihn noch laufen sehen und somit erraten müssen, daß die Kiowas von uns wüßten und gewarnt würden. Es ist auch möglich, daß er von vornherein entschlossen war, hier versteckt zu bleiben, um uns zu belauschen."

„Das ist alles ganz gut möglich", meinte Sam. „Aber mag es nun sein, wie es will, es ist ein Glück, daß Ihr ihn erwischt habt, verehrter Sir. Jetzt soll er berichten und alles gestehen."

„Er wird sich hüten, etwas zu sagen. Ihr bringt nichts aus ihm heraus."

„Kann sein. Ist auch nicht nötig, daß wir uns Mühe mit ihm geben. Wissen ohnehin, woran wir sind, und was ich noch nicht weiß, das werde ich bald erfahren, denn ich gehe jetzt hinüber."

„Um vielleicht nicht wieder herüberzukommen!"

„Weshalb?"

„Weil Euch die Kiowas behalten werden. Ihr habt ja selber gesagt, daß es bei diesen vielen großen und hellen Feuern sehr schwer sei, sich anzuschleichen."

„Ja, für Euch, für mich aber nicht. Darum wird es so, wie ich Euch gesagt habe: ich gehe hinüber, und Ihr bleibt da!"

Er sagte das in einem so bestimmten, gebieterischen Ton, daß ich nun doch ein ernstes Wort dagegen sprach.

„Ihr seid heute wie ausgewechselt, Sam. Ihr glaubt doch nicht etwa, mir Befehle erteilen zu können?"

„Natürlich glaube ich das!"

„Hört, Sam", erklärte ich sachlich, „das ist denn doch ein Irr-

tum! Ich verkenne nicht, daß Ihr mein erster Lehrer in allen Fertig-
keiten des Wilden Westens gewesen seid. Aber ich bin nicht auf dem
Punkt von damals stehengeblieben, ganz abgesehen davon, daß ich
Euch schon beim ersten Kundschafterritt gezeigt habe, wie auch ein
Neuling seinen Verstand zu gebrauchen weiß. Hier nun vollends hat
Winnetou mich mit der Verfolgung Santers beauftragt, mich, nicht
Euch. Ich trage die Verantwortung, und wenn dabei etwas schiefgeht,
bekomme ich die Vorwürfe. Also gilt mein Wille, mein Wort."

„Laßt Euch nicht auslachen!" spottete er. „Ihr seid und bleibt ein
Greenhorn, und ich bin der erfahrene Westmann. Das müßt Ihr einsehen, wenn Ihr nicht undankbar sein wollt. Mit all Euren Redereien
ändert Ihr nichts an meinem Entschluß: ich gehe jetzt und Ihr bleibt
hier!"

Er ging wirklich. Die Apatschen murrten über ihn, und auch Stone
meinte verdrossen:

„Er ist heute ganz anders als sonst. Zu Euch von Undankbarkeit
zu reden! Wir sind es doch, die Euch Dank schulden, denn ohne Euch
lebten wir nicht mehr. Hat er Euch etwa auch einmal das Leben
gerettet?"

„Laßt ihn!" entgegnete ich. „Er ist ein kleiner prächtiger Kerl, und
grad sein heutiges Auftreten spricht für ihn. Es ist der Grimm über
Intschu tschunas und Nscho-tschis Tod, der ihn voreilig macht. Die
Erregung, in der er sich befindet, kann ihn leicht zu etwas hinreißen,
was er bei gewöhnlicher Gemütsverfassung vermeiden würde. Bleibt
hier, bis ich wiederkommen, und selbst, wenn ihr Schüsse hören solltet, geht ihr nicht vom Platz! Nur dann, wenn ihr meine Stimme
hört, kommt ihr mir zu Hilfe!"

Ich ließ meinen Bärentöter liegen, ebenso wie Sam seine alte Liddy
dagelassen hatte, und entfernte mich. Ich hatte bemerkt, wie Hawkens gleich von uns weg durch das Flußbett gegangen war. Er
wollte also von drüben anschleichen. Das hielt ich für falsch und beabsichtigte, es anders zu machen. Die Kiowas wußten, daß wir flußaufwärts von ihnen zu suchen waren, und richteten deshalb ihre
Aufmerksamkeit besonders dorthin. Darum handelte Hawkens nicht
klug, indem er sich von dorther nähern wollte. Ich dagegen nahm
mir vor, von der entgegengesetzten Seite zu kommen.

Zunächst ging ich am diesseitigen Ufer abwärts, doch so weit davon
entfernt, daß mich der Schein der jenseits brennenden Feuer nicht
treffen konnte, bis das Wäldchen drüben zu Ende war. Da unten war
kein Feuer angezündet worden, und die Bäume hielten den Licht-
schein ab. Es war hier also dunkel, so daß ich unbemerkt hinunter
ins Flußbett und jenseits wieder hinaufgelangen konnte. Nun befand
ich mich unter den Bäumen, legte mich nieder und kroch vorwärts.
Es brannten acht Feuer. So viele wurden nicht gebraucht, denn ich
zählte bloß gegen vierzig Indianer. Die Flammen sollten uns also nur
zeigen, wo die Kiowas lagerten.

Die Roten saßen unter den Bäumen in verschiedenen Gruppen beisammen und hatten ihre Gewehre schußfertig neben sich. Wehe uns,
wenn wir so unvorsichtig gewesen wären, in diese Falle zu laufen!
Sie war übrigens so auffällig gestellt, daß nur leichtfertige Menschen

darauf hereinfallen konnten. Die Pferde der Roten sah ich draußen auf der Prärie weiden.

Gern hätte ich eine der Gruppen belauscht, womöglich die, bei der sich der Anführer befand, weil dort sicher zu hören war, was ich wissen wollte. Aber wo war der Anführer zu suchen? Jedenfalls da, wo sich auch Santer aufhielt. So sagte ich mir. Also schob ich mich von Baum zu Baum, um den Flüchtling zu entdecken.

Nach einigem Suchen sah ich ihn. Er saß mit vier Indianern beisammen, von denen allerdings keiner das Abzeichen der Häuptlingswürde trug. Das war aber nicht nötig, denn nach den Gebräuchen der Roten mußte der älteste dieser vier der Anführer sein. Leider konnte ich mich nicht so nahe hinwagen, wie ich gern wollte, denn es gab hier kein Unterholz, worin ich Schutz und Deckung gefunden hätte. Nur einige Bäume standen so, daß ihr Gesamtschatten mir eine, wenn auch zweifelhafte Sicherheit bot. Da acht Feuer brannten, warf jeder Baum mehrere Schatten, Halbschatten, die hin und her zitterten und dem Innern des Wäldchens ein gespenstisches Aussehen verliehen.

Zu meiner Freude sprachen die Roten laut miteinander, denn es lag nicht in ihrer Absicht, heimlich zu tun. Wir sollten sie nicht nur sehen, sondern auch hören. Ich erreichte den erwähnten Schatten und bleib dort liegen, vielleicht zwölf Schritte von Santers Gruppe entfernt. Es war kein geringes Wagnis, da ich von den anderen Roten noch viel leichter entdeckt werden konnte als von dieser Gruppe aus. Ich hörte, daß Santer das große Wort führte. Er erzählte vom Nuggetberg und forderte die Roten auf, mit ihm dorthin zu ziehen und den Schatz der Apatschen zu heben.

„Weiß mein weißer Bruder genau den Ort, wo er zu finden ist?" fragte der älteste der vier Indianer.

„Nein. Wir wollten das erfahren, aber die Apatschen kamen zu schnell zurück. Wir glaubten, sie würden so lange an dem Versteck verweilen, daß wir sie belauschen könnten."

„Dann ist alles Suchen vergeblich. Es können zehnmal zehn Mann hingehen, um nachzuforschen, sie werden nichts finden. Aber da mein Bruder den größten unserer Feinde und seine Tochter erschossen hat, werden wir ihm den Gefallen tun, später mit ihm hinzureiten, und ihm suchen helfen. Vorher müssen wir deine Verfolger fangen und dann auch Winnetou töten."

„Winnetou? Der wird doch bei ihnen sein!"

„Nein, denn er darf nicht von seinen Toten fort und wird auch die größte Anzahl seiner Krieger bei sich behalten. Die kleinere ist dir nachgeritten und wird sicher von Old Shatterhand, dem weißen Hund, angeführt, der unserem Häuptling die Knie zerschmettert hat. Diese Schar werden wir heute überwältigen!"

„Dann reiten wir zum Nuggetberg, um Winnetou kaltzumachen und nach dem Gold zu suchen!"

„Das ist nicht so rasch möglich, wie mein Bruder denkt. Winnetou hat seinen Vater und seine Schwester zu begraben, wobei er nicht gestört werden darf, denn der Große Geist würde uns das nie verzeihen. Aber dann, wenn er fertig ist, überfallen wir ihn. Er wird nun nicht in die Städte der Bleichgesichter ziehen, sondern heimkehren. Da legen wir ihm einen Hinterhalt oder locken ihn so an uns, wie wir es heute mit Old Shatterhand tun. Ich warte nur, daß mein Späher zurückkehrt, der drüben versteckt ist. Und auch die Wächter, die weit draußen liegen, haben mir noch keine Meldung gesandt."

Als ich das hörte, erschrak ich. Es lagen also Posten vor dem Wäldchen. Wenn Sam Hawkens sie nicht bemerkte und zwischen sie geriet! Kaum hatte ich das gedacht, so hörte ich ein kurzes Geschrei mehrerer Stimmen. Der Anführer sprang auf und lauschte. Auch alle anderen Kiowas waren still und horchten.

Da näherte sich dem Wäldchen eine Gruppe. Sie bestand aus vier Roten, die einen Weißen geschleppt brachten. Er sträubte sich, doch ohne Erfolg. Zwar war er nicht gefesselt, aber er wurde von den Messern der Sieger in Schach gehalten. Dieser Weiße war — mein unvorsichtiger Sam! Mein Entschluß stand sofort fest: ich durfte ihn nicht steckenlassen, obwohl ich dabei mein Leben wagte.

„Sam Hawkens!" rief Santer, der den kleinen Trapper sogleich erkannte. „Good evening, Sir! Habt wohl nicht geglaubt, mich hier wiederzusehen?"

„Schuft, Räuber, Mörder!" rief ihm der furchtlose Sam entgegen und packte den Feind bei der Gurgel. „Gut, daß ich dich habe. Nun bekommst du deinen Lohn, wenn ich mich nicht irre!"

Der Angegriffene wehrte sich. Die Roten sprangen hinzu und rissen Sam von ihm weg. Das gab ein kurzes Durcheinander, das ich schnell benutzte. Ich zog die beiden Revolver und war mit einem Satz mitten unter den Indianern.

„Old Shatterhand!" schrie Santer, indem er erschrocken davonrannte.

Ich schickte ihm zwei Kugeln nach, die aber wohl nicht trafen, gab mehrere Schüsse auf die Indianer ab, die verblüfft zurückwichen, und rief Sam zu:

„Fort, mir nach, genau hinter mir her!"

Es schien, als wären die Roten vor Entsetzen zur geringsten Bewegung unfähig. Sie standen starr, obgleich ich auf sie geschossen hatte, wenn auch absichtlich auf ungefährliche Körperstellen. Ich faßte Sam beim Arm und riß ihn mit mir fort, ins Wäldchen hinein, hindurch und ins Flußbett hinab. Das ging alles so rasch, daß vom Augenblick meines Angriffs an bis jetzt kaum mehr als eine Minute vergangen war.

„The devil, das war zur rechten Zeit!" meinte Sam, als wir glücklich unten waren. „Ich wurde von diesen Schurken —"

„Erzählt das später, jetzt folgt mir!" unterbrach ich ihn. Ich ließ seinen Arm fahren und wandte mich nach rechts, um im Flußbett abwärts zu rennen, denn es galt zunächst, außer Schußweite der Roten zu gelangen.

Nun erst kamen die völlig überrumpelten und verblüfften Kiowas zu sich. Ihr Geheul erscholl hinter uns her, so daß ich Sams Schritte nicht mehr hören konnte. Schrille Rufe gellten, Schüsse krachten. Es war ein Höllenlärm.

Warum flüchtete ich nicht flußabwärts, unserem Lager zu, sondern abwärts, gerade entgegengesetzt? Aus einem sehr triftigen Grund. Die Indianer konnten uns vorerst nicht sehen, weil es unten im Flußbett dunkel war, und rannten jedenfalls aufwärts, weil sie als sicher annahmen, daß wir in dieser Richtung fliehen würden. Wir befanden uns also, wenn wir abwärts rannten, so ziemlich in Sicherheit und konnten dann in einem Bogen zu unserem Lager zurückkehren.

Als ich glaubte, weit genug gelaufen zu sein, hielt ich an. Das Geheul der Roten ertönte immer noch in der Ferne. Da, wo ich stand, regte sich nichts.

„Sam!" rief ich mit unterdrückter Stimme.

Es erfolgte keine Antwort.

„Sam, hört Ihr mich?" fragte ich lauter.

Er antwortete auch jetzt nicht. Wo steckte er? Er mußte mir doch gefolgt sein! War er vielleicht gestürzt und hatte sich verletzt? Denn meine Flucht war über rissigen, vertrockneten Schlamm und durch tiefe Wasserlachen gegangen. Ich nahm Patronen aus dem Gürtel, lud die Revolver wieder und kehrte zurück, um langsamen Schritts nach Sam zu suchen.

Der Lärm, den die Kiowas machten, währte noch immer fort. Dennoch wagte ich mich näher und näher, bis ich wieder unter dem Wäldchen an der Stelle stand, wo ich Sam aufgefordert hatte, mir zu folgen. Ich hatte ihn nicht gefunden. Er war wohl anderer Ansicht gewesen als ich und gleich ans andere Ufer gestiegen, ohne auf meine Worte zu achten. Dort aber hatte ihn der Schein der Feuer getroffen, und die Kiowas mußten den Flüchtling entdeckt und vielleicht gar wieder eingefangen haben. Welche Unbedachtsamkeit von dem kleinen, heute so eigensinnigen Mann! Es wurde mir abermals angst um ihn. Ich entfernte mich wieder vom Wäldchen, bis ich von da aus nicht mehr bemerkt werden konnte, und lief in einem Bogen auf unser Lager zu.

Dort fand ich alles in großer Aufregung. Die roten und weißen Gefährten drängten sich an mich heran, und Dick Stone rief vorwurfsvoll:

„Sir, warum habt Ihr uns verboten, Euch nachzukommen, selbst wenn Schüsse fallen sollten! Wir haben mit wahrer Gier gewartet, daß Ihr rufen würdet. Gott sei Dank, daß wenigstens Ihr wieder da seid, und zwar unverletzt, wie ich sehe!"

„Wo ist Sam? Nicht hier?" erkundigte ich mich.

„Hier? Wie könnt Ihr so fragen! Habt Ihr denn nicht gesehen, wie es ihm ergangen ist?"

„Wie denn?"

„Als Ihr fort wart, warteten wir. Nach längerer Zeit hörten wir einige Rote rufen. Dann wurde es wieder still! Da auf einmal vernahmen wir Revolverschüsse und kurz darauf ein entsetzliches Geheul. Dann krachten Gewehrschüsse und wir sahen Sam erscheinen."

„Wo?"

„Drunten beim Wäldchen, am diesseitigen Ufer."

„Dachte es mir! Sam ist heute so unvorsichtig gewesen wie noch nie! Weiter, weiter!"

„Er kam auf uns zugelaufen, aber es waren mehrere Kiowas hinter ihm her, die ihn ereilten und festnahmen. Wir sahen das deutlich, weil die Feuer hell brennen, und wollten ihm Hilfe bringen. Doch bevor wir zur Stelle sein konnten, waren sie mit ihm schon über das Flußbett hinüber und verschwanden unter den Bäumen. Wir hatten große Lust, ihnen zu folgen, um Hawkens zu befreien. Doch wir dachten an Euer Verbot und unterließen es."

„Daran habt ihr sehr klug getan, den ihr elf Mann hättet nichts erreicht und wärt alle ausgelöscht worden."

„Aber was beginnen wir nun, Sir? Sam ist gefangen!"

„Leider ja, und zwar zum zweitenmal!"

„Zum zweiten —?"

„Ja! Nach dem erstenmal hatte ich ihn schon wieder frei. Er brauchte mir nur zu folgen, so stände er jetzt geradeso hier wie ich. Aber er hat eben seinen Eigensinn."

Ich erzählte, was geschehen war. Als ich geendet hatte, sagte Will Parker:

„Hier trifft Euch keine Schuld, Sir. Ihr habt im Gegenteil mehr getan, als jeder andere gewagt hätte. Sam hat sich selber in diese Tinte geritten; aber wir dürfen ihn deshalb doch nicht drin sitzen lassen!"

„Nein. Er muß heraus. Das wird uns aber nun weit schwerer werden als beim erstenmal. Bedenkt doch: zwölf Mann gegen vierzig, die nur darauf warten, überfallen zu werden! Und da sie Sam nun haben, warten sie erst recht auf den Angriff. Aber ich weiß sonst keinen Ausweg, denn am Tag dürfen wir den Überfall auf das Wäldchen noch viel weniger wagen."

„Well, so greifen wir noch in dieser Nacht an!"

„Langsam, langsam! Das will überlegt sein."

„Überlegt es, Sir! Aber gebt mir inzwischen die Erlaubnis, hinüberzuschleichen, um nachzuforschen, wie es steht!"

„Das mögt Ihr tun, doch erst später, wenn einige Zeit verflossen ist und die Aufmerksamkeit der Kiowas sich vermindert hat. Und dann geht Ihr nicht allein, sondern ich begleite Euch, und wahrscheinlich nehmen wir auch die anderen gleich mit."

„Schön, sehr gut, Sir! Das will ich gelten lassen. Die anderen auch gleich mitnehmen, das klingt schon ganz wie Überfall. Wir werden unsere Pflicht tun. Sechs bis acht Kiowas nehme ich allein auf mich und Dick Stone wird nicht weniger haben wollen. Nicht, alter Dick?"

„Yes, hast's getroffen, alter Will," bestätigte der Gefragte. „Es kommt mir auf einige mehr oder weniger nicht an, wenn es sich darum handelt, Sam loszumachen. Ist sonst ein kleiner Pfiffikus, hat aber heute seinen schwachen Tag gehabt."

Ja, allerdings, an diesem Tag war Sam recht schwach gewesen. Ich ging im stillen mit mir zu Rat, auf welche Weise er am besten zu befreien wäre. Mein Leben hatte ich für ihn wagen dürfen, aber war ich berechtigt, seinetwegen auch das der Apatschen aufs Spiel zu setzen? Vielleicht konnte man auf dem Weg der List leichter und ungefährlicher ans Ziel gelangen. Das mußte sich nachher ergeben, wenn wir hinüberschlichen. Um für alle Fälle gerüstet zu sein, wollte ich die Apatschen mitnehmen. Vielleicht stellte es sich heraus, daß ein plötzlicher Angriff Vorteile bot, die wir ohne großes Wagnis nützen konnten.

Jetzt mußten wir warten, denn wir machten die Wahrnehmung, daß es drüben noch sehr lebhaft zuging. Bald aber wurde es ruhiger, und diese Stille wurde nur durch kräftige, weithin schallende Tomahawkhiebe unterbrochen. Die Roten schlugen Holz von den Bäumen. Wahrscheinlich hatten sie die Absicht, die Feuer bis zum Morgen in der jetzigen, ungewöhnlichen Stärke zu unterhalten.

Dann hörten auch die Axtschläge auf. Die Sterne deuteten Mitternacht an, und ich hielt es für geraten, ans Werk zu gehen. Zunächst sorgten wir dafür, daß die Pferde, die wir zurücklassen mußten, gut angebunden waren und nicht loskommen konnten. Dann sah ich noch einmal nach den Fesseln und dem Knebel des gefangenen Kiowa. Hierauf verließen wir unseren Lagerplatz und schlugen den Weg ein, auf dem ich vorhin an dem Flußbett entlanggegangen war.

Als wir unterhalb des Wäldchens unter den ersten Bäumen standen, befahl ich den Apatschen, unter der Führung Dick Stones hier zurückzubleiben und jedes Geräusch zu vermeiden. Dann stieg ich mit Will Parker leise hinauf. Als wir die Uferhöhe erreicht hatten, legten wir uns nieder und lauschten. Es herrschte die tiefste Stille ringsum. Nun krochen wir langsam vorwärts. Die acht Feuer brannten noch immer so hoch. Ich sah, daß ganze Haufen starker Äste hineingeworfen worden waren, Das machte mich stutzig. Wir rückten weiter vor und erblickten keinen Menschen. Endlich überzeugten wir uns, freilich unter Beachtung aller Vorsicht, daß das Wäldchen leer war. Es befand sich kein einziger Kiowas mehr dort.

„Sie sind fort, heimlich fort!" staunte Parker. „Und doch haben sie die Feuer noch so geschürt!"

„Um ihren Rückzug zu verschleiern. Solange die Feuer brennen, müssen wir denken, sie seien noch da."

„Aber wohin sind sie? Ganz fort?"

„Ich vermute es, weil Sam für sie eine gute Beute ist, die sie in Sicherheit bringen wollen. Aber es ist auch möglich, daß sie eine Teufelei beabsichtigen."

„Was für eine Teufelei?"

„Uns drüben zu überfallen, wie wir sie jetzt hier hüben angegriffen hätten."

„*Behold,* das ist freilich möglich! Dem müssen wir schleunigst vorbeugen, Sir!"

„Ja. Wir müssen hinüber und unsere Pferde in Sicherheit bringen, auch wenn es sich später als unnötig erweisen sollte. Besser ist besser."

Wir stiegen wieder zu den Apatschen hinab und eilten zu unserem Lagerplatz. Doch die Kiowas konnten auch noch später eintreffen. Deshalb saßen wir auf und ritten ein Stück in die Prärie hinein, wo wir lagerten. Wenn die Kiowas ja noch kamen, so fanden sie uns nicht am alten Platz und mußten den Tag abwarten, um uns zu suchen. Den Gefangenen hatten wir mitgenommen.

Nun blieb auch uns nichts anderes übrig, als uns bis zum Morgen zu gedulden. Als der Tag zu dämmern begann, saßen wir abermals auf und ritten zunächst zu unserem Lagerplatz zurück. Es war niemand dagewesen. Dann ging es über den Fluß zum Wäldchen hinüber. Die Feuer waren niedergebrannt und hatten dicke Aschenhaufen hinterlassen, die einzigen Zeichen davon, daß es gestern hier so lebhaft zugegangen war.

Nun untersuchten wir die Fährte. Von der Stelle, wo ich die Pferde gesehen hatte, führte die Gesamtspur der Kiowas in südöstlicher Richtung fort. Es war klar, daß sie es aufgegeben hatten, sich in einen Kampf mit uns einzulassen, der ihnen keinen Nutzen bringen konnte, weil es ihnen nicht mehr möglich war, uns zu überraschen.

Sam hatten sie mitgenommen, was Dick Stone und Will Parker überaus erregte. Auch mir tat das liebe Kerlchen leid, und ich war gewillt, alles halbwegs Vernünftige zu seiner Befreiung zu unternehmen.

„Wenn wir ihn nicht losmachen, werden sie ihn am Pfahl martern", klagte Dick Stone.

„Nein", tröstete ich. „Wir haben ja auch einen Gefangenen, einen Geisel für ihn."

„Aber ob sie das wissen?"

„Jedenfalls. Sam ist sicher so klug gewesen, es ihnen zu sagen. Wie man ihn behandelt, so verfahren wir mit unserem Gefangenen."

„Aber wir müssen den Indsmen unbedingt rasch nachreiten!"

„Nein. Ich lasse mich von diesen Roten nicht an der Nase herumführen."

„An der Nase? Ich verstehe Euch nicht."

„Nun, wohin sind sie Eurer Meinung nach geritten?"

„In ihr Dorf."

„Fehlgeschossen! Die Roten wollen zum Nuggetberg."

„Zum — behold! Sollte das wirklich so sein, Sir?"

„Es ist so. Habe nämlich gestern ein Gespräch zwischen Santer und den Roten belauscht. Sie wollen zum Nugget Tsil zurück. Santer des Goldes wegen und die Kiowas, um Winnetou zu fangen."

„Aber sie dürfen doch das Begräbnis nicht stören!"

„Das beabsichtigen sie auch nicht. Sie wollen warten, bis es vorüber ist. Zunächst aber stellen sie sich, als hätten sie die Absicht, zu ihrem Dorf zu reiten. Das hält uns ihrer Ansicht nach davon ab, ihnen zu folgen. Sie nehmen also an, daß wir zu Winnetou zurückkehren. Wenn sie einige Zeit südöstlich geritten sind und dabei womöglich noch mehr Krieger an sich gezogen haben, biegen sie ab und gehen zum Nuggetberg, wo wir uns ihrer Meinung nach ahnungslos überfallen und abschlachten lassen."

„Schöne Sache, das, jawohl! Werden aber dafür sorgen, daß sie einen anderen Ausgang nimmt."

„Ja, das werden wir. Wollt Ihr nun noch hinter den Kiowas her?"

„Fällt mir nicht ein. Wir müssen sogar augenblicklich fort von hier, um Winnetou rechtzeitig zu warnen. Seid Ihr einverstanden, Sir?"

„Ja."

„Und den Gefangenen nehmen wir mit?"

„Gewiß. Wir binden ihn auf Sams Mary. Sobald Ihr und Will

Parker das besorgt habt, brechen wir auf. Vorher jedoch wollen wir unten im Flußbett einen Wassertümpel suchen, um unsere Pferde zu tränken."

Eine halbe Stunde später waren wir unterwegs, durchaus nicht zufrieden mit dem Erfolg unseres Ritts.

Bei der Verfolgung Santers waren wir gezwungen gewesen, auf seiner Spur zu bleiben, und hatten infolgedessen einen Umweg gemacht, weil er von seiner ursprünglichen Richtung abgewichen und einen stumpfen Winkel geritten war. Ich beschloß, diesen Winkel jetzt abzuschneiden, und die Folge davon war, daß wir schon kurz nach Mittag des nächsten Tages vor der Schlucht hielten, die zu der Lichtung hinaufführte, wo der Überfall und Doppelmord geschehen war.

Wir ließen die Pferde und den Gefangenen unter der Obhut eines Apatschen unten im Tal und stiegen empor. Am Rand der Lichtung stand ein Wächter, der uns nur mit einer stillen Bewegung der Hand begrüßte. Wir sahen sogleich, wie fleißig die zwanzig Apatschen gewesen waren, um das Begräbnis ihres Häuptlings und seiner Tochter vorzubereiten. Ich gewahrte eine Menge schlanker Bäume, die mit den Tomahawks gefällt und zum Bau eines Gerüstes bestimmt waren. Sodann lagen da große Haufen von Steinen, die herbeigeschleppt worden waren und noch immer herbeigetragen wurden. Zu diesen Arbeitern gesellten sich sofort die Apatschen, die sich an der Verfolgung beteiligt hatten. Ich erfuhr, daß das Begräbnis am nächsten Tag stattfinden sollte.

Seitwärts hatte man eine einfache Hütte errichtet, worin die beiden Leichen aufgebahrt wurden. Winnetou befand sich darin. Man sagte ihm, daß wir zurückgekommen seien, und er trat heraus. Ich erschrak über sein Aussehen.

Er war ja an und für sich ernst, und nur in seltenen Fällen glitt einmal ein Lächeln über sein Gesicht. Laut lachen aber habe ich ihn niemals hören. Doch lag auf seinen männlich schönen Zügen trotz dieses Ernstes stets ein Ausdruck der Güte und des Wohlwollens, und sein dunkles Auge konnte bei Gelegenheit überaus freundlich blicken. Wie oft hat es auf mir mit großer Innigkeit geruht! Heute aber fand ich von alledem keine Spur. Sein Gesicht schien steinhart geworden, und sein Auge blickte düster. Seine Bewegungen waren langsam und schwer. So kam er auf mich zu, warf einen trüben, forschenden Blick umher, schüttelte mir matt die Hand, sah mich mit einem Ausdruck an, der mir tief in die Seele schnitt, und fragte:

„Wann ist mein Bruder zurückgekehrt?"

„Soeben."

„Wo ist der Mörder?"

„Er ist uns entgangen."

Die Aufrichtigkeit gebietet mir zu gestehen, daß ich bei dieser Antwort den Blick zu Boden senkte.

Auch Winnetou sah zur Erde. Ich hätte jetzt in sein Inneres schauen mögen. Erst nach einer langen Pause erkundigte er sich:

„Hat mein Bruder die Spur verloren?"

„Nein. Ich habe sie noch. Er wird hierherkommen."

„Old Shatterhand mag erzählen!"

Er setzte sich auf einen Stein. Ich tat desgleichen und lieferte ihm einen genauen, wahrheitsgetreuen Bericht. Er hörte ihn wortlos bis zum Ende an, schwieg auch noch darüber hinaus und fragte dann:

„So weiß mein Bruder nicht genau, ob der Mörder von den Revolverkugeln getroffen wurde?"

„Nein. Ich möchte aber annehmen, daß ich ihn nicht verwundet habe."

Er nickte leise und drückte mir die Hand.

„Mein Bruder mag mir die Frage verzeihen, die ich vorhin aussprach, die Frage, ob er die Spur verloren hätte! Old Shatterhand hat alles getan, was er tun konnte. Sam Hawkens wird es bereuen, so unvorsichtig gewesen zu sein. Wir werden ihn so rasch wie möglich wieder befreien. Winnetou denkt auch wie sein Bruder: die Kiowas werden kommen; sie sollen uns aber anders finden, als sie hoffen. Morgen werden die Gräber über Intschu tschuna und Nschotschi errichtet. Wird mein Bruder dabei sein?"

„Es würde mich sehr schmerzen, wenn Winnetou es mir nicht erlaubte."

„Ich erlaube es nicht nur, sondern ich bitte dich darum. Deine Gegenwart wird vielleicht manchem Bleichgesicht das Leben erhalten. Das Gesetz des Blutes fordert den Tod vieler weißer Menschen. Aber dein Auge ist wie die Sonne, deren Wärme das harte Eis schmilzt und in erquickendes Wasser verwandelt. Du weißt, wen ich verloren habe. Sei du mir Vater und sei du mir Schwester zugleich; ich bitte dich darum, Scharlih!"

Eine Träne stand in seinem Auge. Er schämte sich ihrer, die er vor einem anderen unmöglich sehen lassen durfte, eilte davon und verschwand bei den Toten in der Hütte. Er nannte mich heute zum erstenmal bei meinem Vornamen Karl und hatte ihn auch in Zukunft nie anders als jetzt, nämlich Scharlih, ausgesprochen.

Nun sollte ich eigentlich von dem Begräbnis erzählen, das mit allen indianischen Feierlichkeiten vorgenommen wurde. Ich weiß auch sehr wohl, daß eine eingehende Beschreibung gewiß am Platze wäre, aber wenn ich an jene traurigen Stunden denke, fühle ich heute noch ein so tiefes Weh, als wären sie erst gestern gewesen. Darum bitte ich, die Schilderung unterlassen zu dürfen.

Intschu tschunas Leiche wurde auf sein Pferd gebunden, worauf man um beide Erde häufte, bis sich das Tier nicht mehr bewegen konnte. Dann bekam es eine Kugel in den Kopf. Der Erdhaufen wurde erhöht, bis er den Reiter bedeckte, und zum Schluß rundum mit mehreren Steinschichten bis zur Spitze überkleidet.

Man hatte dem Toten auch seine Medizin und seine Waffen mitgegeben, die Silberbüchse ausgenommen, die Winnetou als Erbstück für sich behielt.

Nscho-tschi bekam auf meine Bitte ein anderes Grab. Ich wollte sie nicht so unmittelbar mit Erde verschüttet wissen. Wir richteten sie am Stamm eines Baumes in sitzender Stellung auf und fügten dann um sie herum Steine zu einer festen, hohlen Pyramide zusammen, aus deren Spitze der Gipfel des Baumes ragte.

Ich bin später einigemal mit Winnetou am Nugget Tsil gewesen, um die Gräber zu besuchen. Wir haben sie immer unverletzt gefunden.

21. Am Nuggetberg

Während des Begräbnisses durfte Winnetou dem großen Schmerz über den Tod seines Vaters und seiner Schwester noch Ausdruck geben. Dann aber mußte er ihn streng in seinem Innern verschließen. Das wurde ihm einesteils durch die indianische Sitte und anderenteils durch die Notwendigkeit geboten, seine ganze Aufmerksamkeit auf die Ankunft der Kiowa zu richten. Er war jetzt nicht mehr der durch den herben Verlust niedergebeugte Sohn und Bruder, sondern der Anführer seiner Krieger, mit denen er den Angriff der Feinde abweisen und den Mörder Santer fangen wollte. Er schien mit dem Plan dazu schon fertig zu sein, denn gleich nach dem Begräbnis befahl er den Apatschen, sich zum Aufbruch bereitzumachen und die Pferde aus dem Tal heraufzuholen.

„Warum erteilt mein Bruder diese Weisung?" fragte ich ihn. „Das Gelände ist so schwierig, daß es sehr viel Mühe verursachen wird, die Tiere herzubringen."

„Das weiß ich", gab er zu, „aber es muß dennoch geschehen, weil ich die Kiowas dadurch überlisten will. Sie haben sich des Mörders angenommen und werden alle sterben müssen — alle!"

Sein Gesicht zeigte bei diesen Worten einen drohenden, entschlossenen Ausdruck. Wenn er seinen Vorsatz ausführte, waren die Kiowas verloren. Ich dachte in dieser Angelegenheit anders. Sie waren allerdings unsere Feinde, trugen aber doch nicht die Schuld am Tod Intschu tschunas und seiner Tochter. Durfte ich es wagen, Winnetou umzustimmen? Vielleicht lud ich dadurch seinen Groll auf mich. Aber die Gelegenheit zu einer solchen Bitte war günstig, weil wir auf der Lichtung allein waren. Die Apatschen hatten seinen Befehl sofort befolgt und sich entfernt, und Stone und Parker waren mit ihnen gegangen. So hörte es niemand, wenn er mir in der Erregung eine Antwort gab, die mich in der Gegenwart anderer hätte kränken müssen. Ich sprach also die soeben erwähnte Ansicht aus, und zu meiner Überraschung trat die gefürchtete Wirkung nicht ein. Er sah mich zwar mit großen, finsteren Augen an, entgegnete aber ruhig:

„Das muß ich freilich von meinem Bruder erwarten. Er hält es nicht für eine Schwäche, dem Feind auszuweichen."

„So habe ich's nicht gemeint", erklärte ich. „Von einem Ausweichen kann keine Rede sein. Ich habe sogar schon daran gedacht, wie wir sie alle festnehmen werden. Aber sie sind nicht schuld an dem, was hier geschah, und es wäre ungerecht, sie die Strafe dafür mittragen zu lassen."

„Sie haben sich des Mörders angenommen und kommen hierher,

um uns zu überfallen. Ist das nicht Grund genug, sie ohne Schonung zu behandeln?"

„Nein, es ist kein Grund, wenigstens nicht für mich. Es tut mir leid zu hören, daß mein Bruder Winnetou in den Fehler verfallen will, der die Ursache zum Untergang aller roten Stämme ist."

„Welchen Fehler meint Old Shatterhand?"

„Den, daß die Roten sich gegenseitig zerfleischen, anstatt einander gegen den gemeinsamen Feind ihrer Rasse beizustehen. Erlaube mir, aufrichtig zu sein! Wer ist wohl im allgemeinen listiger und klüger, der rote Mann oder das Bleichgesicht?"

„Das Bleichgesicht. Ich sage das, weil es die Wahrheit ist. Die Weißen haben mehr Kenntnisse und Geschicklichkeiten als wir. Sie sind uns in fast allem überlegen."

„Das ist richtig; wir sind euch überlegen. Du aber bist nicht irgendein Indianer. Der Große Geist hat dir Gaben verliehen, die auch unter den Weißen nur selten einer besitzt, und darum möchte ich, daß du anders denkst als jeder andere rote Mann. Dein Verstand ist scharf und dein Blick reicht weit, viel weiter als das Denken und das geistige Auge eines einfachen Kriegers. Wie oft ist der Tomahawk des Kampfes unter euch ausgegraben! Du mußt einsehen, daß es ein fortgesetzter, gräßlicher Selbstmord ist, den der rote Mann begeht. Intschu tschuna und Nscho-tschi sind getötet worden, nicht von roten, sondern von weißen Männern. Einer der Weißen hat sich zu den Kiowas geflüchtet und sie beredet, euch zu überfallen. Das ist wohl ein Grund, sie hier zu erwarten und sich ihrer zu erwehren, rechtfertigt es aber nicht, sie wie tolle Hunde niederzuschießen. Sie sind Söhne deiner Rasse, bedenke es wohl!"

Er hatte mir ruhig zugehört. Nun reichte er mir schließlich die Hand und sagte:

„Mein Bruder Scharlih ist ein aufrichtiger Freund aller roten Männer, und er hat recht, wenn er von Selbstmord spricht. Ich werde tun, was er wünscht. Ich will die Kiowas gefangennehmen, sie dann aber freigeben und nur den Mörder festhalten."

„Gefangennehmen? Das wird schwer halten, denn sie werden in der Überzahl sein. Oder solltest du den gleichen Gedanken haben wie ich?"

„Welchen Gedanken?"

„Die Kiowas an einen Ort zu locken, wo sie sich nicht wehren können?"

„Ja, das ist mein Plan."

„Der meine auch. Du kennst die hiesige Gegend, und ich wollte dich fragen, ob es hier wohl einen geeigneten Ort gibt."

„Es gibt einen, und der liegt gar nicht weit von hier, nämlich eine enge Felsschlucht, die einem schmalen Cañon gleicht. Dahinein will ich die Feinde locken."

„Meinst du, daß es dir gelingt?"

„Ja. Und wenn sie sich in dieser Schlucht befinden, die zu beiden Seiten steile, unbesteigbare Wände hat, werden wir sie von vorn und auch von hinten angreifen. Dann müssen sie sich ergeben, wenn sie sich nicht wehrlos niederschießen lassen wollen. Ich werde ihnen das Leben schenken und damit zufrieden sein, daß ich Santer in meine Hand bekomme."

„Ich danke dir! Mein Bruder Winnetou hat für ein gutes Wort ein offenes Herz. Vielleicht denkt er in einer anderen Angelegenheit jetzt ebenso mild."

„Was meint mein Bruder Scharlih?"

„Du wolltest allen Weißen Rache schwören, und ich bat dich, das nicht gleich zu tun, sondern bis nach dem Begräbnis zu warten. Darf ich erfahren, was du nun beschlossen hast?"

Er blickte eine kurze Zeit zur Erde nieder, richtete dann sein Auge hell auf mich und deutete auf die Hütte, worin die Leichen gelegen hatten.

„Ich habe die vergangene Nacht dort bei den Toten zugebracht und im Kampf mit mir selber gelegen. Die Rache gab mir einen großen, kühnen Gedanken ein. Ich wollte die Krieger aller roten Völker zusammenrufen und mit ihnen gegen die Bleichgesichter ziehen. Wahrscheinlich wäre ich besiegt worden. Aber in dem Kampf gegen mich selber heut in der Nacht bin ich Sieger geblieben."

„So hast du diesen großen, kühnen Gedanken aufgegeben?"

„Ja. Ich habe drei Menschen, die ich liebe, befragt, zwei Tote und einen Lebenden. Sie rieten mir, diesen Plan fallen zu lassen, und ich beschloß, ihrem Rat zu folgen."

Ich sprach eine Frage aus, nicht durch Worte, sondern nur durch den Blick. Da fuhr er fort:

„Mein Bruder Scharlih will wissen, von wem ich spreche? Ich meine Klekih-petra, Nscho-tschi und dich. Euch drei habe ich in Gedanken befragt und eine dreifache Antwort erhalten."

„Ja, wenn jene zwei noch lebten und du sie fragen könntest, sie würden dir gewiß das gleiche sagen, was ich dir rate. Der Plan, den du hegtest, war groß und du wärest der Mann gewesen, ihn auszuführen, doch —"

„Mein Bruder mag bescheidener von mir denken und sprechen", unterbrach er mich. „Sollte es wirklich einem roten Häuptling gelingen, die Krieger aller Stämme unter sich zu vereinigen, so könnte es doch nicht so schnell geschehen, wie es notwendig wäre, sondern es würde eines langen, mühevollen Menschenlebens bedürfen, um an dieses Ziel zu gelangen. Und es wäre dann, am Schluß dieses Lebens, zu spät, den Kampf zu beginnen. Einer allein, und wäre er ein noch so großer und berühmter roter Mann, kann diese Aufgabe nicht lösen, und nach seinem Tod würde vielleicht der Nachfolger fehlen, der imstande wäre, das Werk zu Ende zu führen."

„Es freut mich, daß mein Bruder Winnetou zu dieser Einsicht gekommen ist. Sie ist die richtige. Einer reicht nicht aus, und ein Nachfolger würde sich schwerlich finden. Aber selbst wenn das der Fall sein sollte, müßte der Kampf der Roten gegen die Weißen für euch unglücklich enden."

„Winnetou weiß es. Er würde unseren Untergang nur beschleunigen. Und wenn wir aus allen Kämpfen als Sieger hervorgingen, so sind der Bleichgesichter doch so viele, daß sie immer neue Scharen gegen uns senden könnten, während es uns unmöglich wäre, unsere

Verluste zu ersetzen. Die Siege würden uns ebenso aufreiben wie eine Niederlage. Das habe ich mir gesagt, als ich während der Nacht bei meinen Toten saß, und so habe ich den Entschluß gefaßt, auf die Ausführung meines Plans zu verzichten. Ich wollte mich damit begnügen, den Mörder zu fangen und mich an denen zu rächen, die ihm Hilfe geleistet haben und nun mit ihm nahen, uns zu überfallen. Aber auch das hat mir mein Bruder Scharlih ausgeredet. Meine Rache soll nur darin bestehen, daß ich Santer festnehme und bestrafe. Die Kiowas lassen wir laufen."

„Deine Worte machen mich stolz auf die Freundschaft, die uns verbindet. Ich werde sie dir nie vergessen. Wir beide sind überzeugt, daß die Kiowas kommen werden. Es handelt sich nur darum, den Zeitpunkt ihrer Ankunft zu erfahren."

„Der Tag ihrer Ankunft hier ist heut", behauptete Winnetou mit einer Sicherheit, als handle es sich um eine feststehende Tatsache.

„Wie ist es dir möglich, das so bestimmt zu sagen?" fragte ich.

„Ich schließe es aus dem, was du mir von eurem letzten Ritt erzählt hast. Die Kiowas sind scheinbar zu ihrem Dorf gezogen, um euch hinter sich herzulocken, wollen aber eigentlich hierher. Sie haben also einen Umweg gemacht, sonst hätten sie schon gestern hier eintreffen können. Sie haben auch noch andere Abhaltungen gehabt, wodurch ihr Beginnen verzögert worden ist."

„Andere Abhaltungen? Was für welche?"

„Wegen Sam Hawkens. Den bringen sie nicht mit hierher, sondern sie haben ihn heimgeschickt zu den Ihrigen. Dazu mußte ein passender Ort und der geeignete Zeitpunkt abgewartet werden, vielleicht auch eine Gelegenheit, die sich gerade ergab. Ebenso war es nötig, einen Boten abzusenden, der eure mutmaßliche Ankunft melden sollte."

„Ah, du meinst, daß uns die Krieger des Dorfes entgegenreiten sollten."

„Ja. Die Feinde, mit denen ihr es dort am ausgetrockneten Fluß zu tun hattet, haben euch hinter sich herziehen wollen, hatten aber, weil sie hierherzureiten beabsichtigten, nicht die nötige Zeit, dann mit euch anzubinden. Sie haben also jedenfalls einen oder einige Boten an die Ihrigen abgeschickt, damit man euch vom Dorf aus entgegenreitet. Diesen Boten ist Sam Hawkens mitgegeben worden. Hierauf sind die Kiowas von ihrer Richtung abgewichen und haben den Weg zum Nugget Tsil eingeschlagen. Diese Schwenkung durftet ihr aber nicht entdecken. Deshalb mußte sie an einer Stelle vor sich gehen, wo keine Spuren zurückbleiben konnten. Dergleichen Stellen sind selten. Sie liegen meist nicht am Weg und müssen eigens aufgesucht werden. Auch das ergibt einen Zeitverlust. So konnten die Kiowas unmöglich schon gestern hier sein. Sie sind auch bis jetzt noch nicht da, werden aber gewiß heute noch eintreffen."

„Woher weißt du, daß sie jetzt noch nicht da sind?"

Er deutete auf die nächste Bergkuppe. Der Wald, der sie bedeckte, wurde von einem hohen Baum überragt. Dort war der höchste Punkt der Nugget-Berge, und wer auf dem Baum saß und ein scharfes Auge hatte, der konnte die angrenzende Prärie rundum überblicken.

„Winnetou hat einen Krieger dort hinaufgeschickt, der aufpassen soll und die Ankunft der Kiowas gewiß bemerken wird, denn er besitzt die Augen eines Falken. Sobald er sie kommen sieht, steigt er herab, um es mir zu melden."

„Das ist gut. Und du meinst, daß sie bestimmt heute noch eintreffen?"

„Ja, denn länger dürfen sie nicht zögern, wenn sie uns hier angreifen wollen."

„Die Kiowas hatten aber eigentlich nicht die Absicht, bis zum Nugget Tsil vorzugehen, sondern wollten dir in der Nähe einen Hinterhalt legen, um euch auf eurer Heimkehr zu überfallen."

„Das wäre ihnen vielleicht gelungen, wenn du sie nicht belauscht hättest. Da ich es nun aber weiß, wird aus dem Hinterhalt nichts, sondern ich veranlasse sie, hierherzukommen. Die Heimkehr hätte mich nach Süden geführt, und in dieser Richtung hätten sie lagern müssen. Nun tue ich aber, als wäre ich nordwärts gegangen, und locke sie hinter mir her."

„Ob sie dir folgen werden?"

„Gewiß. Sie müssen auf alle Fälle einen Späher senden, um zu erfahren, ob wir überhaupt noch da sind. Diesen Kundschafter lassen wir unbehelligt zu ihnen zurückkehren. Seinetwegen habe ich den Befehl gegeben, die Pferde heraufzubringen. Das sind über dreißig Tiere. Der Späher muß trotz des harten Bodens und trotz des Steingerölls ihre Spuren unbedingt sehen und wird ihnen nachschleichen. Wir suchen von hier aus die Schlucht auf, die die Falle sein soll. Dorthin wird er uns nicht nachgehen, sondern er wird unsere Fährte nur eine kurze Strecke weit prüfen, um sich zu überzeugen, daß wir wirklich fort sind, und dann schnell wieder zurückkehren, um den Seinen zu melden, daß wir nicht südwärts, sondern nach Norden davongeritten sind. Stimmt mein Bruder mir darin bei?"

„Ja. Die Kiowas werden dadurch gezwungen, auf den beabsichtigten Hinterhalt zu verzichten, und es läßt sich beinahe mit Sicherheit erwarten, daß sie dann hierherkommen und uns von hier aus nachreiten."

„Das werden sie. Ich bin überzeugt davon. Santer muß ich haben, und er wird noch heute in meinen Händen sein."

„Was wirst du mit ihm machen?"

„Ich bitte meinen Bruder Scharlih, nicht danach zu fragen. Er wird sterben. Das ist genug."

„Wo? Hier? Oder schaffst du ihn ins Pueblo?"

„Das ist noch unbestimmt. Hoffentlich ist er nicht auch ein solcher Feigling wie Rattler, dem wir den schnellen Tod einer hündischen Memme gewähren mußten. Wir werden diesen Ort verlassen und ihn dann mit unseren Gefangenen wieder aufsuchen."

Die Pferde wurden gebracht. Mein Hatatitla und die Mary Sams waren auch dabei. Aufsitzen konnten wir nicht, dazu war der Weg nicht bequem genug. Jeder mußte sein Tier am Zügel führen.

Winnetou ging voran. Er brachte uns nordwärts von der Blöße in den Wald hinein, der in einer ziemlich steilen Senkung niederfiel, unten gab es einen offenen Wiesenplan. Hier bestiegen wir die Pferde und ritten über die grüne Fläche hinüber auf eine Bergwand zu, die wie eine hohe, senkrechte Felsmauer vor uns lag. Sie war durch eine schmale Schlucht gespalten. Winnetou deutete dorthin und meinte:

„Das ist die Falle, von der ich sprach! Wir reiten jetzt hindurch."

Der Ausdruck „Falle" paßte gut auf den engen Durchgang, durch den wir nun kamen. Die Wände stiegen zu beiden Seiten fast lotrecht himmelan, und es gab keine Stelle, wo sie erklommen werden konnten. Wenn die Kiowas so unvorsichtig waren, hier hineinzureiten, und wir besetzten die beiden Eingänge dieser Schlucht, so wäre es Wahnsinn von ihnen gewesen, sich zur Wehr zu setzen.

Der Weg verlief nicht in gerader Richtung, sondern er wand sich bald rechts, bald links, und es währte wohl eine Viertelstunde, bis wir den Ausgang erreichten. Dort hielten wir an und stiegen ab. Kaum war das geschehen, so sahen wir den Apatschen heraneilen, der vom Baum auf der Bergkuppe nach den Kiowas ausgelugt hatte.

„Sie sind gekommen", meldete er. „Ich wollte sie zählen, konnte es aber nicht, weil sie nicht einzeln ritten und sehr weit entfernt waren."

„Haben sie die Richtung zum Tal genommen?" erkundigte sich Winnetou.

„Nein. Sie hielten draußen auf der Prärie an, wo sie zwischen Büschen lagern. Dann trennte sich ein einzelner Krieger von ihnen. Er war zu Fuß, und ich sah ihn zum Tal schleichen."

„Das ist der Späher. Wir haben grad noch Zeit, die Falle zu öffnen, um sie dann zu schließen. Mein Bruder Scharlih mag Stone, Parker und zwölf meiner Krieger mit sich nehmen und hier links um den Berg gehen. Sobald er eine hohe Birke erblickt, dringt er in den Wald ein, der langsam ansteigt und sich jenseits wieder niedersenkt. Kommt mein Bruder drüben an, so befindet er sich in der Verlängerung des Tals, von dem aus wir zum Nugget Tsil gelangt sind. Verfolgt er dieses Tal abwärts, so erreicht er bald die Stelle, wo wir unsere Pferde zurückließen. Der fernere Weg ist ihm bekannt. Er darf aber nicht im offenen Tal gehen, sondern muß seitlich im Wald verborgen bleiben. Old Shatterhand steckt also drüben im Wald, wo jenseits drüben unsere Schlucht aufwärts führt. Er wird den feindlichen Späher bemerken, ihm aber nicht hinderlich sein. Dann wird er die Feinde kommen sehen und sie in die Schlucht eindringen lassen."

„Das ist also dein Plan", führte ich seine Rede fort. „Du bleibst hier, um den Ausgang der Falle abzuriegeln. Ich aber kehrte auf dem Umweg, den du mir jetzt beschrieben hast, zum Fuß des Nugget Tsil zurück, um die Feinde zu erwarten und ihnen heimlich zu folgen, bis sie in die Falle gegangen sind?"

„Ja, so meine ich es. Wenn mein Bruder Scharlih sich nicht blicken läßt, wird uns der Fang gewiß gelingen."

„Ich werde vorsichtig sein. Hat Winnetou mir sonst noch Winke zu erteilen?"

„Nein. Ich überlasse alles Weitere dir."

„Wer verhandelt mit den Kiowas, wenn es uns geglückt ist, sie einzuschließen?"

„Winnetou. Old Shatterhand hat nichts zu tun, als sie nicht aus der Schlucht zu lassen, wenn sie mich und meine Krieger bemerken und dann umkehren wollen. Aber sputet euch! Der Nachmittag ist fast vorüber, und die Kiowas werden nicht bis morgen warten, sondern uns noch heute, bevor es dunkel wird, folgen."

Die Sonne hatte ihren Tagesbogen allerdings schon fast vollendet, und der Abend war in einer guten Stunde zu erwarten. Ich machte mich also mit Dick, Will und den mir zugeteilten Apatschen zu Fuß auf den Weg.

Nach einer kleinen Viertelstunde sahen wir die Birke und drangen in den Wald ein. Wir fanden die Gegend genau so, wie Winnetou sie beschrieben hatte, und erreichten jenseits unser Tal und darin die Stelle, wo unsere Pferde geweidet hatten. Uns gegenüber öffnete sich die Seitenschlucht, die zur Lichtung und zu den beiden Gräbern hinaufführte.

Da, wo wir uns unter Bäumen niedersetzten, konnten wir die Kiowas kommen sehen — wenn sie überhaupt kamen, hatten aber nicht zu befürchten, von ihnen bemerkt zu werden, denn es war anzunehmen, daß sie nicht bis zu unserem Versteck vordringen, sondern drüben der Seitenschlucht folgen würden.

Die Apatschen verhielten sich schweigsam. Stone und Parker sprachen leise miteinander. Wie ich hörte, waren sie überzeugt, daß die Kiowas und mit ihnen Santer in unsere Hände fallen würden. Ich war dieses Erfolges nicht so sicher. Wir hatten höchstens noch zwanzig Minuten Tag, und die Kiowas kamen noch nicht. So nahm ich an, daß erst der späte Morgen die Entscheidung bringen werde, zumal von dem Späher, den die Feinde ins Tal geschickt hatten, auch nichts zu sehen war. Bei uns unter den Bäumen wurde es schon dunkel.

Das Flüstern zwischen Stone und Parker hatte aufgehört. Ein Luftzug strich über die Wipfel und verursachte jenes eintönige Rauschen, das eigentlich mehr ein ununterbrochener, leise und tief klingender Hauch zu nennen ist, von dem man jedes andere, noch so unbedeutende Geräusch leicht zu unterscheiden vermag. Da war es mir, als streifte hinter mir etwas auf dem weichen Waldboden hin. Ich horchte schärfer. Ja, es bewegte sich etwas. Was war das? Ein vierfüßiges Tier hätte sich nicht so nahe zu uns herangewagt. Eine Schlange? Nein, auch nicht. Ich drehte mich schnell um und legte mich nieder, um von unten herauf besser sehen zu können. Das geschah noch zur rechten Zeit, um mich ein dunkles Etwas bemerken zu lassen, das wohl hinter mir gelegen hatte und nun zwischen den Bäumen forthuschte. Ich sprang auf und eilte ihm nach. Wie einen schwarzen Schlagschatten im Halbdunkel sah ich es vor mir und griff zu, wobei ich ein Stück Zeug in die Hand bekam.

„Let go!" rief eine menschliche Stimme erschrocken, und das Zeug wurde mir aus der Hand gerissen. Der Schatten war verschwunden. Ich blieb stehen und horchte. Aber meine Gefährten hatten meine schnellen Bewegungen bemerkt und den Ausruf vernommen. Sie erhoben sich und fragten mich, was es gäbe.

„Still!" wehrte ich ab und lauschte von neuem, doch ohne Erfolg.

Es war ein Mensch, der uns belauscht hatte, und zwar ein Weißer, wie der englische Ausruf bewies. Wahrscheinlich Santer selber, weil sich doch wohl außer ihm kein Bleichgesicht bei den Kiowas befand. Ich mußte ihm unbedingt nach, trotz der Dunkelheit.

„Setzt euch wieder und wartet, bis ich zurückkomme!" gebot ich meinen Leuten und rannte fort.

Über die Richtung, die ich einschlagen mußte, gab es keinen Zweifel: hinaus in die Prärie, wo die Kiowas zu suchen waren. Der Lauscher eilte bestimmt zu ihnen. Es galt seine Flucht zu verlangsamen. Wollte ich das erreichen, so mußte ich ihn ängstlich machen. Ich rief ihn also an.

„Halt, bleibt stehen, sonst schieße ich!"

Einige Sekunden später gab ich zur Bekräftigung dieser Drohung zwei Revolverschüsse ab. Das war kein Fehler, weil unsere Anwesenheit nun doch einmal verraten war. Jetzt konnte ich annehmen, daß der Flüchtling aus Angst vor mir tiefer in den Wald eindringen würde, wo sich seine Flucht verzögern mußte, weil es dort nun völlig dunkel war. Ich hingegen, der ich ihm zuvorzukommen trachtete, sprang bis zum Waldrand, wo ich noch sehen konnte, und eilte daran entlang. Ich wollte in dieser Weise das ganze Tal hinab, bis es auf die Prärie mündete, und mich dort verstecken. Wenn der Mann dort kam, mußte er an mir vorüber, und ich konnte ihn fassen.

Dieser Plan war ganz gut, kam aber nicht zur Ausführung, denn eben, als ich um eine vorstehende Buschgruppe bog, sah ich Menschen und Pferde vor mir. Kaum konnte ich noch rechtzeitig unter die Bäume schlüpfen.

Die Kiowas hatten hier hinter Büschen ihr Lager aufgeschlagen. Warum, das war nicht schwer zu erraten.

Erst hatten sie draußen auf der Prärie haltgemacht und einen Kundschafter ausgesandt. Dieser Späher hatte keine schwierige Arbeit zu verrichten, wie ich bald erfuhr. Santer war nämlich, weil er die Örtlichkeit schon kannte, den Indianern weit vorausgeritten, um die Gegend nach Winnetou zu durchsuchen und ihnen gleich bei ihrer Ankunft Nachricht zu geben. Er war aber, als sie kamen, noch nicht wieder da, und so schickten sie doch noch einen Krieger aus, der nur seiner Spur zu folgen brauchte und keine Gefahr zu fürchten hatte, weil Santer sonst jedenfalls zurückgekehrt wäre, um die Indianer zu warnen. Der Kundschafter schritt also ins Tal hinein, so weit es ihm gut schien, fand keinen Feind und ging wieder zurück, um das zu melden. Da das Tal für die Nacht einen besseren Aufenthalt bot als die freie Prärie, entschlossen sich die Kiowas, bis dahin vorzurücken. Santer konnte sie auch hier nicht verfehlen. Er mußte sie finden, sobald er vorüberkam, obgleich sie aus Vorsicht keine Feuer brennen durften.

Nun war es gewiß, daß wir sie heute nicht in unsere Hände bekommen konnten, wahrscheinlich auch morgen nicht, wenn nämlich Santer so klug gewesen war, unseren Plan zu erraten.

Was war zu tun? Sollte ich auf meinen Posten zurückkehren und dort warten, ob die Kiowas morgen früh doch in die Falle gehen würden? Oder sollte ich Winnetou aufsuchen, ihm meine Entdeckung mitteilen und ihn um andere Verhaltungsmaßnahmen bitten? Es gab noch ein Drittes, was ich tun konnte, aber das war gefährlich für mich: nämlich hierbleiben. Es war jedenfalls von großem Wert für uns, zu erfahren, was die Kiowas beschließen würden, nachdem sie von Santer über seine Entdeckung unterrichtet worden waren. Wenn ich sie belauschen könnte! Aber ich wagte sehr viel dabei. Santer glaubte sicherlich, daß ich hinter ihm her sei, und das konnte zu meiner Überrumpelung führen. Dennoch nahm ich mir vor, es zu versuchen, falls nur irgendeine Möglichkeit des Gelingens abzusehen war. Die Roten brannten, wie gesagt, kein Feuer, um nicht bemerkt zu werden. Dieser Umstand, der sie schützte, mußte auch mir Schutz gewähren.

Unter den Bäumen lagen hohe Steinblöcke, mit Moos bewachsen und von Farnkräutern umgeben. Vielleicht konnte ich mich hinter einem solchen Stein verbergen.

Die Mehrzahl der Indianer war noch damit beschäftigt, die Pferde anzupflocken, damit sie sich nicht entfernen und das Lager verraten konnten. Die übrigen hatten sich am Waldrand niedergesetzt oder -gelegt. An einer Stelle ertönte eine halblaute, befehlende Stimme. Dort stand also der Anführer, und ich durfte vermuten, daß er diesen Platz auch später beibehalten würde. Dorthin mußte ich, wenn es halbwegs möglich war.

Auf dem Boden liegend, schob ich mich in dieser Richtung fort. Deckung brauchte ich nicht zu suchen, denn es war rundum dunkel, und die Roten befanden sich meistens jenseits der Stelle, die ich erreichen wollte. Entdeckt konnte ich jetzt nur in dem Fall werden, daß einer mir in den Weg kam und über mich stolperte. Glücklicherweise geschah das nicht, und ich gelangte unbehelligt an mein Ziel. Da lagen zwei Felsblöcke nebeneinander, der eine lang und hoch, der andre niedriger. Da oben suchte man gewiß keinen Horcher. Ich stieg vom niedrigen auf den hohen Block und streckte mich oben lang aus. So lag ich über zwei Meter hoch ziemlich in Sicherheit, denn es war wohl kein Grund vorhanden, der einen Roten veranlassen konnte, hier heraufzuklettern.

Die bis jetzt mit ihren Pferden beschäftigten Indianer kamen nun auch herbei und setzten oder legten sich nieder. Da, wo ich den Anführer vermutete, wurden einige halblaute Befehle gegeben, die ich nicht verstand, weil mir die Sprache der Kiowas fremd war. Hierauf entfernten sich mehrere Rote. Es waren jedenfalls die Wachen, die ihre Posten bezogen. Ich bemerkte, daß sie nur die Talseite des Lagers, nicht auch den Wald besetzten, und das war ein glücklicher Umstand für mich, weil ich mich so später entfernen konnte, ohne auf Vorposten zu stoßen.

Die Lagernden sprachen miteinander, zwar in gedämpftem Ton, doch immerhin so, daß ich jedes Wort hören konnte. Leider aber verstand ich sie nicht. Wie vorteilhaft wäre es gewesen, wenn ich hätte erfahren können, was sie sagten! Deshalb ist es daraufhin mein erstes Bestreben gewesen, die Sprache der Menschen, mit denen ich es zu tun bekam, zu erlernen. Winnetou beherrschte sechzehn Indianermundarten und ist auch hierin mein hervorragendster Lehrer gewesen. Es ist später niemals vorgekommen, daß ich einen Lagerplatz beschlich, ohne wenigstens teilweise zu verstehen, was dort gesprochen wurde.

Ungefähr zehn Minuten mochte ich auf dem Stein gelegen haben, als ich einen Posten rufen hörte. Darauf erfolgte die für mich sehr erwünschte Antwort:

„Ich bin es, Santer. Ihr seid also ins Tal hereingekommen?"

„Ja. Mein weißer Bruder mag weitergehen. Er wird die roten Krieger sogleich erblicken!"

Diese Worte konnte ich verstehen, weil mit Santer in dem aus indianischen und englischen Worten gemischten Kauderwelsch gesprochen werden mußte, das ich nun auch kannte. Er kam herbei. Der Anführer rief ihn zu sich und sagte:

„Mein weißer Bruder ist viel länger fortgewesen, als ausgemacht war. Er wird wichtige Gründe dazu gehabt haben."

„Wichtiger, als ihr ahnen könnt. Seit wann befindet ihr euch hier?"

„Seit nicht ganz der Zeit, die die Bleichgesichter eine halbe Stunde nennen."

„Ihr hättet draußen in der Prärie bleiben sollen! Es ist hier nicht geheuer."

„Wir blieben nicht dort, weil man hier besser lagert, und weil wir glaubten, es sei hier keine Gefahr zu befürchten. Du wärst ja sonst schnell zurückgekommen, um uns zu warnen."

„Es ist umgekehrt. Ich blieb so lange aus, weil wir uns hier in großer Gefahr befinden und ich lange Zeit brauchte, Näheres zu erkunden. Nun weiß ich Bescheid: Old Shatterhand ist hier."

„Das dachte ich. Hat mein Bruder ihn gesehen?"

„Ja."

„Wir werden ihn fangen und unserm Häuptling bringen, dem er die Beine zerschmettert hat. Der Tod am Marterpfahl ist ihm gewiß. Wo befindet er sich?"

Die Kiowas hatten uns also nicht zu ihrem Dorf locken wollen, sondern angenommen, daß wir zu Winnetou zurückkehren würden.

„Ob ihr ihn fangen werdet, ist noch sehr ungewiß", erklärte Santer. „Die Feinde wissen, daß wir kommen wollen. Sie wissen vielleicht sogar schon, daß ihr da seid, denn sie haben uns jedenfalls Späher entgegengesandt."

„Uff! Sie wissen es?" fragte der Kiowa verwundert. „Dann können wir sie ja nicht überraschen!"

„Allerdings nicht", bestätigte Santer.

„Es wird also bei unserm Angriff zum Kampf kommen, der Blut kostet, denn Winnetou und Old Shatterhand sind für zehn Krieger zu rechnen."

„Wie ich hoffe, wird es trotzdem ohne offenen Kampf und großes Blutvergießen abgehen. Ich weiß, wie wir es anfangen müssen, sie in unsere Gewalt zu bekommen."

„Wenn du es weißt, so sag es uns!"

„Wir brauchen nur die Falle, die sie uns gestellt haben, schlau zu benutzen."

„Eine Falle haben sie uns gestellt? Wieso?"

„Sie wollen uns in eine enge Schlucht locken, wo wir keinen Platz zur Verteidigung haben, und uns da gefangennehmen."

„Uff! Weiß mein weißer Bruder Santer das genau?"

„Ja."

„Kennt er auch die Schlucht?"

„Ich bin darin gewesen."

„Erzähle mir, wie du alles erfahren hast!"

„Ich habe sehr viel gewagt", begann Santer den eigentlichen Bericht. „Wenn man mich bemerkt hätte, wäre ich jedenfalls dem gräßlichen Martertod verfallen, und ich bin verteufelt froh, daß es so glücklich abgelaufen ist. Diesen guten Erfolg habe ich nur dem Umstand zu verdanken, daß ich den Weg zum Nugget Tsil schon einmal gemacht hatte und die Örtlichkeit da oben, wo die Gräber stehen, kannte."

„Die Gräber? Winnetou hat demnach, so wie wir es vermuteten, seine Toten hier begraben?"

„Ja, das war für mich sehr vorteilhaft, denn dadurch ist die Aufmerksamkeit der Apatschen von anderen Vorgängen abgelenkt worden. Ich errechnete mir, daß sie oben auf der Lichtung sein würden, und nahm mich sehr in acht. Deshalb hielt ich mich nicht im offenen Tal, sondern mehr an der Lehne des Waldes. Da, wo es rechts in die Schlucht hinaufgeht, hatten die Kerle ihre Pferde. Es war keine Kleinigkeit hinaufzukommen, ohne sich der Schlucht als Weg zu bedienen, aber es gelang mir doch. Droben mußte ich diese Vorsicht noch verdoppeln und alle meine Schlauheit zusammennehmen. Ich hielt es nicht für möglich, unbemerkt bis zur Blöße vorzudringen. Aber die Apatschen hatten nur Augen und Ohren für das Begräbnis, und so wagte ich mich bis hinter einen Felsen, der am Rand der Lichtung lag. Von dort aus konnte ich alles beobachten."

„Mein weißer Bruder ist sehr kühn gewesen."

„Das meine ich auch. Hört nur weiter! Als die Gräber geschlossen waren, schickte Winnetou seine Leute fort, um die Pferde holen zu lassen."

„Dort hinauf? Das muß einen besonderen Grund gehabt haben!"

„Allerdings. Wir sollen ihnen, wenn wir sehen, daß sie mit den Pferden dahinauf sind, mit den unserigen nachklettern und dann ihrer Fährte weiter folgen, die in die Falle führt."

„Warum vermutest du das?"

„Ich vermute es nicht, sondern ich weiß es, denn ich habe es gehört."

„Von wem?"

„Von Winnetou. Als er seine Leute zu den Pferden geschickt hatte, war er mit Old Shatterhand allein. Sie standen nicht weit von meinem Versteck, und ich habe gehört, was sie miteinander sprachen."

„Uff! Es ist ein großes Wunder geschehen! Winnetou ist belauscht worden, ohne den Lauscher zu entdecken! Das ist nur dadurch möglich gewesen, daß seine Gedanken nicht bei uns, sondern bei seinem Vater und seiner Schwester waren."

„Oh, sie waren auch bei uns! Er hatte einen Späher auf die höchste Bergspitze geschickt, der von einem Baum aus unsere Ankunft beobachten sollte."

„Hat er uns bemerkt?"

„Man muß mit der Möglichkeit rechnen. Du siehst also, wie gut es ist, daß ich allein vorgeritten bin. Als einzelner Reiter bin ich dem Auge dieses Spähers entgangen."

„Ja. Du hast sehr klug gehandelt. Erzähle weiter!"

„Als die Apatschen die Pferde brachten, wurde nicht länger gewartet. Sie verließen die Lichtung, um jenseits ins Tal hinabzusteigen. Ist man über dieses Tal hinüber, so gelangt man in eine lange, schmale Schlucht, deren Seiten nicht zu erklettern sind. Dahinein sollen wir gelockt werden."

„So beabsichtigt Winnetou wohl, den Eingang und den Ausgang zu verschließen?"

„Allerdings."

„Zu diesem Zweck muß er seine Leute teilen. Die eine Hälfte reitet durch die Schlucht und wartet am Ende auf uns, während die andere zurückbleibt und sich versteckt, um uns dann zu folgen. Der Plan Winnetous ist nicht klug ersonnen. Er hat nicht bedacht, daß wir aus den Spuren der Zurückbleibenden alles erraten und uns hüten würden, in die Falle zu gehen."

„Oh, diese Kerle sind pfiffiger, als du denkst! Die zweite Abteilung ist nämlich nicht zurückgeblieben, sondern mit durch die Schlucht geritten."

„Uff! Wie wollen sie uns dann von beiden Seiten einschließen?"

„Das fragte ich mich auch. Es gab nur eine einzige Antwort darauf, nämlich die, daß diese Abteilung nun auf einem anderen Weg wieder an den Eingang der Schlucht und uns in den Rücken gelangen will."

„Hast du diesen Weg entdeckt?" forschte der Kiowa.

„Ja", nickte Santer. „Ich bin zunächst auch in die Schlucht hineingehuscht, obgleich das gefährlich war. Aber ich mußte sie doch kennenlernen. Ganz hindurch konnte ich nicht, weil ich sonst auf die Feinde getroffen wäre, die sie hinten besetzt hatten. Ich kehrte also bald um, hatte den Cañon aber noch nicht verlassen, als ich eilige Schritte hörte. Glücklicherweise lagen mehrere hohe Steine am Weg, hinter die ich mich schnell niederducken konnte: ein Apatsche ging vorüber, sah mich aber nicht."

„Ob das vielleicht der Späher von der Berghöhe gewesen ist?"

„Wahrscheinlich."

„So hatte er uns kommen sehen und sich beeilt, Winnetou das zu melden. Wie gut, daß du noch Zeit fandest, dich zu verbergen! Was tatest du dann?"

„Ich überlegte", lautete Santers Bescheid. „Wenn die Feinde uns in den Rücken kommen wollten, geschah das am leichtesten dadurch, daß sie an einer geeigneten Stelle, wo wir vorüber mußten, heimlich auf uns warteten. Welche Stelle konnte das sein? Jedenfalls dieses Tal hier, worin wir uns befinden, und zwar der hintere Teil, wo rechts die Schlucht zur Höhe geht. Wenn sich die Apatschen dort diesseits unter den Bäumen verstecken, müssen sie uns kommen sehen, können uns unbemerkt bis zur Falle folgen und sie hinter uns schließen. Das sagte ich mir, und darum kehrte ich hierher zurück und schlich dahin, wo ich sie zu finden glaubte, falls meine Berechnung richtig sein sollte."

„Und fandest du sie?"

„Nicht gleich, denn ich war eher dort als sie. Aber ich hatte nicht lange gewartet, da kamen sie."

„Wer? Hast du sie deutlich gesehen und gezählt?"

„Old Shatterhand war es mit den beiden anderen Weißen und etwas über zehn Apatschen."

„Also befehligte Winnetou die andere Abteilung, die das Ende der engen Schlucht besetzt hält", folgerte der Kiowa.

„So ist es", bestätigte Santer. „Die Kerle lagerten sich. Ich hatte heute so viel gewagt und war glücklich dabei gewesen. Deshalb wagte ich es auch noch, nahe an sie heranzuschleichen, um ihre Unterhaltung zu belauschen."

„Was sprachen sie?"

„Nichts! Die beiden weißen Begleiter Old Shatterhands flüsterten miteinander. Als ich nahe genug war, sie zu verstehen, schwiegen sie gerade. Die Apatschen waren still, und auch Old Shatterhand sagte kein Wort. Ich lag dicht hinter ihm, so daß ich ihn beinahe mit der Hand berühren konnte. Wie würde er sich ärgern, wenn er das wüßte!"

Damit hatte Santer allerdings recht. Ich ärgerte mich, und wie! Er hatte hinter mir gelegen, ja, ich hatte ihn sogar schon bei einem Zipfel seines Rocks gehabt, und er war doch entwischt! Das war Pech, gewaltiges Pech! Wenn es mir gelungen wäre, ihn festzuhalten, so hätten, wie ich jetzt weiß, die Ereignisse für mich einen ganz anderen Verlauf genommen. Vielleicht hätte mein Leben überhaupt eine völlig andere Richtung bekommen. So hängt das Schicksal des Menschen scheinbar oft von einem Augenblick, von einer einzigen, gar nicht wichtigen Tat oder Unterlassung oder Begebenheit ab. Aber auch nur scheinbar, denn über jedem seiner Kinder wacht der große Weltenlenker, ohne dessen Willen keine Sonne sich bewegt und kein Schmetterling von Blüte zu Blüte flattert.

Bei dem Ärger, den ich empfand, tröstete mich wenigstens die kleine Genugtuung, daß ich jetzt hier so viel erlauschte, während Santer bei uns nichts erfahren hatte.

„So nahe bist du diesem Hund gewesen?" rief der Kiowa erstaunt. „Sprich schnell! Befindet sich Old Shatterhand noch dort, wo du ihn verlassen hast?"

„Ich hoffe es."

„Du hoffst es nur? Also ist es auch möglich, daß er schon wieder fort ist? Ich denke, er will auf uns warten?"

„Das wollte er; aber nun kann es sein, daß er diesen Vorsatz aufgegeben hat."

„Welchen Grund könnte er dazu haben?"

„Er weiß, daß er beobachtet worden ist."

„Uff! Wie konnte er das erfahren?"

„Daran ist einzig ein armseliges Loch im Erdboden schuld", erklärte Santer. „Ich wollte fortschleichen und drehte mich um. Dabei mußte ich das Körpergewicht auf die Hände legen und brach mit der

Rechten durch den weichen Boden in ein Loch, wodurch ein Geräusch entstand, das Old Shatterhand hörte. Er drehte sich augenblicklich um und muß mich gesehen haben, denn als ich aufsprang und forteilte, war er ebenso rasch hinter mir her. Beinahe hätte er mich erwischt, denn er ergriff meinen Rock. Ich riß mich aber los und huschte zur Seite. Er rief zwar, ich solle stehenbleiben, sonst würde er schießen, doch es fiel mir nicht ein, diese Dummheit zu begehen. Ich drang im Gegenteil noch tiefer in den Wald hinein, wo mir das Dunkel Sicherheit gewährte, und setzte mich da nieder, um zu warten, bis ich ohne Gefahr weiter konnte."

„Und was taten seine Leute?"

„Sie wollten wahrscheinlich nach mir suchen, aber er befahl ihnen, bis zu seiner Rückkehr zu bleiben, und eilte dann weiter. Ich hörte noch einige Augenblicke lang seine Schritte. Dann wurde es still."

„Vielleicht ist er gar bis hierher gekommen und steckt nun irgendwo, um uns zu beobachten!"

„Unmöglich!" meinte Santer. „Er konnte ja nicht sehen, wohin ich dann ging. Er ist auf alle Fälle auf seinen Posten zurückgekehrt. Als ich lange genug gewartet hatte, schlich ich aus dem Wald hinaus und ins Freie, wo ich rascher laufen konnte. Da rief mich deine Wache an, und ich erfuhr, daß ihr euch hier befindet."

Jetzt trat eine Pause ein. Der Anführer der Roten hatte erfahren, was er wissen mußte, und schien nun darüber nachzudenken. Nach einiger Zeit begann er das Gespräch von neuem.

„Wie ich von dir hörte, ist alles ganz anders gekommen als wir vermuteten. Wenn es uns geglückt wäre, die Apatschen zu überrumpeln, so wären sie tot oder lebendig in unsere Hände gefallen, ohne daß es uns Blut gekostet hätte. Nun aber erwarteten sie uns. Old Shatterhand hat dich bemerkt. Er weiß also, daß sein Plan verraten ist, und wird die größte Vorsicht anwenden. Es ist am besten, wir verlassen diese Gegend."

„Verlassen?" rief Santer. „Was fällt dir ein! Fürchtest du dich vor dieser Handvoll Apatschen?"

„Mein weißer Bruder wird mich nicht beleidigen wollen", sagte der Kiowa mit Nachdruck. „Ich kenne keine Furcht. Aber wenn ich einen Feind sowohl mit als auch ohne Blutvergießen in meine Hände bekommen kann, so wähle ich das zweite. Das tut jeder kluge Krieger."

„Meinst du etwa, daß wir diese Weißen und die Apatschen durch unseren Rückzug fangen können?"

„Ja. Sie werden uns folgen."

„Das ist durchaus nicht gewiß."

„Es ist gewiß. Winnetou muß sich an dir rächen, und er weiß, daß du bei uns bist. Er wird also keinen Augenblick von unserer Fährte lassen. Wir brechen jetzt sofort auf und reiten geradewegs zu unserem Dorf, wohin ich das gefangene Bleichgesicht Sam Hawkens geschickt habe."

„Jetzt gleich? Das gebe ich nicht zu. Was wird euer Häuptling sagen, wenn er erfährt, daß du den großen Vorteil aufgibst, den du hier in den Händen hast, ohne dazu gezwungen zu sein? Bedenke das!"

Der Anführer nahm diese Verwarnung ohne Widerspruch hin. Sie machte also Eindruck auf ihn. Santer bemerkte das wohl und fuhr fort:

„Ja, wir befinden uns hier so im Vorteil, wie wir es durch deinen neuen Plan erreichen können. Wir brauchen nichts weiter zu tun, als die Falle, die man uns gestellt hat, zu nützen, so sind die Apatschen die Überrumpelten."

„Uff! Wie sollen wir das machen?"

„Wir greifen die beiden Abteilungen, die uns in der Schlucht fangen wollen, einzeln an, so daß wir gar nicht eingeschlossen werden können."

„Da müßten wir erst Old Shatterhands Abteilung überfallen. Meinst du das?"

„Ja. Ich kenne die Stelle, wo sich Old Shatterhand mit seinen Leuten jetzt befindet, genau und führe euch hin. Die Augen der Kiowas sind an die Dunkelheit gewöhnt, und ihre Bewegungen gleichen denen der Schlange, die niemand hört. Wir umzingeln die drei Weißen mit ihren Apatschen und fallen auf ein Zeichen über sie her. Es kann uns keiner von ihnen entgehen. Wir stechen sie nieder, bevor sie dazu kommen, sich zur Wehr zu setzen. Dann machen wir uns über Winnetou her."

„Uff, uff, uff!" ließen sich einige der Zuhörer zustimmend vernehmen. Der Vorschlag Santers gefiel ihnen.

Ihr Anführer war nicht so schnell mit seinem Urteil fertig, meinte aber nach einer kurzen Weile des Nachdenkens:

„Es kann allerdings gelingen, wenn wir recht vorsichtig verfahren. Wann greifen wir dann Winnetou an? Auch noch in der Nacht?"

„Nein, erst am Morgen", erklärte Santer. „Seine Person ist mir so wichtig, daß ich sie beim Angriff vor Augen haben muß, das ist aber bei Nacht nicht möglich. Wir machen es so wie die Apatschen, wir teilen uns. Die eine Hälfte führe ich noch während der Nacht in die Schlucht, wo wir gefangen werden sollten. Sie bleibt da, bis der Tag zu grauen beginnt, und dringt dann weiter vor, bis sie am Ende der Schlucht von Winnetou angegriffen wird, denn der Apatsche wird denken, daß sich Old Shatterhand mit seiner Mannschaft hinter unseren Leuten befindet. Die andere Abteilung sucht mit mir beim ersten Tagesschein den Weg, auf dem Old Shatterhand hierher ins Tal zurückgekehrt ist. Ich bin überzeugt, daß er erst gerade durch den Wald und dann um den Fuß des Berges herum zum Ausgang der Schlucht führt, wo Winnetou hält. Der Apatsche wird alle seine Aufmerksamkeit dem Innern der Schlucht zuwenden und unsere erste Abteilung bemerken. Dabei wird es ihm entgegen, daß wir anderen uns ihm von hinten nähern. Er wird folglich so eingeschlossen, wie er uns einschließen wollte, und da er nur fünfzehn Mann oder wenig mehr bei sich hat, muß er sich ergeben, wenn er nicht mit den Seinen vernichtet werden will. Das ist mein Plan."

„Wenn er so ausgeführt werden kann, wie mein Bruder ihn entworfen hat, ist er gut", nickte der Rote.

„Er hat somit deine Zustimmung?" fragte Santer rasch.

„Ja. Ich will Winnetou lebendig haben, um ihn dem Häuptling

zu bringen, weiter nichts, und durch deinen Vorschlag können wir das schon jetzt erreichen, ohne noch länger warten zu müssen."

„So laß uns nicht zaudern, ihn auszuführen!"

„Old Shatterhand im Dunkel des Waldes zu umzingeln, ohne daß er es merkt, ist sehr schwer. Ich werde dazu solche Krieger auswählen, die im Schleichen am geübtesten sind."

Der Indsman begann, die Namen der Betreffenden zu nennen, und so wurde es hohe Zeit für mich, zu meinen Leuten zurückzukehren, die ich sonst, wenn die Kiowas schnell aufbrachen, nicht mehr warnen konnte. Ich glitt also von dem hohen Stein auf den niedrigen und von da auf den Boden hinab und schlich fort. Als ich die obenerwähnte vorstehende Buschecke hinter mir hatte, trat ich aus dem Wald ins Freie, wo das Licht der Sterne hinreichend Helligkeit verbreitete, und rannte das Tal hinauf, bis ich mich in gleicher Höhe mit meinen Leuten befand. Hier durchquerte ich den Waldrand und traf glücklich auf die Gefährten, die mit großer Spannung meiner warteten.

„Wer kommt da?" fragte Dick Stone, als er meine Schritte hörte. „Seid Ihr es, Sir?"

„Ja", bestätigte ich.

„Wo habt Ihr denn so lange gesteckt? Nicht wahr, ein Lauscher war da? Doch ein Kiowa, der bei einer Schleicherei zufällig auf uns stieß?"

„Nein, Santer ist's gewesen."

„Zounds! Santer? Und wir haben ihn nicht erwischt! Rennt dieser Mörder uns in die Hände, und wir greifen nicht zu! Sollte man das für möglich halten!"

„Es ist noch weit mehr vorgekommen, was unmöglich sein sollte. Ich habe jetzt keine Zeit, es Euch zu erzählen, denn wir müssen rasch von hier fort. Später werdet Ihr alles hören."

„Fort von hier? Warum?"

„Die Kiowas kommen, uns hier zu überfallen."

„Ist das Euer Ernst, Sir?" mischte sich Will Parker ein.

„Gewiß. Ich habe sie belauscht. Sie wollen uns jetzt hier auslöschen und dann morgen früh Winnetou angreifen. Sie kennen unseren Plan. Darum schnell fort von hier!"

„Wohin?"

„Zu Winnetou!"

„Mitten durch den dunklen Wald? Das wird Kopfstöße und Beulen geben."

„Nehmt die Augen in die Hände! Und nun fort!"

Ein Gang des Nachts durch den weglosen Urwald ist freilich für die Schönheit des menschlichen Antlitzes eine gefährliche Sache. Wir mußten, meiner Aufforderung gemäß, die ‚Augen in die Hände nehmen‘, das heißt, uns mehr auf den Tastsinn als auf das Gesicht verlassen. Zwei fühlten sich mit den Händen voran, und die anderen folgten ihnen derart, daß der Hintermann sich immer an dem Vordermann anhielt. Es währte so über eine Stunde, bis wir den Wald hinter uns hatten. Das schwerste dabei war, die Richtung zu beachten. Im Freien ging es dann schneller. Wir bogen um den Berg und strebten auf die Schlucht zu, an deren Ausgang Winnetou lagerte.

Der Apatsche brauchte von der Seite, woher wir kamen, nichts Feindseliges zu erwarten, hatte aber doch einen Posten ausgestellt, der uns laut anrief. Ich antwortete ebenso vernehmlich. Man erkannte meine Stimme und alle sprangen auf.

„Mein Bruder Old Shatterhand kommt?" fragte Winnetou, merkbar befremdet. „Da muß etwas geschehen sein. Wir haben vergeblich auf die Kiowas gewartet."

„Sie wollen erst morgen früh eintreffen, doch nicht nur durch die Schlucht, sondern auch von dieser Seite, um euch zu vernichten."

„Uff! Um das zu wagen, müßten sie erst dich besiegt haben und überhaupt wissen, was wir beabsichtigen."

„Sie wissen es. Santer ist oben bei den Gräbern gewesen und hat alles gehört, was du mir sagtest, als wir uns dort besprachen."

Ich konnte das Gesicht Winnetous nicht erkennen. Er antwortete mir nicht. Dieses Schweigen verriet mir die Größe seines Erstaunens. Dann setzte er sich wieder und forderte mich auf, neben ihm Platz zu nehmen.

„Wenn du das weißt", sagte er, „mußt du ihn ebenfalls belauscht haben, wie er uns."

„Allerdings."

„So sind unsere Berechnungen zunichte. Erzähle, was geschehen ist!"

Ich folgte dieser Aufforderung. Die Apatschen drängten sich heran, um sich kein Wort entgehen zu lassen. Zuweilen wurde meine Rede durch ein erstauntes „Uff" unterbrochen. Winnetou aber schwieg, bis ich zu Ende war. Dann fragte er:

„Mein weißer Bruder hielt es unter diesen Umständen für das beste, seinen Posten aufzugeben?"

„Ja. Ich dachte zwar zunächst daran, zu bleiben, den Stoß der Feinde aufzufangen und abzuwehren und besonders Santer dabei zu ergreifen. Aber es wäre mir schwerlich gelungen. Wir hätten in der Dunkelheit vielleicht dreißig Feinde gegen uns gehabt. Deshalb eilte ich hierher, damit wir nun besprechen können, was zu tun ist."

„Was wird mein Bruder Scharlih vorschlagen?"

„Hier kann man nicht eher einen Vorschlag machen, bevor man nicht weiß, was die Kiowas unternehmen, wenn sie uns drüben nicht mehr vorfinden."

„Muß man das erst erfahren?" fragte Winnetou. „Kann man es nicht auch erraten?"

„Ja, aber das Erraten bietet nie die Sicherheit wie das Sehen und Hören. Man kann sich irren", meinte ich.

„Hier nicht", entschied der Apatsche. „Die Kiowas werden von allem, was hier möglich ist, das Klügste wählen, und das ist nur eins."

„Sie reiten fort? In ihr Dorf?"

„Ja. Wenn sie dich nicht antreffen, wissen sie. daß Santers Absicht nicht auszuführen ist, und der Anführer wird wieder auf seinen Vorschlag zurückkommen. Ich bin überzeugt, daß sie es aufgeben, uns hier anzugreifen."

„Und wir? Was tun wir? Reiten wir, wie sie erwarten, ihnen nach?"

„Besser noch, ihnen voran!"

„Auch gut! So kommen wir ihnen voraus und können sie überrumpeln."

„Ja, das könnten wir. Aber es gibt noch einen besseren Gedanken. Wir müssen Santer haben, und wollen Sam Hawkens befreien. Unser Weg führt uns also zum Dorf Tanguas, wo sich Hawkens in Gefangenschaft befindet. Aber es braucht nicht der Weg zu sein, den die Kiowas von hier aus einschlagen."

„Kennt mein Bruder Winnetou das Dorf des Häuptlings Tangua?"

„Ja. Es liegt am Salt Fork des Red-River-Nordarms."

„Also südöstlich von hier?"

„Ja."

„So werden wir aus Nordwesten erwartet und sollten es ermöglichen, von der entgegengesetzten Richtung, also aus Südosten, zu kommen."

„Das ist es, was auch ich will. Mein Bruder Scharlih hat stets die gleichen Gedanken wie Winnetou. Wir werden das Dorf Tanguas aufsuchen, doch nicht auf dem geraden und kürzesten Weg, den die Kiowas einschlagen, sondern wir umreiten sein Gebiet, damit wir von der anderen Seite kommen. Von da ist der Anmarsch unbewacht. Es fragt sich nur, wann wir von hier aufbrechen. Wie denkt Old Shatterhand hierüber?"

„Wir können sogleich fortreiten. Der Weg ist weit, und je früher wir ihn antreten, desto eher kommen wir ans Ziel. Aber ich möchte doch nicht dazu raten."

„Weshalb nicht?"

„Weil wir nicht wissen, wann die Kiowas diese Gegend verlassen. Und wenn wir eher fortgehen als sie, müssen wir darauf gefaßt sein, daß sie unsere Fährte entdecken und ihr folgen. Dann erraten sie, was wir vorhaben, und vereiteln es."

„Mein Bruder Scharlih spricht abermals meine Gedanken aus. Wir müssen hierbleiben, bis sie fort sind. Dann sind wir sicher, daß sie uns nicht schaden können. Aber an dem Platz, wo wir uns jetzt befinden, dürfen wir die Nacht nicht zubringen, denn wir müssen mit der Möglichkeit rechnen, daß sie uns trotz allem hier aufsuchen."

„Dann müssen wir uns aber an eine Stelle begeben, wo wir bei Tagesbeginn diesen Schluchtausgang im Auge haben."

„Ich weiß einen solchen Ort. Meine Brüder mögen ihre Tiere bei den Zügeln nehmen und mir folgen!"

Wir holten unsere Pferde, die in der Nähe weideten, und folgten ihm in die Prärie hinaus. Nach einigen hundert Schritten kamen wir an eine größere Baumgruppe, hinter der wir haltmachten. Hier konnten wir lagern, ohne von den Kiowas gefunden zu werden, falls sie es noch in dieser Nacht auf uns abgesehen haben sollten. Und wenn der Morgen anbrach, lag uns die Schlucht gegenüber, und es war uns leicht, alles zu überblicken, was dort geschah.

Die Nacht war ebenso kalt wie die vorigen Nächte. Ich wartete, bis mein Pferd sich legte, und schmiegte mich dann so an seinen Leib, daß es mich erwärmte. Das Tier lag ganz ruhig, als wüßte es, welchen Dienst ich von ihm verlangte, und ich wachte bis zum Morgen nur einmal auf.

Als es hell geworden war, hielten wir uns sorgsam hinter den Bäumen und beobachteten die Schlucht weit über eine Stunde lang. Es regte sich nichts da drüben. Deshalb hielten wir es nun für angezeigt, nach den Kiowas zu forschen. Für den Fall, daß sie doch noch da waren, mußten wir vorsichtig sein und uns ihnen heimlich nähern. Das erforderte aber viel Zeit. Deshalb machte ich Winnetou den Vorschlag:

„Sie sind über die Prärie zum Nugget Tsil gekommen und werden den Berg jedenfalls auch auf dem gleichen Weg verlassen. Weshalb da mühsam nach ihnen suchen. Wenn wir die Berge bis dahin umreiten, wo dein Posten die Kiowas gestern erspähte, müssen wir unbedingt sehen, ob sie fort sind oder nicht."

„Mein Bruder hat das Richtige getroffen. Wir werden nach seinen Worten handeln."

Wir bestiegen unsere Pferde und ritten in einem nach Süden gerichteten und nach Westen ausgebogenen Halbkreis um die Berge. Das war der Weg, nur rückwärts, den die Apatschen geritten waren, als wir die Spur Santers suchten. Als wir dann die Prärie südlich vom Nugget Tsil erreichten, kam es so, wie ich gedacht hatte: Wir sahen zwei große, starke Fährten. Die von gestern führte ins Tal hinein, und die von heute nacht kam daraus hervor. Die Kiowas waren also fort; darüber war kein Zweifel möglich. Dennoch ritten wir, um ganz sicher zu gehen, ins Tal hinein und untersuchten es bis weit nach hinten, bis uns auch dort die Spuren überzeugten, daß es von den Kiowas geräumt worden war.

Nun folgten wir ihrer neuen, vom Nugget Tsil wegstrebenden Fährte, die mit der herbeiführenden zusammenfiel und so scharf ausgeprägt war, daß wir die Absicht, sie uns zu zeigen, nicht verkennen konnten. Sie wollten, daß wir ihnen folgen sollten, und hatten sich zu diesem Zweck geradezu Mühe gegeben, selbst an Stellen, wo sonst keine Spur zurückgeblieben wäre, deutliche Eindrücke zu hinterlassen. Winnetou ließ ein kleines Lächeln um seine Lippen spielen.

„Diese Kiowas sollten uns kennen und gerade darum ihre Spur verbergen", sagte er. „Daß sie das nicht tun, muß doch unser Mißtrauen erwecken. Sie wollen sehr klug handeln, tun aber das Gegenteil, weil sie kein Gehirn in den Köpfen haben."

Er sagte das so laut, daß es auch der gefangene Kiowa hörte. Nun wandte sich der Apatsche ausdrücklich an ihn und erklärte:

„Du wirst wahrscheinlich sterben müssen, denn sofern wir Sam Hawkens nicht freibekommen, oder wenn wir erfahren, daß er gequält worden ist, werden wir dich töten. Aber falls das nicht geschieht und wir dir die Freiheit wiedergeben sollten, so sag euren Kriegern, daß sie wie kleine Knaben handeln, die ausgelacht werden müssen, wenn sie sich als Erwachsene gebärden. Es wird uns nicht einfallen, diesen Spuren weiter zu folgen."

Er lenkte seinen Worten gemäß von der nach Südosten führenden

Fährte ab, indem er sich scharf östlich wandte. Wir befanden uns zwischen dem Canadian und dem Quellgebiet des nördlichen Red-River-Armes, und es war Winnetous Absicht, diesen Fluß aufzusuchen.

Die Pferde der Apatschen, die Santer mit mir verfolgt hatten, waren angegriffen. Deshalb konnte unser Ritt nicht so schnell vonstatten gehen, wie wir es wünschten. Dazu kam, daß der Mundvorrat, den wir mitgenommen hatten, fast zur Neige ging. Sobald er verbraucht worden war, sahen wir uns auf die Jagd angewiesen, und das mußte uns bei der Absicht, die wir verfolgten, zum großen Nachteil gereichen: erstens nahm es unsere Zeit, von der wir keine Stunde versäumen durften, in Anspruch, und zweitens konnten wir dabei nicht die nötige Vorsicht anwenden. Wir waren gezwungen, Spuren zu machen, was wir gern vermieden hätten.

Glücklicherweise trafen wir am Spätnachmittag auf einen kleinen Bisontrupp. Das waren Nachzügler der großen Büffelherde, die ihre Wanderung nach Süden schon vollendet hatte. Wir schossen zwei Kühe und bekamen dadurch so viel Fleisch, daß wir für eine ganze Woche versehen waren und nur noch an den eigentlichen Zweck unseres Ritts zu denken brauchten.

22. „... wenn ich mich nicht irre!"

Am nächsten Tag erreichten wir den Nordarm des Red River, dem wir noch einen zweiten Tag abwärts folgten. Er führte wenig Wasser, doch waren die Ufer grün, während wir bisher nur verdorrtes Büffelgras gefunden hatten. Das gab Futter für unsere Pferde.

Der Salt Fork, also Salz-Arm, mündete aus westlicher Richtung in den Red-River-Nordarm. In dem Winkel, der dadurch gebildet wird, lag damals das Kiowa-Dorf, dessen Häuptling Tangua war. Wir befanden uns auf der linken Seite des Red River, also des Roten Flusses, und konnten deshalb wohl hoffen, nicht entdeckt zu werden. Dennoch ritten wir, bevor wir die Mündungsgegend des Salt Fork erreichten, einen weiten Bogen, um eine halbe Reitstunde unterhalb von ihr wieder an den Red River zu kommen. Aus weiteren Vorsichtsgründen benutzten wir dazu die Nacht, und es war am frühen Morgen, als wir den Fluß wieder vor uns sahen. Wir befanden uns nun, wie wir beabsichtigt hatten, ziemlich auf der entgegengesetzten Seite der Richtung, aus der wir von den Kiowas erwartet werden mußten, und suchten eine versteckte Stelle auf, um da von dem nächtlichen Ritt auszuruhen. Nur für Winnetou und mich gab es keine Erholung, denn er wollte auf Kundschaft gehen und forderte mich auf, ihn zu begleiten.

Während unser Weg uns bisher stromabwärts geführt hatte, mußte dieses Auskundschaften nun stromaufwärts erfolgen, und zwar auf dem jenseitigen Ufer. Wir mußten also über den Fluß hinüber, was uns selbst dann, wenn er mehr Wasser gehabt hätte, nicht schwer geworden wäre.

Vorsichtshalber verlegten wir den Übergang nicht in die Nähe unseres Lagers, weil es sonst leicht entdeckt werden konnte, wenn später jemand auf unsere Fährte traf. Wir ritten vielmehr noch ein Stück flußabwärts, bis wir an einen Wasserlauf kamen, der von drüben in den Red River mündete. Dahinein trieben wir unsere Pferde, nachdem wir den Fluß selber gekreuzt hatten, und ritten im Wasser gegen den Strom. So gingen unsere Spuren verloren. Nach einer halben Stunde verließen wir diese Flußrinne und lenkten die Pferde auf die Prärie, um den Red River abermals zu erreichen, und zwar etwa eine englische Meile oberhalb unseres Lagers.

Dieser Umweg mit seinem Spurenverbergen war zeitraubend, aber die Mühe, die wir darauf verwendeten, wurde schneller belohnt, als wir hatten denken können. Wir befanden uns nämlich noch auf der Prärie, da erblickten wir zwei Reiter, die wohl ein Dutzend Pack-tiere bei sich hatten. Ihre Richtung führte rechts an uns vorüber. Der eine ritt vor und der andere hinter den wohlbeladenen Mauleseln, und wenn wir auch ihre Gesichter nicht erkennen konnten, so muß-ten wir doch nach ihrer Kleidung Weiße in ihnen vermuten.

Sie sahen uns auch und hielten an. Es wäre auffällig gewesen, wenn wir ausgewichen wären. Wir konnten im Gegenteil Nützliches von ihnen erfahren, denn sie kamen jedenfalls aus dem Dorf der Kiowas. Deshalb fragte ich Winnetou:

„Reiten wir hin?"

„Ja", meinte er. „Es sind Bleichgesichter, vermutlich Händler, die mit den Kiowas Tauschgeschäfte gemacht haben. Aber sie dürfen nicht wissen, wer wir sind."

„Gut! Ich bin der Unterbeamte eines Indianeragenten und muß in dieser Eigenschaft zu den Kiowas, verstehe aber ihre Sprache nicht. Deshalb habe ich dich mitgenommen. Du bist ein Pawnee-Indianer[1]."

„So ist es gut. Mein Bruder mag mit diesen beiden Bleichgesichtern sprechen."

Wir ritten auf sie zu. Sie hatten ihre Gewehre zur Hand genommen und sahen uns erwartungsvoll entgegen.

„Tut eure Büchsen weg, Mesch'schurs!" forderte ich sie auf, als wir sie erreicht hatten. „Wir haben nicht die Absicht, euch anzu-beißen."

„Würde euch auch schlecht bekommen", erwiderte der eine von ihnen. „Wir können nämlich auch beißen. Zu den Gewehren haben wir nur gegriffen, weil ihr uns verdächtig vorkommt."

„Verdächtig? Wieso?"

„Nun, wenn zwei Gentlemen, von denen der eine ein Weißer und der andere ein Roter ist, so allein in der Prärie umherreiten, dann sind sie gewöhnlich Spitzbuben. Dazu ist Euer Anzug ganz indianisch. Sollte mich wundern, wenn ihr ehrliche Leute wärt!"

„Danke Euch für diese Aufrichtigkeit", lächelte ich. „Es ist immer nützlich, zu wissen, was andere von einem halten. Kann Euch aber versichern, daß Ihr Euch irrt."

[1] Sprich: Pauni

„Möglich", meinte er. „Ein Galgengesicht habt Ihr nicht, das ist richtig. Vielleicht habt Ihr die Gewogenheit, uns zu sagen, woher Ihr kommt?"

„Gern. Wir haben keinen Grund, heimlich damit zu tun. Wir kommen vom Washita River herüber."

„So! Und wohin wollt Ihr?"

„Ein wenig zu den Kiowas."

„Zu welchen?"

„Zu dem Stamm, dessen Häuptling Tangua heißt."

„Das ist nicht weit von hier."

„Weiß es. Das Dorf liegt zwischen dem North Fork und dem Salt Fork des Red River."

„Richtig! Aber wenn Ihr einen guten Rat annehmen wollt, so kehrt schnell wieder um und laßt Euch von keinem Kiowa sehen!"

„Weshalb?"

„Weil Tangua die löbliche Absicht hat, jeden Weißen, der in seine Hände fällt, auszulöschen und auch jeden Roten, der kein Kiowa ist."

„Dann ist er ja ein überaus wohlmeinender Gentleman! Hat er Euch das selber gesagt?"

„Jawohl, und zwar wiederholt."

„Wie komme ich da zu dem Vergnügen, Euch so hübsch lebendig und bei guter Gesundheit vor mir zu haben?" forschte ich.

„Mit uns hat Tangua eine Ausnahme gemacht, weil wir alte, gute Bekannte von ihm sind und schon oft in seinem Dorf weilten. Wir sind nämlich Traders[1], wie Ihr wohl bereits erraten habt, und zwar ehrliche Traders, nicht solche Halunken, die die Roten mit ihren Waren betrügen und sich dann nicht wieder bei ihnen sehen lassen dürfen. Deshalb heißt man uns überall immer wieder willkommen. Euch aber werden die Kiowas kaltmachen. Darauf könnt Ihr Euch verlassen."

„Werde wohl warm bleiben, denn ich meine es auch ehrlich mit ihnen und suche sie eben jetzt auf, um ihnen Nutzen zu bringen."

„So? Dann sagt uns doch, was Ihr seid und was Ihr bei ihnen wollt."

„Ich gehöre zur Agentur."

„Zur Agentur? Hört, das ist ja besonders schlimm! Nehmt es mir nicht übel, aber ich will Euch um Euretwillen offen sagen, daß die Roten grad auf die Agenten gewaltig schlecht zu sprechen sind, weil —"

Er zögerte fortzufahren, darum ergänzte ich seine Rede:

„— weil sie so oft von ihnen betrogen wurden. Das meint Ihr wohl. Ich gebe das zu."

„Freut mich ungemein, aus Eurem eigenen Mund zu hören, daß ihr Agenten Spitzbuben seid!" lachte er. „Grad die Kiowas sind bei den letzten Lieferungen großartig übers Ohr gehauen worden. Wenn Ihr die Absicht habt, ein wenig zu Tode gemartert zu werden, so reitet hin! Es wird Euch sofort geholfen werden!"

„Kann darauf verzichten, Sir. Ich sage Euch, daß die Kiowas

[1] Händler

mich zwar nicht gut empfangen, dann aber um so größere Freude haben werden, wenn ich ihnen erkläre, was ich bei ihnen will. Ich habe es nämlich durchgesetzt, daß das Unrecht, das geschehen ist, ausgeglichen wird. Sie werden nachgeliefert bekommen, und ich will ihnen melden, wo sie die Waren in Empfang nehmen sollen."

„*Behold*, was für ein weißer Rabe seid Ihr da!" rief er erstaunt. „In diesem Fall werden sie Euch freilich nichts tun. Aber warum habt Ihr da einen Roten bei Euch?"

„Weil ich die Sprache der Kiowas nicht verstehe. Er ist mein Dolmetscher, ein Pawnee, den Tangua auch kennt."

„*Well!* Dann ist ja alles in bester Ordnung, und meine Warnung war überflüssig. Aber ich hatte guten Grund dazu, denn Tangua ist einfach wütend auf alles, was nicht Kiowa heißt."

„Weshalb?" fragte ich.

„Hat in letzter Zeit verdammt schlechte Erfahrungen gemacht", lautete der Bescheid. „Die Apatschen sind in sein Gebiet eingefallen und haben ihm mehrere hundert Pferde gestohlen. Er hat sie sogleich verfolgt. Aber weil sie drei- oder viermal mehr Krieger hatten als er, ist er geschlagen worden. Das wäre trotz der Übermacht der Gegner nicht geschehen, wenn nicht eine Gesellschaft von weißen Westmännern den Apatschen geholfen hätte. Einer von diesen Leuten hat den Häuptling zum Krüppel geschossen. Heißt Old Shatterhand, dieser Mann, ein Kerl, der den stärksten Menschen mit der Faust zu Boden schlägt. Wird ihm aber nicht gut bekommen."

„Nicht? Wollen sich die Roten rächen?"

„Gewiß. Tangua ist durch beide Knie geschossen, ein fürchterliches Schicksal für einen Kriegshäuptling! Er wird nicht eher ruhen, als bis er diesen Old Shatterhand samt seinem Freund Winnetou in die Hände bekommen hat."

„Winnetou?" stellte ich mich unwissend. „Wer ist das?"

„Ein junger Apatschenhäuptling, der mit einer kleinen Kriegerschar ungefähr drei Tagesritte von hier gelagert hat. Die Weißen sind bei ihm, und eine Anzahl Kiowas ritt hin, um die Kerle in ihr Dorf zu locken."

„Hm! Werden die Weißen und die Apatschen so dumm sein, in die Falle zu gehen?"

„Wahrscheinlich. Tangua ist überzeugt davon. Er hat die Gegend, durch die sie kommen müssen, besetzen lassen. Diese Leute sind unbedingt verloren. Einer ist sogar schon gefangen, ein Weißer von den Gefährten Old Shatterhands. Sam Hawkens nennt er sich. Ein sonderbarer Kauz, der immer nur lacht und gar nicht so tat, als hätte er den Tod vor Augen."

„Ihr habt ihn gesehen?"

„Ich war dabei, als sie ihn brachten und er dann wohl eine Stunde lang gefesselt auf der Erde lag. Hierauf wurde er auf die Insel gebracht."

„Auf eine Insel?"

„Ja. Sie liegt im Salt Fork, dem Ufer am nächsten, einige Schritte vom Dorf, dient gewissermaßen als Gefängnis und wird gut bewacht."

„Habt Ihr mit dem Gefangenen gesprochen?"

„Einige Worte. Ich fragte ihn, ob ich vielleicht etwas für ihn tun könne. Da lachte er mich freundlich an und meinte, er hätte großen Appetit auf Buttermilch; ob ich nicht nach Cincinnati reiten und ihm ein Glas voll holen wollte. Ein ganz närrischer Kerl! Er wird übrigens nicht schlecht behandelt, denn Old Shatterhand hat einen gefangenen Kiowa als Geisel bei sich. Nur Santer gibt sich Mühe, ihm das bißchen Leben, das er noch hat, schwerzumachen."

„Santer? Dem Namen nach ein Weißer? Sind denn außer Euch noch andere Weiße bei den Kiowas gewesen?"

„Nur dieser eine, der sich Santer nennt. Ein Bursche, der mir widerwärtig ist. Er kam gestern mit den Roten hier an, die Winnetou herbeigelockt haben, und beschäftigte sich gleich mit dem Gefangenen. Werdet ihn ja auch kennenlernen, wenn Ihr nachher ins Dorf kommt."

„Ist dieser Santer der Gast des Häuptlings oder hat er ein besonderes Zelt?"

„Es ist ihm eins angewiesen worden, nicht etwa gleich neben dem des Häuptlings, was die allgemeine Auszeichnung für gern gesehene Gäste ist, sondern eine alte Lederhütte, die fast am Ende des Dorfs liegt. Er scheint also beim Häuptling nicht in besonderer Gunst zu stehen."

„Könnt Ihr mir die Lage des Zeltes, wo Santer wohnt, nicht genauer angeben?"

„Wozu?" fragte der Händler. „Ihr werdet es ja sehen, wenn Ihr hinkommt. Es ist das vierte oder fünfte, flußaufwärts gerechnet. Glaube nicht, daß Euch der Mann gefallen wird. Hat ein Galgenvogelgesicht. Hütet Euch vor ihm! Ihr seid trotz Eures Amtes noch sehr jung und werdet mir einen guten Rat nicht übelnehmen. — Doch ich muß nun weiter. Lebt wohl und kommt mit heiler Haut von hier fort!"

Das Zusammentreffen mit den Traders kam uns äußerst gelegen. Um das auszukundschaften, was wir von ihnen erfahren hatten, hätten wir uns in große Gefahr begeben müssen. Nun wußten wir ziemlich genau, wo Hawkens steckte und auch, wo Santer untergebracht war, und konnten einstweilen in unser Lager zurückkehren. Doch stellten wir uns zunächst, der Händler wegen, als setzten wir unseren Weg fort.

Die beiden Traders kamen uns nach und nach aus den Augen. Sie mußten langsam reiten, weil sie so viele Packtiere bei sich hatten. Ich erfuhr später, wie verhängnisvoll ihnen das geworden war. Ebenso erfuhr ich, daß sie bei den Kiowas Felle verschiedener Pelztiere eingetauscht hatten. Der mit uns gesprochen hatte, war der eigentliche Händler, der andere nur sein Gehilfe gewesen. Nun, da sie fort waren und uns nicht mehr sahen, kehrten wir den Weg, auf dem wir gekommen waren, in unser Lager zurück und gaben uns unterwegs wieder alle Mühe, unsere Spuren zu verbergen.

Unser Versteck war verhältnismäßig gut gewählt. Aber wir befanden uns mitten auf feindlichem Gebiet, und es war leicht möglich, daß der eine oder der andere Kiowa unverhofft an die Uferstelle kam, wo wir lagerten. Deshalb machte Winnetou einen Vorschlag:

„Ich kenne eine Insel, die eine kleine Strecke abwärts mitten im Fluß liegt. Sie hat Büsche und Bäume, die uns verbergen. Dorthin wird niemand kommen. Meine Brüder mögen sich mit mir zu dieser Insel begeben."

Wir verließen also unser Lager wieder und ritten am Fluß hinunter, bis wir die Insel erblickten. Das Wasser war hier tief und hatte ein ziemlich starkes Gefälle, doch kamen wir auf unseren Pferden gut hinüber. Es zeigte sich, daß Winnetou recht gehabt hatte. Die Insel war groß und auch bewachsen genug, um uns und unseren Pferden volle Deckung zu gewähren.

Ich machte mir zwischen den Büschen ein Lager zurecht und schlief, denn es war vorauszusehen, daß in der nächsten Nacht von Ruhe keine Rede sein würde. Nicht, daß es keine Zeit oder Gelegenheit dazu gegeben hätte, sondern des Wassers wegen.

Sam Hawkens war auf einer kleinen Insel gefangen, die ich beschleichen wollte. Zu diesem Zweck mußte ich ins Wasser. Ja, schon vorher, gleich beim Aufbruch, mußte ich mit Winnetou von unserer Insel ans Ufer schwimmen, wobei wir gänzlich durchnäßt werden würden. Wir standen in der Mitte des Dezember, das Wasser war also kalt. Wer hätte da in den durchnäßten Kleidern schlafen können!

Als es dunkel geworden war, wurden wir geweckt, denn auch Winnetou hatte geruht. Es war Zeit, zum Dorf aufzubrechen. Wir legten die entbehrlichen Kleidungsstücke ab und ließen auch alles zurück, was wir in den Taschen hatten. Von unseren Waffen nahmen wir nur die Messer mit. Dann sprangen wir in den Fluß und schwammen zum rechten Ufer, weil wir von da aus unbemerkt an den Salt Fork gelangen konnten. Als wir eine Stunde lang an diesem Ufer aufwärts gegangen waren, kamen wir an die Stelle, wo der Salt Fork in den Nordarm des Red River mündete, und brauchten dem Salzarm nur wenige hundert Schritte flußaufwärts zu folgen, bis wir die Feuer des Dorfes sahen. Es lag hart am jenseitigen Ufer des Salt Fork. Wir mußten also hinüber.

Zunächst aber schritten wir am diesseitigen Flußufer langsam die ganze Länge des Dorfes ab. Das Wort Dorf bezeichnet in diesem Fall allerdings nicht den europäischen Begriff, eine Ansammlung von festen Häusern. Davon gab es hier keine Spur. Die Wohnungen bestanden aus Lederzelten, wie sie die Roten aufschlugen.

Fast vor jedem Zelt brannte ein Feuer, woran die Bewohner hockten, um sich zu wärmen und ihr Abendessen zu bereiten. Das größte Zelt stand ungefähr in der Mitte des Dorfes. Der Eingang war mit Lanzen geschmückt, an denen Adlerfedern und sonderbar gestaltete Medizinen hingen. An dem dort brennenden Feuer saß Tangua, der Häuptling, mit einem jungen, vielleicht achtzehnjährigen Indianer und zwei Knaben, die zwölf und vierzehn Jahre zählen mochten.

„Diese drei sind seine Söhne", erklärte Winnetou.

„Der älteste ist sein Liebling und wird ein tapferer Krieger werden. Er ist ein ausgezeichneter Läufer. Deshalb hat er den Namen Pida bekommen, was Hirsch bedeutet."

Auch Frauen gingen geschäftig hin und her; doch ist es bei den

Indianern den Frauen und Töchtern nicht erlaubt, mit den Männern und Söhnen zu essen.

Ich suchte die Insel. Der Himmel hing voll Wolken, und kein Stern war zu sehen, die Feuer ermöglichten es uns jedoch, drei kleine Inseln zu erkennen, die in geringen Abständen voneinander im Fluß lagen.

„Auf welcher mag sich Sam befinden?" fragte ich meinen Begleiter.

„Wenn mein Bruder das wissen will, mag er an das denken, was uns der Trader gesagt hat", erinnerte Winnetou.

„Daß die Insel nahe am Ufer liegt? Die erste und die dritte liegen mehr zu uns. Es wird also die zweite, die mittlere, sein."

„Wahrscheinlich. Und da rechts ist das untere Ende des Dorfs, wo im vierten oder fünften Zelt Santer wohnt. Wir werden uns trennen müssen. Ich habe es auf den Mörder meines Vaters und meiner Schwester abgesehen und werde also nach seiner Wohnung auskundschaften. Sam Hawkens ist dein Gefährte, deshalb wirst du nach ihm forschen."

„Und wo treffen wir uns wieder?"

„Hier an dieser Stelle."

„Wenn nichts Ungewöhnliches geschieht, können wir das. Aber wenn einer von uns bemerkt werden sollte, wird ein großer Aufruhr entstehen. Für diesen Fall müssen wir einen anderen Ort bestimmen, der weiter entfernt ist vom Dorf."

„Unser Vorhaben ist nicht leicht, und dabei ist deine Aufgabe schwerer zu lösen als meine. Sollte man dich ergreifen, so werde ich dir beispringen. Kommst du aber unangefochten durch, so kehrst du auf unsere Insel zurück, jedoch auf einem Umweg, damit sie die Richtung deiner Flucht nicht entdecken."

„Aber morgen früh werden sie die Fährte sehen."

„Nein, denn wir werden sehr bald Regen bekommen, der die Spuren auslöscht."

„Gut! Und wenn du Unglück haben solltest, haue ich dich heraus."

„Das wird nicht geschehen, wenn nicht etwas Unvorhergesehenes eintritt. Schau hinüber! Vor der fünften Hütte brennt kein Feuer. Sie wird Santer gehören, denn er ist nirgends zu erblicken. Er wird drinliegen und schlafen. Es ist also leicht zu erfahren, wie es mit ihm steht."

Nach diesen Worten ging er rechts ein Stück den Fluß hinunter, um dann außerhalb des Dorfbereichs hinüberzuschwimmen und jenseits heimlich zu den Zelten zurückzukehren.

Ich muß es anders anfangen, denn ich hatte ein Ziel, das im Bereich des Feuerscheins lag. Das erschwerte mein Vorhaben. Ich durfte mich nicht auf der Oberfläche des Wassers sehen lassen, mußte die Insel also tauchend erreichen. Das ging aber auf geradem Weg sehr schwer. Unter Wasser bis hinüber zu kommen, das getraute ich mir wohl. Aber wie nun, wenn ich dann gerade vor einem Wächter auftauchte? Nein, ich mußte erst zur benachbarten Insel, wo sich vermutlich niemand befand. Sie, die erste, lag vielleicht zwanzig Meter entfernt von der zweiten, mittleren, auf die ich es abgesehen hatte. Also konnte ich von ihr aus wahrscheinlich beobachten, wie die Verhältnisse auf der zweiten lagen.

Demnach ging ich eine Strecke flußaufwärts und richtete meine Augen scharf auf die obere Insel. Es war dort nicht die geringste Bewegung zu bemerken. Also hielt sich wohl niemand drüben auf. So stieg ich langsam ins Wasser, tauchte unter und schwamm hinüber. Ich kam glücklich drüben an und schob, um Atem zu holen, zunächst nur den Kopf bis an den Mund aus dem Wasser. Nun befand ich mich am oberen Ende der ersten Insel und sah, daß ich meine Aufgabe noch auf bequemere Weise lösen konnte, als ich drüben gedacht hatte.

Die Insel, an deren Rand ich im Wasser stand, war vielleicht auch zwanzig Meter vom jenseitigen Flußufer entfernt, wo eine ganze Reihe von Kanus angebunden war. Diese Boote konnten mir vortrefflich Deckung gewähren. Kurz entschlossen tauchte ich wieder unter und schwamm zu dem ersten Kanu, von da zum zweiten, dritten und so weiter, bis ich, hinter dem sechsten steckend, die mittlere Insel so vor mir hatte, daß ich sie überblicken konnte.

Sie lag dem Ufer näher als die beiden anderen Inseln und hatte niedriges Buschwerk, das von zwei Bäumen überragt wurde. Von dem Gefangenen und seinen Wächtern konnte ich nichts bemerken. Eben wollte ich wieder untertauchen, um hinüberzuschwimmen, als ich über mir auf dem hohen Ufer ein Geräusch hörte. Ich schaute hinauf. Ein Indianer kam heruntergestiegen, der Gestalt nach ein sehniger, junger Krieger. Glücklicherweise bewegte er sich schräg abwärts auf ein weiter unten hängendes Kanu zu, so daß er mich nicht sah. Er sprang in dieses Boot, band es los und ruderte zur mittleren Insel. Nun konnte ich noch nicht hinüber; ich mußte warten.

Bald hörte ich Leute drüben sprechen und erkannte die Stimme meines kleinen Sam. Ich mußte erkunden, was sie redeten, und schwamm unter Wasser zu einem weiteren Kanu. Es waren derer so viele vorhanden, daß jeder selbständige Dorfbewohner eines zu besitzen schien. Als ich wieder auftauchte und, hinter diesem Boot verborgen, dem Gespräch lauschte, hörte ich den jungen Krieger sagen:

„Tangua, mein Vater, will es wissen!"

„Fällt mir nicht ein, es zu verraten", entgegnete Sam.

„Dann wirst du zehnfache Qualen erdulden müssen!"

„Laß dich nicht auslachen! Sam Hawkens und Qualen erdulden, hihihihi! Dein Vater hat mich schon einmal martern lassen wollen, dort am Rio Pecos, bei den Apatschen. Was war die Folge davon? Kannst du mir das sagen?"

„Daß Old Shatterhand, dieser Hund, ihn zum Krüppel gemacht hat!"

„Well! So ähnlich wird es auch hier werden. Ihr könnt mir nichts anhaben."

„Wenn du das im Ernst sagst, ist der Wahnsinn in deinen Kopf eingezogen. Wir haben dich fest, und du wirst uns nicht entrinnen. Bedenke, daß dein ganzer Körper mit Riemen umschnürt ist, daß du kein Glied bewegen kannst!"

„Ja, diese Fesseln habe ich dem guten Santer zu verdanken, befinde mich aber ganz wohl darin, hihihihi!"

„Du leidest Schmerzen, ich weiß es; doch du gibst es nicht zu. Außer dieser Umschnürung bist du an den Baum gebunden, und es sitzen bei Tag und bei Nacht vier Krieger hier, dich zu bewachen. Wie willst du da entkommen?"

„Das ist meine Sache, geliebter Junge. Jetzt gefällt es mir noch hier. Warte also, bis ich fort will. Dann könnt ihr mich nicht halten!"

„Wir würden dich freilassen, wenn du uns sagtest, wohin dein weißer Freund gehen wird."

„Ich sage es aber nicht. Helft euch nur selber! Seid zum Nugget Tsil geritten, um Old Shatterhand und Winnetou zu fangen. Lächerlich! Old Shatterhand zu fangen, der mein Schüler ist — hihihihihi!"

„Aber du, sein Lehrer, hast dich von uns fangen lassen!"

„Nur so zum Zeitvertreib. Wollte gern einige Tage bei euch sein, weil ich euch so lieb habe, wenn ich mich nicht irre. — Also ihr habt den Ritt vergeblich gemacht und bildet euch nun ein, daß Winnetou mit seinen Apatschen und Old Shatterhand euch nachlaufen werden. So ein unsinniger Gedanke ist mir doch noch nicht vorgekommen. Heute seht ihr ein, daß ihr euch verrechnet habt. Und nun wollt ihr wissen, wohin Old Shatterhand geritten sein kann. Will dir aufrichtig sagen, daß ich es weiß."

„Nun, wohin?"

„*Pshaw!* Du wirst es bald erfahren, ohne daß ich es dir sage, denn —"

Er wurde durch ein lautes Geschrei unterbrochen. Ich verstand leider die Worte nicht, aber der Tonfall war so, wie wenn man bei uns hinter einem Flüchtling herruft: „Haltet ihn auf, haltet ihn auf!" und dazu wurde der Name Winnetou gebrüllt.

„Merkst du, wo sie sind?" frohlockte Hawkens. „Wo Winnetou ist, da ist auch Old Shatterhand. Sie sind da — sie sind da!"

Das Gebrüll im Dorf verdoppelte sich, und ich hörte die Indianer laufen. Sie hatten Winnetou gesehen, aber noch nicht erwischt. Das machte mir einen großen Strich durch die Rechnung. Ich sah, daß der junge Krieger sowie die Wächter des alten Sam auf der Insel sich hoch aufrichteten und zum Ufer blickten. Dann sprang der Kiowa in sein Kanu und ermahnte die vier Wächter:

„Nehmt die Gewehre zur Hand und tötet dieses Bleichgesicht sofort, wenn sich jemand blicken läßt, es zu befreien!"

Hierauf ruderte er dem Ufer zu.

Ich hatte Hawkens, falls es nur einigermaßen möglich war, schon heute losmachen wollen. Das konnte nun freilich nicht geschehen. Aber es kam mir ein anderer Gedanke. Der Kiowa, der soeben bei Sam gewesen war, hatte zu Beginn der Unterhaltung mit dem Gefangenen von seinem Vater Tangua gesprochen. Folglich war er ein Sohn des Häuptlings, und zwar Pida, der älteste, der Liebling Tanguas. Wenn ich ihn in meine Hand bekam, konnte ich ihn dann gegen Sam auswechseln. Dieser Gedanke war tollkühn, aber danach durfte ich in diesem Augenblick nicht fragen. Es galt nur, den Jüngling so zu ergreifen, daß es niemand sah.

Ein einziger Blick zeigte mir, daß die Lage günstig war. Winnetou war den Salzarm abwärts nach Osten geflohen, während sich unser Lager viel weiter südlich auf einer Insel im Nordarm befand. Das war klug von ihm, denn er führte dadurch die Verfolger irre. Von dort her, wohin er floh, erscholl das Geschrei der Roten, die ihm nachrannten, und dorthin hatten die vier Wächter ihre Gesichter gerichtet. Sie kehrten mir fast ihre Rücken zu und weiter war niemand da.

Der Häuptlingssohn erreichte mit seinem Kanu das Ufer, wollte das Boot anbinden und forteilen. Er bückte sich. Da tauchte ich bei ihm auf. Ein Fausthieb streckte ihn nieder. Ich warf ihn ins Boot, sprang selber hinein und ruderte fort, gegen den Strom und hart am Ufer hin. Der tolle Streich war geglückt. Oben im Dorf gab es keinen Menschen, der auf mich achtete, und die Wächter blickten noch immer in die entgegengesetzte Richtung.

Ich legte mich mit allen Kräften ins Zeug, um möglichst rasch aus dem Bereich des Dorfs zu kommen. Dann, als der Schein der Feuer mich nicht mehr traf, ruderte ich ans rechte Ufer, wo ich den ohnmächtigen Häuptlingssohn ins Gras gleiten ließ und ihm seine Waffen abnahm. Nun schnitt ich den Riemen, womit das Kanu angebunden wurde, los, um damit den Gefangenen zu fesseln, und gab dem Kanu einen Stoß, daß es fortschwamm. Es sollte nicht zum Verräter an mir werden. Als ich Pidas Arme fest an seinen Leib geschnürt hatte, nahm ich ihn auf die Schulter und trat die Rückkehr zu unserer Insel an.

Das war ein hartes Stück Arbeit, nicht etwa, weil mir die Last zu schwer wurde, sondern weil sich Pida trotz der Fesselung heftig sträubte, als er wieder zu sich gekommen war.

„Wer bist du?" fragte er endlich wütend. „Ein räudiges Bleichgesicht, das Tangua, mein Vater, schon morgen ergreifen und verderben wird!"

„Dein Vater wird mich nicht ergreifen; er kann ja nicht gehen", erwiderte ich.

„Aber er hat viele Krieger, die er nach mir aussenden wird."

„Euere Krieger verlache ich. Es kann leicht jedem von ihnen so ergehen wie deinem Vater, als er es wagte, mit mir zu kämpfen."

„Uff! Du hast mit ihm gekämpft? Wo?"

„Da, wo er niederstürzte, als er meine Kugel in beide Knie bekam."

„Uff, uff! So bist du Old Shatterhand?" erkundigte Pida sich erschrocken.

„Wie kannst du da erst fragen! Ich habe dich doch mit der Faust niedergeschlagen. Wer anders als Winnetou und Old Shatterhand konnten es wagen, mitten in euer Dorf zu dringen und den Sohn des Häuptling herauszuholen!"

„Uff! So werde ich sterben, aber ihr sollt keinen Laut des Schmerzes aus meinem Mund hören."

„Wir töten dich nicht. Wir sind keine Mörder. Wenn dein Vater die beiden Bleichgesichter herausgibt, die sich bei euch befinden, lassen wir dich frei."

„Santer und Hawkens?"

„Ja."

„Er wird sie herausgeben, denn sein Sohn gilt ihm mehr als zehnmal zehn Hawkens, und auf Santer legt er überhaupt keinen Wert."

Von jetzt an machte er mir keine Schwierigkeiten mehr.

Die Voraussage Winnetous ging in Erfüllung. Es begann zu regnen, und zwar so heftig, daß es mir unmöglich war, die Uferstelle zu finden, die unserer Insel gegenüberlag. Ich suchte mir also einen recht dicht belaubten Baum, um darunter entweder das Ende des Regens oder den Anbruch des Tags zu erwarten.

Das war eine lange Geduldsprobe. Der Regen wollte nicht aufhören und der Morgen nicht erscheinen. Ich hatte nur den einen Trost, daß ich nässer, als ich war, nicht werden konnte. Doch die Nässe war so kalt, daß ich zuweilen aufstand, um mich durch freiturnerische Bewegungen zu erwärmen. Mich dauerte der junge Häuptlingssohn, der so still liegen mußte, aber er war viel abgehärteter als ich damals.

Endlich wurden meine beiden Wünsche zu gleicher Zeit erfüllt: der Regen hörte auf, und der Tag begann zu grauen. Doch es lag ein dichter, schwerer Nebel rings umher. Trotzdem wurde es mir nun möglich, die Uferstelle zu finden. Ich rief ein lautes „Halloo!" hinüber.

„Halloo!" antwortete sofort die Stimme Winnetous. „Mein Bruder Scharlih?"

„Ich habe einen Gefangenen. Schicke mir einen guten Schwimmer und einige Riemen herüber!"

„Ich komme selbst!"

Wie freute ich mich darüber, daß er nicht in die Hände der Kiowas gefallen war! Bald sah ich seinen Kopf zwischen Nebel und Wasser erscheinen. Als er ans Ufer trat und den Indianer erblickte, staunte er.

„Uff! Pida, der Sohn des Häuptlings! Wo hat mein Bruder ihn ergriffen?"

„Am Flußufer, nicht weit von Hawkens' Insel."

„Hast du Hawkens gesehen?"

„Nein, aber ich hörte ihn mit diesem Kiowa reden. Ich hätte noch mit ihm gesprochen und ihn wohl auch befreit, doch da wurdest du entdeckt und ich mußte fort."

„Es war ein böser Umstand, für den ich nicht konnte. Ich hatte Santers Zelt fast erreicht, da kamen einige Kiowas, die vorüber wollten. Ich durfte nicht aufspringen und wälzte mich zur Seite. Sie blieben stehen und sprachen miteinander. Dabei fiel das Auge des einen auf mich, und sie taten die vier Schritte zu mir hin. Da mußte ich allerdings auf und fort. Der Schein der Feuer zeigte ihnen meine Gestalt, und die Kiowas erkannten mich. Ich floh nach Osten, schwamm über den Fluß und entkam. Santer habe ich freilich nicht gesehen."

„Du wirst ihn bald zu sehen bekommen, denn dieser junge Krieger hier ist bereit, sich gegen Santer und Sam Hawkens auswechseln zu lassen, und ich bin überzeugt, daß der Häuptling darauf eingehen wird."

„Uff! das ist sehr gut! Mein Bruder Old Shatterhand hat fast tollkühn gehandelt, indem er Pida gefangennahm, aber es war für uns das beste, was geschehen konnte."

Wenn ich gesagt hatte, daß er Santer bald zu sehen bekommen

werde, so sollte ich recht behalten, und zwar noch viel eher, als ich gedacht hatte. Wir banden den Gefangenen so zwischen uns fest, daß seine Schultern die unsrigen berührten und sein Kopf über Wasser bleiben mußte. Mit den Beinen konnte er uns beim Schwimmen helfen. Dann gingen wir in den Fluß. Pida leistete uns dabei keinen Widerstand, sondern stieß, als wir den Grund unter den Füßen verloren, in gleichem Takt mit den Beinen kräftig aus.

Der Nebel lag so dicht auf dem Wasser, daß wir nicht sechs Manneslängen weit sehen konnten, aber bekanntlich hört man im Nebel um so besser. Wir waren noch nicht weit vom Ufer entfernt, da sagte Winnetou:

„Leise! Ich habe etwas gehört."

„Was?"

„Ein Plätschern wie von Rudern, die ins Wasser getaucht werden, da aufwärts von uns."

„Ja, horch!"

Wir machten jetzt nur die geringen Bewegungen, die notwendig waren, uns über Wasser zu halten, verursachten also kein Geräusch. Jawohl, Winnetou hatte richtig gehört: es kam jemand den Fluß herabgerudert. Er mußte Eile haben, da er sich trotz des Gefälles, das der Fluß hier hatte, auch noch der Ruder bediente.

Er kam rasch näher. Sollten wir uns sehen lassen oder nicht: Es konnte ein feindlicher Späher sein. Vielleicht aber war es vorteilhaft für uns zu wissen, wer es war. Ich warf Winnetou einen fragenden Blick zu. Er verstand ihn und erwiderte leise:

„Nicht zurück! Ich will wissen, wer es ist. Er wird uns wohl nicht entdecken, weil wir ganz still auf dem Wasser liegen."

Es stand allerdings zu erwarten, daß wir unbemerkt bleiben würden, denn wir hatten ja nur die Köpfe über Wasser. Wir schwammen also nicht zurück. Pida war ebenso gespannt wie wir. Er hätte uns durch einen Hilferuf verraten können, tat das aber nicht, vermutlich weil er wußte, daß ihm ohnedies die Freiheit sicher war.

Jetzt war uns der Ruderschlag ganz nahe. Ein indianisches Boot tauchte aus dem Nebel auf. Darin saß ein Weißer. Wir hatten stillbleiben wollen, aber als Winnetou den Mann erblickte, stieß er einen lauten Ruf aus:

„Santer! — Er entflieht!"

Mein sonst so ruhiger Freund wurde durch das plötzliche Erscheinen seines Todfeindes so erregt, daß er die Arme und Beine mit aller Gewalt ausstieß, um auf das Kanu zuzuschwimmen. Er wurde aber dadurch zurückgehalten, daß er mit uns oder vielmehr mit Pida zusammengebunden war.

„Uff! Ich muß los; ich muß hin, muß ihn haben!" rief er, indem er sein Messer zog und den Riemen zerschnitt, womit er an Pida hing.

Als Santer den Ausruf Winnetous hörte, wandte er sein Gesicht sofort zu uns herüber und sah uns.

„Goddam!" schrie er erschrocken auf. „Das sind ja diese —"

Der Mörder hielt inne. Der Ausdruck des Schrecks wich aus seinem Gesicht und machte dem der Schadenfreude Platz. Er hatte unsere Lage erkannt, griff zu seinem Gewehr und richtete es auf uns. „Euere letzte Wasserfahrt, ihr Hunde!" schrie er dabei.

Santer drückte glücklicherweise grad in dem Augenblick los, als sich Winnetou von uns freigemacht hatte und mit gewaltigen Stößen auf das Boot zuschoß. Dadurch erhielt ich mit Pida einen Ruck, der uns dem Punkt, auf den Santer gezielt hatte, entfernte. Die Kugel ging fehl.

Was ich jetzt von Winnetou sah, war kein Schwimmen mehr, sondern viel eher ein Auf-dem-Wasser-Hinschnellen. Er hatte sein Messer zwischen die Zähne genommen und flog in weiten Sätzen auf den Feind zu, wie ein aufwippender Stein, den man flach ins Wasser wirft. Santer hatte im zweiten Lauf noch einen Schuß, hielt dem Apatschen die Mündung entgegen und rief hohnlachend:

„Komm her, verdammte Rothaut! Ich schicke dich zum Teufel!"

Er glaubte, leichtes Spiel zu haben und nur losdrücken zu brauchen, hatte sich aber in Winnetou geirrt. Der Apatsche tauchte sofort unter, um von unten an das Kanu zu kommen und es umzustürzen. Wenn ihm das gelang, fiel Santer ins Wasser. Dann konnte ihm sein Gewehr nichts mehr helfen, und es mußte zu einem Ringkampf kommen, wobei der gewandte Apatsche jedenfalls Sieger blieb. Das sah Santer ein, legte die Büchse schnell weg und ergriff das Ruder wieder. Es war auch die höchste Zeit für ihn, denn kaum hatte er es in Bewegung gesetzt, so kam Winnetou an der Stelle empor, wo sich das Boot im vorhergehenden Augenblick befunden hatte. Santer gab den Angriff auf, brachte sich durch einige kräftige Ruderschläge aus der gefährlichen Nähe seines grimmigen Feindes und schrie:

„Hast du mich, Hund? Ich hebe die Kugel auf fürs nächste Wiedersehen!"

Winnetou arbeitete mit allen Kräften, ihn doch noch zu erreichen, aber vergeblich. Kein Schwimmer, und wäre er Weltmeister, kann ein Boot einholen, das durch Ruder im reißenden Wasser abwärts getrieben wird.

Der ganze Vorgang hatte sich in etwa einer halben Minute abgespielt, und doch erschienen, als Santer eben im Nebel verschwand, schon einige Apatschen, die die lauten Rufe und den Schuß gehört hatten und sofort von der Insel ins Wasser gesprungen waren, um uns beizustehen. Ich rief sie zu mir, damit sie mir halfen, Pida auf die Insel zu bringen. Als ich dort den Kiowa von mir losbinden ließ, gebot Winnetou, der inzwischen auch ans Land zurückgekehrt war, seinen Leuten:

„Meine roten Brüder mögen sich alle schnell fertig machen! Santer ist soeben in einem Kanu den Fluß hinunter. Wir müssen ihm nach!"

Er war so erregt, wie ich ihn nur selten gesehen habe.

„Ja, wir müssen ihm augenblicklich nach", stimmte ich bei. „Aber was wird aus Sam Hawkens und unseren beiden Gefangenen?"

„Die überlasse ich dir", entschied er.

„So soll ich hierbleiben?"

„Ja, Winnetou muß diesen Santer, den Mörder seines Vaters und seiner Schwester, haben. Du aber bist verpflichtet, Sam Hawkens, der dein Gefährte ist, zu befreien. Wir müssen uns also trennen."

„Auf wie lange?"

Der Apatsche überlegte einige Augenblicke.

„Wann wir uns wiedersehen, weiß ich jetzt nicht", erklärte er dann. „Des Menschen Wunsch und Wille ist dem Großen Geist untertan. Ich glaubte, länger bei meinem Bruder Scharlih sein zu können, doch Manitou hat jetzt plötzlich dagegen gesprochen. Er will es anders haben. Ahnst du, weshalb Santer fort ist?"

„Ich kann es mir denken. Man weiß, daß wir hier sind und nicht ruhen werden, bis wir ihn ergriffen und Hawkens befreit haben. Da hat Santer Angst bekommen und sich aus dem Staub gemacht, zumal er sich darüber im klaren sein dürfte, wie wenig er bei Tangua gilt."

„Und warum hat er den Wasserweg gewählt und auf sein Pferd verzichtet?"

„Aus Furcht vor uns. Er hatte Sorge, daß wir seine Fährte entdecken und ihr folgen können. Deshalb ist er im Kanu fort, das er wohl gegen sein Tier eingetauscht hat. Glaubst du, daß ihn zu Pferd einholen könnt?"

„Es ist schwer, aber doch möglich. Wir müssen die Windungen des Flusses abschneiden."

„Das geht nicht. Ich mache meinen Bruder Winnetou darauf aufmerksam, daß das falsch sein würde."

„Warum?"

„Weil Santer leicht auf den Gedanken kommen kann, den Fluß zu verlassen und die Flucht zu Land fortzusetzen. Da ihr nun nicht wißt, auf welcher Seite er in diesem Fall aus dem Wasser geht, müßt ihr euch teilen, um dem Red River auf beide Seiten zu folgen."

„Mein Bruder Scharlih hat recht. Wir werden tun, wie er gesagt hat."

„Ihr müßt dabei sehr aufmerksam sein, damit euch die Stelle, wo Santer landet, nicht entgeht, und das erfordert leider Zeit. Auch könnt ihr die Krümmungen nicht abschneiden, weil sonst, während die eine Abteilung einen Bogen vermiede, die andere am gegenüberliegenden Ufer einen desto größeren Umweg zu machen hätte und ihr infolgedessen auseinander kämt."

„Es ist so, wie mein Bruder sagt. Wir sind gezwungen, allen Krümmungen des Flusses zu folgen. Deshalb dürfen wir jetzt keine Minute versäumen."

„Wie gern würde ich mit euch reiten, aber es ist wirklich meine Pflicht, für Sam Hawkens zu sorgen. Ich darf ihn nicht verlassen."

„Winnetou wird nie etwas von dir fordern, was gegen deine Pflicht ist. Du darfst nicht mit. Aber wenn der Große Geist es will, werden wir uns in einigen Tagen wiedersehen."

„Wo?"

„Wenn du von hier fortreitest, so richte deinen Weg zur Vereinigung dieses Wassers hier mit dem Rio Boxo de Natchitoches. Da, wo der vereinte Strom beginnt, am linken Ufer, wirst du einen meiner Krieger finden, falls ein Zusammentreffen möglich ist."

„Und wenn ich keinen Krieger dort sehe?"

„So bin ich noch hinter Santer her und weiß nicht, wohin er flieht, kann dir also auch nicht sagen, wohin du kommen sollst. Dann reite mit deinen drei Gefährten nach St. Louis zu den Bleichgesichtern, die den Pfad des Feuerrosses bauen wollen! Aber ich bitte dich, zu uns zurückzukehren, sobald der gute Manitou es dir erlaubt. Du bist im Pueblo am Rio Pecos stets willkommen, und sollte ich nicht dort sein, so wirst du erfahren, wo ich zu finden bin."

Während dieses Gesprächs hatten sich seine Apatschen zum Ritt bereit gemacht. Er gab Dick Stone und Will Parker die Hand, um sich von ihnen zu verabschieden, und wandte sich dann wieder zu mir:

„Mein Bruder Scharlih weiß, wie froh unsere Herzen waren, als wir unseren Ritt am Rio Pecos begannen. Er hat Intschu tschuna und Nscho-tschi den Tod gebracht. Wenn du einst wieder zu uns kommst, wirst du in Pueblo nicht mehr die Stimme der schönsten Tochter der Apatschen hören. Nun treibt mich die Rache fort von dir, aber die Liebe wird dich wieder zu uns führen. Ich wünsche sehr, daß ich dir unten an der Mündung des Rio Boxo Nachricht geben kann. Sollte das aber nicht der Fall sein, so verweile nicht allzulange in den Städten des Ostens, sondern kehre recht bald zu mir zurück! Willst du mir das versprechen, mein lieber, lieber Bruder Scharlih?"

„Ich verspreche es dir. Mein Herz geht mit dir, mein lieber Bruder Winnetou. Du weißt, was ich dem sterbenden Klekih-petra gelobt habe. Ich werde es halten."

„So leite der gute Manitou all deine Schritte und beschütze dich auf allen deinen Wegen! Howgh!"

Er umarmte mich, gab dann seinen Leuten einen kurzen Befehl und stieg auf sein Pferd, um es ins Wasser zu treiben. Daraufhin teilten sich die Apatschen. Die eine Abteilung schwamm zum rechten und Winnetou mit der anderen zum linken Ufer des Flusses. Ich blickte meinem Winnetou nach, bis er im Nebel verschwand. Es war mir, als sei ein Teil meines eigenen Ich von mir gegangen, und auch ihm war der Abschied schwer geworden.

Stone und Parker sahen es mir an, wie wehmütig ich gestimmt war. Der erste meinte in seiner treuherzigen Weise:

„Laßt's Euch nicht so zu Herzen gehen, Sir! Wir werden die Apatschen schon bald wieder erwischen. Reiten ihnen ja nach, sobald Sam frei ist. Wollen deshalb mit der Auswechslung unserer Gefangenen nicht lange warten. Wie denkt Ihr Euch wohl den Hergang?"

„Laßt mich erst Eure Ansicht hören, lieber Dick! Ihr seid erfahrener als ich."

Er streichelte sich, von diesem Lob geschmeichelt, das Kinn und erklärte:

„Halte es für das einfachste, den gefangenen Kiowa-Krieger jetzt gleich zu Tangua zu senden und ihm mitteilen zu lassen, wo sich sein Sohn befindet und unter welcher Bedingung er freigegeben werden soll. Was meinst du dazu, alter Will?"

„Hm!" brummte Parker. „Hast noch niemals einen solch albernen Gedanken gehabt wie jetzt!"

„Albern? Ich? Bounce! Wieso albern?"

„Wenn wir sagen, wo wir stecken, schickt Tangua seine Leute her, und sie nehmen uns Pida ab, ohne daß wir Sam dafür herausbekommen. Würde es anders anfangen."

„Wie denn?"

„Wir machen uns hier von der Insel fort und ein gutes Stück in die Prärie hinein, wo wir freie Gegend haben, die wir überblicken können. Dann schicken wir den Kiowa ins Dorf und stellen die Bedingungen, daß nur zwei Krieger, mehr ja nicht, kommen sollen, um uns Sam zu bringen, wofür sie dann Pida mitnehmen dürfen. Kommen mehr Leute als nur zwei, etwa um uns zu überwältigen, so sehen wir sie von weitem und können uns in Sicherheit bringen. Meint Ihr nicht, daß es so am besten ist, Sir?"

„Ich möchte noch sicherer gehen und gar keinen Boten senden", erwiderte ich.

„Keinen Boten? Wie soll Tangua dann erfahren, daß sein Sohn —"

„Er erfährt es durch mich", unterbrach ich ihn.

„Durch Euch? Wollt Ihr etwa selber ins Dorf?"

„Ja."

„Hört, das laßt bleiben, Sir! Das ist ein gefährliches Ding. Man würde Euch sofort festnehmen."

„Glaube es nicht."

„Ganz gewiß!"

„Dann wäre Pida verloren. Ich habe nicht Lust, von zwei Gefangenen den einen als Boten zu schicken und dadurch eine Geisel zu verlieren."

„Das ist freilich richtig. Aber weshalb wollt Ihr es sein, der sich ins Dorf wagt? Kann es doch auch machen!"

„Ich glaube gern, daß Ihr den Mut dazu besitzt, halte es jedoch für besser, wenn ich selber mit Tangua spreche."

„Bedenkt aber, welche Wut er auf Euch hat! Wenn ich zu ihm komme, geht er leichter auf unsere Bedingung ein, als wenn er sich über Euern Anblick ärgern muß."

„Gerade darum will ich selbst zu ihm. Er soll sich ärgern. Er soll wütend darüber sein, daß ich es wage, zu ihm zu kommen, ohne daß er mir etwas anhaben darf. Wenn ich einen andern schicke, denkt er vielleicht, daß ich mich vor ihm fürchte, und in einen solchen Verdacht will ich nicht kommen."

„So macht, was Ihr wollt, Sir! Wo aber bleiben wir inzwischen? Hier auf der Insel? Oder suchen wir uns eine andere, eine bessere Stelle?"

„Es gibt keine bessere."

„*Well!* Aber wehe unsern Gefangenen, wenn Euch im Dorf etwas geschieht! Wir würden in diesem Fall keine Nachsicht üben. Wann werdet Ihr aufbrechen?"

„Heute abend."

„Erst? Ist das nicht zu spät? Wenn es gutgeht, kann die Auswechslung bis mittags geschehen sein, und wir eilen dann hinter Winnetou her."

„Und die Kiowas folgen uns in Scharen und löschen uns aus!"

„Meint Ihr?"

„Ja. Tangua wird uns Sam gern geben, um seinen Sohn wiederzubekommen. Wenn er ihn aber hat, wird er alles aufbieten, sich an uns zu rächen. Deshalb soll die Auswechslung am Abend geschehen.

Dann reiten wir fort, um während der Nacht, wo man uns nicht folgen kann, einen tüchtigen Vorsprung zu bekommen. Daß wir bis zum Abend warten, ist auch schon deshalb besser, weil die Angst des Häuptlings um seinen Sohn bis dahin immer größer wird. Das wird ihn gefügiger machen."

„Das ist wahr. Aber wenn man uns nun vorher hier entdeckt, Mr. Shatterhand?"

„So ist es auch nicht schlimm."

„Pida wird gesucht werden, und dabei kommen die Roten vielleicht auch hierher."

„Zu unserer Insel nicht. Aber am Ufer werden wir sie sehen. Dort müssen sie Winnetous Fährte entdecken und werden denken, daß wir mit Pida fort sind. Das wird Tangua in noch größere Sorge versetzen. Horcht!"

Es erklangen menschliche Stimmen. Der Nebel begann sich zu heben, und wir konnten die Ufer erkennen. Dort standen mehrere Kiowas, die sich laut ihre Ansichten über die Pferdespuren mitteilten, die sie soeben entdeckt hatten. Dann verschwanden sie schnell, ohne nur einen Blick auf die Insel herübergeworfen zu haben.

„Sie sind fort. Scheinen es sehr eilig zu haben", meinte Dick Stone.

„Jedenfalls sind sie ins Dorf zurück, um Tangua von der Fährte zu benachrichtigen. Er wird vermutlich sofort Leute ausschicken, die der Spur folgen sollen."

Diese Vorhersage bestätigte sich nach nicht ganz zwei Stunden. Es kam eine Reiterschar drüben am Fluß herunter, setzte sich auf die Fährte und jagte dann auf ihr fort. Daß die Kiowas Winnetou einholen würden, war nicht zu befürchten, da er wenigstens die gleiche Schnelligkeit entwickeln mußte wie sie.

Hier muß ich noch erwähnen, daß wir drei leise gesprochen hatten. Die Gefangenen brauchten nicht zu hören, was wir einander sagten. Sie hatten auch nicht gesehen, was am Ufer geschah, denn sie lagen gebunden hinter Sträuchern.

Am Vormittag machte die Sonne uns die Freude, recht warm auf uns herabzuscheinen. Das trocknete nicht nur unsern Lagerplatz, sondern auch uns selbst und erhöhte das Behagen, womit wir uns bis zum Abend der Ruhe hingaben.

Kurz nach Mittag sahen wir einen Gegenstand daherschwimmen, der seine Richtung auf die Insel zu nahm und von dem ins Wasser niederhängenden Gesträuch festgehalten wurde. Es war ein Kanu, worin ein Paddelruder lag. Der Riemen, mit dem es der Besitzer anband, war abgeschnitten. Es war also das Boot, worin ich Pida entführt hatte. Es war von der Strömung fortgetrieben worden und wohl nur deshalb so spät zur Insel gekommen, weil es schon unterwegs irgendwo hängengeblieben war. Da es mir sehr gelegen kam, zog ich es auf die Insel, um mich am Abend seiner zu bedienen. Ich brauchte mich nun nicht wieder durch Schwimmen im Fluß zu durchnässen.

Sobald es dunkel geworden war, warf ich mir den Bärentöter über, schob das Boot ins Wasser und ruderte flußaufwärts. Stone und Parker gaben mir ihre besten Wünsche mit. Ich sagte ihnen, daß sie sich erst dann um mich beunruhigen sollten, wenn ich am nächsten Morgen nicht zurückgekehrt wäre.

Es ging sehr langsam gegen den Strom, so daß ich erst nach einer guten Stunde in die Nähe des Dorfs kam. Nun lenkte ich ans Ufer und band das Kanu, das ich mit einem Riemen versehen hatte, an einen Baum.

Wieder sah ich, wie gestern, die Feuer brennen, die Männer daran sitzen und die Frauen geschäftig hin und her gehen. Ich hatte geglaubt, daß das Dorf heute scharf bewacht sein würde, fand aber, daß es nicht der Fall war. Die Kiowas hatten die Fährte der Apatschen gefunden und ihnen Krieger nachgesandt, wähnten sich also in Sicherheit.

Tangua saß auch heute vor seinem Zelt, allein mit seinen beiden jüngeren Söhnen. Er hielt den Kopf gesenkt und starrte düster ins Feuer. Ich befand mich diesmal auf dem linken Ufer des Salt Fork, an dem das Dorf lag, schlich im rechten Winkel vom Fluß fort und dann hinter den Zelten hinauf, bis die Behausung des Häuptlings vor mir lag. Ich hatte Glück, denn es war kein Mensch in der Nähe, der mich hätte entdecken können. So legte ich mich auf den Boden nieder und kroch zur hinteren Seite des Zeltes. Da hörte ich den tiefen, eintönigen Klagegesang Tanguas. Er trauerte nach indianischer Weise um den Verlust seines Lieblingssohnes. Nun kroch ich um das Zelt auf die andere Seite, erhob mich und stand plötzlich neben dem Häuptling.

„Warum singt Tangua die Töne der Klage?" fragte ich. „Ein tapfrer Krieger soll keinen Laut der Klage hören lassen. Das Jammern ist nur für die alten Squaws."

Es läßt sich nicht beschreiben, wie mein Erscheinen ihn erschreckte. Der Kiowa wollte sprechen, brachte aber kein Wort hervor. Er wollte aufspringen, mußte aber seiner verletzten Knie wegen sitzenbleiben. Er starrte mich mit weit aufgerissenen Augen wie ein Gespenst an und stammelte endlich:

„Old — Old — Shat — Shat — — uff, uff, uff! Wie kommst — wo bist — — ihr seid noch da — nicht fort?"

„Wie du siehst, bin ich noch da. Ich bin gekommen, weil ich mit dir zu reden habe."

„Old Shatterhand!" brachte er endlich meinen Namen ganz heraus. Als seine beiden Knaben das hörten, flohen sie ins Zelt.

„Old Shatterhand!" wiederholte der Häuptling, noch immer unter dem Eindruck des Schrecks. Dann jedoch nahm sein Gesicht den Ausdruck der Wut an, und er schrie, gegen die andern Zelte gerichtet, einen Befehl, den ich nicht verstand, weil er sich seiner Mundart bediente; doch kam mein Name dabei vor.

Einen Augenblick später gab es im Dorf ein Wutgeheul, daß ich glaubte, die Erde zittere unter meinen Füßen, und was an Kriegern anwesend war, kam mit geschwungener Waffe auf uns zugerannt. Da zog ich mein Messer und schrie Tangua ins Ohr:

„Soll Pida erstochen werden? Er schickt mich zu dir!"

Er verstand meine Worte trotz des Geheuls seiner Leute und hob die rechte Hand. Diese eine Bewegung genügte, und es trat Stille ein.

Aber die Kiowas umringten uns im Halbkreis. Wenn es nach den Blicken ging, mit denen sie mich verschlingen zu wollen schienen, kam ich nicht lebendig von hier fort. Ich setzte mich zu Tangua, sah ihm ruhig in das ob meiner Kühnheit starre Gesicht und sagte:

„Es herrscht Todfeindschaft zwischen Tangua und mir. Ich bin nicht schuld daran, habe aber auch nichts dagegen. Ob ich mich vor ihm fürchte, mag er daraus ersehen, daß ich mich jetzt mitten in sein Dorf begeben habe, um mit ihm zu sprechen. Wir wollen es kurz machen: Pida befindet sich in unseren Händen und wird an einem Baum gehenkt, wenn ich nicht zur bestimmten Zeit wieder bei meinen Gefährten bin."

Kein Wort, keine Bewegung, der rundum stehenden Roten, von denen ich viele wieder erkannte, verriet den Eindruck meiner Worte. Die Augen des Häuptlings funkelten vor Wut darüber, daß er mir nichts anhaben konnte, ohne das Leben seines Sohnes zu gefährden. Er stieß zwischen knirschenden Zähnen die Frage hervor:

„Wie — wie — ist er in euere Gewalt geraten?"

„Ich war gestern drüben an der Insel, als er mit Sam Hawkens sprach, und habe ihn niedergeschlagen und mitgenommen."

„Uff! Old Shatterhand ist der Liebling des bösen Geistes, der ihn abermals beschützt hat. Wo befindet sich mein Sohn?"

„An einem sicheren Ort, den du jetzt nicht erfahren wirst. Er mag ihn dir später selber zeigen. Aus meinen letzten Worten wirst du ersehen, daß ich nicht die Absicht habe, Pida zu töten. Wir haben auch noch einen andern Kiowa bei uns, den wir gefangennahmen. Er soll mit deinem Sohn frei sein, wenn du mir dafür Sam Hawkens dafür gibst."

„Uff! Du sollst ihn haben. Bring nur erst Pida und den andern Kiowakrieger!"

„Bringen? Denke nicht daran! Ich kenne Tangua und weiß, daß ihm nicht zu trauen ist. Ich gebe zwei für einen, bin also sehr billig und gütig gegen euch. Dafür muß ich fordern, daß ihr euch jeder Hinterlist enthaltet."

„Beweise mir vorher, daß Pida wirklich bei euch ist!"

„Beweisen? Was fällt dir ein? Ich sage es, und so ist es wahr. Old Shatterhand ist nicht wie der Häuptling der Kiowas. Laß mich Sam Hawkens sehen! Er wird nicht mehr unten auf der Insel sein, wo ihr ihn nicht mehr für sicher haltet. Ich muß mit ihm reden."

„Was willst du von ihm?"

„Ich will aus seinem Munde wissen, wie es ihm bei euch ergangen ist. Danach wird sich das Weitere richten."

„Tangua muß sich vorher mit seinen ältesten Kriegern beraten. Entferne dich bis zum nächsten Zelt; dann wirst du erfahren, was wir zu tun gedenken!"

„Gut! Aber macht es kurz, denn wenn ihr mich aufhaltet und ich nicht zur bestimmten Zeit zurück bin, wird Pida gehenkt."

Gehenkt zu werden ist der schmachvollste Tod für einen Roten. Man kann sich denken, wie wütend Tangua war. Ich ging zum nächsten Zelt und setzte mich dort nieder, wobei ich die Kiowas vorsichtshalber mit dem Bärentöter in Schach hielt. Tangua rief seine Ältesten zu sich und beriet sich mit ihnen. Es brannte in jedem auf mich gerichteten Auge ein Feuer, das mir nur aus Rücksicht auf Pida nicht verderblich wurde. Dabei bemerkte ich freilich auch, daß meine Furchtlosigkeit allgemein Eindruck machte.

Nach einiger Zeit schickte der Häuptling einen Roten fort. Der Mann verschwand in einem Zelt und brachte dann meinen kleinen Sam geführt. Ich sprang auf und ging ihm entgegen. Als er mich erblickte, jubelte er:

„*Heigh-day*, Old Shatterhand! Hab es ja gesagt, daß Ihr unbedingt kommen würdet! Wollt wohl Eueren alten Sam wiederhaben?"

Er hielt mir die gefesselten Hände entgegen, um mich zu begrüßen.

„Ja", bestätigte ich ihm, „das Greenhorn ist gekommen, um Euch das Zeugnis zu geben, daß Ihr der größte Meister im Anschleichen seid, wie Ihr bewiesen habt. Man mag Euch sagen, was man will, Ihr rennt doch immer auf die verkehrte Seite!"

„Macht mir Euere Vorwürfe später, mein heißgeliebter Sir, und sagt mir jetzt lieber, ob meine Mary noch vorhanden ist?"

„Sie ist bei uns."

„Und die Liddy?"

„Den Schießprügel haben wir auch gerettet."

„Dann ist ja alles gut, wenn ich mich nicht irre. Kommt, laßt uns machen, daß wir von hier fortkommen! Es ist beinahe langweilig hier."

„Geduld, bester Sam! Ihr tut ja, als wäre es das reine Kinderspiel, hier zu erscheinen und Euch zu befreien."

„Das ist es auch, Kinderspiel, aber nur für Euch. Möchte wissen, was Ihr nicht fertigbrächtet. Würdet mich sogar vom Mond herunterholen, wenn ich mich hinauf verlaufen hätte — hihihihi!"

„Lacht nur immer! Ich merkte daraus, daß es Euch nicht allzu schlecht ergangen ist."

„Schlecht? Was fällt Euch ein! Gut habe ich's gehabt, sehr gut! Jeder Kiowa hat mich wie sein eigenes Kind geliebt. Ich bin vor lauter Liebkosungen, Herzen und Küssen gar nicht zu Verstand gekommen. Wie einen Hochzeitsgast haben sie mich gefüttert, und wenn ich schlafen wollte, brauchte ich mich nicht erst niederzulegen, denn ich lag überhaupt stets auf dem Rücken!"

„Hat man Euch ausgebeutet?"

„Allerdings. Die Taschen sind mir leergemacht worden."

„Werdet alles wiederbekommen, falls es noch da ist. Die Beratung scheint zu Ende zu sein."

Ich erklärte dem Häuptling, daß ich jetzt nicht mehr länger warten könne, wenn sein Sohn am Leben bleiben solle, und es begann nun eine zwar kurze, aber hartnäckige Verhandlung, woraus ich als Sieger hervorging, weil ich nicht im geringsten nachgab und der Häuptling um seinen Sohn bangte. Das Ergebnis war, daß mir das Eigentum des kleinen Trappers vollzählig ausgehändigt wurde. Ferner sollten vier unbewaffnete Krieger in zwei Kanus Sam und mich begleiten und unsere beiden Gefangenen in Empfang nehmen. Für den Fall, daß uns noch mehr Kiowas heimlich folgen würden, drohte ich mit Pidas Tod.

Es war eigentlich viel von mir verlangt, mir Sam mitzugeben. Ich konnte doch unseren vier Begleitern ein Schnippchen schlagen. Aber man glaubte meinen Worten und hat Old Shatterhand auch später stets geglaubt. Wohin wir rudern würden, sagte ich nicht. Als dem kleinen Sam die Hände entfesselt worden waren, warf er die kurzen Arme in die Luft und rief:

„Frei, wieder frei! Das werde ich Euch nie vergessen, Sir! Und werde auch nie wieder links hinaufrennen, wenn Eure gesegneten Beine rechts hinunterlaufen."

Als wir uns zum Gehen anschickten, gab es hier und dort ein zorniges Gemurmel. Die Indsmen ärgerten sich gewaltig, daß sie den Gefangenen und besonders mich jetzt fortlassen mußten, und Tangua zischte mir zu:

„Bis zur Rückkehr meines Sohnes bist du sicher. Dann aber wird der ganze Stamm hinter dir her sein und dich verfolgen. Wir werden deine Spur finden und dich ergreifen, und wenn du durch die Luft davonreiten solltest!"

Ich hielt es nicht für nötig, auf diese bissige Drohung eine Antwort zu geben, und führte Sam und die vier Kiowas zum Fluß, wo wir je zwei und zwei, Sam mit mir gemeinsam, in ein Kanu stiegen. Von dem Augenblick an, da wir vom Ufer stießen, folgte uns ein Geheul, das wir noch weithin hörten.

Während ich steuerte, mußte ich Sam erzählen, was seit seiner Gefangennahme geschehen war. Er bedauerte es, daß sich Winnetou von uns hatte trennen müssen, beklagte es aber auch nicht allzusehr, weil er sich vor den Vorwürfen des Apatschen gefürchtet hatte.

Trotz der Dunkelheit landeten wir glücklich an der Insel und wurden von Dick Stone und Will Parker jubelnd in Empfang genommen. Sie waren sich erst nach meinem Weggang der Größe meines Wagnisses recht bewußt geworden.

Wir lieferten die beiden Gefangenen ab, die wortlos von uns gingen, und warteten, bis wir die Ruderschläge der zurückkehrenden Kanus nicht mehr hörten. Dann stiegen wir auf unsere Pferde und lenkten sie zur linken Seite des Flusses hinüber. Es galt, in dieser Nacht einen tüchtigen Ritt zu tun, und so war es gut, daß Sam die Gegend leidlich kannte. Er richtete sich auf seiner Mary im Sattel auf, hob die Faust und drohte nach hinten.

„Jetzt stecken sie da droben die Köpfe zusammen, um zu beraten, wie sie uns wieder in ihre Vorderfüße bekommen! Sollen sich wundern! Sam Hawkens ist nicht wieder so dumm, in einem Loch steckenzubleiben, aus dem ihn ein Greenhorn herausziehen muß. — Mich fängt kein Kiowa wieder, wenn ich mich nicht irre!" —

S. von Salanich Kell.

Karl May wurde am 25. Februar 1842 in Hohenstein-Ernstthal geboren und ist in ärmlichsten Verhältnissen aufgewachsen. Nach trauriger Kindheit und Jugend wandte er sich ursprünglich dem Lehrerberuf zu. Als Redakteur verschiedener Zeitschriften begann er ungefähr ab 1875 die Schriftstellerlaufbahn, und zwar zunächst mit kleineren Humoresken und Kurzgeschichten. Bald jedoch kam sein einzigartiges Talent zur vollen Entfaltung, als er mit den „Reiseerzählungen" seinen späteren Weltruhm begründete und sich eine nach Millionen zählende Lesergemeinde schuf. Seit Ende des vorigen Jahrhunderts gilt er als der wohl bedeutendste deutsche Volksschriftsteller. Die spannungsreiche Form seiner Erzählkunst, ein hohes Maß an fachlichem Wissen und eine überzeugend vertretene Weltanschauung verbanden sich überaus glücklich in seinen Schriften. Auch heute begeistern die blühende Phantasie und der liebenswürdige Humor des Schriftstellers in unverändertem Maß seine jungen und alten Leser. Karl May starb am 30. März 1912 in Radebeul bei Dresden. Seine Werke wurden in mehr als fünf-undzwanzig Kultursprachen übersetzt. Allein von der deutschen Originalausgabe sind bis 1983, also 70 Jahre nach Gründung des Karl-May-Verlags, über 65 Millionen Bände gedruckt worden.

KARL MAYS GESAMMELTE WERKE

Jeder Band in grünem Ganzleinen mit Goldprägung und farbigem Deckelbild

KARL - MAY - VERLAG · BAMBERG